Knaur.

W0361873

Knaur.

Über den Autor:
Frank Coates wurde in Melbourne geboren und arbeitete lange Jahre im Bereich Telekommunikation in Australien und anderen Ländern. 1989 wurde er von den Vereinten Nationen nach Nairobi berufen. Vier Jahre lang reiste er durch Afrika und lernte dabei in Tansania eine Frau vom Nyamwezi-Stamm kennen, die er heiratete. *Jenseits von Mombasa* ist nach *Die Tränen der Massai* sein zweiter Roman.

Frank Coates

Jenseits von Mombasa

Roman

Aus dem Englischen
von Regine Winter

Knaur Taschenbuch Verlag

Die australische Originalausgabe erschien 2005
unter dem Titel »Beyond Mombasa« bei HarperCollins, Sydney.

Besuchen Sie uns im Internet:
www.knaur.de

Deutsche Erstausgabe April 2007
Copyright © 2005 by Frank Coates
Copyright © 2007 für die deutschsprachige Ausgabe
by Knaur Taschenbuch. Ein Unternehmen der Droemerschen Verlagsanstalt
Th. Knaur Nachf. GmbH & Co. KG, München.
Alle Rechte vorbehalten. Das Werk darf – auch teilweise –
nur mit Genehmigung des Verlags wiedergegeben werden.
Redaktion: Ilse Wagner
Umschlaggestaltung: ZERO Werbeagentur, München
Umschlagabbildung: Getty Images
Satz: Pinkuin Satz und Datentechnik, Berlin
Druck und Bindung: Nørhaven Paperback A/S
Printed in Denmark
ISBN 978-3-426-63410-3

2 4 5 3 1

Für Rosalind –
für deine Liebe und dein Vertrauen,
dass ich dich mit dorthin nehmen durfte.

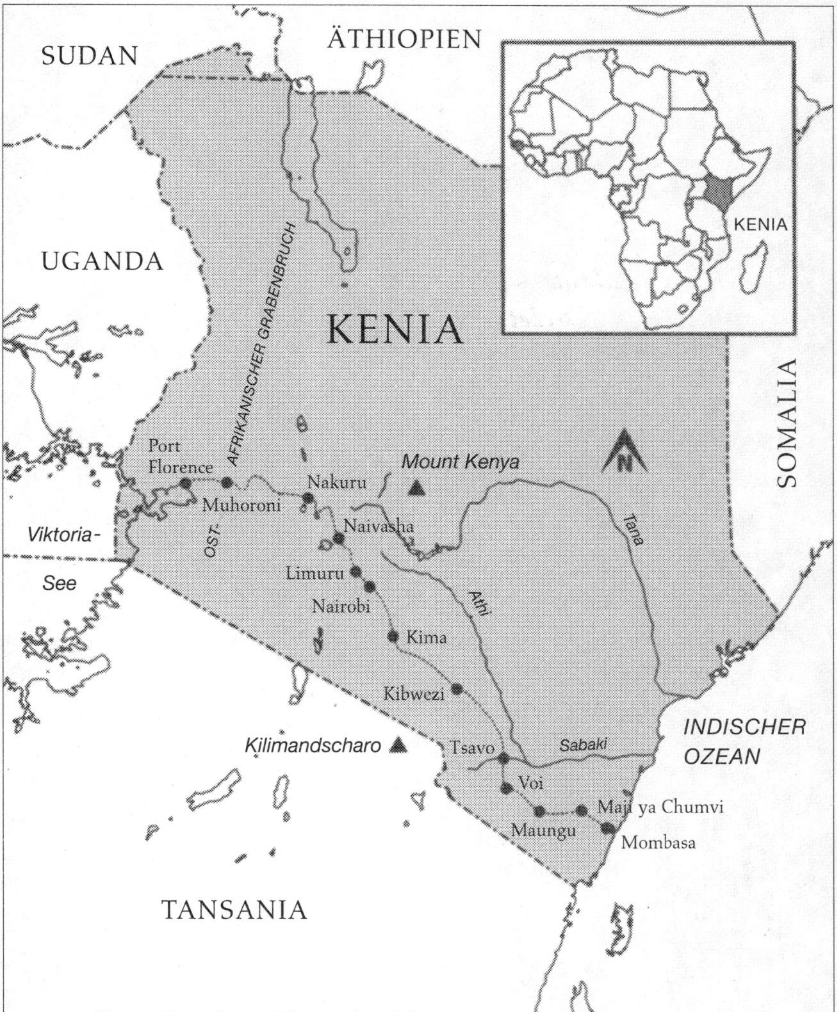

SUDAN
ÄTHIOPIEN
KENIA
UGANDA
KENIA
SOMALIA
OST-AFRIKANISCHER GRABENBRUCH
Port Florence
Muhoroni
Nakuru
Mount Kenya
Naivasha
Tana
Viktoria-See
Limuru
Nairobi
Athi
Kima
Kibwezi
INDISCHER OZEAN
Kilimandscharo
Tsavo
Sabaki
Voi
Maji ya Chumvi
Maungu
Mombasa
TANSANIA
0 50 100 150 200 250 Meilen
0 50 100 150 200 250 300 350 400 Kilometer
Daressalam

Prolog

Teesta-Schlucht, Indien, 1895

Ronald Preston spürte, wie die Bockbrücke rutschte. Die Bewegung versetzte die gesamten neunzig Meter des zerbrechlichen Gebildes, das die Schlucht überspannte, in so etwas wie eine Wellenbewegung. Das Ächzen der Holzbalken hing wie boshaftes Flüstern über den Felsen der Schlucht. Dreißig Meter tiefer lag die alte A-Klasse-Lokomotive auf der Seite im Teesta-Fluss, und Dampfwolken stiegen aus der Kabine auf, als das eisige Flusswasser in die Feuerbüchse eindrang.

Prestons Hindi-*Aagwalah* klammerte sich verzweifelt an den Handlauf des Kohlewagens. Eine abgerissene Kupplung hatte sich irgendwie zwischen einer Schwelle und der Schiene verklemmt, also hingen Kohlewagen und Heizer noch über dem Abgrund, während die Holzladung bereits in die Schlucht gefallen war.

Prestons Leute standen schweigend am Rand der Flussklamm und starrten ihren Vorgesetzten an, der auf dem Holz eines Brückenbogens balancierte.

Bei der nächsten Welle gab das Reißen der Holzfasern dem Stöhnen der Brücke eine größere Eindringlichkeit. Es war ein unheimliches, beinahe menschliches Geräusch. Ein leises Zischen erklang von der Baumannschaft – sie verliehen ihrer Ehrfurcht vor unbekannten Kräften Ausdruck, und viele dachten dabei wahrscheinlich an die Göttin Kali mit ihrem Halsschmuck aus Schädeln und ihrer vom Blut der Opfer roten Zunge.

Der *Aagwalah* wimmerte.
Preston balancierte auf den Fußballen und wagte nicht, sich zu rühren, bevor die harmonische Bewegung zu einem Ende gekommen war. Einen Augenblick war er sicher, dass das gesamte zerbrechliche Netz unter ihm einstürzen würde. Kalte Angst kroch ihm trotz des warmen Dampfs, der vom Boden der Schlucht aufstieg, über den Rücken. Ein Schweißtropfen brannte in seinem Auge. Er blinzelte ihn weg.
Ein weiterer Schritt, eine weitere Schwelle. Die Verstrebungen ächzten. Er erstarrte. Dann noch ein Schritt. Und noch einer. Der Kohlewagen befand sich nun beinahe direkt unter ihm.
Preston musste sich jetzt unbedingt konzentrieren, aber er konnte das bedrückende Gefühl nicht abschütteln, dass er seine Pflicht nicht erfüllt hatte. Als Bauingenieur dieses neuen Abschnitts war *er* hier zuständig. Er hätte die Brücke prüfen und wieder prüfen sollen. Er hatte den Abschnitt freigegeben, hatte die Fahrt der Rangierlok erlaubt. Es waren seine Auffangweichen, die versagt hatten, und so war die beschleunigende A-Klasse-Lok auf die Brücke gefahren und nicht in den Sand des Auffanggleises.
Sein Blick fiel wieder auf die Lokomotive. Das alte Schlachtross war kein großer Verlust, aber der Lokführer war ein guter Mann gewesen. Wie viele waren außer ihm noch umgekommen?
Wirbelnder Dampf und weiß schäumendes Wasser brodelten unter ihm. Einen Augenblick verlor er das Gleichgewicht, aber dann zwang er sich, sich wieder auf die Kupplung zum Kohlewagen zu konzentrieren – diesen dünnen Faden, der verhinderte, dass der *Aagwalah* in den sicheren Tod stürzte. Minuten zuvor waren zwanzig Tonnen Zug auf

die halb fertige Gitterbrücke hinausgefahren und hatten mehrere Stützpfeiler brechen lassen. Die Verbindung zum Kohlewagen war gerissen, und nun verhinderte nur noch eine splitternde Schwelle, dass der Wagen der Lok zum Boden der Schlucht folgte. Nach Prestons Ansicht – und er war ein Eisenbahningenieur mit mehr als zehn Jahren Erfahrung – war es physikalisch eigentlich unmöglich, dass diese eine Hartholzschwelle den Kohlewagen halten konnte, wie es in den letzten Minuten der Fall gewesen war. Obwohl der Wagen den größten Teil seiner Ladung verloren hatte, war er immer noch vier Tonnen schwer, was die gerissene Kupplung schließlich losreißen würde.

Zumindest hatte der Heizer aufgehört zu wimmern. Dieses klägliche Geräusch hatte Preston vollkommen durcheinandergebracht. Als er schließlich wagte hinzusehen, klammerte sich der Mann angestrengt an den Handlauf des beinahe senkrecht hängenden Wagens, und auf seinem Overall breitete sich ein Urinfleck aus.

Die Schwelle ächzte leise. Ihre winzigen Holzfragmente wurden quälend langsam zerrissen.

Preston stieg über die Schwelle hinweg und legte sich vorsichtig auf die Schwelle direkt über dem *Aagwalah*. Er bemühte sich, sich seine wachsende Unruhe nicht anmerken zu lassen. »*Aagwalah*. Ist alles in Ordnung? Hier … bitte sieh mich an.«

Der Mann wimmerte, konnte aber den Blick nicht von dem rauschenden Wasser unter sich abwenden.

»*Aagwalah*, mein Freund. Sieh mich an.«

Der Heizer blickte langsam zu Preston auf, der sich nur drei Meter oberhalb von ihm befand. Tränen liefen ihm über das Gesicht, seine Lippe bebte, und nun begann er, auch am ganzen Körper heftig zu zittern. Es gab viele Männer im Transportbereich der Indian Railways, die Preston nicht kannte, und das hier war einer von ihnen. Aber er nahm an, dass er ebenso wie die meisten anderen ein einfacher Mann war und stolz darauf, im Dienst der Indian Railways zu stehen. Es war eine Stellung mit großem Prestige.

»Schau nicht nach unten. Du musst mich ansehen. Und jetzt hör gut zu.« Preston wusste, dass er sein Gewicht nicht zu dem des Kohlewagens hinzufügen durfte, und verfluchte sich innerlich, weil er kein Seil mitgebracht hatte. »Du musst aufstehen, damit ich deine Hand packen kann.«

Der *Aagwalah* schluchzte, als hätte man ihn gerade zum Tode verurteilt.

Preston versuchte es noch einmal. »Mein Freund, du kannst es schaffen. Ich werde dich hochziehen. Vertraue mir. Tu, was ich dir sage.« Er wartete einen Moment, damit der Mann sich beruhigen konnte, aber der *Aagwalah* gab nur unverständliche Worte von sich. »Hör zu, mein Freund. Stell dich auf die Ladeklappe. Bewege dich langsam. Benutze die Seite des Waggons, um dich festzuhalten. Komm, ich bin hier.«

Der Heizer schaute Preston in die Augen und schüttelte den Kopf. Er murmelte eine Antwort auf Hindi, die Preston nicht verstehen konnte. Er wollte etwas Tröstliches sagen, aber plötzlich beherrschte er die Sprache nicht mehr genügend. Stattdessen bat er den Mann ein drittes Mal: »Steh auf, mein Freund. Steh langsam auf. Ich bin hier.«

Wieder schüttelte der Heizer den Kopf. Als hätte es nur noch diese geringfügige Bewegung gebraucht, brach die Schwelle mit einem Geräusch, das Preston, dessen Kopf sich auf der nächsten Schwelle befand, zurückzucken ließ. Er versuchte, ruhig zu bleiben, und streckte die Hand erneut zu dem *Aag-*

walah aus. Nur der Schweiß, der ihm über die Stirn lief und von seiner langen, geraden Nase tropfte, machte deutlich, welche Angst er hatte.

»Wir haben nicht viel Zeit. Ich werde deine Hand nehmen.«

Preston starrte dem *Aagwalah* in die Augen. Er konnte das Entsetzen des Mannes und seine Angst erkennen und erinnerte sich daran, wie er selbst zum ersten Mal bei der Arbeit in tödliche Gefahr geraten war. Er erinnerte sich an dieses Gefühl, verraten worden zu sein. Niemand sollte bei der Arbeit für die Indian Railways sterben, oder bei einer anderen Arbeit, ganz gleich, wie großartig das Projekt war.

Preston streckte den Arm, so weit er konnte, durch die Lücke zwischen den Schwellen. Der *Aagwalah* brauchte nur aufzustehen, und Preston würde seine Hand packen können.

»Ja, genau!«, sagte er, als der Mann die Beine streckte. »Sehr gut. Und jetzt, mein Freund, deine Hand!«

Irgendwo im Gitterwerk gab eine Strebe nach. Der Knall war wie ein Kanonenschlag und ließ die Brücke schaudern. Der *Aagwalah* kreischte und begann hysterisch zu heulen. Der Kohlewagen wackelte, und der Heizer brach in die Knie. Er drückte die Stirn auf seine Hände, mit denen er sich nun fest an die Seite des Wagens klammerte.

Die Kupplung des schwankenden Wagens fraß sich in die Schwelle. Aus dem Augenwinkel konnte Preston sehen, wie große Stücke sich losrissen und in die Tiefe stürzten. »Verdammt noch mal, Mann, nimm meine Hand!«

Die Schwelle gab mit einem letzten ohrenbetäubenden Knacken nach. Dann war nichts mehr zu hören. Der Kohlewagen fiel durch dreißig Meter tödlicher Stille. Er landete mit einem Übelkeit erregenden Knirschen auf der Lokomotive, nach dem Aufprall nur noch eine Masse verknitterten Metalls.

Die Brücke schüttelte sich und wackelte, als freute sie sich, diese lästige Störung losgeworden zu sein.

Preston blieb auf dem Holz liegen und starrte durch die Lücke. Aus irgendeinem Grund musste er an seinen Vater denken und fragte sich, ob er wohl auf ähnliche Art gestorben war: ohne Würde, ohne Grund, und wegen der Fehler eines anderen Ingenieurs.

Kapitel 1

Meile 2

Die SS *Nowshera* fuhr im feuchten Nordostwind langsam an einem Dutzend arabischer Handelsdaus vorbei in den Hafen ein. Achtern verwandelte die tropische Sonne jede Welle, die sich am Riff brach, in einen gleißenden Lichtpunkt. Dahinter breitete sich der Indische Ozean vom Kap bis zum Horn von Afrika aus wie ein riesiger silberblauer Teppich.

Seit zweitausend Jahren erschienen die bunten Lateinersegel der Daus etwa im Oktober an der ostafrikanischen Küste, warteten auf den Gezeitenwechsel und fuhren dann in den uralten Handelshafen von Mombasa ein. Sechs Monate später ließen sie sich vom Südwestwind wieder nach Hause tragen, beladen mit Gold, Elfenbein und Sklaven.

An diesem Tag im Jahr 1897 drängten sich mehr als hundert Schiffe um einen Platz im Hafen von Mombasa. Eine halbe Meile entfernt erhoben sich am schlammigen Ufer über den Mangroven die Zinnen von Fort Jesus. Das Fort stand dort als verwüstete, aber beharrliche Erinnerung an die Eroberung dieser gottlosen Küste vor vierhundert Jahren, die sie unter das Chorhemd des katholischen Portugal gezwungen hatte. Zumindest für einige Zeit.

Das Band weißer Korallenkalkhäuser im Küstenvorland war fest gegen Hitze und Diebe abgeschlossen. Auf den Hängen dahinter standen Gruppen dunkelgrüner Mangobäume und hoch aufragender Palmen. Hinter ihnen verschwammen blaugrüne Hügel im Dunst.

Eine leichte Drehung des Winds trug den unverwechselbaren Duft der Tropen heran: Gewürze, Feuchtigkeit und schimmelnde Vegetation. Der Geruch rohen Lebens.
Ronald Preston, hochgewachsen, dunkelhaarig, frisch verheiratet und eingeengt von seinem Leinenanzug, stand auf dem Deck, den Geschmack der Tropen erneut in seiner Kehle und beunruhigende Erinnerungen im Kopf. Neben ihm stand Florence, seine Frau, ein Mädchen mit runden Wangen, das von dem Chaos, das sich ringsum entfaltete, nicht das Geringste verstand.
Die Ankerkette der *Nowshera* rasselte und fiel in das himmelblaue Wasser, das nun von einer Flottille kleiner Schiffe zu brodelndem Schaum aufgewirbelt wurde. Leichter, Kanus und Einbäume umgaben das Schiff wie Elritzen, die an einem aufgeschwemmten Kadaver knabbern.
Gewaltiger Lärm erhob sich, als die Leute auf den kleinen Schiffen begannen, alle Arten von Waren und Dienstleistungen anzubieten. Die Matrosen auf den Leichtern fingen bereits Taschen und Bündel auf, um sie ans Ufer zu bringen. Essensverkäufer warben um Kunden, und ihre kleinen Einbäume sahen aus, als könnten sie jeden Augenblick sinken, so beladen waren sie mit Tomaten, Manioks, Limonen, Mangos, Guaven und süßen Sansibar-Orangen. Ein Swahili-Mann in einem bunten Baumwoll-*Kikoi,* dessen rasierter Kopf im hellen Sonnenlicht glänzte, pries den Liebreiz des Mädchens an, das hinten in seinem Kanu saß, in einen Regenbogen von Seide gehüllt.
Preston spürte, wie das Deck schauderte, als die Dampfmaschine aufhörte, die Schraube zu drehen, und das Schiff sich gegen die Ankerkette stemmte, bis es schließlich aufgab. Er warf einen Blick zu Florence. Ihre Augen leuchteten in einer

Mischung aus Befürchtungen und Aufregung. Sie hatte den Griff ihres Sonnenschirms an die Brust gedrückt, und die mit Fransen besetzte safrangelbe Kuppel bildete eine Art Heiligenschein um ihren breitkrempigen Strohhut. Selbst in diesem tiefen Schatten konnte er sehen, dass ihre helle Haut eine rosige Färbung angenommen hatte.

Er strich seine flatternden Reversspitzen glatt und öffnete den obersten Knopf der Anzugjacke. Er hatte nicht vorgehabt, sich so förmlich zu kleiden, da es kein offizielles Empfangskomitee geben würde, aber als Florence in Faltenrock, frischem weißem Oberteil und einem marineblauen Tuch, das von einer Silberschließe gehalten wurde, erschienen war, hatte er sich verpflichtet gefühlt, ebenfalls etwas Angemesseneres anzuziehen. Er hatte seinen lang herabhängenden schwarzen Schnurrbart gestutzt, die Falten aus seinem einzigen Leinenanzug geschüttelt und den Tropenhelm aufgesetzt. In all seinen Jahren der Arbeit im tropischen Indien hatte er, von den sehr seltenen offizielleren Gelegenheiten einmal abgesehen, stets leichte, weite Kleidung getragen. Die alten Knaben dort waren überzeugt gewesen, dass seine offene Nichtachtung der Konventionen tödlich enden würde: Immerhin war es eine bewiesene Tatsache, dass die senkrechten Strahlen der Tropensonne dem Rückgrat schrecklichen Schaden zufügten.

Preston kletterte in einen Einbaum, der ein wenig stabiler wirkte als die anderen, und streckte die Hand zu Florence aus, die zögerte und dann eine Anzahl erfolgloser Versuche unternahm, einigermaßen geschickt das Fallreep in das wackelnde Kanu hinabzusteigen. Schließlich sprang sie mit einem heiseren, erleichterten Seufzer in Prestons Arme. Sie kümmerte sich nicht mehr darum, wie sie auf andere wirkte, ließ sich auf den Sitz sinken und klammerte sich so entschlossen an der Seite des Kanus fest, dass ihre Knöchel weiß wurden.

»Unser Gepäck!«, keuchte sie. »Ronald! Wir haben unser Gepäck vergessen!«

»Nein, Florence«, erwiderte er und griff nach einer Tasche, die ein Matrose ihm herunterreichte, »erinnerst du dich nicht? Wir nehmen nur ein paar Taschen mit zu den Carters.«

»Ach ja.« Ihr zarter Fächer flatterte heftig neben ihrer Wange. »Selbstverständlich. Die anderen werden aufbewahrt, bis wir uns niedergelassen haben.«

Schon auf den ersten der fünfhundert Meter zum Ufer lief das Kanu mit alarmierender Geschwindigkeit voll. Florence begann, leise, zirpende Geräusche von sich zu geben. Preston versuchte, sie zu beruhigen, aber seine Priorität war es, das Wasser so schnell wie möglich wieder aus dem Boot zu schöpfen. Wenn er noch eine Hand frei gehabt hätte, hätte er damit gerne den Bootsbesitzer erwürgt.

»Mach Platz, du verdammter Idiot! Siehst du denn nicht, dass sie direkt hinter uns sind?«

Der Besitzer bediente lässig das Ruder, um das Kanu vor dem Bug eines sich nähernden Leichters vorbeizumanövrieren. Preston warf einen kurzen Blick zu Florence und murmelte eine Entschuldigung für seine Ausdrucksweise.

Als er seiner Frau schließlich die gefliesten Stufen am Kai hinaufhalf, kam es in der Menschenmenge, die sich dort drängte, zu einer Schlägerei. Swahilis und Eingeborene kämpften mit Bissen, Tritten und Faustschlägen um das Recht, das Gepäck von Sahib und Memsahib zu tragen. Preston erwischte einen, der versuchte, sich mit der Hutschachtel seiner Frau davonzumachen, und versetzte ihm einen Tritt. Florence versteckte sich hinter dem Rücken ihres Mannes, bis Preston nach mehreren Minuten chaotischem Hin und Her die Angelegenheit klärte, indem er ihre fünf Gepäckstücke den drei Männern in die Hand drückte, die den ehrlichsten Eindruck machten. Der Rest des zerschlagenen Haufens protestierte wenig überzeugend, als die strahlenden Sieger den sanften Hang hinauf zu einer Gruppe von Hafengebäuden eilten.

Die Träger luden ihr Gepäck auf ein Gharry. Preston gab ihnen eine Handvoll kleiner Münzen, und sie verloren sich bald wieder in der Menge, um in den Kampf um Kunden zurückzukehren. Preston inspizierte das Gharry sorgfältig. Es erinnerte an einen übergroßen Kinderwagen auf schmalen Schienen, die den Hügel hinaufführten. Es hatte zwei Sitze, einer nach hinten, der andere nach vorn gerichtet, und einen kleinen Baldachin, der Schatten spenden sollte. An der Deichsel an der Vorderseite hing eine Vorrichtung, in die sich der Gharrymann stemmen würde, um die ganze Angelegenheit zu ziehen.

Ein Swahili mit nacktem Oberkörper schien das Gefährt allein bewegen zu wollen. Preston betrachtete ihn abschätzend: Er wirkte nicht besonders stark. Würden er und das gebrechliche Gharry es bis zum Zollhaus schaffen, wo sie sich mit den Carters treffen wollten, oder war die Ladung mehr, als der Mann bewältigen konnte? Aber da das Gedränge von Zuschauern Florence offensichtlich nervös machte, schien das Gharry ihre einzige Möglichkeit zu sein.

Preston half Florence auf den nach hinten gerichteten Sitz. Der Kai unter ihnen war ein einziges Pandämonium. Als Preston sich selbst ebenfalls hinsetzte, ruckte das Gharry rasch vorwärts, denn der Mann wollte offenbar ein wenig Schwung sammeln, bevor sich die Gleise steiler nach oben zogen. Bald schon war der Kai hinter der Menschenmenge nicht mehr zu sehen. Florence packte ihren Mann fester am Arm, als der Hügel steiler wurde.

»Ronald?« Sie streckte die andere Hand nach der Stütze des Baldachins aus.

»Immer mit der Ruhe, meine Liebe. Immer mit der Ruhe.« Aber er machte sich ein wenig Sorgen, als das Gharry wie eine Schnecke den Hang hinaufkroch. Er drehte sich auf dem Sitz um. Der Swahili stemmte sich gegen die Deichsel, die Wadenmuskeln wie Kricketkugeln. Preston stieg ab und ging so würdevoll, wie er konnte, neben dem Gefährt her. Er widersetzte sich dem Impuls, das Gharry von hinten zu schieben, obwohl das dringend nötig gewesen wäre. In Indien wäre so etwas ein fataler Verstoß gegen die imperiale Etikette gewesen. Stattdessen versuchte er, wie ein gelangweilter Einkäufer auszusehen, und inspizierte beiläufig die Obstkarren, die Waren der Hausierer und die Verkaufsbuden. Er schnupperte an einem Kohlebecken, auf dem Maiskolben geröstet wurden.

Die Straße wurde erstickend eng. Die Balkone der zweistöckigen Gebäude reichten über ihren Köpfen beinahe bis zur Straßenmitte, und die Straße selbst war voller Schlaglöcher und fleckig von Betelnusssaft. Ein leichter Wind wehte den Geruch nach Menschenkot heran. Bis aufs Skelett abgemagerte Hunde schliefen in Hauseingängen, und kleine Muskatesel taumelten unter gewaltigen Lasten einher. Eine Kolonne von Kamelen drängte sich an der Straßenkreuzung vor. Affen kreischten von Fensterbänken, und ein Kahlkopfpapagei schwatzte in einem Käfig, der vor einem Laden hing.

Und die Menschen – überall waren Menschen. Sie trugen alle

Farben des Regenbogens und drängten sich um das Gharry. Indische Frauen mit Goldsteckern in den Nasen waren in Saris gehüllt, die alles bis auf ihre dicken braunen Bäuche bedeckten. Andere verbargen sich unter den schwarzen *Buibuis* der *Purdah*, und im Schutz des Schleiers schossen ihre Blicke hin und her, damit ihnen keine Einzelheit des weißen Mannes entging. Swahilimänner in strahlend weißen *Kanzus*, die vom Hals bis zu den Fußknöcheln reichten, und bunten Westen gingen ihren Frauen voran, deren bunt bedruckte Baumwollkleider goldene Ananasfrüchte, schwarze und weiße Affen oder springende Leoparden, Löwen oder Gazellen auf einem Hintergrund in Rotbraun, Rot oder Blau zeigten. Bettler lauerten beinahe in jedem Hauseingang und schossen hervor, um Preston schorfige Hände vor die Nase zu halten. Andere tanzten auf verkrüppelten Beinen, Marionetten mit Spinnenarmen. Ladenbesitzer standen auf ihren Schwellen und starrten Florence dreist und lüstern an. Preston starrte wütend und herausfordernd zurück.

Der Gharrymann erreichte einfacheres Gelände, und Preston stieg wieder auf, als das Fahrzeug sich nun im Schritttempo weiterbewegte. Er tätschelte Florence' Hand. Sie saß wie erstarrt da.

In der Vasco da Gama Street wich die Decke aus Balkonen einem Flechtwerk von Palmwedeln und Mangobaumästen. Hier wurde die Luft besser, und hin und wieder konnte man den sauberen, blauen Tropenhimmel sehen, aber aus jeder Gasse, an der sie vorbeikamen, drang erneut der Fäulnisgeruch der Stadt. Es fiel Florence schwer, zu atmen, und sie fächelte hektisch.

Der Gharrymann blieb neben einem beeindruckenden geschnitzten Schild vor einem Wellblechgebäude stehen. Das

Zollhaus. Es schimmerte in der Hitze. Preston half Florence vom Wagen und staunte darüber, dass der Gharrymann gewusst hatte, wohin sie wollten. Dann erkannte er, wie dumm das war: Alle Passagiere würden das Zollhaus aufsuchen müssen, um bei der Ankunft ihre Zollerklärung abzugeben. Er drückte dem Mann ein paar kleine Münzen in die Hand, und dieser verschwand ohne ein Wort.

Florence legte ihm die Hand auf den Arm. »Wie sollen wir die Carters erkennen, Roland?«

»Ich habe nicht die geringste Ahnung, meine Liebe. Ich hoffe, sie finden uns.«

Bei diesen Worten tauchte eine hochgewachsene Frau mit angenehmen Zügen in der Menge auf. Sie rauschte auf sie zu wie ein großes Segelschiff durch eine Flottille von Fischerbooten – ein einzelnes weißes Gesicht in einem Meer afrikanischer Farben. Sie lächelte zögernd und nickte, als sie näher kam. »Mr. Preston?« Sie sah Florence an. »Mrs. Preston?«

Florence Seufzte. »Mrs. Carter!« Die Frauen reichten einander die Hände.

»Sehr erfreut, Sie kennen zu lernen«, sagte Preston.

»Und das hier ist mein Mann, Mr. Carter.« Ein kleines Fässchen von einem Mann, rotgesichtig und von beträchtlichem Umfang, trat neben sie.

»William«, sagte er und schüttelte energisch Prestons Hand, während er Florence zunickte. »William und Rose. Hier in den Kolonien brauchen wir solche Förmlichkeiten nicht, oder?«

»Florence und Ronald«, erwiderte Preston, »danke, dass Sie uns abgeholt haben.«

»Gern geschehen, alter Junge. Gern geschehen.«

Es gab einen Augenblick verlegenen Schweigens, dann sagte

Rose Carter: »Ich nehme an, Sie wollen zunächst die Formalitäten erledigen?«

»Ja, genau.« Ihr Mann schien erleichtert, dass jemand das Kommando übernommen hatte. Er zeigte auf das Gepäck der Prestons. »Sind das Ihre Sachen? Gut. Sehen wir mal …« Er rang die Hände und versuchte, über die Köpfe der Menge hinwegzuspähen. »Warum bleibe ich nicht hier bei Ihren Sachen«, schlug er dann vor und zeigte auf einen riesigen Baobab, dessen schlangenartige Äste einem weiten Bereich Schatten spendeten, »und Sie beide gehen rein zu den Jungs vom Zoll.«

»Nein, nein, William, um Himmels willen«, sagte seine Frau, »so geht das doch nicht! Mrs. Preston und ich werden hier bleiben. Du musst Mr. Preston behilflich sein.« Sie wandte sich an Florence. »In dieser Blechhütte herrscht schreckliches Gedränge. Und Sie sehen vollkommen erschöpft aus.«

»Also gut.« Carter schien die Einmischung seiner Frau nicht zu stören. »Wir können einander besser kennen lernen, wenn wir erst in unserem kühlen Haus sind.« Mit diesem Plan schien er sehr zufrieden zu sein. »Ich könnte wirklich etwas zu trinken brauchen.«

Carter goss eine großzügige Menge Madeira-Port in zwei der drei Gläser. Das dritte Glas, etwas weniger voll, reichte er seiner Frau. »Und jetzt kommen Sie, Ronald, nehmen wir unsere Pfeifen mit nach draußen, um den letzten Rest des Tages zu genießen, währen die Damen ein Schwätzchen halten.« Er führte Preston aus dem Wohnzimmer mit dem polierten Holz, dem Sofa und den Sesseln mit dem Blumenmuster zur Veranda.

»Sind Sie sicher, dass Sie keinen Madeira mögen, meine

Liebe?«, fragte Rose Carter und deutete auf den Wein. »Um diese Tageszeit ist ein kleiner Schluck sehr angenehm.«
»Nein danke«, sagte Florence. »Ich fürchte, wenn ich in dieser Hitze Wein trinke, werde ich auf der Stelle ohnmächtig.«
»Oh, daran werden Sie sich bald gewöhnen. Das tun wir alle.«
»Es ist alles so … so …«
»Fremd?« Rose lächelte und legte den Kopf schief.
»Hm … ja.«
»Und vielleicht ein bisschen beängstigend?«
Rose Carter hatte ein kantiges, aber angenehmes Gesicht. Mit ihrer schlichten Schürze vor dem einfachen Baumwollkleid, ihrer weißen Baumwollhaube und ihrer mütterlichen Art wirkte sie wie jemand, dem man vertrauen konnte. Aber Florence war nicht sicher, ob sie ihre Bedenken wirklich einer vergleichsweise fremden Frau anvertrauen sollte. Das wäre vor allem dann nicht anzuraten, wenn die Carters in irgendeiner Weise mit der Eisenbahn zu tun hatten.
»Verzeihen Sie die Frage, aber arbeitet Mr. Carter bei der Uganda-Eisenbahn?«
»O nein, meine Liebe. William ist bei McGrath und Söhnen angestellt. Import und Export.«
»Ah.«
»William hat eine Übereinkunft mit Mr. Whitehouse in Kilindini, sich um neu eingetroffene Mitarbeiter zu kümmern. Bis sie sich eingewöhnt haben.«
»Das ist sehr freundlich.«
»Tatsächlich muss ich gestehen, dass die Eisenbahngesellschaft etwas zu den Unkosten beisteuert, aber ich habe gern Gesellschaft. Und natürlich höre ich gern das Neueste von zu Hause.«

»Und wo ist zu Hause in Ihrem Fall?«, fragte Florence.
»London. Woher kommen Sie?«
»Shrewsbury.«
»Haben Sie Kinder, meine Liebe?«
Florence senkte den Blick. »Nein, wir haben erst vor kurzem geheiratet. Vor einem Monat.«
»Oje, das klingt ja, als hätte die Hochzeit direkt auf der Gangway des Schiffs stattgefunden!«
Als Florence aufblickte, sah sie, dass Rose sie anlächelte. »Beinahe«, sagte sie und musste selbst über ihre Verlegenheit lächeln. Sie konnte es immer noch kaum glauben, dass sie verheiratet war. Es war alles so schnell gegangen, nachdem Ronald erfahren hatte, dass er die Stelle bei der Eisenbahn bekommen würde.
»Und was wird Ihr Mann hier tun?«
»Er ist Ingenieur. Er wird am Bau des Hafens und der neuen Werkstätten beteiligt sein. Es ist eine sehr wichtige Stellung.«
»In der Tat.« Rose nippte an ihrem Port. »Und Sie?«
»Ich?«
»Ja, was werden Sie tun?«
»Oh, ich … ich werde uns ein Heim einrichten und …« Sie suchte in Roses Zügen nach einem Hinweis; immerhin kannte Mrs. Carter die Situation vor Ort.
Aber Rose lächelte nur aufmerksam.
Florence erkannte, dass sie bisher nie weiter als über die erschreckende Erfahrung der Reise gedacht hatte. Die Hochzeit, die Unsicherheit, ihr Leben als Ehefrau in einem unbekannten Land zu beginnen – das war überwältigend genug gewesen, ohne darüber hinaus auch noch zu planen, was sie tun würde, während ihr Mann arbeitete.

»Was tun Sie und die anderen Frauen, wenn Ihre Männer nicht zu Hause sind?«, fragte sie.
»Viele Frauen bleiben in England. Andere kommen und bleiben bis zum ersten Kind, dann kehren sie für die Geburt nach Hause zurück.«
»Ist das notwendig?«
»Ich habe es bei meinem Ersten getan. Alle machen das so. Es gibt viele Mütter – und auch Väter –, die ein zartes Kleinkind dem hiesigen Klima nicht aussetzen würden. Einige sagen, es ist nicht natürlich für uns Weiße.«
»Aber Sie selbst haben auch hier Kinder aufgezogen?«
»Ja, zwei. Sie sind jetzt in London in der Schule und wohnen bei ihrer Großmutter.« Rose schwieg und nestelte einen Augenblick an Saum ihrer Schürze herum. »Wir hatten nach Michael und Marion noch eines. Noch ein Mädchen.« Sie versuchte angestrengt, zu lächeln, als sie Florence nun wieder ansah. »Aber sie ist drei Tage nach ihrer Geburt gestorben.«
»Oh, Mrs. Carter, das tut mir so leid …«
»Nein, nein, nennen Sie mich Rose, und lassen Sie uns über andere Dinge sprechen.« Sie setzte sich neben Florence auf das abgenutzte Sofa. »Sie hatten gefragt, was die Frauen hier tun.«
Florence nickte, ein wenig bedrückt über ihren unhöflichen Vorstoß in solch empfindliche Bereiche.
»Die Frauen, die in der alten Heimat geblieben sind, kommen vielleicht zu Weihnachten mit den Kindern vorbei. Und alle zwei Jahre erhält der Mann etwa einen Monat Heimaturlaub.« Sie trank noch einen kleinen Schluck Portwein. »Die, die hier leben, kümmern sich um ihre Familien.«

Florence wartete darauf, dass sie fortfuhr. Als das nicht geschah, fragte sie: »Ist das alles?«
Rose nickte. »Äh … ja, meine Liebe.«
Florence hatte nichts gegen Kinder – sie und Ronald hatten darüber gesprochen und waren sich einig gewesen, dass sie eines Tages eine Familie haben würden –, aber bis sie welche bekamen, würde es schwierig sein, herauszufinden, was sie mit sich anfangen sollte. Rolands Vertrag lief über zwei Jahre. Zwei Jahre, und es gab nichts für sie zu tun! Keine Besuche von Verwandten und Freunden. Keine Gemüsemärkte. Keine Ausflüge in benachbarte Orte.
Rose hatte offenbar ihre Unruhe bemerkt. »Einige Frauen helfen bei der Missionsgesellschaft aus. Sie nähen, organisieren Teegesellschaften und andere Wohltätigkeitsveranstaltungen. Es kann recht interessant sein«, fügte sie eher verlegen hinzu und legte die Hand auf Florence' Arm. »Ja, wirklich.«

George Whitehouse war groß, dünn und erheblich jünger, als Preston erwartet hatte. Er schüttelte Preston herzlich die Hand, als sie sich auf der Treppe des Bungalows trafen, der als Hauptsitz der Eisenbahn diente, und sie tauschten ein paar Banalitäten aus, während deren Preston bemerkte – genauer gesagt wurde es ihm auf subtile Weise bewusst gemacht –, dass Whitehouse zu dieser besonderen Art englischer Anführer aus der Oberschicht gehörte. Doch Preston hielt ihn für ausgesprochen freundlich. Es war eher die lässige Art, mit der er den einen oder anderen Namen eines Politikers oder anderen Mannes fallen ließ, von denen Preston annahm, er sollte sie erkennen – was er nicht konnte.
Whitehouse kam zum Ende seines heiteren Berichts über

die Ereignisse, die dazu geführt hatten, dass man ihn zum Chefingenieur des Uganda-Eisenbahn-Projekts ernannt hatte. »Und Onkel Horace sagte zu Lord Salisbury: ›Machen Sie sich um den Hafen keine Sorgen, Salisbury; wenn Sie eine verdammte Eisenbahn in den Dschungel bauen wollen, sollten Sie lieber den jungen George hier für ihr Projekt verpflichten, bevor er wieder nach Mexiko oder in ein anderes gottverlassenes Loch verschwindet.‹« Er lachte leise, dann fragte er: »Hätten Sie gern eine Tasse Tee?«

»Ja, gerne. Danke.«

Whitehouse winkte seinem Diener, der ins Nebenzimmer ging. Der Raum, in dem sie saßen, war vielleicht einmal ein Wohnzimmer gewesen, sogar ein recht angenehmes, mit den großen Fenstern, durch die der Wind vom Meer hereinwehte. Nun war es vollgestopft mit Akten, und auf den Tischen häuften sich weitere Papiere und Landkarten.

»Tut mir leid, dass ich Sie gestern nicht am Kai abholen konnte, Preston. Ich war im Hinterland.«

»Kein Problem. Die Carters waren sehr freundlich.«

»Gut. Gut.«

Preston war froh, dass er Florence' Rat gefolgt war und seinen Leinenanzug angezogen hatte. Whitehouse trug eine helle Leinenhose, ein langärmliges weißes Hemd und eine schwarze bleistiftdünne Krawatte. Er war um die vierzig und hatte ein kantiges, vom Wetter gezeichnetes Gesicht. Seine wässrig blauen Augen starrten Preston immer ein winziges bisschen länger an, als üblich oder angenehm gewesen wäre, aber er blieb freundlich. Er lud Preston ein, die Jacke auszuziehen, was bewirkte, dass dieser sich ein wenig entspannte, und lenkte dann das Gespräch zum Thema Eisenbahnen im Allgemeinen und schließlich zu Prestons eigener Erfahrung.

Der Diener brachte das Tablett mit dem Tee und schenkte ein.

»Ich sehe, Sie haben … wie lange – elf Jahre für die Indian Railways gearbeitet?«

»Beinahe elf Jahre als Ingenieur, aber insgesamt waren es einundzwanzig Jahre. Ich habe mit zwölf als Kohlenfeger angefangen. Nach einiger Zeit haben sie mich zum Ingenieursschüler gemacht.«

»Bemerkenswert. Ich kenne mich ein wenig mit der Indian Railways aus. Nur die Besten schaffen es, als Schüler angenommen zu werden.«

»Das war die einzige Arbeit, die ich je machen wollte. Ich nehme an, ich bin dem Vorbild meines Vaters gefolgt.«

»Ihr Vater war ebenfalls Eisenbahnmann?«

»O ja. Er hat sein Leben lang für die Indian Railways gearbeitet.«

»Hm …« Whitehouse wurde wieder ernst. »Waren Sie stolz auf seine Arbeit?«

Diese Frage überraschte Preston. Sein Vater war ein Rätsel gewesen, das während seiner Kindheit nur hin und wieder kurz auftauchte. Er glaubte, sich an einen riesig großen Mann zu erinnern, aber er wusste, dass für einen Siebenjährigen alle Erwachsenen groß aussahen. Die Erinnerung an seinen Vater wurde immer von einem bestimmten Geruch begleitet. Es war nicht der Schweißgeruch, den er mit anderen Männern aus dem Bekanntenkreis seines Vaters assoziierte, sondern etwas Individuelleres, wahrscheinlich eine Mischung aus Karbolineum, kräftiger Seife und Schweiß. Er erinnerte sich daran, wie sein Vater hin und wieder hereingekommen war und ihn auf die Stirn geküsst hatte, wenn die *Amah* ihm sein Essen brachte. Mitunter war er auch an sein Bett gekommen und hatte ihn zugedeckt, abermals mit einem Kuss. Und dann war er eines Tages nicht von der Arbeit zurückgekehrt.

Monatelang hatten die Leute im Waisenhaus in Poona versucht, sich mit dem Bruder seines Vaters in Verbindung zu setzen. Als man ihn schließlich auf einem Handelsschiff in der Nordsee fand, wo er Erster Offizier war, hatte sich der Siebenjährige bereits an das frugale Leben im Waisenhaus der Regierung gewöhnt. Er sollte dort die nächsten sieben Jahre verbringen, bis Onkel Bertie in den Ruhestand ging, aber zu diesem Zeitpunkt hatte Preston bereits die ersten Schritte in den Fußstapfen seines Vaters unternommen.

Obwohl sein Vater eine eher vage Gestalt war, hatte die Erinnerung an ihn als Ingenieur Preston die Kraft gegeben, in seinem Beruf erfolgreich zu sein. Nach einem langen Tag in der Eisenbahnwerkstatt war die Abendschule beinahe unerträglich, aber die Inspiration des guten Rufs seines Vaters hatte ihn wie ein Leuchtfeuer durch den Irrgarten von Formeln und Vektorgleichungen geführt. Ohne ihn hätte Preston es nicht ertragen können.

Das alles hätte er Whitehouse erzählen können, aber stattdessen sagte er: »Ich kenne jede Brücke und jeden Viadukt, die er je gebaut hat.«

Wieder sah der Chefingenieur ihn aus seinen hellblauen Augen an, bevor er sich erneut den Seiten von Prestons Lebenslauf zuwandte, die auf seinen Knien lagen. »Sie haben die Indian Railways im August 96 verlassen. Das war vor sechs Monaten.«

»Ich hatte viel Heimaturlaub angesammelt, den ich nie genutzt hatte. Indien war immer mein Zuhause. Ich habe einen

Onkel in Manchester, der meines Wissens mein einziger Verwandter ist. Ich bin nach England gereist, um Urlaub zu machen.«
»Urlaub? Oder um sich zu erholen?«
»Erholen?«
»Sie hatten an der Teesta-Schlucht ein unangenehmes Erlebnis.«
Das stand nicht in seinem Lebenslauf. Whitehouse hatte sich offenbar viel Mühe gegeben, mehr über ihn zu erfahren.
»Mr. Whitehouse, Sie kennen sich mit Eisenbahnen aus. Es kommt manchmal zu Unfällen. Ein Mann muss das akzeptieren und weitermachen.«
»In der Tat. Aber dieser Unfall war ein wenig anders, nicht wahr? Es war persönlicher.«
Er konnte sich den blauen Augen nicht entziehen.
»Es war eine Katastrophe. Zwei gute Männer sind gestorben.« Preston biss die Zähne zusammen. »Ich war für die Zugbewegungen in dem neuen Streckenabschnitt verantwortlich. Es war meine Aufgabe, solche Dinge zu verhindern.« Er hatte das Gefühl, er sollte offen sein.
»Aber es war nicht Ihr Fehler. Ein Versagen der Weiche. Die IR hat sogar Ihre Tapferkeit gelobt.«
Preston verlagerte sein Gewicht.
Whitehouse blickte von seinen Notizen auf. »Und Sie haben sich entschlossen, auch nach Ablauf Ihres Urlaubs noch in England zu bleiben.«
»Ich habe meine Frau kennen gelernt. Als verheirateter Mann fühlte ich mich verpflichtet, meine finanzielle Situation zu verbessern und alles für eine Familie vorzubereiten.«
Auf diese Frage hatte er sich eingestellt.
»Und das wäre bei der Indian Railways nicht möglich gewe-

sen?« Whitehouse runzelte die Stirn und kratzte sich an der früh ergrauten Schläfe.

»Ich hielt es für an der Zeit, etwas zu verändern. Ich war in Indien viele Jahre als Gleisbauingenieur tätig.« Tatsächlich war er zu dem Schluss gekommen, dass das Leben eines Gleisbauingenieurs – stets in Bewegung – für jemanden wie Florence unpassend wäre. Sie hatte bis dahin nur selten die Bequemlichkeit von Heim und Familie verlassen. Er gab die Arbeit, die er liebte, ungern auf, aber er fand sich ab mit den Einschränkungen, die das Leben als verheirateter Mann ihm auferlegte.

»Eine Veränderung. Aha.« Whitehouse zog die Brauen hoch. »Deshalb haben Sie also Ihre guten Aussichten bei der Indian Railways aufgegeben, um hier in Ostafrika einen Hafen zu bauen?«

»Ich sah Ihre Anzeige in der *Times.*« Preston fand Whitehouse' Gesprächstaktik und die Tatsache, dass er immer wieder persönliche Themen ansprach, langsam ärgerlich. »Der Zwei-Jahres-Vertrag schien ideal zu sein, und die Bezahlung ist gut.«

Whitehouse wartete das Ende der Antwort kaum ab. »Warum sollte ein Eisenbahnmann wie Sie eine Stelle beim Hafenbau annehmen?«

Eine solche Frage hatte er erwartet. »Meine Fähigkeiten als Bauingenieur können beim Hafenbau ebenso eingesetzt werden wie bei der Eisenbahn.«

Der Chefingenieur stellte die Teetasse auf den Schreibtisch. »Ich möchte Ihnen etwas zeigen, Mr. Preston.«

Er ging zu einem großen Tisch in der Zimmerecke. Preston folgte ihm. Auf dem Tisch lagen Berge von Landkarten, Zeichnungen und Vermessungskarten.

»Das hier ist Mombasa.« Er zog eine kleine Karte aus dem Stapel, die die Insel, ihre Straßen und die Wasserwege der Umgebung zeigte. Einige der wichtigsten Gebäude und Geländepunkte waren beschriftet. »Der alte Hafen.« Whitehouse wies mit dem Finger auf das Wasser am Ostrand der Karte. Preston erkannte Fort Jesus, die Verwaltungsgebäude und das nahe gelegene europäische Viertel, wo man ihm und Florence eines der Wellblechhäuser mit vier Zimmern zuweisen würde.

»Kilindini, ein kleiner Ort.« Whitehouse zeigte zur Südseite der Insel. »Unser Endpunkt und der Bauplatz des neuen Tiefwasserhafens. Hier ist der Fluss Makupa mit unserer Brücke – dem Tor zum Festland.«

Preston warf einen Blick auf den Maßstab und nahm an, dass die Strecke vom Bahnhof zum Damm etwa zwei Meilen betrug.

»Und hier«, sagte der Chefingenieur und zog eine andere Karte über die erste, »ist Britisch-Ostafrika.« Er bewegte die Hand über die topografische Karte – die wichtigsten Eigenschaften des Landes waren farblich unterschieden, und zum Teil waren auf der Karte Verbesserungen vorgenommen worden. »Wir sind hier.« Er zeigte auf die Mombasa-Insel, einen grünen Fleck von der Größe eines Viertelpennys rechts auf der Karte. Ganz im Westen der Karte befand sich eine blaue Masse, beschriftet mit *Victoria Nyanza,* und darunter stand in kleinerer Schrift *Viktoriasee.* »Und hier ist das derzeitige Gleisende.« Seine Fingerspitze berührte einen Punkt, der mit *Mazeras* beschriftet war, kaum mehr als zwei Zoll westlich von Mombasa. »Verdammte dreizehn Meilen!« Er stach mehrmals mit dem Finger auf die Stelle. »Ich bin jetzt seit vierzehn Monaten hier! Dreizehn Meilen

Schienen. Nun gut, das Gesetz kam erst im vergangenen August durch, aber dennoch, ich bin nicht froh über dieses Ergebnis. Ebenso wenig wie die Regierung. Aber lassen wir die Politik zunächst einmal beiseite.«

Preston war erfreut, das zu hören.

»Es geht um Folgendes.« Whitehouse rollte die Ärmel hoch. Seine Finger verharrten über dem Tisch wie die eines Konzertpianisten, der den ersten Akkord anschlagen will. »Britisch-Ostafrika«, wiederholte er, dann fuhr er mit der linken Hand über die dünne rote Linie, die grob von rechts nach links verlief. »Die geplante Route für die Macdonald-Eisenbahnlinie – über sechshundert Meilen. Sie folgt dem alten Sklavenkarawanenweg. Vermessen 1882. Bestenfalls unzureichend. Ich lasse einen neuen Mann kommen, Hearne, der es besser machen soll.«

Er hielt inne, um Luft zu holen, dann glitt seine rechte Hand am Küstenstreifen entlang. »Mangrovensümpfe und Dschungel überall.« Er zeigte auf einen zwei Zoll breiten Streifen, der von Norden nach Süden verlief. »Flache Hügel von der Küste landeinwärts. Überall Flüsse und Bäche. Ein Wald.« Er schüttelte bedächtig den Kopf. »Und gerade, wenn man denkt, man hat alle Kokosnüsse und Bananen gesehen, die ein Mann ertragen kann …« Er zeigte auf einen gelben Fleck, der so breit war wie seine Handfläche. »Die Taru-Wüste.« Er sah Preston an. »Dornengebüsch.«

Einen Augenblick schwieg er, als hätte er damit schon alles ausgedrückt, was sich über diesen Bereich sagen ließ. Aber dann wandte er sich wieder der Karte zu. »Stellen Sie sich Dornengebüsch vor, so weit das Auge sehen kann. Grausam und monoton. Beinahe undurchdringlich. Ich dachte daran, das zu umgehen und die Strecke hier entlangzuführen, am

Sabaki-Fluss entlang. Zu lang. Zu langsam.« Er bewegte den Finger wieder dorthin, wo die rote Linie die gelbe verlängerte. »Etwa hier steigt das Gelände an, zunächst gemächlich, beinahe unmerklich. Und für die nächsten dreihundert Meilen jenseits der Taru sind Sie im Paradies.«
Preston warf dem Chefingenieur einen Blick zu. Whitehouse' Augen glänzten vor Emotion.
»Überwiegend leicht bewaldetes Grasland, aber es gibt auch Wälder, in denen man sich tagelang verlaufen kann. Orte, an denen die Wilden noch keinen weißen Mann gesehen haben, und sie jagen dort immer noch mit Giftpfeilen. Selbst in diesem Meer aus Gras« – er zeigte auf einen Bereich von der Größe eines Suppentellers – »gibt es an jedem Fluss einen Streifen Dschungel. Wild. Vieles davon unerforscht. Es wimmelt nur so von Tieren. Mein Gott! Löwen, Elefanten, Nashörner. Jedes verdammte erdenkliche Tier, und ein paar, die Sie sich nicht einmal vorstellen könnten. Malaria. Alle Arten von Parasiten. Tsetsefliegen.«
»Tsetsefliegen?«
»Unangenehme kleine Viecher. Bewirken die Schlafkrankheit. Bringen unsere Packtiere um. Haslam, unser Tierarzt, kann stundenlang darüber reden. Jedenfalls, wie ich schon sagte, nach der hohen Savanne kommt diese mehr oder weniger vulkanische Bergregion.« Ausgeprägte braune Konturen verliefen in zerklüfteten Linien nördlich der roten Eisenbahnstrecke. »Mit den Dornbüschen im Rücken und den Bergen vor Ihnen …« Er ließ die Worte verklingen. »Man sollte meinen, genug Dschungel gesehen zu haben, aber diese Anhöhen sind ein riesiger Wald.« Er hielt inne, offenbar nicht froh über seine Beschreibung, aber er konnte nichts anderes tun, als sie noch einmal leiser zu wiederholen.

»Riesig. Massive Bäume. Ranken. Bambus so dick wie ein Mann und mit weniger Raum als der zwischen den einzelnen Stangen. Und dort«, fuhr er eilig fort und zeigte auf einen Streifen von Gold, der sich von Norden nach Süden zog und etwa fünfzig Meilen breit war, »ist der Ostafrikanische Grabenbruch. Das Gelände fällt innerhalb weniger als einer Meile um sechshundert Meter ab.«

Preston schaute von der Landkarte zu Whitehouse und wieder zurück zur Karte. Er streckte den eigenen Finger zu dem goldfarbenen Streifen hin, als könnte er dieses geologische Rätsel begreifen, wenn er nur seine Abbildung berührte. Er versuchte, es sich vorzustellen, einen Vergleich zu dem zu finden, was er in Indien gesehen hatte. Nichts kam einer solchen Formation auch nur nahe. Die rote Linie verlief an den Konturen des Grabenbruchs entlang. Das hier war zweifellos die ultimative Herausforderung für einen Ingenieur.

»Und schließlich« – Whitehouse wandte sich wieder der Karte zu – »hinter dem westlichen Steilhang die letzten hundert Meilen. Leicht hügelabwärts. Von dort aus geht es also schnell zum See. Aber manchmal ist das Gelände auch sumpfig. Ganze Wagen sind schon im Morast verloren gegangen.«

Preston schüttelte mitfühlend den Kopf. »Da steht Ihnen einiges bevor.«

»Pah! Wenn es nur um mich ginge! Aber ich sitze die meiste Zeit in dieser verdammten überhitzten Blechkiste fest. Ich brauche einen Ingenieur am Gleisende. Einen Mann, der plant und baut, der die Schienen durch unerforschtes Gelände legt, der diesem Gelände trotzen kann.« Er schlug mit der flachen Hand auf die Karte. »Ein Mann, der dieses neue Land formt.«

Die Worte hallten in Prestons Kopf wider: *Ein Mann, der dieses neue Land formt.* Er konnte den Blick nicht von der Karte wenden. Die Farben schienen vor seinen Augen intensiver zu werden. Das hier war ein Land wie kein anderes. Und eine Herausforderung, die in der Eisenbahnwelt nicht ihresgleichen fand.

»Das hier, Mr. Preston«, sagte Whitehouse, und sein durchdringender Blick hielt wie ein Schraubstock den Ingenieur fest, »ist die Aufgabe, die Sie sich immer gewünscht haben – oder ich habe Sie vollkommen falsch eingeschätzt.«

Preston starrte den Chefingenieur an, bevor er sich gestattete, die Aufmerksamkeit wieder der Landkarte mit all ihrem Grün und Gelb und der trotzigen roten Linie zuzuwenden. »Aber … was ist mit dem Hafen?«

»Vergessen Sie den Hafen. Ich brauche einen Eisenbahnmann. Als ich die Anzeige aufgab, hatte ich nur die Genehmigung, die Position am Hafen zu besetzen. Aber jetzt, jetzt habe ich genehmigte Kostenvoranschläge und ein Budget von drei Millionen Pfund.«

Während der Pause, die auf diese Sätze folgte, versuchte Preston, die Größe und Bedeutung des Projekts zu begreifen. Er verstand Whitehouse' Begeisterung. In seinem ganzen Leben hatte er nie an einer Bahnlinie gearbeitet, die angemessen finanziert war. Knauserei und Notlösungen gehörten zum Leben eines Eisenbahnmannes. Es gab nie genug Arbeiter, nie genug Material, und um jeden zusätzlichen Stützbalken, Träger oder Bolzen musste man betteln.

Whitehouse hatte offenbar seine Gedanken gelesen. »Fünf neue F-Klasse-Loks treffen im kommenden Monat ein«, sagte er verschwörerisch. »Ich habe über dreihundert Kulis am Gleisende. Die besten – Pathanen und Pandschabis. Und es sind noch mehr auf dem Weg.«

Aus dem Nirgendwo kam eine Brise. Den ganzen Morgen war es vollkommen windstill gewesen. Nun fing die Jalousie an zu klappern, was den Aufrollmechanismus auslöste. Das Rollo schnellte nach oben, und die volle Helligkeit des tropischen Morgens fiel auf die Landkarte von Britisch-Ostafrika. Die Rot-, Gelb-, Grün- und Blautöne summten vor Aufregung. Der gezackte goldfarbene Bereich des Grabenbruchs leuchtete auf der Landkarte auf wie ein Blitz.

Dies war eine Eisenbahnlinie, die selbst die besten Ingenieure auf eine schwere Prüfung stellen würde. Es war eine Eisenbahnlinie, die sein Vater voller Stolz gebaut hätte.

Preston ignorierte die Rufe der Gharry-Männer. Der Spaziergang von Whitehouse' Büro zum Haus der Carters würde ihm Zeit geben, eine Erklärung für Florence zu formulieren. Er nahm an, dass es ihr schwer fallen würde, seine Entscheidung zu verstehen.

Preston selbst wusste genau, wieso er die Stellung eines Gleisbauingenieurs der Uganda-Eisenbahn angenommen hatte. Bei aller offensichtlichen Begabung, mit der Whitehouse seine Gefühle manipuliert hatte, hätte er dennoch nie wissen können, wie verführerisch seine Beschreibung der Aufgabe war. Preston hatte die Stellung angenommen, weil es nichts in Indien gab, was sich damit messen konnte. Er hatte immer vergeblich versucht, ein Eisenbahnprojekt zu finden, das sich mit der Arbeit messen konnte, die sein Vater geleistet hatte – und in Indien wären seine Bemühungen auch vergeblich geblieben. Nur Ostafrika, ein Land, das den Weißen noch vor einer Generation so gut wie unbekannt gewesen war, konnte eine solche Möglichkeit bieten. Es würde Preston als Ingenieur auf die Probe stellen, und letztlich auch als Mann. Er musste diese Stellung annehmen, oder er würde für immer an seinen wahren Fähigkeiten zweifeln.

Aber es war unwahrscheinlich, dass Florence das verstehen konnte. Ihr Leben im ländlichen England war so vollkommen anders als seine Welt der Technik, der Naturwissenschaften und der Arbeitsorganisation gewesen, dass er es ihr unmöglich erklären konnte. Vielleicht hätte er warten sollen, bevor er Florence bat, ihn zu heiraten … bis er sicher war, dass er den Eisenbahnbau sicher zur Ruhe betten konnte. Er hatte angenommen, dass dies bereits der Fall sei, und hatte es Florence' Vater versprochen, als er um ihre Hand bat. Er hatte ihn noch einmal beruhigen müssen, als er die Stellung bei dem Hafenbau-Projekt annahm, hatte erklären müssen, dass er zwar bei der Uganda Railway angestellt sein, aber nichts mit Eisenbahnbau zu tun haben würde.

Das Gleisende war kein Ort für eine Frau. Preston hatte seine Stellung bei der Indian Railway gekündigt, damit er und Florence ihre Kinder in einer stabilen Umgebung großziehen konnten. Er wollte, dass seine eigenen Kinder eine andere Art von Kindheit erlebten als er, wollte ihnen mehr geben als einen selten anwesenden Vater, der stets von einem Gleisbaulager zum nächsten unterwegs war.

Was würde er Florence sagen, wenn er nach Hause kam? Er würde selbstverständlich warten, bis die Carters im Bett waren, und er würde sagen, er würde sagen …

Aber es sollte mehr als drei Wochen dauern, bis er wirklich den Mut aufbrachte, seine Ansprache zu halten.

Kapitel 2

Meile 9

Sie unterzeichnete den Brief mit *Mrs. Florence Preston, geb. Daly.* Der kleine Scherz würde ihrem Vater gefallen. Er hatte immer auf ihrer Seite gestanden, wenn ihre Mutter jammerte, dass ihre Jüngste als alte Jungfer enden würde.

Sie waren seit drei Wochen in Mombasa. Es kam ihr wie eine Ewigkeit vor. Rose Carter war wunderbar gewesen, hatte ihr Mombasa gezeigt und sie den Damen der kleinen europäischen Gemeinde vorgestellt – überwiegend Ehefrauen englischer Beamter oder Filialleiter von Firmen, auf eine etwas förmliche Weise sehr freundlich, aber, wie Florence zugeben musste, alle auch ziemlich langweilig. Die Gespräche drehten sich überwiegend um Kinder, die Wahrscheinlichkeit von Regen und um Klatsch. Sie schienen alle nur auf den nächsten Heimaturlaub zu warten und beschäftigten sich derweil damit, ihre Kinder zu unterrichten und die Dienstboten zu schikanieren, bis es Zeit war, sich für die abendliche Rückkehr ihres Mannes umzuziehen.

Aber vor einer Woche hatte die Eisenbahngesellschaft beschlossen, die Prestons woanders hinzuschicken. Ihr neues Haus wurde durch einen großen Mandelbaum vor der Sonne geschützt, der inmitten einer kleinen Wildnis stand, die vielleicht einmal ein Garten gewesen war. Aber das Wellblechdach summte am Nachmittag dennoch vor Hitze, und Florence stellte fest, dass die geringste Bewegung eine Flut von unangenehmem Schweiß auslöste. Ronald sagte, sie

seien nur vorübergehend in diesem Haus und die Eisenbahngesellschaft werde ihnen bald etwas Angemesseneres finden.
Sie las den Brief noch einmal und überzeugte sich, dass sie auch alles richtig buchstabiert hatte. Ihr Vater nahm diese Dinge sehr genau.

Freitag, den 26. Februar 1897,
liebe Mama, lieber Papa, liebe Mary, Edith und Beatrice,
ich hoffe, dieser Brief trifft Euch alle bei guter Gesundheit an; mir geht es jedenfalls gut.
Seit meinen letzten Brief habe ich weiterhin meinen kleinen Wirbel von Bekanntschaften genossen. Am letzten Mittwoch hat mich Rose (Ihr werdet Euch von meinen früheren Briefen an Mrs. Carter erinnern) zu einer sehr vergnüglichen morgendlichen Teegesellschaft im Haus von Mrs. Cobb mitgenommen. Viele der Damen, die ich zuvor kennen gelernt hatte, waren anwesend. Wir haben einen sehr angenehmen Vormittag miteinander verbracht.
Oh! Aber ich habe die aufregendsten und wunderbarsten Nachrichten vergessen! Ronald hat uns ein sehr geräumiges Haus gefunden. Es hat einen schönen schattigen Garten und eine wunderbare Aussicht. Es ist auch sehr gut gelegen, ganz in der Nähe von Ronalds Hafen in Kilindini.
Unsere Sachen sind eingetroffen, und ich bin damit beschäftigt, die besten Plätze für all unsere Möbel und die anderen Dinge zu finden.
Bitte richtet Tante Eunice meinen Dank für den sehr guten Tee aus.

Bis ich wieder von Euch höre, verbleibe ich Eure Euch liebende Tochter und Schwester
Florence (Mrs. Florence Preston, geb. Daly)

Sie wäre gerne zur Post gegangen. So etwas selbst zu tun hatte sie nie abgeschreckt, und ihr Vater war weder so wichtigtuerisch noch so wohlhabend, seine vier Töchter völlig von der Welt abzuriegeln. Aber Mombasa war sehr weit entfernt von ihrem Bauernhof in Shrewsbury, und Ronald hatte sie ermutigt, solche Dinge dem Hausboy zu überlassen. Es war hier nicht angemessen, hatte er gesagt, dass sich eine weiße Frau allein sehen ließ, nicht einmal, wenn sie solch banale Dinge erledigte. Er hatte eine ganze Stunde damit zugebracht, ihr beizubringen, wie man die Diener korrekt ansprach und wie man Anweisungen gab. Anfangs würde sie es schwierig finden, hatte er gesagt, aber sie durfte nicht vergessen, dass die Swahili wie die Inder waren – zum Dienen geboren.
Also bereitete sie im Geist die Worte vor, die sie zu ihrem Diener sagen würde, dann rief sie: »Idi! Idi!«
Der Junge erschien sofort. »Ja, Memsahib?«
»Idi, bring dies zum Postmeister im Hafen.« Sie reichte ihm den Brief und ein paar Münzen. »Und beeile dich.«
Sie konnte sich ein triumphierendes Lächeln nicht verkneifen, als der Junge sich umdrehte und davoneilte. Sie war der Ansicht, recht gut mit ihm umgegangen zu sein. Ronald würde stolz sein, wenn sie es ihm erzählte. Sie würde versuchen, einen Witz daraus zu machen; er war ihr gegenüber in den vergangenen drei Wochen so angespannt gewesen.
Diese Woche war die erste seit ihren kurzen Flitterwochen, in der sie miteinander allein gewesen waren, und es war

noch schlimmer geworden. Er schlich im Haus umher wie ein Dieb, klopfte stets an und entschuldigte sich für die banalsten Kleinigkeiten. Sie wusste nicht, was sie davon halten sollte. Er war wie ein junges Kalb an seinem ersten Tag auf dem Feld – versessen darauf, umherzurennen, aber voller Angst vor dem hohen Gras. Es erinnerte sie daran, wie er ihr den Hof gemacht hatte. Er war sehr zögernd gewesen, ein bisschen zu höflich und immer ein wenig nervös in ihrer Gegenwart. Aber zu Pferd oder auf dem Kricketfeld und in Gegenwart seiner männlichen Freunde war er ausgesprochen selbstsicher und lächelte viel.

Es war dieses Lächeln gewesen, das sie gleich bei ihrer ersten Begegnung auf der Gartenparty seines Onkels angezogen hatte. Und er sah so gut aus. Als Ronald eine Woche später vorbeikam, um ihrem Vater seine Aufwartung zu machen, hatte Florence den Blick kaum von ihm wenden können.

Er war nicht besonders groß, aber einen guten Kopf größer als sie. Auf den ersten Blick hatte sie ihn für zu schlank gehalten, aber diese Einschätzung hatte sich schnell geändert, als ihr Vater ihm in der Eingangshalle zu ihrem Cottage in Shrewsbury den Mantel abnahm. Er strahlte eine gewisse Intensität aus, als erwartete er eine unmittelbar bevorstehende Krise und als bliebe er ständig aufmerksam, um sofort reagieren zu können.

Sein schwarzes Haar war ordentlich auf der Seite gescheitelt, und sein schwarzer Schnurrbart, der bei einem weniger maskulinen Mann geckenhaft gewirkt hätte, sorgfältig zu einer modischen Biegung über ausdrucksvollen Lippen gestutzt.

Im Lauf der folgenden Wochen wuchs Florence' Überzeugung, dass Ronald Preston der passende Mann für sie war.

Aber es dauerte noch viele weitere Wochen, Wochen, in denen sich sein Urlaub unvermeidlich dem Ende zuneigte, bis er schließlich seinen Antrag machte. Florence fragte sich oft, ob er es auch getan hätte, wenn die Indian Railways ihn nicht zurückerwartet hätte.
Ronald hatte daran gedacht, eine Stellung in der Geschäftsführung einer Tuchfabrik in Manchester anzunehmen, aber dann hatte er sich um die Stelle bei der Uganda Railway bemüht. Ansonsten wären sie wahrscheinlich recht lange verlobt geblieben, wie es dem Brauch entsprach. Florence hätte nichts dagegen gehabt, denn das hätte ihnen mehr Zeit gegeben, um miteinander vertraut zu werden. Aber so hatten sie sich bis zum Hochzeitstag in der Gegenwart des anderen stets zurückhaltend verhalten, und in geringerem Ausmaß bestand diese Zurückhaltung zwischen ihnen immer noch.
Sie beschloss, geduldig zu sein, denn sie nahm an, dass ihrer beider höfliche Zuneigung bald schon zu dem romantischen Idyll erblühen würde, das sie sich immer erträumt hatte. Ihre Gedanken wandten sich kurz dem Schlafzimmer zu, aber das war der Punkt, an dem es wirklich zu verwirrend wurde. Es war klar, dass sie und ihr Mann einander immer noch kennen lernten und herausfinden mussten, was das *Richtige* für sie war. Aber Ronald war ausgesprochen rücksichtsvoll und so zögerlich, dass sie sicher war, alles falsch zu machen.
Ungeachtet ihrer unsicheren Anfänge, hatte sie ihn sehr gern. Er hatte die besten Absichten, was ihr Wohlergehen anging, und sie war überzeugt, dass er mit der Zeit seine ungewöhnliche Zurückhaltung ablegen und sich als der liebevolle Mann zeigen würde, der er wirklich war.
Sie beschloss, sich in ihrem nächsten Brief an ihre weiblichen Verwandten zu wenden. Waren sie nicht überrascht ge-

wesen, als sie ihre Verlobung ankündigte? Viele von ihnen, auch ihre drei älteren Schwestern, waren bereits verheiratet, die anderen verlobt, bis auf die arme Cousine Prudence mit ihrem verkrüppelten Fuß. Florence würde ihnen erzählen, wie wunderbar es war, verheiratet zu sein, und wie aufregend, sich in einer Stadt wie Mombasa niederzulassen.

Sie hörte die Stimme ihres Mannes auf der Straße und ging zum Fenster. Er feilschte mit einem Gharry-Mann. Sie eilte zum Spiegel im Flur und schob rasch eine verirrte Haarsträhne an Ort und Stelle, dann öffnete sie die Tür.

»Ronald, du bist früh!« Sie klang ein wenig atemlos.

»Ja.« Er drückte ihr einen Kuss auf die Wange. »Ich … wir … Ich muss mich um ein paar Dinge kümmern«, erklärte er.

»Ja?« Sie lächelte.

»Ja, ich … möchtest du vielleicht etwas trinken? Ich hätte nichts gegen einen Whisky.« Er wandte sich dem Ecktisch zu, auf dem Florence eine Obstschale auf eines der kleinen bestickten Deckchen gestellt hatte. Eine Whiskyflasche und vier Gläser standen dahinter.

»Nein, ich mache mir lieber einen Tee.«

»Bevor du das tust, äh … bitte, setzen wir uns.« Er deutete aufs Sofa. »Es sei denn, selbstverständlich, du brauchst den Tee …«

»Nein, das ist nicht wichtig.« Sie setzte sich.

Ronald ließ sich Zeit mit dem Whisky und dem Wasser. Florence wurde langsam unruhig. Sie hatte noch nie erlebt, dass Ronald vor fünf Uhr Whisky trank. Und er schien irgendwie nervös zu sein. »Ist etwas nicht in Ordnung, Ronald?«

»Nein, alles ist bestens. Es ist an sich nichts Schlimmes. Nur ein paar Änderungen bei, äh … ein paar Änderungen.« Er trank einen Schluck Whisky.

Florence faltete die Hände im Schoß und widersetzte sich dem Bedürfnis, mehr zu sagen, bevor er weitersprach.

»Es geht um Folgendes«, begann er und richtete sich auf. »Es gibt ein paar Veränderungen bei unseren Plänen.«

»Veränderungen bei –« Sie hielt inne. »Ja?«

»Pläne. Überwiegend, was die Unterbringung angeht … Und äh, noch andere Dinge.«

Florence' Befürchtungen wuchsen.

»Meine Stelle hat sich geändert.« Er wagte ein Lächeln. »Tatsächlich ist es sozusagen eine Beförderung. Mehr Geld. Mehr Zuschüsse.«

»Eine Beförderung!«, sagte sie mit ermutigendem Lächeln, aber der Blick ihres Mannes passte nicht zu seinen begeisterten Worten.

»Ja, eine Beförderung.« Er schwieg.

»Das ist wunderbar!« Sie versuchte angestrengt, die Stille zu füllen. »Meine Güte! Eine Beförderung! Und dabei hast du gerade erst angefangen. Wie aufregend.«

»Ja. Das ist es, nicht wahr?«

Diesmal hielt sie den Mund, um ihn zum Weiterreden zu bewegen.

»Ah, ja, wie ich schon sagte. Eine neue Stellung. Ein bisschen mehr Geld.« Er nickte und bemühte sich, ein Lächeln zu finden, das zu den guten Nachrichten passte. Er stand auf, blieb aber am Tisch. Jetzt wusste sie, dass sie nicht mögen würde, was er zu sagen hatte, aber wieder schwieg sie.

»Und Zuschüsse.« Er setzte sich abermals und schlug sich mit den Handflächen auf die Knie, um Letzteres zu unterstreichen. »Die sind selbstverständlich für die Reisen gedacht.«

»Reisen?«

»Landeinwärts. Und Spesen für die Messe und so weiter.«
»Im neuen Hafen?«
»Nein. Es hat überhaupt nichts mit dem Hafen zu tun.« Er trommelte mit den Fingern auf den Knien, schlug sich noch einmal auf die Oberschenkel und stand auf. Er fing an, auf und ab zu gehen. »Ich werde als Gleisbauingenieur arbeiten«, sagte er abrupt. »Für die gesamte Strecke.« Nun konnte er seine Freude nicht mehr verbergen. »Kannst du dir das vorstellen, Florence? Gleisbauingenieur für die gesamte Uganda Railway.« Er strahlte, aber er versuchte schnell, sich wieder zu fassen. Er rang die Hände und begann erneut, auf und ab zu gehen. Diesmal runzelte er ein wenig die Stirn.
»Ronald, ich … ich bin verblüfft! Nein! Ich meine, das ist wunderbar!«
Wieder erhellte ein Lächeln seine Züge, als er sie ansah. »Sechshundertsiebenundachtzig Meilen! Drei Millionen Pfund! Hunderte von Arbeitern. Tausende! Eine Wildnis, die besiegt werden muss.« Er unterbrach sich und schob die Hände in die Taschen. »Wenn ich das Angebot annehme.«
Sie hatte ihn noch nie so aufgeregt gesehen. »Es annehmen? Aber selbstverständlich musst du das tun! Wann fängst du an?«
»Montag.«
»Montag!«
»Ja, in, äh, drei Tagen. Ich, äh, ich habe es tatsächlich schon an dem Tag angenommen, als Whitehouse mir davon erzählte … das ist schon ein paar Tage … ein paar Wochen her, aber …« Er sah, wie verwirrt sie war.
»Aber … aber was?«
»Ich wollte es dir die ganze Zeit sagen … Es ist das Gleisende,

Florence. Die Speerspitze, wie sie sagen. Ich werde meilenweit von allem entfernt sein. Wilde Tiere. Krankheiten. Es ist kein Ort für eine Frau.«

Sie blieb ruhig, faltete die Hände im Schoß. »Wie … wie meinst du das, kein Ort für eine Frau?«

»Ich bekomme jedes Jahr Heimaturlaub. Sechs Wochen!«

»Willst du damit sagen –«

»Wenn ich nach Hause komme, werden wir einen Monat oder länger zusammen sein.«

»Nach Hause. Nach England.«

»Ja. England.« Er betrachtete ihr Gesicht angestrengt, ein unsicheres Lächeln auf den Lippen.

Florence stand auf und ging in die Küche.

Sie hätte nicht sagen können, wie lange sie aus dem Küchenfenster gestarrt hatte. Es hätte eine Minute oder eine Stunde sein können, aber nun bemerkte sie plötzlich die Gewitterwolke, die im Osten über dem Meer hing. Sie nahm an, dass sie hinter dem Mandelbaum versteckt gewesen war, während sie in der Spätnachmittagshitze Kraft sammelte. Der Grasregen. Rose Carter hatte vorhergesagt, dass er bald beginnen – dass dieser Regen tatsächlich schon überfällig war – und gegen Ende des Monats so schnell zu Ende gehen würde, wie er begonnen hatte.

Tee. Sie war in die Küche gekommen, um Tee zu kochen. Sie ging zum Schrank, öffnete eine Blechbüchse nach der anderen und wurde immer wütender. Wo war der Tee? Es ärgerte sie, dass sie in ihrer eigenen Küche solch wichtige Dinge nicht finden konnte. Idi war noch nicht von der Post zurückgekehrt. Nur er wusste, wo der Tee war, weil Ronald sagte, die Küche sei sein Reich, und darauf bestand, dass den

Dienern die volle Verantwortung übertragen würde. Er sagte, er wisse alles über Diener. Man müsse sie ihrer Arbeit überlassen und ihnen die volle Verantwortung übertragen. Florence hatte gewusst, dass es dumm war, sich auf einen Diener zu verlassen. Woher sollte Idi wissen, wo sie ihren Tee, das Besteck und all die anderen Dinge aufbewahren wollte? Und nun war sie selbst beim Finden und Zubereiten der einfachsten Dinge von diesem Boy abhängig.
Als sie die letzte Schranktür mit einem Schnappen des Riegels und dem Klirren von Tassen schloss, brachte ein gewaltiger Donnerschlag das Haus zum Beben. Einen Augenblick dachte sie, ihr Zorn hätte das bewirkt. Der Donner hallte von den fernen Rabai-Hügeln wider, und Florence machte sich wieder auf die Suche nach dem Tee. Verzweifelt öffnete sie die Tücherschublade und fand den Teebehälter. Er war unter einem geblümten Küchenhandtuch verborgen.
Die Teekanne war leichter zu finden. Sie stand gefährlich wacklig auf dem Abtropfgestell. Es war einfach zu viel. Sie musste ihre Küche in Ordnung bringen. Wie sonst sollte sie zurechtkommen, wenn unerwartet Besuch eintraf?
Aber das würde hier selbstverständlich nicht geschehen. Sie würde nach Shrewsbury zurückkehren. Nach Hause zu ihren Verwandten, Freunden und Bekannten. Und sie würde erklären müssen, wieso sie schon nach einem einzigen Monat mit ihrem Mann wieder zurückkam. Sie würde sich gegen die herablassenden Worte wappnen und die mitleidigen Blicke ihrer Schwestern und ihrer Mutter ignorieren müssen. Sie würde versuchen, tapfer zu sein, wenn ihr Vater ihr sagte, dass es so wahrscheinlich das Beste sei. Ihre Wangen glühten bei dem Gedanken daran.
Wieder ein Donnerschlag, diesmal begleitet von einem Blitz.

Regen begann auf das Dach zu trommeln. Große Tropfen klatschten gegen die Fensterscheibe.
Selbstverständlich würde sie die wunderbaren Nachrichten von Ronalds Beförderung betonen. Sie würde vergnügt erklären, dass das zusätzliche Geld ihre Aussichten so viel besser machte. Aber das klang so hohl wie ein Butterfass vor dem Morgengrauen. Sie würde wie ein unbrauchbarer Zusatz für die Karriere ihres Mannes nach Hause zurückgeschickt. Oder wenn schon nicht unbrauchbar, dann zumindest überflüssig bei dem, was von ihm verlangt wurde.
Eine Ratte erschien aus einem Loch in der Fußbodenleiste, schnupperte und huschte auf die Speisekammer zu. Florence schauderte. Der Donner grollte über Mombasa.
Ronald hatte den Whisky vor sich und starrte aus dem Fenster das Gewitter an. Als sie hereinkam, drehte er sich um. »Ist dieser Regen nicht wunderbar?«
»Ich nehme an, der Tisch wäre dort draußen ziemlich fehl am Platze, aber ich mag die Esszimmerstühle. Du auch, Ronald?«
Ihr Mann schaute von ihr zu den Brokatstühlen und wieder zu ihr zurück. Er öffnete den Mund, schloss ihn aber wieder, ohne ein Wort gesagt zu haben.
»Ich denke allerdings, zwei werden genügen. Man hat an einem Gleisende sicher nicht viele Gäste. Wir können die anderen in Aufbewahrung geben. Und das Bett und dieses Sofa, auf dem du sitzt. Ich werde eine Liste machen.« Sie rauschte aus dem Wohnzimmer und kehrte einen Augenblick später mit Papier und Bleistift zurück. Sie setzte sich an den Tisch und begann zu schreiben.
»Florence.«
»Ja, Ronald?«

»Florence, was machst du da?«
»Ich fertige eine Liste unserer Möbel und der restlichen Habe an, die wir im Zelt brauchen können. Oder in der Hütte. Was immer es sein mag, wo man in einem solchen Lager wohnt.« Sie wandte den Blick nicht von dem Papier ab.
»Aber Florence –«
Sie blickte von ihren Notizen auf. »Ronald, lass das. Bitte.« Sie hatte den Bleistift erhoben wie ein Schaffner seine Kelle. »Ich muss dir etwas sagen. Ich habe versprochen, eine pflichtbewusste Ehefrau zu sein, ich habe geschworen, dich zu lieben und zu ehren und dir zu gehorchen, aber wenn du mich nach Hause schickst, nach England, nach Shrewsbury, damit meine Verwandten und Freunde mich bemitleiden können, weil ich meinen Mann schon einen Monat nach der Hochzeit verloren habe, nun …« Sie holte tief Luft. »Dann werde ich diesen Schwur brechen müssen. Den mit dem Gehorsam.« Ronald zog die Brauen hoch, und er setzte dazu an, etwas zu sagen, aber sie machte schnell weiter, wollte alles aussprechen, bevor sie ihm Gelegenheit gab zu antworten. »Aber das würde das einzige Mal sein. Ich würde dir von diesem Tag an stets gehorchen, wenn schon nicht von jenem Tag an – also von unserem Hochzeitstag, als ich versprochen habe, von diesem … von jenem Tag an zu gehorchen. Aber das tue ich nicht.«
Er blinzelte, weil er sie nicht verstand.
»Ich hoffe, ich habe mich klar ausgedrückt.« Florence legte den Bleistift hin, und zum ersten Mal schlich sich ein flehentlicher Unterton in ihre Stimme. »Wenn du mir bitte diesen einen Verstoß erlauben könntest, dann werde ich mein Bestes tun, dich von nun an zu lieben, zu ehren und dir ganz besonders zu gehorchen.« Sie hob das Kinn und wünschte sich, ihre Lippe würde nicht so zittern.

Für Preston hatten die Stunden, die Tage nach Florence' Erklärung, dass sie nicht nach England zurückkehren, sondern bei ihm in Afrika bleiben würde, ganz gleich, was geschah, etwas ganz und gar Unwirkliches. Es ging nicht so sehr darum, dass sich seine Frau geweigert hatte, seinen Wünschen Folge zu leisten, denn er hatte keine Ahnung, was ein Mann von seiner Frau in dieser Hinsicht erwarten konnte. Ihn verblüffte viel mehr, dass Florence die Unstimmigkeit offenbar vollkommen ausgelöscht hatte. Sie verhielt sich, als wäre sie vollkommen glücklich über die ganze Sache.

Preston nahm an, seine Verwirrung hatte damit zu tun, in einem Waisenhaus aufgewachsen zu sein – einem indischen Waisenhaus. Er hatte keine Ahnung, wie sich verheiratete Engländer und Engländerinnen verhielten. Mit der Ausnahme einer angloindischen alten Jungfer, die in der Waisenhausschule Geschichte und englische Grammatik unterrichtet hatte, hatte es in den ersten sechzehn Jahren seines Lebens keine Frauen gegeben. Als er mit sechzehn seine praktische Ingenieursausbildung begann, hatten ihn die hübschen jungen Huren, die dem Gleisbaulager folgten, gnadenlos gequält. Sie spürten die schreckliche Verlegenheit des jungen Sahib und lauerten ihm auf, zogen die Blusenausschnitte tiefer oder schwenkten provozierend die Hüften, während er bis zu den Haarwurzeln errötete.

Mit neunzehn Jahren hatte er schließlich seine Jungfräulichkeit an eine pathanische Verführerin mit den Augen einer Tigerin und der entsprechenden Wildheit verloren. Sie hatte in einer Woche leidenschaftlicher Hingabe ihre Libido und seinen Geldbeutel vollkommen erschöpft. Preston hatte sich eine Harnwegsinfektion eingefangen, das aber niemandem anvertrauen wollen, weil er befürchtete, seinen Ausbildungs-

platz zu verlieren. Die Krankheit hätte ihn umgebracht, wenn nicht einer der Ingenieure seine unterdrückten Schmerzensschreie in der Latrine gehört und ihn zu den Lagersanitätern geschickt hätte. Der Vorfall erhöhte seine Entschlossenheit, enthaltsam zu leben, aber es gab viele Nächte, in denen die Tigeraugen der Pathanin seine Träume beleuchteten.
Diese Affäre und eine oder zwei ähnliche Episoden in späteren Jahren hatten zwar für kurze Zeit den aufgestauten sexuellen Druck verringert, aber nicht dazu beigetragen, ihm mehr über Engländerinnen beizubringen, mit denen er weiterhin nur sehr selten in Kontakt kam.
Mit Mitte zwanzig schloss er sich einem Bautrupp im indischen Hinterland an. In den englischen Gemeinden dort ging es nicht allzu förmlich zu, und Preston und seine Kollegen wurden häufig zu gesellschaftlichen Ereignissen eingeladen. Es war sein erster Kontakt mit der besseren englischen Gesellschaft. Er beobachtete, wie die verheirateten Frauen aufs Empörendste mit den unverheirateten Eisenbahnleuten flirteten und dann schmollten, wenn ihre Ehemänner gerechtfertigterweise eifersüchtig reagierten. Solches Verhalten überzeugte Preston noch mehr davon, dass englische Frauen vollkommen anders waren als alles, was er kannte. Er hatte nicht die geringste Idee, wie diese fremdartige Spezies dachte, und befand sich daher, was dieses Thema anging, in einem Zustand ununterbrochener Verwirrung.
Auch als Florence ankündigte, sie werde nicht nach England zurückkehren, sondern ihm bewusst nicht gehorchen, war er eher verwirrt als verärgert.
Sie erledigte ihre Aufgaben im Haushalt mit beschwingtem Schritt und summte dabei ununterbrochen, wenn auch eher unmelodisch vor sich hin. Sie bereitete seine Kleidung für

seine Abreise zum Gleisende am Montagmorgen vor, als ginge er einfach nur zur Kirche. Preston beobachtete sie im Verborgenen hinter seiner einen Monat alten Zeitung hervor oder wenn er auf der Veranda seine Pfeife rauchte, während sie im Haus umhereilte, hier ein Hemd wusch und faltete, dort eine seiner löchrigen Socken stopfte, und wurde sich vage bewusst, dass er hier Zeuge einer wichtigen Lektion über die weibliche Philosophie wurde, ihre Bedeutung aber absolut nicht begreifen konnte.

Er fürchtete, dass Florence jeden Augenblick in Tränen ausbrechen würde, aber das geschah nicht. Oder vielleicht würde ihre Hochstimmung abrupt in Verärgerung umschlagen. Sie würde ihn als den verräterischen, gemeinen Kerl betrachten, für den er sich selbst zusehends hielt. Oder war es ein Fehler, so zu denken? Hätten seine verheirateten Kollegen bei der Indian Railways sich solches Benehmen bieten lassen? Er wusste es nicht. Er fühlte sich wie ein Zuschauer, der das Leben eines anderen Menschen beobachtet.

Wenn er wütend war, dann nicht auf Florence, sondern auf sich selbst. Er hatte diese ganze Sache schlicht verpatzt. Er hätte es ihr sagen sollen, sobald er Whitehouse' Angebot angenommen hatte. Seine Feigheit bewirkte nun, dass er vor Schuldgefühlen handlungsunfähig war. Er hätte an diesem Tag wie geplant nach Hause zurückkehren, sich mit Florence zusammensetzen und ihr dann ruhig und energisch erklären sollen, was geschehen musste und wieso es das Beste war. Er fragte sich, wie Florence auf ein solches Ultimatum reagiert hätte. Er schüttelte den Kopf. Er hatte keine Ahnung.

Er fragte sich auch, welche Erwartungen seine Frau bezüglich des Lebens im Gleisbaulager hatte. Hatte sie die geringste Ahnung, was sie erwartete? Wenn es auch nur annähernd wie in Indien zuging – und Preston befürchtete, dass es bestimmt nicht besser sein würde –, würde sie nur wenig oder gar kein frisches Wasser zum Waschen haben, in einem unbequemen Zelt wohnen und sich mit Essen abfinden müssen, das kaum zum menschlichen Verzehr gedacht war.

Aber zumindest hatte sie zugestimmt, in Mombasa zu bleiben, bis er sich im Lager eingerichtet hatte. *Eingerichtet!* Was für ein Witz! Sehr wahrscheinlich würde sie etwa einen Monat nach ihrem Eintreffen dort genug von allem haben und erfreut das Angebot annehmen, nach England zurückzukehren.

Was diese Aussicht anging, schwankten Prestons Gedanken heftig zwischen zwei Extremen. Wenn sie nach Hause zurückkehrte, könnte er seinem Traum folgen, die beste Eisenbahn der Welt zu bauen, ohne dass eine Frau, die unter der Umgebung litt, ihn behinderte. Aber Florence hatte bereits begonnen, einen Platz in seinem Leben zu füllen, der viel zu lange leer gewesen war. Er war immer allein gewesen, und nun schätzte er ihre Kameradschaft. Würde er sich je wieder an ein einsames Leben gewöhnen können?

Kapitel 3

Meile 16

Robert Turks Mund war vom Whisky trocken. Er brauchte Wasser. Er rollte sich zur Bettkante und stand langsam auf. Das gedämpfte Morgenlicht fiel durch Ritzen in den Läden, die ohnehin nicht gegen die Hitze halfen. Die Hitze lag auf ihm wie eine feuchte Wolldecke. Er zog die Fingernägel durch die Matte von borstigem Haar auf seiner Brust, dann kratzte er sich den Hintern.

Er konnte den Blick der Frau auf sich spüren, als er sich räkelte. Die grünen Augen des Mädchens aus Goa, grün wie die Augen einer Leopardin. Er wich ihrem Blick aus und ging zu der Tür des kleinen Anbaus, der als Küche für das alte Korallensteinhaus an der Vasco da Gama Street diente.

Er blinzelte im hellen Morgenlicht und tastete nach dem Wasserkrug auf dem Tisch, auf dem immer noch die Reste des Hummers der vergangenen Nacht lagen. Er trank einen großen Schluck und goss sich das kühle Wasser über die Brust, von wo es auf den Fußboden aus dünnen Holzleisten floss. Dann stellte er den Krug wieder auf seinen Platz neben der Waschschüssel, aber er starrte ihn noch einen Moment an. Es wäre nicht richtig, noch den Geruch des Mädchens an sich zu haben, wenn er mit dem Chefingenieur sprach. Also goss er sich Wasser über die Genitalien, bis das verfilzte Haar ordentlich nass war. Er dachte kurz daran, sich noch mehr zu waschen, entschied sich aber dagegen.

In der Tür des Schlafzimmers fand er sein Hemd auf dem Boden und benutzte es, um sich abzutrocknen, wobei er vorsichtig die Wunde an seinem Unterarm mied. Der Hyänenbiss hatte sich entzündet, aber die Goanerin hatte ein weiteres ihrer vielen Talente eingesetzt und die Wunde gereinigt. Bald schon würde sie Teil des Flickwerks ähnlicher Narben sein, die er in seinen mehr als vierzig Jahren angesammelt hatte. Er zog das Hemd über den Kopf, und als er daraus auftauchte, bemerkte er, dass die Frau ihn vom Ende des Betts aus anstarrte. Sie hockte nackt am Bettpfosten, ein Knie unter sich gezogen, einen Fuß auf dem Boden, und das Licht aus der Küche spiegelte sich in ihren grünen Augen. Ein sauberes Hemd – eines von seinen – hing über ihrer braunen Schulter. Er bückte sich, um seine Hose in dem Durcheinander zu seinen Füßen zu finden, und als er sich wieder aufrichtete, war sie neben ihm.

Er knurrte und ignorierte die Berührung ihrer weichen braunen Finger an seiner Brust, als er nach dem Hemd griff. Sie stand dicht neben ihm und beobachtete ihn. Er achtete nicht auf sie und ging an ihr vorbei zum Bett, wo er sein schmutziges Hemd auszog und sich hinsetzte, um die Hose anzuziehen. Sie ließ ihn nicht aus den Augen, das war ihm klar, aber er brauchte diese Augen nicht zu sehen, um zu wissen, welcher Ausdruck darin stand. Sie schaute ihn auf die gleiche geduldige Art an, wie der Leopard in der Abenddämmerung zusieht, wie die Gazelle zur Tränke kommt. Ruhig. Berechnend. Sie stimmte den Sprung ab, um ihre Beute in dem Sekundenbruchteil zu erwischen, in dem sie in ihrer Wachsamkeit nachließ, um zu trinken. Sie war genauso, seine Sumitra. Eine Leopardin. Lautlos. Auf ihre eigene Weise mächtig. Sie war sich dieser Macht bewusst und quälte ihn damit.

Er wischte sich das lange, wirre Haar aus dem Gesicht und

zog die Hosenbeine über die Ruinen seiner Schienbeine. Tropische Geschwüre hatten dort große Krater hinterlassen, Löcher, in die er seinen halben Daumen stecken konnte. Er stand auf, um die Hose hochzuziehen, aber sie war schon da und legte die Hand um seine Hoden, bevor er Gelegenheit hatte, den Hosenschlitz zu schließen. Ein tiefes, gutturales Grollen stieg aus seiner Brust auf. Sie sah ihn an. Hunger stand in diesem Blick, und auch eine Spur von Angst, denn sie wusste, dass er über ihre Geste vielleicht verärgert war, so kurz, nachdem sie beieinander gelegen hatten. Trotzdem stellte sie sich auf die Zehenspitzen und knabberte an seinem Hals. Sie zog ihn nach vorn, bis sie sein Ohr lecken konnte.

Er packte ihren Arm und riss ihn grob weg, aber ihr Blick hielt ihn weiterhin fest. Sie brachte ihn dazu, dass er sich fühlte wie ein Tier. Das war egal. Er würde sie noch einmal nehmen, denn es konnte viele Monate dauern, bis er wieder die Beine seiner Leopardenfrau spreizen konnte. Seines goanischen Mädchens. Seiner Sumitra.

Turk ging an seiner Karawane im Hafen von Kilindini entlang wie ein kampferfahrener Löwe. Eine wirre Mähne langen hellen Haars war unter dem breitkrempigen Hut hervorgerutscht. Die Spur eines Fauchens um seine trockenen, gerissenen Lippen vergrößerte die Ähnlichkeit noch. Er nahm den Hut ab, schüttelte den Kopf und steckte dann die ganze verfilzte Haarmasse wieder darunter, bevor er sich erneut seiner Inspektion der Reihe zuwandte. Er starrte jeden einzelnen Träger an, bevor er weiterging. Das hatte er sich schon in frühen Jahren angewöhnt. Wehe dem Mann, der wagte, den Blick nicht abzuwenden – eine von Turks mäch-

tigen Fäusten würde ihn wie ein Hammer treffen. Er hatte herausgefunden, dass Angst hervorragend geeignet war, um Menschen zu motivieren. Und es war besser, jede Aufsässigkeit im Keim zu ersticken, bevor es wirklich schwierig wurde.
An der Spitze der Reihe überprüfte er noch einmal seine Zählung. Hundertvierundfünfzig Männer, neunzehn Tiere, vier unterschiedliche Transportmittel, drei Wagen und – hier tippte er gereizt auf die Liste – zwei Passagiere.
Als er gestern Whitehouse gegenüber zugestimmt hatte, als Karawanenmeister für die Eisenbahngesellschaft zu arbeiten, hatte der Chefingenieur erklärt, er suche einen erfahrenen Mann wie Turk, um die Nachschubkarawanen zu seinen Vermessungslagern und Depots entlang der alten Sklavenstraße zum Viktoriasee zu führen. Er brauchte auch einen Mann, der jagen konnte und den Männern zusätzlich zu den getrockneten Lebensmitteln und den Dosen frisches Fleisch verschaffte. Erst später, als Whitehouse bei einer Tasse Tee – Turk hatte einen Whisky akzeptiert – gesprächig wurde, erwähnte er, dass es hin und wieder auch menschliche Fracht geben würde. Er sagte etwas über »die kommerzielle Wirklichkeit des Eisenbahnbaus« – Turk hatte keine Ahnung, was er meinte. »Die alten Tage der rein professionellen Jagdsafari gehen zu Ende, Mr. Turk«, verkündete Whitehouse. »Dieser Tage müssen wir variieren, wo wir können.« Und dann kündigte er an, Turk werde auf seiner ersten Safari zwei Kunden haben – einen Vermesser namens Hearne, der für einen Sonderauftrag aus London geschickt worden war und den Turk bis zum Nzoi bringen sollte, und einen Mann von der Heilsarmee namens Muldoon, der zum Taru-Lager wollte. Er erwähnte dabei nicht, dass Turk als ihre Amme

fungieren solle, aber der Karawanenmeister wusste aus bitterer Erfahrung, dass die menschliche Fracht ihn die meiste Zeit kosten würde.

Die Karawane zog sich länger als hundert Meter am Hafen entlang. Das blaue Wasser des nahen Indischen Ozeans verringerte die Vormittagshitze nicht, die in Wellen aufstieg. Der ganze Tag war dabei, Turk zu entgleiten, aber wichtige Angelegenheiten wie Personal und Inventar durfte man nicht übereilen. Er fuhr mit einem schmuddeligen Finger an der Liste entlang, die an einem kleinen Brett befestigt war.

Turk tippte auf die Namen der Passagiere auf der Liste. Hearne und Muldoon. Muldoon hatte er bereits am Vortag kennen gelernt, weil Whitehouse darauf bestand. Turk hatte keine Zeit für Religion, ganz gleich, in welcher Form. Nach seiner Ansicht waren die Christen eine Geißel für Afrika. Die Araber herrschten zumindest mit starker Hand. Das Christentum mit all seinem Gerede von Gottes Liebe und Vergebung würde nur die natürliche Ordnung zerstören. Afrika vergab nicht. Es war falsch, etwas anderes zu predigen.

Sechs Wasoga-Stammesleute hockten im Schatten der Wagen. Sie waren ein unangenehmer Haufen – hochgewachsen, schwarz und hässlich. Er konnte nichts dagegen einwenden, dass sie sich ihre Passage als Träger verdienten – die Karawane war zusammengestellt worden, bevor man ihn zum Karawanenmeister gemacht hatte. Aber Turk traute den Wasoga nicht und würde sie im Auge behalten.

Wieder warf er einen Blick auf seine Liste. *Hundertvierundfünfzig Männer, neunzehn Tiere, vier unterschiedliche Fahrzeuge, drei Frachtwagen …*

»Guten Morgen, Mr. Turk!« Eine fröhliche Stimme riss ihn aus seinen Gedanken.

Und zwei Passagiere. Er senkte die Liste, bevor er sich umdrehte. »Morgen, Captain Muldoon«, sagte er ohne jede Begeisterung.

»Ein wunderschöner Morgen. Gott lächelt auf unsere Reise herab«, sagte der Mann von der Heilsarmee. Er war nicht mehr jung, seine Jacke hing von schiefen Schultern, und seine wettergegerbte Haut sprach von vielen Stunden in der afrikanischen Sonne. Er sah irgendwie umgänglich aus, und zumindest war er vernünftig angezogen: gute Stiefel, Baumwollhemd und ein breitkrempiger Hut. Turk hatte nichts für die so genannte Weisheit übrig, die Haut zu bedecken und den Rücken zu polstern, um die schädigende Wirkung der starken Tropensonne zu verhindern. Er wusste, dass ein ordentlicher Priem in der Wange und ein Schuss Whisky aus dem Schnapsladen in starkem Tee alles waren, was ein guter Mann brauchte. Er spuckte einen tabakfarbenen Strahl in den Dreck.

Hinter Muldoon stand ein übergewichtiger junger Mann mit dicken Backen und verschwitztem rotem Gesicht. Er wischte sich die Stirn und warf einen herrischen Blick auf die Karawane, unternahm aber keine Anstrengung, sich vorzustellen.

»Sind Sie Hearne?«, fragte Turk.

Muldoon kam ihm sofort zur Hilfe. »Oh! Sie haben meinen Mitreisenden noch nicht kennen gelernt? Gestatten Sie? Mr. Walter Hearne, das hier ist Mr. Turk, unser Karawanenmeister.«

Hearnes Lippe verzog sich beinahe abfällig, als er den Blick über den Karawanenmeister schweifen ließ. »Sehr erfreut«, sagte er und wandte sich ab, ohne Turk die Hand zu reichen.

Turks Griff um den Bleistift wurde fester, aber er widersetzte sich dem Bedürfnis, diesen Gecken an der Kehle zu packen. Es wäre keine gute Idee, Whitehouse' besten Vermesser schon am ersten Arbeitstag anzugreifen. Aber Turk kannte die Menschen, und er wusste, dass dieser Mann Ärger machen würde. Er hatte gewaltiges Übergewicht, und die Safari würde für ihn eine große körperliche Herausforderung bedeuten. Außerdem war er auch noch unangemessen gekleidet. Er trug einen nutzlosen kleinen runden Filzhut, eine Weste und einen gestärkten Kragen, der schon in dem feuchtheißen Klima von Mombasa unbequem war, in der Taru-Wüste aber unerträglich sein würde.

»Sagen Sie, Turk«, begann Hearne, ohne sich auch nur zu ihm umzudrehen, »worauf warten wir noch?«

»Letzte Überprüfung. Wir brechen innerhalb einer Stunde auf.«

»Dann sollten wir langsam anfangen, oder?«

Turk ließ sich einen Moment Zeit, bevor er antwortete. »Sobald wir so weit sind«, sagte er durch zusammengebissene Zähne.

Die anmaßende Art des Vermessers schien Muldoon verlegen zu machen. »Wo sollen wir uns einreihen, Mr. Turk?«, fragte er.

»Bringen Sie Ihre Esel hinter mich und vor die Wagen. Dort wird der Staub erträglicher sein.«

»Danke, Mr. Turk«, sagte Muldoon. »Wir warten auf Ihr Kommando, Sir.«

Turk warf noch einen Blick zu Hearne, der sich entschlossen hatte, davonzuschlendern und nicht mehr an dem Gespräch teilzunehmen. Turk hatte ein unangenehmes Gefühl, was diese neue Stellung anging. Es mochte ihm manchmal schwer fallen, mit seinen Gefühlen zurechtzukommen, aber auf seine Instinkte konnte er sich verlassen. Das hier war kein guter Anfang.

In den Rabai-Hügeln kam der Pokot, der letzte seines Stammes, aus dem Dschungel wie ein Phantom aus dem Grab und lief schweigend hinter Turk her. Muldoon beobachtete die beiden, aber der kleine dunkle Mann und der Karawanenmeister wechselten kein einziges Wort. Kein Zeichen. Es gab nicht einmal einen Blick oder das Hochziehen einer Braue, aber es war offensichtlich, dass der Pokot zu Turks Leuten gehörte. Nach einer Hand voll Schritten schien es, als wäre er immer dort gewesen, in Turks Schatten. Er tänzelte hinter ihm her, und der lange, mit Schlamm verklebte Zopf, der aus dem kleinen Haarkreis auf dem ansonsten rasierten Kopf wuchs, schwang im mühelosen Rhythmus seiner Schritte. Sein Jagdbogen an einer Schulter und eine Schlinge an seiner Taille mit einer Faust voll Pfeilen stellten beinahe seine einzigen Kleidungsstücke dar. Ein langer Wurfspeer, den er aufrecht in einer Hand hielt, vervollständigte seine Bewaffnung. Er trug keine Vorräte.

Muldoon stieg von seinem Esel und führte das Tier, bis er auf gleicher Höhe mit Turk war. Der Karawanenmeister warf ihm einen Blick zu, versuchte aber nicht, ein Gespräch anzufangen.

Muldoon schwieg eine Weile und schnalzte dann anerkennend mit der Zunge, als durch die Bäume der Hafen sichtbar wurde. Schließlich brachte er den Mut auf, zu sagen: »Ich glaube nicht, dass ich Ihnen schon meinen Artikel gezeigt habe, Mr. Turk.«

Turk reagierte nicht, aber Muldoon wühlte bereits in der

Tasche. Er holte einen abgewetzten Lederbeutel heraus, von der Art, die die Leute für Tabak benutzten, aber Muldoon verwendete ihn dazu, den Ausschnitt aus der Zeitung *The Field* aufzubewahren.
»Ich bin so etwas wie ein Schriftsteller«, sagte er lächelnd. Wieder warf er Turk, der ihn bis dahin ignoriert hatte, einen Seitenblick zu. So schnell ließ er sich nicht entmutigen. »Da, sehen Sie?«, sagte er und hielt Turk das Papier vor die Nase. »›Die Insel des Krieges, von Captain W.I. Muldoon‹. Es geht selbstverständlich um Mombasa.«
Turk schien unsicher zu sein, ob er das Papier wahrnehmen sollte, aber schließlich warf er einen kurzen Blick darauf. Muldoon hielt ihm den Zeitungsausschnitt wie einen Kelch in seinen kurzen, dicken Fingern entgegen, bis Turk nachgab und ihn in die große Faust nahm.
»Hm«, sagte er und reichte ihn zurück.
»*The Field* hat eine hohe Auflage. Hatten Sie je Gelegenheit, *The Field* zu lesen, Mr. Turk?«
»Nein.«
»Selbstverständlich! Sie haben selbst zu viel im Feld zu tun, wie?« Sein vergnügtes Lachen verklang in Turks Schweigen.
Der Karawanenmeister drehte sich um und schrie an der Reihe entlang. »Saleh! Saleh! Das reicht nicht … Treib die faulen Mistkerle da hinten ein bisschen an.«
Muldoon hatte gehofft, ein Gespräch mit Turk beginnen zu können. Er glaubte fest daran, dass natürliche Anführer wie Turk genutzt werden könnten, um mehr Seelen auf den Weg Gottes zu ziehen. Er versuchte, seine Enttäuschung über Turks Mangel an Interesse zu verbergen. Aber die Reise zum Taru-Lager würde mindestens zehn Tage dauern. Das war

Zeit genug. Er warf dem Pokot einen Blick zu, bemerkte aber auf dem kleinen runden Gesicht einen unheilvollen Ausdruck, der ihn beunruhigte.
Muldoon lächelte. »Hübscher Halsschmuck«, sagte er und nickte zu den roten und gelben Perlenschnüren hin, die der Pokot fest um seinen dünnen Hals gebunden hatte.
Der Pokot antwortete nicht, was Muldoon seine Feindseligkeit noch deutlicher machte. Der Heilsarmeemann wurde langsamer. »Nun …«, murmelte er, als Turk und sein seltsamer kleiner Freund weitergingen.
Dann stieg er wieder auf seinen Esel und wartete darauf, dass Walter Hearne ihn einholte. »Ein seltsamer Bursche, unser Mr. Turk«, sagte er zu dem Vermesser.
»Ein verdammter verwahrloster Hinterwäldler, wenn Sie mich fragen, Captain Muldoon«, sagte Hearne und wischte sich mit einem klatschnassen Tuch unter dem fetten roten Kinn.
»Er interessierte sich sehr für meinen Artikel.«
»Ich wünschte, er würde sich wenigstens waschen«, fuhr Hearne fort. »Stinkt wie ein verdammter Nigger.«
»So trocken, wie diese Jahreszeit ist, weiß ich nicht, ob wir auch nur genug Trinkwasser haben werden«, antwortete Muldoon, »von Waschwasser gar nicht zu reden.«
»Gottverlassenes Land. Widerlich heiß. Nirgendwo am Weg eine Station. Und dieser verfluchte dreiste Hinterwäldler, der uns anführt – ich kann mir nicht vorstellen, dass er weiß, was er tut. Kann sich nicht mal deutlich ausdrücken. Und dieser kleine Wilde, den er da bei sich hat – unerträglich.«
Muldoon suchte nach Worten, um seinen Reisegefährten zu beruhigen, dem die Hitze und der Staub offenbar sehr zu-

setzten, aber er hatte noch keine gefunden, als Hearne schon fortfuhr.
»Wenn ich zurückkehre, werde ich Whitehouse einiges darüber zu sagen haben! Ich will verdammt sein, wenn ich nicht sehr deutlich werde!«

Turk spürte es erneut. Diesmal schaute er den Pokot an, der nach Osten lauschte. Sie wechselten einen Blick. Turk blieb stehen und spähte die Eisenbahnschienen entlang bis zu der Stelle, wo sie schimmerten und dann über einer dicht bewachsenen Anhöhe verschwanden.
Es war tatsächlich mehr ein Gefühl als ein Geräusch. Der Heilsarmee-Hauptmann und der Vermesser, die etwa vierzig Meter hinter ihnen ritten, schienen es nicht wahrzunehmen. Der Pokot blinzelte in die Hitzeschlieren und verzog sein kleines Gesicht.
Hundert Meter weiter duckte sich Turk und legte die Hand auf die Schiene. Der Pokot bückte sich, bis sein beinahe nacktes Hinterteil zum Himmel zeigte, und drückte sein kleines Ohr auf die Schiene. Sein Zopf lag auf einer Schwelle wie eine schlafende Puffotter.
Als Turk wieder an der Karawane entlangschaute, die sich nach Osten zog, entdeckte er eine weiße Säule, die über ihr aufstieg. Sie erhob sich höher, während sie hinschauten – eine Wolke, klar und deutlich geformt. Sie ritt auf ihrem eigenen Wind auf sie zu.
Das Ende der Karawane schwankte und bewegte sich von den Schienen weg in den gerodeten Bereich daneben. Ein schwarzer Punkt erschien aus dem Hitzedunst und wuchs zu einer eisernen Kugel. Dampf schoss seitlich aus ihrem Bauch. Die Rauchwolke, nun nicht mehr rein weiß, sondern

mit braunen Schlieren, hing als sich blähende Säule dahinter und brach hin und wieder, wenn sie sich in den dichten Akazienhainen verfing.

Huuuuu!, heulte die Eisenkugel.

Männer und Tiere wichen aus. Der Zug wurde langsamer, zischend und keuchend, und kam keine fünf Schritte von Turk entfernt bebend zum Stehen. Der Pokot warf einen letzten abschätzenden Blick zum Karawanenmeister, dann kletterte er den Hang hinauf, wo er an seinen Pfeilen nestelte und das eiserne Ungetüm anstarrte.

Der Messingschornstein der riesigen Maschine ragte zu einer viel beeindruckenderen Höhe auf, als Turk aus der Ferne zunächst angenommen hatte. Auf der grünen Rauchkammertür stand in gelben Buchstaben *Uganda Queen*. Zwei kleinere Messinglaternen hingen auf beiden Seiten direkt über dem Gleisräumer. Rote aufgemalte Bänder wanden sich von den gelben Buchstaben aus um die Seite der Rauchkammertür und an den Flanken der Lok zum Führerstand, einem schwarzen Klotz, der sich über die lang gezogenen, glatten Linien des Kessels erhob.

Turk ging um den brusthohen Gleisräumer herum und folgte dem roten Band. Er fuhr mit dem Finger darüber. Der Bauch der Lokomotive hatte das gleiche Grün wie der Kohlewagen. Einzelheiten an Vorsprüngen und Streben waren rot und gelb lackiert. Eine kleine Dampfwolke wurde auf seine Beine ausgeschnaubt. Er trat zur Seite und starrte blinzelnd in die dunklen Eingeweide aus Zahnrädern und Ventilen. Ein Geruch wie von glühendem Metall, von geölten Maschinenteilen und von Farbe, die ihren Weg zu heißen Stellen gefunden hatte, wo Farbe nicht bestehen konnte, stieg ihm in die Nase.

Turk steckte die Hand nach dem Kessel an einer Flanke über einem silbernen und schwarzen Rad aus und berührte ihn vorsichtig. Das bemalte Metall war heiß, aber nicht unangenehm heiß. Er betastete es. Er klopfte mit dem Knöchel dagegen. Es klang wie eine Glocke, fühlte sich gut an.
Am Hang oberhalb der Gleise folgte der Pokot Turk. Sein Lippenpflock aus Elfenbein tanzte, als er grinste und kleine, spitze Zähne entblößte.
Turk ging weiter am Kohlewagen vorbei zu einem Waggon mit Jalousien und hölzernen Schiebefenstern. Whitehouse lehnte sich aus dem Fenster wie ein Schuljunge, der sich über einen gelungenen Trick freut. Als Turk sich auf die Eisenstufen am Ende von Whitehouse' Wagen zog, konnte er drinnen Büromöbel sehen: ein paar Stühle, ein Schrank und eine Glaslampe mit Schnörkeln, die am Rand eines mit grünem Filz bezogenen Schreibtischs stand.
Turk stieg den Hang hinauf zu dem Pokot. Von dort aus konnte man den Zug, der aus Lokomotive, Kohlewagen, zwei Waggons und einem Bremswagen bestand, besser bewundern. Von vorn bis hinten maß er nicht mehr als fünfunddreißig Meter, aber er passte hervorragend zu den silbernen Schienen, die sich vor und hinter ihm in die Ferne zogen.
In seiner Zeit als Seemann hatte Turk die Macht eines Schiffsmotors im staubigen, finsteren Bauch eines Dampfschiffs erlebt. Aber hier war eine Maschine, die im Tageslicht strahlte. Sie verfügte über Schönheit und Farbe, sie war von hervorragender Technik und perfektem Gleichgewicht.
Ein Schrillen der Dampfpfeife ließ die Webervögel von den Ästen über ihren Köpfen aufflattern. Die Räder drehten sich, die Lokomotive schauderte, dann holte sie Luft und rumpelte majestätisch weiter.

Eine Stunde später erreichten Turk und seine Karawane das Gleisende, wo die silbernen Zwillingsspeere an der Mazeras-Schlucht plötzlich abbrachen. Die schlanken Streben einer unvollendeten, hundertzwanzig Meter langen Gitterbrücke reckten sich in die Abenddämmerung.
Die *Uganda Queen* stand wie besiegt auf den letzten vierzig Metern Gleis. Das Licht ihrer Zwillingslaternen fiel über die Schlucht hinweg in den geräumten Bereich dahinter, aber der Zug konnte nicht weiterfahren. Ohne die Brücke konnte der ordentlich bereitliegende Stapel Schienen nicht verlegt werden. Ohne Schienen konnte die Lok ihren Galopp übers Land nicht fortsetzen. Die Dampfmaschine schien in stiller Frustration zu sieden.
Turk ging zur Brücke und staunte. Die sauberen, frisch behauenen, weißen Balken bildeten einen intensiven Kontrast zu den dunklen Granitfelsen. Die Symmetrie des Gitterwerks war faszinierend.
Turk nahm den Hut ab und wischte sich mit dem Taschentuch Dreck und Schweiß aus dem Nacken. Er brauchte ein wenig Einsamkeit, um die Gedanken, die ihn während des Tagesmarschs beschäftigt hatten, zusammenzufädeln. Die Eisenbahn war gewaltsam in sein Bewusstsein eingedrungen und hatte seine Ansichten über dieses starke Land erschüttert.
Er war schon am Morgen bedrückt gewesen, als er den Weg entlang den Schienen begonnen hatte. Zunächst folgte die Eisenbahnlinie der alten Karawanenstraße aus Mombasa heraus und bog erst auf den Rabai-Hügeln ab, um sichere, sanfte Hänge zu nutzen, und stieß dann immer wieder auf die Straße, bis sie erneut abbog, auf der Suche nach besseren Anhöhen. Sie war wie eine auffallende Hure, die den alten

Mann Karawanenstraße mit dreisten neuen Tanzschritten verlockte. Am Ende kamen die beiden wieder zusammen, und Karawanenstraße und Schienenweg wurden eins. Meile um Meile liefen die silbernen Fäden vor ihnen her, manchmal offen bis zum Horizont, an anderen Stellen spielten sie im Wald Verstecken.

Aber Turk kannte sich mit den Machtspielchen aus, die sich dahinter verbargen. Hier hatte eine gewaltige Schlacht der Willenskraft stattgefunden, wie die Kämpfe zwischen einem Mann und einer Frau, und die Eisenbahn hatte gesiegt. Die Landschaft war unwiederbringlich verändert. Eine Schneise war durch den Busch geschlagen worden, und Haufen schwelender Baumwurzeln und verfaulenden Grünzeugs markierten ihren Weg. Vögel aus der Savanne kamen, um diesen Tod zu bestaunen und an den Kadavern zu picken. Der Geruch von Fäulnis hing in der feuchten Luft.

Aber das Land war nicht nur oberflächlich verwüstet, auch sein Geist war schwer verwundet. Den ganzen Tag hatte Turk mit dem Gefühl gerungen, dass die Eisenbahn dem afrikanischen Busch mit ihrer Ordentlichkeit und ihrer geplanten Streckenführung etwas genommen hatte. Es war, als wäre eine wesentliche Kraft verschwunden, weil man dem Land geplante Steigungen, berechnete Einschnitte, von Menschen hergestellte Schwellen, Bolzen und Schienenstränge auferlegt hatte. Afrika war seit Jahrhunderten ein Land der Jäger gewesen, aber die Eisenbahn hatte seine Wildheit zu einer kaum wiederzuerkennenden Gestalt verzerrt. Die Gleise selbst nahmen in diesem weiten Land nur wenig Raum ein, aber etwas war durch sie zutiefst verändert worden. Kette um Kette von Schienen, Reihen von Schwellen. Der silberne Zwillingsschaft, beunruhigend und unveränderlich parallel.

Bald schon würde dem Land durch die ordentliche Bewegung von Zügen, das Einhalten von Fahrplänen, das Hin und Her von Waren weitere Disziplin auferlegt werden.
Turk hatte sich schon zu Beginn des Tages gefragt, ob er mit seiner Arbeit einen Anteil an der Zerstörung von Afrika hatte. Als dann der Zug eintraf, pfeifend und dampfend aus dem Nichts, war es wie eine Erleuchtung gewesen. Seine Gefühle hatten sich verändert. Hier war etwas Mächtiges. Turk hatte begonnen, sich nach dem Platz dieser Maschine in seiner Welt zu fragen.
Er blickte zum Himmel auf und schüttelte den Kopf. Hier stand er und trödelte herum, und dabei war es schon beinahe dunkel. Es gab noch viel zu tun, bevor er sich den anderen beim Abendessen im Lager anschließen konnte. Vor allem musste er sich um das kümmern, was er Schuljungendisziplin nannte. Turk hielt es für das Beste, bei jeder Karawane schon früh zu demonstrieren, was mit Trägern passierte, die sich nicht an die Anweisungen des Karawanenmeisters hielten. Es war an diesem Tag nur zu ein paar geringeren Verstößen gekommen, aber er würde schon etwas finden, was seinem Zweck diente.
Als er sich widerstrebend von der Brücke abwandte, hatten sich seine Gedanken beruhigt, und er hatte einen Entschluss gefasst. Er würde die Eisenbahn tolerieren.

Als Turk den Kreis um das Lagerfeuer betrat, wo Muldoon, Hearne und der Lokführer saßen, war Hearne schon wieder dabei, sich zu beschweren, diesmal darüber, dass er dreizehn Meilen mit der Karawane hatte zurücklegen müssen, obwohl es eine hervorragende Schienenstrecke für diesen Weg gab.

»Aber Mr. Hearne«, wandte Muldoon ein, »wir hätten doch sicher nicht alle im Zug Platz gehabt, all die Menschen und Tiere.«

»Ich sprach auch nicht davon, alle mitzunehmen, Captain Muldoon. Nur uns.«

»Oh.« Der Heilsarmeemann schwieg.

»Dreizehn Meilen in Hitze und Staub«, sagte Hearne und schlug gereizt nach einem Moskito. »Welcher inkompetente Idiot trägt wohl die Verantwortung für diese Entscheidung?«

Turk ignorierte die Bemerkung und ging zu dem Kochtopf, der in den Kohlen neben dem Feuer stand. Er hatte Hearnes immer heftiger werdende Nörgelei den ganzen Tag über mit wachsendem Abscheu beobachtet. Der Vermesser kam nicht mit der Hitze zurecht und ging auf jeden Träger los, der das Pech hatte, ihm bei einem seiner vielen Ausbrüche in den Weg zu geraten. Er jammerte über alles, von der Hitze bis zu den Wegverhältnissen. Er war ein miserabler Reiter und schlug seinen Esel gnadenlos mit einer Gerte, wenn das Tier mit seinen unzureichenden Befehlen nichts anfangen konnte. Turk hielt Grausamkeit gegenüber Tieren für feige.

»Ich hingegen fand diesen Tag recht erfrischend«, rief Captain Muldoon. »Ja, sehr gut organisiert und geführt. Selbstverständlich dank unserem Karawanenmeister Mr. Turk.«

Wieder sagte Turk nichts dazu und trug seine Schale schweigend zu einem Sitz auf der anderen Seite des Feuers. Er hasste all dieses Geschwätz am Lagerfeuer und die falsche Kameraderie, die dabei aufkam. Es war schlimm genug, dass er sich um diese Leute kümmern musste, aber er hielt es nicht für notwendig, sich auch noch mit ihnen anzufreunden.

»Ah, Mr. Whitehouse«, sagte Muldoon, sichtlich erfreut

über das Eintreffen des Chefingenieurs und das Ende des unbehaglichen Schweigens. »Womit haben wir dieses Vergnügen verdient, Sir?«

»Nur eine Inspektionstour, Captain«, sagte Whitehouse und setzte sich ebenfalls ans Feuer. »Ich habe meinen Gleisbauingenieur gefunden. Ein Bursche namens Preston. Wollte dafür sorgen, dass er nicht aufgehalten wird, während wir die Brücke da drüben fertig bauen.« Er nickte über den Lichtkreis hinaus. »Tee«, sagte er zu dem Diener, der am Rand der Dunkelheit wartete.

Captain Muldoon fand einen Grund, seinen Ausschnitt aus *The Field* herauszuholen, und wiederholte die Geschichte, die er Turk zuvor schon erzählt hatte.

»Lobenswert, Captain.« Whitehouse nickte. »Sie müssen viel gesehen haben.«

»O ja, in der Tat. Es gibt Orte in Afrika, dunkle, verlorene Orte, wo ich die kalte Hand Satans auf mir gespürt habe. Hässliche, gottlose Höllenlöcher, die jeder christlichen Beschreibung spotten. Ich kann zum Beispiel nie den Malindi-Wald ohne die verstörende Vorstellung durchqueren, dass dort verlorene Seelen umgehen. Ich weiß nicht, was in diesem Wald in vergangenen Jahrhunderten geschehen ist, aber es gibt dort etwas Böses. Man spürt die kalte Hand, die einen im Genick packt. Wer weiß, welch gequälte Geister ihn heimsuchen?« Er schüttelte den Kopf.

Turk warf den beiden anderen einen Blick zu. Der Lokführer lag auf dem Rücken und schnarchte leise. Hearne hatte sich umgedreht und strengte sich an, über den Lichtkreis des Lagerfeuers hinauszuspähen. Turk hatte zuvor gehört, wie ein Zweig oder zwei gebrochen waren. Es war ein harmloses Schuppentier auf Futtersuche, aber Hearne saß wie erstarrt auf seinem Stuhl. Es war nicht das erste Mal, das Turk bei dem Vermesser Anzeichen von Nervosität bemerkte. Er stöhnte innerlich. Nahmen die Probleme mit diesem Mann denn kein Ende?

»Und die Sklavenmärkte von Sansibar«, fuhr Muldoon fort. »Unbeschreiblicher Dreck. Gestank. Das schreckliche Elend von Kindern, die für eine Hand voll Mais verkauft werden. Die frischen Gesichter von jungen Leuten, die nicht wirklich wissen, was sie erwartet, deren gehetzten Blicken man aber ansieht, dass sie ahnen, dass ihnen bald etwas ausgesprochen Böses zustoßen wird.« Er rang die Hände. »Und dennoch, es gibt auch andere Orte, Gott sei Dank, Orte von großer Schönheit … was kann ich sagen? Sie sind so schön, dass ein erwachsener Mann sich abwenden muss, damit … damit er nicht in Tränen ausbricht.«

Hearne wandte seine Aufmerksamkeit wieder dem Gespräch zu und schnaubte. »Mein lieber Captain«, sagte er herablassend, »ein bisschen sehr romantisch, wie?«

Muldoon lief rot an und lächelte verlegen. Turk trank einen Schluck von seinem Whisky-Tee.

»Oh, ich mag ein Romantiker sein«, fuhr Muldoon schließlich fort, »aber dieses Land hat vieles, wofür man dankbar sein kann. Die Turkana-Wüste weist, obwohl sie aus nichts als Sand besteht, eine unglaubliche Schönheit auf. Ein kalter Morgen in den Ausläufern der Aberdares, wenn der Schnee des Mount Kenya leuchtet wie das Licht des Himmels …« Wieder wandte er sich Whitehouse zu, und seine Augen glänzten. »Das sind Geschenke Gottes. Sie machen das Böse erträglich. Sie erfüllen meine Seele mit Hoffnung, dass Gottes Botschaft eines Tages die Leere dieses dunklen Lands füllen wird.«

Hearne lachte laut. »Ha! Bitte, Captain, ersparen Sie uns ihre poetische Ader. Das hier ist ein Höllenloch, ein reines Höllenloch. Es ist bevölkert mit widerwärtigem Viehzeug, ob es nun hässliche Schwarze sind oder Weiße, die in der zivilisierten Welt nicht imstande waren, eine Stellung zu finden. Und ich möchte hinzufügen, dass es hier nichts gibt, das man selbst mit der allergrößten Fantasie als anziehend bezeichnen könnte.«

Muldoon wirkte erschüttert.

»Lassen Sie sich nicht entmutigen, weil Gottes Botschaft noch nicht im gesamten Land gehört wird, Captain«, sagte Whitehouse. »Jedes Jahr breitet sich der britische Einfluss tiefer und tiefer in diese Leere hinein aus.«

»Oh, in der Tat, Mr. Whitehouse.« Die Ermutigung belebte Muldoon ein wenig. »Und genau aus diesem Grund bauen Sie Ihre großartige Eisenbahnlinie – um Zivilisation zu verbreiten und die Sklavenjäger zum Teufel zu schicken!«

»Selbstverständlich geht der Kampf gegen die Sklaverei weiter.« Whitehouse nickte. »Aber es gibt heutzutage dringlichere Forderungen an die Eisenbahn.«

»Das kann doch sicher nicht sein, Sir! War es nicht Dr. Livingstones Kampagne in der *Times*, mit der alles begonnen hat?«

»Livingstone – Anfang der siebziger Jahre, nicht wahr? Und tatsächlich hat Rosebery ihn häufig zitiert, um sich die Unterstützung der kleineren Parteien zu sichern. Aber die Zeiten haben sich geändert. Politik, Geopolitik, um genauer zu sein, ist die moderne Triebkraft.«

»Wie das?«

»Die Franzosen breiten sich im Norden aus, am Oberlauf des Nil. Und die Belgier ebenfalls.«

»Sprechen Sie vom Sudan? Und Ägypten? Aber diese Regionen gehören uns!«, sagte der Captain überrascht.

»Und wir haben vor, sie auch zu behalten. Wenn fremde Mächte den Nil beherrschten, würde das auch Suez in Gefahr bringen. Und ohne Suez könnten wir Indien, den Edelstein, verlieren.«

Captain Muldoon dachte schweigend darüber nach.

Turk zog eine Pfeife heraus, nahm ein kleines brennendes Scheit aus dem Feuer und erweckte den Tabak zum Leben.

Whitehouse fuhr fort. »Sicher, die Eisenbahn wird die Sklaverei wahrscheinlich ohnehin besiegen. Es kostet dreihundert Pfund, eine Tonne Elfenbein aus Uganda hinauszubringen. Die Lasten von Sklaven tragen zu lassen, die am Ende der Reise verkauft werden, hat diese Kosten ausgeglichen. Dennoch, wenn man die Verschwendung bedenkt – einige sagen, dass nur ein Mann von fünfen überlebt –, wird das in Zukunft finanziell unsinnig sein.«

»Und dem Herrn sei dafür gedankt, Mr. Whitehouse.« Muldoon seufzte. »Ja, der Herr sei gelobt. Ah, aber trotz all seines Elends könnte Afrika uns noch überraschen. Sie haben vielleicht von Mr. Gregory gehört?«

»Gregory? Nein, das glaube ich nicht.«

»Mr. Turk, vielleicht wissen Sie von Mr. Gregory?«

Turk blies eine Wolke von Tabakrauch in den Aufwind des Feuers. »Nein.«

»Sie wissen nicht von seiner Erforschung des Ostafrikanischen Grabenbruchs?«

Whitehouse schüttelte den Kopf. »Hm … nein.«

»Nun, er hat vor nur drei Jahren an einem Ort namens Olergesaillie Dinge gefunden, die nahelegen, dass es Ostafrika war, wo Gottes Berührung Adam aus dem Ton schuf.«

Turk spuckte in die Dunkelheit neben seiner Schulter.
»O ja! Ich erinnere mich!«, sagte Whitehouse. »Dieser Bursche von der Royal Geographic Society.«
»Ja genau. Die Royal Geographic Society.«
»Ich kann nicht behaupten, viel über dieses geologische Zeug zu wissen. Aber behauptete er nicht, dass die Dinge, die er gefunden hat, älter seien als die Bibel?«
»Oh, das ist einfach nur Unsinn. Wichtig ist, dass es hier war, wo Gott dem ersten Menschen das Leben einhauchte. Denken Sie nur, Mr. Whitehouse! Hier in Afrika!«
»Oh, um Himmels willen«, fauchte Hearne und stand auf. »Ich habe genug von diesem Geschwätz. Ich gehe ins Bett.«
Whitehouse wünschte ihm eine gute Nacht. Muldoon war besorgt: »Oje, ich hoffe, ich habe Sie nicht –«
»Jedem das Seine, wie es heißt, Captain«, sagte Whitehouse in einem Versuch, den nervösen Heilsarmeemann zu beruhigen. »Was mich angeht, so bleibe ich bei der Eisenbahnarbeit. Was meinen Sie dazu, Turk?«
Turk schwenkte den Tee mit Whisky und trank den Becher leer, bevor er antwortete. »Der Schwarze ist nicht im Stande, über das Essen in seinem Bauch und eine Frau in seiner Hütte hinauszudenken. Das sind seine Prinzipien. Wenn er beides erhalten kann, ohne zu arbeiten, wird er das tun. Wenn er für mich arbeitet, wird er sie sich verdienen. So einfach ist das. Und ich brauche keine Bibel, um ihnen diese Lektion beizubringen.«
Ein Schmerzensschrei erklang außerhalb des Lichtkreises, den das Lagerfeuer warf. Turk war sofort auf den Beinen und stürzte in die Dunkelheit. Er sah, dass Hearne den Diener mit der Reitpeitsche bearbeitete.
Turk hielt Hearnes erhobenen Arm fest. »Um was geht es

hier?«, fragte er barsch. Der Diener hockte am Boden, die Hände schützend erhoben.
»Dieser verdammte Trampel ist über mich gefallen!«, donnerte Hearne.
Turn nahm ihm die Reitgerte ab und warf sie in die Nacht. Hearne sah so aus, als wollte er jeden Augenblick vor Zorn platzen, aber dann richtete er sich auf und starrte Turk wütend an.
»Ihre Aufgabe«, zischte Turk durch zusammengebissene Zähne, »besteht darin, Ihre verdammten Vermessungen durchzuführen.« Er beugte sich so dicht zu Hearne vor, dass der dicke Mann gezwungen war, einen Schritt zurückzuweichen. »Und es ist meine Sache, die Leute zu bestrafen. Wenn das notwendig ist.«
Hearne stapfte wütend davon. Turk war nie ein geduldiger Mann gewesen, und jetzt hatte er das Gefühl, dass sich seine Geduld dem Ende näherte.

Kapitel 4

Meile 29

Preston brach am Montag, dem ersten März 1897, früh vom Hauptsitz in Kilindini auf, denn er wusste, dass er es mit beinahe vierhundert widerspenstigen Kulis zu tun haben würde. Die Widerspenstigkeit war einer Anzahl von nachlässigen Geschäftsführern zu verdanken, die zu nachgiebig oder schlicht unfähig gewesen waren, die Männer anständig anzuleiten. Preston befürchtete, dass die Kulis durch diese Führungskräfte gelernt hatten, dass Falschheit belohnt wurde.

Er kannte sich mit dem Eisenbahngeschäft aus, das überwiegend nichts mit Wissenschaft zu tun hatte. Wenn man eine Eisenbahnlinie durch bisher unberührtes Land führen wollte, musste man mit den Arbeitskräften umgehen können. Gleisbaukulis waren in Afrika wie anderswo in Kolonnen organisiert, die jeweils von einem *Jemadar,* einem Vorarbeiter, angeführt wurden. Der *Jemadar* wurde für gewöhnlich eher wegen seiner Körperkraft als wegen seiner persönlichen Ausstrahlung ausgewählt, und *Jemadars* unterstanden wiederum einem noch größeren, kräftigeren und kriegerischeren Ober*jemadar.* Dies war die Befehlsstruktur, mit der Preston arbeiten musste und die er verstand. Seine erste Herausforderung bestand darin, sich selbst als den unanfechtbaren Ersten in der Befehlskette zu etablieren.

Die Kette begann mit den Buschrodern, die voranzogen und mit brutaler Gewalt die Vegetation in einem zehn Schritt breiten Bereich rodeten – gerade genug, dass ein Frachtwaggon auch um die engsten Kurven gelangen konnte, ohne etwas zu berühren. Hinter den Buschräumern kamen die Schienenleger, Männer, die die metallenen oder hölzernen Schwellen und darauf die Schienen verlegten. Erdrückende Armut hatte diese Leute veranlasst, ihre Familien in Indien zu verlassen. Warum sonst hätten sie gehen sollen? Sie wurden für zwei Jahre für den geringstmöglichen Lohn verpflichtet, der einen Mann veranlassen konnte, tausend Meilen von seinem Zuhause entfernt in einem fremden Land einer Arbeit nachzugehen, bei der Tod oder schwere Verletzungen zum Alltag gehörten.

Prestons erste Aufgabe bestand darin, diese Männer zu einer funktionierenden Gemeinschaft zu machen. Es brauchte keine glückliche Gemeinschaft zu sein, nicht einmal eine, die seinen Anweisungen freudig entgegensah, aber ohne starke Führerschaft würde er die schwierigen Ziele, die Whitehouse ihnen gesteckt hatte, nicht erreichen können. Jeder Arbeiter, vom Ober*jemadar* bis zum Teeboy, würde sich ihm widersetzen, das wusste er. Sie würden beträchtliche Fähigkeiten entwickeln, um jegliche Veränderung dessen, was zweifellos inzwischen ein tief verwurzeltes und bequemes Arbeitsmuster war, zu verhindern.

Er musste sie sich erziehen, oder die nächsten beiden Jahre würden die Hölle sein.

Der Morgen brach grau an. Es war Prestons zweite Arbeitswoche am Gleisende. Nur jämmerliche hundert Meter Schienen waren bisher verlegt worden.

Preston starrte den viereinhalb Meter hohen Damm hinunter und schüttelte den Kopf. Der Maji ya Chumvi, ein Salzwasserfluss, war nicht viel mehr als eine Reihe schlammiger, durch ein jämmerliches Rinnsal miteinander verbundener Tümpel. Und dennoch hatte er die Arbeiten zum Stillstand gebracht.

Quer über zwei Plattformwagen lag der Zwölf-Meter-Träger, der den Fluss überspannen sollte. Schienen und Schwellen lagen gestapelt bereit, um die Strecke weiterzuführen, aber der Träger konnte ohne die Krane, Flaschenzüge und Winden, die Preston vom Materialverwalter in Kilindini versprochen worden waren, nicht weiterbewegt werden. Und ohne die Brücke saßen sie fest.

Preston wartete nun schon seit drei Tagen auf die Ausrüstung, die er brauchte, um den Zwanzig-Tonnen-Träger in Position zu bringen. Er verfluchte den Materialverwalter; er hasste es, aufgehalten zu werden. Sein Ziel war eine Meile am Tag – das Ziel, das ihm Whitehouse gesetzt hatte, als er seine Stellung antrat. Es würde mehr als ein schweres Gewicht brauchen, um ihn vom Erreichen dieses Ziels abzuhalten.

Ihm war klar, dass der Mangel an Aktivität die Aufsässigkeit verstärkte, die viele Männer in den Kolonnen nicht einmal verbargen. Also hatte er seine Schienenleger gezwungen, die Vorbereitungen über den Fluss hinaus zu beginnen. Aber die Neun-Meter-Schienen von Hand vom Stapel über den Fluss zu tragen war schwierig. Die Männer begannen zu fluchen und warfen ihm böse Blicke zu, wenn er vorbeikam. Fünfhundert Pfund Stahl wurden nach einer Stunde in der tropischen Sonne sehr heiß. Nach zwei Stunden konnte das Metall die Haut verbrennen. Die Kulis schützten die Hände mit den Rändern ihrer *Dhotis,* aber das unmutige Gemurmel wurde lauter. Das hier war mehr, als ihre Arbeitsverträge verlangten. Und ihr Lohn hing nicht vom Fortschritt ab – es gab keine Akkordsätze. Die Arbeit ging nur noch schleppend voran.

Prestons Pandschabi war nicht schlecht, aber es hätte auch genügt, den Männern in die Augen zu schauen, um zu wissen, was sie empfanden. Sie hatten gelernt, dass Eigensinn sich auszahlte. Der neue Sahib würde schon nachgeben. Auf die eine oder andere Weise würden sie herausfinden, wo seine schwachen Punkte lagen.

Preston wandte sich wieder dem Problem mit dem Träger zu. Der lag mürrisch auf den Waggons, so trotzig wie die Kulis. Er ging zu dem Schwellenstapel und trat gereizt danach. Schwellen. Er hatte Hunderte davon. Er hätte eine ganze Brücke aus Schwellen bauen können. Wieder warf er einen Blick zu dem Träger. Zwanzig Tonnen schwarzer, unbeweglicher Stahl. Das Ding war breit genug, um die Spurweite der Bahn und noch ein wenig mehr zu tragen. Wenn er schon keine Brücke baute, dann konnten sie vielleicht ein Gerüst errichten – eine Übergangsmaßnahme, um den Träger an Ort und Stelle zu rollen.

Die Essenspause war zu Ende, aber die Männer rührten sich nicht. Es herrschte ein Klima, in dem Intrigen blühten und Feindseligkeit wuchs. Alles musste besser sein als diese Untätigkeit. Er beschloss, seinen Plan, ein Gerüst zu bauen, in die Tat umzusetzen.

»Ibrahim!«

Der Ober*jemadar* schaute über die Männer hinweg, schien seine Reaktion zu überdenken und stapfte dann auf Preston zu. Er hatte eine gezackte Narbe auf der Wange, die seinen offenbar stets höhnischen Gesichtsausdruck noch unterstrich. Ibrahim war ein mürrischer Kerl, aufbrausend und, soweit Preston sehen konnte, unwillig, auch nur den geringsten Verstoß zu vergessen. Erst zwei Tage zuvor hatte Preston seinen Ober*jemadar* von einem unglücklichen Kuli wegzerren müssen, damit der Mann nicht ernsthaft verletzt wurde.

»Ibrahim, ruf die Männer.«

Ibrahim sah ihn verärgert an, dann stieß er nach einer Pause, die dazu diente, Preston zu ärgern, einen Befehl aus.

Als die Männer sich zu einer unruhigen Gruppe versammelt hatten, stieg Preston auf den Schwellenstapel. »Also gut, wir werden nicht mehr auf den Kran warten. Wir überbrücken den Fluss.«

Er war nicht überrascht, dass sein Eifer auf keine Gegenliebe stieß.

»Ihr Männer« – er deutete auf die Gruppe rechts von ihm – »nehmt diese Schwellen hier und baut eine Plattform, kreuz und quer verlegt, und zwar unten am Flussufer.« Mit den Armen deutete er zwei parallele Linien an, dann zwei weitere in rechten Winkel zu den ersten. »Über Kreuz. Verstanden?« Nirgendwo war ein Anzeichen von Interesse zu erkennen. »Und ihr« – er zeigte auf die Gruppe zu seiner Linken – »nehmt diesen Stapel und baut eine andere Plattform am gegenüberliegenden Ufer.« Wieder vollführte er die Gesten. »Über Kreuz.«

Er ließ den Blick über die Versammelten schweifen. Niemand rührte sich. Preston warf Ibrahim einen Blick zu; der Mann hatte die Lider halb über die schwarzen Augen gesenkt, und ein dünnes, höhnisches Lächeln umspielte seine Lippen – Lippen, die für einen Mann zu rot und zu sinnlich waren. Preston wusste, dass das, was er hier tat, gefährlich werden konnte. Er spürte, dass Ibrahim kurz davor stand, seine Autorität herauszufordern. Das kam schon seit Tagen auf ihn

zu. Ihm direkt zu befehlen, dass er die Männer in den Fluss führte, und damit die unvermeidliche Konfrontation zu erzwingen, wenn der *Jemadar* sich weigerte, würde Ibrahim nur in die Hand spielen. Preston bezweifelte nicht, dass er sich früher oder später um diesen Mann kümmern musste, aber er würde es zu einem Zeitpunkt tun, den er selbst bestimmte, nicht, wenn der Ober*jemadar* die Initiative ergriff. An diesem Punkt war ein Rückzug jedoch unmöglich. Er war wütend auf sich selbst, weil er so dumm gewesen war.
»Also gut, ich zeige euch, was ich meine.«
Er sprang vom Stapel und landete direkt vor Ibrahim, der trotz seines wilden Aussehens unwillkürlich einen Schritt rückwärts machte. Das war genau das, worauf Preston gehofft hatte. Er drehte dem Ober*jemadar* den Rücken zu und zog eine Schwelle herum, um ein Ende packen zu können. »Wer hilft mir?«, fragte er in unbeschwertem Tonfall, der nichts von dem angespannten Knoten in seinem Bauch verriet.
Er schaute in die Gesichter in seiner Nähe, aber der Blick dieser Männer ging über Prestons Schulter hinweg zu Ibrahim. Einer nach dem anderen wandten sie sich ab, bis auf einen alten Mann, der seinen Blick erwiderte. Sein Kopf erinnerte an einen Wolf, sein Gesicht war faltig, der Ausdruck grimmig. Lange Strähnen von dünnem weißem Haar hingen unter einem schwarzen Turban hervor. Dunkelgrüne Augen leuchteten unter buschigen weißen Brauen hervor. Preston hatte das Gefühl, dass er einer Art Prüfung unterzogen wurde. Die grünen Augen hatten seine Seele gefunden und wogen einen Augenblick den Wert dieses jungen Mannes ab. Dann hob der alte Mann den Kopf, trat vor und rollte die Ärmel seines fleckigen grauen *Dhoti* auf.
Preston unterdrückte ein erleichtertes Seufzen, obwohl er

gehofft hatte, dass ein jüngerer Mann das andere Ende der schweren Grünholzschwelle nehmen würde. Er konnte sich nicht erinnern, diesen alten Mann auf seinen Runden gesehen zu haben, und war überrascht, dass man ihn überhaupt für fähig hielt, als Kuli zu arbeiten.

Ein Murmeln ging durch die Menge.

»Hervorragend!«, sagte Preston und zwang sich zu einem positiven Ton. »Nun nimm das andere Ende dieser Schwelle.«

Aber die alten Hände waren nicht mehr sehr stark, und es fiel dem Kuli nicht leicht, das Ende festzuhalten, als sie die Schwelle aufs Flussufer zutrugen. Als er das Ufer hinuntersteigen wollte, rutschte er aus. Alle schnappten nach Luft, als er nur knapp einem unangenehmen, vier Meter tiefen Sturz auf die Felsen entging, aber Preston hatte ihn taumeln sehen, griff zu, bevor er fiel, und nahm das gesamte Gewicht der Schwelle in seine Arme. Zitternd vor Anstrengung wartete er, bis der Alte wieder Halt gefunden hatte. Der Wolfskopf nickte anerkennend, und dann nahm der Kuli sein Ende der Schwelle wieder auf.

Sie stiegen das Ufer hinunter und legten die Schwelle in den Sand im trockenen Flussbett. Preston kletterte wieder nach oben und streckte dem alten Mann eine Hand entgegen, um ihm zu helfen, was dieser ohne ein Wort akzeptierte.

Das Gemurmel schien lauter zu werden. Preston konnte nicht herausfinden, was sie sagten, aber die Einmischung des alten Mannes wirkte sich offenbar aus.

Bei der zweiten Schwelle packte Preston unauffällig anders zu, um einen größeren Teil des Gewichts zu tragen. Der Abstieg war abermals gefährlich, und der alte Mann stolperte erneut, fing sich aber wieder.

Sie legten die Schwelle vor die erste, in der gleichen Richtung und etwa einer Schwellenlänge Abstand. Wieder zog Preston seinen Helfer hinter sich das Ufer hoch.
Die dritte Schwelle zu heben war eine schwere Prüfung für den inzwischen geschwächten alten Kuli. Er verzog das Gesicht, als die Schwelle rutschte und ihm die Haut an der Hand abschürfte. Das Gemurmel wurde erneut lauter. Preston legte die Schwelle hin und machte einen Schritt vorwärts, aber der alte Mann warf ihm einen zornigen Blick zu und nickte zu Prestons Ende hin. Es war klar, dass er nicht aufgeben würde, und er verbarg seine Schmerzen hinter einem entschlossenen Grunzen, als sie zusammen die dritte Schwelle hochhoben.
Der Weg nach unten war eine schmerzhafte Angelegenheit. Die Beine des alten Mannes drohten mehrmals einzuknicken. Er hatte von Anfang an schwer geatmet, aber nun keuchte er nur noch.
Das Gemurmel der Männer wurde lauter. Wie bei einem entfernten Wasserfall gab es eine Mischung von Kadenzen. Preston spürte ein gewisses Maß an Sorge darin. Vielleicht auch Mitgefühl und ein wenig schlechtes Gewissen. Vielleicht Bewunderung.
Ibrahim war vor unterdrücktem Zorn purpurn angelaufen. Er starrte die Männer in seiner Nähe wütend an und versuchte, sie mit erbosten Blicken zum Schweigen zu bringen. Aber außerhalb seines direkten Blickfelds ging das Gemurmel weiter. Etwas am Anblick dieses alten Mannes, der sich so stolz abmühte, berührte die anderen Arbeiter. Eine Botschaft wurde von den Männern in seiner Nähe zu denjenigen weiter hinten weitergegeben. Füße scharrten unruhig, Köpfe hoben sich, und die Männer hinten gingen zu einer

Stelle, wo sie besser sehen konnten. Die erste Reihe von Kulis trat nach vorn; die hinter ihnen reckten die Hälse. Jeder Aussichtspunkt auf dem Schwellenstapel war besetzt.
Diesmal war der alte Mann auf dem Weg nach unten kaum mehr imstande, auf den Beinen zu bleiben. Aber mit gewaltiger Anstrengung machte er weiter, und schließlich legten sie die dritte Schwelle über die parallelen Linien der ersten beiden.
Selbst Preston atmete nun schwer. Schweiß lief ihm über die Stirn. Aber es war der alte Mann, um den er sich Sorgen machte: Er war bleich vor Erschöpfung. Seine Hand zitterte, als Preston sie ergriff, um ihn wieder das Ufer hochzuziehen, und als er oben angekommen war, sackte er zusammen. Preston brachte die Lippen an das Ohr des alten Kulis und flüsterte: »Das genügt, Alter. Wir hören jetzt auf. Ich danke dir. Aber es genügt.«
Sein Helfer machte einen Schritt zurück. Nach einer kurzen Atempause wandte er sich den anderen Kulis zu und erklärte mit einer kräftigeren Stimme, als Preston erwartet hätte: »Längs.« Wieder eine Atempause, dann: »Quer!« Trotzig starrte er die anderen Arbeiter an. Dann beschwor er noch mehr Kraft herauf und wiederholte: »Längs! Quer!« Diesmal kopierte er Prestons Gesten, und seine abgeschürften Hände zeigten, wie die Schwellen aufgestapelt werden sollten.
Viele der Männer wechselten Blicke, und es gab noch mehr Füßeschlurfen. Schließlich trat ein Mann vor. Ein weiterer ging sofort mit ihm zum Schwellenstapel. Männer von der anderen Seite der Gruppe bewegten sich zu dem Schwellenstapel dort und begannen, Schwellen das Ufer hinunterzutragen. Bald schon wuchsen die Stapel im Flussbett, und Preston gestattete sich ein erleichtertes Seufzen.

Als die Stapel beinahe so hoch waren wie das Ufer, ließ er andere Kulis den Eisenträger zu den Enden der beiden Flachwagen schieben, die ihn stützten, so dass nur noch jeweils ein Meter der beiden Enden auf einem Wagen lag.
Unter Prestons Anleitung legten die Männer Schienen bis zu der wackligen Bockbrücke und dahinter, bis sie das kurze Stück erreichten, das am Tag zuvor verlegt worden war. Dann wies er sie an, die Flachwagen auf die Brücke zu bringen. Ein paar Männer erkannten nun, was er vorhatte. Sie diskutierten untereinander darüber, ob es funktionieren würde. Die meisten waren der Ansicht, dass die Behelfsbrücke einstürzen würde. Einige konnten immer noch nicht verstehen, wie der Träger an Ort und Stelle gebracht werden sollte.
Erneut legte Preston selbst dabei Hand an, die Flachwagen auf die Behelfsbrücke zu schieben. Sie ächzte und sackte ein wenig unter dem Gewicht ein, als der erste Wagen zur anderen Seite rollte, aber sie hielt. Als die Flachwagen zu beiden Seiten der Brücke standen, überspannte der Stahlträger den Bach mit kaum mehr als anderthalb Metern Überhang an beiden Enden. Preston passte ein paar Dinge an, dann befahl er seinen Männern, zwei weitere Gerüste aus Schwellen zu bauen, diesmal am Ufer unter den beiden Enden des breiten Trägers.
Als die Männer die Stahlkeile unter den Flachwagen wegstießen, fiel der Träger auf die Schwellenstapel. Es gab einen Zoll Spielraum, der erlaubte, dass die Flachwagen weggerollt werden konnten. Sie brauchten den Rest des Tages dazu, aber nach und nach zogen sie die Stapel von Schwellen, die den Träger stützten, wieder weg, bis der Träger auf beiden Seiten auf dem Boden aufsaß. Ein wenig Hin und Her, und er befand sich in einer Linie mit den bereits verlegten Schienen.

Überall sah man lächelnde Gesichter. Viele hatten das Gefühl, eine gute Brücke gebaut zu haben, eine, die durchaus der Qualität jener entsprach, die die Baumannschaften errichteten. Andere hatten Zweifel an ihrer Kraft. Sie waren immerhin nur Kulis. Buschroder und Schienenleger bauten keine Brücken.

Zwei Tage nachdem Preston und seine Leute ihre Brücke fertig hatten, traf der Nachschubzug ein, beladen mit Schienen, Ausrüstung und den versprochenen hydraulischen Winden. Die Schienenleger spürten in den Schienen, dass der Zug kam. Die Buschroder hörten ihn und kamen angerannt. Bald schon hatte sich Prestons gesamte Mannschaft an der Brücke über den Maji ya Chumvi versammelt. Aus den hinteren Reihen wurde ein kleiner drahtiger Mann mit schwarzem Turban und fleckigem grauem *Dhoti* nach vorn geschoben. Selbst aus größerer Entfernung konnte Preston sein verlegenes Lächeln und eine gewisse Sorge sehen, die sich auch auf den Zügen seiner Freunde abzeichnete.
»Sharaf! Komm her!«, rief Preston und zeigte auf einen Platz neben sich am Flussufer.
Der Zug kam näher. Vollkommen verwirrt ließ Lokführer Shutt die große F-Klasse an den zweihundert dicht gedrängten Kulis vorbeifahren, die stumm wie Kirchenbesucher dastanden. Er fuhr langsam auf die neue Brücke zu, und Preston, der auf der anderen Seite stand, winkte ihn vorwärts.
Es war kein Laut zu hören, außer dem Ausstoßen von Dampf und dem *Klip-Klip, Klip-Klip* der Stahlräder auf den Schienen.
Zweihundert Augenpaare folgten jeder Drehung der riesigen Räder.

Klip-Klip. Klip-Klip.

Zweihundert Kehlen schnürten sich zusammen, als der letzte Waggon über die Brücke rollte, dann stießen sie einen Schrei aus, der den armen Shutt zu Tode erschreckte.

Als der Jubel verklungen war, begannen sie mit einem Ruf: »Preston! Preston!« Sie folgten ihm zum Gleisende hinter dem Zug. »Preston! Preston!« Preston griff nach Sharafs Hand und riss sie hoch. Die andere Faust stieß er begeistert in die Luft, während die Männer weiter seinen Namen riefen.

Shutt brachte den Zug neben Preston zischend zum Stehen. Seine breite Brust spannte den Latz der Latzhose. Sein gestreiftes Flanellhemd, aus dessen aufgerollten Ärmeln muskulöse, sommersprossige Arme ragten, war schweißnass und voller Rußflecke. Als der Jubel verklungen war, zog er das Ende eines Stumpens zwischen den schiefen gelben Zähnen hervor. »Äh, Morgen, Preston«, sagte er mit seinem ausgeprägten Afrikaanderakzent und ließ den Blick über die begeisterten Kulis schweifen. »Was, zum Teufel, ist denn hier passiert?«

Preston sah ihn an, den Arm immer noch um Sharafs Schulter gelegt, und zog ein rotes Taschentuch aus der Tasche, um sich den Schweiß von der Stirn zu wischen. Er lächelte. »Zusammenarbeit, Mr. Shutt. Zusammenarbeit.«

Kapitel 5

Meile 32

Als das Lager wuchs, wurde es schnell komfortabler. Prestons fünfhundert Kulis lebten in Zeltdörfern, die sich über eine Meile Grasland ausbreiteten. Er hielt Arbeitstrupps von zehn bis zwanzig Männern am effektivsten, und er hatte noch einen wichtigen Grund, sie in diesen Gemeinschaften unterzubringen, denn in großen Lagern gab es eher Ärger. Nach seiner Erfahrung flackerte in einer größeren Menschenmenge die Unzufriedenheit schneller auf – und Unzufriedenheit gab es selbst in den besten Lagern. Bestechung der unterschiedlichsten Art war ein weiteres Problem, das man häufiger in größeren Lagern fand. In jeder größeren Gruppe verzweifelter Männer gab es kriminelle Aktivitäten. Er wusste, dass er diese nicht vollkommen eliminieren konnte, aber in kleineren Lagern hatte er eine bessere Chance, sie zu beherrschen.

Kulis teilten sich ein Viereinhalb-mal-sechs-Meter-Zelt. Die Betten waren Segeltuchrechtecke, die auf dem Boden lagen, mit einer oder zwei Decken gegen die kalten Wüstennächte. Im Vergleich damit war Prestons eigenes Zelt ein Palast, ein großer Raum von sechs mal neun Metern. Seine Ausrüstungstruhe, das Feldbett und ein Hocker standen in einer Ecke, sein Schreibtisch stand an der Tür, wo er das Licht am besten nutzen konnte. Ein paar Gegenstände aus seiner Habe – ein Spiegel, Rasierzeug und eine frische Dose Tabak – hatten einen Platz auf einem Klapptisch an der anderen Seite des Eingangs gefunden.

Am Rand der Wüste war Wasser immer ein Problem. Der Maji ya Chumvi mochte brackig sein, aber sie konnten das wenige Wasser, über das er verfügte, wenigstens zum Waschen nutzen. Trink- und Kochwasser kam mit dem täglichen Wasserzug aus Mombasa, weil es im Lager keine Möglichkeit gab, es länger aufzubewahren. Es machte Preston nervös, dass er, was Wasser anging, so abhängig von Kilindini war. Er war immerhin Ingenieur und daran gewöhnt, die Dinge, die wichtig für ihn waren, selbst zu kontrollieren. Die Verzögerung bei der Lieferung von Kranen und Winden hatte sein Vertrauen zu dem Materialverwalter, der auch für die Wasserlieferungen verantwortlich war, nicht gerade wachsen lassen.

Preston ließ den Blick über seine Domäne schweifen. Das Gleisbaulager am Maji ya Chumvi sah für ein Gleisbaulager recht gut aus. Er konnte es nicht länger aufschieben. Als er Florence in Mombasa zurückgelassen hatte, hatte er das Gefühl gehabt, dass die Anspannung zwischen ihnen verschwunden war, aber nun begann er, wieder nervöser zu werden. Wie würde sie mit den schlichten, ja, primitiven Verhältnissen im Lager zurechtkommen? Wie konnte er dafür sorgen, dass sie sich wohl fühlte, wenn sie meilenweit von jeder anderen Frau entfernt war? Aber Florence hatte ihm in ihren Briefen klargemacht, dass sie sich ihm so bald wie möglich anschließen wollte.

Er holte tief Luft. Es war Zeit, seine Frau ins Lager zu holen.

Florence traf mit dem nachmittäglichen Nachschubzug ein. Sie trug einen marineblauen Sergerock – zu warm für dieses Klima, dachte Preston – und einen breitkrempigen, mit einer

Feder geschmückten Hut, der zumindest gegen die Sonne helfen würde. Ihre Jacke hatte die am Oberarm extrem weiten, am Unterarm engen Ärmel, die vor vielen Jahren modern gewesen waren und nun von den Modebewussten in London zur Erinnerung an Königin Victorias Jugendzeit wiederbelebt wurden. Der Kragen war hoch geknöpft, und erneut dachte er, dass diese Jacke sicher viel zu warm war.

»Du siehst reizend aus, meine Liebe.« Er küsste sie leicht auf die Wange.

Sie lächelte schüchtern. »Findest du, Ronald?«

»Sharaf! Sharaf!« Er rief nach dem weißhaarigen alten Mann, der neben dem letzten Waggon stand – dem einzigen ohne Stapel von Schwellen und Schienen. »Lass sie das Gepäck nicht einfach dort abstellen. Sie sollen alles in mein Zeit bringen.«

Der schwarze Turban nickte, und eine Hand winkte als Zeichen des Verstehens.

»Tut mir leid, meine Liebe. Was sagtest du gerade?«

»Dieses Ensemble hier hat mir meine Tante Agnes geschenkt«, fuhr sie fort. »Erinnerst du dich an Tante Agnes? Von unserer Hochzeit?« Sie sah ihn fragend an.

Die Flut von Gegenständen, die aus dem Wagen abgeladen wurden, lenkte ihn ab. »Tante Agnes … hm …«

»Jedenfalls, sie sagte, es sei für meinen ersten Ausflug in, äh, den Dschungel.« Bei diesen Worten ließ sie den Blick über das Lager und die trockene Savanne dahinter schweifen. Staubwolken hingen im Westen über den Schienen. Auf der anderen Seite, in Richtung Mombasa, waren Hitzeschlieren zu sehen. »Oder … wohin auch immer …«

Preston riss den Blick von dem scheinbar endlosen Strom ihrer Habe los. »Tante Agnes … ja … Äh, sag mir, meine

Liebe … das da … ist das alles … dein Gepäck?« Er zeigte zu den Kulis hin, die die Sachen zu seinem Zelt trugen. Zwei Männer taumelten unter dem Gewicht einer großen emaillierten Badewanne.

»O nein!«, sagte Florence, als ein grüner Papagei in einem Käfig vorbeigetragen wurde. Der Kuli, der ihn trug, hielt in der anderen Hand eine Paraffinlampe aus Messing mit einem sehr fein gearbeiteten Glaszylinder.

Preston versuchte, seine Erleichterung zu verbergen.

»Nur ein Teil davon. Rose dachte, das Himmelbett sei wahrscheinlich unangemessen. Was meinst du? William sagte, hier draußen ist ein Feldbett das Übliche.«

Eine Chaiselongue mit gebogenen polierten Holzarmen und blauem Samtbezug wurde vorbeigetragen. »Was? O ja. Feldbetten. Eine gute Sache.« Eine Prozession von Männern mit Kisten bewegte sich zum Zelt, gefolgt von Sharaf Din. Er warf Preston einen Blick zu, dann wandte er sich ab, aber Preston hatte deutlich den Beginn eines Grinsens gesehen.

»Und der große Kleiderschrank.«

»Du hast einen Kleiderschrank mitgebracht?«

»Nein. Das war ein weiterer Gegenstand, von dem William dachte, wir würden ihn nicht brauchen.« Sie blickte erschrocken zu ihm auf. »Du denkst, ich hätte ihn mitbringen sollen, nicht wahr? Oh, ich *wusste* es! Es war ein so schönes Stück. Rose und ich haben ihn im Basar gefunden. Aus Lamu oder Daressalam oder irgendwo an der Küste.«

»Nein, nein, meine Liebe. Es ist schon gut. Wir kommen ohne einen Schrank zurecht.«

»Ah, da kommt die Wäsche«, sagte Florence.

»Wäsche«, wiederholte Preston, als zwei weitere Kisten vorbeigetragen wurden.

»Und die Kleider.«
Die Männer luden immer noch Sachen vom Waggon ab. Preston konnte zwei Bugholzstühle erkennen, eine weitere Lampe, einen Waschständer und etwas, das aussah wie ein Toilettentisch. Und noch mehr Kisten.
Der Teich von Gepäck vor seinem Zelt wurde ein See, der überfloss von einer unvorstellbaren Ansammlung von Dingen.
»Da«, sagte sie zufrieden, als die letzten Sachen vorbeigetragen wurden. Sie folgten ihnen ins Zelt, wo sie über eine Reihe von Taschen, Tuchrollen und Kisten steigen mussten, bevor sie mittendrin standen. Preston erkannte, dass sie irgendetwas von ihm erwartete. Er hatte den Papagei angestarrt, der mit dem Kopf nach unten an der Schaukel in seinem großen Käfig hing und ein schauerliches Krächzen von sich gab.
»Also …«, sagte er und rieb sich die Hände. »Willkommen in Maji ya Chumvi, meine Liebe.« Es gelang ihm, erfreut zu klingen.
»Danke, Ronald.« Sie lächelte schüchtern.
»Äh, Sharaf da drüben – der mit dem schwarzen Turban und dem weißen Bart – ist mein Assistent. Ich habe ihn angewiesen, dafür zu sorgen, dass du dich angemessen, äh, einrichten kannst, und dir zu helfen, wo immer es notwendig sein sollte.« Er konnte den Blick nicht von dem Haufen von Gegenständen lösen.
»Danke. Das ist sehr lieb von dir.«
»Äh, ich muss vor dem Essen noch einmal nach den Männern sehen. Ein paar Vorbereitungen für morgen.« Er bemerkte, dass er anfing zu schwafeln. »Gibt es noch etwas, was ich vorher für dich tun kann? Ich bin bald wieder zurück.«

»Oh, Ronald … es gibt tatsächlich noch eine Sache.«
»Ja, meine Liebe?«
Sie senkte den Blick, und ein wenig Farbe stieg in ihre Wangen.
»Was ist denn, meine Liebe?«
Sie wich seinem Blick aus und sagte: »Ich muss … könntest du mir bitte sagen, wo hier die Damentoilette ist?«

Als Preston vor der Abenddämmerung vom Gleisende zurückkehrte, waren Florence' Sachen alle wie durch ein Wunder im Zelt verstaut. Er streckte den Kopf hinein. Florence war damit beschäftigt, in einer Truhe herumzuwühlen, und erklärte, sie werde noch ein paar Minuten brauchen.
Preston wollte sich Tabak von seinem kleinen Tisch nehmen. Er war weg. Nicht nur der Tabak, nein, auch der Tisch. Er glaubte, ihn irgendwo im hinteren Teil des Zelts unter einer von Florence' großen Kisten zu erkennen. Er tastete seine Hemdtasche ab und kam zu dem Schluss, dass er noch genug Tabak für eine Pfeife hatte, und sagte Florence, er werde rechtzeitig zurückkommen, um sie zum Abendessen zu begleiten.
Auf dem Weg zum Messezelt fragte er sich, ob er vielleicht energischer darauf hätte bestehen sollen, dass Florence in Mombasa blieb. So, wie es aussah, schien sie sich an das Leben dort gewöhnt zu haben. Den Basar hatte sie offensichtlich im Sturm erobert.
Unter der großen, schrägen Plane, die den Speisebereich kennzeichnete, stand ein Mann so stämmig wie ein Heuballen. Er hatte die kurzen, dicken Beine weit gespreizt und schwankte ein wenig hin und her wie an Deck eines Schiffs. »Haslam«, sagte er und streckte die Hand aus, als Preston näher kam.

»Armeeveterinär Captain Haslam. Abgestellt von der Armee Ihrer Majestät. Sie müssen der Ingenieur sein.« Sein Gesicht war glatt rasiert, bis auf eine briefmarkengroße borstige Fläche, die unter seiner Nase wackelte, wenn er sprach.

»Ronald Preston«, antwortete Preston, nickte und ergriff die Hand des Tierarzts. Wie alles andere an dem Mann war auch sie breit.

»Ich hätte mich schon eher vorstellen sollen, aber ich wollte mir erst einmal schnell die Tiere ansehen.« Er wies zu den Pferchen auf der anderen Seite der Gleise.

»Ich bin froh, dass sie hier sind. Wie Sie sehen, haben sich inzwischen einige Tiere angesammelt.«

»Das ist noch gar nichts, Mr. Preston. Es sind noch viel mehr auf dem Weg hierher.«

»Oh.«

Haslam nahm eine Liste aus seiner Jackentasche. »Achthundert Esel, sechshundert Ochsen, dreihundertfünfzig Maultiere und« – er verzog angewidert den Mund – »sechzig Kamele.«

»Warum?«

»Oh! Haben Sie es noch nicht gehört?«

»Was gehört?« Kommunikation gehörte nicht zu Whitehouse' Stärken.

»In ein paar Monaten werden über tausend Arbeiter über das gesamte Gelände verstreut sein. Nachschublager überall.«

»Tausend!«

»Es gibt Krieg.« Er bemerkte, wie verwirrt Preston war. »Die Franzosen und Belgier im Sudan werden unverschämt. Wir schicken ein paar von unseren Jungs hin, um dafür zu sorgen, dass sie nicht das Tafelsilber stehlen.«

»Sie schicken also tausend Soldaten?«
»Nein, tausend Kulis und was auch immer. Niemand weiß, wie viele Soldaten unterwegs sind.« Er warf wieder einen Blick über die Schienen. »Sie werden ihre eigenen Packtiere haben. Meine sind für Eisenbahnausrüstung.«
»Und wann wird Ihre Armee von Tieren eintreffen?«
»In ein paar Wochen. Früher, als mir lieb ist. Aber so ist es nun mal. Ein Whisky?« Er griff nach einer Flasche einer importierten Marke und hob sie vor Prestons Nase hoch.
»Danke.« Preston nahm einen Emailbecher vom Geschirrtisch und sah zu, wie Haslam ihm einen großen Schluck eingoss. Er hob den Becher, und sie tranken auf die Königin.
Der Küchen*wallah* schlug den Essensgong. Preston trank seinen Becher aus und machte sich auf den Weg, um Florence zu holen.
Alle Europäer hatten sich bereits im Essbereich versammelt, als er mit Florence am Arm zurückkehrte. Die fünf Männer standen auf, als sie näher kam.
Sie trug ein langes hellblaues Baumwollkleid mit einer bestickten Bluse, wieder mit den modischen Ärmeln, die flache Kellerfalten hatten, um ihre Form zu behalten. Ein weißer, hoch geknöpfter Kragen bog sich unter ihren geröteten Wangen. Als Zugeständnis an die afrikanische Nacht hatte sie geknöpfte Moskitostiefel aus Segeltuch angezogen, die unter dem knöchellangen Saum ihres Rocks mit den eingesetzten Keilen sichtbar wurden – der Art von Rock, der einer Dame gestattete, wenn nötig eine oder mehr Bahnen unter ein breites Gurtband zu raffen.
Preston stellte sie Haslam vor, der beeindruckend die Hacken zusammenschlug, als er ihre Hand ergriff.
»Dr. Orman«, sagte Preston und stellte den lebhaften kleinen

Mann rechts von Haslam vor. Orman hatte das Gesicht eines tragischen Clowns: traurige Augen, schlaffe, bleiche Haut und gebogene Brauen, die ihm einen Ausdruck permanenten Staunens verliehen. Sein traurig herabhängender, schwerer schwarzer Schnurrbart kämpfte mit seinem Lächeln, was einen Eindruck von Unaufrichtigkeit hinterließ. Er wünschte Florence mit quäkender Stimme einen guten Abend.

»Und hier ist der zweite Mann unserer medizinischen Abteilung, Dr. Willem.« Willem war durchgehend grau: graues Haar, graue Haut und graue Augen mit wichtigtuerischen Blick. Sein grauer Bart war ordentlich gestutzt. Er wischte sich die Hand am Hosenbein ab, bevor er Florence' Hand ergriff und höflich nickte.

Preston ging um den Tisch herum und legte eine Hand auf die Schulter eines blonden jungen Mannes. »Billy Nesbitt, unser erster Zimmermann.« Billy, erst neunzehn, grinste wie ein Schuljunge, und was er sagte, wurde durch seinen schottischen Akzent beinahe unverständlich. Florence nickte und lächelte.

Shutt, sauberer, als Preston ihn je gesehen hatte, nahm die feuchte Zigarre aus dem Mund und schüttelte Florence' Hand nachdrücklich, wobei er sich ungeschickt verbeugte.

»Bryan Turner«, sagte Preston und stellte sie einem weiteren blonden jungen Mann vor. Er lachte, als Florence erst Turner und dann noch einmal Nesbitt ansah. »Keine Zwillinge, obwohl sie es sein könnten. Turner ist Telegrafen-Stellwärter bei den Pionieren. Wie Dr. Haslam wurde auch er von der Armee zu uns abgestellt.«

Preston führte Florence zu ihrem Stuhl. Die Männer blieben stehen, bis sie saß.

Das Leben im Lager hatte sich verändert.

Als man nach dem Essen die Stühle in einem Kreis ums Lagerfeuer stellte, entspannte sich die Atmosphäre, und die Gespräche wurden so launisch wie die trägen Flammen.
Sharaf hatte einen rußgeschwärzten Topf auf dem Feuer stehen und goss unzählige Becher Tee ein. Nach Prestons Ansicht hatte ein Lagerfeuer am Abend die Macht, selbst den zurückhaltendsten Menschen die intimsten Einzelheiten zu entlocken, aber er hatte seine Gedanken immer ungern geteilt und fühlte sich auch nicht wohl dabei, ungefragte Einsicht in die Überlegungen anderer zu erhalten. Es gehörte sich nicht, zu viel voneinander zu wissen. Aber das Sternenlicht schien die Geschichten aus den Menschen herauszulocken.
Sie erfuhren, dass Dr. Orman in Bombay eine Frau und drei kleine Kinder hatte und eines Tages dorthin zurückkehren wollte, um weiter als Arzt bei der Indian Railways zu arbeiten. Es fiel Preston schwer, sich vorzustellen, wie dieser traurige Clown mit drei lachenden Kleinkindern spielte.
Shutt vertraute ihnen mit seiner barschen Afrikaanderstimme an, dass er Afrika noch nie verlassen hatte, und seine Familie an der Südspitze des Kontinents ihren Stammbaum bis zu den Hugenotten zurückverfolgen konnte. Er fing an, Geschichten über die schrecklichen Dinge zu erzählen, die die Zulus seinen Vorfahren angetan hatten, dann brach er abrupt ab und entschuldigte sich bei Florence für seine Gedankenlosigkeit.
Billy Nesbitt gab zu, dass er Heimweh hatte und dass ihm seine Frau, mit der er erst seit sechs Monaten verheiratet war, sehr fehlte. Er beschrieb, wie sie vor seiner Abreise nach Afrika im Zoo im Regent's Park gewesen waren und wie sehr das, was er dort gesehen hatte, ihn erschreckt hatte. Die

Affen waren viel bedrohlicher, als er sich hätte vorstellen können, die Hyänen scheußlich und Übelkeit erregend. Was Krokodile anging, so war er der Ansicht, dass kein Schottenjunge sich je in ein afrikanisches Gewässer wagen sollte. Und er hätte nie geahnt, dass Elefanten so groß waren. »Ich fragte mich, wie groß eine Kiste sein müsste, in der man einen Elefanten fangen kann. Und würde das Holz halten?« Mit schottischen Trommelwirbel-Rs erklärte er: »Die schrr-recklichsten Tiere, die ich je gesehen habe. Oh! Wenn ich in den Zoo gegangen wäre, bevor ich die Fahrkarte gekauft habe, wäre ich vielleicht nie hergekommen!«

Turner war unverheiratet, und seine Laufbahn in der Armee hatte gerade erst begonnen. Sein Vater hatte lange gedient, und Bryan folgte seinem Vorbild, aber er zog es vor, mit moderner Ausrüstung zu arbeiten, mit Signalen und nicht mit Artillerie wie sein Vater. Er hielt den Telegrafen für die außergewöhnlichste moderne Erfindung, eine, die man in der Armee stets benötigen und die sicher auch irgendwann Nutzen in der zivilen Welt finden würde.

Später am Abend ging ein unerwartet heftiger Regenguss nieder, und alle eilten in den Schutz des Messezelts. Aus dem Kulilager erklangen Gesang, Trommeln und Blasinstrumente. Die Europäer kamen zu dem Schluss, dass die Männer es richtig machten, und wagten sich noch einmal in den Regen hinaus, um auf das Ende der Trockenperiode zu trinken.

Billy schlitterte im Schlamm herum, und Florence lachte. Preston sah ihr Profil im Laternenlicht, ihr vom Regen glänzendes Gesicht. Er freute sich plötzlich darüber, dass sie ins Lager gekommen war. Sie sah so reizend aus, dass er sie am liebsten in die Arme genommen und herumgeschwenkt

hätte, wie es Kinder auf einem Spielplatz taten. Sie war nur eine Armeslänge entfernt, aber er zögerte.
Billy kam auf sie zugerutscht, und das schlammige Wasser spritzte. Florence stieß einen leisen Schrei aus und zog sich unter den Schutz des Zeltdachs zurück. Preston folgte ihr und verspürte erneut das Bedürfnis, sie zu umarmen, aber er hielt sich zurück und fragte sich, ob dies der richtige Augenblick für so etwas war.

Florence lag im Bett und hörte zum ersten Mal in ihrem Leben den Regen auf ein Zeltdach prasseln. Ronald hatte ziemlich viel Whisky getrunken und schnarchte auf dem Feldbett einen Meter entfernt. Sie war erleichtert, dass der erste Tag ihres Wiedersehens so angenehm verlaufen war. Sie waren etwas über einen Monat voneinander getrennt gewesen, und sie hatte befürchtet, Ronald könnte es sich anders überlegt haben, was ihren Aufenthalt im Lager anging.
Sie fragte sich immer noch, wie es ihr gelungen war, die drei Tage direkt nach ihrer Weigerung, nach England zurückzukehren, zu überstehen. Sie hatte Ronalds Blick gespürt, diesen, wie sie fürchtete, rechtschaffen empörten Blick. Wie hatte sie es wagen können, so dreist zu sein?
Als Ronald während ihrer kurzen Verlobungszeit ankündigte, er habe eine Stellung bei der Uganda Railway angenommen, war Florence verblüfft gewesen. In ihrer Dummheit hatte sie es als Herausforderung für ihre eigenen unausgesprochenen Pläne für ihr Leben betrachtet – ein Leben ganz ähnlich dem, das ihre Eltern in Shrewsbury führten: stetige gemeinsame Arbeit, die schließlich mit relativer Zufriedenheit belohnt wurde. Statt zu brüten, hatte sie jedoch allen Groll beiseite geschoben und vor ihren Freunden und

ihrer Familie mit dem bevorstehenden Abenteuer in Afrika geprahlt. Die Uganda Railway wurde in allen Zeitungen erwähnt. Nach einiger Zeit hatte es sich angefühlt, als wäre es ihre eigene Idee gewesen. Und Ronald hatte ihr erklärt, dass es nur für zwei Jahre sei und ihnen einen guten finanziellen Start ins Eheleben ermöglichen werde. Es schien nur vernünftig zu sein. Aber sie konnte nicht abstreiten, dass sie sich immer noch ein wenig ärgerte. Er hatte diese Entscheidung vollkommen ohne ihr Wissen getroffen, von ihrer Zustimmung nicht zu reden. Das war nicht die Art, wie ihre Eltern bei solchen Entscheidungen vorgingen. Als sie darüber nachdachte, war dies die einzige Erklärung, die sie für ihr eigenes Verhalten geben konnte.

Eine Erklärung zu haben änderte nichts an ihrer Überzeugung, dass ihre Widerspenstigkeit einen weiteren Rückschlag auf dem Weg zu einem normalen Eheleben bedeutete. Was eigentlich »normal« war, war allerdings eine andere Geschichte. Das verlegene Gemurmel ihrer Mutter, in dem Wörter wie »Wertschätzung« und »Treue« und unklare Andeutungen auf die »Hochzeitsnacht« vorkamen, konnte man kaum als Vorbereitung auf die Ehe betrachten, und sie gab sich auch nicht damit ab, wie man mit Meinungsverschiedenheiten zurechtkommen sollte. Ihre verheirateten Schwestern waren kaum hilfreicher und retteten sich in Gekicher und schüchterne Seitenblicke, wenn das Gespräch auf das Ehebett kam.

Das erste Mal hatte wehgetan, aber da Florence ihren Schwestern zumindest diese nützliche Information hatte abringen können, war sie darauf vorbereitet gewesen. Seitdem war es nur dreimal passiert. Ronald begann mit einer zögernden Hand auf ihrer Brust, murmelte ein paar Zärtlichkeiten, reorganisierte eilig seine und ihre Kleidung, und nach ein paar kurzen und ein wenig schmerzhaften Stößen sackte er mit einem Schrei der Erleichterung oder der Qual von ihr herunter, und sie blieb errötend und verwirrt liegen. Es gab doch sicher noch mehr als das. Sie tröstete sich mit dem Gedanken, dass diese Aspekte vielleicht ein wenig Zeit brauchten, um sich zu entwickeln.

Aber all das hatte keine Auswirkung auf ihr Verhalten und stellte keine Entschuldigung dar. Sie war bedrückt. Es war, als wäre ein Dämon in sie gefahren – ein böser Geist, der einen Schatten auf ihr neues Leben warf. Sie hatte mit ihren Vorbereitungen darauf, sich ihm am Gleisende anzuschließen, eisern weitergemacht, aber mit einer Henkersschlinge von Schuldgefühlen um ihren Hals. Wie sollte sie je ein normales Eheleben erreichen, was immer das auch sein mochte, wenn sie selbst ihre Pflichten als Ehefrau so mutwillig missachtete?

Sie musste an das geordnete Leben ihrer Eltern denken. Sie waren ein Vorbild dafür, wie man eine dauerhafte Beziehung entwickelte. Florence nahm sich vor, sich besonders anzustrengen, alles in Ordnung zu bringen. Sie würde ihr Leben im Lager so gut wie möglich dem Leben annähern, das sie später einmal in Shrewsbury zu führen plante.

Kapitel 6

Meile 39

Robert Turk spuckte Tabaksaft in den trockenen roten Sand. Er blinzelte gegen das helle Licht im Westen an und suchte nach dem verfärbten Fleck auf der trockenen Leinwand, der ihm verraten würde, wo sich in der Taru-Wüste das nächste Wasserloch befand. Er konnte nichts als Hitzedunst erkennen. Er warf einen Blick zu dem Pokot, der das Gesicht verzog und dann langsam den Kopf schüttelte.
Das nächste Wasserloch lag mindestens einen weiteren Tagesmarsch entfernt, was Turk bestätigte, dass sie weiterhin nur jämmerlich langsam vorankamen. Es bestätigte auch seinen ursprünglichen Eindruck von dieser Karawane. Auf diesem Weg bestand ein großer Teil ihrer Ladung aus Pech, das sie tief in den glühenden Sand der Taru zog.
Zum ersten Mal hatte er es drei Wochen zuvor gespürt, als sie das felsige Flussbett bei Samburu durchquerten. Eine Wagenachse war gebrochen. Als Turk sie sich ansah, hatte er entdeckt, dass das, was Eisen sein sollte, tatsächlich schwarz angestrichenes Grünholz war.
Dann hatten sie am Mwachi, der eigentlich eine verlässliche Wasserquelle darstellte, nur eine Reihe schlammiger Tümpel gefunden. Turk hatte den Bach noch nie so trocken gesehen. Er befahl, das trübe Gebräu ihren verbliebenen Wasservorräten hinzuzufügen. Es schmeckte widerlich, war aber nicht giftig. Danach hatte die Vorsicht verlangt, dass er und der Pokot den Weg ausspähten, bevor sie es wagten, über hundertfünfzig Menschen in eine wasserlose Todes-

falle zu führen. Und das verlangsamte ihr Fortkommen beträchtlich.

Trotz all dieses Pechs, des Verlusts eines Wagens und der Notwendigkeit, Späher auszuschicken, sollten sie inzwischen, einen Monat nach Mazeras, Nzoi erreicht haben. Aber es war nicht nur Pech – es war auch dieser Vermesser, Hearne. Turk wurde schon bei dem Gedanken an ihn wütend. Bis zu einem gewissen Punkt konnte er es ignorieren, wenn der Mann hochnäsig Sonderbehandlung verlangte, aber Hearnes Forderungen nach Zeit – Zeit, seine Messungen zu überprüfen, Zeit, sich auszuruhen, Zeit, seine Berichte zu schreiben – fraßen an ihm. Die letzte Dreistigkeit – schon der Gedanke daran ließ Turks Blut sieden – hatte in der Behauptung des Vermessers bestanden, dass er als Whitehouse' Vertreter das Recht hatte, bei Angelegenheiten der Karawane mitzureden. Er stolzierte mit überlegenem Getue im Lager umher, und abends am Lagerfeuer warf er mit Namen von Leuten um sich, die Muldoon und Turk seiner Ansicht nach kennen sollten. Nichts davon beeindruckte den Karawanenmeister. Es interessierte ihn auch nicht, dass Hearne ein Neffe von Lord Hallibury war. So etwas mochte in der Welt da draußen wichtig sein, in der Taru-Wüste hatte es nichts zu bedeuten. Es war Turk, und er allein, der diese Karawane sicher führen konnte.

Er knurrte leise und bedeutete dem Pokot mit einem Nicken, sie sollten ins Lager zurückzukehren. Sein erster Träger kam ihm entgegen und meldete, dass die sechs Wasoga verschwunden waren, und mit ihnen eine gewisse Menge an Wasser, Draht und Trockenfleisch. Noch mehr Pech.

Turk griff nach ein paar Vorräten, während Muldoon um ihn herumtänzelte und versuchte herauszufinden, was der Karawanenführer vorhatte. Als er seine schwere Holland &

Holland schulterte und den Munitionsgurt umlegte, begann Muldoon von christlicher Nächstenliebe zu sprechen.
»Christliche Nächstenliebe!« Turk explodierte. »Tatsächlich ist es Ihre verdammte Nächstenliebe, die zu diesem Verbrechen geführt hat!«
»Verbrechen? Es ist doch sicher kein Verbrechen, Mr. Turk! Ein wenig Wasser, ein Stück Draht. Kaum ein Verbrechen.«
»Abzuhauen ist ein Verbrechen. Wasserdiebstahl ist ein *schweres* Verbrechen – unverzeihlich. Wir werden sie erwischen und, verdammt noch mal, bestrafen.«

Zwei Tage später kehrte Turk bei Sonnenuntergang zurück, die Augen rot vom Wüstenstaub. Er zog an einem Halfter, das am ersten von vier Wasoga befestigt war, die er zusammengebunden hatte wie Vieh. Der Pokot stach mit dem Wurfspeer nach den anderen. Sie taumelten ins Lager und brachen inmitten des Zeltkreises zusammen. Turk stellte sich neben sie, ließ den Blick über den Kreis von Trägern schweifen, sah in jedes Augenpaar. Er brauchte keine Worte. Jeder dort verstand, dass Robert Turk Diebstahl und Desertion nicht zuließ.
Muldoon rannte mit einer Kalebasse Wasser auf die vier Männer zu.
Turk schlug sie weg. »Nein!«
»Aber Mr. Turk, diese Männer wären beinahe verdurstet! Man braucht sie nur anzusehen. Sie brauchen unbedingt Wasser.«
»Sie brauchen unbedingt ihre Strafe«, sagte Turk und wandte Muldoon den Rücken zu. Er zeigte auf zwei Träger. »Du und du. Ihr bringt mir das gebrochene Wagenrad.« Sie eilten sofort davon.

Turk ging zu seinem Zelt und kehrte mit seiner *Kiboko*-Peitsche zurück. Flusspferdhaut war das zäheste Leder in Afrika.

»Wo sind die beiden anderen?«, fragte Muldoon mit einem Blick auf die Peitsche.

»Tot.«

»Wie das?«

Turk antwortete nicht, sondern wartete schweigend, während der Pokot den ersten Wasoga ans Wagenrad band. Muldoon weinte und schüttelte den Kopf, die Bibel in der Hand, während Turk mit gnadenlosem Rhythmus arbeitete, bis alle vier Wasoga je zehn Streiche mit der *Kiboko* erhalten hatten.

»Zwei Leben«, jammerte Muldoon. »Zwei Leben verloren für ein bisschen Wasser und ein winziges Stück Kupferdraht. Nicht mehr, als ein guter Christ freiwillig geben würde.«

Turk fuhr mit der Peitsche über seine Socke, um sie zu säubern. »Falls es Ihnen noch nicht aufgefallen ist, Captain, ich bin keiner von Ihren guten Christen.«

»Das erkenne ich nun leider allzu klar. Ich hielt Sie für einen Mann von Charakter, der bei der Zivilisierung dieses dunklen Landes eine Führerrolle spielen könnte, aber ich habe mich grausam getäuscht. Ich muss leider sagen, dass Sie offenbar über keinerlei christliche Tugenden und kein Mitgefühl verfügen.«

»Es gibt in Afrika schon viel zu viel christliche Tugend, und ich habe keine Zeit, zu warten, bis der Herr seine Rache nimmt. Ich muss diese Karawane führen. Und Ihre Missionare haben bereits mehr Mitgefühl gebracht, als diesem Land guttut.«

Am Morgen, als die Karawane zu dem Abschnitt aufbrach, der sie zum Taru-Lager führen sollte, stellte Turk fest, dass in der Nacht der letzte Ochse gestorben war.

»Lungenkrankheit«, sagte Muldoon, der neben Turk bei dem Kadaver stand. Der Karawanenmeister nahm an, dass es eher der Tsetsefliege zu verdanken war, aber es hatte keinen Sinn, sich darüber zu streiten. Das Problem war, dass es der Karawane nun gefährlich an Zugtieren fehlte. Er würde alle Esel einsetzen müssen, auch die beiden, die Hearne und Muldoon bisher als Reittiere gedient hatten. Er gab dem ersten Träger Befehle, die Lasten umzuverteilen.

Turk inspizierte gerade einen Wagen, vor dem nun zwei Esel angeschirrt waren, als Hearne purpurrot vor Zorn auf ihn zugestapft kam.

»Turk! Was hat das zu bedeuten?«, fragte er barsch.

Turk ignorierte ihn und beugte sich unter den Wagen, um sich die Achse anzusehen.

»Das ist unerträglich! Vollkommen unerträglich! Ich werde meinen Esel zurückbekommen, oder … Verdammt noch mal, Mann! Hören Sie mir überhaupt zu?«

Turk ging zur anderen Seite des Wagens und sah sich die Achse von dort aus an. Hearne folgte ihm, ballte die Hände zu Fäusten und löste sie wieder.

»Es ist eindeutig, dass Sie nicht imstande sind, diese Karawane zu führen. Ich verlange, dass wir sofort zurückkehren und jemanden finden, der angemessen für uns sorgen kann.«

Turk beendete seine Inspektion, wischte sich die Hände am Hemd ab und machte sich auf den Weg zur Spitze der Karawane.

»Verdammt noch mal, Mann, haben Sie mich gehört?«,

schrie Hearne und packte Turk am Arm, um ihn zu sich herumzuziehen.
Turk drehte sich um und schlug ihn mit dem Handrücken. Als Hearne verblüfft zurückwich, schlug Turk noch einmal zu, diesmal mit der offenen Handfläche.
»Fassen Sie mich nicht noch einmal an!«, knurrte Turk, verzog den Mund zu einem hässlichen Zähnefletschen und ging drohend auf den Vermesser zu.
Hearne taumelte rückwärts und blieb wohlweislich einen Schritt weit außer Reichweite. Seine Augen traten vor Entsetzen aus ihren Höhlen. Er versuchte, Worte zu formen, aber es kamen keine, und so klappte er den Mund auf und zu wie ein Fisch an Land.
Turk sah, wie die Arroganz des Vermessers sich in Angst verwandelte. In diesem Augenblick hasste er ihn mehr als je zuvor. Wenn Hearne sein herrisches Verhalten beibehalten hätte, hätte er ihn mit der Zeit als einen Mann respektieren können, der zu seinen Überzeugungen stand. Aber nun war klar, dass er keine Überzeugungen hatte, nur die vorgebliche Idee seiner Überlegenheit, die er nutzte, um andere so lange zu schikanieren, bis sie seine eigensüchtigen Forderungen erfüllten.
Turk hob den Arm.
Hearne machte einen weiteren Schritt zurück.
»Gehen Sie mir aus den Augen«, sagte Turk und zeigte zum Ende der Karawanenreihe.
Hearne wich zurück. Als er eine sichere Entfernung erreicht hatte, richtete er sich zu seiner ganzen Höhe auf und zupfte seine Jacke zurecht. »Diese Geschichte ist noch nicht zu Ende«, sagte er. »Onkel wird davon erfahren.«

Ohne die Ochsen war Turk gezwungen, den überladenen Tieren jede Stunde eine Rast zu gönnen. Der letzte Abschnitt zum Taru-Lager, wo die Heilsarmee eine Mission eingerichtet hatte, dauerte den ganzen Morgen. Als sie eintrafen, überwachte Turk das Abladen von Muldoons Gepäck, dann ging er mit dem Pokot auf die Jagd. Sie erlegten zwei Impalas, die sie salzten und trockneten.
Am nächsten Tag packte er die Lebensmittelvorräte ein und bereitete sich vor, alles Wasser zurückzulassen bis auf das Minimum, das sie bis zum nächsten Wasserloch brauchen würden.
Am frühen Morgen des dritten Tags stellte er die Karawane zusammen, um Hearne nach Nzoi zu bringen. Sie würden jedes gesunde Tier und alle *Askaris* bis auf zwei brauchen, denn die Stimmung der Stämme hinter der Taru war ungewiss.
»Wenn wir nach Maziwa Matutu kommen, schicke ich mehr Wasser«, sagte er zu Muldoon. »Bis dahin sollten Sie mit dem, was Sie haben, sparsam umgehen.«
Am ersten Abend nach dem Taru-Lager teilten sich Turk und Hearne eine Mahlzeit aus getrockneter Schirrantilope und einen halben Becher übel schmeckenden Tee. Selbst Turks Whisky konnte nicht über den Geschmack des Wassers hinwegtäuschen.
Hearne saß schweigend da und hatte die gleiche Miene gekränkter Würde aufgesetzt wie stets seit der letzten Auseinandersetzung. Bei jedem Geräusch fuhr er herum und spähte in die Dunkelheit. Das war ein weiterer Grund, weshalb Turk ihn hasste. Er war ein Außenseiter. Sein Übergewicht machte es ihm beinahe unmöglich, sich in diesem Klima zu bewegen. Er verließ das Lager nicht ohne Eskorte,

weil er Angst hatte, sich zu verlaufen oder von Tieren gefressen zu werden.

Turk trank einen Schluck von seinem Whisky-Tee. Das schlammige Wasser machte es schwer, das Zeug zu trinken, aber er wurde ermutigt von dem Gedanken, dass sie am nächsten Nachmittag das Wasserloch von Maziwa Matutu erreichen würden. Danach gab es das tiefe Wasser des Mdara-Kraters und danach Nzoi. Es war nur eine Frage von Tagen, bis Hearne seine Vermessungen beendet hatte und Turk das Vergnügen haben würde, ihn nach Mombasa zurückzubringen. Sumitra würde dort auf ihn warten.

Aber Maziwa Matutu war trocken.

Hearne rang die Hände, als er auf dem getrockneten Schlamm am Rand des Wasserlochs stand. »Verdammt, Turk!«, stotterte er. »Sie haben uns in den Untergang geführt!« Tränen traten in seine Augen und drohten, über die geröteten Wangen zu laufen. »Wir werden alle in dieser gottverlassenen Wüste verdursten! Hören Sie mich? Wir werden sterben!«

Turk packte ihn am Hemd, brachte seine Nase bis auf einen Zoll an die von Hearne heran und fauchte: »Sie sind ein Dummkopf, Hearne! Reißen Sie sich zusammen.« Er sprach leise, denn das Letzte, was sie brauchten, war eine Panik unter den Trägern. »Sie sind nicht für diesen Ort gemacht. Sie haben Recht, es *wird* Sie umbringen. Aber nicht in meiner Karawane.« Er schüttelte den Mann ein letztes Mal, dann ließ er die Hände sinken. »Und jetzt hören Sie gefälligst auf, sich einzumischen. Mir wird schlecht, wenn ich Sie nur sehe.«

Hearne erstarrte, getroffen von Turks Worten. »Wofür ich gemacht bin oder nicht, geht Sie nichts an, Turk.« Er zog den Bauch ein und die Hose höher. »Sie wissen offensichtlich nichts über meine Beziehungen. Mein Auftrag für diese Vermessungen kommt von höchster Stelle.« Er zog an seinem Hemd. »Höchster Stelle. Lord Hallibury ist mein Onkel, und er sitzt in der Eisenbahnkommission.« Er wartete darauf, dass diese Information Wirkung zeigte. Als das nicht geschah, sprach er hektisch weiter. »Es ist eindeutig, dass Sie nicht im Stande sind, diese Karawane erfolgreich zu führen. Kompetent zu führen. Ich schlage vor, dass wir umkehren. Es ist offensichtlich, dass wir unter diesen Umständen nicht weiterziehen können.«

»Hören Sie mir gut zu«, flüsterte Turk. Die Träger begannen, nervöse Blicke zu wechseln. »Es ist mir egal, wer Ihr Onkel ist. Whitehouse hat gesagt, ich soll Sie nach Nzoi bringen. Also werden Sie nach Nzoi gehen. Das da« – er nickte zu den stinkenden Überresten des Wasserlochs hin – »ist nichts. Es wird Wasser geben.« Er spuckte in den Schlamm. »Und ich bringe Sie nach Nzoi.«

Dann gab er einen Befehl, und die Karawane setzte sich in Bewegung.

Hearne war angemessen bedrückt, um weitere elf Meilen den Mund zu halten, bis sie Ndara erreichten. Sie gingen unter den Dattelpalmen hindurch unter die hoch aufragenden, kahlen Stämme von Raffiapalmen, deren Wedel in dem sachten Wind rauschten. Auf der gegenüberliegenden Seite einer Lichtung befanden sich tiefe Teiche mit sauberem Wasser. Die Träger jubelten, ließen ihre Lasten fallen und eilten zum Wasserloch.

Die Sonne war beinahe untergegangen, als Hearne zu Turk kam und ihn ruhig darüber informierte, dass er nicht weiterziehen würde.

»Sie können weitergehen, wenn Sie wollen«, sagte er, »aber

das kommt mir unvernünftig vor, da es nur darum ging, dass ich die Vermessungen durchführe.« Er rümpfte die Nase und setzte dazu an, zu gehen. »Ich habe für meine Zwecke genug gesehen.«

Turk trank seinen Tee mit Whisky in zornigem Schweigen. Er hatte genug von diesem Wiesel. Er würde einen Eintrag ins Logbuch machen und sich nicht mehr mit ihm abgeben. Leises Donnergrollen erklang am Horizont.

Turk eilte durch das Taru-Gebüsch. Die Karawane war in Auflösung begriffen und nicht imstande zusammenzubleiben. Turk war wütend, denn Hearne hatte seine Zeit verschwendet. Eine Niederlage war unter allen Umständen abscheulich; aber in Sichtweite eines Erfolgs zu versagen, das war unerträglich. Doch nachdem er seine Träger eine Weile angetrieben und geschlagen hatte, damit sie Schritt hielten, erkannt Turk, dass der wahre Grund für die Wut, die an seinen Eingeweiden fraß, darin bestand, dass es ihm nicht gelungen war, es diesem jammernden, winselnden, lästigen Hearne wirklich zu zeigen. Auch bessere Männer hatten schon versucht, ihn niederzuringen, aber keiner war Turks Rache entgangen. Nun wünschte er sich, er hätte diesen lilienmäuligen Weichling grün und blau geschlagen. Er fühlte sich besiegt, und das führte zu einem für ihn seltenen Anfall von Selbstverachtung. Er preschte durch das Dornengebüsch, um die Gedanken daran loszuwerden.

Seine einzige, wenn auch geringe Befriedigung bestand darin, dass sich das Tempo für Hearne als schwierig erwies. Der Hemdrücken des Mannes war klatschnass, und Schweiß tropfte von seinen heraushängenden Hemdschößen auf seine fleckige, zerrissene Hose. Er nahm ununterbrochen verstohlene Schlucke aus seinen Wasserflaschen – aus irgendeinem Grund hatte er zwei davon. Turk hätte ihm das vorwerfen können – wahrscheinlich hatte der Mistkerl eine davon gestohlen –, aber er war nicht sicher, ob er seinen mörderischen Zorn bei einer weiteren Auseinandersetzung beherrschen könnte. Stattdessen erfreute er sich an Hearnes Unbehagen. Selbst ohne Gepäck war der Vermesser ans Ende der Reihe zurückgefallen, und Turk wusste, dass dort seine Angst unerträglich werden würde.

Nach vier Stunden von Turks quälendem Tempo wurde einer der Träger ohnmächtig. Turk trat ihn, bis er wieder aufstand. Ein Zweiter stolperte eine Stunde später zur Seite. Die anderen Träger zogen ihn blutend aus den Akaziendornen. Als ein Esel stürzte und sich weigerte, wieder aufzustehen, setzte Turk eine Pause an. Als der Esel sich nach einer Viertelstunde immer noch weigerte, verteilte Turk seine Last auf die Träger und erschoss das Tier.

Danach stürzte kein Träger mehr, aber der Verlust des Esels ärgerte Turk.

Als er den Männern befahl, ein Lager aufzuschlagen, ließen sie sich fallen, wo sie standen, und ignorierten sowohl die Hitze als auch ihren quälenden Durst.

Bei diesem Tempo hätten sie das Taru-Lager, das nicht weiter als zehn Meilen entfernt war, bei Anbruch der Nacht erreichen können, aber Turks Zorn hatte so weit nachgelassen, dass er erkannte, wie irrational er sich verhielt. Der Verlust des Esels – Eigentum der Eisenbahngesellschaft – war seine Schuld, bewirkt durch seinen Mangel an Selbstdisziplin. Er erlaubte den Männern, ihre Wasserflaschen aus der Kalebasse aufzufüllen, und bald schon nahm das Lager Gestalt an.

Das Essen an diesem Abend war eine düstere Angelegenheit. Hearne saß schweigend nahe dem Feuer. Turk, der auf der anderen Feuerseite an seinem Whisky-Tee nippte, hatte eine Miene wie eine Gewitterwolke aufgesetzt.
Irgendwann während der Nacht verschwand Hearne in der Wüste.

Turk führte die Karawane beim ersten Tageslicht weiter und traf vor Mittag im Taru-Lager ein. Man sagte ihm, Captain Muldoon sei mit einem Esel und dem Einspänner zu einem nahen Dorf gefahren, werde aber am Abend zurückerwartet.
Muldoon tauchte auf, als die Sonne unterging, und schien trotz der Missstimmung bei ihrer letzten Begegnung gesellig zu sein. Er bedankte sich bei Turk für das frische Wasser und führte ihn in die Küche, wo er ihm Tee anbot. »Das Wasser ist ein Segen, aber vielleicht ist das Ende der Trockenzeit in Sicht«, sagte er. »Glauben Sie, diese Gewitterwolken werden uns ein wenig Regen bringen?«
Turk blinzelte in den Südwesthimmel. Die Wolken, die sich jeden Nachmittag zusammenballten, waren blutrot und dräuend, aber für gewöhnlich am Morgen wieder verschwunden. Die Wüste blieb mörderisch trocken. »Mag sein.«
»Beten wir darum«, sagte Muldoon. Er reichte Turk den Becher. »Und wo ist Walter?«
Turk trank einen Schluck Tee, bevor er antwortete. »Ist er denn nicht hier?«
»Wie das? Er war doch mit Ihnen unterwegs.«
»Er hat letzte Nacht das Lager verlassen. Sehnte sich zweifellos nach den Bequemlichkeiten seines Heims.«
»Sie meinen, er ist da draußen?« Muldoon zeigte mit einem

bebenden Finger auf die Hitzeschlieren. Das Dornengebüsch schien eine undurchdringliche Barriere zu bilden.

»Er wird schon auftauchen.«

»Aber wir müssen ihn suchen! Wir müssen einen Suchtrupp losschicken! Sofort!«

»Nein, Captain.« Turk sah den kleinen Mann kühl an. »Er hat sich letzte Nacht aus meiner Obhut entfernt. Ich bin nicht mehr für ihn zuständig. Außerdem wird es dunkel, und der Himmel ist voller Regen. Der verdammte Narr wird früher oder später schon nach Hause kommen.«

»Mr. Turk, bitte –«

Aber Turk hatte seinen Teebecher schon in sein Zelt gebracht, auf der Suche nach seiner Whiskyflasche und ein wenig Ruhe.

Im Morgengrauen stellte Turk die Karawane zusammen. Muldoon trabte hinter ihm her, während er die Vorbereitungen traf. »Mr. Turk, ich ... ich bin verblüfft! Sie werden nicht nach Walter suchen?«

»Korrekt, Captain, das werde ich nicht.«

»Aber er wird dort draußen auf dieser gottverlassenen Ebene sterben! Ich flehe Sie an! Sie müssen ihn suchen!«

Turk gab Befehle, und die Träger schulterten ihre Lasten. Muldoon ließ nicht locker. Er baute sich vor Turk auf. »Ich bestehe darauf!«, stotterte er und starrte den finster dreinschauenden Karawanenmeister an.

»Hören Sie mir gut zu«, knurrte Turk. »Wenn Hearne kein Wasser hatte, ist er bereits tot. Falls er sich wie üblich damit beladen hat, ist er immer noch da draußen. Sie können ihn ja suchen, wenn Sie wollen. Ich selbst habe genug von ihm.«

Ohne ein weiteres Wort bedeutete er der Karawane aufzubrechen, und Muldoon blieb stehen und rang die Hände.
Es waren dreizehn Meilen zum Tal des Maji ya Chumvi. Turk hoffte, am Nachmittag dort einzutreffen, und von dort aus würde er den ersten verfügbaren Zug zur Küste nehmen. Am Vormittag verfinsterte sich der Himmel. Mit seiner Stimmung verhielt es sich ähnlich. Er konnte das unangenehme Gefühl nicht loswerden, dass Muldoon dumm genug sein würde, allein in die Wüste zu gehen, um Hearne zu suchen. Seine letzten Worte an Muldoon verfolgten ihn. *Sie können ihn ja suchen, wenn Sie wollen.*
Er befahl der Karawane, das Lager aufzuschlagen, und kehrte um, während fernes Donnergrollen über dem trockenen Land erklang.
Die Sonne hatte ihre größte Kraft erreicht, als er und der Pokot ins Taru-Lager kamen. Der Diener berichtete, Muldoon sei am Morgen mit seinem Esel und einer kleinen Flasche Wasser in die Wüste gezogen.
Turk und der Pokot folgten der Spur, die der Diener ihnen zeigte. Nach einer Meile waren nur noch Eselsspuren zu sehen. Der Pokot folgte ihnen halb geduckt, den Kopf nach vorn gereckt, sodass der Zopf unter dem Kinn baumelte. Seine Pobacken wackelten unter dem Lederlappen, mit dem er sie bedeckte.
Sie kamen schnell voran, bis es zu dunkel wurde. Turk verbrachte die Nacht ruhelos. Am Morgen schreckte er auf, weil er von Muldoons Blick geträumt hatte.
Am Mittag blieb der Pokot stehen und hob eine Hand. Er lauschte einen Augenblick und entblößte die kleinen spitzen Zähne zu einem Lächeln, dann ging er schneller weiter.
Sie fanden Muldoons Esel, der an einer Aloe knabberte. Turk

fluchte. Blitze knallten über ihnen wie Peitschenschläge, und die kleinen Härchen auf Turks Armen sträubten sich. Donner erklang über der Ebene, bevor er sich grollend wieder in die fernen Hügel zurückzog.
Eine Stunde später fanden sie Muldoon, drei Meilen vom Karawanenweg entfernt und so tot wie der Baumstumpf, an den er sich gelehnt hatte. Er wirkte gefasst, als hätte er sich nur zu einem Schläfchen niedergelassen. Oder um zu beten. Aber seine Bibel steckte noch in der zugeknöpften Tasche seines weißen Hemds. In seinen gefalteten Händen hielt er einen kleinen Lederbeutel. Turk löste die steifen Finger und öffnete ihn. In dem Beutel befand sich der Ausschnitt aus *The Field*.
Als Turk sich bückte, um sich die Leiche auf die Schultern zu laden, fielen die ersten Regentropfen mit lautem Klatschen auf die weiche rote Erde der Taru. Die Wüste verwandelte sich in ein Minenfeld kleiner Staubexplosionen. Turk hob das Gesicht zum Himmel und hoffte, der Regen würde den bitteren Geschmack eines weiteren Versagens wegwaschen.

Kapitel 7

Meile 41

Turks zurückkehrende Karawane traf auf die Buschroder-Kolonnen, die im strömenden Regen arbeiteten. Die Männer richteten sich auf, stützten sich auf ihre Schaufeln und Pickel und beobachteten die Karawane. Sie waren von rotem Taru-Sand überzogen. Die Gleise hatten nun Samburu hinter sich gelassen, und bald schon würden sie das Taru-Lager erreichen, wo Captain Muldoon seine Insel des Christentums in »der heidnischen Wildnis« hatte errichten wollen.

Die glühend heißen Tage in der Wüste hatten ihren Preis gefordert. Als Turk spürte, dass das Fieber hinter seinen Augen drohte, hätte er sich eigentlich Zeit nehmen sollen, um wieder zu Kräften zu kommen. Aber das Wetter forderte ihn heraus, und er hatte bereits zu viele Verluste erlitten.

Zum ersten Mal hatte er dieses Fieber am Tana-Fluss gehabt, als er als stellvertretender Karawanenmeister für den deutschen Fleischer Carl Peters arbeitete. Peters war gnadenlos und massakrierte jeden Stamm, der sich weigerte, einen Friedensvertrag zu unterschreiben, der ihm das Recht auf sein Land nahm. Mit seinen eigenen Leuten ging Peters kaum besser um und ließ Turk eher tot als lebendig am Tana zurück. Er wollte nicht einmal Vorräte an ihn verschwenden, und sein ehemaliger Assistent hatte nur das, was er in den Taschen trug: eine Hand voll Tee und eine Flasche Whisky. Turk wusste nicht, wie lange er, von Schmerzen geschüttelt, dort gelegen hatte, jeder Muskel verzerrt und verkrampft vom Malariafieber. Schließlich war das Fieber zurückgegangen, der Whisky-Tee hatte gesiegt. Der Nebel des Schmerzes lichtete sich, und Turk machte sich auf den Weg, um den Deutschen umzubringen.

Als er Peters fand, hatte der Mann ein kleines Lager der Pokot umstellt. Die Pokot waren Nomaden und hatten kein Land, um das sie feilschen konnten, aber Peters glaubte ihnen nicht und griff sie an. Turk traf ein, als die Pokot so gut wie verloren waren. Er fügte ihren Speeren und Pfeilen die Feuerkraft seiner Holland & Holland hinzu, aber Peters hatte zu viele Gewehre. Turk entkam und konnte nur einen einzigen Pokot retten, der danach bei ihm blieb, wahrscheinlich, weil er sonst niemanden mehr hatte.

Nun war die Malaria zurückgekehrt, dröhnte hinter Turks Augen und verursachte brennende Schmerzen in seinem Rücken. Wasser lief in Strömen von der Hutkrempe, wenn er den Hut absetzte, um sich den Schweiß abzuwischen. Unterhalb der Oberschenkel, wo sein wasserdichtes Cape zu Ende war, war er vollkommen durchnässt. Seine vom Schlamm schwer gewordenen Stiefel waren mit Wasser gefüllt. Er brauchte einen trockenen Lagerplatz und die heilenden Kräfte von Whisky-Tee, um sich wieder zu regenerieren, bevor er Whitehouse in Mombasa Bericht erstattete.

Die Schienenleger-Mannschaft tauchte im strömenden Regen auf, also konnte das Gleisbaulager nicht weit weg sein. Es war zwei Monate her, seit Turk zum letzten Mal am Gleisende gestanden und die zerbrechlich wirkende Holzbrücke betrachtet hatte, die über den Mazeras führen sollte.

Auf dem letzten Stück verlegter Schienen stand ein Mann in Regenkleidung auf einer Draisine. Sein breitkrempiger Hut, in dessen Band eine Papageienfeder steckte, leitete den Regen auf den Umhang, der seine breiten Schultern umhüllte. Turk näherte sich unbemerkt und hatte Zeit, ihn genauer anzusehen. Er bekam den Eindruck, dass dieser Mann, der seinen Leuten Anweisungen zuschrie, daran gewöhnt war, auch selbst mit anzupacken. Wasser lief an seiner Nase entlang, bevor es in einem ordentlichen schwarzen Schnurrbart verschwand. Als er Turk bemerkte, zögerte er einen Moment, dann lächelte er. »Sie müssen Robert Turk sein«, sagte er und sprang von der Draisine. Er stapfte durch den Schlamm und streckte die Hand aus. Sein Handschlag war fest.

»Das bin ich«, erwiderte Turk überrascht. »Woher wussten Sie das?«

»Das ist unwichtig. Ich heiße Preston. Ronald Preston.«

Turk sah ihn dennoch skeptisch an.

»Na gut«, sagte Preston lachend. »Ich habe Sie erwartet. Whitehouse hat mir von Ihrer Karawane erzählt. Wie viele andere wären dumm genug, bei diesem Wetter unterwegs zu sein?«

Turk gestattete sich kein Lächeln.

»Als wir in die Taru aufbrachen, sah es anders aus«, fuhr Preston fort. »Wir wären beinahe verdurstet. O verdammt!« Ein Kuli war im Schlamm ausgerutscht und hatte die anderen Männer, die zusammen mit ihm die Schiene trugen, mitgerissen. Die Schiene war ihm aufs Knie gefallen, und er schrie vor Schmerzen. »Ibrahim! Wo, zum Teufel … Ibrahim! Bring ihn ins Lager! Verdammt. Bring *alle* zurück ins Lager. Das reicht für heute. Wir gehen nach Hause.«

Turk starrte den Mann an, den Preston als Ibrahim angesprochen hatte. Er erinnerte sich an sein Gesicht, aber er hatte ihn unter dem Namen Ali gekannt – Ali, der Stier. Es

war Jahre her, aber ein solches Gesicht konnte man nicht vergessen.
Preston seufzte. »In diesem Regen zu arbeiten ist Zeitverschwendung. Wir haben mehr Probleme mit Unfällen als mit Malaria.« Er deutete auf die Draisine. »Möchten Sie mit mir ins Lager fahren?«
Turk nahm das Angebot mit einem Nicken an.
Preston wandte sich einem drahtigen, bärtigen alten Mann mit schwarzem Turban zu. »Sharaf! Gehen wir.«
Auf dem Wagen deutete er auf einen Segeltuchsitz. Turk setzte sich, und der blutrote Druck hinter seinen Augen ließ ein wenig nach. Der alte Mann stieg auf und begann zu pumpen. Der Regen tropfte von den strähnigen Enden seines weißen Barts. Preston packte den gegenüberliegenden Pumpenhebel und begann zu arbeiten. Turk fragte sich, wieso der Ingenieur einen so schwachen alten Kuli auf der Draisine beschäftigte. Preston schien seine Miene zu deuten. Als sie in Bewegung waren, setzte er sich Turk gegenüber. »Ich war dem alten Burschen etwas schuldig«, sagte er lächelnd. Turk zuckte die Schultern.
Preston führte Turk an einer Reihe übel riechender Zelte vorbei. »Kuli-Hospital«, sagte er. Als Turk in ein Zelt spähte, konnte er eine Reihe von Männern auf Feldbetten liegen sehen. Sie schlugen im Fieber um sich. Ein indischer Krankenpfleger stand an einem Bett und schabte faulendes Fleisch von einem Bein.
»Tropengeschwüre. So etwas wie hier habe ich noch nie erlebt«, sagte Preston. »Ein Kratzer, ein winziger Kratzer, und schon geht es los. Wir legen die schlimmsten Fälle in die Betten.«
Das Lager hatte sogar ein paar Gebäude mit Wellblechdächern

und Zelttuchwänden. Preston führte ihn in eines davon. Regenwasser lief von dem schrägen Dach wie ein Wasserfall. Die beiden Männer stellten sich unter und spähten in den Regen hinaus. Der Lärm auf dem Wellblech war ohrenbetäubend. »Das Quartier unseres Arztes«, sagte Preston und hob die Stimme. »Darf ich Ihnen Dr. Orman vorstellen?« Er zeigte auf einen traurig aussehenden, kleinen Mann in einem schmutzigen weißen Kittel.

Turk schüttelte ihm die Hand. Orman nickte.

»Und das da ist Captain Haslam, unser Tierarzt. Meine Herren, das hier ist Robert Turk. Karawanenmeister. Und Jäger.«

Haslam schüttelte Turk die Hand, wirkte aber abgelenkt. »Sehen Sie sich das an«, sagte er und schaute zu den Tierpferchen auf der anderen Seite der Gleise. Turk folgte seinem Blick. Er konnte Kamele erkennen, die sich im Regen bewegten.

»Ich habe um Zypernmaultiere gebeten. Ausschließlich Zypernmaultiere. Und was schicken sie?«

Turks Kopf dröhnte. Er fuhr sich über die Augen und tat so, als wischte er den Regen weg. Haslam, Orman und Preston hatten begonnen, über das Wetter zu sprechen. Er nahm nur einen Teil des Gesprächs wahr.

»… all dieser Regen … Boden wie Haferschleim.«

»… Ruhr … Lungenentzündung … tausend Kulis … Krankenstand …«

Preston schlug schließlich vor, Turk sein Zelt zu zeigen.

»Es gehörte einem Mann namens Forster«, sagte der Ingenieur und zeigte auf zwei Kisten in der Ecke des Zelts. »Eine Puffotter hat ihn keine hundert Meter von hier erwischt. Er hat irgendwo in Wales eine Frau. Oh, das erinnert mich an etwas. Sie werden Florence beim Essen kennen lernen. Meine, äh, Frau.«

Turk zog die Brauen hoch. Er hatte Preston für vernünftiger gehalten.

»Frauen. Sie wollte nicht in Mombasa bleiben … Nun, Sie werden sie in etwa einer Stunde im Messezelt kennen lernen. Es liegt hinter dem Quartier der Ärzte.«

Dann war Turk allein und konnte über die Dummheit von Frauen und die übereilten Taten ihrer Männer nachdenken. Er musste an Sumitra denken; ihr Bild vor seinem geistigen Auge war beinahe greifbar. Wegen des Fiebers machte ihn sein wallendes Blut schwindlig. Er sank auf das Bett und ließ sich von der Erschöpfung überwältigen.

Glühende grüne Augen, weiche Lippen und der verlockend warme Platz zwischen den braunen Oberschenkeln quälten ihn in seinen Fieberträumen.

»Ich gehe, damit du dich in Ruhe aufs Bett vorbreiten kannst, meine Liebe.« Preston drückte seiner Frau einen Kuss auf die Stirn. »Ich muss auch noch kurz mit Turk sprechen.«

»Nach dem, was ich beim Essen von Mr. Turk gesehen habe, würde ich denken, dass Konversation nicht zu seinen größten Begabungen zählt.«

Preston lächelte. »Er ist ein bisschen wortkarg, wie? Aber das ist eine durchaus vorteilhafte Eigenschaft bei einem Mann.«

»Nicht, dass wir überhaupt viel von ihm gesehen haben. Er hat sich früh zurückgezogen.«

»Ja. Zweifellos müde nach dem langen Weg. Aber er hat versprochen, ein paar Minuten für mich zu erübrigen.«

Er ging durch den Regen zu Turks Zelt und rief, bevor er eintrat.
Es war vielleicht das schlechte Licht, aber Preston glaubte, dass Turk noch grauer aussah als beim Abendessen. Es ging ihm allerdings gut genug für eine großzügige Portion Whisky, die er in seinen Teebecher goss.
»Whisky?«, fragte er Preston.
»Danke.«
Turk brummte und reichte ihm die Flasche und einen Becher.
»Worüber wollten Sie sprechen?«
»Ich höre, Sie haben den neuen Vermesser, Hearne, auf seiner Vermessungsmission eskortiert.«
Turk gab ein Knurren von sich, das Preston als Bestätigung deutete.
»Ist alles gut gegangen?«
Turk trank einen Schluck Whisky-Tee und wartete, bis das Brennen nachgelassen hatte, bevor er antwortete. »Nein.«
»Nein? Warum?«
»Der Mann war ein verdammter Narr. Ich habe schon einigen Vermessern bei der Arbeit zugesehen, und dieser Hearne ging ziemlich grob vor. Sah sich ein paar Sachen durch seine Instrumente an und machte sich ein paar Notizen. Ich bin ziemlich sicher, das war nicht das, was Whitehouse sich vorgestellt hat.«
»Ich ebenso wenig. Die Vermessungen, die wir haben, sind für den Bereich um Nzoi sehr dürftig. Ich hatte mehr erhofft.« Er hob den Becher und trank einen Schluck. »Wahrscheinlich sollte ich mich einmal mit dem Mann unterhalten. Wo ist er?«
»Tot.«
Preston hielt inne, den Becher halb erhoben. »Was?«

»Hat sich in der Taru verlaufen.«
»Was ist ihm zugestoßen?«
»Wer weiß. Wenn er Glück hatte, war es ein Löwe.«
»Sie haben keine Leiche gefunden?«
»Nein.«
»Es gab keine Suche?«
Turk massierte seine Schläfen. »Nicht wirklich.«
Preston wartete auf mehr, aber Turk rieb sich nur weiterhin die Schläfen und begann dann, an seinem Nacken und den Schultern zu arbeiten. »Es ist immer schlimm, einen Mann zu verlieren«, sagte Preston.
»Hab zwei verloren.«
»Zwei.«
Er hob die Flasche. »Mehr Whisky?«
Preston erkannte, dass er den Becher immer noch erhoben hatte. Er hielt ihn Turk hin, damit dieser nachgießen konnte.
»Also sind zwei Leichen mehr draußen in der Taru.«
»Die zweite hab ich gefunden«, sagte Turk.
Preston schüttelte bedächtig den Kopf. »Es wird sicher eine gerichtliche Untersuchung geben.«
»Gerichtliche Untersuchung?« Turk zog die Brauen hoch. »Warum?«
»*Warum?* Weil zwei Männer tot sind!«
»Hm. Zeitverschwendung. Sie sind nicht die Ersten, die hier draußen gestorben sind, und werden auch nicht die Letzten sein.«
Preston fragte sich, ob Turks unsensible Art ein Charakterzug oder das Ergebnis von jahrelangem Leben in diesem wilden Land war. Er hoffte, es handelte sich um das Erstere, ansonsten hätte er einen weiteren Grund, an der Richtigkeit

seiner Entscheidung zu zweifeln, Florence hierbleiben zu lassen. Tatsächlich nahm er an, dass es sich in Turks Fall um eine Mischung von beidem handelte. »Was weiß ich noch nicht über dieses Land?«, murmelte er. Er hatte nicht vorgehabt, es laut auszusprechen, aber Turk fasste es als eine Frage an sich auf.

»Was gibt es zu wissen?«

»Nun, das ist das Problem – ich weiß nicht, was ich nicht weiß.«

Turk blickte von seinem Becher auf.

»Ich meine, ich weiß nicht, was ich erwarten soll – das Wetter, die Stämme der Einwohner, das Gelände. Wilde Tiere. Alles.«

Turk nickte. Er schwieg eine Weile, und das stetige Prasseln des Regens auf dem Zelttuch war das einzige Geräusch. »Das Wetter … Ah, das Wetter. Hören Sie diesen Regen, Preston?« Er nickte zur Zeltklappe hin. »Das ist gar nichts. Es gibt Zeiten, da regnet es so heftig, dass man Angst hat, zu atmen, weil man befürchtet zu ertrinken. Dann hört es einen oder zwei Tage später wieder auf, und keine Spur bleibt zurück. Oder Sie sind wochenlang in einer Wüste, wo der Regen, den Sie so verflucht haben, zu einer Illusion wird, zu einem Traum. Nachts werden Sie von der Erinnerung an seinen Geruch heimgesucht. Ihre Tage in der Wüste … Ihre Tage sind erfüllt von wahnsinniger Gier nach Wasser. Sie würden für einen Tropfen töten.«

Prestons naive Frage hatte einen Strom von Worten hervorgerufen, obwohl der Mann zuvor kaum ein Wort gesprochen hatte. Er wirkte, als habe er Fieber. Oder vielleicht war es der Whisky.

»Und das Gelände … das Land.« Turk fuhr sich mit dem

schmuddeligen Hemdsärmel über die Augen. Er musste sich offenbar anstrengen, um sich zu konzentrieren. »Sie werden Wälder finden. Wilde Orte. Pflanzen, deren Formen direkt aus der Hölle stammen; Blüten wie von Engeln geformt. Sie werden Dinge sehen, die Ihre Augen nicht wahrhaben wollen. Am Äquator wird ein von Schnee gekrönter Berg Sie glauben lassen, dass Sie den Verstand verloren haben. Es gibt Flüsse, die keinen Zweifel daran lassen, dass niemand, weder Mensch noch Tier ...« Er warf Preston einen anzüglichen Blick zu. »Und auch keine Brücke sie je überqueren kann.« Turk hielt abrupt inne. Er schien der Ansicht zu sein, dass er genug gesagt hatte.

»Ja?«, hakte Preston nach. Turk hatte wenig dazu beigetragen, seine glühende Wissbegierde zu befriedigen.

»Sie sind Ingenieur, Preston?« Das war eher eine Aussage als eine Frage. »Sie haben nach allem, was ich heute Abend bei Tisch gehört habe, Erfahrung mit Arbeiten wie dem Streckenbau. Aber selbst wenn ich all Ihre Erfahrung hätte, hätte ich Angst anzufangen.«

Preston schüttelte den Kopf und lehnte sich auf seinem Segeltuchstuhl zurück. »Nach allem, was ich über Sie gehört habe, gibt es nicht viel, was Sie fürchten. Was die Arbeit von Ingenieuren angeht – in der Theorie ist alles einfach. Aber eine Eisenbahnlinie zu bauen hat nichts mit Ingenieurswesen zu tun, sondern mit Menschen. Man muss wissen, wie man einen Mann dazu bringt, sich einer Herausforderung zu stellen, von der er glaubt, dass er sie nicht bewältigen kann, und wie man ihm hilft, den Mut zu einem Versuch aufzubringen. Man muss ihm die richtigen Werkzeuge geben, und ihn so schwer bestrafen, dass es ihn beinahe bricht, aber aufhören, bevor das geschieht.« Preston sah, dass Turk

ihn angespannt beobachtete. »Am Ende haben wir Erfolg. Das ist es, was wir tun.«
Turk gähnte laut und trank dann noch einen Schluck. Er starrte durch die halb offene Zeltklappe in den Regen hinaus. »Warum bauen Sie diese Eisenbahnlinie?«
»Warum?« Preston fragte sich, was der Mann meinte. »Es ist meine Arbeit.«
»Ja, aber warum baut England diese Strecke?«
Preston fehlten die Worte. Das war nun wirklich eine alberne Frage! »Weil«, begann er. »Weil ... nun, weil wir Eisenbahnlinien brauchen. Für den Fortschritt.«
»Hm. Über welchen Zeitraum geht Ihr Vertrag?«
Turk schien seine Antwort zu akzeptieren, aber Preston selbst war davon beunruhigt. Sie war banal, bedeutungslos. Er wollte weiter darüber nachdenken. »Wie lange? Zwei Jahre. Und Ihrer?«
Turk zog die Brauen hoch. »Wird Ihre Strecke Victoria Nyanza in zwei Jahren erreichen?«
»Das weiß ich nicht«, antwortete Preston stirnrunzelnd. »Aber ausgehend von unseren bisherigen Fortschritten, würde ich sagen, nein.« Die Erkenntnis traf ihn schwer. Er hatte bis zu diesem Augenblick nicht daran gedacht, dass er vielleicht nicht länger als zwei Jahre hier sein würde.
»Und Sie werden sie unvollendet zurücklassen?«
Preston rang immer noch mit Turks voriger Frage. Es war Teil seiner Aufgabe, Fragen über Zeitpläne zu beantworten. Er sollte einen Zähler in seinem Kopf haben, der jedes Stück der Strecke abrechnete, jede Meile Schienen. Er hatte seine Pflichten vernachlässigt, das war unprofessionell. Was sonst noch hatte er nicht bedacht? Es war bizarr. Er war ein kompetenter Ingenieur. So etwas war ihm in Indien nie passiert.

Dieser ganze Abend hatte etwas Unwirkliches an sich. Vielleicht gab es etwas an der Atmosphäre, das ihn beunruhigte? Der Geruch des Regens – sein leises Trommeln auf dem Zeltdach. Vielleicht hatte das sein Hirn eingeschläfert. Oder vielleicht fühlte er sich deshalb so unzulänglich, weil sich nur eine papierdünne Wand zwischen ihm und der Gewaltigkeit der afrikanischen Nacht befand. Oder es war schlicht der Whisky. Zu viel Whisky. Er spürte, wie sich alte Schuldgefühle wieder meldeten. Die Schlucht am Teesta lag hinter ihm. Vergessen.

Turk wartete immer noch auf Prestons Antwort. Er wiederholte: »Werden Sie die Strecke unvollendet zurücklassen?«

»Nein!«, sagte Preston nachdrücklicher als geplant. »Nein. Ich werde sie nicht unvollendet lassen. Ich werde bleiben bis zum Ende.«

»Und Ihre Frau? Ist Sie auch dieser Meinung?«

»Meine Frau …«, begann er unsicher. Was würde Florence davon halten? Er wusste, dass sie bei ihm im Lager sein wollte, aber würde sie mehr als den im Vertrag festgelegten zwei Jahren zustimmen? In Indien hatte es unterwegs zumindest hin und wieder kleine Ortschaften gegeben. Aber hier … hier stand ihnen nichts als Meile um Meile Wildnis bevor. Konnte eine Engländerin mit einem solchen Leben zurechtkommen?

Er wandte sich Turk mit einem leichten Kopfschütteln zu und sagte leise: »Ich habe keine Ahnung.«

Kapitel 8

Meile 42

Die *Uganda Queen* rollte mit aufregenden dreißig Meilen in der Stunde vorwärts. Die Vorhänge wehten. Die Schreibtischlampe klapperte.

Chefingenieur Whitehouse legte vorsichtig den Füller mit der Goldfeder auf das Mahagoni-Schreibtischset, das am Rand des mit grünem Filz bezogenen Tischs stand. Er schob den Glaszylinder der Schreibtischlampe auf dem Messingständer zurecht, damit er nicht mehr klapperte.

Nach einem Augenblick griff er wieder zum Füllfederhalter und schrieb weiter:

Als ob es nicht schwierig genug wäre, im Herzen Afrikas ein Wunder an Ingenieurskunst zu vollbringen, muss ich auch noch einen Hafen bauen! Und nicht nur einen Hafen, sondern einen, der genügt, das Material für über 600 Meilen Eisenbahnlinie aufzunehmen.

Trotz des geringen Budgets drängt die Eisenbahnkommission bzw. der Premierminister weiter nach einem Vollendungsdatum. Was kann ich sagen? Ich kann Berechnungen für das Verlegen, Verbinden, Ausrichten und die Steigungen anstellen, aber wer weiß schon, was wir in der Wildnis, die vor uns liegt, finden werden? Und es handelt sich tatsächlich um eine Wildnis. Ein Teil des Landes rings um unsere Strecke wurde noch nie von Christen betreten. Auch an anderen Orten ist es eine Domäne von Wilden geblieben. Ich brauche ausführlichere Vermessungen (die derzeit angestellt werden, erst knapp vor dem tatsächlichen Bau der Strecke), um wirklich mit dem Planen anfangen und verlässlich einen Zeitpunkt angeben zu können, wann das Projekt beendet werden kann. Aber der Premierminister fragt immer wieder!

Whitehouse warf frustriert die Feder auf den Tisch, und auf dem Filz breitete sich ein blauschwarzer Fleck aus. Er fluchte und stellte das Schreibgerät vorsichtig in den Ständer, dann erhob er sich und begann, in seinem Salonwagen auf und ab zu gehen. Nicht einmal seinem Onkel Winston gegenüber, *besonders* nicht Winston gegenüber, durfte er äußern, dass Salisbury ihm anvertraut, ja, *eingeschärft* hatte, wie wichtig die Bahnlinie für die militärischen Unternehmen sein würde, die bald folgen sollten.
Onkel Winston würde ebenso wie jeder andere in Whitehall wissen, wie besessen Lord Salisbury vom oberen Nil war. Es war ein Thema, dass er schon von der Oppositionsbank aus laut vertreten hatte und noch lauter propagierte, seit er vor zwei Jahren an die Macht gekommen war. Wenn England den Oberlauf des Nil verlor, würde es auch Ägypten und den Suezkanal verlieren, und dann wäre selbst Indien gefährdet. Es war ein Thema, das öffentliche Besorgnis auslöste. Selbst die Liberalen sprachen sich nicht vollkommen gegen diese Position aus, obwohl sie anderer Ansicht darüber waren, wie eine solche Entwicklung am ehesten zu verhindern sei.
Eines wussten viele außerhalb der Regierung nicht, aber Salisbury hatte es Whitehouse unter strengster Geheimhaltung unmittelbar vor dessen Abreise anvertraut: Captain Jean-Baptiste Marchand würde bald einen französischen

Feldzug von Französisch-Kongo aus nach Osten führen, um sich mit einem entsprechenden Feldzug von Abessinien aus nach Westen zu vereinigen. Dies würde einen Ost-West-Keil vom Roten Meer bis zum Atlantik schaffen und die ehrgeizige britische Süd-Nord-Achse vom Kap der Guten Hoffnung bis zum Mittelmeer durchtrennen.
Im vergangenen Monat war der Chefingenieur durch diplomatische Post benachrichtigt worden, dass Salisbury eine wissenschaftliche Expedition zum Ostufer des Nil organisiert hatte. Es wurde bestätigt, dass er mit dem Plan fortfahren würde, den er Whitehouse im Vertrauen mitgeteilt hatte – zweihundert Männer sollten in Mombasa an Land gehen und sich auf den Weg zur Eldama-Schlucht und zum Mau-Steilhang machen. Dort würden sie sich mit drei Kompanien der Uganda Rifles zusammentun und in den Sudan vorstoßen. Die Eisenbahn sollte sich auf jede erdenkliche Weise daran beteiligen, die Truppen so schnell wie möglich ins zentrale Afrika zu bringen.
Whitehouse rang die Hände. Er konnte seinem Land nicht einmal vierzig Meilen bieten! Achtzig Meilen wurden erwartet. Sechzig wären akzeptabel. Aber tief im Herzen zweifelte er daran, dass selbst das möglich war. Er würde die Mannschaften trotzdem zu größerer Anstrengung antreiben müssen.

Florence nahm die Ersatzbettwäsche aus der untersten Schublade und legte sie in die oberste, neben ihre besten Leinenkragen. Um dort Platz zu machen, musste sie ihre ältere Unterwäsche nach unten verlagern. Ein Stück Zeltplane bildete ein Dach und eine Veranda über der Kommode, da das Korbgeflecht keinen Schutz gegen die vielen kleinen

Lecks bot, die im Dach aufgetaucht waren. *Zeltplanen schützen,* sagte Ronald. Es würde aufhören durchzuregnen, sagte er, sobald sich die Fasern dank des Regens ausdehnten. Es schien pervers, dass das Zelt gerade dann, wenn man es am meisten benötigte, Zeit brauchte, um wasserdicht zu werden. Das Tuch zu berühren machte es noch schlimmer. Manchmal tröpfelte es weiter, wo es begonnen hatte, und man konnte einen Topf oder eine Schale darunterstellen, aber wahrscheinlicher war eine Pilgerreise des Wassers an dem schrägen Zeltdach entlang zur Wand, wobei es eine feuchte Spur hinterließ.

Der Graben war eine andere Sache. Florence hatte nicht einmal gewusst, dass sie einen Graben hatten oder brauchten, bis er sich nach den ersten Regenfällen füllte und dann überfloss und sich an den ansonsten kaum wahrnehmbaren Senken im Boden kleine Tümpel bildeten. Ronald hatte Sharaf Din gerufen, um den Graben zu vergrößern und Abflussgräben auszuheben. Dann waren die Taue geschrumpft und drohten, die Zeltstangen aus dem Boden zu ziehen. Es nahm kein Ende. Und sie hatte gedacht, die Trockenzeit wäre schlimm gewesen!

Ronald war wegen des Regens ebenfalls besorgt, aber das hatte nichts mit häuslicher Unbequemlichkeit zu tun. So war es allerdings bereits vor dem Regen gewesen. Er schien Florence' kleine Verbesserungen im Zelt kaum zu bemerken, bis sie ihn darauf hinwies. Dann gab er sich so überrascht und erfreut, dass sie sich dumm vorkam, es überhaupt angesprochen zu haben. Aber sie wusste, dass der Regen wirklich große Probleme verursachte. In einem außergewöhnlichen Augenblick hatte er ihr anvertraut – vielleicht hatte er nur laut gedacht –, dass er am liebsten die gesamte Mannschaft nach Mombasa zurückbringen würde, bis die Regenzeit zu Ende war. Florence hoffte im Geheimen, dass dies tatsächlich geschehen würde. Es wäre wunderbar, wieder in ihrem kleinen Haus zu sein, sicher und trocken.

Dann erinnerte sie sich, dass sie kein Haus in Mombasa mehr hatte. Es war einem angloindischen Frachtbeamten mit einer sehr dicken Frau und fünf kleinen Kindern zugewiesen worden. Sie wusste nicht, warum, aber sich daran zu erinnern machte sie traurig. Vielleicht, weil das Haus ihr Heim gewesen war? Aber das war unvernünftig. Ihr wahres Zuhause lag weit von Mombasa entfernt. In England. In Shrewsbury. In ihrer Phantasie hatte sie sich dieses Haus schon oft ausgemalt. Es war ideal: ein großer Garten, ein Brunnen, ein Hühnerstall mit vielen Hühnern. Es würde auch eine Scheune geben, in der die Kinder spielen konnten. Weiße Läden an den Fenstern und ein großer offener Kamin für die kalten Winterabende. Die Küche würde einen großen Herd haben, auf dem sie Lammbraten mit Soße, Erbsen und Kartoffeln zubereiten konnte.

Es irritierte sie, im Lager nicht für Ronald kochen zu können. Ihre Mutter hatte immer gesagt, der Weg zum Herzen eines Mannes führe durch seinen Magen. Ronald hatte keine Möglichkeit, zu entdecken, was für eine gute Köchin sie war – sie hatte nie Gelegenheit gehabt, es ihm vorzuführen. Sie fragte sich oft, ob sie nicht einfach versuchen sollte, für ihn zu kochen, wie es der Lagerkoch tat – in einem Zelt mit einem Rauchabzugloch im Dach. Aber eine Küche unter Zeltbahnen war nicht das Gleiche.

Im Lager geschah alles in Zelten: essen, schlafen und arbeiten. Zum Glück schloss diese Liste nun auch ihre persönliche Reinlichkeit ein. Ronald war verlegen gewesen, als sie ihn gefragt hatte, wo die Toilette war. Am nächsten Tag war eine Toilette mit Zelttuchwänden erschienen, komplett mit Zelttuchdach. Nun war es an ihr, verlegen zu werden, als Ronald und Billy Nesbitt sich über den Entwurf des Sitzes nicht einig werden konnten. Erst später erfuhr sie, dass sie die Einzige war, die überhaupt einen Sitz hatte. Die Männer benutzten einfach offene Latrinenlöcher. So geschmacklos!

Sie hielt ihre zierlichsten Spitzendeckchen in der Hand, tätschelte sie und fragte sich, wo sie sie hinpacken sollte.

In einem Zelt zu schlafen war ein anderes Problem. Die Außenwelt schien so verstörend nahe zu sein. Eine Zeltplane konnte einen Löwen oder einen dieser riesigen Büffel nicht aufhalten. Oder einen Bären. Nein, Ronald hatte ihr gesagt, dass es in Afrika keine Bären gab. Das war etwas anderes, woran sie sich nicht gewöhnen konnte – die Tiere waren so gefährlich, und die Zeltplanen ließen all ihre Geräusche herein! Selbst Schritte, vielleicht sogar die leisen Schritte eines sich anschleichenden Leoparden, waren in einem Zelt zu hören. Und wenn das leiseste Geräusch von draußen drinnen zu hören war, galt das doch sicher auch umgekehrt. Wenn die Lampen gelöscht waren, unterhielten Ronald und sie sich nur im Flüsterton. Was Angelegenheiten des Ehebetts anging, war das alles sehr beunruhigend. Und Ronald vergaß sich manchmal und gab ein schreckliches Stöhnen von sich. Der Gedanke, dass jemand ihn hören könnte, ließ sie blutrot anlaufen.

Sie legte die Spitzendeckchen in die oberste Schublade neben die Leinenkragen.

Nachdem sie getan hatte, was notwendig war, um die Überschwemmung ihrer gesamten Habe zu verhindern, stellte sich Florence an die offene Zeltklappe und betrachtete den

Regen. Der Himmel war einheitlich grau, und es sah nicht so aus, als würde es bald aufhören zu regnen. Das Lager wirkte verlassen, und plötzlich fühlte sie sich zutiefst allein. Vielleicht war nur noch sie am Leben, und alle Diener waren in den Bach geschwemmt worden, der sich in eine reißende Flut verwandelt hatte. Oder vielleicht hatten wilde Tiere sie verschleppt, und Ronald war im Augenblick nicht am Gleisende, sondern in tödlichem Zweikampf mit Löwen und Leoparden verstrickt. Florence kämpfte gegen ihre aufsteigende Panik an. Sie würde ins Ärztezelt gehen, um dort Gesellschaft zu finden, obwohl viele der Männer sich in ihrer Gegenwart offenbar immer noch unwohl fühlten. Das wiederum führte dazu, dass sie selbst ebenfalls nervös wurde.

Bei Billy Nesbitt war das allerdings nicht so. Er war ein lieber Junge, sehr verliebt in seine junge Frau in England, und er freute sich über Gesellschaft. Er schien als Einziger im Lager im Stande zu sein, sich in Florence' Gegenwart zu entspannen. Vor kurzem hatte er sie gebeten, ihm bei seinen Briefen an seine Frau Maggie zu helfen. Irgendetwas hatte ihn auf die Idee gebracht, Florence könnte ihm zeigen, seine Gefühle besser zum Ausdruck zu bringen. Das kam ihr eher ironisch vor – obwohl sie das Billy selbstverständlich nicht sagen würde –, denn sie hatte das Gefühl, dass sie und Ronald selbst solche Hilfe brauchen könnten.

Wenn Billy als Gesprächspartner nicht zur Verfügung stand, war es immer interessant, sich mit Captain Haslam zu unterhalten. Er hatte einen forschenden Geist und war entschlossen, alle Geheimnisse von Britisch-Ostafrika zu ergründen. Aber er wurde häufig verlegen, wenn er das Gefühl hatte, zu viel zu reden. Florence betonte immer wieder, dass

sie seine Berichte über seine Studien sehr informativ fand, aber sobald er zu dem Schluss kam, des Guten zu viel gesagt zu haben, lenkte er das Gespräch auf ihre Handarbeit und auf andere geistlose Themen.
Florence hoffte, einen der beiden anzutreffen. Es würde ihr für eine Stunde die Zeit vertreiben und den Tag viel kürzer machen. Ansonsten würde sie vielleicht einen weiteren Brief nach Hause schreiben.

Oberhalb des jämmerlich schlammigen Lagers stand die *Uganda Queen* königlich auf Eisenschienen, die in dem Regen silbern aussahen. Die Lok schien zu schweben, prangte in ihren königlichen Farben über einem Meer von Schlamm.
Der Salonwagen, den Whitehouse in ein Büro umgebaut hatte, schauderte in dem prasselnden Regen. Drinnen saßen die Männer, die er brauchte, um seine Verpflichtung gegenüber dem Premierminister einzuhalten. Dr. Orman, der die Arbeitskräfte wiederherstellte, war verdrießlich wie immer auf dem Schreibtischstuhl zusammengesackt, den Blick auf das geometrische Muster des Orientteppichs gerichtet. Neben ihm saß Haslam, dessen Tiere unseligerweise notwendig waren, um Material über die Reichweite der Eisenbahn hinauszutragen, wo Turk, der unbehaglich auf einem Stuhl neben der Tür hockte, sie nutzen würde, um Nachschub zu den weit abgelegenen Außenposten von Vermessern und Landkartenzeichnern zu bringen. Und an einem offenen Fenster, den Ellbogen auf das Sims gestützt, starrte Preston in den Regen hinaus – der Mann, dessen Erfolg oder Misserfolg über die Zukunft der gesamten Eisenbahnlinie entscheiden würde.
Whitehouse zog seinen Stuhl zur Mitte des Wagens und sah

die versammelten Männer nacheinander an. Dann kam er sofort auf das Hauptthema: Fortschritt.

»Mr. Preston, ich entnehme Ihrem letzten Bericht, dass Sie im Durchschnitt nur eine Drittelmeile am Tag vorankommen.«

»Wir haben in Maji ya Chumvi Zeit verloren, als wir auf das Material für die Brücke warteten. Danach waren wir ein wenig besser, und dann fingen die Männer an krank zu werden. Wenn sie nicht mit hochgezogenen *Dhotis* und nackten Hinterteilen neben den Gleisen saßen und Durchfall hatten, waren sie im Hospitalzelt.«

»Ich staune immer wieder«, schnaubte Whitehouse, »über den Einfallsreichtum, den diese Kulis an den Tag legen, wenn ihnen die Arbeit zu schwer wird.«

Der Doktor erstarrte. »Ich bin mit solchen Dingen durchaus vertraut, Mr. Whitehouse. Aber wir haben es hier mit außergewöhnlichen Bedingungen zu tun. Alles, von Sandflöhen – bösartige kleine Viecher, die sich unter die Zehennägel graben – bis zu einer Art von Fliege, die mit ihrem Biss ihre verdammten Eier unter der Haut deponiert. Man kann die Maden ausdrücken, wenn sie gewachsen sind, aber wie bei den Sandflöhen und den Wolfsmilchdornen führt jede Verletzung der Haut zu massiven Geschwüren. Wenn sie die Größe einer Faust erreichen, ist es Zeit, sie ordentlich zu säubern und –«

»Ich bin froh, dass Sie eine Lösung haben, Doktor. Vielleicht können Sie Ihren beträchtlichen medizinischen Trupp dazu nutzen, diese Lösung sofort umzusetzen, damit Mr. Preston seine Männer bald zurückbekommt und die versprochene Meile pro Tag liefern kann.«

»Ich sagte eine Meile am Tag unter guten Bedingungen«, erinnerte ihn Preston. »Das Überbrücken von Schluchten fällt wohl kaum in diese Kategorie. Diese Regenfälle sind die schwersten, die je aufgezeichnet wurden. Wir sollten eine Pause einlegen.«

»Eine Pause! Wegen ein bisschen Regen?«

»Nicht wegen des Regens, sondern weil es gefährlich ist. All meine Männer sind damit beschäftigt, zu roden und Schienen zu verlegen. Aber die Arbeit, die wir leisten, müsste dringend ordentlich nachgebessert und verstärkt werden.«

»Unsinn. Außerdem gehe ich davon aus, dass das mit dem Regen nur eine Phase ist. Was sagen Sie, Mr. Turk, wie war es in den vergangenen zehn, fünfzehn Jahren? Was halten Sie von diesem Regen?«

Turk lehnte sich mit dem Stuhl gegen den Türrahmen, die Arme verschränkt, und genoss die geringe Erleichterung, die der leichte Wind von draußen brachte. Er sah Whitehouse an. »Typisch.«

Turk sah farblos aus. Nicht die lebhafte Präsenz, an die sich Whitehouse aus Mombasa erinnerte. »Und was genau bedeutet das?«, fragte er.

»Die lange Regenzeit.«

Whitehouse wurde langsam wütend. »Aber wann wird dieser Regen ein Ende finden?«

»Das ist unterschiedlich. Manchmal dauert es Wochen, manchmal Monate. Wer weiß?«

»Verdammtes Wetter.«

»Ich würde es nicht so schnell verfluchen.«

»Warum nicht?«

»Für die Karawanen ist der Regen ein Freund.«

»Sie würden also bei Regen weitermachen?«

»Ich würde mich lieber durch den Regen pflügen, als an der geschwollenen Zunge der Trockenzeit leiden.«

»Sehen Sie, Mr. Preston, ein Mann der Tat!«
»Aber ich baue keine Eisenbahnlinien«, fügte Turk hinzu, verärgert, dass Whitehouse ihm Worte in den Mund legte.
»Nein, ich bin es, der das tut«, warf Preston ein. »Und daher sage ich Ihnen: Wir sind so dünn gestreckt wie eine Peitsche. Ihr Drängen nach einer Meile pro Tag gefährdet das gesamte Projekt.
Wir haben am Maji ya Chumvi ein Gerüst verloren. Die Ufer werden unterspült. Die Dämme werden weggewaschen. Wenn sie nicht nachgebessert werden, könnte es zu Entgleisungen kommen.
Ja, ich will, dass diese Strecke gebaut wird.« Er hob den Arm und zeigte nach Westen. »Ich will es mehr als Sie. Aber die Verstärkungsarbeiten müssen früher oder später ohnehin geleistet werden. Ich sage, wir sollten umkehren.«
»Und ich sage, Sie werden weitermachen. Und zwar schnell.«
»Dann sind Sie ein Narr!« Als Preston aufstand, um zu gehen, fiel sein Stuhl klappernd hinter ihm auf den Parkettboden. »Ein verdammter Narr.«

Regenwasser sammelte sich in der Krempe von Turks Hut, sobald er Whitehouse' Salonwagen verließ. Es lief über seinen Hemdkragen und unter sein Regencape. Es fühlte sich kalt auf seiner heißen Haut an. Fiebernebel trübte seinen Blick. Er versuchte, mit Preston Schritt zu halten, aber der Schlamm an seinen Stiefeln machte jeden Schritt schmerzhaft. Er begann unten an seinem Rücken, lief die Wirbelsäule entlang und setzte sich dann zwischen seinen Schulterblättern fest wie ein rot glühender Dolch. Seine Arme waren wie rostige Tore, jedes Gelenk eine Speerspitze der Qual.

Am Ärztezelt drängte sich eine kleine Menschenmenge. Prestons Frau, die »Zwillinge« – Nesbitt und Turner. Preston sprach mit ihnen. Sie lauschten schweigend, schüttelten die Köpfe, murmelten zustimmend. Sie schienen alle der gleichen Ansicht zu sein wie Preston: Es war Wahnsinn weiterzumachen. Eine Schande, dass Whitehouse darauf bestand.
Turk begann zu schaudern. Die Luft war plötzlich sehr kalt. Er zog den Umhang bis zu den Ohren und schlang die Arme um den Oberkörper. Schmerzen rasten durch seinen Körper, und seine Haut schien in Fieberflammen aufzugehen.
Langsam wurde er sich wieder seiner Umgebung bewusst und sah die fragenden Blicke der anderen. Er wolle Tee, sagte er, und die Worte klangen in seinem Kopf wie Kirchenglocken. Er drehte sich um, um zu gehen. Eine Kanne mit heißem Tee und ein wenig Trost vom Whisky. Er würde gehen … Aber wohin? Er drehte sich wieder zu den fragenden Blicken um. Preston sagte etwas. Seine Frau sah erschrocken aus. Haslam nahm erstaunt die Pfeife aus dem Mund.
Der rote Nebel stieg über seine Augen. Er erdrückte ihn. Dann wurde es dunkel.

Kapitel 9

Meile 65

Whitehouse stand auf der Veranda seines Büros am alten Hafen und sah, wie sie eintrafen. Sie versammelten sich mit einem Trommelwirbel am Kai, dann marschierten die zweihundert Männer vorwärts, die leuchtend roten Mützen regennass, die Gewehre an den Schultern, die starren Arme schwingend.

Ein junger Offizier mit geflochtener Tresse winkte einen Jungen zu sich, der in einem Hauseingang gestanden hatte. Der Junge, der den Saum seines weißen *Kikoi* wegen der schmutzigen Straße hochraffte, zeigte in Whitehouse' Richtung. Der Offizier kehrte zu seiner Truppe zurück und beugte sich zu einem höheren Offizier, ganz Messing, Schnallen und Tressen. Dann steuerten die beiden ihre Leute zu Whitehouse, der ihnen auf die Verandatreppe entgegenkam.

»Sir, habe ich die Ehre, mit dem Chefingenieur der Uganda Railway zu sprechen?«

»Zu Ihren Diensten, Sir. George Whitehouse.«

»Macdonald. Uganda Rifles.«

»Captain Macdonald.«

»Major.«

»Ich bitte um Verzeihung, *Major* Macdonald. Ich weiß selbstverständlich von Ihrer Vermessungsarbeit hier. Zu diesem Zeitpunkt waren Sie, glaube ich, Captain.«

»Ja.«

»Willkommen zurück in Mombasa, Major. Was kann ich für Sie tun?«

»Können wir uns drinnen unterhalten, Mr. Whitehouse?«
»Selbstverständlich.« Er deutete mit einer Geste an, dass der Major vorangehen solle.
In der relativen Ruhe des Büros nahm Macdonald auf dem ihm angebotenen Stuhl Platz und kam sofort auf den Punkt: »Soviel ich weiß, hat Lord Salisbury meine Ankunft angekündigt.«
»Er hat sie mit der diplomatischen Post bestätigt. Ihre Mission wird Sie in den Sudan führen –«
»Zu wissenschaftlichen Forschungen«, beeilte sich der Offizier anzumerken. »Zum Ostufer des Nil. Eine freundliche Begegnung mit den dortigen Stämmen.«
»Selbstverständlich.«
»Sie sind dementsprechend auch über meinen Transportbedarf informiert?«
»Ja. Ich habe eine Anzahl von Waggons für Ihre Männer und die Ausrüstung umbauen lassen.«
»Gut. Ich werde sie sofort inspizieren. Und Ihre Leute. Ich brauche etwa hundertfünfzig Träger, Packmaultiere und einen Führer.«
»Wir sind derzeit sehr knapp an –«
»Die Königin persönlich zeigt großes Interesse an meiner Mission. Ich brauche Ihre volle Kooperation, Mr. Whitehouse.«
»Nun, ich … wir werden selbstverständlich helfen, wo wir können. Wann werden Sie aufbrechen?«
»Einiges von unserer Ausrüstung wurde in Suez aufgehalten. Wir machen uns in ein paar Wochen auf den Weg.«
»Dann wird es mir eine Ehre sein, Ihnen und den anderen Offizieren inzwischen alle erdenkliche Bequemlichkeit zu bieten. Mombasa hat nicht viele gute Unterkünfte, wie Sie

sich sicher vorstellen können, aber mir stehen ein oder zwei Bungalows zur Verfügung –«

»Sehr großzügig, Sir, aber unnötig. Meine Männer und ich, wir versorgen uns selbst. Wir werden am Rand Ihrer kleinen Stadt ein Lager aufschlagen. Wenn Sie allerdings so freundlich sein könnten, uns mit dem Notwendigen zu versorgen – Wasser, frische Lebensmittel –, stünde ich tief in Ihrer Schuld.«

»Selbstverständlich, Major.« Whitehouse nickte.

Macdonald stand auf und ging zum Fenster. Dort blieb er stehen, schwankte ein wenig vor und zurück und war offensichtlich zufrieden mit dem Ergebnis ihres Gesprächs. Die Wolken über Fort Jesus wurden dünner. Ein Sonnenstrahl fiel wie ein Blitz auf den Indischen Ozean. Ein viel versprechender Anfang.

Er wandte sich vom Fenster ab, die Hände auf dem Rücken verschränkt. Ein brüderliches Lächeln umspielte seine Lippen. »Und Ihr Zug. Diese – diese Eisenbahn, die Sie haben –, wie weit sind Sie damit gekommen?«

Der Platz für das Lager bei Meile 65 war nicht wegen seiner besonderen Vorzüge ausgewählt worden. Es war nur ein flacher Bereich in einer flachen Wüste, abgeschliffen von einer rauschenden Flut wirbelnden roten Schlamms, und hatte nichts Angenehmes an sich. Selbst ohne das ewige Grau des Regens hätten die Dornbüsche den Blick zum Horizont blockiert. Aber nach zwei Wochen mühsamer Arbeit in rotem Morast, in dem jeder Quadratzoll Boden flüssig geworden war – der unter Wellblech- und Zelttuchdächern eingeschlossen –, ließ Preston das Lager bei Meile 65 aus reiner Erschöpfung errichten.

Sein Ober*jemadar* Ibrahim war keine Hilfe. Preston war im Allgemeinen in der Lage, das Beste aus seinen *Jemadars* und den anderen Männern herauszuholen, die eng mit ihm zusammenarbeiteten, aber bei Ibrahim stieß er nur auf eine Mauer mürrischer Widerspenstigkeit. Preston verstand das nicht. Er fragte sich, ob Ibrahim ihm wohl immer noch übel nahm, dass er vor beinahe vier Monaten zusammen mit Sharaf die Leute überredet hatte, die behelfsmäßige Brücke aus Schwellen zu bauen. Es war Ibrahim, der diesen Machtkampf begonnen und ihn verloren hatte. Eine solche Situation hätte nie entstehen sollen. Wenn er gekonnt hätte, hätte Preston den Mann entlassen, nicht nur, weil er alles andere als hilfreich war, sondern auch, weil er Ibrahim und seine Kumpane verdächtigte, Geld von den anderen Kulis zu erpressen.

Trotz Ibrahims und des Regens gelang es Preston und seinen Leuten, sechs Meilen Schienen zu legen. Sechs Meilen in dreiundzwanzig Tagen. Zu jedem anderen Zeitpunkt und an jedem anderen Ort wäre das beschämend gewesen. Aber Preston wusste, dass es sich unter den herrschenden Bedingungen um einen erstaunlichen Beweis menschlicher Zähigkeit handelte.

Endlich brach ein Tag ohne Regen an. Es regnete zwar später wieder, aber am nächsten Morgen stieg die Sonne in einen wolkenlosen Himmel auf und begann, den Schlamm zu backen, der bald schon Material, Ausrüstung und Kulis mit einer steinharten Kruste überzog.

Die Wüste erwachte zum Leben. Preston konnte beinahe hören, wie sich das Gras, die Wolfsmilchpflanzen, die Akazien rührten, konnte beinahe die aufsteigenden Säfte schmecken und die plötzliche Aktivität des Keimens spüren. Eilig bemüht, zu wachsen und sich zu vermehren, solange noch etwas von dem Leben spendenden Wasser vorhanden war, füllte sich die Wüste bis zum Überfluss. Eine tote Landschaft war von den flutartigen Regenfällen ins Leben zurückgeholt worden.

Florence machte sich, mit Sharaf als Eskorte, auf den Weg und kehrte nach nur zehn Minuten mit Armen voller Blumen in jeder Form und Farbe zurück. Ihr Lächeln war so überschwänglich wie die blühende Wüste. Zum ersten Mal hatte sie Interesse an dem Land gezeigt, das sie umgab. Preston hielt das für ein gutes Zeichen.

Ibrahim oder Ali der Stier, wie man ihn in seiner Zeit bei Carl Peters genannt hatte, saß im Schneidersitz in seinem Zelt und trank eine winzige Tasse Kaffee. Es war guter Kaffee, stark und bitter, die Belohnung dafür, dass er das Kommen und Gehen von Vorräten im Lager gut im Auge behalten hatte. Hussein, einer der vielen Händler, die frische Lebensmittel an die Eisenbahn verkauften, hatte sich schließlich nach einem unglücklichen Vorfall auf seinem Heimweg zur Küste zu einer gewissen Großzügigkeit durchgerungen. Offenbar hatten sich vier Männer auf ihn gestürzt und ihm an zwei Stellen die Arme gebrochen. Nun schickte er jedes Mal, wenn er den Fuß in ein Gleisbaulager setzte, Kaffee in Ibrahims Zelt.

Neben Ibrahim saß Shafi Ahmed und trank ebenfalls Kaffee. Er war ein Mann mit schmalem Gesicht und einer Hakennase, der ununterbrochen vor nervöser Spannung mit den Knöcheln knackte. Er hatte Ibrahim seit der Zeit bei Peters mit seinen besonderen Waren beliefert. Von Peters hatte Ibrahim viel gelernt. Vor allem hatte er ihm beigebracht, wie überzeugend Furcht sein konnte. Peters hatte auf viele

Arten Furcht erzeugt. Manchmal richtete er nur den Blick seiner wässrigen blauen Augen auf einen widerspenstigen Eingeborenenhäuptling und starrte ihn an, bis der Mann zustimmte, die Papiere zu unterzeichnen, die ihm die Herrschaft über sein Land nahmen. Oder er drohte vielleicht, das Wasserloch zu vergiften. Oder er nutzte Psychologie, indem er drohte, mit Hilfe der »Magie des weißen Mannes« alle Männer des Stammes steril zu machen. Ibrahim fand solch subtile psychologische Spielchen allerdings langweilig und unnötig und gab der Anwendung körperlicher Gewalt den Vorzug. Es brachte ihm für gewöhnlich das ein, was er wollte. Und es machte ihm Spaß.

Hinten in Ibrahims Zelt hockte der Teita-Junge mit weit aufgerissenen Augen und beobachtete die Männer beim Kaffeetrinken.

Ibrahim trank nur langsam. Diesen Teil genoss er am meisten. »Sagtest du zehn Rupien?« Er starrte Shafi Ahmed höhnisch an. »Unmöglich.«

»Ali, mein Freund, was kann ich schon tun? Der Häuptling weiß nicht, wie man feilscht. Er setzt einen Preis fest und lässt sich nicht mehr davon abbringen.«

Ibrahim schaute in seine Kaffeetasse und wirbelte den trüben Bodensatz herum. Ja, Husseins Kaffee war gut. So gut, dass er Hussein und die anderen Händler einladen würde, sich unter den Schutz seines »Sicherheitsdiensts« zu begeben. Viele Eisenbahnkulis hatten bereits festgestellt, wie unwiderstehlich dieses Angebot war. Seine Bande von Thugees musste manchmal nur noch den Seidenschal zücken, damit ein Kuli zahlte.

Shafi Ahmed schwatzte neben ihm weiter.

»Du hältst mich wohl für dumm, Ahmed?« Das ließ den

Mann verstummen. Ibrahim hatte den richtigen Grad von Kälte in seinen Tonfall einfließen lassen. So ging er immer vor. Bald schon würde Ahmed vor Angst beben.

»Nein! Nein, um der Liebe Allahs willen, das tue ich nicht, mein Freund. Ich schwöre, die Teita sind die dümmsten, ignorantesten –«

»Drei Rupien.«

Shafi Ahmed verschluckte sich beinahe an dem Kaffee, den er getrunken hatte, um das Zittern seiner Lippen zu verbergen. Sein dunkles Gesicht schien blass zu werden, und er schnappte heftig nach Luft, während er sich bemühte, eine neue Verhandlungsposition zu finden. Es war immer das Gleiche.

Ahmed entblößte die Zähne zu dem Versuch eines freundlichen Lächelns, aber tatsächlich sah er aus, als hätte man ihn erdrosselt. »Ah, ich sehe«, sagte er nun, »Ali – ein Mann, der immer Zeit hat, mit seinem alten Freund einen Scherz zu machen. Mit dem Mann, der über Jahre immer wieder versucht hat, ihn mit Geschenken zu amüsieren. Darunter ein paar der besten Jungen, die sich in Afrika finden ließen. Und aus gutem Grund. Dafür sind Freunde schließlich da. Oder? Aber jetzt müssen wir wie alle guten Freunde ernsthaft über Geschäfte sprechen.«

Ibrahim trank einen letzten Schluck Kaffee.

Ahmed schlang die knochigen Finger einer Hand um die andere und drückte, bis seine Knöchel weiß wurden. »Acht Rupien. Und das bringt mich um!«

»Vier.«

Ahmed machte ein Geräusch wie ein Mann, dem ein Dolch ins Herz gestoßen wird. »Ah ... ah ... In Ordnung. In Ordnung. Sagen wir sieben.« Er schlug die Hände vors Gesicht.

»Und ich schwöre bei meiner Mutter, dabei verliere ich bereits.«
Ibrahim genoss das Feilschen, nicht um des Feilschens willen, denn Ahmed war ein einfacher Gegner, sondern wegen der köstlichen Schärfe, die diese erzwungene Verzögerung seiner Lust verlieh. Er warf über die Schulter hinweg einen Blick zu dem Jungen, der gegen seine Fesseln ankämpfte.
Es war lange her, seit Ibrahim sich in dieser Region aufgehalten hatte. Er hatte die Teita-Jungen mit ihren köstlich runden Pobacken beinahe vergessen. Sie waren voller Leben und bäumten sich wunderbar gegen ihre Fesseln auf. Aber sie ergaben sich stets.
Sie waren auch billig. Er würde den Jungen für fünf Rupien bekommen. Und morgen Abend vielleicht einen anderen.

Nach einer Woche war keine Spur der Regenfälle geblieben, die gedroht hatten, die Eisenbahnarbeiter zu ertränken. Wieder war alles trocken. Ein paar Tage war noch eine Erinnerung an den Schlamm in Gestalt verkrusteter roter Fußabdrücke und Wagenspuren zu sehen gewesen, aber auch diese verwandelten sich schnell in Staub, der in der reglosen Luft beinahe kniehoch aufwirbelte. Die Wüste schien jeden Beweis ihrer seltenen Niederlage auslöschen zu wollen.
Wieder brannte die Sonne an einem weiß glühenden Himmel. Die Nacht brachte kaum Erleichterung. Albträume von wasserlosen Wüsten suchten die Männer heim. Sie erwachten schlecht gelaunt und durstig. Es war jeden Morgen Prestons Aufgabe, dafür zu sorgen, dass sich diese Unwilligen wieder ihrer Arbeit an den Schienen zuwandten.
Hin und wieder kam der Wasserzug vielleicht eine Stunde zu spät, und an solchen Tagen entstand in den Kolonnen

schnell eine angespannte Atmosphäre. Die Buschroder waren eine weitere Stunde vom Lager entfernt und mussten mit der zusätzlichen Unsicherheit von Maultieren und Trägern rechnen – ein weiterer Punkt, an dem die so lebenswichtige Versorgung unterbrochen werden konnte. Preston beschloss, nach Mombasa zu gehen, damit sich sein Chefingenieur dieser Angelegenheit annahm.

Als er den Hügel hinauf zu Whitehouse' Büro eilte, konnte er kaum glauben, dass er sich auf dem gleichen Kontinent befand. In Mombasa schien es genug Wasser zu geben. Es rauschte in den Gräben am Straßenrand und riss den Dreck mit, der sich zuvor in stehenden schwarzen Tümpel gesammelt hatte.

Whitehouse kam ihm sehr freundlich entgegen. »Mr. Preston! Kommen Sie herein. Was für eine angenehme Überraschung! Ich hatte ohnehin vor, Sie hierher einzuladen.«

»Tatsächlich?«

»Zu einem kleinen Gespräch. Bitte, kommen Sie herein. Setzen Sie sich.« Er ging zu seinem Schreibtisch und zeigte auf den Stuhl gegenüber. »Wie ist das Wetter im Hinterland?«

Preston sagte, die Wüste sei wieder trocken. »Der lange Regen ist vorüber, aber offenbar sieht es hier an der Küste anders aus.«

»Ja. Und wie gewöhnt Mrs. Preston sich ein?«

»Sehr gut, danke«, erwiderte Preston und fragte sich, ob Whitehouse sich erinnerte, dass Florence schon vor etwa drei Monaten am Gleisende eingetroffen war.

»Oh! Möchten Sie einen Whisky?« Whitehouse setzte dazu an aufzustehen.

»Nein danke.« Preston sah eine Auseinandersetzung voraus und wollte Whitehouse keinen Whisky schuldig sein. Er verlagerte unruhig sein Gewicht und fragte sich, wann die Banalitäten ein Ende finden würden, damit er seine Beschwerde über die Verspätungen des Wasserzugs vorbringen konnte. Er beschloss, sofort zum Problem zu kommen. »Wie ich schon sagte, es ist trocken in der Taru. Und wir hatten große Probleme mit den Wasserlieferungen.«

»Oh?«

»Ja. Sie kommen häufig spät. Die Männer werden nervös. Es gibt deshalb erhebliche Missstimmung.«

»Logistik, wie? Wir Ingenieure verstehen das, aber der durchschnittliche Kuli … vollkommen ignorant.«

»Ignorant oder nicht, sie wissen, wann sie Durst haben. Ich habe genug Ärger damit, die Schienen zu verlegen. Um den Nachschub müssen Sie sich kümmern.«

Whitehouse setzte sich ein wenig aufrechter hin, blieb aber freundlich. »Selbstverständlich. Ich verstehe. Tatsächlich wollte ich ohnehin mit Ihnen über die Wassersituation sprechen.«

»Tatsächlich?«

»Ja. Und wie Sie sagten, im Hinterland regnet es nicht mehr. Ein hervorragender Zeitpunkt, sich mit Schwung auf die Taru zu stürzen. Wir können ein paar Meilen einholen, wenn Sie einen Spurt nach Voi durchführen – dort gibt es ein permanentes Wasserloch.«

»Einen Spurt? Wir schicken hier kein Pferd ins Derby! Voi ist über dreißig Meilen vom Gleisende entfernt. Ich kann in dieser Wüste die Nachschublinien nicht weiter als zehn Meilen strecken. Falls Sie es vergessen haben, ich arbeite dort mit über tausend Männern. Ein Problem mit dem Wasserzug allein würde schon alle gefährden.«

»Pah! In der Taru gibt es genug Wasser für ein ganzes Jahr.«

»Flache Senken und Felsteiche. Das Wasser dort verdampft bereits. In einem Monat wird es weg sein. Das hat man mir versichert. Diese Wüste hat mir schon ein- oder zweimal die Zähne gezeigt. Ich habe gelernt, vorsichtig zu sein.«

»Preston … Ronald, bedenken Sie doch, was auf dem Spiel steht. Das Britische Weltreich! Und ich will Sie noch einmal daran erinnern, dass ich einen Zug vorbereite, um Truppen an die Grenze zu bringen. Wissen Sie, wie lange es dauert, zwei voll ausgerüstete Kompanien hundert Meilen weit zu transportieren? Ich werde es Ihnen sagen: zwanzigmal langsamer als mit einem Zug. Es geht um mehr als einen Wochenmarsch – einen Zeitraum, der uns einen Sieg kosten oder bescheren kann.«

Preston kaute auf der Innenseite seiner Wange.

»Preston«, sagte Whitehouse in versöhnlichem Ton, »überlassen Sie Mombasa mir. Ich werde alles für Sie organisieren.« Nachdrücklich schlug er mit der Faust auf den Tisch. »Sie werden Ihr Wasser und Ihre Vorräte rechtzeitig erhalten. Das verspreche ich Ihnen.«

Kapitel 10

Meile 70

Mit Beinen, die in tiefem, pulverfeinem Sand bleischwer waren, stapfte Turk schwerfällig hinter Sumitra her, die einen Hauch oberhalb des Strands schwebte, immer außer Reichweite seiner zugreifenden Hände. Sie schwebte und senkte sich in Harmonie mit den Dünen unter ihr, bis Turk erkannte, dass er derjenige war, der schwebte, und die Biegungen, denen er folgte, waren die von Sumitras Körper.

Er glitt ein oder zwei Meter oberhalb des seidig feinen Haars in ihrem Nacken in die Höhlung an ihrem Halsansatz und erstieg dann den braunen Ausläufer einer Brust. Als er den schwarzen Aureolengipfel erreichte, rutschte er abwärts, vorbei an ihrer Brustwarze und zu der weiten Ebene ihres Bauchs. Dann hatte er den Krater ihres Nabels hinter sich, und der Wald zwischen ihren Beinen kam in Sicht. Er flog über die sanfte Wölbung ihres Bauchs in den Schatten, dorthin, wo er tief ihren ausgeprägten, wunderbaren Duft einatmete. Er begehrte sie, wie er nie in seinem Leben etwas begehrt hatte. Er musste seinen Durst stillen. Das Feuer verschlang ihn. Er verdurstete, nur um Haaresbreite von der Erlösung entfernt.

Und dann war er wach.

Der Raum war seltsam vertraut. Ein bedeutsamer Duft trieb zu ihm heran.

Auf dem schmalen Bett neben ihm lag Sumitra, den Arm über dem Kopf auf dem Kissen, den Mund leicht zu einem

weichen Schmollen geöffnet und leise schnarchend. Er roch einen Hauch ihres Parfums. Sie war nackt.
Das Zimmer war sein eigenes. Ihres. Vasco da Gama Street. Es brauchte einige Anstrengung, sich an den Monat zu erinnern, aber er nahm an, es müsse Juni sein, Juni 1897. Es kam ihm so vor, als hätte er Wochen im Nebel der Malaria verbracht. Monate. Aber aus Erfahrung wusste er, dass es nur Tage gewesen waren. Er erinnerte sich nicht daran, wie er nach Mombasa oder in die Vasco da Gama Street gekommen war.
Er war erschöpft, aber er wusste, dass er das Schlimmste hinter sich hatte. Noch ein Tag, und er würde beinahe wieder so kräftig sein wie zuvor. Er sah Sumitra an, ihren glatten braunen Körper. Sie schien seinen hungrigen Blick zu spüren. Sie regte sich, zog die Nase kraus, hob die Hand an ihre Brust, strich darüber und legte sie dann auf ihren Bauch, wo sie sie liegen ließ.
Sie waren seit fünf Monaten verheiratet. Er war zum ersten Mal wieder zu Hause, seit er diese unselige Karawane nach Nzoi geführt hatte.

Vom Hügel oberhalb des Hafens sah der Bahnhof aus wie ein Kinderspielzeug. Lokomotiven schnauften ohne ersichtlichen Grund über die Silberfäden der Gleise. Andere schleppten sich am Kopf langer Konvois von Waggons vorwärts, die mit Schienen, Schwellen und anderen Dingen beladen waren, die zum Gleisende gebracht werden sollten. Lastkähne schoben sich durch das tiefblaue Wasser des Kilindini auf ein paar Schiffe zu.
Turk saß im Schatten eines Mangobaums und versuchte, das alles zu verstehen. Er hatte gelernt, die Eisenbahn zu re-

spektieren, aber er verstand sie nicht. Er sah noch ein paar Minuten zu und verlor dann die Geduld. Falls das Hin und Her dort unten einen Sinn hatte, war er jedenfalls nicht im Stande, diesen zu ergründen. Er schlenderte den Hügel hinab, bis er eine Stelle erreichte, an der die Proportionen der Züge deutlich wurden und die Männer, die dort arbeiteten, Gesichter bekamen.

Ein Trupp von acht Kulis hatte sich im Kreis niedergelassen, während eine Rangierlok den Plattformwagen bewegte, den sie gerade beladen hatten. Einer reichte einen Tabakbeutel herum; ein anderer schlug dem Mann neben sich auf den Rücken und lachte über etwas, was dieser gesagt hatte. Sie verstanden sich offenbar gut miteinander.

In Turks Welt bedeutete Kameradschaft Schwäche. Gesellschaft war etwas, das er nach langen Monaten in der Wildnis nur selten genoss, und bis vor kurzem hatte er sie nur in den Armen der erstbesten Hure gefunden. Vielleicht fiel es ihm deshalb so schwer, diese ganze Sache mit der Eisenbahn zu verstehen. Die weißen Bosse waren die Antriebskraft, die die großen Produktionsräder von Schiff zu Wagen zu Waggon antrieben, aber es war die Gemeinschaft, die für all die kleineren Teile wie Schmieröl wirkte.

Als guter Karawanenmeister musste er hart und mitleidlos sein, das hatte er von Carl Peters gelernt. Aber anders als Peters tötete Turk nur unter außergewöhnlichen Umständen, wie bei den desertierten Wasoga-Männern, die als Erstes seine Glaubwürdigkeit und dann sein Leben bedroht hatten, als er sie am Athi-Fluss fand.

Turk erkannte, dass es ihn noch nicht zu einem Eisenbahnmann machte, als Karawanenmeister für eine Eisenbahngesellschaft zu arbeiten. Um ein Eisenbahnmann zu sein, musste man Teil eines Teams werden können. Dieses Konzept war ihm vollkommen fremd. Wenn er wirklich ein Teammann gewesen wäre, hätte er Ronald Preston gewarnt, dass sein Ober*jemadar* Ali der Stier ein Schurke und Mörder war, der Freude daran hatte, anderen Schmerzen zuzufügen oder sie zu töten.

Ein *Jemadar* kam nun auf die Kulis zu und sagte laut etwas Drohendes. Die Männer murrten, standen langsam auf und schlurften davon.

Turk fragte sich, ob sich vielleicht Anzeichen von Schwäche in sein Leben schlichen, gegen die er sich wappnen sollte. Dass er sich in Sumitras Armen immer behaglicher fühlte, war Anlass zur Sorge. Es konnte ein erstes Anzeichen sein, dass er nicht mehr so hart war wie früher. Als es nur um Sex gegangen war, hatte er solche Sorgen nicht gehabt. Aber nun folgte auf die Ekstase in ihren Armen häufig ein berauschendes Gefühl der Zufriedenheit, das nicht nur davon kam, seine Leidenschaft ausgelebt zu haben, sondern damit zu tun hatte, mit einer Frau zusammen zu sein, die ihn gern hatte. Und darüber hinaus gab es dieses seltsame Gefühl von … es war schwer zu beschreiben. Es war beinahe so, als brauchte er diese Frau, um ein erfülltes Leben zu führen.

Die Möglichkeit einer offiziellen Untersuchung über Hearnes und Muldoons Tod machte ihn nervös. Er dachte daran, dass er bei der Anhörung gerne jemanden an seiner Seite hätte. Was für eine lächerliche Idee das war! Er wurde offenbar tatsächlich weich. Er hatte niemanden gebraucht, seit er ein kleiner Junge gewesen war.

Er fragte sich, wieso Alleinsein bei einer Anhörung sich davon unterschied, im Busch allein und nur von feindseligen

Trägern und Raubtieren umgeben zu sein. Aber dort wusste er, um was es ging. Bei einer offiziellen Anhörung würde er keinerlei Einfluss auf das Geschehen haben, und Männer zweifelhafter Autorität würden die Entscheidungen in Frage stellen, die er im Kampf gegen die Wüste getroffen hatte. Diese Leute verfügten über keine der Voraussetzungen, die notwendig waren, um herauszufinden, ob er schuldig war oder nicht. Kein Mann sollte einen anderen richten, solange er nicht mindestens einmal in diesem Hexenkessel gewesen war.

Selbst den vorläufigen Bericht vorbereiten zu müssen ärgerte ihn – so ein Unsinn. Er konnte nicht abstreiten, dass eine Erklärung notwendig war, aber das auch noch aufschreiben zu müssen ging zu weit. Er würde froh sein, wenn er alles hinter sich lassen und in die Wildnis zurückkehren konnte.

Noch einmal schaute er zum Bahnhof hin. Die Kulis hatten begonnen, einen weiteren Waggon zu beladen, und lachten und schwatzten wie zuvor. Er fragte sich, ob er vielleicht tatsächlich mit Preston sprechen sollte. Der Mann hatte es verdient, über den Stier informiert zu werden.

Gegen besseres Wissen machte Preston Pläne für den Vorstoß durch die Wüste Taru. Er war sich bewusst, dass Turk auf der gleichen Strecke Probleme gehabt hatte, aber zu diesem Zeitpunkt war die Wüste noch dreißig Meilen von der Versorgungslinie der Eisenbahn entfernt gewesen.

Statt das Lager zu verlegen, was Zeit und Mittel verschlang, beschloss er, zwanzig Meilen entfernt ein kleineres Arbeiterlager bei Maungu zu errichten. Eine Gruppe würde wie zuvor vom Gleisende aus arbeiten. Von Maungu aus würde eine weitere Gruppe weiter nach Westen vorstoßen und eine dritte Gruppe nach Osten, um schließlich mit der Gruppe vom Gleisende zusammenzutreffen. In drei Wochen würde es zumindest einen gerodeten Bereich durch die gefürchtete Taru-Wüste geben, wenn schon keine Schienen.

Am Gleisende hatte er für den Notfall nur Wasserrationen für einen halben Tag. Alles war sehr knapp berechnet.

Da Turk noch wegen der Ermittlungen über die Tode in der Taru abwesend war, musste Preston die Gruppe selbst in die Wüste führen. Er würde Turner mitnehmen. Aber er brauchte jemanden, der ihn als Ingenieur am Gleisende vertrat. Billy Nesbitt war der Einzige, der in Frage kam.

»Gleisbauingenieur!«, sagte Billy erfreut, als Preston das Thema ansprach.

»Nur für eine oder zwei Wochen.«

»Das wäre großartig! Aber was muss ich wissen?«

»Es unterscheidet sich nicht sonderlich vom Organisieren deiner Zimmerleute«, sagte Preston und tätschelte ihm die Schulter. »Arbeite einen Tag oder so mit mir zusammen. Du wirst schnell begreifen, was du wissen musst.«

Preston tat so, als nähme er die Sache leicht, aber schlechte Vorahnungen raubten ihm den Schlaf. Er träumte von einem Zug, der außer Kontrolle geriet, einer sterbenden Lok in einem eisigen Bergfluss und einem Mann, der mit einem lautlosen Schrei abstürzte.

Am nächsten Abend, als Preston und Billy gerade aus dem Materialzug stiegen, der sie vom Gleisende zurück ins Lager brachte, hörten sie, dass eine arabische Karawane nur eine halbe Meile entfernt ihr Lager aufgeschlagen hatte.

Beim Abendessen sprachen alle von nichts anderem. Tausend arme Teufel im Joch und von Bewaffneten bewacht, unterwegs vom Oberlauf des Kongo zu den Sklavenmärkten von Sansibar. Zum allgemeinen Staunen jedoch tauchte bald schon aus der Dunkelheit ein Botschafter auf, der die Grüße von Saleh-bin-Amir ausrichtete und ankündigte, dass der Omani-Händler sich im Namen der Gastfreundschaft gern selbst vorstellen und, wenn sie einverstanden wären, in Kürze zu ihnen stoßen würde.

»Verdammte Dreistigkeit!«, sagte Captain Haslam, sobald der Bote außer Hörweite war. Die anderen Männer machten ähnliche Bemerkungen. Preston stand auf, paffte an seiner Pfeife und starrte ins Feuer.

»Ronald?« Florence faltete ihren Fächer im Schoß. »Du wirst dich doch weigern, oder?«

»Hm … nein.«

»Was?«, riefen Orman und Willem gleichzeitig.

»Mir gefällt sein Geschäft ebenso wenig wie Ihnen. Aber denken Sie nach! Hier ist ein Mann mit einer Karawane von der Größe unserer gesamten Mannschaft; er hat vermutlich exakt die Route zurückgelegt, die wir nehmen werden, sich an den gleichen Orten mit Lebensmitteln und Wasser versorgt, und er möchte sich mit uns unterhalten.« Preston sah sich um. »Es wäre dumm von mir, mich zu weigern.«

»Aber Sklavenhandel ist … es ist …«, stotterte Haslam.

»Illegal? Das sollte es auch sein. Aber *Sklavenhaltung* ist nicht illegal. Und er treibt keinen Handel, solange er nicht versucht zu verkaufen. So wie ich es verstehe, hat ein Sklavenbesitzer das Recht, mit seinen Haussklaven zu reisen. Nach Mekka oder wohin auch immer. Das ist das Problem.

Dieser Saleh hat vielleicht einfach tausend Haussklaven.« Wieder sah er sich in der Gruppe um. »Also kann niemand behaupten, dass wir gegen das Gesetz verstoßen, wenn wir ihn ins Lager lassen. Ich will hören, was er über den Weg hierher zu sagen hat.«

Saleh-bin-Amir erschien weniger als eine Stunde später, begleitet von Wachen und Dienern. Er war in Grün gekleidet, und Goldketten und Anhänger mit Halbedelsteinen hingen bis zu seiner umfangreichen Taille. Ein Rubin glitzerte an dem Turban über seinem dicklichen gelbbraunen Gesicht. Sein langer, ergrauender Bart war sorgfältig ausrasiert und gewährte einen guten Blick auf rote, geschwungene Lippen, grausam und sinnlich.

Er stellte sich vor, nickte den Männern zu, als sie vorgestellt wurden, verbeugte sich galant vor Florence und ließ sich dann gemächlich auf dem Sessel nieder, den einer seiner Diener mitgebracht hatte. Die Einsamkeit im Busch langweilte ihn, erklärte er in gutem Englisch. Er war es gewohnt, wann immer sich die Gelegenheit ergab, die Gesellschaft intelligenter Männer und Frauen – mit einem Nicken zu Florence – zu suchen. Und er dankte ihnen, dass sie ihn empfangen hatten.

Willem hüstelte. Orman starrte wütend vor sich hin, die Linien seines traurigen Clownsgesichts vom Feuer umrissen.

»Gestatten Sie«, sagte Saleh und schnippte mit den Fingern. Zwei beeindruckend muskulöse, nur mit leuchtend roten Pumphosen bekleidete Schwarze traten vor. Einer ging zu Preston und verbeugte sich. Er hielt ihm einen kunstvoll geschnitzten Holzkasten mit silberner Einlegearbeit entgegen. Preston zögerte einen Augenblick, bevor er ihn annahm. Der

andere Mann brachte ein winziges Kästchen, bezogen mit Seide, winzigen Spiegeln und Spitze, zu Florence.
Preston öffnete sein Geschenk als Erster. Der üppige Duft von Sandelholz stieg auf. Der Kasten war gefüllt mit Patronen von dem Kaliber, wie Preston sie für seine Lee Enfield brauchte. »Ich danke Ihnen«, sagte er nickend. Salehs Botschafter war ausgesprochen aufmerksam gewesen.
Florence warf ihrem Mann einen Blick zu, bevor sie sich ihrem Kästchen zuwandte. Der winzige Deckel saß fest. Sie zog daran. Der Deckel löste sich plötzlich, und ein Dutzend Seidentücher sprangen ins Feuerlicht. »Oh!«, sagte sie und versuchte, ihr Entzücken zu verbergen. »Oh! Sie sind so … so schön!«
Saleh schloss die Augen und senkte den Kopf mit einem winzigen, geringschätzigen Schulterzucken. »Eine Kleinigkeit. Etwas zur Erinnerung, Madam. An eine Begegnung in der afrikanischen Nacht.«
Florence verbarg ihr Erröten hinter dem Fächer.
»Das ist zu freundlich von Ihnen, Mr. Saleh«, sagte Preston. »Ich fürchte, wir sind hier im Lager nicht gut auf Gäste vorbereitet.«
»Ihre angenehme Gesellschaft ist ein größeres Geschenk, als ein alter Mann so tief in diesem dunklen Land erwarten könnte, Mr. Preston.« Salehs Stimme vibrierte leicht, seine Aussprache war perfekt.
»Sind Sie hier häufig unterwegs?«
»Ich kenne jede Wüste, jeden Hügel und jeden Sumpf.« Sein Bart tanzte bei jeder Silbe.
»Es ist ein harsches Land«, versuchte Preston, das Gespräch auf topografische Einzelheiten zu bringen.
»Aber profitabel.«

Nun war es Orman, der auf der anderen Seite des Feuers schnaubte.
Saleh zog die Brauen hoch, fuhr aber fort. »Ja, ich habe hier Geld verdient. Ein Trost nach so vielen Jahren des Handels.«
»Sie sprechen von Jahren des Sklavenhandels«, sagte Orman.
Nun wandte sich Saleh ihm zu und entschied sich, auf die Bemerkung zu reagieren. »Ja, Doktor, ich bin, seit ich ein junger Mann war, unter dem Schutz der blutroten Fahne des Sultans unterwegs gewesen. Ich habe große Karawanen von Sklaven und Elfenbein in der gelben Arena des Markts von Sansibar gesehen. Tausende gesunder, kräftiger Sklaven, die untersucht, gemessen und mit einem Preis versehen werden mussten. Und dann in die vielen arabischen Häfen verschifft wurden.«
»Sie sprechen von den armen Teufeln, die überlebt haben«, schloss sich Willem dem Angriff an.
»Es heißt oft, dass Sklaven brutal behandelt werden. Das entspricht nicht der Wahrheit. Die Leute sagen auch, dass vier von fünf Sklaven bei einer Safari sterben. Ich versichere Ihnen, meine Herren, wenn ich vier Fünftel meiner Fracht verlöre, wäre ich längst ruiniert. Ein Sklave hat Wert. Kümmert sich ein vernünftiger Mann nicht um seine wertvolle Habe? Auf dieser Reise habe ich nur einen einzigen Mann verloren, bei Maungu – einen Ndorobo, der das Joch nicht ertragen konnte.«
Die Ärzte starrten ihn an wie Ratten eine Kobra.
»Ah, aber ich bin dieser Karawanenwege müde. Es ist dieser Tage schwierig, gute Geschäfte zu machen.«
»Weil die Welt gegen Sie ist«, meldete sich Orman zu Wort.

Bevor Saleh antworten konnte, erhob sich Florence, murmelte, sie sei müde und werde die Herren ihren Gesprächen über Geschäfte überlassen.
Saleh stand auf, ergriff Florence' Hand und verbeugte sich tief. »Ein Vergnügen, Sie kennen zu lernen, Madam.« Sie lächelte und ging.
Saleh sah ihr nach, bis sie den Lichtkreis des Feuers verlassen hatte, dann setzte er sich wieder und fuhr fort. »Die Briten denken gerne, dass sie dem Markt mit ihren Einmischungen in Sansibar und Mombasa geschadet haben. Tatsächlich gibt es viele Sklavenrouten. Von Uiji am Tanganjikasee nach Kazeh. Dann nach Pangani nahe dem Friedenshafen Daressalam, oder vielleicht nach Norden zum Nil und nach Khartum.« Er zeigte mit den nach oben gewandten, weißen weichen Handflächen nach links und rechts, Osten und Westen. »Vom Nyasasee nach Kilwa. Es gibt viele Ernten. Viele Männer wie mich. Und viele Märkte.«
Sein angenehmer Tonfall, seine Eloquenz, seine Stimme faszinierten alle. Orman brach den Bann. Er stand auf und fuchtelte mit den Armen. »Welches Recht haben Sie, ins Land des schwarzen Mannes zu kommen, ihn zu stehlen und zu verkaufen?«
Saleh sah den Doktor mit der schrillen Stimme ruhig an. »Ich folge dem Propheten. Ich halte mich an seine Gesetze. Der Koran verbietet einem Moslem, einen anderen Moslem zum Sklaven zu nehmen. Aber er schweigt, was die Sklaverei im Allgemeinen angeht. Also müssen die Araber offensichtlich Grenzen überqueren. Seit tausend Jahren kommen wir in diese Länder und erwerben Sklaven. Bitte beachten Sie, Doktor, ich sagte erwerben, nicht stehlen. Die Häuptlinge bieten die Sklaven an; wir zahlen in Tuch, Äxten und Perlen.«

Orman rang die Hände. Er schien nicht im Stande zu sein, seinem Zorn weiter Ausdruck zu verleihen.

»Aber die Briten ... die Briten haben die Gelegenheit verpasst, vom Sklavenhandel zu profitieren, also jammern sie darüber. Sie blöken und heulen in der Welt über dieses ... dieses teuflische Geschäft.« Einen Moment ließ Saleh die joviale Maske fallen, und Preston sah ein Aufblitzen reinen Hasses, bevor der Mann sich wieder zusammennahm. »Sie wollen diese wunderbare Eisenbahn bauen« – die gepflegte Hand deutete auf die Schienen, die hinter dem Feuer im Dunkeln verborgen waren – »für drei Millionen Pfund! Um dem Handel ein Ende zu machen! Sie wollen den Handel aufhalten. Sie haben bereits die gesetzliche Position von Sklaven in Sansibar verändert. Was soll aus den Gewürzplantagen werden? Wer soll dort arbeiten?«

Er sah sich am Feuer um, als erwartete er eine mitfühlende Antwort, dann seufzte er. »Die Zeiten ändern sich. Ich verbringe viele Nächte in einsamer Meditation. Ich habe Söhne. Ich habe Landbesitz. Das hier wird meine letzte Karawane sein. Ich werde mich nach Sansibar zurückziehen, am Meer leben und mich den Dingen widmen, die ehrliche Männer als die beiden größten Freuden bezeichnen: gutem Essen und Geschlechtsverkehr.«

Er stand auf, wickelte sein Gewand um sich und nickte den Versammelten zu. Der Besuch war zu Ende.

Preston war verärgert, dass Orman und Willem ihn um die Gelegenheit gebracht hatten, wichtige Informationen über die Route zu erhalten. Er nahm den Omani am Ellbogen und führte ihn aus dem Feuerlicht. »Mr. Saleh, ich danke Ihnen, dass Sie gekommen sind. Ich fand unser Gespräch, äh, belebend.«

Salehs Leibwächter wartete in der Nähe im Dunkeln.
»O nein, ich bin derjenige, der dankbar sein sollte, Mr. Preston. Für Ihre Gesellschaft, und für die Ihrer schönen Gattin.«
»Hm. Mr. Saleh, es gibt etwas, worüber ich mit Ihnen sprechen wollte, und dann war leider die Zeit zu kurz.«
Saleh zog die Brauen hoch. »Ja?«
»Ich muss die Taru eilig durchqueren. Wasser ... Wasser ist meine größte Sorge.«
»Ich verstehe, Mr. Preston. Wie für uns alle, die wir in diesem verfluchten trockenen Land unterwegs sind.« Er lächelte.
»Ich höre, es gibt gutes Wasser in Maungu und Ndara. Sie kommen von dort. Wie ist die Wassersituation?«
»Es gibt genügend Wasser in Maungu, ebenso wie in Ndara. Genug Trinkwasser. Sie haben nichts zu befürchten.«
»Gut. Sehr gut. Ich danke Ihnen. Und, äh, wünsche Ihnen eine gute Nacht.«
Saleh nickte und verschwand in der feuchtwarmen Dunkelheit.
Preston seufzte. Er fühlte sich nun, was seine Pläne für die Taru-Durchquerung anging, ein wenig wohler.

Der Pokot, der auf den Namen Korok hörte, hatte sich während Prestons Gespräch mit dem Sklavenhändler im Dunkeln verborgen. Aber er beobachtete den Araber mit so intensivem Hass, dass der Omani es eigentlich hätte spüren sollen wie ein Messer zwischen den Schulterblättern. Andererseits war er während der Monate, die nötig waren, seine Karawane menschlichen Elends von den Ufern des Turkanasees zum Indischen Ozean zu bringen, über Hunderte von Meilen von Hass umgeben, und das machte

vermutlich jeden solchen Empfindungen gegenüber immun.
Turkana – die Heimat der Pokotstämme – war reich an Wild, an Fisch, Kühen und Mais. Es war auch reich an Lachen seiner kleinen schwarzen Bewohner. Bis sie, wie diese Unglücklichen, gestohlen wurden.
Korok saß im Dunkeln am Rand von Salehs Lager. Er entdeckte viele geschorene Sklavenköpfe mit dem kunstvollen *Siliot*. Das waren Männer wie er selbst, denen dieser schlichte Haarbusch wegen ihres Alters und ihrer Stellung im Pokotstamm gestattet wurde. Die Gesichter waren zu weit entfernt und unklar, um Einzelne zu erkennen, aber die Lieder, die erklangen, waren vertraut. Totenlieder. Trauergesänge. Gebete. Dies waren Männer, die wie er selbst vor vielen Jahren dem weißen Mann zum Opfer gefallen waren. Korok wäre zweifellos an Carl Peters' Kugeln gestorben, wenn Turk ihn nicht gesund gepflegt hätte.
Aber er war nicht in Salehs Lager geschlichen, um das Leiden seiner Brüder und Schwestern zu sehen. Er suchte eine Bestätigung, dass es an den Wasserlöchern der Taru tatsächlich genug Wasser für eine Karawane von dieser Größe gab. Oder für die über vierhundert Männer, die am Morgen mit Preston nach Maungu aufbrechen sollten. Also beobachtete er alles sorgfältig aus seinem Versteck hinter dem Dornbusch.
Es gab viel Elfenbein, Korn und Handelsgüter. Die Karawanenführer trugen Seidengewänder in leuchtenden Farben. Aber er sah niemanden, der wusch oder Kürbisse für die kommende Nacht füllte. Niemand benutzte Wasser zum Kochen. Es gab keine Spur von Kaffee, den die Männer mit den Turbanen so gerne tranken. Drei Anführer kamen mit

Bechern zu den schwer bewachten Wasservorräten. Sie wurden weggeschickt.
Der Pokot wusste, wie es in einer Sklavenkarawane zuging. Er kannte die Anzeichen von Wasserknappheit. Und Saleh hatte in Maungu oder Ndara wenig oder gar kein Wasser gefunden, davon war er überzeugt.

Kapitel 11

Meile 75

Preston stand an der uralten Karawanenstraße und sah zu, wie Männer und Tiere vorbeizogen. Sie kämpften sich voran, alle auf den Versuch konzentriert, Kraft zu sparen, lautlos bis auf ihren heiseren Atem, das Schlurfen bloßer Füße und das Knarren von Tierhalftern.

Zwanzig Minuten stand Preston an der Karawane, ohne ihr Ende zu sehen. Mehr als fünfhundert Männer und hundertneunundsiebzig Tiere schlurften vorbei. Er fragte sich, über welche Qualifikationen er verfügte, so etwas zu wagen. In seinen fünfzehn Jahren als Ingenieur hatte ihn nichts darauf vorbereitet, eine solche Odyssee durch ein unfruchtbares fremdes Land zu machen. Er war kein Karawanenmeister. Er war kein Robert Turk, Mann aus Stein, dass er im Stande gewesen wäre, schlichten Arbeitern zu befehlen, ihr Leben in diesem Brennofen aufs Spiel zu setzen. Er kämpfte gegen einen kurzen Augenblick der Panik an, dann biss er die Zähne zusammen. Er hatte keine Zeit für Selbstzweifel.

Wieder dachte er an die Wasserversorgung. Der Maungu-Krater war weniger als zwei Tagesmärsche entfernt. In unzähligen Kanistern und Töpfen hatten sie für jeden Mann und jedes Tier in der Karawane einen Vier-Tages-Vorrat an Wasser dabei. Das genügte. Er war sicher, dass es genügte. Laut Saleh gab es sowohl in Maungu als auch in Ndara gutes Wasser. Seine Unruhe kam nur davon, dass sein konservatives Ingenieurshirn überreagierte. Aber er traute der Wüste nicht; er wusste, wie gnadenlos sie sein konnte.

Billy spähte in den Tank mit dem Wasser für die Schienenleger. Es würde kaum noch für diesen Tag reichen. Zum Glück würde der Wasserzug das Gleisbaulager erreichen, bevor die Kolonnen zurückkehrten. Als er den eisernen Deckel wieder zurücklegte, kam ein schwitzender, keuchender Ukamba-Junge angerannt. Er stieß ein paar Worte hervor, aber Billy wies ihn an zu schweigen und ließ ihn trinken, bis der Dolmetscher eintraf.

»Und jetzt frag ihn, um was es geht.«

Der Dolmetscher lauschte, nickte, ließ sich ein paar Einzelheiten wiederholen und verkündete dann: »Ein Telegramm für Sie im Lager. Eine Entgleisung.«

»Verflucht!« Preston hatte ihn vor Entgleisungen gewarnt. Sie waren unvermeidlich, hatte er gesagt, solange die bisher verlegten Gleise nicht angemessen befestigt wurden. Es hatte diverse kleinere Probleme gegeben, ein Rad, das vom Gleis abgerutscht war, eine verzogene Schiene oder eine verrutschte Lasche. Er hatte Billy Anweisungen gegeben, wie er damit zurechtkommen konnte. Aber Billy war verärgert. Bisher war alles gut gegangen. Nun würde er sich einen oder zwei Stunden vom Gleisende entfernen müssen, bis sie den Waggon wieder auf die Schiene gewuchtet und Behelfsreparaturen ausgeführt hatten. »Wo?«, fragte er.

Der Kamba zeigte in die verschwimmende Ferne und sagte etwas.

»Meile 54«, sagte der Dolmetscher.

Als er im Lager eintraf, lud Billy Ausrüstung und ein Dutzend Kulis auf den Zug und sprang dann zu Shutt ins Führerhaus, als die A-Klasse rückwärts in die Hitzeschlieren dampfte.

Als sie an dem Pfosten vorbeikamen, der Meile 56 kennzeichnete, stieg Billy auf den Kohlewagen, wo er einen Blick über den Plattformwagen und seine Kulis in die grell weiße Landschaft hatte. Wind, so trocken und heiß wie der Atem eines Hochofens, drückte gegen sein Gesicht.

Die Schienen verliefen noch mehrere hundert Schritt geradeaus, bis sie sich in der Hitze wellten und in den Hitzeschlieren verschwanden. Bei Meile 55 nahmen die Hitzespiegelungen eine andere Gestalt an. Über der grauen Schienenlinie, über dem glühenden Silberweiß am Rand der sichtbaren Spur tauchte ein schwarzer Umriss auf, der von den Schlieren zu der grotesken Karikatur eines Zugs verzerrt wurde, einer Miniatur-F-Klasse mit rings umher verstreuten Waggons.

Shutt sah es ebenfalls und ließ die A-Klasse langsamer werden.

Die Miniatur wuchs.

Die Illusion wurde Wirklichkeit.

Shutt brachte die Lok am Rand eines Felds reiner Verwüstung zu einem zischenden Halt. Billy stand wie erstarrt auf dem Kohlewagen. Unter ihm, neben der Spur, lag die zwanzig Tonnen schwere F-Klasse in einem roten See flüssigen Rosts, und ihr Kessel blutete in den Sand der Taru und stieß mit einer Dampfwolke seinen letzten Atemzug aus. Die Waggons waren ein Durcheinander aus verzogenem Stahl und zerbrochenem Holz; einige standen sogar auf dem schmalen Ende wie Monumente menschlichen Ungestüms.

Über dem Zischen erklangen die Geräusche der Katastrophe: Stöhnen und vor Entsetzen gedämpfte Stimmen. Aus der Hitze und dem Dampf tauchte Major Macdonald auf, blutig, aber ungebeugt, ein Urbild militärischer Disziplin. Eine winzige goldene Krone hing von einem Faden an einer seiner Epauletten. Billy stieg vom Kohlewagen und ging ihm entgegen. Zusammen betrachteten sie den Schaden. Billy zählte zehn, fünfzehn, schließlich sechsundzwanzig Leichen. Überlebende versuchten, gebrochene oder zerquetschte Arme in blauen Sergeärmeln zu schützen, oder starrten blutige Hosenbeine an. Von Macdonalds zwei Kompanien war kaum die Hälfte unverletzt.

Der Major gab Befehle nach links und rechts und ließ Billy allein neben den Gleisen stehen. Der junge Schotte starrte einen Swahili-Soldaten an, der tot unter dem Wassertankwaggon lag. Er spürte ein Flattern in seiner Magengrube, als müsste er sich gleich übergeben. Kalter Schweiß trat ihm auf die Stirn, seine Beine waren starr. Er schaute seine Hände an und lockerte sie; er hatte sie unwillkürlich zu Fäusten geballt. Seine Finger zitterten. Er hatte sein Bestes getan, aber wie hätte er – wie hätte irgendjemand – diese Katastrophe verhindern können? Er betrachtete seine Hände. Die Schwielen erzählten seine schlichte Geschichte – er war Zimmermann. Was wusste er schon von Eisenbahnlinien und Zügen? Er steckte die zitternden Hände tief in die Taschen und stieg über den Damm, um die Toten und Verletzten nicht mehr sehen zu müssen.

Zehn Minuten später fühlte er sich wieder stark genug, um zur Unfallstelle zurückzukehren. Er musste den Schaden abwägen und herausfinden, welchen Einfluss der Unfall auf seine andere Verantwortung haben würde – die Sicherheit von allen im Gleisbaulager.

Etwas an dem toten Swahili-Soldaten beunruhigte ihn. Er kehrte zu ihm zurück und sah, dass der Mann unter dem aufgerissenen Wassertank eingeklemmt gewesen und ertrunken war – ertrunken in der Wüste, in dem Wasser, das sie morgen am Gleisende unbedingt brauchen würden.

Dann betrachtete er die verzogenen Schienen unter den Waggons und fand eine Zehn-Meter-Lücke in dem stählernen Faden, der siebenhundert durstige Männer mit ihrer einzigen Wassernachschubquelle vierzig Meilen weiter östlich verband.

Die schreckliche Sehnsucht des Traums verließ Preston auch nach dem Erwachen nicht. Seine Kehle war trocken, und es tat weh, zu schlucken. Seine Zunge fühlte sich an, als wäre sie zu groß für seinen Mund, und seine Lippen waren gerissen und mit Krusten von lange verdampftem Speichel überzogen.

Die Erinnerung an den Traum brannte wie heiße Kohlen hinter seinen Augen. In der Nacht war er immer wieder von schmerzhaften Krämpfen in den Oberschenkeln und Waden aufgewacht. Aber es war der Traum, die grausame Vision von Wasser, tanzend, gurgelnd, spritzend und plätschernd auf kühlen grünen Felsen, während er versuchte, seine nutzlosen Beine zu bewegen, die ihm schlimmste Schmerzen bereitet hatten.

Vor seinem Zelt hatte die Sonne noch nicht einmal das erste trübe Licht an den Osthimmel geworfen. Er hob den Wasserkanister an die Lippen und trank einen Schluck von dem widerlichen Maji-Wasser. Er musste wieder an den Maungu-Krater und sein Versprechen von Ruhe und endlosem Wasser denken.

Er dachte auch an Florence und daran, wie sie mit ihm zum Gleisende gekommen war, als er mit der Karawane aufbrach. Er hatte sich noch einmal umgedreht, bevor der Busch ihn verschlang, und gesehen, wie sie winkte, in einem Meer von Dornen eine seltsame, verlorene Gestalt in einem langen Rock und mit einem Strohhut. Er hatte ein schlechtes Gewissen gehabt, sie zurückzulassen, und fragte sich wieder einmal, warum sie weiterhin an diesem fremden Ort blieb, so weit entfernt von auch nur einer Spur von Zivilisation.

Er weckt das Lager. Wenn möglich wollte er das Wasser erreichen, bevor die Sonne Gelegenheit zu einem ernsthaften Angriff hatte. Aber später an diesem Morgen, während der Hügel von Maungu in der Ferne zu flattern schien wie eine Bahn chinesischer Seide, brannte die Sonne gnadenlos auf Prestons Leute. Die Wüste kochte. Die *Jemadars* peitschten auf die Tiere ein und schrien die Männer an, Schritt zu halten.

Eine Stunde vor Mittag schien Maungu so nahe, als könnte man es berühren, aber erst, als die Nachmittagsschatten lang wurden, standen Preston und Turner in dem geringen Schatten der verkrüppelten Dornbüsche am Fuß des Vulkans. Vor ihnen zogen sich die von Lava verwüsteten Hänge dreihundert Meter hoch bis zu einem unklaren Rand.

Aus den anderthalb Tagen, die Preston für den Weg nach Maungu eingeplant hatte, waren zwei geworden.

»Genug für heute«, sagte er. »Wir brechen morgen früh zum Tsavo auf.«

Turner ließ die Wasserflasche sinken. »Gute Idee. Ich bin erledigt.« Er ließ sich auf dem schattigen Boden unter den Büschen nieder.

Preston blieb stehen. »Ich sollte wohl lieber nachsehen, was es dort oben gibt.«

»Aber wir haben genug Wasser für den Weg zum Tsavo.«

»Ich weiß, aber ich kann nicht zum Tsavo gehen, ohne das Wasserloch von Maungu zumindest gesehen zu haben. Und

ich kann ein paar Leute mit nach oben nehmen, für das Wasser für Ibrahims Leute.«
Preston sah sich um und entdeckte den Ober*jemadar*, als er gerade in dem kleinen schattigen Bereich eintraf. »Ibrahim!«
Auf Prestons Anweisung sammelte Ibrahim vierzig Männer um sich, und er schlug jeden, der dumm genug war, sich zu beschweren. Preston führte sie den Hang hinauf, und als die rote Sonne sich dem Horizont näherte, erreichten sie den Rand. Das Kraterbecken lag im Schatten, und nach der Helligkeit des Sonnenuntergangs dauerte es eine Weile, bis sich ihre Augen angepasst hatten.
Nach dem Regen und der Beschreibung, die Saleh und andere von Maungu gegeben hatten, hatte Preston einen See erwartet – einen großen See mit süßem, tiefem Wasser. Aber der Krater war nur eine flache Senke, deren Rand vor kurzem von tausend Fußpaaren gepflügt worden war.
Die Träger verstummten, als sie die Leiche sahen. Sie lag mit dem Gesicht nach unten im Tümpel, zwanzig Schritt vom Ufer entfernt. Ein Sklavenjoch umschloss ihren Hals. Preston fand das Ende der Kette und zerrte die Leiche durch einen Morast verfaulender Vegetation zum Rand des Wassers.
Er drehte sie mit der Stiefelspitze um. Der Tote rollte auf den Rücken, und sie starrten in das verwüstete Gesicht eines Leprakranken.

Ihr Führer ging selbstsicher voraus und führte Preston, Turner und die anderen zum Tsavo, wo sie in Vorbereitung für den nächsten Vorstoß der Eisenbahn ein Gleisbaulager errichten würden.
Am Spätnachmittag hatten sie die Linie von Grün entdeckt,

die dauerhaftes Wasser versprach. Nachdem Preston den verseuchten Krater von Maungu gesehen hatte, war er seine Unruhe nicht losgeworden, ehe er festgestellt hatte, dass der Fluss tatsächlich Wasser führte, wie Turk beschrieben hatte.

Aber als er weniger als eine Stunde zuvor am rauschenden Wasser des Tsavo gestanden hatte, hatte er immer noch Unbehagen verspürt. Vielleicht lag es daran, dass er Ibrahim mit vierhundert Buschrodern zurückgelassen hatte, zusammen mit nur einer Tagesration Wasser. Diese Menge würde für den Weg zu dem nahe gelegenen Wasserloch von Ndara genügen, aber er machte sich einfach Sorgen wegen dieses brutalen Ober*jemadar.* Er hatte bereits einen Notfallplan ausgearbeitet, der darin bestand, dass Ibrahim sofort einen Läufer schicken sollte, wenn es in Ndara kein Wasser gab. Sie hatten nichts von ihm gehört, also war offensichtlich alles in Ordnung.

Es ärgerte ihn, dass er seinem Urteilsvermögen als Ingenieur nicht mehr so vertraute wie früher. Vielleicht lag das an Afrika. Oder vielleicht hatte der Vorfall an der Teesta-Schlucht ihn unwiderruflich verändert. Obwohl die Untersuchungskommission zu dem Schluss gekommen war, dass er keine Schuld an dem Unfall trug, ging er häufig noch einmal jede Einzelheit dieses Tages durch, um seinen Fehler zu finden, falls er einen gemacht hatte. Tief im Herzen spürte er, dass er vorsichtiger hätte sein sollen.

Aber nein, es war der Fluss selbst. Etwas hatte Preston beunruhigt, als er ihn zum ersten Mal gesehen hatte. Er hatte nur ein Mal zuvor ein vergleichbares Gefühl gehabt, in einem Höhlentempel tief im indischen Dschungel. Es war beinahe fassbar gewesen. Er stellte sich vor, dass es sich so anfühlen musste, wenn man ein Gespenst sah oder Zeuge eines Wunders wurde. Aber der Fluss war anders. Es war lächerlich, aber er spürte Böswilligkeit. Der Ort war perfekt für ein Lager. Es gab genügend Wasser und viel Wild in der Nähe; es würde das bisher beste Gleisbaulager werden. Aber er konnte diese unangenehme Vorahnung einfach nicht loswerden.

Wieder ließ er den Blick über den Fluss schweifen. Er verlief dreißig Meter weit ziemlich gerade in beide Richtungen, bevor er hinter sanften Biegungen verschwand – eine ideale Stelle für eine Brücke. Es würde seinen Glauben an seine Fähigkeiten als Ingenieur wieder stärken, wenn er den Tsavo eroberte. Und Florence würde endlich genug Wasser für ihren Garten haben. Der Gedanke, dass seine Frau an diesem Fluss stehen würde, ließ ihn jedoch schaudern. Er warf einen Stein in das kühle, rauschende Wasser und wandte ihm den Rücken zu.

Im Morgengrauen des nächsten Tages kamen Ibrahim und drei seiner Handlanger ins Tsavo-Lager gestapft. Preston und Turner hörten den Aufruhr und trafen am Fluss ein, als der Ober*jemadar* gerade am Ufer hinaufkletterte und sich mit der Hand über den buschigen Bart fuhr.

»Was machst du hier, Ibrahim?«, fragte Preston und spähte in die Savanne, um zu sehen, ob weitere Männer folgten.

»Kein Wasser. Ndara ist trocken.«

»Trocken! Aber ich habe dir doch befohlen, einen Läufer zu schicken, falls es ein Problem geben sollte. Wo sind die Männer?« Er spähte ins Grasland, aus dem die vier gekommen waren, und sah immer noch nichts.

»Weg.« Der *Jemadar* machte eine wegwerfende Geste. »Zum Gleisende.«

Preston warf Turner einen Blick zu, als könnte er nicht glauben, was er da gehört hatte. Turner riss den Mund auf.
»Hast du den Verstand verloren?« Preston war vor Unglauben und Wut beinahe sprachlos. »Bist du vollkommen verrückt geworden?« Er packte den größeren, kräftigeren Mann am schmuddeligen Hemd. »Wer führt sie? Wie viel Wasser haben sie?«
»Sie haben, was wir hatten.« Ibrahim verzog verärgert das Gesicht. »Ich bin kein Kindermädchen.«
Preston zügelte seinen Zorn. Er musste die Tatsachen in Erfahrung bringen, bevor Ibrahim in mürrisches Schweigen versank. »Wie viel Wasser haben diese Männer?«, wiederholte er langsam und ruhig.
Ibrahim starrt ihn unter dichten schwarzen Brauen hervor an. »Vielleicht fünfzig Kalebassen.«
»Vierhundert Liter«, flüsterte Preston. Weniger als eine Tagesration für diese Männer. Es war ein Drei-Tage-Weg zum Gleisbaulager, falls sie das Glück hatten, so weit zu kommen. Er starrte Ibrahim an, wie man vielleicht ein Reptil betrachten würde, in einem vergeblichen Versuch, es zu verstehen, dann schubste er ihn weg. Ibrahim taumelte rückwärts und musste sich anstrengen, auf den Beinen zu bleiben.
»Sharaf!« Preston wandte dem Ober*jemadar* den Rücken zu.
Der alte Kuli erschien. »Sahib?«
»Wähle zwanzig unserer besten Männer aus. So viel Wasser, wie sie tragen können, und Minimalrationen für drei Tage.«

Sie fanden sie in Zweier- und Dreiergruppen, in jämmerlichem Zustand, überall dort, wo es ein wenig Schutz vor der grausamen Sonne gab. In einer großen Gruppe, die im geizigen Schatten von ein paar verkrüppelten Akazien hockte, waren zwölf noch am Leben und zehn tot. Einige Überlebende waren im Stande, ihre Erleichterung beim Anblick von Prestons Gruppe zu zeigen. Andere hatten das Bewusstsein verloren und würden vielleicht ebenfalls sterben.

Preston und seine Männer gingen zwischen ihnen umher, verteilten Wasser und tupften geschwollene Gesichter ab. Er nahm an, die Überlebenden könnten, wenn es am Abend kühler wurde, weiter in Richtung Gleisende ziehen, aber er ließ zwei Männer und ein paar Kalebassen bei ihnen zurück.

Er fand im Lauf der nächsten Meilen viele solcher Gruppen, mehr tot als lebendig. Preston rief, bis er heiser war, damit die Leute wussten, dass jemand nach ihnen suchte. Sie fanden fünf Männer, die beim Klang von Prestons Stimme aus dem Busch gestolpert kamen, halb delirierend vor Durst. Weiße Linien, die letzten Reste von vertrocknetem Speichel, klebten an ihrem Kinn und ihren Lippen wie Schlangenspuren. Sie stammelten Allahs Segen für einen Becher Wasser.

Bald schon musste er mit seinen Männern und dem Wasser sparsamer umgehen. Man wusste nicht, wie viele sie auf den zehn Meilen finden würden, die noch blieben, bis sie auf die Buschroder stießen, die vom Gleisende aus arbeiteten.

Die Zahl der Toten wuchs. Nach etwa dreißig Leichen verlor Preston den Überblick.

Näher am Gleisende trafen sie auf den größten Teil der Gruppe. Prestons Männer halfen denen, die am schwächsten waren, und sie gingen langsam weiter.

Schließlich kamen die silbernen Bögen geschwungener *Pangas* – Billy Nesbitts Buschroder – in Sicht. Die weiß gewandete, verschwitzte Armee hackte entschlossen und stumpfsinnig auf die Dornenstämme ein, einige knieten. Das da war keine Kolonne, die genügend Wasser hatte. Sie standen schweigend auf, als Preston und seine Leute aus dem Hitzedunst auftauchten.

Weiter hinten legten die Schienenleger ihre Schienen ab und starrten die Männer an, als sie vorbeigingen.

Billy stand auf einem Materialwagen und gab den Leuten, die abluden, Anweisungen. Er schien zu schwanken wie eine Hitzeschliere. »Du bist wieder da«, sagte er mit trockener, gebrochener Stimme. »Hast du vielleicht ein kaltes Bier mitgebracht?« Er versuchte ein Lächeln.

»Hier.« Preston hielt ihm seine Wasserflasche hin.

»Hm«, sagte Billy und ließ ein kleines Rinnsal über sein Kinn tröpfeln, bevor er sich zwang, die Flasche zurückzugeben. »Wir sollten ein bisschen was aufheben. Wir haben hier nicht viel.«

»Warum? Wo ist das Wasser?« Preston verdächtigte sofort Whitehouse und seine unfähige Mannschaft im Hauptsitz.

»Ein Zugunglück. Haben es schließlich geschafft, eine Behelfsschiene einzufügen. Aber das Wasser …« Billy nickte zum Tank hinten auf dem Materialwagen hin. »Es ist schmutzig.«

Preston wartete darauf, dass er fortfuhr. Als das nicht geschah, stieg er selbst auf den Wagen und hob den Deckel. Drinnen befand sich eine übel riechende, farblose Flüssigkeit.

»Sie weigern sich, es sauber zu halten«, krächzte Billy »Tauchen ihre schmutzigen Ziegenleder-*Mussucks* rein, mit Händen und Armen voller Geschwüre. Jod auf blutigen Verbänden.« Er schüttelte den Kopf. »Weigern sich, es sauber zu halten.«

»Wir haben noch weitere Lokomotiven. Was ist aus den Wasserzügen geworden?«

»Ein Kerl von der Armee. Ein Major. Hat alle Züge und Wassertanks beschlagnahmt.«

Preston drängte ihn, mehr zu trinken. »Florence?«

Billy nickte. »Mrs. P. geht es gut.«

Preston überließ Billy die Flasche, rief nach Sharaf Din und kletterte neben ihn auf die Draisine.

Die *Uganda Queen* stand im Lager. Preston starrte sie wütend an, denn er empfand ihre Anwesenheit so unangemessen wie die einer angemalten Hure bei einer Beerdigung, dann eilte er zu seinem Zelt. Florence saß auf einem Stuhl, den obersten Knopf an ihrem Kragen geöffnet – ein außergewöhnliches Zugeständnis an die Hitze. Sie fächelte sich mit ihrem Strohhut Luft zu, und Strähnen feuchten Haars wehten um ihren Kopf.

»Ronald!«, sagte sie und stand auf, um sich küssen zu lassen. »Du bist wieder da! Gott sei Dank, dass du in Sicherheit bist!« In dem glühend heißen Zelt bewirkte bereits diese Anstrengung, dass ihr Schweißperlen auf die Stirn traten. Sie betupfte sie mit einem Stück bunter Seide – eine Erinnerung an Salehs Besuch.

»Geht es dir gut, Florence?« Er führte sie wieder zu ihrem Stuhl und nahm ihre Hand.

»Ja, selbstverständlich geht es mir gut. Setz dich, trink ein wenig Wasser.«

»Bald, meine Liebe. Ich muss erst mit Whitehouse sprechen –«

»Hier, nimm es mit.« Sie hielt ihn sanft am Arm fest, bis er einen Schluck aus ihrer Flasche trank.

Er bedankte sich, reichte ihr die Flasche aber zurück. »Meine

Männer … sie sind immer noch da draußen … ich komme bald wieder.« Er duckte sich unter der Zeltklappe hindurch.

Die Luft im Salonwagen war drückend. Whitehouse saß zusammengesackt an seinem Schreibtisch, die Nase einen Zoll von einer Vermessungslandkarte mit sich schlängelnden bunten Linien entfernt. Er murmelte etwas über Wasser. Er blickte nicht auf, als er Prestons Stimme hörte, und regte sich nicht, bis der Gleisbauingenieur ihn an der Schulter rüttelte.

»Preston!«, sagte er und blickte verstört zu ihm auf. Seine Haut hatte die hellgelbe Färbung der Malaria. Er deutete schlaff auf das Fenster. »Trocken«, krächzte er. »Trocken, überall.«

»Wo sind meine Wasserzüge?«, fragte Preston barsch. »Wo sind meine *verdammten* Wasserzüge?«

Whitehouse deutete mit einem bebenden Finger zur Decke. »Das da ist jetzt der Feind.« Er schaute blinzelnd zur Decke, als wäre sie die Sonne. »Die Sonne hat uns die Kraft genommen. Sie saugt die Flüssigkeit aus jedem Wasserloch. Das Wasserloch im Taru-Lager ist … verschwunden.« Schweiß lief ihm übers Gesicht.

»Verdammt, Whitehouse! Sagen Sie mir nicht, dass es trocken ist. Ich habe vierhundert Männer da draußen, die kurz davor sind, zu sterben. Wo ist das Wasser, das Sie mir versprochen haben?«

»Maziwa Matutu … trocken.« Er wiederholte es staunend. »Trocken!« Er schluckte angestrengt. »Wie kann das sein? Der Regen. Der Schlamm.« Als erinnerte er sich plötzlich, blickte er zu Preston auf. »Die Schienen waren unterspült. Und ein Nashorn an Meile 54.« Seine Stimme brach, als er versuchte zu lachen. »Wussten Sie das?« Er gackerte. »Ein

Nashorn! Große Hufabdrücke im Schlamm. Ein Tümpel bildete sich. Ein Rinnsal, dann …« Er schien vom Thema abzukommen. »Sechsundzwanzig Männer. Tot.« Seine Augen trübten sich. »Fünfundvierzig Tiere.« Sein Kopf sank auf seine Brust.

Preston packte ihn am Hemd und schüttelte ihn, aber er hatte das Bewusstsein verloren.

Kapitel 12

Meile 80

Robert Turk hob die Holland vorsichtig, beinahe liebevoll hoch, öffnete sie in einer einzigen Bewegung und legte das Gewehr offen über seine Knie. Der Putzstab drang problemlos in den polierten Lauf ein. Er zog das mit Öl befeuchtete Ende heraus und schob es wieder hinein, immer wieder, in gleichmäßigem Rhythmus, bis er überzeugt war, dass alle Spuren von Rost getilgt waren. Dann wiederholte er den Prozess bei dem andern Lauf, nachdem er das überflüssige Öl mit den Fingern weggewischt hatte.

Der Verschluss klappte mit einem befriedigenden Geräusch zu. Turk schraubte die Ölkanne wieder zu und steckte Lappen und Putzstäbe zurück in den alten ölfleckigen Holzkasten, in dem er seine Putzsachen aufbewahrte.

Als er den Kasten zuklappte, kam Sumitra zurück. Sie war auf dem Markt gewesen und hatte die Arme voll mit Kokosnüssen, Süßkartoffeln, *Sukama-Weeki*-Gemüse und einem ganzen Fisch, der in ein Bananenblatt gewickelt war. Er folgte ihr in die kleine Küche, setzte sich und sah zu, wie sie das Gemüse putzte und die Kochutensilien zurechtstellte.

Sie ging an ihm vorbei, aber er nahm ihren Arm und drehte sie sanft zu sich um. Der Ausdruck der meergrünen Augen war gelassen, vielleicht ein wenig ungeduldig, aber als er die Hände unter ihre Bluse schob und das Kleidungsstück über ihren Kopf hob, lag eine Spur eines schalkhaften Lächelns in ihrem Blick. Nun war das Braun ihrer Brüste und ihres

Körpers vor ihm. Er ließ den Blick darüber schweifen, bevor er eine Hand auf die leichte Wölbung ihres Bauchs legte. Er hinterließ eine leichte Spur von Öl auf dem weichen Flaum ihres Bauchs.

Sie tadelte ihn liebevoll. Er verstand ein paar Worte Portugiesisch, aber die meisten waren Flüche, wie man sie in jedem Hafen hörte. Er zog ihr Portugiesisch dem indischen Dialekt vor, den sie manchmal auf dem Markt benutzte. Sie zauste sein wirres Haar, während er sanft und beinahe ehrfürchtig ihren Bauch streichelte. Er schien unverändert, aber etwas Außergewöhnliches war geschehen. Dort drinnen wuchs ein Kind. Sein Kind. Er war fasziniert von dieser Magie. Er hatte nicht geahnt, dass bei solch robustem Sex ein Kind gezeugt werden konnte. Er hatte sich immer vorgestellt, dass Babys das Ergebnis frommer Vereinigungen unter sauberen Laken und – im Fall von Weißen – in einer kühlen Nacht unter einem englischen Dach waren.

Er fragte sich, wann der winzige Herzschlag einsetzen würde.

Shutt brachte die F-Klasse in dem Irrgarten von Gleisen und Weichen des Hafenbahnhofs von Kilindini zu einem schaudernden Halt. Preston ging zwischen den Plattformwagen, Bremswaggons und Rangierloks hindurch, während Shutt die Kessel füllte und Brennstoff aufnahm. Innerhalb einer Stunde hatte Preston zwei Wasserwaggons gefunden und sie an die F-Klasse gekoppelt. Er stand gerade oben auf einem dritten und füllte ihn mit Wasser aus dem Reservoir, als ein Armeeoffizier und drei uniformierte Männer aus dem Frachtschuppen hinter den Gleisen kamen. Aus dem Augenwinkel sah Preston, wie sie sich näherten.

»Sir«, sagte der Offizier mit einer Stimme, die klang, als wäre sie an sofortigen Gehorsam gewöhnt.
Preston ignorierte ihn. »Shutt, das genügt. Bringen Sie die Lok hierher zurück und koppeln Sie uns an.« Shutt eilte auf die Lok zu.
Ein unheilverkündendes Klicken erklang. »Ich spreche mit Ihnen, Sir.« Preston schaute nach unten zu der gezogenen, gespannten und auf ihn gerichteten Pistole des Offiziers. »Was, zum Teufel, machen Sie da mit meinem rollenden Material?«, fragte der Mann.
»Dieses Material gehört der Uganda Railway. Das Gleiche gilt für das Wasser. Ich habe mehr als tausend Männer am Gleisende, die dem Tod nahe sind.«
»Ihre Männer und Ihre Eisenbahn sind mir egal.« Auf beiden Epauletten leuchtete jeweils eine Goldkrone. »Und jetzt steigen Sie herunter, oder ich habe keine andere Wahl –«
»Sie sind Macdonald, nicht wahr?« Preston blieb auf dem Waggon stehen.
»Ich bin Major Macdonald von den Uganda Rifles. Und Sie, Sir?«
»Nun, Major, ich muss Ihnen mitteilen, dass Sie sich widerrechtlich auf Eisenbahngelände aufhalten.«
Macdonald grinste höhnisch und hob drohend die Pistole. »Ich verkörpere die militärische Autorität des Ostafrikanischen Protektorats. Falls Sie sich nicht mit militärischer Gesetzgebung auskennen – im Fall militärischer Aktion bin ich das Gesetz!«
»Welche militärische Aktion? Und das hier ist nicht das Ostafrikanische Protektorat, Major. Das Gelände links und rechts der Gleise ist eine Meile weit Eisenbahneigentum. Es wird von Angestellten der Eisenbahngesellschaft ver-

waltet.« Shutt hatte die Lok bis auf einen halben Meter an Prestons Waggon heranmanövriert. »Wie ich schon sagte, Sie halten sich hier widerrechtlich auf. Aber ich werde es diesmal noch durchgehen lassen. Wenn Sie mich jetzt entschuldigen.« Er winkte Shutt, der die Lok ein winziges bisschen rollen ließ und sie an die Waggons ankoppelte. Die Waggons ruckten.

Eine Kugel prallte pfeifend von der Oberseite des Wassertanks ab. Preston fuhr herum. Macdonald hatte die Pistole jetzt auf seinen Kopf gerichtet.

»Haben Sie nicht gehört, was der Gleisbauingenieur gesagt hat, Major?« Turk kam um die Lok herum, die doppelläufige Holland & Holland auf Madconalds Begleiter gerichtet.

»Ich weiß nicht, wer Sie sind, Sir«, sagte der Major, »und ich rate Ihnen, schleunigst zu verschwinden.«

»Das werde ich tun.« Turks Miene war ausdruckslos. »Ebenso wie Mr. Preston und sein Zug. Wir haben es eilig.«

Der Major sah Turk forschend an; er fragte sich wohl, ob der Mann bluffte. Dann lächelte er und zielte erneut auf Preston.

»Und ich schlage Ihnen vor, Major, dass Sie nicht plötzlich zurücktreten. Tatsächlich würde ich Ihnen raten, sich überhaupt nicht zu rühren.«

Macdonald warf einen Blick über die Schulter. Der Pokot drückte die Speerspitze gegen seine Niere.

»Mein Freund hier wird manchmal nervös. Dann kommt es zu Unfällen.«

Macdonald senkte unsicher die Pistole.

»Hat schon lange keinen mehr aufgespießt. Sie sollten die Pistole vorsichtshalber lieber wegwerfen.«

Preston sprang vom Wagen und stieg zu Shutt auf die Lok.

Turk trat auf den Gleisräumer, richtete das Gewehr aber weiterhin auf die Offiziere.
Shutt ließ die Dampfpfeife aufheulen. Der Pokot kletterte auf den nächsten Wagen. Die F-Klasse schnaufte vorwärts.
»Übrigens, Major«, rief Preston von der Lokomotive aus, als sie davonfuhren, »Sie sind ein miserabler Landvermesser.«

Turk hielt das Gewehr in einer und den Hut in der anderen Hand. Er winkte Shutt und Preston vom Gleisräumer aus zu und signalisierte, dass er dort bleiben wollte. Als der Zug hinter den Rabai-Hügeln schneller wurde, drückte er sich gegen die Rauchkammertür.
Der Wind ließ sein langes, wirres Haar wehen. Die Geschwindigkeit war berauschend. Seine Sinne waren auf eine Weise geschärft, wie es manchmal geschah, wenn er an seinem alten Gewehr entlang einen Wasserbüffel vorbeidonnern sah, oder wenn ein zorniger Elefantenbulle sich ihm zuwandte, den Rüssel erhoben und trompetend, und seine Stoßzähne den Boden zu wilden Wolken aufwirbelten, bevor er angriff.
Die großen Stahlräder klapperten über einen Bach. Der Wind drosch auf Turk ein, verschwor sich mit der wackelnden Lok, ihn vom Gleisräumer zu werfen. Turk stellte sich vor, wie der Wind den Ärger über die Anhörung aus seiner Erinnerung blies; die Demütigung, Fragen nach seiner Ehre, nach seiner Verantwortung beantworten zu müssen. Was wusste ein Bürokrat schon von Ehre? Was wussten sie von der Gerissenheit der Swahili-Träger oder der Doppelzüngigkeit eines Pandschabi-Kulis? Sie redeten von Verantwortung. Wie verantwortlich war es gewesen, eine Rotznase wie Hearne nach Afrika zu schicken? Welcher Ehre war damit

gedient, Schwäche zu demonstrieren? Das Land würde bald in Trümmern liegen, wenn ihr Gerede über »angemessene Reaktionen« Wahrheit würde.

Er schloss die Augen und spürte die gewaltige Maschine in seinem Rücken. Die beeindruckenden Kolben pumpten Energie zu den Rädern, wie ein Herz Blut pumpt. Der Zug hatte seine eigene Lebenskraft. Turk konnte nur Zuschauer sein, aber zu wissen, dass er dennoch Anteil daran hatte, erregte ihn.

Vor ihnen kam eine Zebraherde in Sicht, die auf der Suche nach Futter zum Gleis gekommen war. Shutt ließ die Pfeife schrillen.

Turk lehnte sich zurück und schloss erneut die Augen. So etwas wie ein Lächeln zuckte um seine Mundwinkel.

Kapitel 13

Meile 84

Florence winkte dem Papagei, der auf einer Stange neben seinem Käfig saß. »Komm, Oscar, bringen wir dieses Wasser raus in den Garten.« Der Papagei hüpfte auf ihre Hand und kletterte auf ihre Schulter. Er krächzte, als sie die Waschschüssel durch die Zeltklappe trug.

Ihr »Garten« war ein winziger, unklar begrenzter Fleck trockenen Bodens neben dem Zelt. Sie hielt die Schale über die einzige überlebende Wildblume des Dutzends, das sie aus der Wüste geholt und hier angepflanzt hatte. Das kostbare Wasser, das sie sich zum Waschen zugestand, war innerhalb von Sekunden in dem trockenen Boden versickert. Wieso sie die Pflanze überhaupt weiter goss, war schwer zu erklären. Sie blühte schon lange nicht mehr und war zu ihrer früheren Bedeutungslosigkeit zurückgekehrt – nur eine von vielen tausend Pflanzen, die in der Trockenheit nach Wasser lechzten. Florence kannte ihren Namen nicht und hatte auch kein Interesse, ihn zu erfahren.

Captain Haslam mit seiner unersättlichen Wissbegierde, was das Land, seine Tiere und Menschen anging, würde den Namen der Pflanze sehr wahrscheinlich kennen. Und Ronald ebenfalls – er interessierte sich immer mehr für alles Afrikanische. Aber Florence brauchte es nicht zu wissen. Sie verspürte auch keine Neigung, sich mit den unzähligen Vögeln und Säugetieren vertraut zu machen, die Teil ihres Alltagslebens geworden waren. Ronald schien immer wieder ihr Interesse an diesen Dingen wecken zu wollen. Er zeigte ihr die kleinen schillernd grünen Vögel, die in ihren Garten kamen. »Ein Waldnektarvogel«, sagte er. Und wenn sie die winzigen Antilopen verscheuchte, die sie verdächtigte, ihre Pflanzen anzufressen, nannte er auch sie beim Namen: »Das sind Thomsongazellen.«

Er behauptete, sie werde weniger Angst vor dem Busch haben, wenn sie mehr darüber wüsste. Aber Florence hielt das für sinnlos. Wenn sie nach Shrewsbury zurückkehrten, würde sie ohnehin alles wieder vergessen.

Ihre Mutter hatte ihr versprochen, Blumensamen von zu Hause zu schicken. Das würden dann englische Pflanzen sein – Pflanzen, die sie kannte und verstand. Wenn sie eintrafen, würde sie ihren Garten mit einer farbenfrohen Erinnerung an England füllen.

Der letzte graue, seifige Tropfen klammerte sich an den Rand der Schüssel wie jemand, der vor einem todesmutigen Sprung ins Wasser stand. Sie schüttelte die Schüssel noch einmal, und der Tropfen fiel in den roten Staub und versickerte sofort.

Die Diener waren verschwunden, um den Rest des Tages zu schlafen. Das Lager wirkte gespenstisch leer. Florence blinzelte ins helle Licht und versuchte, den Horizont zu finden – irgendetwas, was die Monotonie des trostlosen grauen Buschs brach. Er umgab sie. Er bedrängte sie. Sie war gefangen in einem Käfig aus Dornengestrüpp.

Sie seufzte, klemmte sich die Schüssel unter den Arm und fuhr mit dem Ärmel über die Stirn. An der Zeltklappe blieb sie stehen und versuchte einen Grund zu finden, nicht gleich wieder in diesen heißen, dunklen Zeltraum zurückzukehren, wo sie wieder lesen, nähen oder einen Brief nach Hause schreiben würde; alles, um sich die Zeit bis um

Abendessen zu vertreiben. Sie sah sich im Lager um. Sie lauschte. Stille.
Die Taru hatte die Eigenschaft, Geräusche zu ersticken. Wüstenvögel verschwendeten keine Energie auf einen Ruf. Insekten, von denen es am Abend Hunderte gab, hatten sich in Verstecke zurückgezogen, die nur Insekten finden konnte. Das *Ping* der Hammerschläge war mit dem Gleisende weitergezogen, die Schienenleger befanden sich nun tiefer in der Wüste, umhüllt von der Hitze. Selbst Oscar, der auf ihrer Schulter saß, schien den Atem anzuhalten.
Aber obwohl es keine Geräusche gab, war es nicht wirklich vollkommen still. Sie hob die Hand ans Ohr, als die Wahrnehmung deutlicher wurde. Es war ein Druck, eine Berührung der Nerven des Ohrs. Es war, als hätte die Hitze eine solche Intensität, dass sie sie hören konnte.
Florence lächelte über diese alberne Idee. Was für ein Recht hatte sie, eine junge Engländerin, die hier noch so neu war, solch absurde Theorien zu entwickeln? Als sie so dastand, die Hand an der Zeltklappe, verschwand ihr Lächeln wieder. Sie wandte sich erneut der Taru zu und fragte sich, welchen Platz sie in diesem fremden Land hatte, in dem es vor exotischen Tieren nur so wimmelte. Sie fühlte sich vollkommen allein.

Florence saß am offenen Fenster, als der Zug die Rabai-Hügel oberhalb von Mombasa hinaufschnaufte. Sie nahm die glühenden Funken, die hin und wieder vorbeiflogen, in Kauf, damit sie die erfrischende Brise genießen konnte. Der Wind mochte heiß sein, fühlte sich aber an Florence' geröteten Wangen trotzdem angenehm an.
Es kam ihr so vor, als hätten ihre Wangen den größten Teil

ihres Aufenthalts bei den Carters so geglüht. Ganz gleich, wie man es betrachtete, dieser Besuch hatte eine verblüffende Wendung genommen.

Ronald hatte sie gedrängt, ein paar Tage frei zu nehmen, wie er es ausdrückte, während er das Gleisbaulager nach Voi verlegte. Also hatte Florence den Zug zur Küste genommen und die Carters besucht. Rose hatte sie schon so oft darum gebeten.

Der Besuch hatte normal begonnen: Sie hatten Neuigkeiten ausgetauscht, sich mit den anderen Damen getroffen, waren über die Märkte geschlendert und hatten eingekauft. Dann erwähnte Rose, als sie den Nachmittagstee vorbereitete, dass eine der Damen ihres Kreises auf dem Weg nach London war.

»Oh, was für eine Reise! Ist der Vertrag ihres Mannes abgelaufen?«, fragte Florence.

»Nein, sie hat Heimaturlaub.«

Florence fragte, was das bedeutete.

»Du weißt schon … sie ist schwanger.«

»Aha.« Florence hatte sich an Roses offene Art gewöhnt.

»Oh, ich weiß, ich sollte sagen ›sie ist in anderen Umständen‹ oder noch besser, ›sie wird einen kleinen Gast haben‹, aber ich habe keine Zeit für diesen Unsinn. ›Heimaturlaub‹ ist auch einer dieser Begriffe. Aber das Wort ist hier üblich, sodass es zu einem feststehenden Begriff geworden ist.«

»Ein seltsamer Begriff, diesen Zustand zu beschreiben.« Florence trank einen Schluck Tee. »Aber es ist ein so langer Weg nach Hause. Warum bekommt sie das Kind nicht hier?«

»Es sind nicht so sehr die Frauen. Aber kein weißer Mann in Ostafrika könnte sich mehr sehen lassen, wenn er seine

Frau nicht zur Geburt nach Hause schickte. So macht man es einfach.«

»Und dann bringen sie Frau und Kind wieder hierher?«

»Nur, wenn sie es sich leisten können. Und wenn sie vorhaben, lange zu bleiben. Die Frau bleibt für gewöhnlich in England, bis die Arbeit ihres Mannes beendet ist.«

»Beendet? Oh, das wäre schrecklich!« Sie war sicher, dass Ronald kein Geld zu verschwenden hatte. Er hatte sich schon etwas von seinem Onkel leihen müssen, um Florence nach Afrika mitnehmen zu können. »Wenn ich also ...«

»Schwanger würde?« Rose machte eine schwungvolle Geste. »Ab nach Hause.«

Das Gespräch wurde danach immer offener. Florence konnte nicht glauben, welche Wendung es nahm und was Rose ihr über das mitteilte, was sie »Verhütung« nannte. Bald schon beschrieb sie die letzten Geheimnisse der Empfängnisverhütung, die sie durch ihr Abonnement von *Women First* erfahren hatte, einer Veröffentlichung der so genannten Frauenrechtsbewegung. Obwohl ihre Wangen vor Verlegenheit glühten, folgte Florence fasziniert jedem Wort. Eine Ehe war viel komplizierter, als sie sich je hätte vorstellen können.

Und nun saß sie hier im Zug, einen Aschepartikel in einem Auge und ein Pessar sorgfältig eingepackt in ihrem Gepäck vergraben. Sie würde sich nicht wegen einer zufälligen Schwangerschaft zurückschicken lassen. Nein, sie würde warten, bis Ronalds Vertrag beinahe abgelaufen war, bevor sie riskierte, schwanger zu werden. Ein Baby nach Shrewsbury zu bringen würde dafür sorgen, dass Ronald sich nicht so intensiv auf das Leben in Afrika einließ oder dass er gar über das Ende seines Vertrags hinaus hier bleiben wollte.

Es war später Nachmittag. Die Hitze hatte nachgelassen, und Florence saß im Schatten des Vordachs am Eingang ihres Zelts. Sie brachte gerade die Arbeit an einer Tragetasche zu Ende, die sie hergestellt hatte. Sharaf Din hatte ihr die Handarbeiten der Chagga gezeigt, die die Fasern der Raffiapalme zum Flechten von Taschen benutzten. Mit Hilfe des alten Kulis hatte sie die vorbereiteten Fasern erworben und stellte nun ihre eigene Version der Taschen her, wobei sie ein Häkelmuster in die Klappe einarbeitete.

Billy Nesbitt saß bei ihr, wie so oft am späten Nachmittag. Sie hatten sich in den vergangenen sechs Monaten miteinander angefreundet, waren beinahe wie Bruder und Schwester. Er setzte sich zu ihr und schwatzte, während sie arbeitete, und blieb manchmal auch, bis Ronald zurückkehrte, und dann tranken die beiden Männer einen Whisky und rauchten eine Pfeife.

Nach der Entgleisung bei Meile 54 hatte Billy Wochen gebraucht, um zu seiner üblichen leutseligen Haltung zurückzukehren. Florence wartete darauf, dass er das Thema einmal ansprechen würde. Es half oft, mit schmerzlichen Erinnerungen fertig zu werden, wenn man darüber sprach. Aber er erwähnte es nie.

Sie hatten sich über ihr Leben vor Afrika unterhalten. Billy sagte, er habe immer Ingenieur werden wollen.

»Warum sind Sie es nicht geworden?«, fragte Florence.

»Nun, ich hatte ein Angebot – ich war ziemlich gut in der Schule –, aber mein Vater war Zimmermann, und das hätte ihm nicht gefallen. Sein Vater war auch Zimmermann. Die Nesbitts sind Zimmerleute.«

»Es ist wohl das Beste, bei dem zu bleiben, was man kennt. Ronalds Vater war Ingenieur.«

»Ja. Ronald spricht oft von ihm. Sagt, er war in etwa der beste Ingenieur in ganz Indien.« Er betrachtete einen Augenblick ihre komplizierte Handarbeit. »Margaret macht so was auch sehr gerne.«
»Tatsächlich? Dann haben wir etwas gemeinsam.«
Der Papagei kreischte laut in dem Käfig, der an der Zeltstange hing. Florence legte ihre Arbeit hin und ging zum Käfig. »Oscar, was ist los mit dir?« Sie steckte den Finger durch den Draht und kraulte den Kopf des Vogels. »Möchtest du rauskommen?« Sie löste den Verschluss der Käfigtür. »Ihre Margaret mag also Handarbeiten?«
»O ja, als ich aufbrach, war sie gerade mit einem hübschen … Mrs. P., wollen Sie diesen Vogel etwa aus dem Käfig nehmen?«
»Nur einen Augenblick.«
Florence war nur ein paar Jahre älter als Billy, aber er wahrte in ihrer Anwesenheit eine höfliche Förmlichkeit, vermutlich, weil sie verheiratet war. Er konnte sich nicht durchringen, sie mit dem Vornamen anzusprechen, aber er hatte das Mrs. Preston zu Mrs. P. verkürzt, und manchmal sagte er einfach nur »P«.
»Was sagten Sie gerade?«, fragte Florence.
»Ja … ich sagte gerade, Maggie arbeitet an einem Set kleiner Deckchen, sie sind bestickt, wie Ihr … Ist dieser Vogel wirklich ungefährlich, Mrs. P? Ich fürchte immer um Ihre Finger, wenn ich diesen schrecklichen Schnabel sehe.«
»Oh, Oscar sitzt einfach gern auf meiner Schulter. Aber fahren Sie doch fort, Bill.«
»Na ja, sie arbeitet an diesen bestickten Deckchen. Sie sind für Taufbecher gedacht, und für eine Menage und –« Billy stand auf und zog sich aus dem Schatten des Vordachs zurück. »O nein, P., ich mag diesen Vogel wirklich nicht.«

»Billy Nesbitt, seien Sie doch kein solcher Angsthase! Oscar würde keiner Fliege etwas zuleide tun.« Florence setzte sich wieder hin und griff nach ihrer Handarbeit. »Sie klingt sehr tüchtig, Ihre Margaret.«

»Das ist sie.« Er setzte sich ebenfalls wieder hin, ließ aber den Papagei nicht aus den Augen. »Das habe ich ihr auch in meinen Briefen gesagt.«

»Sie erwähnten, dass es Ihnen schwerfällt, ihr in den Briefen bestimmte Dinge mitzuteilen.«

»Ach, ich kann ihr schon sagen, wie hübsch sie stickt und solche Sachen. Aber ich kann ihr nicht sagen, was ich fühle, P.« Seine Stimme wurde vor Frustration lauter. »Ich kann es einfach nicht.«

Florence legte die Handarbeit wieder hin. »Billy, es fällt uns allen nicht leicht, unsere Gefühle auszudrücken, aber wir müssen es versuchen. Das ist es, was sie von Ihnen hören möchte.«

»Aber ich finde nicht die richtigen Worte.«

»Seien Sie ehrlich mit ihr. Benutzen Sie Worte, die Sie selbst verstehen.«

Billy nickte und betrachtete das Muster, das er mit der Stiefelspitze in den Dreck gekratzt hatte. »Ich habe gestern Abend einen neuen Brief geschrieben«, sagte er.

»Hm?«, murmelte Florence und griff wieder nach der Häkelnadel. Einen Augenblick später sagte sie: »Ja?« Aber Billy hatte es sich anders überlegt und sagte nichts mehr zu diesen Thema. Er stellte fest, er müsse sich fürs Abendessen fertig machen und sie würden sich später im Speisezelt sehen.

Am Rand des schattigen Flecks vor Florence' Zelt drehte er sich noch einmal um. »Schottland fehlt mir so, P.«, sagte er.

Sie nickte. »Ich weiß, wie Sie sich fühlen, Billy. Ich vermisse mein Zuhause auch.«
Wieder schien er kurz davor zu stehen, mehr zu sagen, aber stattdessen ging er zu seinem eigenen Zelt.
Florence sah ihm nach und fragte sich, wieso sie den schlichten Rat, den sie Bill gegeben hatte, selbst nicht befolgen konnte.

Kapitel 14

Meile 100

Im Dezember 1897 konnte Preston der Taru endlich den Rücken zuwenden. Vor ihm lag die Ebene von Voi und dahinter der Tsavo mit seinen unheimlichen flüsternden Winden und dem tiefen, wirbelnden braunen Wasser.

Die Trockenheit verursachte weiterhin große logistische Probleme. Preston versuchte, Möglichkeiten zu finden, um das Trinkwasser sauber zu halten. Ruhr machte regelmäßig ein Viertel seiner Leute arbeitsunfähig, also hatte er befohlen, alles Trinkwasser zu kochen. Aber viele Wasserlöcher verfügten über eine solche Konzentration von Pflanzenteilen in ihrem Wasser, dass das Kochen häufig zu so etwas wie einer übel riechenden Gemüsesuppe führte, die oft zu dick war, als dass man sie filtern konnte.

Sie versuchten alles Mögliche, um den Geschmack zu verbessern. Preston stellte fest, dass es half, einen Löffel eines säurebindenden Magenmittels in die Brühe zu rühren: Nach dem Schäumen bildeten die Pflanzenteile eine dicke Schicht an der Oberfläche, die abgeschöpft werden konnte. Die relativ klare Flüssigkeit darunter schmeckte zwar nicht nach Wasser, war aber zumindest trinkbar.

Florence benutzte den Pflanzenschleim für ihren Garten.

Preston sah zu, wie sie Batzen der grünen Masse auf den Boden um ihre Setzlinge löffelte. »Was sagtest du, dass es mit den Pflanzen macht?«

»Es kompostiert.«

»Aber was ist das?«

»Ehrlich, Ronald! Man merkt wirklich, dass du nicht auf dem Land aufgewachsen bist. Kompostieren! Es soll das Wachstum von Pflanzen unterstützen.«
Während Preston Florence half, den dicken grünen Brei zu verteilen, bemerkte er, dass Turks Karawane ins Lager zurückkehrte. Turk und Captain Haslam waren zwei Wochen weg gewesen, weil sie Berichte über Hunger im Kikuyu-Land gehört hatten – ein hügeliges Waldgebiet nördlich der Athi-Ebene. Haslam ging zu Fuß. Tatsächlich hatten sie kein einziges Packtier mit zurückgebracht.
Preston fand Haslam zusammengesackt auf einem Stuhl unter dem Vordach des Speisezelts. Er und Turk tranken Tee.
»Rinderpest«, erwiderte Haslam auf Prestons Frage. »Wir haben die Tiere nicht mit zurückgebracht, um die Krankheit nicht zu verbreiten. Sie sterben da oben wie die Fliegen. Zu Hunderten. Bald schon könnten es Tausende sein. Zehntausende.« Seine Züge waren vor Nervosität angespannt.
»Was ist Rinderpest?«, fragte Preston.
»Mrs. Preston.« Haslam tippte sich an die Mütze, als Florence zu ihnen kam. »Es ist eine schwere Viruskrankheit – vor allem Rindvieh wird davon befallen. Sie wirkt sich auf das Gastrointestinal- und das Respirationssystem aus.«
»Um Gottes willen, Haslam«, murmelte Preston, »sprechen Sie Englisch. Was, zur Hölle, reden Sie da?«
»Das Vieh ertrinkt in seinem eigenen Rotz«, warf Turk ungerührt ein. »Man braucht kein Tierarzt zu sein, um Rinderpest zu kennen. Sie hat 1890 und 1891 den größten Teil der Massai- und Kikuyu-Herden ausgelöscht.«
Haslam nickte. »Das ist nicht überraschend. Eine vernichtende Krankheit für Rinder und ein paar wilde Huftiere –

Büffel, Giraffen, Gnus. Wie Sie schon sagten, Turk, für gewöhnlich tödlich.«

»Damals hat die Armee den Rest der Herden erschossen«, sagte Turk. »Mit Maschinengewehren.«

»Leider ist das die einzige Möglichkeit, eine Ausbreitung zu verhindern«, fügte Haslam hinzu. »Besonders bei den Nomaden. Brutal, aber wirkungsvoll.«

»Sie haben das nie vergessen«, sagte Turk. »Oder vergeben.«

»Was werden Sie tun?«, fragte Preston den Tierarzt.

»Ich habe ein Telegramm an die hiesige Kommandozentrale der Armee geschickt. Sie befehlen, dass ich sofort nach Fort Smith gehe, um eine Ausbreitung zu verhindern.« Haslam rang seine großen Hände. »Wenn ich dafür sorgen kann, dass die Seuche sich auf das Kikuyu-Land beschränkt, haben wir eine Chance.«

»Und wenn nicht?« Florence beugte sich vor.

»Dann möge Gott uns helfen. Uns allen. Bei dieser Trockenheit … Das ganze Land leidet unter der Hitze und dem Wind. Wir haben keine Ernten gesehen. Wenn die Leute auch noch ihr Vieh verlieren …« Er legte die Hände auf die Knie und stand langsam auf. »Wir dürfen keine Zeit verlieren. Ich muss ein paar Laborgeräte einpacken. Turk sagt, wir können morgen Abend in Tsavo sein, wenn wir innerhalb einer Stunde aufbrechen.«

»Ich werde Sie bis zum Tsavo begleiten. Ich muss sehen, wie weit der Vermesser gekommen ist.« Preston wandte sich an Florence. »Wirst du einen oder zwei Tage ohne mich zurechtkommen, meine Liebe?«

»Äh … ja, selbstverständlich.«

»Gut.« Zu Haslam sagte er: »Wenn Sie mir eine halbe Stunde Zeit geben, werde ich mit meinen *Jemadars* sprechen und schließe mich Ihnen dann an.«

»Nun gut. Verschwenden wir also keine Zeit.« Haslam wollte gehen.

»Oh, Captain Haslam«, warf Florence ein. »Was glauben Sie, wie lange Sie dort draußen sein werden?«

»Ah, Mrs. Preston, ich wünschte, das wüsste ich.«

»Ich hoffe, dass Sie bei unserer kleinen Weihnachtsfeier wieder hier sein werden. Das werden Sie doch, oder?«

»Liebe Mrs. Preston, so etwas würde ich mir um nichts in der Welt entgehen lassen.«

»Wunderbar. Viel Glück.« Sie drückte ihm einen Kuss auf die Wange, was ihn vor Verlegenheit schnaufen und leise lachen ließ. Dann eilte er rasch zu seinem Zelt.

Gegen Ende des zweiten Tagesmarschs erkletterte die Karawane eine niedrige Anhöhe, von der aus die Zelte des Lagers am Tsavo in Sicht kamen. Eine gewaltige Herde von Gnus, Zebras und anderen grasenden Tieren bewegte sich in einem weiten Kreis über die Ebene. Sie schienen nichts anderes im Sinn zu haben, als langsam und entschlossen weiterzuziehen, auf einer vergeblichen Suche nach Gras.

Preston trat beiseite, um die Träger durchzulassen. Er wandte sich in die Richtung, aus der sie gekommen waren, dorthin, wo der Himmel blau über dem Ostrand der Welt hing. Weiter, als er sehen konnte, beinahe weiter weg, als er sich erinnern oder vorstellen konnte, befanden sich der ruhige Indische Ozean und Mombasa, der nächste Außenposten der Zivilisation. Im Süden erhoben sich die Teita-Hügel, nun ein Durcheinander dunkler, abgerundeter Umrisse am Rand des vergehenden Lichts. Sein Blick folgte dem rosa Bogen, bis ihn das, was er nur als Silhouette sah, den Atem anhalten ließ. Eine breite, flache Wolke, weiß, aber mit dem hellen Rosa des Sonnenuntergangs gesäumt, hing wie schwebend über einer gewaltigen, dräuenden lila Kuppel. Der Fuß der Kuppel war im Dunst versunken, so dass es aussah, als schwebte sie am Himmel; auf ihrer Krone befand sich eine rosa Kappe, die in einen dünnen Wolkenstreifen aufragte. War das nur ein Lichtspiel? Wie konnte so etwas einen derart großen Teil des Himmels einnehmen? Wie konnte es, was immer es war, auf einer Schicht von Bodennebel schweben?

Turk war unbemerkt näher gekommen. »Der Kilimandscharo.«

»Ein Berg! Aber was ist das auf seinem Gipfel – der rosafarbene Teil?«

»Schnee.«

Preston starrte Turk an, um sich zu überzeugen, dass der Karawanenmeister keinen Witz machte. Aber auch Turk schien die Aussicht zu bewundern. »Aber … er war nicht da, als ich zum letzten Mal am Tsavo war! Wie konnte mir eine solche Aussicht entgehen?«

»Afrika meint es heute gut mit Ihnen.«

»Es … es ist wunderschön.«

»Ich habe dieses Gebiet mehr als zwanzig Mal durchreist. Manchmal war ich noch näher am Berg, bei Moshi, und ich habe ihn selbst erst vier Mal gesehen.«

Die Schatten der Savanne erkletterten die Hänge des Kilimandscharo und mischten sich mit dem dunkler werdenden Violett des näher kommenden Nachthimmels. Der schneebedeckte Gipfel durchlief eine Reihe warmer Farben: von Zartrosa zu Pfirsich, dann folgte ein ausgeprägterer Rosaton,

dann Orange, bis der Berg sich blutrot vor dem blauschwarzen Samthimmel abzeichnete.
Augenblicke später war er verschwunden.
Als Preston Turk hinunter zum Lager am Tsavo folgte, hatte er das Gefühl, das man ihm ein kostbares Geschenk genommen hatte. Er empfand es als ungerecht, dass ihm solch große Schönheit derart zufällig gezeigt und dann einfach wieder geraubt wurde, ohne dass er Gelegenheit gehabt hatte, sie wirklich zu genießen.
Er hoffte, dass Florence eines Tages im Stande sein würde, ebenfalls den wunderbaren Kilimandscharo im Sonnenuntergang zu erblicken. Er hatte versucht, ihr die Schönheit des Landes, in dem sie unterwegs waren, näher zu bringen, aber er konnte nur selten ihr Interesse wecken. Es machte ihn traurig, dass sie entschlossen schien, zu verhindern, dass diese Schönheit ihr Herz rührte, und das zu einem Zeitpunkt, als das Land sein Herz bereits gewonnen hatte.

Es war Abend im Lager am Tsavo. Ein heller Mond hing über ihnen, umgeben von einer Million Sternen am tintenschwarzen Himmel. Alles war still, bis auf das gelegentliche Wiehern eines Zebras oder das Lachen einer Hyäne.
Turk kehrte von einer weiteren Inspektion des Lagers zurück, wie üblich gefolgt von dem Pokot. Preston war überrascht, welchen Wert Turk selbst auf die kleinsten Einzelheiten legte. Er war zum ersten Mal mit dem Karawanenmeister unterwegs und gewann langsam die Ansicht, dass er es hier mit einem Mann zu tun hatte, in dem zwei Seiten im Widerstreit lagen. Ein Teil von ihm wies sogar die grundlegendsten gesellschaftlichen Konventionen ab. Er kleidete sich schlampig, und persönliche Dinge interessierten ihn nicht.

Selbst in einem Lager mit mehreren hundert Arbeitern war Turks Körpergeruch bemerkenswert. Florence wurde bleich, wenn sie sich in einem geschlossenen Raum in seiner Nähe aufhalten musste. Auch Preston war der Ansicht, dass man Mahlzeiten mit Turk am besten unter freiem Himmel einnahm, was angenehmerweise im Lager der Fall war. Aber Turk hatte seine Karawane sorgfältigst vorbereitet. Kein Packriemen schleppte im Dreck, kein Träger durfte sich eine Last aufladen, die nicht fest und ordentlich verschnürt war. Jede Wasserflasche war gesichert. Und nun, im Lager, kümmerte er sich darum, dass alle Zeltschnüre fest gespannt, alle Kochutensilien sauber, alle Einzelheiten beachtet waren. Das war gut zu wissen, denn Preston fühlte sich in der Nähe des Flusses wieder unwohl.

»Ich weiß nicht, was es ist«, sagte er beiläufig, »aber dieser Ort lässt mich schaudern.« Wie zur Betonung seiner Aussage erklang vom Fluss her ein Brüllen.

Haslam lachte leise. »Sie auch? Unser Erster Träger hat mehr oder weniger das Gleiche gesagt.«

»Über den Tsavo?«

»Er sagte, dass Tsavo in irgendeiner Eingeborenensprache ›Ort des Gemetzels‹ bedeutet.«

Preston wandte sich Turk zu, der an einem Becher mit dampfendem Whisky-Tee nippte. »Was wissen Sie darüber, Turk?«

»Hm … Na ja, etwa eine Meile von hier« – er zeigte flussaufwärts – »gibt es einen Skeletthaufen.«

Preston wartete, dass er fortfuhr. Er tat es nicht. »Was für Skelette?«

»Menschen. Vielleicht fünfzig, vielleicht hundert.« Er schlürfte den heißen Tee. »Wahrscheinlich Sklaven.«

»Selbstverständlich«, schnaubte Haslam. »Wahrscheinlich hat man die Sklaven auf dem Weg zur Küste hier in Lagern untergebracht. Ausreichend Wild, gutes Wasser. Ich nehme an, Sklavenhändler machen sich nicht die Mühe, die Toten zu begraben, sondern werfen sie einfach den Hyänen zum Fraß vor.«

»Sie machen sich nicht mal die Mühe, ihre Leichen aus Wasserlöchern zu ziehen«, murmelte Preston, der wieder an Maungu denken musste.

»Schlimme Sache, das.« Haslam schüttelte den Kopf. »Aber Sie haben dort Ihr Bestes getan – vierhundert Männer in die Wüste geführt.«

»Es wäre besser gewesen, wenn ich diese Männer nach Hause geführt hätte«, erwiderte Preston.

»Preston.« Turk starrte ihn über den Rand seines Teebechers hinweg an. »Geben Sie sich daran nicht die Schuld.« Er stellte den Whisky-Tee unter seinen Stuhl. »Dieser Ober*jemadar*, den Sie da haben – Ibrahim nennt er sich –, ist ein schlechter Mensch. Wirklich schlecht, hören Sie mich? Sie hätten mehr Glück mit jemandem, der tut, was man ihm sagt.«

»Ich glaube, Sie haben Recht, was Ibrahim angeht, aber die Karawane war meine Verantwortung, sie war –«

»Nein. Sie haben getan, was notwendig war. Viele Männer weichen vor solchen Entscheidungen zurück. Sie haben mehr Mut gezeigt als die meisten, dessen sollten Sie sich nicht schämen. Es gibt nicht einen einzigen Karawanenmeister in Afrika, der noch keinen Mann auf Safari verloren hat. Wer etwas anderes behauptet, lügt.« Er griff wieder nach seinem Becher. »Und was die Leiche in Maungu angeht, so hat Saleh das Wasserloch absichtlich verdorben.«

»Wie kommen Sie darauf?«

»Ihre Eisenbahn gefährdet seinen Lebensunterhalt. Warum sollte er den Feinden seines Geschäfts helfen?«
Preston freute sich über Turks barsche Ermutigung. Es passte nicht zu dem Karawanenmeister, so redselig zu sein. Er fragte sich, ob er sich bedanken sollte, entschied sich dann aber dagegen. Turk würden es wahrscheinlich für seltsam halten, dass man ihm dafür dankte, dass er seine Meinung gesagt hatte. Preston griff allerdings die Bemerkung über seinen Ober*jemadar* noch einmal auf. »Wie meinten Sie das mit Ibrahim?«
»Ein schlechter Mensch.« Turk schlürfte Tee. »Behalten Sie ihn im Auge. Ich bin ihm schon vor Jahren begegnet.«
»Ich befürchte, dass er die Kulis erpresst, aber ich habe noch keinen finden können, der gegen ihn aussagen würde.«
»Das werden Sie auch nicht. Soviel ich weiß, hat er mindestens fünf Männer getötet, als er noch bei Peters war.«
»Carl Peters? Sie waren bei Peters?«
Turk schwieg eine Weile. Schließlich sagte er: »Ein Mann ist nicht immer stolz auf das, was er getan hat. Mein Verbrechen bestand nicht darin, Peters zu kennen. Mein Verbrechen war, ihn nicht umzubringen, als ich die Gelegenheit dazu hatte.«

Preston fand seine Vermesser einen halben Tagesmarsch vom Tsavo entfernt. Turk zog mit Captain Haslam weiter nach Fort Smith. Es waren ereignislose sieben Tage, und sie kamen gut voran, selbst für eine so leicht beladene Karawane wie die ihre. Turk war erfreut.
In Fort Smith sah er zu, wie Haslam in dem Zelt, das er als sein Labor bezeichnete, Regal um Regal mit Gläsern bestückte. Turk brachte Viehkadaver von den nahen Hügeln und be-

obachtete, wie Haslam seine Experimente mit den klebrigen Präparaten begann. Damit konnte der Karawanenmeister sich die Stunden dieser drei oder vier Tage vertreiben, die er nicht brauchte, um die Vorräte für die Rückreise zu beschaffen.

Er fand Haslams Methoden faszinierend. Er hätte sich nie vorstellen können, dass es so viel Arbeit war, festzustellen, wieso eine Kuh gestorben war. Haslam redete unaufhörlich, erklärte, was er tat, was er fand. Manchmal ließ er Turk durchs Mikroskop schauen. Zappelnde Dinge; eine ganz andere Welt. Turk verbrachte selten mehr Zeit in einem Lager oder einer Siedlung als notwendig, aber am Ende des zweiten Tages hatte es ihn gepackt, und er half dabei, das Geheimnis der zappelnden Dinge zu ergründen.

Dieses Vergnügen hatte jedoch seinen Preis. An den Abenden waren die Rollen jetzt verteilt. Haslam war wie ein Schwamm und nahm jedes Wort auf, das er Turk abringen konnte. Turk wollte sich nicht verweigern, da der Captain seine Fragen zur Rinderpest alle beantwortete, aber diese Fragen über sein Leben, über seine »Erfahrungen in Afrika«, wurden immer schwerer zu ertragen.

»Sie waren also Segelmacher in Cornwall, und dann sind Sie in Mombasa von Bord gegangen. Was hat Sie an Mombasa, an Afrika, so angezogen?«

»Vielleicht hatte es mehr damit zu tun, dass das Leben an Bord so wenig anziehend war.«

»Aber Sie waren doch sicher fasziniert von der Majestät dieses Landes.«

»Majestät?

»Die Weite. Diese gewaltigen Herden. Dieses gewaltige Nichts. Es war doch sicher mehr als nur die Ablehnung Ihres Seefahrerlebens?«

Turk dachte darüber nach und kratzte sich am Stoppelkinn. Unter Haslams bohrendem Blick gab er schließlich nach. »Die Frauen.«
Haslam war verdutzt. »Die Frauen? Nur die Frauen? Was ist mit den Möglichkeiten? Dem Abenteuer?«
»Für einen jungen Mann sind Frauen wichtiger als alles andere.«
Haslam seufzte. »Wahrscheinlich haben Sie Recht.« Dann fuhr er fort. »Wann haben Sie Ihre Frau kennen gelernt? War es, bevor Sie anfingen, sich für das Karawanengeschäft zu interessieren?«
Turk schüttelte den Kopf. »Kann ein Mann nicht zwei Interessen gleichzeitig haben?«
»Ah! Sie hatten also weiter Frauen, während Sie auf Safari waren!«
»Habe ich das gesagt?«, knurrte Turk.
»Etwa nicht? Nun, ich will mir kein Urteil anmaßen, aber ich dachte … Erzählen Sie mir von Ihrer Frau. Woher kommt sie? Was macht sie, wenn Sie die ganze Zeit weg sind?«
Turks Augen glitzerten kalt, und diesmal wich Haslam unter dem raschen Blick zurück. Turk trank seinen Whisky-Tee aus und verließ das Zelt.
Zwei Tage später kam Turk, nachdem er seine Karawane für die Rückkehr zum Gleisbaulager zusammengestellt hatte, zu Haslam und schüttelte ihm die Hand. Er hatte sich gefragt, ob die Arbeit des Tierarztes wirklich etwas nützte, aber was immer es war, er wusste, dass Haslam durch das, was er tat, in ernste Gefahr geraten konnte. Er bezweifelte, dass der Captain das verstand, und fragte sich, wie er das Notwendige sagen könnte.
Haslam war verwirrt über Turks Zögern.

»Die Kikuyu sind unruhig«, sagte der Karawanenmeister schließlich.

»Ich ... Wie meinen Sie das?«

Turk hatte sich schon umgedreht, um zu gehen, aber er kam zu dem Schluss, dass Haslam vielleicht mehr erfahren musste. Er hielt inne und dachte noch einmal über seine nächsten Worte nach. Er wollte sich nicht wieder in ein weitschweifiges Gespräch verwickeln lassen. »Die Kikuyu sind nicht nur verschlafene Bauern, wie uns einige glauben machen wollen«, sagte er. »Sie werden sich Ihnen widersetzen. Sie glauben, dass wir die Krankheit gebracht haben.«

»Und sie haben vielleicht sogar Recht. Sie kam wahrscheinlich mit den Tieren aus Indien.«

Turk schüttelte den Kopf. Haslam konnte verdammt schwer von Begriff sein. »Captain, gehen Sie nie allein oder ohne Ihr Gewehr ins Kikuyu-Land.«

Florence mischte sich selten in Angelegenheiten der Lagerküche ein, aber es war Weinnachten, und ganz gleich, wie uninteressiert sich die Männer gaben, sie erklärte Preston, dass es eine richtige Weihnachtsfeier geben müsse.

»Aber Florence ...« Er zuckte die Schultern. »Es gibt hier nur so wenige Christen. Die Männer sind alle Moslems oder Hindus oder irgendetwas anderes. Es ist die Mühe nicht wert.«

Aber sie wollte nichts davon hören. Am Weihnachtsmorgen begann sie, den Esstisch unter den Dhompalmen und dem einzelnen riesigen Leberwurstbaum nahe dem Voi aufzustellen, nachdem sie zunächst die Küchenhelfer beauftragt hatte, den schlimmsten Fledermauskot und die Überreste der angefressenen »Würste« zu entfernen. Dann dekorierte sie den Tisch mit so viel Farbe, wie ihr Garten hergab.

Gegen Mittag des Weihnachtstags sammelten sich die weißen Lagerbewohner – die beiden Ärzte Willem und Orman, die Zwillinge Turner und Nesbitt, Turk und die Prestons – um den Tisch. Shutt hatte es geschafft, einen Tag freizubekommen, und war ebenfalls anwesend.

Es war von Anfang an schwierig. Die Männer weigerten sich, sich auf die Stimmung einzulassen. Florence hatte sich Gesang, Lachen und Scherze vorgestellt – wie Weihnachten bei ihr zu Hause gewesen war. Es gelang ihr, sie zu einem Weihnachtslied zu überreden, aber schon bei der zweiten Strophe verklang es wieder. Die Männer standen distanziert in kleinen Gruppen herum und nickten in höflicher Konversation, dann ging es gleich wieder um Eisenbahnangelegenheiten.

Willem und Orman wechselten sich zwischen dem Lazarettzelt und dem Esstisch ab. Dr. Willem, ein graues Sakko über einem weißen Hemd, hätte auf einer Teeparty in Bombay sein können. Florence machte ihm ein Kompliment über seine Kleidung, und er schien erfreut.

Florence selbst trug ihre zitronengelbe Bluse mit den kleinen Biesen und gefältelten Schultern und dem hohen weißen Spitzenkragen. Der Rock hatte sechs Bahnen aus hellblauer Baumwolle, weit und luftig. Ihre Haube bestand aus hellgelbem Stroh, das Band passte zum Blau des Rocks. Sie hatte sich eine grüne Papageienfeder ins Band gesteckt, ein Festtagsgeschenk von Oskar.

Turk, kürzlich aus dem Kikuyu-Land zurückgekehrt, saß auf einer freiliegenden Baumwurzel, einen Becher Whisky-Tee in den Fingern. Seine Jagd hatte das Wild für das Lager geliefert, das nun aufgetischt wurde. Er war ungepflegt wie eh und je, aber Florence wollte unbedingt glauben, dass er

an diesem Morgen vielleicht doch mit einem Kamm oder eher mit diesen schmuddeligen Fingern durchs sein Haar gefahren war.
Nach dem Essen ging Dr. Willem zum Lazarettzelt, um Orman abzulösen. Der kleine Mann erschien mit blutfleckigem Kittel, flatterte wie ein Kolibri umher, probierte hier ein Stück Impala, dort einen Bissen Perlhuhn, dann eilte er zu seinen Patienten zurück.
Selbst Billy Nesbitt, der am Tisch neben Bryan Turner saß, wirkte deprimiert, und er hatte Florence' Pläne noch am meisten unterstützt. Vielleicht erkannte er ebenso wie sie, dass man Weihnachten unter tropischer Sonne einfach nicht genießen konnte. Es sollte zumindest kalt sein, wenn es schon keinen Schnee gab, und dieser weiß glühende und gnadenlose Himmel war ganz einfach falsch.
Am Nachmittag, als die Männer den Whisky getrunken hatten, musste Florence daran denken, dass Captain Haslam das Weihnachtsessen nun doch versäumt hatte.

Kapitel 15

Meile 131

Der Zug kam am Fluss Tsavo zum Stehen und wirbelte den Staub zu einer Wolke auf, die sich deutlich in der schwächer werdenden Nachmittagssonne abzeichnete.
Lieutenant Colonel John H. Patterson, Beauftragter des Außenministeriums, verließ den Passagierwagen und betrachtete das unordentliche Gleisbaulager. Er war ein Mann mit großer Erfahrung beim Tiefbau und in der Verwaltung, und sein geübtes Auge bemerkte sofort eine Anzahl von Unstimmigkeiten. Er knöpfte die Tasche seiner Khakijacke auf, zog ein rotes Büchlein heraus und machte sich ein paar Notizen.
Einen Moment lang blieb er noch auf der Plattform stehen und spürte die Hitze, die von dem ausgetrockneten Boden aufstieg. Er nahm seinen Tropenhelm ab und wischte den Schweiß vom Band. Die Kulis eilten geschäftig hin und her, um den Zug zu entladen. Sein Blick fiel auf einen Sikh, der im Schatten einer Hütte am Ende des Bahnsteigs stand. In einem solchen Lager gab es immer einen indischen Faulenzer. Patterson war nach Jahren in Indien mit dem Typus vertraut. Diese Leute würden eine böse Überraschung erleben.
Eine Linie von Grün, hundert Meter entfernt, zeigte deutlich, wo der Tsavo verlief. Patterson beschloss, ihn sofort zu inspizieren. Er klemmte sich die Reitpeitsche fest unter den Arm und zog seine Wildlederhandschuhe an. Bevor er von der Plattform stieg und mit raschem Schritt auf den Fluss zuging, ließ den Blick noch ein letztes Mal über das Lager schweifen.

Ungan Singh betrachtete den Mann, der an der Waggontür erschienen war, aus dem Schutz der Frachthütte. Er war groß, schlank und hatte eindeutig einen militärischen Hintergrund. Er war nicht in Uniform, obwohl seine fest zugeknöpfte Khakijacke, die passende Reithose und die kniehohen norwegischen Stiefel etwas Martialisches an sich hatten. Singh war sicher, dass dieser hochgewachsene Engländer sein neuer Vorgesetzter im Lager am Tsavo sein würde – der Mann, von dem all seine Hoffnungen darauf abhingen, sich einen dauerhaften Platz als Lager*jemadar* zu sichern. Preston Sahib hatte ihm das angekündigt, als er ihm die Stellung zeitweilig übertrug. »Wenn dein neuer Chef einverstanden ist, wirst du die Stelle behalten«, hatte er gesagt. »Er wird in ein paar Tagen hier sein.« Singh war seitdem beinahe jedes Mal zur Stelle gewesen, wenn ein Zug eintraf.

Es war Singhs Erfahrung in der Armee, die ihm die Stelle des amtierenden Lager*jemadar* eingebracht hatte. Er war ein kräftiger Mann mit dunklen Augen und noch dunklerer Hautfarbe und hatte unter den Briten an der afghanischen Grenze so manche Kehle durchgeschnitten. Daher kannte er sich mit britischen Eigenheiten aus. Er hatte Erfahrung mit ihrer gönnerhaften Art, einem zu schmeicheln, und mit ihrem scheinheiligen Sinn für Gerechtigkeit. Aber er wollte die Stelle trotzdem haben. Lager*jemadar* war eine Position, um die einen viele beneideten; die Bezahlung war besser, und die Arbeit leichter als bei allen *Jemadar*-Stellen an der Strecke. Seine Frau würde erfreut und stolz sein, wenn er ihr davon schrieb. Und das zusätzliche Geld würde dafür sorgen, dass er nach Ablauf seines Vertrags als wohlhabender Mann zurückkehren konnte.

Die Haltung des Engländers – gerade wie ein Ladestock und mit leicht schief gelegtem Kopf, um besser über die lange, schmale Nase hinwegsehen zu können – war zweifellos die eines Mannes von Wichtigkeit. Kulis und Diener, die herumeilten, blieben stehen, um ihn anzustarren, und hielten ihn vielleicht für einen Besucher. Aber Singh wusste sofort, dass er kein Besucher war. Der Blick der kalten blauen Augen ruhte nicht auf den umhereilenden Menschen, sondern ging über sie hinweg und inspizierte jede Ecke des bescheidenen Lagers. Ungan Singh wusste, dass dieser Mann seine Umgebung mit äußerster Präzision wahrnahm. Selbst sein Schnurrbart, der mittels Pomade nach oben gebogen war, befand sich in vollkommener Symmetrie mit den nach unten gebogenen, fest zusammengekniffenen dünnen Lippen. Nun setzte er seinen Tropenhelm ab und enthüllte knochige Schläfen und schütteres Haar. Ein makelloses weißes Taschentuch erschien wie aus dem Nichts. Der Mann wischte das Band des Helms mit einer geschickten Bewegung ab, das Taschentuch wurde kurz ausgeschüttelt, dann verschwand es wieder. Er setzte den Tropenhelm entschlossen wieder auf, drückte ihn noch ein wenig fest und ging mit energischem Schritt auf den Fluss zu.

Ungan Singh neigte nicht zu übertriebener Empfindsamkeit, aber er hatte das Gefühl, dass sich sein Leben gerade grundlegend verändert hatte. Er war unsicher, ob das etwas Gutes oder Schlechtes bedeutete, aber er fühlte sich an einen Vorfall aus seiner Kindheit im fernen Kabul erinnert: Er war auf Anweisung seines Vaters nach draußen gegangen, um Feuerholz zu holen. Ein heftiger Wind warf die Tür zu und schloss ihn in der dunklen Nacht aus. Er wäre beinahe erfroren, bevor sein Vater seine Schreie über den Lärm des

eisigen Sturms hinweg hörte. Singh fragte sich, ob gerade eine weitere Tür hinter ihm zugefallen war.
Er schauderte und ging zu seinem Zelt, um seine Kleidung für den nächsten Tag vorzubereiten und zum letzten Mal eine Nacht sorglosen Schlafs zu genießen. Morgen würde dieser Engländer sein Leben vielleicht auf den Kopf stellen.

Patterson erwachte erfrischt und begierig, mit dieser neuen Phase seiner Karriere zu beginnen. Er zog sich an und trat aus der Grashütte, die als Besucherquartier diente. Rings um ihn her waren seine Taschen und Schrankkoffer aufgestapelt. Die Geräusche des erwachenden Lagers erklangen leise aus der Ferne, als er zum Fluss ging, um sich zu waschen. Patterson war ein ausgesprochen sauberer Mann und stolz auf diese Tatsache. Sein Bestreben bestand darin, nach außen hin geschrubbt, rasiert und sauber gekleidet zu sein. Innerlich war er angemessen entschlackt und gereinigt, um selbst den ansteckendsten afrikanischen Bakterien zu widerstehen.
Es war still am Fluss, denn das drei Meter hohe Steilufer bildete eine Barriere, die die Geräusche des Lagers dämpfte. Die Haare auf Pattersons Armen sträubten sich in der Morgenkälte. Er spritzte sich Wasser auf Gesicht und Hals und stieg das Ufer wieder hinauf, um Ronald Prestons Behelfsbrücke mit professionellem Blick zu betrachten. Er wusste, dass es Prestons Brücke war, weil der Chefingenieur ihn über alle wichtigen Einzelheiten seines neuen Postens informiert hatte. Er verspürte eine gewisse Enttäuschung – er konnte keinen Fehler an der Konstruktion finden.
Vier Diener, ein Koch und ein *Jemadar* erwarteten ihn an der Hütte. Der Sikh-*Jemadar* erklärte, man habe ihn dem

Colonel zugewiesen. Sein Name war Ungan Singh, und er behauptete, stolz zu sein, ihm dienen zu dürfen. Patterson mochte ihn nicht. Der Mann hatte etwas Mürrisches an sich.

»Nun gut, Mr. Singh. Ich bin Colonel Patterson. Sie können mich so ansprechen, oder auch einfach als Colonel. Die anderen« – er wies zu den vier Männern hinter Ungan Singh – »mit Ausnahme des Kochs und dieses Mannes –« Er nickte dem Jüngsten von ihnen zu. »Wie heißt er?«

»Er heißt Narain, Colonel.«

»Die werden mich überhaupt nicht ansprechen.« Er hob den Kopf. »Es sei denn in Ihrer Abwesenheit und wenn es um etwas Dringliches geht.« Er starrte Singh an. »Verstanden?«

Singh nickte.

»Also gut, Singh. Ich bin mit Leuten wie euch sehr vertraut. Sikhs, Pandschabis, Pathanen. Vergesst das nicht. Ich verlange Respekt und Gehorsam. Und Sauberkeit.«

Er wandte sich den vier anderen zu. »Koch!« Er fuchtelte mit seinem Offiziersstöckchen rasch an einer eingebildeten Linie vor ihm entlang. Der Koch schlurfte darauf zu.

»Hände.« Er betrachtete die Hände des Kochs von allen Seiten. »Sieh mich an, Mann! Sorge dafür, dass sie so bleiben.«

Der Koch nickte nachdrücklich.

»Also«, fuhr er fort und schlug mit dem Stock gegen sein Bein, während er auf und ab ging, »im Morgengrauen ein halber Liter heißer, ungezuckerter Tee, kalter Braten und trockenes Brot. Verstanden?«

Der Koch nickte abermals.

»Nicht vorher, nicht nachher. Im Morgengrauen. Exakt.«

Sein Blick bohrte sich in den kleinen Pandschabi, bis dieser es nicht mehr aushalten konnte. Er senkte den Kopf und starrte seine Füße an.

Patterson entließ ihn und wandte die Aufmerksamkeit den anderen Dienern zu. »Und du da« – er zeigte auf den jungen Mann – »tritt vor, Mann, wenn ich mit dir rede.«

Narain schlurfte zu der Linie, wo der Koch gestanden hatte.

»Wie war noch mal dein Name?«

»Narain, Sahib.«

»Korrekt. In dieser Kiste dort« – er schnippte mit der Gerte zu einer großen rechteckigen Kiste – »befindet sich meine Gummibadewanne.«

Singh zog kaum merklich die Brauen hoch. Narain rührte sich nicht.

»Sie hat mich schon überall auf der Welt begleitet. Also« – Patterson sah Narain ernsthaft an –, »du wirst sie jeden Morgen zu zwei Dritteln mit heißem Wasser füllen. Ich bin daran gewöhnt, mich beim Baden zu rasieren. Ich brauche ein glattes Brett über der Wanne, auf dem du meinen Spiegel, mein Rasiermesser und meine Seife zurechtlegen wirst.« Er hielt inne, damit diese Informationen verdaut werden konnten. »Es ist auch meine Gewohnheit, jeden Tag zwei Seiten der Bibel zu lesen. Du wirst meine Bibel daher in Reichweite der Gummibadewanne zurechtlegen. Ebenso wie saubere Wäsche. Verstanden, Narain?«

»Ja, Colonel.«

»Also, Singh. Wie ich schon sagte, Respekt und Gehorsam. Und alles wird gut gehen.«

»Selbstverständlich, Colonel.«

Hatte er da eine Spur von Aufsässigkeit gehört? Patterson beschloss, es durchgehen zu lassen. »Wenn Sie mir gut dienen, Singh, werden Sie feststellen, dass ich ein vernünftiger und großzügiger Mann bin.« Wie um es zu beweisen, reichte er seinem *Jemadar* eine Rupie und den anderen ein paar Annas. »Ein großzügiger Mann. Fehlverhalten wird jedoch strengstens bestraft.«

Er entließ sie mit dem Befehl, sein Zelt an einem angemessen ruhigen Ort aufzubauen, Wasser zu kochen und eine Mahlzeit zuzubereiten. Dann machte er sich auf, um mit Mr. Ronald Preston zu sprechen.

Preston hatte vorgehabt, den neuen Ingenieur willkommen zu heißen, bevor er mit der Tagesarbeit begann, aber er wurde bei der Einteilung seiner *Jemadars* aufgehalten. Gerade als Pattersons Botschaft eintraf, hatte ihn Florence gebeten, Turk zu suchen, bevor dieser sich mit der Nachschubkarawane nach Fort Smith aufmachte.

»Ich dachte, ich sollte Captain Haslam ein Päckchen schicken. Er ist jetzt schon mehr als drei Monate weg«, sagte sie.

»Ja, es ist bereits März. Was willst du ihm schicken?«

»Sechs Dosen Tabak und eine Flasche mit einer Art von Whisky«, sagte Florence. »Sharaf hat sie für mich eingetauscht.« Sie errötete, als sie ihren Mann lächeln sah. »Du wärest überrascht, wie beliebt meine Tragetaschen sind.«

Es war Vormittag, bevor Preston endlich den neuen Ingenieur kennen lernen konnte. Er fand Pattersons Zelt im Schatten einer Borassuspalme nahe dem Fluss. Es hatte ein doppeltes Vordach aus smaragdgrünem Segeltuch. Seine Diener waren damit beschäftigt, einen Zaun aus Palmwedeln zu flechten. Verstreut im Gras standen Kisten, Koffer und große Truhen und warteten darauf, ausgepackt zu werden. Patterson selbst saß an einem Klapptisch am Zelteingang und hatte sich über einen Schreibblock gebeugt. Vor ihm lagen Papiere, Bücher und Munitionskästen. Die Feder kratzte hektisch, ruhte dann einen Moment in der großen knochigen Hand und begann erneut zu kratzen.

Patterson blickte auf, als Preston näher kam. Als Preston den Mund öffnete, um etwas zu sagen, wandte sich der neue Mann wieder seiner Schreibarbeit zu und nahm Prestons Eintreffen nicht weiter zu Kenntnis. Ein goldenes Monokel lag auf einem Paar heller Lederhandschuhe, die ordentlich auf dem Tisch gefaltet waren.

Preston verschränkte die Arme und lächelte. Sollte ihn dieses Getue beeindrucken? Der neue Mann präsentierte sich also als jemand, der kaum länger als eine Stunde aufgestanden, aber makellos gekleidet und gekämmt und bereits dabei war, ernsthafte und dringende Depeschen zu verfassen.

Patterson schraubte den Federhalter sorgfältig zu und legte ihn auf den Tisch. Als er aufstand, sah Preston, dass er sich sehr gerade hielt. »Mr. Preston, nehme ich an.« Er streckte die Hand aus und packte Prestons Hand mit festem Griff. »Lieutenant Colonel Patterson.«

»Ronald Preston. Äh, Patterson, tut mir leid, dass ich nicht hier war, um Sie zu –«

»Colonel.«

»Was?«

»Colonel Patterson. Oder einfach Colonel, wenn Sie das vorziehen.«

»Colonel?«

Patterson nickte, offenbar zufrieden, dass man ihn verstanden hatte.

Preston dachte einen Moment nach und beschloss fortzufahren. »Tut mir leid, dass ich nicht hier war, um Sie gleich heute früh willkommen zu heißen. Eine Ladung Schwellen ist eingetroffen –«

»Du da!« Patterson schnippte mit den Fingern zu einem seiner Diener. »Lass das dort. Bring diesen Koffer … nein, den anderen … ins Zelt.« Der Diener bewegte sich schließlich. »Verdammte Idioten!«, murmelte der Colonel und wandte sich wieder Preston zu.

»Wie ich schon sagte, ich musste die Schwellenstapel am Gleisende organisieren.«

»Zu nahe an den Werkzugschuppen.«

»Wie bitte?«, sagte Preston.

»Der Stapel. Männer können sich dahinter verstecken, statt zu arbeiten.«

Diese gönnerhafte Art stellte Prestons Geduld auf eine gewisse Probe. Aber Patterson war schon zu einer Reihe von Gewehrkästen weitergegangen.

»Habe im Morgengrauen Ihre Brücke inspiziert.«

»Inspiziert?«

»Ich spreche von Ihrer kleinen Brücke. Recht angemessen für diesen Zweck.« Er hob ein Remington-Repetiergewehr aus seinem kunstvoll geschnitzten Mahagonikasten.

»Sie wird genügen.« Preston wusste, dass Patterson klar war, dass es sich um eine Behelfsbrücke handelte. Dann fragte er sich, wieso er sich auch nur die Mühe gab, sie zu verteidigen, Mit einiger Gereiztheit sagte er: »Dann brauchen Sie also keine Inspektionstour mehr.«

»Beobachte bedächtig, handle schnell.«

Preston wusste nicht, ob er lachen oder fluchen sollte. Patterson streichelte und betastete weiterhin das Gewehr. Es hatte beinahe etwas Sinnliches an sich. Preston war fasziniert von diesem Schauspiel.

»Ah, meine Schönheit«, murmelte der Colonel vor einem offenen Gewehrkasten, »meine 275.« Seine langen Finger schlossen sich um den zierlichen Mechanismus. Er hob die Waffe auf Augenhöhe. Das Eis in seinem Blick schmolz. Er legte das Gewehr wieder in seinen seidenen Sarg, wandte sich einem anderen zu. »Holland 450. Mein großer Junge.«
Mehr Gewehre, Munition und alles, was damit zusammenhing, tauchten auf, als Patterson seine Kästen und Kisten weiter durchsah.
»Paradox-Großkaliber.«
Ohne Pattersons Bemerkungen hätte Preston keine Waffe von der anderen unterscheiden können. Er war kein begeisterter Schütze. Er hatte hin und wieder in Indien auf Pferdehirsche geschossen, aber in Afrika hatte er nur für den Tisch gejagt. Selbst das hatte aufgehört, nachdem Turk eingetroffen war. Dennoch, Preston erkannte schließlich die Bedeutsamkeit dieser Waffenzeremonie: Patterson wollte ihn mit seinem Arsenal beeindrucken. Er war verärgert, dass er dem Colonel erlaubt hatte, dieses Spiel zu beginnen. Er interessierte sich nicht für sinnloses Töten, sondern für die Kraft, die in guter Ingenieursarbeit lag, in Bauten aus Stahl, Stein und Balken.
Er drehte sich um, um zu gehen, als Patterson den letzten Kasten öffnete. »Ah. Das hier ist etwas, das jeder haben sollte.«
Gegen seinen Willen blieb Preston stehen. In dem Kasten befand sich ein Bündel bunter Raketen. Sie waren größer als die, die am Empire Day verwendet wurden, aber dennoch Feuerwerk. Preston wartete fasziniert, denn er wusste, dass er nun eine Erklärung hören würde, ob er wollte oder nicht.

»Diese Raketen«, verkündete Patterson in einem Tonfall, der die Wichtigkeit des Themas betonen sollte, »werden dafür sorgen, das ich mich niemals« – er hielt noch einmal um der Betonung willen inne – »niemals im Dschungel verirren werde.«

Preston schaute von dem Kasten mit seinem Futter aus lila Kreppapier und den grellbunten Raketen zu Patterson, seinem Tropenhelm, den Polstern gegen Sonnenstrahlen, den kniehohen Stiefeln, und dann wieder zu den Raketen. Er lächelte. Das Lächeln wurde intensiver, bis er zu lachen begann – ein leises, tief aus der Brust kommendes Lachen.

Patterson steckte sich das Monokel ins Auge, wodurch sich seine Brauen zu einem Ausdruck äußerster Verblüffung hoben.

Auch das war komisch. Prestons Lachen wurde lauter. Er konnte nicht anders. Tränen liefen ihm über die Wangen. Er schlug sich auf die Schenkel.

Auf Pattersons Zügen wich das Staunen langsam dem Zorn.

Preston konnte sich nicht beherrschen. *Was für ein Mann,* dachte er, als er davontaumelte, immer noch von Lachen geschüttelt. *Was für ein unzerstörbarer Engländer!*

Prestons Heiterkeit über Pattersons seltsame Gewohnheiten wich schnell der Gereiztheit. Als die *Uganda Queen* drei Tage nach Pattersons Ankunft im Gleisbaulager eintraf, stürmte er in Whitehouse' fahrbares Büro.

»Dieser Patterson ist einfach nur lästig!«, sagte er, kaum dass er das Büro betreten hatte. »Und diese kleine fette Kröte Rawson … was stellt er eigentlich dar?«

Charles Rawson, um die Dreißig, gut gekleidet mit Flügelkragen und in einem hoch geknöpften grauen Baumwollanzug, war Jäger. Er war einen Tag nach Patterson eingetroffen und erweckte den Eindruck, unaufhörlich über Dinge erheitert zu sein, die andere nicht einmal verstanden – sein strahlendes, leeres Lächeln war typisch für jemanden, der es allen stets recht machen wollte. Preston hatte eine spontane Abneigung gegen ihn entwickelt, die offenbar gegenseitig war.

»Und was, zum Teufel, haben diese beiden hier bei meiner verdammten Eisenbahn zu suchen?«

Whitehouse schwieg, bis Preston stotternd zu Ende kam. »Colonel Patterson ist wegen eines Sonderauftrags hier. Eines Auftrags, den er direkt von mir erhalten hat.«

Prestons Beziehung zu Whitehouse, die seit seinem Ausbruch während des Regens nie besonders herzlich gewesen war, hatte sich seit dem Tod der Arbeiter während des vergeblichen Versuchs, die Taru eilig zu durchqueren, noch weiter verschlechtert. Der Vorfall mit Major Macdonald und den Wasserwagen hatte Whitehouse veranlasst, Preston eine offizielle Rüge zu erteilen. Preston war wütend geworden. Er hatte Whitehouse in heftigen Worten erklärt, dass seine Männer seine erste und wichtigste Verantwortung darstellten und dass seine wichtigste Pflicht in der Weiterführung der Eisenbahnlinie bestehe. Aber Whitehouse fand den Vorfall peinlich, was immer er persönlich von Macdonalds Arroganz halten mochte. Er machte klar, dass Preston sich gegenüber Offizieren Ihrer Majestät auf keinen Fall wieder so aggressiv verhalten dürfe, besonders nicht während dieser schwierigen Zeiten, in denen Franzosen und Deutsche versuchten, sich den Reichtum Ugandas anzueignen.

»Und was ist mit diesem Rawson?«

»Mr. Rawson ist kein Angestellter der Eisenbahn. Noch nicht. Obwohl Colonel Patterson glaubt, dass er sich als sehr hilfreich erweisen könnte.«

»Es ist mir gleich, was er in Kilindini tut, ich will einfach, dass er zusammen mit diesem aufgeblasenen Idioten aus meinem Lager verschwindet.«

Whitehouse sah Preston zum ersten Mal, seit dieser hereingekommen war, direkt an. »Das könnte schwierig sein. Ich habe ein paar organisatorische Veränderungen vorgenommen. Colonel Patterson wird in Bauangelegenheiten direkt mir unterstellt sein.« Er hielt inne und wartete, bis Preston diese Nachricht verarbeitet hatte.

»Sie wollen doch nicht etwa sagen …«

»Patterson ist Ihr Vorgesetzter.«

Preston ballte die Fäuste und legte sich im Kopf eine Reihe von Einsprüchen zurecht, aber dann sagte er nur: »Sie haben mir die Stellung des Chefingenieurs am Gleisende versprochen.«

»Nach einer Probezeit.«

»Als Sie mir den Posten anboten, war nicht von einer Probezeit die Rede.«

»Das ist die übliche Praxis. Und es ist offensichtlich, dass Sie allein mit der Arbeit nicht zurechtkommen.«

»Wenn Sie sich entsprechend um den Nachschub kümmern würden, könnte ich mehr leisten.«

»Die Verantwortung ist einfach zu weitreichend. Meine Reorganisation sieht Abteilungen vor: Ingenieure sind dort zuständig, wo es angemessen ist. Ansonsten gibt es Verwalter. Sie werden immer noch Gleisbauingenieur sein, und ich werde Ihnen mehr Leute schicken. Ich habe also nicht nur schlechte Nachrichten für Sie.«

»Was ist mit der Brücke?«

»Über den Tsavo? Darum wird sich Patterson kümmern. Sie müssen die Strecke weiterführen.« Als hätte er vorausgeahnt, was Preston als Nächstes sagen wollte, fügte er hinzu: »Sie haben einen Vertrag mit der Uganda Railway. Ihre Position ist darin nicht festgelegt. Was ich tue, ist das gute Recht der Geschäftsführung.«

Preston starrte ihn an. Whitehouse wandte sich wieder den Papieren auf seinem Schreibtisch zu.

Wie aufs Stichwort stapfte Patterson die Stufen in den Waggon hinauf. Er schaute von Preston zu Whitehouse. »Entschuldigen Sie die Störung.« Sein Lächeln zeigte, dass er das Thema des Gesprächs erraten hatte.

»Kommen Sie herein, Colonel.«

Preston zog sich zur Waggontür zurück.

»Warten Sie, Preston«, sagte Patterson. Er sah Whitehouse an. »Vielleicht ist dies der angemessene Zeitpunkt, Sie und Mr. Preston von meinen ersten Feststellungen zu unterrichten.«

Whitehouse dachte einen Moment nach und stimmte dann zu. »Setzen wir uns doch alle.« Er bot es beiden Männern an, aber es war eindeutig ein Versuch, Preston zu beschwichtigen. Preston setzte sich ohne ein Wort.

Patterson steckte die Hand in sein zugeknöpftes Hemd und holte ein kleines rotes Buch heraus. Aus der obersten Hemdtasche nahm er das Monokel. Als er das Monokel ins die Augenhöhle klemmte, verzog sich sein Gesicht wieder zu diesem überraschten Ausdruck. Er fand die Seite, die er suchte, und steckte das Monokel wieder weg, bevor er den Chefingenieur ansprach. »Mr. Whitehouse, ich bedauere, Ihnen mitteilen zu müssen, dass sich die ursprünglichen Eindrücke, die ich in meinen ersten vierundzwanzig Stunden gewann und von denen ich Ihnen bereits berichtete, bestätigt haben. Es gibt hier Anzeichen ernsthafter Mängel.«

Er konsultierte erneut seine Notizen, und wieder wurde das Monokel neben die lange, gerade Nase geklemmt. »Kulis respektlos. Quartiere schmutzig. Das Ostlager extrem heruntergekommen. Nach meiner Ansicht ein schlechte Wahl des Standorts.« Er blätterte um, hielt inne und blätterte erneut. »Trinkwasser unbewacht und offen für Verunreinigung. Sicherheit am Sprengstoffzelt einfach bodenlos, um es milde auszudrücken. Umgang mit dem Material, nun ja …«

Er ließ keine Zweifel daran, dass es auch beim Umgang mit dem Material einiges zu wünschen gab. Dann klappte er das Buch zu und steckte es in die Innentasche. »Ich werde selbstverständlich baldmöglichst einen vollständigen schriftlichen Bericht über diese Dinge einreichen, aber es gibt etwas, das unmittelbare Aufmerksamkeit fordert, Sir.« Das Monokel glitzerte. »Die Flagge.«

»Flagge? Welche Flagge?«, fragte Whitehouse.

»Genau davon spreche ich, Sir! Wir haben keine.«

Schweigen senkte sich über den Waggon. Prestons Zorn begann angesichts der Aussicht auf eine Auseinandersetzung zwischen diesen Titanen korrekter Verfahrensweisen zu schwinden.

»Keine Flagge?«, wiederholte Whitehouse.

»Keine Flagge, Sir.«

»Keine britische Flagge, meinen Sie?«

»Genau.«

Whitehouse nickte und gestand das Offensichtliche ein. »Selbstverständlich.« Er kratzte sich am Kinn. »Hm, wir sollten wirklich eine Flagge haben.«

»Das hoffe ich, Sir. Ich habe nie ohne den Union Jack über meinem Kopf gedient.«
»Tatsächlich?«
»Niemals.«
»Nein.«
Wieder schwiegen alle.
Preston stand auf und ging zur Tür.
»Preston?« Whitehouse zog überrascht die Brauen hoch.
Der Gleisbauingenieur schüttelte den Kopf, lächelte dünn und ging die Waggontreppe hinunter in die Sonne hinaus.

Die Vorraustrupps, die mit Vermessung, dem Verlegen der Schwellen, der Rodung und dem Tiefbau beschäftigt waren, umfassten nun dreitausend Mann. Turk und der Pokot jagten täglich, aber sie konnten mit den Bedarf nach Fleisch nicht Schritt halten. Patterson und Rawson unternahmen selbst einige Vorstöße und kehrten häufig mit einer brauchbaren Beute zurück.
Preston wandte sich an Turk. »Brauchen Sie heute Hilfe?«
Turk hielt beim Säubern seiner Flinte inne. »Haben Sie genug von der Eisenbahn?«
Preston ignoriert die Bemerkung. »Ich denke, ich werde mich Ihnen anschließen.«
Turk spähte in den Lauf. Er schien zufrieden. »Welche Waffen haben Sie?«
Nachdem er Pattersons Arsenal gesehen hatte, war Preston ein wenig verlegen, seine alte Lee Enfield vorzuzeigen.
Turks Lächeln war flüchtig. »Funktioniert das Ding noch?«
Preston wandte sich ab.
»Wo ist Ihr Humor geblieben?«
»Sie müssen reden – ein Mann, der nicht lachen kann.«

»Ich lache durchaus. Es gibt nur nichts zum Lachen.«
»Was für ein Gewehr brauche ich?«
»Hier.« Turk reichte ihm die Büchse, die er gerade gereinigt hatte. »Haben Sie eine solche Waffe schon einmal in der Hand gehabt?« Preston zielte auf einen Nashornvogel auf einem Ast fünfzig Schritt entfernt. Die Rigby war hervorragend ausbalanciert. Er senkte das Gewehr und betrachtete es wie ein Stück feiner Spitze. Der Rotholzkolben verlockte das Auge, die Gravuren an den Beschlägen bettelten um eine Berührung, der geriffelte Auslöser wartete ungeduldig auf den Finger. Als er die Waffe in die Ellbogenbeuge legte, fühlte sie sich an wie eine Fortsetzung seiner selbst. »Wann brechen wir auf?«
»Jetzt?«
Turk erklärte, sie würden »Pferdeohren« jagen. Preston nahm an, dass er Zebras, Gnus und Kuhantilopen meinte. Er schoss selbst ein paar, als er mit der Büchse vertraut wurde. Sie zogen rasch den Tsavo entlang auf den Sabaki zu, geführt vom Pokot. Bewaffnete Träger zerlegten die Kadaver, bevor sie sie zurück ins Lager brachten. Nachdem Turk ein »Großauge«, eine Gazelle, geschossen hatte, kam er zu dem Schluss, dass das für heute genügen würde.
Preston war sehr zufrieden mit der Ausbeute. Ein produktiver Tag, dachte er, und angenehm schon wegen der Abwesenheit des deprimierenden Patterson. Der Colonel war der einzige Ingenieur, den Preston je kennen gelernt hatte, den er wirklich nicht ausstehen konnte. Für gewöhnlich fanden Männer, die von der Reinheit mathematischer Gleichungen und Kraftvektoren fasziniert waren, schnell Gemeinsamkeiten. Aber bei Patterson gab es keine Kameraderie. Preston verachtete alles, wofür Patterson stand. Sein Waffenarsenal

war ein Beispiel für das Prestigedenken, das Preston schon in Indien geärgert hatte. Polospiele in luxuriösen Hügelstationen auf goldfarbenen Ponys bei Sonnenuntergang, Privatvorstellungen mit edelsteingeschmückten Elefanten, die in Marmorhöfen umherstolzierten. Leute wie Patterson stellten den indischen Adel da, die Elite des Subkontinents. Sie erhielten ihre luxuriösen Positionen nur, weil sie den richtigen Familien entstammten, nicht wegen ihrer Leistungen. Preston hatte für seine Qualifikationen schwer gearbeitet und immer wieder sehen müssen, wie wenig sie im Vergleich mit solchen durch Geburt erworbenen Privilegien bedeuteten. Die Ungerechtigkeit des Systems machte ihn wütend, aber er war machtlos, etwas daran zu ändern. Seine einzige Verteidigung hatte darin bestanden, das Schlachtfeld zu wechseln. In Afrika, hatte er geglaubt, würde man ihn aufgrund seiner Fähigkeiten und dessen, was er erreicht hatte, bewerten. Afrika würde sich dem britischen Klassensystem verweigern.

Der Pokot blieb stehen. Er hatte etwas gesehen oder gespürt. Er und Turk kommunizierten mittels schlichter Handzeichen. Turk nickte und trat neben Preston. Er zeigte mit dem Arm auf eine Reihe von Feigenbäumen, die am späten Nachmittag lange Schatten warfen.

Das Tier war an der Schulter gut einen Meter fünfzig hoch. Über dem edlen Kopf erhoben sich zwei spiralförmige Hörner einen weiteren Meter. Ein Madenhacker pickte in dem kurzen Fell an der Schulter des Tiers, was ein Schaudern entlang der Wirbelsäule bewirkte. Die bräunlichen Streifen an den Flanken bewegten sich leicht wie Gras im Wind.

»Ein Kudu«, flüsterte Turk.

Turk versetzte Preston einen Schubs. Preston schlich sich an und konzentrierte sich auf das trockene Gras unter seinen Füßen. Für einen sicheren Schuss musste er weitere fünf, sechs Meter näher sein. Nach etwa drei Metern wagte er einen Blick. Das Kudu hatte sich ein paar Schritte wegbewegt, aber es hatte seinen Feind immer noch nicht bemerkt.

Das Tier strahlte eine Schönheit aus, die man mehr als bewundern musste; es musste erlegt werden, um es wirklich zu schätzen, vernichtet, damit es danach nur noch im Kopf seines Jägers existierte. Ein einzelnes Tier zu schießen war etwas Besonderes. Den ganzen Tag zuvor hatten sie in Herden geschossen. Das war effizienter, denn die Herde bot zahllose Ziele. Ein einzelnes Tier war eine persönliche Sache. Hier tötete man eher, als einfach zu dezimieren.

Prestons Finger bewegte sich zum Abzugbügel, dann zu dem festen Stahlhebel, der die Kugel in den Körper dieses wunderschönen Tiers treiben würde. Er zögerte, als er das große schwarze Auge des Kudus sah. Das Tier war ruhig und ahnte nicht, was ihm bevorstand. Ein einzelnes Blinzeln. Er zielte auf die Brust.

Abdrücken. Langsam.

Ein ohrenbetäubender Knall erklang über der Savanne. Echos hallten vom Fluss wider. In den Feigenbäumen kreischte es. Ein Dutzend Nashornvögel explodierte aus den Wipfeln und floh.

Das Kudu fiel ohne ein Zittern zu Boden.

»Was ist denn, Ronald? Du gehst hier schon seit einer halben Stunde auf und ab.«

»Was? Tut mir leid, Florence. Arbeit.«

»So nennst du Colonel Patterson dieser Tage also?«

Er warf ihr einen Blick zu. Sie saß auf ihrem Stuhl unter

dem Vordach und arbeitete an einer Stickerei. Sie blickte nicht auf, aber er wusste, dass sie lächelte.

»Wie machst du das?«

»Was?«

»Meine Gedanken lesen.«

»Ich lerne meinen Mann eben immer besser kennen.«

»Hm.«

»Hat es etwas mit den Tieren zu tun, die der Colonel erlegt hat?«

»Dieser verdammte Patterson.«

Florence nickte und wandte sich wieder der Stickerei zu.

»Er hält sich für etwas Besseres. Er und sein verdammtes Arsenal. Tut mir leid, Florence.« Er begann erneut, auf und ab zu laufen. »Hast du diese obszöne große Anzahl von erlegten Tieren gesehen, die er heute nach Hause geschleppt hat? Er ist damit im Lager umherparadiert wie in einem verdammten Zirkus.«

»Das war das zweite Mal.«

»Das zweite was?«

»Verdammt.«

»Tatsächlich. Tut mir leid. Und kein Fitzelchen Fleisch an diesen Viechern. Nur Fell und Hörner. Widerwärtig. Ich kenne diese Leute. In Indien sind sie alle so. Wenn es kein Polo ist, dann sind es Wildschweinjagden.«

»Ronald, ich verstehe nicht, was du sagst. Hast du vergessen, dass du selbst in Indien aufgewachsen bist?«

»Ich schon, aber er nicht. Und ich habe nicht in *seinem* Indien gelebt.«

»Wie meinst du das?«

»In seinem Indien geht es nur um die Traditionen des Regiments. Die Offiziersmesse. Um Klasse und Privilegien.«

»Und dein Indien?«
Er dachte einen Moment nach und lachte dann. »Mein Indien ist ein Waisenhaus.« Sein sardonisches Lächeln verschwand. »Ein Kampf, um ein Dach überm Kopf und Arbeit zu finden. Mein Indien hat nichts zu tun mit Gin und Tonic und einem *Punkawalla*, der einen mit dem Palmwedel Luft zufächert. Keine *Shikars*, keine Jagden zu Pferd, für mich oder meine Jungs. Wenn ich Zeit im Dschungel verbrachte, dann wegen Vermessungsarbeiten, nicht auf der Jagd.« Er musste an eine dunkelgrüne Schlucht denken, an einen tosenden Wasserfall, an Regentropfen wie Diamantspitzen an den Blättern.
»Ich frage mich, wie er die Zeit dazu findet«, sagte Florence. »Soll er nicht eine Brücke bauen? Und du hast immerhin dieses … wie heiß es noch geschossen?«
»Kudu.« Er bewunderte die hinreißende Biegung der Hörner, die nun über der Firststange angebracht waren.
»Ja, Kudu.«
»Das ist etwas anderes. Turk hat mich mitgenommen, um ein bisschen Fleisch für die Küche zu finden.«
»Und ich nehme an, er und der kleine schwarze Mann konnten das ohne deine Hilfe nicht schaffen.«
Preston schwieg.
»Sieh dich nur an.« Jetzt lächelte sie. »Wie die anderen Jungen. *Ich kann höher springen als du.*«
Das ärgerte ihn. Er fragte sich, warum. »Unsinn, Florence.« Er suchte in der Tasche nach seiner Pfeife. »Ich brauche mehr Tabak«, sagte er und ging zum Messezelt.

Rawson schwatzte vor sich hin, als sie vom Zug zu ihren Zelten gingen, um vor dem Abendessen einen Schluck zu trinken. Patterson blieb abrupt stehen, als er Prestons Zelt

sah. Rawson hatte schon mehrere Schritte zurückgelegt, bevor er bemerkte, dass er allein war. Er kehrte zu der Stelle zurück, wo Patterson wie angewurzelt stehen geblieben war.
»Kudu«, murmelte der Colonel. Zwei hinreißende Hörner, mehr als einen Meter lang, waren an der Firststange befestigt, damit alle im Lager sie sehen konnten.
»Tatsächlich«, sagte Rawson, »beeindruckend.«
Patterson verzog verärgert das Gesicht.
»Ich meine, es war Zeit, dass der arme Kerl mal was Anständiges erwischte«, fuhr Rawson fort.
»Kudu«, wiederholte Patterson und bewegte dabei kaum die Lippen.
»Ich denke schon.«
»Selten.«
»Ziemlich.«
»Wie kommt ein Mann, der nicht mal eine anständige Ausrüstung hat, zu einer solchen Trophäe?«, fragte Patterson.
»Ein verdammt guter Schuss, würde ich sagen, Colonel.« Rawson hüstelte, als Patterson ihn wütend anstarrte.
»Charles.«
»Ja, Colonel?«
»Seien Sie ein guter Junge und sehen Sie mal, ob die Prestons zu Hause sind.« Die Zeltklappe war von außen verschlossen, aber er wollte auf Nummer sicher gehen.
Rawson lief schnell zum Zelt und klopfte an den Pfosten. »Mr. Preston? Mrs. Preston? Sind Sie zu Hause?« Dann drehte er sich zum Colonel um und zuckte die Schultern.
Patterson trat zu ihm. »Reichen Sie mir diesen Stuhl, Charles.«
Rawson schob den Klappstuhl unter Pattersons Fuß und half ihm hoch. Der Colonel hatte ein Stück Schnur in der Hand.

Er legte ein Ende an die Mitte der Rosette und folgte damit einer geraden Linie durch die Hornspirale bis zur Spitze.
Er markierte die Länge mit einem Knoten und eilte dann zu seinem Zelt. Er schwitzte vor Aufregung. Er nestelte an seinen Zeltschnüren, dann stürmte er hinein. Er wusste, es würde schwierig sein, eine solche Trophäe zu übertreffen. Kudus waren Einzelgänger und scheue Tiere. Wie war es möglich, dass ein Neuling wie Preston eines gefunden, es erfolgreich verfolgt und erlegt hatte? Jemand wie Turk hatte ihm sicher den Schuss überlassen.
Er legte die Schnur auf den Tisch und zog das Bandmaß daneben aus. Ein Meter dreiundsiebzig! Der Rekord lag knapp unter eins achtzig!
Patterson sackte auf den Stuhl und ließ die Hände in den Schoß sinken.

Kapitel 16

Meile 139

Narain kehrte mit beschwingtem Schritt vom Einkaufen zurück, in rotes und blaues Tuch gehüllt. Unter dem Arm trug er einen Ballen weißer Baumwolle. Er strich ehrfürchtig über den bunten Stoff. Sehr gute Qualität. Eine wichtige Aufgabe. Er war sehr erfreut. Heute würde sich alles zum Besseren wenden.

Ungan Singh starrte ihn an. »Was hast du denn da?«

»Schönes Tuch, um Ihnen ein Kleid für den Neujahrsball zu nähen.«

Der *Jemadar* verzog verärgert das Gesicht. Narain wollte lieber nicht zu weit gehen. »Material für eine Fahne.«

Singh setzte dazu an, ihm eine Kopfnuss zu verpassen, aber Narain duckte sich. »Es ist wahr. Hier ist die Quittung. Von Sahib Colonel.«

Singh las die Bestellung. Ganz unten stand »Lt-Col. Patterson«. Er schüttelte den Kopf und murmelte: »Was für eine Fahne wirst du denn nähen?«

»Die britische Fahne. Sehen Sie? Rot, weiß und blau. Ich werde sofort damit anfangen. Ich nähe gerne.«

Singh behielt seinen mürrischen Gesichtsausdruck bei, als Narain Pattersons Toilettenkoffer öffnete. Er summte, als er selbstsicher mit der Schere durch das blaue Material fuhr und ein langes Stück abschnitt. »Colonel Sahib wird mich für einen sehr guten Hausboy halten.« Er wackelte zur Bestätigung mit dem Kopf. »Das wird eine sehr schöne Fahne werden.« Er breitete das weiße Tuch auf dem Boden

aus und begann, die blauen Streifen als Kreuz darauf auszulegen.
»Nein. Das ist nicht richtig. Dummer Junge. Der Hintergrund ist blau, nicht weiß. Und zwei große Kreuze, rot und weiß.«
»Sind Sie sicher?«
»Selbstverständlich bin ich sicher! Schließlich musste ich das verdammte Ding in Kabul jeden Tag hissen.«
»Ah ja. Als Sie Soldat waren?« Narain ließ sich die Stimmung nicht verderben. »Eines Tages werde ich auch in der britischen Armee kämpfen. Sie werden schon sehen. O ja. Eines Tages.«
»Eines Tages wirst du tot sein, wenn du diesem Ibrahim nicht aus dem Weg gehst. Dem Stier.«
Dem Jungen war das Lächeln vergangen. »Aber was soll ich denn machen, Mr. Singh? Er jagt mich wie ein Tiger.«
»Du wirst tun, was du tun musst, wenn dir dein Frieden lieb ist.«
»Glauben Sie?«
»Der Pandschabi giert nach einem frischen Körper. Es ist besser, ihm das Hinterteil hinzuhalten, als eines Nachts feststellen zu müssen, dass ein Seidenschal in deinen Hals schneidet.«

Billy Nesbitt rieb sich seine Hände. Die Schwielen verursachten ein kratzendes Geräusch. Er sah sich an, was er bereits geschrieben hatte, dann holte er tief Luft und machte weiter. Es waren schlichte Sätze, wie P empfohlen hatte. Aber er hoffte, dass sie irgendwie auf magische Weise seine Gefühle über zehntausend Meilen zu seiner Frau in Glasgow tragen würden.

Er schüttelte den Kopf. Bryan Turner saß auf dem Feldbett gegenüber und beobachtete den Kampf. Billy schüttelte erneut den Kopf. Es ging einfach nicht.

»Mach schon«, sagte Turner und nickte ermutigend.

»Ach, Mann, ich weiß nicht mehr, was ich sagen soll.«

»Sag ihr, dass du sie liebst.«

»Hab ich schon«

»Und erzähl von der neuen Arbeit im Lager.«

»Ja.« Er betrachtete trübsinnig das einzelne Blatt vor sich. »Es ist jede Woche das Gleiche. Meine Frau wird mich für einen Trottel hatten.«

»Sie möchte von dir hören. Es ist nicht notwendig, weitschweifig über dies und das zu schwafeln.« Er griff nach seiner Pfeife. »Sie ist eine Frau. Frauen brauchen diesen Unsinn nicht.« Er griff in seine Hemdtasche, um seine Streichhölzer herauszuholen. »Und jetzt komm. Lass uns noch ein Pfeifchen rauchen, bevor wir schlafen gehen.«

Von ihren bequemen Segeltuchstühlen aus beobachteten sie, wie das Lagerleben sich auf seinen Tiefpunkt zubewegte. Es war die Zeit des Tages, die Billy Nesbitt und Byran Turner am meisten genossen. Sie konnten eine Stunde dort sitzen, ohne ein einziges Wort zu sprechen, und sich vollkommen einig sein.

Der Halbmond warf genug Licht, dass sie den Fluss am Ende des Wegs sehen konnten, der an Pattersons Zelt vorbeiführte. Eine jungenhafte Gestalt kam den Weg entlang, holte die Flagge ein und faltete sie ehrfürchtig, bevor sie sie nach drinnen brachte. Einen Augenblick später erschien der Junge erneut und ging auf das Kulilager weiter unten am Fluss zu. Ein paar Schritte hinter ihm tauchte die unverwechselbare Gestalt von Ibrahim auf.

Im weichen, feuchten Licht der Morgendämmerung bereiteten Ungan Singh und Pattersons drei Pandschabi-Diener alles für die morgendliche Inspektion durch den Colonel vor. Diese fand immer nach dem Bad statt, wofür der junge Narain allein verantwortlich war.

Dem Colonel entging nichts. Er war mit Abstand der pingeligste Sahib, dem Singh je gedient hatte. Er und sein kleines Buch waren überall – ein Fleck von Grünspan auf einem Gewehrkasten, ein Blatt, vom achtlosen Wind in den Hof geweht, ein Fingerabdruck auf einem Gewehrlauf – alles wurde notiert. Strafen wurden verhängt. Am Ende eines Monats konnte man dann froh sein, wenn einem ein paar Annas geblieben waren, um sie nach Hause zu schicken.

Und seine Stimmung – der Colonel war ein ausgesprochen reizbarer Mann. Manchmal war das beinahe mehr, als Singh ertragen konnte. Der Kampf um die beste Jagdtrophäe zwischen dem Colonel und Preston Sahib machte das nicht besser. Aber Singh dankte dennoch seinem Schicksal, dass er nicht am Gleisende arbeiten musste, mit Ibrahim als Ober-*jemadar*. Während der Abwesenheit der Sahibs bei ihren Jagdsafaris litten die Kulis dort gewaltig unter Ibrahim und seinen Schurken.

Die Thuggee-Sekte war bekannt und aus gutem Grund gefürchtet. Die kleinen Banden mordeten für gewöhnlich, indem sie ihre Opfer strangulierten. In den Bergpässen nahe Ungan Singhs Zuhause beraubten und begruben sie unglückliche Reisende. Sie beteten Kali an, die Hindu-Göttin des Todes, und hielten sehr strenge Regeln ein. Die Briten behaupteten, den Thuggee-Kult vor mehr als einem Jahrzehnt ausgelöscht zu haben. Aber Singh wusste es besser. Ibrahim benutzte in seiner Bande von Erpressern und Mördern sogar

die Geheimsprache. Es bestand kein Zweifel: Auch am Tsavo kam das Seidentuch zum Einsatz.
»Mr. Singh!«
Singh zuckte zusammen, als der Colonel plötzlich hinter ihm stand. Für gewöhnlich nahm er um diese Zeit sein Bad. Aber nun war er hier, und in unangenehmer Stimmung. »Sahib?«
Singh setzte die ausdruckslose Miene auf, die der Colonel offenbar von seinem Haus*jemadar* erwartete.
»Mein Bad. Meine Toilettensachen.« Patterson kniff den Mund noch fester zusammen als sonst. »Meine Bibel.«
»Sahib?« Singh sah sich in dem umzäunten Areal von Colonel Pattersons Hof um. Das Bad war nicht bereit. »Wo ist Narain?«, fragte er verblüfft.
Patterson trat noch näher. Singh biss die Zähne zusammen und verfluchte sich lautlos, als ihm klar wurde, dass er etwas sehr Dummes gesagt hatte.
»Woher, verdammt noch mal, soll ich das wissen?«, donnerte der Colonel.
Einen Augenblick befürchtete Singh, Patterson würde ihn schlagen. Er machte sich darauf gefasst, jede Reaktion unterdrücken zu müssen, aber es geschah nichts. Stattdessen fuhr der Colonel auf dem Absatz herum, zischte: »Kümmern Sie sich darum!«, und stürmte dann in Richtung des Speisezelts davon.
Nun geriet Singh in Panik. Er musste noch die Gewehre reinigen und den Hof makellos säubern. Er rief seine Leute zusammen und verschwand im Hof, wo die Badewanne bereits an ihrem Platz in einer Ecke des Hofs stand. Narain musste sie am Vorabend herausgeholt haben.
Die Flagge!
Singh eilte ins Zelt und fand den Union Jack, der ordent-

lich zusammengefaltet über dem Bett des Colonels hing. Eilig hisste er sie an dem improvisierten Fahnenmast des Lagers.

Das Bad. Wie ging Narain vor? Der junge Mann kannte sich mit den Pflichten eines Kammerdieners aus, Singh nicht. Aber es konnte doch sicher nicht so schwer sein, ein Bad vorzubereiten. Er goss das Wasser in die Wanne, das im Krug übrig war. Aber er brauchte heißes Wasser. Er häufte Zündspäne um die Seiten der Wanne, zündete sie an und legte dann schwerere Scheite nach. Bald schon flackerte das Feuer. Zwei Drittel voll, hatte der Colonel verlangt. Singh brauchte mehr Wasser.

Er ging im grauen Morgenlicht zum Fluss. Er war allein auf dem Weg, aber das trockene Gras am Rand bewegte sich, obwohl es keinen Wind gab. Singh erstarrte. Bräunliche Schatten bewegten sich im bräunlichen Gras. Die Geister des Tsavo. Singh fragte sich, ob er vielleicht einfach nur alt wurde. So manchen Tag hatte er am Bajonett seines Armeekarabiners entlang einen angreifenden zornigen Feind angestarrt und nach Anzeichen von Schwäche Ausschau gehalten, bevor er einen raschen Schritt machte, zustieß und sich dann auf den nächsten Angreifer konzentrierte. Aber dieser Tsavo war ein Ort der Schatten und Geheimnisse. Noch hatte niemand wirklich etwas gesehen, aber Singh war sicher: Hier lag ein Feind auf der Lauer, wartete auf seine Beute und suchte nach ihren Schwächen.

Er füllte den Wasserbehälter und kehrte zum Lager zurück, nicht ohne sich immer wieder verstohlen nach dem Fluss umzusehen. Da er immer noch an die bräunlichen Schatten und nicht an die Aufgaben dachte, die vor ihm lagen, bemerkte er die schwarze Wolke erst, als er den Hof des Colonels wieder betrat. Ein klebriger Haufen stinkender Asche lag in den Überresten des Feuers. Umgeben waren diese qualmenden Überreste von einem schwarzen Ring, ein paar Zoll dick, einem kaputten Heiligenschein, der vom Himmel gefallen war – ein Epitaph für eine Badewanne aus Gummi. Ungan Singh wurde übel.

Ein schlimmer Tag, der nun noch schlimmer wurde, dachte Singh auf dem Weg zum Verwaltungszelt. Aber es hätte eine Katastrophe werden können, hätte Preston Sahib nicht in Sichtweite des Zelts des Colonels gestanden und sich rasiert, als Patterson für sein Bad zurückkehrte. Der Colonel hatte wegen der geschmolzenen Wanne einen Wutanfall erlitten, und wäre Preston nicht in der Nähe gewesen, das Gesicht voller Rasierschaum und unbändig lachend, hätte Patterson seinem Zorn ganz anders Luft gemacht.

Das war selbstverständlich noch nicht das Ende der Geschichte. Patterson hatte beschlossen, sich um ein paar Dinge zu kümmern. Das Problem mit der Wanne wäre nicht entstanden, wenn Narain im Dienst gewesen wäre. Aber er war nicht erschienen. Diese Angelegenheit würde der Colonel sofort dem Verwaltungsassistenten vorlegen.

Patterson wartete an der Tür, während Singh ins Zelt ging, um Mr. Spooner zu holen, den Anglo-Inder, den Mr. Whitehouse eingestellt hatte, um sich um die einfacheren Verwaltungsangelegenheiten im Gleisbaulager zu kümmern. Als er mit Spooner zurückkehrte, war auch Mr. Turk eingetroffen und stand neben Colonel Patterson. Zwischen diesen beiden weißen Männern herrschte immer eine gewisse Spannung, und das war an diesem Morgen nicht anders. Sie schwiegen frostig.

Der Colonel kam sofort zum Thema. »Mein Diener Narain ist verschwunden.«

»Kulis verschwinden immer mal wieder.« In Spooners Antwort lag eine Spur von Aggression. Nach Singhs Erfahrung wurden viele Anglo-Inder feindselig, wenn es Probleme mit einem Vorgesetzten gab. Sie schienen sich in indischen Gemeinden nicht wohl zu fühlen, aber von den Briten wurden sie nie wirklich akzeptiert. Männer wie Spooner lebten in einem Niemandsland zwischen den Kulturen, und Pattersons Hochnäsigkeit genügte, um Spooner in eine defensive Haltung zu versetzen. Spooner zog sich nicht vollkommen auf die Dummdreistigkeit zurück, die das britische Temperament so reizte, er ließ nur eine Spur davon einfließen, was für Leute wie Patterson offenbar bereits genügte.

»Narain ist kein Kuli«, schnaubte er. »Und ich glaube, er hat noch Geld zu bekommen, was Ausreißen recht unwahrscheinlich macht.«

Spooner gab sich unbeeindruckt.

»Verdammt, Mann, sehen Sie gefälligst in Ihren Akten nach.«

Der Verwaltungsassistent drehte sich um und ging in sein Zelt. Einen Moment später kehrte er zurück.

»Nun?« Patterson wurde immer wütender auf Spooner. Turk grinste höhnisch.

»Sie haben Recht, Colonel. Mr. Narain hat noch sechs Wochen Bezahlung zu erhalten.«

»Sehen Sie?«

»Und?«, antwortete Spooner barsch.

Die Muskeln am langen, schmalen Kinn des Colonels wurden weiß. Er schnippte mit der Reitgerte gegen sein Bein.

»Er ist also verschwunden«, zischte er. »Ich verlange eine Suche. Ich verlange Ermittlungen.«
»Vielleicht haben die Geister des Tsavo ihn geholt«, sagte Spooner mit spöttischem Grinsen. »Ich höre, es gibt Geister am Fluss. Und Wilde.«
»Ja, Wilde gibt es hier ganz sicher.« Patterson warf einen demonstrativen Blick zu Turk. »Aber er ist wahrscheinlich den Thuggees zum Opfer gefallen. Ich kenne mich mit diesen Halsabschneidern und ihren Seidentüchern aus. Ich habe diesen Ibrahim und seine Leute in Verdacht.« Er blickte auf Spooner herab. »Ich werde einen offiziellen Bericht über meinen Verdacht eines Verbrechens verfassen. Und ich werde die Wahrheit herausfinden.« Er stürmte davon.
Ungan Sing folgte ihm und fragte sich, ob seine Warnungen an Narain tatsächlich eher eine Prophezeiung gewesen waren.

Kapitel 17

Meile 146

Der Pokot bewegte sich in seinem üblichen Trab ein paar Schritte vor Turk. Sein Zopf schlug ihm ins Gesicht, seine Züge blieben gleichmütig, aber seine Augen waren wie schwarze Pfeile, die hin und her schossen und denen nichts entging. Korok wusste, dassTurk die Spur ebenfalls bemerkt hatte. Sie war ein paar Stunden alt, vielleicht in der Morgenkühle entstanden – ein Tropfen kondensierten Taus hatte in dem Abdruck des mittleren Pfotenballens eine kleine Grube hinterlassen.

Seltsamerweise bewegte sich die Spur, ebenso wie er und Turk, auf das Gleisende zu. Wild war am Tsavo immer knapper geworden. Überall hallte der Lärm von dreitausend Männern wider, dazu kam das Pfeifen der Züge, und zumindest in den ersten Nachtstunden brannten helle Lagerfeuer. Das Wild war geflohen. Aus diesem Grund mussten Turk und der Pokot solch lange Märsche auf sich nehmen, um genügend Fleisch zu finden. Aber jetzt gab es hier einen Löwen, beinahe an der Stelle, wo die vordersten Buschroder gearbeitet hatten.

Turk blieb stehen, als die Spur unklar wurde, aber Korok konnte sie deutlich lesen. Der Löwe hatte innegehalten, sich, den Bauch am Boden, eine Weile ausgeruht und dann nach Süden bewegt, weg vom Lager. Korok nahm an, dass Turk wahrscheinlich bemerkt hatte, dass der Löwe sich nach Süden gewandt hatte, aber diese geduckte Jagdhaltung war ihm vielleicht entgangen. Das war jedoch gleichgültig, da die Spur nach Süden führte, weg von der Eisenbahn. Also wandten er und Turk sich wieder dem Lager zu.

Als sie näher kamen, begann der Lärm unter den Buschrodern. Er wurde lauter, als Turk und der Pokot durch die letzten Dornbüsche brachen.

Korok verstand nur wenig von der Sprache der Weißen und nichts von dem Singsanggeschwätz der Kulis, aber er erkannte dennoch, um was es ging. Gestern war einer aus der Gruppe am Abend nicht zum Flachwagen zurückgekehrt. An diesem Morgen gab es immer noch keine Spur von ihm.

Turk hörte zu, sagte aber nichts. Dann wandte er sich wieder der Spur zu.

Sharaf Din sah, dass Florence mit ihren zwei kleinen Wassertöpfen allein vom Fluss zurückkehrte.

»Oh, Memsahib, bitte! Sie sollten nicht allein zum Fluss gehen. Wer weiß, welche wilden Tiere sich hier herumtreiben.« Der alte Mann schüttelte den Kopf, und tiefe Falten bildeten sich auf seiner Stirn.

»Sei nicht albern, Sharaf. Was bleibt mir denn noch, wenn ich nicht einmal diese paar Dinge erledige? Aber ich danke dir, und hier« – sie reichte ihm die Wassertöpfe –, »du kannst meine Eimer tragen.« Sie bemerkte, dass er einen Umschlag in der Hand hielt. »Ist das für mich?«

»Ja! O ja! Das habe ich fast vergessen. Es kam gerade mit dem Nachschubzug.«

Der große Umschlag bestand aus dem schweren braunen Papier der Eisenbahngesellschaft. Beschriftet war er mit Blockbuchstaben:

MRS. PRESTON IM EISENBAHNLAGER

Auf ihrer Post von zu Hause prangte eine bunte Briefmarke mit dem Porträt Ihrer Majestät. Auf diesem Brief gab es keine. Nur die gewichtigen schwarzen Buchstaben. Florence wartete darauf, dass Sharaf die Töpfe neben ihren kleinen Gemüsegarten stellte, dann bedankte sie sich bei ihm, und er ging nickend und lächelnd rückwärts davon.

In dem großen Umschlag befanden sich vier kleinere, jeder in einer Schrift adressiert, die sie nicht kannte.

Außerdem standen die Worte »Eingetroffen Kilindini« auf jedem Umschlag, gefolgt von einem Datum. Der erste Brief war über einen Monat alt. Sie riss ihn auf und las.

16. Februar 1898
Meine liebe Mrs. Preston,
ich hoffe, Sie und Ihr Gatte Ronald befinden sich bei bester Gesundheit, und ich kann erfreut berichten, dass es mir selbst recht gut geht.

Florence blätterte zur letzten Seite. Sie war mit großen Schnörkeln mit »Captain Haslam, Armeeveterinär« unterzeichnet. Die Briefe kamen also aus dem Hinterland und waren von einem Beamten datiert worden, als sie in Mombasa eintrafen. Sie lächelte und überprüfte die Daten; sie wollte sicher sein, dass sie die Briefe in chronologischer Reihenfolge las. Sie wusste wenig davon, wie Post von den Außenposten hinter den Vermessungstrupps der Eisenbahngesellschaft befördert wurde, nahm aber an, dass alles sehr umständlich war. Die letzten beiden Briefe waren erst vor ein paar Tagen

in Mombasa eingetroffen. Vielleicht hatten die ersten Vermesser jetzt Fort Smith beinahe erreicht, wo Captain Haslam arbeitete.
Sie begann wieder zu lesen.

16. Februar 1898
Meine liebe Mrs. Preston,
ich hoffe, Sie und Ihr Gatte Ronald befinden sich bei bester Gesundheit, und ich kann erfreut berichten, dass es mir selbst recht gut geht.
Wir, also Mr. Turk und ich, trafen Anfang Februar in Fort Hall ein. Das Land, durch das wir auf unserer Reise zogen, war eine Offenbarung. Bei Mtito Andei hatten wir das Glück, ein wenig Regen erleben zu dürfen. Als wir Kibwezi erreichten, das an einem kleinen Nebenfluss des Athi liegt, ließen meine Berechnungen mich vermuten, dass wir uns 1200 Meter hoch befanden. Ich fand das sehr bemerkenswert, da ich außer dem Gefühl, täglich ein klein wenig höher zu steigen, was selbst für meine alten Knochen kaum wahrzunehmen war, das Land als so gut wie flach wahrgenommen hatte. Danach schien die göttliche Vorsehung auf unsere Karawane herabzulächeln, und wir erreichten mit Bäumen bewachsenes Grasland. Schönheit zeigte sich an jeder Biegung des Wegs, so frisch wie am Schöpfungstag. Hinter dem Machakos-Becken befindet sich die fruchtbare Athi-Ebene, und nahe dem Oberlauf des Athi am Kikuyu-Steilhang erreichten wir unser Ziel Fort Smith.
Kibwezi wird Ihnen gefallen. Während unserer Reise haben wir drei Tiere verloren, aber nach Kibwezi kein einziges mehr. Hervorragend! Nach meiner Beobachtung

hat das mit der Höhe (die nun über 1200 Meter beträgt) und mit der Abwesenheit von Tsetsefliegen zu tun. Aber was weiß ein bescheidener Armeetierarzt schon von diesen wissenschaftlichen Dingen?
Fort Hall ist ein stiller Außenposten nahe dem Dorf Kikuyu. Man sagt mir, es sei in den Tagen der Britischen Ostafrikakompanie als Handelsposten errichtet worden. Warum wir uns je von einer solch unerschütterlichen Sache wie dem Weltreich abgewandt haben, weiß ich wirklich nicht. Jetzt ist Fort Hall eine kleine Garnison. Die Soldaten sind Swahilis. Leider keine guten Gesprächspartner. Mir fehlen unsere Abende im Gleisbaulager und die Gesellschaft Ihrer werten Person, Mr. Prestons und der anderen sehr.
Mit meinem Auftrag hier und dem, was er mit sich bringt, will ich Sie nicht langweilen. Der Gouverneur ist sehr daran interessiert, ja, begierig, den Ausbruch der Seuche einzugrenzen, ebenso wie ich. Ich erhalte beinahe täglich vom Armeehauptquartier Forderungen nach Berichten. Es soll genügen, zu sagen, dass die Rinderpest sehr ansteckend ist. Ich glaube, sie wird von kranken Tieren übertragen, aber auch durch verseuchten Boden, Wasser, sogar Kleidung. Also bin ich gezwungen, den Eingeborenen diese Dinge abzunehmen – nicht nur infizierte Tiere, sondern auch ihre Habe. Ich versuche, ihnen meine Pläne zu erklären, denn ich finde ihre Kultur faszinierend. Leider scheint sie das nur zu verwirren.
Ich ziehe jeden Tag weiter, um das geographische Ausmaß des Ausbruchs der Seuche zu erfassen. Meine Swahilis müssen jedes unglückliche Tier töten, das sich als infiziert erweist. Ich bin auch verpflichtet, scheinbar gesunde Tiere

der gleichen Herde zu töten. Die Kikuyu verstehen das nicht.

Es würde mich freuen, zu hören, was es im Gleisbaulager Neues gibt, falls Sie die Zeit zum Schreiben finden.

Ich verbleibe

Ihr ergebenster Diener,

Captain Haslam, Armeeveterinär

Florence war überrascht, dass Haslam ihr schrieb. Sie mochte den Captain zwar und hatte seine Konversation nach dem Abendessen intelligent und mitunter sogar geistreich gefunden, dachte aber nicht, dass sie einander vertraut genug waren, um einen Briefwechsel zu beginnen. Aber sie fand seinen Brief rührend und würde selbstverständlich antworten.

Der zweite Brief war so ordentlich wie der erste und mit den gleichen kunstvollen Schnörkeln beschriftet. Die vier Seiten waren in drei gleiche Teile gefaltet, so dass sie gut in den Umschlag passten.

Die Sonne stand schon tief, und Florence hatte sich noch nicht auf Ronalds Rückkehr vom Gleisende vorbereitet. Ihre Hände waren immer noch schmutzig von der Gartenarbeit, und ihr Arbeitskleid würde sie beim Abendessen nicht tragen können.

Es war eine willkommene Abwechslung, einen Brief von jemandem zu erhalten, der nicht zu ihrer Familie gehörte. Sie beschloss, sich etwas zu gönnen. Die Briefe zu lesen würde eine Unterbrechung ihrer üblichen Routine darstellen, etwas, was man genießen musste. Es waren vier Briefe. Sie würde sie nicht alle auf einmal lesen. Sie steckte sie wieder in den größeren Umschlag und legte sie in die oberste Schublade unter die Spitzendeckchen und Leinenkragen.

Als Florence erklärte, ihr sei das Baumwollmaterial ausgegangen und Whitehouse habe angeboten, sie in seinem Waggon mit nach Mombasa zu nehmen, schlug Preston vor, sie solle dort ein wenig länger bleiben, da er selbst ein paar Tage nach Voi gehen werde, um das Schienendreieck zu beenden. Shutt und die anderen Fahrer hatten ihn seit Wochen bedrängt, das Dreieck zu bauen – eine Gleiskonfiguration, die dem Lokführer die Möglichkeit gab, die Lok ans andere Ende des Zugs zu hängen.

Florence würde wieder bei den Carters wohnen. Nach ihrem letzten Besuch dort war sie sehr viel ruhiger zurückgekehrt. Preston hatte das Gefühl, bei seinem Verständnis des weiblichen Wesens langsam Fortschritte zu machen: Die Gesellschaft anderer Frauen hatte offenbar eine beruhigende Wirkung. »Es wird dir guttun, meine Liebe«, sagte er. »Und du kannst die Winchester abholen, die ich bestellt habe.«

»Eine Waffe?«

»Ein Gewehr, meine Liebe. Es gibt einen Waffenhändler in Mombasa.«

»Wozu brauchst du eine Waffe, Ronald?« Sie sah ihn fragend an. »Du bist Ingenieur.«

»Ja, Florence, ein Ingenieur ohne eine Jagdwaffe. Ich kann nicht ewig die von Turk benutzen.«

»Nun, vielleicht sollte ich mich ja nicht einmischen ...«

»Was ist denn?«

»Ich weiß, dass es einer Frau nicht zusteht, die Entscheidungen ihres Mannes in solchen Dingen zu hinterfragen, aber ...«

»Ja?« Er hatte eine ziemlich klare Vorstellung von dem, was jetzt kommen würde, und war gereizt über ihre vorgebliche Zurückhaltung.

»Ich halte es irgendwie für ungesund, einem solch wilden Drang zur Konkurrenz mit einem anderen Ingenieur bei einem albernen, um nicht zu sagen gefährlichen Zeitvertreib nachzugeben.«

Preston war nicht daran gewöhnt, dass seine Frau ihn kritisierte. Sie hatten sich nie gestritten, und er nahm an, seine beste Strategie bestände darin, die Sache einfach zu ignorieren. Er reichte ihr eine Kopie der Bestellung der Winchester und einer Auswahl von Munition, die für unterschiedliches Wild gedacht war. Er war erleichtert, als sie das Blatt ohne ein weiteres Wort entgegennahm.

Preston brachte sie zum Zug und verabredete mit ihr, sie in drei Tagen vom nachmittäglichen Materialzug wieder abzuholen. Florence bot ihm die Wange, und er küsste sie.

Später an diesem Tag, als er vom Gleisende zum Lager zurückkehrte, eine kurze Strecke vom Wakamba-Dorf Kinani entfernt, hatte er immer noch die Worte seiner Frau im Kopf. Die Erinnerung an das Gespräch verursachte ihm ein unbehagliches Gefühl. Vielleicht hatte er ja tatsächlich seine Pflichten zugunsten der Jagd vernachlässigt, aber Florence verstand das nicht, es war eine Sache der Männerehre.

Turk und sein kleiner Begleiter begegneten ihm, als er vom Flachwagen stieg. »Wie geht es mit dem Schienenlegen?«, fragte Turk auf seine lakonische Art.

»Nicht schlecht. Draußen bei Kinani schaffen wir mehr als eine halbe Meile am Tag.«

»Hm. Flaches Gelände dort.« Turk wandte sich dem Pokot zu und ließ sich von ihm ein Stück aufgerolltes Tuch reichen. »Das habe ich flussabwärts gefunden.«

Preston schaute von Turk zu dem Pokot und zurück zu Turk,

denn er fragte sich, wieso sie ihm ein Stück blaues Tuch brachten. Beide schauten ebenso ausdruckslos. Preston rollte das Tuch ab. In der Mitte befand sich ein schwarzer, verkrusteter Fleck. Er befühlte ihn, er roch daran. Als er daran rieb, lösten sich dunkelrote Flocken. Wieder sah er das Tuch an. Es hatte die Größe des Tuchs, das ein Kuli als Lendenschurz tragen würde. Es war königsblau – die Farbe des Union Jack. Er sah Turk an.
Turk nickte. »Narain. Löwe.«

Florence saß bequem auf dem Besucherstuhl in Waggon des Chefingenieurs. Whitehouse bereitete sich an seinem Schreibtisch auf eine Besprechung mit seiner Budgetkommission in Mombasa vor.
Florence zog den großen braunen Umschlag aus der Tasche und öffnete den zweiten von Haslams Briefen.

25. Februar 1898
Meine liebe Mrs. Preston,
ich hoffe, dieser Brief trifft Sie und Ronald bei guter Gesundheit an.
Seit dem letzten Brief (ich glaube, es ist eine Woche her, obwohl ich dieser Tage feststelle, dass die Zeit sehr schnell vergeht) gab es hier beträchtliche Aufregung. Der Massai-Häuptling, ein Bursche namens Lenana, ist verschwunden. Wir haben die Kikuyu beobachtet und Ärger erwartet, aber es scheint, die Massai waren schlauer. Sie haben sich mit ihren Tieren irgendwie nach Süden abgesetzt. Und zwar Tausende Stück Vieh. Es ist recht erstaunlich. Als ich ihr Lager das letzte Mal aufsuchte, schienen sie damit zufrieden, sich an meinen Befehl zu halten und

zu bleiben, wo sie waren. Nach dieser Flucht sind wir alle in Sorge. Tatsächlich hat Major Macdonald Truppen ausgeschickt, um sie aufzuhalten, aber ich fürchte, das hat keinen Sinn mehr. Wenn die Massai-Tiere erkrankt waren, dann ist das Schlimmste bereits geschehen.
Ah, jetzt langweile ich Sie wieder mit meinem wissenschaftlichen Unsinn! Aber es beschäftigt mich sehr. Eine Seltenheit in diesen Zeiten anstrengender körperlicher Unternehmungen.
Ich erinnere mich mit großer Bewunderung an ihren kleinen Garten dort am Tsavo. Eine solche Freude, und wie viel Sie erreicht haben! Ich bin sicher, Sie würden ebenso wie ich über die Schönheit dieses Landes staunen. Wenn man sich gestattet, die Verwüstung durch die Trockenheit beiseite zu schieben, ist es wirklich erhebend. Wieder stehe ich in der Schuld von Mr. Turk, der mich viel über die hiesige Flora gelehrt und dabei meine Augen für ihre Schönheit geöffnet hat.
Er ist eine unerschöpfliche Quelle von Ideen (ich kann es nicht als Wissen bezeichnen, da mir die Möglichkeit zu einer Verifizierung fehlt), dass ich begonnen habe, alles aufzuzeichnen. Wenn diese Ideen wahr sein sollten, werden sie einmal interessante, nein, verblüffende Ergänzungen der schmalen Bände darstellen, die bisher über die Studien der Pflanzenwelt Afrikas erschienen sind.
Die Vernichtung des Kikuyu-Viehs geht zügig voran. Mein Labor fließt von anderen Proben über. Thomsongazellen, Impalas, Elenantilopen. Alle sind bei meinen Ermittlungen verdächtig. Ich treibe mich selbst und die Männer härter an, weiter ins Land zu ziehen und mehr Proben zu nehmen. Dann beginnen die Untersuchungen

im Labor. Ich habe ein Mikroskop, aber ich fürchte, die Bazillen sind selbst mit solchen Instrumenten nicht zu erfassen. Dennoch muss ich meine Arbeit vollenden. Ich bin beinahe fertig mit einem bescheidenen Aufsatz und plane, ihn an The Field *zu schicken. Sicher, ein kleiner akademischer Luxus und vielleicht aufgeblasener Unsinn, aber ich finde es ausgesprochen faszinierend.*
Bitte verzeihen Sie mir, dass ich Ihre kostbare Zeit mit diesen Dingen beanspruche. Es ist ein großer Trost, sich zu unterhalten, selbst auf eine so abstrakte Weise.
Post kommt selten nach Fort Smith. Anweisungen der Kommandozentrale sind schon häufiger, aber langweilig. Ich warte geduldig auf einen Brief von Ihrer Hand.
Ihr ergebenster Diener,
Haslam (Gordon)

Florence lächelte und las den Brief noch einmal. Sie hielt ihn für sehr interessant und informativ. Sie faltete ihn genau so, wie er zuvor gefaltet gewesen war, und suchte nach dem Brief mit dem nächsten Datumsstempel aus Kilindini. Sie fand ihn und öffnete ihn sofort.

2. März 1898
Meine liebe Florence,
ich hoffe, Sie erhalten diese Briefe bei guter Gesundheit. Es mag seltsam klingen, aber ich finde es tröstlich, sie zu schreiben. Sie erinnern mich an unsere abendlichen Gespräche am Feuer. Ich habe es Ihnen nie gesagt, aber ich bin vollkommen überzeugt, dass Ihre Gegenwart im Lager viel für unsere Moral getan hat. Vielleicht fehlen mir diese Abende deshalb so sehr, und ich hege höchste

Wertschätzung für den zivilisierenden Einfluss, den Sie auf unsere ungehobelte kleine Gruppe ausüben konnten. Das wird mir nun vor allem deshalb klarer, weil ich es unmöglich finde, meine Gespräche mit meinen Swahilis über das schlichte Weiterleiten von Befehlen hinaus auszudehnen. Mr. Turks Besuch bei der Nachschublieferung war viel zu kurz. Er und seine Karawane machten sich innerhalb von Tagen wieder auf den Weg.

Die Kikuyu erschöpfen mich. Ihre Drohgebärden gehen zu weit. Meine Swahiliwache musste sich heute vorsichtshalber aus einer vollkommen unprovozierten unangenehmen Situation zurückziehen.

Meine Studien der Rinderpest verlaufen gut, obwohl ich es bedaure, dass die Tage so schnell vergehen und ich mich am Ende nicht einmal erinnern kann, welchen Fortschritt ich gemacht habe. Es verzehrt mich. Die Zeit ist zu kurz.

Zusätzlich zu der Arbeit an der Rinderpest führe ich eine Laboratoriumsstudie über einige von Turks botanischen Theorien durch. Besonders interessiert mich seine Behauptung, dass die Samen der Schirmakazie von den Eiern und Larven eines gefräßigen Käfers befreit werden, indem sie durch den Verdauungstrakt wilder Huftiere (Gnus, Büffel und so weiter) gehen. Verzeihen Sie bitte dieses unfeine Thema, aber das kommt mir interessant vor. Wir werden sehen.

Die Kikuyu werden ruhelos. Sie betrachten mich als eine Art strafenden Dämon. Mein Übersetzer berichtet, dass sie meinen Namen murmeln, als würden sie ihre Geister heraufbeschwören. Ihre Stimmung wird jeden Tag schlechter.

Ich hoffe, dieser Brief findet Sie und Ihren Gatten Ronald bei guter Gesundheit, und verbleibe Ihr ergebener Gordon

Florence hatte geplant, die Briefe zu genießen und sie nicht alle auf einmal zu lesen. Aber Haslams Tonfall hatte eine gewisse Spannung ausgelöst.
Sie riss den dritten Umschlag auf.

16. März 1898
Liebste Florence,
es ist spät. Die Nacht ist erfüllt vom Geräusch der Trommeln, und ich verbringe meine Tage damit, hektisch hin und her zu eilen, um Proben zu finden, obwohl ich davon ausgehe, dass wir den Kampf gegen die Rinderpest bereits verloren haben.
Die Trommeln beunruhigen mich wenig, denn meine Nächte sind ohnehin der Arbeit gewidmet, da ich meine Ergebnisse aufzeichnen muss. Die einzige Erholung, die ich mir gönne, ist die Freiheit, mich wieder an Sie zu wenden.
Turk hatte Recht! Die Verdauungssäfte der Huftiere säubern die Akaziensamen tatsächlich von den gefräßigen Larven, die sie ansonsten noch vor dem Sprießen verschlingen würden. Darüber hinaus habe ich festgestellt, dass die Samen der Borassuspalme, große Dinger von zehn Zentimeter Länge, vom Verdauungssystem des Elefanten nicht angegriffen werden. Ich habe Elefantendung so ausführlich studiert wie alles andere. Die Tiere transportieren den Samen viele Meilen weit. Ist es zu bizarr, wie Turk anzunehmen, dass die Bäume dieses Geheimnis

kennen und absichtlich Samenkapseln von solcher Dicke produzieren, dass nur ein Elefant sie fressen kann? Ich habe nun bewiesen, dass das gleiche Tier auch unfähig ist, sie zu verdauen, also könnte das durchaus sein. Verzeihen Sie mir bitte, dass ich wieder über dieses ein wenig unappetitliche Thema spreche, aber die Sache geht mir nicht aus dem Kopf. Jede wache Stunde und viele, die ich eigentlich schlafend verbringen sollte, werden von diesen seltsamen Ideen eingenommen. Ich versuche, sie festzuhalten. Ich habe nur wenig Zeit, meine Forschungen zu vollenden.

Wie immer hoffe ich, dass es Ihnen gut geht, und verbleibe

Ihr Freund und ehemaliger Gefährte

Gordon

Florence faltete das Blatt und steckte es wieder in den Umschlag der Eisenbahngesellschaft. Der letzte Brief des Captains hatte etwas Beunruhigendes. Der erste war in einem gemessenen, ja, vorsichtigen Ton verfasst gewesen. Im zweiten und dritten wurde der Stil drängender, mehr bemüht, gehört zu werden. Dieser, kaum vierzehn Tage zuvor verfasst, war erheblich eindringlicher. Es lag so etwas wie Panik darin, als hätte Haslam das Gefühl, ihm bliebe kaum mehr Zeit, die Korrespondenz zu beenden, bevor die Ereignisse rings um ihn her ihn überrollten.

Die Briefe waren auch persönlicher geworden. Im Lauf der Korrespondenz war er von »Captain Haslam« zu »Gordon« geworden, während sie nun »Florence« und sogar »liebste Florence« war, obwohl er sie im Lager doch immer als *Mrs. Preston* angesprochen hatte, wie auch in seinem ersten Brief.

Dieser neueste Brief, das war nicht der Captain Haslam, den sie in Erinnerung hatte. Er war stets höflich und ein Gentleman gewesen und hatte sicher nicht dazu geneigt, seine Gefühle so offen zur Schau zu stellen.
Florence hatte die Briefe Ronald gegenüber nicht erwähnt. Nicht, dass sie wirklich vorhatte, sie zu verbergen; es hatte sich einfach keine Gelegenheit ergeben, darüber zu sprechen. Sie musste zugeben, dass es ihr ein Gefühl von Wichtigkeit gab, der einzige Kontakt Captain Haslams mit der zivilisierten Welt zu sein. Sie fühlte sich beinahe wie etwas Besonderes. Der Inhalt hatte ohnehin nichts mit der Eisenbahn zu tun, und sie hatte stets vorgehabt, Ronald die Briefe zu zeigen, wenn sich eine passende Gelegenheit ergab.
Aber diese Veränderung im Tonfall des Captains brachte eine gewisse Vertraulichkeit mit sich. Sie fühlte sich beinahe so, als wäre sie eine unangemessene Verbindung eingegangen. Schockiert erkannte sie, dass dieser Gedanke ihr seltsam verlockend vorkam. Sie errötete. Sie steckte in einem Dilemma. Captain Haslams Brief verstörte sie, aber sie konnte nicht in Worte fassen, was genau die Ursache dafür war. Selbst wenn sie es könnte – wie sollte Ronald je verstehen, dass sie diese Briefe eines anderen Mannes verbarg, in denen mehr Gefühle mitschwangen, als sie Ronald zeigen konnte. Oder er ihr.

Kapitel 18

Meile 149

Preston wartete an dem provisorischen Nebengleis in Voi auf den Zug. Rings um ihn her waren die neuen Trophäen arrangiert, die er auf seiner letzten kurzen Safari erworben hatte. Er winkte Florence zu, die im Passagierabteil blieb, während er dafür sorgte, dass seine Felle und Hörner sicher auf den Flachwagen geladen wurden. Dann stieg er ein und setzte sich zu Florence, die allein im Passagierabteil war, nachdem ein bis Voi reisender Händler ausgestiegen war.

Als der Zug anfuhr, winkten sie Billy Nesbitt vom Fenster aus zu. Seine Zimmerleute errichteten gerade das Bahnhofsgebäude. Er lächelte strahlend und winkte zurück.

»Billy wird morgen wieder zurückkommen«, sagte Preston und küsste Florence auf die Wange. »Ist das mein Päckchen von Rothbury?«

»Ja.«

Preston warf ihr einen kurzen Blick zu, dann zog er die Rolle aus geöltem Segeltuch zu sich und löste die Lederriemen. In dem Segeltuch eingewickelt befand sich ein Gewehrkasten aus Eiche und Leder, und darin die Winchester. Er nahm sie heraus, strich mit den Fingern über den glatten Mahagonikolben bis zum Kolbenende. Der blaugraue Lauf zeigte einen deutlichen Schimmer von Öl.

»Florence …« Er zögerte, als sie weiterhin aus dem Fenster starrte. Sie überquerten eine Reihe trockener, felsiger Senken, die der Fluss Voi hinterlassen hatte. »Ich weiß, dass du es nicht verstehst – diese Sache mit dem Gewehr, meine ich.«

Sie richtete den Blick weiter auf das Dornengebüsch, das endlos bis zu einem nicht zu erkennenden Horizont verlief.

»Ich würde ja aufhören. Aber er will unbedingt beweisen, dass er besser ist als ich. Er und sein verdammtes Arsenal. Und diese Winchester« – er strich mit den Fingern über das Magazin zum Abzugshebel, dann wieder über das Magazin – »wird mir ermöglichen, mit ihm gleichzuziehen. Turk sagt, die 275 ist die beste Jagdbüchse, die es gibt. Neues, rauchloses Pulver. Die Elfenbeinjäger benutzen diese Waffe. Sie funktioniert selbst über zweihundertfünfzig Meter noch akkurat.«

Sie wandte sich vom Fenster ab und sah ihn ernst an. Er hörte auf, den Gewehrkolben zu streicheln. Es dauerte einen Augenblick, bis sie sprach: »Ich habe Angst um dich, Ronald.«

»Ich werde vorsichtig sein. Mach dir deshalb keine Sorgen.«

»Nein, ich dachte nicht an Unfälle oder wilde Tiere, obwohl ich mir deshalb ebenfalls Sorgen mache. Ich mache mir Sorgen, weil du dich veränderst.«

»Verändern?« Er lächelte ungläubig.

»Ja. Du hättest nie so beiläufig darüber gesprochen, Tiere zu töten, als wir uns kennen gelernt haben.«

»O Florence, ich bin sicher, du übertreibst. Ich glaube nicht, dass ich mich verändert habe.«

»Ich kenne dich besser, als du glaubst, Ronald. Und ich weiß eines: Ronald Preston ist ein guter Ingenieur und ein freundlicher und empfindsamer Mensch, der das Leben und alles, was lebt, respektiert.« Sie wandte sich wieder ab; offenbar hatte sie alles gesagt, was sie sagen wollte.

Preston fiel keine Antwort ein, also lächelte er ein wenig verlegen über ihren Ausbruch. Aber als er den Blick wieder der Waffe in seinen Händen zuwandte, fragte er sich, wie viel er durch die Augen seiner jungen Frau betrachtet wohl über sich selbst erfahren könnte.

Am Tag nach Prestons Rückkehr aus Voi erhielt er die Nachricht, dass der Vermessertrupp draußen bei Makindu ihn brauchte. Es war ein Zwei-Tages-Marsch mit einer leichten Karawane und Minimalausrüstung. Turk organisierte alles, und sie kamen am ersten Tag schnell voran, passierten die Buschroder ein paar Meilen westlich und Turners Telegrafenmannschaft weitere zehn Meilen vom Gleisende entfernt.

Am zweiten Tag, als sie am Rand der großen Herden von Steppentieren vorbeizogen, wollte Preston unbedingt die Kraft seiner neuen Winchester ausprobieren. Aber sie schossen nur so viel Wild, um an diesem Abend Fleisch für das Abendessen im Vermessungslager zu haben. Preston selbst schoss wenig, aber mit wachsender Genauigkeit.

Das Lager der Vermesser war aus schlichtem Zelttuch errichtet worden. Es hatte nichts von der relativen Bequemlichkeit eines dauerhaften Lagers oder selbst des Lagers der Gleisbauer. Küchen und Latrinen wären hier nur hinderlich gewesen, denn die schnell weiterziehende Gruppe bestand lediglich aus dem Vermesser, seinem Helfer, einem Koch und einem Dutzend Swahili-Trägern und *Askaris.*

Nach dem Abendessen im Lager sprach Preston mit Rhys Williams, dem Vermesser. Williams hatte eine Anzahl von Möglichkeiten gefunden, was die Kyulu-Hügel anging, und sie kamen überein, dass er Preston die Stellen selbst zeigen würde. Danach würden sie entscheiden, wo der nächste Streckenabschnitt verlaufen sollte.

»Wie sind Ihre Fleischvorräte?«, fragte Preston, während das Teewasser kochte.

»Aufgezehrt. Ihr frisches Fleisch ist das erste, das wir seit über einer Woche gesehen haben. Selbst unser Trockenfleisch ist beinahe aufgebraucht.«

»Mr. Turk, ich denke, wir sollten vielleicht einen Tag damit verbringen, Mr. Williams' Vorratskammer zu füllen. Was denken Sie?«

Turk zog den Korken aus einer braunen Flasche und goss ein wenig Whisky in seinen Tee. »Hm … und ich nehme an, Sie würden mir helfen?« Er lächelte, als er in dem dampfenden Becher rührte. Der Duft von Whisky breitete sich am Feuer aus.

»Mit Vergnügen.«

Es dauerte bis zum späten Nachmittag, sich den Ausläufer der Kyulu-Hügel anzusehen, den Williams für eine bessere Streckenführung hielt als die ursprünglich geplanten drei kleinen Flussüberquerungen.

Turk und der Pokot führten sie in einem weiten Bogen zurück zum Vermessungslager. Sie begegneten einer Herde von Grantgazellen in einem weiten, grasbewachsenen Bereich, wo die üblichen Dornbüsche fehlten. Die Gazellen hielten sich eine Weile knapp außer Schussweite auf, dann zogen sie in einen Wald am Hang einer Reihe niedriger Anhöhen. Der Pokot zeigte auf einen Dunghaufen, steckte die Hand hinein und zog sie, bedeckt von grünem Schleim, wieder heraus. Er schnupperte daran, ging ein paar Schritte vor, starrte den Boden und das Gebüsch an. Was immer er in diesen unsichtbaren Botschaften las, schien ihn zu erregen. Er machte Turk ein Zeichen.

»Elefant«, sagte Turk und warf Preston einen Blick zu. »Ein paar Meilen oder so entfernt.«

»Können wir sie einholen, bevor es dunkel wird?«

»Wenn wir Glück haben.«

Preston sah Williams an, der erklärte, kein Interesse zu haben, und mit zwei *Askaris* zum Lager weiterzog.

»Gehen wir«, sagte Preston. Am Vorabend hatte er versucht, sich einzureden, dass der Wettbewerb zwischen ihm und Patterson albern war, dass Florence Recht hatte – dass er sich verändert hatte. Aber Elfenbein war die größte Trophäe. Und es würde einen guten Preis bringen. Preston wusste, dass für einen größeren Stoßzahn zehn oder fünfzehn Pfund bezahlt wurden.

Zwei Stunden später kehrte der Pokot von seiner Spähtour zurück und zeigte auf ein dicht belaubtes Gebiet unter einer Steilwand etwa eine Meile entfernt.

Turk nickte, dann zeichnete er mit einem Zweig etwas auf den Boden. Es war der grobe Umriss eines Elefantenkopfs von der Seite. Zwischen dem Auge und der Mitte des großen, blattförmigen Ohrs zeichnete er eine Linie ein. »Das Hirn«, flüsterte er und malte ein Kreuz in die Mitte dieser Linie. »Wenn Sie sein gesamtes Ohr von der Seite sehen können, ist das hier das Ziel.« Er sah Preston an, der nickte. »Mit einigem Glück wird der Elefant ruhig stehenbleiben. Wir nähern uns entgegen der Windrichtung« – er zeigte nach vorn –, »von unterhalb der Klippe.«

»Wie viele? Wie groß?«, fragte Preston.

»Einer. Ein großer Bulle.«

Das genügte. Zwei große Stoßzähne waren alles, was er

brauchte, um Patterson unweigerlich allen Ruhm zu stehlen.

Turk wandte sich wieder seinem Diagramm zu. »Wenn er den Kopf dreht«, flüsterte er weiter, »müssen Sie Ihren Zielpunkt ebenfalls verlegen, und zwar hierhin.«

Preston nickte.

»Wenn er in diese Richtung schaut« – er malte einen weiteren Pfeil –, »müssen Sie ein wenig unterhalb der Linie und ein wenig dahinter treffen. Achten Sie auf die Augenhöhle; die Knochen könnten den Schuss ablenken. Verstanden?«

Preston betrachtete die Zeichnung. Sie war durchzogen von Linien und voller Löcher, wo Turk zur Verdeutlichung mit dem Zweig zugestoßen hatte. Er nickte.

Turk zeigte auf Prestons neue Winchester. »Laden Sie jetzt. Sonst wird das Geräusch ihn erschrecken.«

Preston nahm die Rigby-Patrone aus der Tasche und untersuchte sie genau, bevor er sie leise in die Kammer steckte. Er löste das Magazin; es war voll, und er schob es wieder an Ort und Stelle.

Er nickte Turk zu, der dem Pokot ein Zeichen gab. Da die drei Swahili-Askaris sich wahrscheinlich nicht leise genug den Bach entlangbewegen konnten, wies er sie an, am Fuß des Hügels zu warten, bis sie den ersten Gewehrschuss hörten. Dann sollten sie folgen, um das Tier zu zerlegen und das Elfenbein herauszuschneiden.

Als sie das Versteck des Pokot hinter einem Steinhaufen erreichten, gab dieser Turk ein Zeichen, der sich daraufhin Preston zuwandte, ihm bedeutete weiterzugehen und die Hände in einer Geste nach unten drückte, die ihn aufforderte, sich zu beruhigen. Aber Preston konnte nicht ruhig

bleiben. Der Elefant war keine hundert Meter entfernt. Er konnte sein leises Schnauben hören.
Preston spähte hinter den Steinen hervor. Fleckige Schatten sammelten sich unter der Klippe, wo der Bach entlangplätscherte, bevor er in einer beinahe geraden Linie an Prestons Felsen vorbeifloss. Einen Augenblick konnte er nichts erkennen, das an einen Elefanten erinnert hätte. Dann bewegte sich das Tier. Preston spürte, wie sein Blut rauschte. Der Elefant war riesig! Er hatte ihn deshalb nicht sehen können, weil er etwas gesucht hatte, das imstande war, sich hinter einen Busch zu verbergen. Aber der Elefantenbulle hatte eine Schulterhöhe von fünfunddreißig Handbreiten und wirkte beinahe wie ein Teil der Felswand hinter ihm. Preston bestaunte den massiven Kopf, die riesigen Ohren, den schimmernden Bogen von Elfenbein, so dick wie ein Zedernstamm.
Preston, der nun mitten im Bach stand, hob die Winchester so langsam an die Schulter, dass sein Arm vor Spannung zu schmerzen begann. Er richtete den Lauf auf den riesigen Kopf. Der Rüssel des Elefanten schwang träge hin und her, als ob sich das Tier in den Schlaf wiegte. Sein Auge war beinahe geschlossen; Preston konnte so gerade eben das Flattern des Lids erkennen, als der Bulle von einem Traum in den anderen driftete.
Preston zog das Visier zum Ohr des Elefanten. Ein Madenhacker landete dort und begann in den Falten der ledrigen Haut nach Kleintieren zu suchen. Der Elefant öffnete das Auge und schüttelte den Kopf mit den massiven Stoßzähnen. Der Vogel ließ sich nicht vertreiben. Der Elefant schnaubte und bewegte die Ohren. Der Madenhacker machte noch einen weiteren Versuch, auf dem Ohr sitzen zu bleiben, dann gab er auf.

Preston erkannte, dass er den Atem angehalten hatte. Er atmete aus. Langsam. Dann verspürte er den Drang, heftig einzuatmen. Er strengte sich an, seinen Atem zu beherrschen, bevor er wieder am Lauf entlangspähte. Aber das Tier hatte seine Position ein wenig mehr zur Seite verändert. Preston musste sein Ziel anpassen, wie Turk beschrieben hatte. Sollte er ein wenig näher zum Auge zielen? Oder war dies die Situation, in der er die Waffe zum Ohr und ein wenig tiefer richten sollte?

Er versuchte, sich die Zeichnung im Sand noch einmal vorzustellen, und entschied, dass das korrekte Ziel tiefer und weiter hinten lag.

Schweiß lief ihm in den Augenwinkel. Er blinzelte ihn weg. Sein Daumen zog sanft, sehr sanft am Hammer und spannte die Waffe. Sein Finger zuckte zu den geriffelten Rändern des Auslösers.

Er konnte hören, wie der Magen des Elefanten knurrte.

Nachdem er das Ziel noch einmal geprüft hatte – ein wenig aufs Ohr zu und eine Spur niedriger als das Auge –, begann er, auf den Abzug zu drücken.

Das Weiße im Auge des Elefanten leuchtete hell in einem Sonnenstrahl.

Der Hammer fiel.

Der Elefant stieß einen durchdringenden, empörten Schrei des Schmerzes und der Angst aus. Blut schoss aus der Augenhöhle. Der gewaltige Körper bebte und schwankte im Todesschmerz, und dann hob der Elefantenbulle den Rüssel, riss sich das Auge aus und warf es weg.

Preston lud durch. Die nächste Patrone rutschte in die Kammer. Abdrücken. *Krack!* Er spürte den Rückschlag an seiner Schulter.

Diese Kugel zertrümmerte das Kinn des Tiers. Preston sah das Kinn schlaff zur Seite fallen, und die rosa schäumende Zunge rutschte aus dem Maul. Blut floss.
Er schoss abermals und dann noch einmal.
Der große Kopf schwang von einer Seite zur anderen. Preston fragte sich, wieso das Tier nicht versuchte zu fliehen. Seine Baumstumpffüße schienen im Bachbett angewurzelt zu sein. Es bebte, als die Geschosse in seinen Hals und die Brust drangen. Es begann, in die Knie zu sinken, und der Kopf sackte in eine unterwürfige Haltung.
Preston lud durch und schoss erneut. *Klick!* Das Magazin war leer.
Der Elefant fiel auf die Knie und rollte auf die Seite. Seine Gedärme entleerten sich.
Die Swahili kamen johlend den Bach entlanggerannt, Äxte und Macheten erhoben. Einer hackte auf den blutigen Kopf ein, bis sich das Elfenbein löste. Ein anderer schlug mit der Axt am Nacken zu, um die Wirbel zu durchtrennen, damit sie den riesigen Kopf drehen und den anderen Stoßzahn lösen konnten.
Preston folgte Turk zu der Ruine, die einmal ein Elefant gewesen war. Ein dritter Mann hatte bereits Brocken frischen, bluttriefenden Fleischs aus den Flanken geschnitten. Er stürzte sich auf den Körper, schnitt in die dicke, faltige Haut, unter der sich ein Zoll Fett befand, bevor man das dampfende rosa Fleisch und die weißen Rippen erreichte. Der Mann lachte bei der Arbeit und freute sich offenbar schon auf das Festessen am Abend.
Preston bemerkte, dass Turk ihn ansah, wandte sich aber ab. Er ging rückwärts, schwindlig von dem Gestank des Zerfleischens, erschüttert über das würdelose Ende dieses edlen Geschöpfs.

Am Himmel begannen die Aasfresser sich zu sammeln – makabre Bestatter, die sich darauf vorbereiteten, um den Kadaver zu kämpfen.

Das Wasser des Baches floss blutrot um Prestons Stiefel.

Kapitel 19

Meile 157

Florence war im Krankenhauszelt und sah nicht, wie Preston von dem Vermessungstrupp bei Makindu zurückkehrte. Später fand sie ihn in ihrem Zelt, wie er sein Gewehr anstarrte, das in seinem hölzernen Kasten auf dem Bett lag. Als sie hereinkam, klappte er den Kasten zu und verschloss ihn.

»Ronald! Ich wusste nicht, dass du schon zurück bist«, sagte sie.

Er starrte weiterhin den Kasten an.

»Ronald …«, wiederholte sie.

Er drehte sich um, umarmte sie und zog sie fest an sich. Er drückte ihr beinahe den Atem aus der Lunge. Die Geste war rührend, aber auch beunruhigend. Er hatte sie noch nie so leidenschaftlich umarmt. Mit den Händen drückte er fest auf ihren Rücken. »Ronald …«, wiederholte sie krächzend. Sie wusste nicht, was sie sagen sollte.

Er trat zurück, und sie war schockiert, zu sehen, wie erschöpft er war. Seine Augen lagen tief in den Höhlen, seine Haut war gräulich blass. Er wirkte vollkommen ausgemergelt.

»Ronald! Bist du krank?«

Er sah sie lange an, schien ihre Frage nicht gehört zu haben. »Bist du hier glücklich, Florence?«, fragte er.

Sie spürte, dass ihre Antwort wichtig war. Ihr verblüfftes Lächeln verschwand. »Ja, Ronald, ich bin hier glücklich.«

»Wirklich? Ich habe dich nie gefragt. Und manchmal … Du würdest es mir doch sagen, oder? Du würdest es nicht vor mir verbergen? Ein Mann und eine Frau, Ehemann und Ehefrau, sollten ehrlich miteinander sein, denkst du nicht?«

Sie musste an Captain Haslams Briefe denken. Sie errötete, weil sie ein schlechtes Gewissen hatte, und versuchte, das zu verbergen, indem sie ihren Hut absetzte. »Ja, ich bin hier zufrieden, Ronald. Was hast du denn?«

Er ging wieder auf sie zu und packte sie an den Schultern, sodass sie gezwungen war, ihn anzusehen. Seine Augen waren blutunterlaufen, und Staub hatte sich auf dem Schweiß auf seinem Gesicht gesammelt und verursachte dunkelrote Streifen.

»Es kommt mir so vor, als würdest du mich kennen … wirklich kennen. Aber ich … nun, ich frage mich, wie viel ich über dich weiß.«

»Da gibt es nicht viel zu wissen.«

Er schien immer noch zu grübeln. »Ja, ich frage mich immer, was du denkst, während du alles bereits zu wissen scheinst, sogar meine tiefsten Gedanken. Dinge, die selbst mir verborgen bleiben.«

»Ronald, was ist geschehen?« Sie versuchte zu lächeln, aber das Lächeln berührte ihre Lippen nur kurz und verschwand dann wieder. Sie fing an, sich Sorgen zu machen.

Er sah sie mit leerem Blick an. Schweiß trat ihm auf die Stirn, bis ein kleines Rinnsal zwischen seinen Brauen hindurchlief. Sie löste ihr Halstuch und tupfte ihm damit die Stirn ab. »Es scheint dir wirklich nicht gut zu gehen.«

Er ließ die Schultern hängen. »Nein. Ich habe ein bisschen Fieber.«

Es war eine Erleichterung, eine Erklärung für sein Verhalten zu finden.

»Setz dich«, sagte sie. »Setz dich hierher aufs Bett.«

Er sank auf die Matratze und beugte sich vor, um sich auf die Knie zu stützen.

»Ich hole dir eine Tasse Tee.«

»Florence.«

»Ja?«

Er hatte den Kopf gesenkt und starrte seine Hände an. »Du hattest Recht.« Er blickte zu ihr auf, und wieder lief ihm Schweiß von der Stirn. »Du hattest Recht mit all diesem *Pukka-Sahib*-Unsinn.« Er schüttelte langsam den Kopf. »Ich habe genug vom Schießen … einfach genug davon.«

Er wirkte so erschüttert, dass Florence ihn am liebsten wieder umarmt hätte. Er entblößte seine Seele selten auf diese Art. War es das Fieber, oder suchte er tatsächlich ihre Hilfe?

»Du bist bedrückt, Ronald. Und du hast Fieber. Ruhe dich aus. Morgen wird es dir schon wieder besser gehen.«

Als Sharaf Din die Elfenbeinbögen am nächsten Morgen stolz vor dem Zelteingang aufstellte, erhob sich Preston mühsam vom Bett und befahl, sie sofort wieder wegzunehmen, und die Kuduhörner ebenfalls.

Kapitel 20

Meile 161

Als Ronald wieder nach Makindu reiste, um Mr. Williams, dem Vermesser, Pattersons Anweisungen bezüglich der Strecke mitzuteilen, fuhr Florence nach Voi, um ihren alten Garten zu sehen. Sie hatte gehofft, ein paar Tomaten pflücken zu können, die noch grün gewesen waren, als sie das Lager verlegten, aber sie waren weg – alle vier Tomatenpflanzen bis zum Boden abgefressen.

Als sie wieder im Lager eintraf, wartete ein brauner Umschlag mit ihrem Namen in großen schwarzen Buchstaben auf ihrem Schreibtisch, wo Sharaf für gewöhnlich die Post ablegte. Es war die Art von Umschlag, die schon zuvor Captain Haslams Briefe enthalten hatte. Sie lächelte, als sie nach der braunen Papierhülle griff, und dann bemerkte sie den anderen Umschlag, und ihr Herz wäre beinahe stehen geblieben.

Es war ein Telegramm vom äußersten Außenposten von Bryan Turners Netz kupferner Telegrafenlinien. Sie wusste, dass es aus dem Hinterland und nicht aus Mombasa stammte, denn Botschaften vom Hauptsitz steckten immer in blauen Umschlängen. Dieser Umschlag war weiß und einfach an »Preston« adressiert. Hätte es nicht »Ronald Preston« oder »Gleisbauingenieur Preston« heißen sollen? Oder war das Telegramm für sie bestimmt?

In ihrer Jugend hatten Telegramme stets schlechte Nachrichten bedeutet. Wann immer eines eintraf, wurden Florence und ihre Schwestern ins Wohnzimmer gescheucht, wo sie atemlos auf den Aufschrei warteten, auf die Tränen, mit denen ihre Eltern auf das reagierten, was das Telegramm ihnen mitteilte.

Sie hielt den weißen Umschlag, wie sie eine Giftschlange gehalten hätte, bis sie es nicht mehr aushalten konnte. Sie riss ihn auf. Sie überflog die Worte, sah sie, verstand sie aber nicht. Sie blinzelte, um besser sehen zu können, und las weiter.

Oben standen die Worte »Kopie an Ing. Preston«. Sie brauchte einen Augenblick, bis ihr klar wurde, was das bedeutete: das Telegramm war *an* Ronald gerichtet, es war nicht *über* ihn. Sie bemühte sich, tief zu atmen, bis ihr Herz aufhörte zu rasen.

Sie faltete die Botschaft und steckte sie zurück in den Umschlag.

Aber er lag in ihrer Hand wie Evas Apfel der Versuchung. Es war vermutlich nichts, was ihr etwas bedeuten würde – Eisenbahnprobleme, bei denen es um verlorenes Material oder verspätete Züge ging – aber nun schien von diesem Umschlag eine faszinierende Böswilligkeit auszustrahlen. Sie hatte ihn bereits geöffnet, also wäre es wohl zu entschuldigen, wenn sie einen raschen Blick auf das Telegramm warf.

Sie faltete das Blatt wieder auf. Es kam vom Militärposten Machakos und trug das Datum des 18. April.

Konsularbeauftragter Smythe
Ch. Ing. Whitehouse
Kopie Ing. Patterson
Kopie Ing. Preston
Melde mit Bedauern Tierarzt Captain Haslam verstorben in Nairobi 16. Apr. 1898. Ermordet von den Wakikuyu.

Verstümmelt. Beigesetzt mit vollen militärischen Ehren heute Machakos. Vollständiger Bericht folgt.
Cooper
Machakos

Florence spürte ein Hämmern in ihrer Brust, und ihre Knie gaben nach. Sie stützte sich am Tisch ab und setzte sich auf den Stuhl. Wieder griff sie nach dem Telegramm und las es ein zweites Mal, dann steckte sie es zurück in den weißen Umschlag.
Der braune Umschlag lockte. Sie öffnete ihn. In ihm befand sich ein kleinerer Umschlag, an sie adressiert in dieser Schrift, die ihr so vertraut geworden war. Ihre Tränen ließen die Worte verschwimmen. Sie holte ein Taschentuch heraus und wischte sie weg. Sie begann noch einmal zu lesen.

25. März 1898
Liebste Florence,
gestern Morgen wurde ich Zeuge der Geburt einer Giraffe. Ich fand sie auf meinem Weg 19 Meilen weit ins Land zu einem Ort namens Nairobi. Ich bin mit drei Trägern und meinem Assistenten hierher gekommen, um ein weiteres Impfzentrum näher an den verbliebenen Massai zu errichten.
Ich arbeite Tag und Nacht. Jede Faser in mir will unbedingt den Schlüssel zu dieser schrecklichen Krankheit finden. Die armen Menschen hier, die Kikuyu, die Massai, verstehen meine furchtbare Verantwortung nicht. Aber sie leiden dennoch gewaltig.
Ah, aber die Giraffe war ein wunderschöner Anblick! Dieses Erlebnis hat mich weit über meine unangenehme

Situation erhoben. Sie brachte das Junge stehend zur Welt. Stehend! Der arme kleine Kerl fiel fast zwei Meter tief, und mit einem solchen Aufprall! Aber es war ihm gleich, und innerhalb von Minuten stand er auf ein Meter langen, wackligen Beinen, um zu trinken.

Wir, oder genauer ich, haben die Kikuyu falsch eingeschätzt. Sie hatten nicht vor zu fliehen wie die Massai. Sie glauben, dass dieses Land ihr Erbe ist. Sie führen ihre Geschichte bis zum Mt. Kenya zurück, einem Berg von großer Schönheit, den ich bisher nur aus der Ferne gesehen habe. Sie sind in erster Linie Bauern und erst dann Viehbesitzer. Sie haben ihre Wurzeln hier. Und daher können sie nicht mit ihren Tieren fliehen wie das Hirtenvolk der Massai, sondern müssen mich und meine elende Vernichtung ihres Viehs ertragen. Sie sehen mich beim Sezieren und verstehen es nicht. Ich bin sicher, sie glauben, dass ich mit diesem seltsamen Verhalten die Tiere, die ihnen noch geblieben sind, verhexe.

Mein neuer Posten in Nairobi ist erheblich kleiner. Mein Assistent bleibt bei mir, aber die meisten Träger sind geflohen. Selbst die Swahili-Soldaten fürchten sich, das Fort zu verlassen. Ich bin sicher, sie sind froh, mich jeden Tag zu meiner Exkursion in den Wald aufbrechen zu sehen, und wären wohl noch froher, wenn ich nicht zurückkehrte. Die Trommeln bringen sie fast um den Verstand. Sie sagen, wenn sie von den Kikuyu angegriffen werden, wird das meine Schuld sein.

In den kommenden Wochen werde ich nach Ol Donyo Sabuk gehen, um Pflanzen zu sammeln. Es heißt, es sei ein heiliger Ort. Die Kikuyu und Massai haben sehr mächtige Medizinmänner, die Pflanzen von dort in ihre

Heiltränke geben. Vielleicht haben die Flechten und Farne auf dem Ol Donyo Sabuk Heilkräfte, die wir nicht verstehen. Vielleicht können sie die Rinderpest aufhalten.
Sie sind meinem Herzen jeden Tag sehr nahe.
Bitte schreiben Sie bald.
Ihr größter Bewunderer,
Gordon.

Florence saß im dunkler werdenden Zelt, als Preston im letzten Tageslicht nach Hause kam. Er dachte, sie wäre bereits zum Speisezelt gegangen, und war überrascht, als er hörte, wie sie sich in der dunklen Ecke des Zelts, in der ihr Schreibtisch stand, die Nase putzte.
»Florence! Was ist denn? Ist alles in Ordnung?« Er tastete nach seinen Zündhölzern und zündete die Lampe an. »Mein Liebling, was ist geschehen?« Er kniete sich neben sie, ihre Hand in seiner. »Sag es mir … schnell.« Ihr Schweigen erschreckte ihn.
»Es ist schon gut, Ronald. Ich bin nur traurig.«
»Wieso traurig? Sag mir, was los ist.« Er half ihr auf die Beine und nahm sie in die Arme.
»Ich bin darüber traurig.« Sie reichte ihm das Telegramm.
Er las es schnell. »Mein Gott! Armer Haslam.« Wieder nahm er sie in die Arme. »Es überrascht mich nicht, dass es dich bedrückt. Was für ein Schock!«
»Ich habe es aus Versehen geöffnet. Ich meine, als ich sah, dass es ein Telegramm aus dem Hinterland war, dachte ich, es könnte bedeuten … ich hatte Angst, dir könnte etwas zugestoßen sein.«
»Schon gut, mein Liebling. Es tut mir leid, dass ich nicht

bei dir war, als es eintraf. Es muss sehr schlimm für dich gewesen sein, so allein, wie du warst.«
Wieder putzte sie sich die Nase.
»Komm und leg dich aufs Bett und ruhe dich aus.« Er führte sie zu ihrem Feldbett und schüttelte ihr Kissen auf. »Ich bringe dir eine Tasse Tee aus dem Messezelt. Soll ich das tun?«
Sie nickte.
Als er sich umdrehte, um durch die Zeltklappe zu gehen, bemerkte er, dass sie einen weiteren Umschlag in der Hand hatte.
»Noch ein Brief? Ich hoffe, es sind bessere Nachrichten.« Er warf einen Blick auf den schlichten braunen Umschlag. »Ist das ebenfalls von der Eisenbahn?«
Florence starrte den Umschlag an, als hätte sie nicht einmal gewusst, dass er sich in ihrer Hand befand. Einen Augenblick später schob sie ihn unter ihr Kissen. »Nein, das ist … das ist nur ein langweiliger Brief von Cousine Prudence.«

Sharaf Din kam zu Preston, um zu berichten, dass zwei Kulis verschwunden waren, während er sich in Makindu aufgehalten hatte. Turk und der Pokot hatten erfolglos nach ihnen gesucht.
Am Abend ging Preston zum Verwaltungszelt. Auf sein Beharren überprüfte Spooner seine Aufzeichnungen. Pattersons Narain eingeschlossen, waren in den letzten Monaten elf Kulis verschwunden. Die Auszahlungsakten zeigten, dass vier von ihnen am Tag nach dem Zahltag nicht mehr erschienen waren. »Deserteure«, erklärte Spooner. »Sie haben ihr Geld genommen und sind davongerannt wie Ratten.«
»Und die anderen sieben?«

Spooner zuckte die Schultern. »Wer weiß? Diese Leute sind der Abschaum von Kalkutta. Sie leben hier ohne Freunde und Familien.« Er klappte die Akten zu. »Was erwarten Sie?«

Preston bestand darauf, dass Spooner weiter nachforschte. Vier mochten nach einem Zahltag verschwunden sein, aber drei Männer hatten noch Überstundenbezahlung zugestanden. Das kam Preston seltsam vor. Die Namen waren ihm nicht geläufig, aber das war in einem Lager mit über zweitausend Männern wenig überraschend. Einige kamen wahrscheinlich aus anderen Trupps – Brückenbauer und Bauarbeiter, die für andere Ingenieure arbeiteten, die Patterson direkt unterstanden.

Als er gerade gehen wollte, kam ein Händler, einer jener häufigen Besucher, die den Leuten im Lager diverse Waren und Dienstleistungen anboten, aufgeregt in Spooners Büro getaumelt und begann, auf Swahili auf sie einzureden. Nachdem sie ihn überredet hatten, auf Englisch noch einmal von vorn anzufangen, erfuhren sie, dass er gerade das Lager verlassen und sich auf den Weg ins Hinterland gemacht hatte, als ein Löwe auf den Rücken seines Esels gesprungen war.

»Auf Ihren Esel?« Preston starrte den Mann ungläubig an. Er schien vollkommen unbeschadet davongekommen zu sein.

»Ja Sir! Ja, Sir, *Bwana!*«

»Wie sind Sie entkommen?« Spooner klang ebenso misstrauisch.

»Er kommen, er kommen, er machen *ghaaa!*« Seine Gesten zeigten den Sprung auf den Rücken des Esels und eine Bewegung, um ein Maul am Hals zu zeigen. »*Simba,* er springen auf Esel. Auf meinen Esel. Meine Seile. Er …« Er bildete mit der Hand eine Klaue nach, die sich in Seilen verfing. »Ich fallen. Er Fuß im Seil. Dann er wegrennen. Er nehmen meine Ölkannen. Er weg! *Kwisha bakisa!*« Seine Hände tanzten in der Luft, dann lachte er hysterisch.

Die Geschichte des Händlers über den Löwen, der ihn und seinen Esel angegriffen hatte, breitete sich schnell im Lager aus. Die Männer fingen an, sich an die Schatten im Gras zu erinnern, die sie gesehen hatten, an die Augen im Dunkeln und an Freunde, die auf geheimnisvolle Weise verschwunden waren. Das Lager am Tsavo war bequem, es gab hier mehr frisches Wasser, als die Männer seit Mombasa gesehen hatten, aber sie fragten sich nun, wieso man das Lager nicht zum Gleisende verlegte, das sich nun dreißig Meilen westlich bei Mtito Andei befand.

Drei Nächte nachdem der Swahili-Händler von seinem Esel geworfen worden war, kehrte ein Kuli nicht vom Fluss zurück, wo er sich in der erdrückenden Hitze hatte abkühlen wollen. Ein Freund, der ein Stück entfernt gewesen war, hatte ein ersticktes Gurgeln gehört, bevor er ins Lager zurückgeeilt war. Der Mann wurde für vermisst erklärt, und am folgenden Morgen wurde eine Suche durchgeführt. Preston war bei Turk, als er und der Pokot im ersten Morgenlicht die Leiche fanden. Sie war bis zur Unkenntlichkeit zerfetzt.

Der Pokot sprang von einer Stelle zur anderen, deutete auf Spuren und gab Turk Zeichen. »Wie viele Männer sind mit ihm zum Fluss gekommen?«, fragte Turk.

»Soweit wir wissen, war er allein«, erwiderte Preston. »Warum?«

Turk schüttelte den Kopf, antwortete aber nicht.

Als die Bahrenträger mit der Leiche zum Lager zurückkehrten, hatte sich eine Menschenmenge versammelt. Das

Gemurmel von Stimmen verstummte abrupt, als die Bahre abgestellt wurde.
Preston befahl den Sanitätern, sie sofort zuzudecken.

Colonel Patterson konnte nicht zulassen, dass ein Menschen fressender Löwe den Fortgang der Arbeiten aufhielt. Seine Aufgabe bestand darin, eine Brücke über den Tsavo zu bauen, die Prestons Behelfsbrücke ersetzen sollte. Diese Brücke würde neunzig Meter lang sein, getragen von vier Steinpfeilern, die sich viereinhalb Meter hoch aus dem Flussbett erhoben. Es war eine Aufgabe, die seiner würdig war.
Aber am Morgen nach der Entdeckung der Leiche weigerten sich die Männer, in den Zug zur Brückenbaustelle zu steigen. Patterson war wütend.
»Die Männer haben Angst, Sahib.« Das war Ibrahim. »Sie sagen, wir sind zum Arbeiten hier, nicht um von den Tieren der Nacht gefressen zu werden.
Patterson zwirbelte ein Ende seines pomadisierten Schnurrbarts, während er mit der Reitgerte leicht gegen seinen kniehohen Stiefel schlug. Rawson, wie immer an seiner Seite, nahm das kleine rote Buch aus der Tasche und wartete auf Pattersons Diktat. Der Lärm der protestierenden Kulis erhob sich zu einem Crescendo.
Nach einem Augenblick des Nachdenkens schnaubte Patterson und sagte Ibrahim, die Männer hätten drei Stunden Zeit, um *Bomas* aus Dornbüschen zu errichten, nicht länger. Sie würden sich um elf Uhr in ihren üblichen Trupps bei Mr. Preston zum Verlege- und Buschrodedienst melden, oder man würde ihnen den Lohn eines ganzen Tages streichen.

Zwei Nächte später wurde ein Kuli aus seinem Zelt geschleift. Laute Rufe und das Klappern von Töpfen folgten seinen Schreien.

Preston rannte eilig zum Schauplatz. Es dauerte Minuten, bis die Männer das Dornenbuschtor öffneten. Drinnen schrie er den Zeltgefährten des unglücklichen Kulis zu: »Sprecht!« Aber sie konnten sich nicht verständlich machen.

»Ruhe! Ruhe, sage ich!« Er packte einen der Männer aus dem Zelt und zog ihn zu sich. »Was ist passiert?«

Der Mann stotterte vor Angst. *»Sher!«* Er schüttelte den Kopf und fuchtelte verzweifelt mit den Händen. »Löwe!«

»Wo ist er reingekommen? Wohin hat er ihn geschleppt?«

Schluchzend zeigte der Mann auf die Dornenmauer. Preston sah nach, aber die Dornenbarrikade schien an Ort und Stelle zu sein. Es gab darin kein Loch, das einem Löwen erlaubt hätte, einzudringen oder zu fliehen.

Kurz darauf erschien Patterson, bewaffnet bis an die Zähne. Preston berichtete, was er gehört hatte. Der Colonel überprüfte das Magazin an seinem Gewehr und klappte die Waffe wieder zu. Er reichte seine zweite Waffe dem widerstrebenden Ungan Singh, drückte einem weiteren hilflosen Zuschauer eine Laterne in die Hand, dann bellte er: »Kommt!«, und stürzte sich ins Unterholz.

Preston blieb bei den Kulis. Es wurde still. Er blickte ihnen in die Augen, die im Laternenlicht rund und weiß aussahen. Das hier waren seine Männer. Der Mann, den der Löwe geholt hatte, würde am Morgen beim Appell bekannt werden. Diese Männer kannten ihn. Vielleicht hatte Preston ihn ebenfalls gekannt, würde sich an gute Arbeit erinnern, ein Gespräch, einen Scherz.

Preston sah die verängstigten Gesichter. Die Männer warte-

ten erwartungsvoll darauf, dass Sahib Preston ihnen seinen Plan verkündete. Aber es gab keinen Plan, keine Erklärung. Er hatte kein Gewehr. Es war weggepackt und hinter Gepäck verborgen. Er war fertig mit Gewehren.
Er wandte sich von ihrem Schweigen ab und kehrte zu seinem Zelt zurück.

Am nächsten Morgen führte Preston eine Suchmannschaft aus den Zeltgefährten des Kulis in das dichte Gebüsch, in dem Patterson am Abend zuvor die Spur verloren hatte. Sie fanden die Leiche schon bald. Sie war beinahe intakt, aber schrecklich verstümmelt. Das Fleisch von Oberschenkeln und Bauch war verschwunden. Die Haut war vom Gesicht gerissen worden, und eine rohe, rote Masse war zurückgeblieben. Dort, wo die feilenartige Zunge des Löwen Löcher gerissen hatte, waren Zähne und Kieferknochen deutlich zu sehen.
An die Stelle des üblichen lauten Schwatzens der Kulis trat eine tiefe Stille. Sie wichen vor den Überresten ihres Zeltgefährten zurück und drängten sich verängstigt am Rand der Lichtung zusammen, wo sie Preston Blicke zuwarfen und auf eine Erklärung warteten. Er schwieg.

Preston saß auf seinem Stuhl unter dem Zeltvordach, als Florence vom Frühstück zurückkehrte. Er starrte seine Hände an, verschränkte die Finger, starrte sie erneut an. Als sie näher kam, steckte er sie unter die Achseln.
»Ich höre, du hast ihn gefunden«, sagte sie und legte ihm die Hand auf die Schulter.
»Ja.«
Sie hätte gerne mehr getan, hätte Mitgefühl gezeigt, aber

seine Schultern waren so angespannt wie eine der Zeltschnüre. Schließlich sagte sie: »Ich nehme an, du kanntest ihn gut.«

»Nein. Nicht wirklich.«

»Du scheinst schrecklich aufgeregt zu sein.«

»Ein Mensch ist tot, Florence.«

»Ich weiß das, Ronald. Es fehlt mir nicht vollkommen an Mitgefühl.«

Er sah sie an und murmelte mit einem entschuldigenden Blick: »Selbstverständlich nicht.«

»Manchmal muss ich dich schockieren, damit du dich mir anvertraust. Kann ich dich nicht trösten?«

»Sicher. Du bist ein Trost für mich. Es ist … nun ja, es ist schwer zu erklären.«

»Ronald«, sagte sie und holte tief Luft, »bitte versuche es.«

Sie hätte ihn nicht so bedrängt, wäre da nicht diese fiebrige Nacht gewesen, nachdem er seine Waffe zum letzten Mal benutzt hatte – aber da es ihr damals gelungen war, die Kluft zu überbrücken und ihn zu erreichen, war sie nun entschlossen, nicht wieder zuzulassen, dass er seine innersten Gefühle vor ihr verbarg.

»In Indien«, sagte er und lehnte sich zurück, »gibt es bei allem Unsinn von Klassen und diesen Dingen zumindest ein System.« Er warf ihr einen Blick zu, bevor er fortfuhr. »Es funktioniert nach zwei Seiten. Der Sahib hat Macht über alles Erdenkliche, nicht nur darüber, ob und wie ein Mann für ihn arbeitet. Er kann vorschreiben, wo seine Arbeiter wohnen, wo ihre Kinder zur Schule gehen, ob die Frau eines Mannes bei ihm wohnen darf.«

Er starrte seine Hände an, die großen Hände eines Eisenbahnmannes, bevor er die Arme wieder fest verschränkte.

Florence befürchtete schon, er würde sie wieder ausschließen, aber er fuhr fort: »Es ist selbstverständlich ein ungeschriebenes Gesetz, aber im Gegenzug kümmert sich der Boss um seine Männer. Er verteidigt sie gegen Diebe und gegen Leute, die sie schikanieren wollen, und er sorgt dafür, dass am Arbeitsplatz die Gesetze beachtet werden.« Er holte tief Luft. »Und er verteidigt sie gegen alles, was ihre Sicherheit bedroht.«

Florence wusste, was er meinte. »Aber in diesem Fall ist das doch sicher die Verantwortung der Eisenbahn.«

»Ja.« Er nickte und löste die Arme wieder. Er betrachtete seine Hände, als sähe er sie zum ersten Mal. »Und für meine Männer bin *ich* die Eisenbahn.«

»Selbstverständlich. Und du musst dafür sorgen, dass die Eisenbahn, dass Mr. Whitehouse alles tut, was notwendig ist, damit wir den Löwen loswerden.«

»Ich glaube, du verstehst mich nicht, Florence. In ihren Augen, den Augen meiner Männer, ist es etwas Persönliches. Von Mann zu Mann.« Er schüttelte den Kopf, als hätte er eine nicht zu leugnende Wahrheit erkannt. »Sie erwarten, dass ich diesen Löwen persönlich töte.«

Kapitel 21

Meile 166

Preston stellte in jedem Kulilager eine Nachtwache auf. Der Wachmann sollte ein Ende eines langen Seils halten, das über den *Boma*-Zaun hinweg zu einem nahen Baum reichte, in dem zwei oder drei leere Fässer hingen. Seine Aufgabe bestand darin, ein großes Feuer am Brennen zu halten und hin und wieder an dem Seil zu ziehen, in der Hoffnung, die Löwen fernzuhalten.

Gegen Colonel Pattersons heftige Einwände gab Preston den Männern einen weiteren Tag, um die *Bomas* zu verstärken und zu erhöhen. Danach befand sich um jedes Lager ein Zaun, der so hoch war, wie ein Mann ihn stapeln konnte. Die *Bomas* wurden auch breiter gemacht. Preston führte Inspektionen durch, um dafür zu sorgen, dass sie alle mindestens zweieinhalb Meter hoch und am Fuß zweieinhalb Meter breit waren.

Er fragte Turk: »Könnte ein Löwe über diese Zäune springen?«

Turk nahm das Gewehr von der Schulter und ging näher zum *Boma*. Der Zaun ragte über ihm auf. Er hielt das Gewehr am Lauf und drückte mit dem Kolben dagegen. Die Wand aus Dornen bewegte sich hin und her, bevor sie wieder zur Ruhe kam.

»Möglicherweise.«

»Wie meinen Sie das – *möglicherweise?*«

»Möglicherweise.«

Ungan Singh genoss seinen Kaffee in der Einsamkeit eines privaten Zelts, das ihm dank seiner Stellung als Lager*jemadar* zustand. Er wiegte die winzige Tasse in seinen beiden Händen und seufzte. Den ganzen Tag hatte er darum ringen müssen, seinen Zorn angesichts der beinahe unerträglichen Kleinlichkeit des Sahib Colonel beherrschen zu können. Heute war es seine Bibel gewesen – sie lag nicht in der korrekten Position. Als er die Hand an diesem Morgen danach ausstreckte, um seine zwei Seiten vor dem Frühstück zu lesen, hatte sie die linke Seite der Bibel berührt statt die rechte – offenbar ein unverzeihlicher Bruch seiner Regeln.

Singh konnte Schmerzen und Entbehrung aushalten, er hatte während seiner Tage in der Armee viel davon erlebt, aber die Entwürdigung eines zehnminütigen Vortrags von diesem aufgeblasenen Fatzke war mehr, als ein Mann ertragen konnte.

Gestern war es der Union Jack des Lagers gewesen. Der Colonel behauptete, die Flagge sei staubig. Staubig! Wer wusste hier schon, was staubig war und was nicht? Und wen interessierte es?

Der Gedanke an den Union Jack erinnerte ihn wieder an den jungen Narain. Singh stellte die Tasse auf den Schemel neben seinem Bett und fuhr sich mit dem Finger unter den kastanienbraunen Turban, um sich am Kopf zu kratzen. Narain hatte ihn um Hilfe gebeten, und er hatte ihn abgewiesen. War es denn seine Pflicht gewesen, die hintere Öffnung des Jungen vor der wiederholten Aufmerksamkeit des Ober*jemadar* zu bewahren?

Ein unangenehmer Geruch drang in seine Grübeleien. Er schnupperte, dann hob er erst einen Fuß, dann den zweiten,

um nachzusehen, ob er in etwas getreten war. Der Geruch wurde schwächer und verschwand.
Er trank noch einen Schluck Kaffee. Es war schlechtes Karma, das ihn zu Patterson geführt hatte. Ein wohlwollenderer Gott hätte ihn zu Sahib Preston gebracht. Preston war ein Mann, den man respektieren konnte. Nicht, dass er weich gewesen wäre; er hatte eine Zunge, die selbst ein angreifendes Nashorn aufhalten konnte. Aber er war stets gerecht. Männer respektierten einen strengen, aber gerechten Anführer.
Der Geruch kehrte zurück. Singh schnupperte an der Rückseite seines Betts, dann spähte er darunter. Schließlich stellte er die Kaffeetasse auf den grob gezimmerten Hocker, der ihm als Tisch diente, stand auf und streckte sich. Er drehte den Docht seiner Laterne herunter und öffnete die Zeltklappe, weil er sich am Rand des Dornen-*Boma* erleichtern wollte, bevor er sich ins Bett legte.

Preston war in Voi gewesen, um das Wendedreieck zu beenden, als Singhs Leiche gefunden wurde. Bei seiner Rückkehr im trüber werdenden Spätnachmittagslicht erwartete ihn eine schweigende Menge von Kulis, die seinen Weg vom Zug zum Messezelt säumte.
Sharaf Din beschrieb die Situation. »Mr. Turk hat ihn gefunden. Die Männer sagen, die Tiere hätten ihn aus seinem Zelt gezerrt.«
»Sagtest du *Tiere?*«
»Mr. Turk sagt, es waren zwei! Und sie haben beide an der Leiche gezerrt. Der arme Singh war ganz zerrissen und zerkaut. Bis auf den Kopf.« Sharaf zog die buschigen weißen Brauen über den scharfen grünen Augen hoch. »Er wurde weit vom Körper entfernt gefunden.«

Preston trank seinen Tee und fühlte sich jetzt, da er die Einzelheiten kannte, noch schlechter. Diese Tragödie hatte etwas Obszönes an sich, was sie noch schlimmer machte. Es war, als wäre der Mann zweimal ermordet worden.

Preston fühlte sich von den Männern und der brütenden Hitze des Abends bedrängt. Sharaf Din fuchtelte mit den Armen und schob Leute weg, um ihm einen Weg zu bahnen. Kurz vor Prestons Zelt drohte er schließlich, die Kulis mit dem Stock zu verscheuchen. Sie murrten und begannen sich zurückzuziehen.

Florence grüßte Preston schweigend und küsste ihn auf die Wange. Er legte kurz die Hand auf ihre Schulter, bevor er zu seiner Truhe hinten im Zelt ging.

Florence zündete die Laterne an und sah zu, wie er das Bündel aufs Bett legte. Die Winchester hatte, seit er den Elefanten getötet hatte, unberührt in ihrer geölten Hülle gelegen. Nun wickelte er das Tuch ab, öffnete den glänzenden Mahagonikasten und nahm das Gewehr heraus.

Die Erregung, die er zuvor jedes Mal verspürt hatte, wenn er die Waffe hielt, war verschwunden. Die Art, wie die Winchester mit ihrem vollkommen ausbalancierten Gewicht in seinen Händen gelegen hatte, hatte zuvor stets seine Ingenieursseele angesprochen. Er hatte die Winchester als einen Gegenstand von hervorragendem Entwurf und Bau bewundert. Jetzt war sie nur noch ein Werkzeug.

Er spürte Florence' Blick auf sich. »Es ist keine Jagd zum Spaß, Florence.«

»Ich weiß.« Sie setzte sich und faltete die Hände im Schoß. »Wo gehst du hin?«

»Ich treffe mich mit Sharaf. Dann werden wir ein wenig die Lager patrouillieren.«

»Wirst du vorsichtig sein?«
»Ja.« An der Zeltklappe blieb er stehen. »Keine Sorge«, sagte er, dann küsste er sie auf die Stirn und ging.
Er wusste, dass er die richtige Entscheidung getroffen hatte. Das hätte bereits geschehen sollen, als der erste seiner Männer verschwand, aber er hatte sich dagegen gewehrt. Singh war zwar technisch gesehen keiner seiner Leute, aber dass sie ein Lagerfeuer geteilt hatten, machte ihn zum Verbündeten. Und die Art, wie er gestorben war, erzwang von Preston geradezu eine Reaktion. Er musste den Mörder finden. Er musste Vergeltung üben.

Drei Meilen entfernt saß Colonel Patterson in einem Affenbrotbaum nahe dem Zelt, aus dem der Löwe Ungan Singh geholt hatte. Mit seiner Holland über dem Knie und einer Schrotflinte in Reserve in einer Astbiegung war er auf eine lange Nacht vorbereitet. Wie oft hatte er schon auf ähnlichen Jagdplattformen gesessen, die Luft des nächtlichen Dschungels in seiner Nase und mit taub werdenden Pobacken?
Der Duft nach Curry aus dem Kulilager erinnerte ihn an eine Hügelstation vor der rosafarbenen Stadt Jaipur. Über Bambusdickichten hatte er sein *Machan* aufgestellt und den Tiger erwartet. Am goldenen Morgen danach hatten die Dorfleute triumphierend die schweren Stangen auf die Schultern gehoben und den Dämonentiger zu ihrem Dorf getragen. Patterson war ein Held gewesen und in einer Prozession durchs Dorf getragen worden. Man hatte Lieder zu seiner Ehre gesungen.
Und so würde es wieder sein. Er würde es sein, nicht Preston, der diese ruhmreichste aller Beuten erlegen würde.
Kurz nachdem es angefangen hatte zu regnen, erklang von

der anderen Seite des Lagers ein Schrei des Entsetzens und des Schmerzes. Kurz darauf hörte er weitere Schreie und den Lärm von Blechfässern und von Gewehren, die in den Nachthimmel abgeschossen wurden. Patterson wusste, dass es sinnlos wäre, zum Schauplatz zu eilen. Der Löwe würde das unglückliche Opfer bereits in seine Höhle geschleift haben. Er zog seine Ölhaut um den Kragen und lauschte dem Regen.

Kapitel 22

Meile 170

Früh am nächsten Morgen machten sich Preston und Turk mit ein paar Kulis auf die Suche nach dem Opfer. Sie fanden die Leiche, die am Flussufer auf dem Rücken lag. Ein Marabu stand auf ihrem Bauch und pickte mit seinem langen Schnabel nach ihrem Gesicht. Der Vogel wandte dem Suchtrupp die schwarzen Augen zu, blinzelte, plusterte die hochgezogenen Schultern auf und flog davon. Das Rauschen seiner riesigen Flügel verklang langsam, und nur die Stille des Morgens am grauen Fluss blieb.

Turk wartete mit Preston und den vier Kulis, während der Pokot rings um die Leiche nach Spuren suchte. Preston erkannte den toten Mann als einen *Jemadar* der Buschroder. Seine Halsschlagader war aufgerissen worden, und Blut hatte Hemd und *Dhoti* durchtränkt. Abgesehen von dem Kopf, an dem der Marabu gefressen hatte, gab es kein Anzeichen, dass an ihm gefressen worden war, aber sein Gesicht war zerfetzt wie von etwas Wahnsinnigem. Der Löwe hatte entweder so schnell zugeschlagen, dass der *Jemadar* sich nicht hatte schützen können, oder er hatte ihn überrascht.

Der Pokot ging um die Leiche herum wie ein Sekretärvogel auf der Jagd nach Grashüpfern. Er beugte sich vor, bis seine Nase den Toten beinahe berührte, und betrachtete die Spuren im Sand, wobei er hin und wieder den Kopf schüttelte. Dann zeigte er auf Fußabdrücke.

»Sandalen«, sagte Turk und ging näher an die Leiche heran.

»Sandalen?« Preston folgte ihm. Der *Jemadar* war barfuß.

»Hier. Und hier.« Turk deutete darauf.
»War es ein Löwe?«, fragte Preston und beugte sich vor, um die Wunden besser sehen zu können. In Gesicht, Hals und Brust des Opfers waren blutige Rinnen gerissen.
Turk schüttelte den Kopf. »Leoparden verstümmeln ihre Opfer manchmal. Sie sind nicht stark genug, um mit einem einzigen Schlag zu töten. Aber das hier« – er machte eine Geste, die die gesamte Umgebung umfasste – »ist seltsam. Es sieht oberflächlich betrachtet aus wie ein Angriff durch ein Tier, aber die Klauen gehen in ungewöhnliche Richtungen. Und die Sandalen …«
»Könnten die Fußspuren später hinterlassen worden sein? Nachdem das Tier angegriffen hatte?«
Turk schüttelte den Kopf und zeigte wieder auf den Sand. »Sehen Sie hier? Das Opfer hat bei seinem Sturz die Sandalenspuren verwischt. Und hier.«
Preston betrachtete die Leiche nun mit anderen Augen. War dies das Werk eines menschlichen Mörders? Aber was für ein Mensch war imstande, einen anderen so brutal zu ermorden?
»Wir müssen das für uns behalten«, sagte er, froh, dass die Kulis ihnen nicht gefolgt waren. »Zumindest im Augenblick.«
Er brauchte mehr Spuren und Beweise, aber ein Name war ihm sofort eingefallen: Ibrahim.

Preston war in finsterer Stimmung, als er zu den Schwellenlegern am Gleisende kam. Die Erinnerung an den Marabu, der die Augen aus dem Gesicht des *Jemadar* pickte, wollte ihn nicht loslassen. Der Gedanke, dass es sich um einen Mord handeln könnte, machte alles noch schlimmer.

Er betrachtete Ibrahim in brütendem Schweigen. Vielleicht war er ungerecht. Er hatte keine Beweise, nur einen Verdacht, der mit Ibrahims wohlbekannter Grausamkeit zu tun hatte, bestätigt durch Berichte aus dritter Hand, dass der Ober*jemadar* durch Gewaltanwendung Geld von den Kulis erpresste. Wenn Preston einen Beweis oder Leute finden könnte, die mutig genug waren, um gegen Ibrahim auszusagen, würde er den Mann hinauswerfen.

Als hätte er die Gedanken des Ingenieurs gelesen, blickte Ibrahim auf. Er sah, dass der Ingenieur ihn anstarrte, und verzog verärgert das Gesicht, bevor er sich umdrehte, um einen der Arbeiter zu beschimpfen.

Preston konnte diese Gedanken nicht loswerden, also machte er sich auf dem Weg zu den Buschrodern, die etwa zwei Meilen vor den Schienenlegern arbeiteten. Die Buschroder waren in zwei Gruppen organisiert. Die eine Mannschaft, die nun aus etwa fünfzehnhundert Mann bestand, entfernte Bäume und schnitt das Dornengebüsch in einem zehn Meter breiten Bereich schienbeinhoch ab. Ihnen folgten die Roder, etwa fünfhundert Mann, die die verbliebenen Wurzeln ausrissen, so dass die Schienenleger Platz für ihre Arbeit hatten.

Die ersten Rodungsmannschaften kamen in Sicht, undeutlich in der Hitze. Sie hatten offenbar eine Wurzel übersehen oder vergessen. Preston trat zornig danach, was einen metallischen Gegenstand auffliegen ließ. Er hob ihn auf und erkannte das abgebrochene Ende eines Grabwerkzeugs. Es war offenbar schwierig gewesen, diese Wurzel auszugraben; das Werkzeug war zerbrochen, und der Kuli war weggegangen, um sich ein neues zu holen, hatte die Arbeit dann aber nicht beendet. Preston schlug das Werkzeug gereizt gegen seine Handfläche. Eine der vier Klauen riss ihm die Haut auf. Er fluchte und saugte das Blut auf. Die Wunde würde wahrscheinlich zu einem weiteren Geschwür führen, das er mit einer von Florence' heißen Kompressen behandeln musste. Er schaute sich das Werkzeug genauer an. Die Eisenbahn war bei dem Stahl, den sie für ihre Grabwerkzeuge benutzte, nicht geizig, denn es kostete Zeit, wenn die Geräte zu schnell stumpf wurden oder zerbrachen. Die Grabwerkzeuge bestanden aus gutem Stahl, und ihre Klauen konnten scharf geschliffen werden. Preston hielt das Stück in der Hand und strich vorsichtig mit den Zähnen über die nackte Haut seines Unterarms: vier rote, parallel verlaufende Klauenspuren waren zu erkennen.

Kapitel 23

Meile 196

Florence wurde von einem Wirbelwind von Aktivitäten mitgerissen. Das Gleisbaulager wurde verlegt, und während sie darüber nachdachte, wohin sie ihre Sticknadeln, ihre neuen Wakamba-Steinguttöpfe und die Teile des Kleids, das sie gerade nähte, packen sollte, rollten zweitausendvierhundert Kulis ihr Bettzeug, ihre Essgeschirre und ihre spärliche Habe in unordentliche Bündel und zwängten sich mit ihrem Gepäck in eine Reihe von Waggons. Zelte wurden abgebaut. Werkzeugschränke wurden verschoben. Berge von Schwellen, Bolzen und Laschen wurden zum Verladen zurechtgelegt. Dieser Eifer verblüffte Florence. Noch nie war ein Gleisbaulager so schnell verlegt worden. Oder mit solcher Begeisterung. Zum ersten Mal in vielen Wochen hörte sie die Kulis wieder singen.

Die Steinmetze und die andern Bauarbeiter sahen neidisch zu, denn ihre Zeit am Tsavo würde erst ein Ende finden, wenn die Brücke fertig war.

Als Florence' Kisten, Koffer, Möbel und alles andere, was sie besaß, sicher verstaut waren und sie neben der schnaufenden F-Klasse stand, schaute sie zurück zu dem Ort, der beinahe fünf Monate lang ihr Zuhause gewesen war – mit Abstand die längste Zeit eines gemeinsamen Heims in ihrem Leben als verheiratete Frau.

Für die Kulis war der Tsavo zu einem Ort des Schreckens geworden. Florence hatte sich seltsamerweise nie von den Menschen fressenden Löwen bedroht gefühlt – sie kamen nicht in den europäischen Teil des Lagers, und selbst wenn, dann hätte ihr mutiger und fähiger Mann sie zweifellos beschützen können. Die Angriffe waren alle im Busch oder in den Kulilagern erfolgt, und es tat ihr zwar leid, dass Männer gestorben waren, aber all das hatte in einer weit von ihr entfernten Welt stattgefunden.

In ihrer eigenen Welt hatte sie eine andere Angst erlebt: Tsavo hatte den Mann, den sie geheiratet hatte, verändert. Während der Fehde zwischen Ronald und Colonel Patterson hatte sie sich beraubt und allein gefühlt. Es war der Tod eines Elefanten nötig gewesen, um ihren Mann zu ihr zurückzubringen. Doch als er zurückgekehrt war, hatte sie sich ihm näher gefühlt als je in ihrer Ehe. Am Ende war der Tsavo gut für sie gewesen, aber wenn Ronald sich in fünf Monaten so verändern konnte, was würde der Rest ihres Wegs zum Viktoriasee bringen?

Mr. Shutt ließ die Dampfpfeife erklingen. Florence stieg in den Führerstand und warf einen letzten Blick auf das, was einmal das Gleisbaulager am Tsavo gewesen war. Pattersons Zelt, nun nur noch von seinen Jagdtrophäen, aber auch einer ordentlichen Dornen-*Boma* umgeben, stand immer noch nahe dem Fluss. Die Zelte der Ärzte und ihrer Helfer blieben ebenfalls zurück, ebenso wie das Krankenhaus und das Messezelt. Die Lager der Steinmetze und Baukulis befanden sich weit hinter dem Ufer und waren von hier aus nicht zu sehen.

Rund um die wenigen verbliebenen Zelte gab es kahle Flecke, wo ihre eigenen Zelte gestanden hatten. Wie geisterhafte Fußabdrücke stellen sie den Beweis dar, dass das Leben weiterging. Neben einem solchen Abdruck sah Florence ihren Garten. Das Gemüse und die Blumen waren gut

gediehen, denn hier hatte es immer genug Wasser für sie gegeben.
Florence lehnte das Gesicht gegen die kalte Metallstange des Geländers neben den Stufen zur Lok. Ronald beugte sich auf der anderen Seite aus der Kabine und rief seinen Männern letzte Anweisungen zu. Mr. Shutt ließ die Pfeife noch einmal ertönen und löste die Bremse. Der Zug ruckte vorwärts.
Ihre Pfingstrosen und Petunien schienen die Köpfe von dem heißen, trockenen Wind wegzudrehen, der aus der Savanne kam. Wie lange würden sie überleben? Sie hatte vor dem Aufbruch nicht einmal Zeit gehabt, den Spinat und die Tomaten zu ernten. Nun würden die Miniaturantilopen, die kleinen Thomsongazellen und die winzigen Dikdiks, mit denen sie einen ununterbrochenen Krieg um den Garten geführt hatte, den Sieg davontragen.
Sie kam sich lächerlich sentimental vor. Es war schließlich nur ein zeitweiliges Zuhause gewesen. Eines von vielen.

Der Zug wurde schneller, sobald Shutt ihn sicher über die Behelfsbrücke über den Fluss gebracht hatte. Preston entdeckte Patterson mit ein paar Männern auf einer Draisine, die vom Steinbruch zur Brücke fuhr. Preston hatte diese Strecke gebaut, damit die Fünfhundert-Pfund-Steine die sieben Meilen bis zur Brücke transportiert werden konnten. Das war im Februar gewesen, als die Tsavo-Brücke immer noch die von ihm gebaute Brücke gewesen war. Wie sehr es ihn geärgert hatte, sie zu verlieren! Nun verstand er, wie gewaltig diese Aufgabe war.
Was ihn betraf, war der Bau der Brücke kein Thema mehr zwischen ihm und Patterson, ebenso wenig wie das Ansammeln von Jagdtrophäen, obwohl er bezweifelte, dass

Patterson das bemerkt hatte. Das Ganze kostete nur unnütz Energie. Und er war immer noch der Ingenieur, der die Eisenbahnlinie weiterführte. Männer wie Patterson – und er war nun nur einer von mehreren Bauingenieuren am Projekt – waren für immer verdammt, Prestons Fußstapfen zu folgen, denn er, und er allein, war *Gleisbauingenieur.*
Das Lager würde bei Kibwezi aufgeschlagen werden, sechzig Meilen von Tsavo entfernt. Die Landschaft rings um Kibwezi und dahinter war nicht von den stacheligen Bogenhanfpflanzen geprägt, die die Haut von Buschräumern und Schwellenlegern auf den letzten hundert Meilen zerrissen hatten. Und auf über tausend Meter Höhe würde die Luft bei Nacht frischer sein. Preston freute sich darauf, dass die Arbeit hier leichter vorangehen würde, dass aus seiner Drittelmeile am Tag vielleicht eine volle Meile werden konnte. Das wäre eine lobenswerte Verbesserung – eine, die sicher bemerkt werden würde.
Er freute sich auch darauf, sechzig Meilen von Pattersons Einmischung entfernt zu sein.

Turk saß am Ufer und starrte in das träge Wasser des Tsavo, wo sich im Schatten der Felsen kleine Strudel bildeten. Sie spielten mit der Strömung und waren bald schon wieder verschwunden, nur um an einer anderen Stelle erneut aufzutauchen. Turk konnte nicht herausfinden, ob ein solcher neuer Strudel ein neues Leben war oder die Wiederbelebung des alten. Er warf einen Stein in einen Strudel, es spritzte gewaltig, störte diesen aber nicht. Der Stein, falls er überhaupt wahrgenommen worden war, war sofort wieder in Vergessenheit geraten. Der Fluss war es, der die Lebensspanne dieses Strudels bestimmte, nicht der Stein.

Turk war zum Tsavo zurückgekehrt, um beim Kampf gegen die Löwen zu helfen, und dort hatte das Telegramm auf ihn gewartet. Als der Junge es ihm reichte, spürte er etwas in seiner Magengrube, ein ungewohntes Kribbeln der Angst. Er hatte noch nie zuvor ein Telegramm bekommen. Er öffnete es nicht sofort, sondern trug es zum Fluss wie ein Hund, der seinen Knochen in Ruhe abnagen will. Er hatte den Pokot weggeschickt. Er wollte nicht, dass jemand sein Gesicht sah, wenn er das Telegramm las. Lange Zeit lag der Umschlag neben ihm im Flusssand, und er starrte ihn alle paar Minuten an.

Sumitra hatte während den letzten Stadien ihrer Schwangerschaft gelitten. Das war ihm klar gewesen, als er sie bei seinem letzten Dreitageurlaub im vergangenen Monat gesehen hatte. Sie fand die Hitze in der Vasco da Gama Street unerträglich. Die Regengötter, die das Hinterland beinahe vollkommen im Stich gelassen hatte, hatten der Swahili-Küste widerstrebend ein paar Tropfen gegönnt, aber das genügte nicht, um die Luft von Mombasa zu säubern. Sumitras schlanker Körper war aufgebläht gewesen. Ihr Nabel hatte vorgestanden, und blaue Äderchen durchzogen die zuvor so glatte und ausschließlich braune Haut. Aber Turk hatte ihren Bauch mit seinen großen rauen Händen gestreichelt und ihn sanft geküsst.

Schließlich öffnete er das Telegramm. Er las es ein zweites Mal, um sicher zu sein, dass ihm auch nichts entgangen war. Aber es war nicht schwer zu verstehen. *Zwei Jungen,* stand dort. *Alle wohlauf.*

Alle wohlauf. Er spürte, wie die Spur eines Lächelns an seinen Mundwinkeln zupfte. Er war sicher, dass Sumitra noch nie zuvor in ihrem Leben ein Telegramm geschickt hatte. Er versuchte sich vorzustellen, wie sie die Formalitäten auf dem Postamt erledigte.

Jungen! Er füllte seine Brust mit der trockenen Tsavo-Luft. Er hatte das Leben, das in Sumitra wuchs, nie wirklich mit sich selbst in Verbindung gebracht. Es war ein Teil ihres Körpers gewesen, hatte aber keine wahre Bedeutung für ihn gehabt. Aber nun war er ein Mann mit zwei Söhnen. Er hatte etwas nach seinem Bild geschaffen.

Zwei Söhne! Turks Leben hatte sich unwiderruflich verändert.

Kapitel 24

Meile 198

Whitehouse stand auf der Veranda des Hauptbüros in Kilindini und schmauchte zufrieden eine Pfeife mit gutem britischem Tabak. Die Nachmittagssonne schickte die langen Schatten der Kokospalmen über die Hafenanlagen auf das Wasser. Er schaute hinaus über den Hafen und den Endbahnhof. Dort schien es sehr geschäftig zuzugehen, aber er wusste, dass der Anschein nicht immer die Wirklichkeit der Situation widerspiegelte. Geschäftigkeit war die typische Reaktion der Kulis auf das Drängen ihrer Vorgesetzten nach mehr Effizienz und bedeutete nicht, dass wirklich etwas geschah. Häufiger wurden Dinge auf die falsche Weise erledigt oder ohne die nächste Aufgabe bereits mit einzubeziehen. Die Folgen konnten die vorangegangene Arbeit sinnlos machen. Und einige der anglo-indischen Aufseher waren nicht besser als ihre Untergebenen.

Er sah, wie Preston den Hang vom Bahnhof heraufkam. Der Mann hatte sich in den achtzehn Monaten seit ihrer ersten Begegnung verändert. Körperlich war er immer noch schlank und muskulös, vielleicht ein wenig gestählter von den Tagen in der Wüstensonne. Aber es lag etwas in seiner Haltung, eine aufrechtes Selbstvertrauen, das einen Mann vermuten ließ, der sich der Bedeutung der großen Unternehmung, die er ausführte, bewusst und darüber hinaus entschlossen war, diese Unternehmung zu einem Ende zu bringen. Das gefiel Whitehouse.

»Guten Morgen, Ronald, mein Junge!«

»Morgen, Mr. Whitehouse.«
»Kommen Sie doch herein.« Whitehouse winkte ihn ins Büro. »Und danke, dass Sie so schnell gekommen sind.«
»Keine Ursache.«
»Wie geht es Mrs. Preston?«
»Gut. Nun ja, nicht besonders gut. Ein kleines Fieber.«
»Schande. Tee?«
»Nein danke.«
»Ein Whisky vielleicht?«
Preston nickte.
Es war ein wenig früh für Whisky, aber unter den Umständen … Whitehouse goss sich ebenfalls ein Glas ein. »Krank, sagten sie?«
»Ja. Eine Spur von Malaria. Wir haben es alle bis zu einem gewissen Grad.«
»Eine verdammte Plage, dieses Fieber.« Er reichte Preston den Whisky.
»Danke.« Sie hoben die Gläser.
Whitehouse ließ sich auf dem einzigen Möbelstück im Raum nieder, das nicht ausschließlich praktisch war. Der Drehstuhl mit der kippbaren Lehne war bequem gepolstert und ein Beispiel guter Handwerkskunst. Er trank seinen Whisky und versuchte, seine Gedanken zu ordnen. »Also, Ronald, der Grund, wieso ich Sie von Ihren Pflichten weggeholt habe, ist eher delikater Natur.«
Preston schwieg.
»Lassen Sie mich mit dem Hintergrund beginnen. Macdonalds ursprüngliche Vermessungen wurden sehr eilig durchgeführt, wie Sie inzwischen sicher selbst aus erster Hand feststellen konnten.« Er warf einen Blick zu Preston, der diese Bemerkung schweigend durchgehen ließ. »Und ich habe

immer geglaubt, dass sich eine bessere, kürzere Route finden ließe. Die Eisenbahnkommission verlangt es geradezu.« Er schüttelte resigniert den Kopf, als er daran dachte, wie sehr er dort jedes Mal bedrängt wurde, wenn er anwesend war. »Also habe ich unseren Chefvermesser, Mr. Blackett, gebeten, entsprechende Untersuchungen vorzunehmen. Tabak?« Er schob ihm den Tabaksbeutel zu. »Es sieht so aus, als hätten wir eine neue Route gefunden. Sie wird uns über hundert Meilen sparen.« Er war erfreut, zu sehen, wie Preston bei diesen Worten die Brauen hochzog.

»Hundert Meilen? Wo soll sich die Route ändern?« Preston stopfte seine Pfeife.

»Oh, etwa zweihundert, zweihundertfünfzig Meilen vom derzeitigen Gleisende entfernt. Irgendwo hinter einem Ort namens Nakuru. Statt nach Norden abzubiegen, wie bisher geplant, schlägt Blackett vor, dass wir direkt durch den Ostafrikanischen Grabenbruch auf den Mau-Steilhang zuhalten.« Er schaute Preston an, um seine Reaktion zu sehen.

Preston hörte auf, die Pfeife zu stopfen. »Der Grabenbruch. Ist der nicht über sechshundert Meter tief?«

Whitehouse wusste, dass Preston das Rift noch nicht gesehen hat. »Etwas in dieser Richtung. Aber der Talboden selbst ist so flach wie ein englischer Rasen und nur spärlich bewachsen. Denken Sie an die Zeit, die wir dort sparen können.«

»Waren Sie vor Ort? Was halten Sie davon?«

»Nein, ich kenne die Stellen noch nicht. Aber ich habe vor, sie mir bald einmal anzuschauen, um mich zu überzeugen, dass es machbar ist. Blackett ist ziemlich begeistert.«

Preston behielt seine Meinung für sich. Whitehouse hatte auf ein wenig mehr Enthusiasmus gehofft.

»Sie müssen wissen, Ronald«, sagte er und beugte sich vor,

was den alten Drehstuhl gewaltig knarren ließ, »dass unserem Projekt ein vorzeitiger Tod droht. Ja! Das ist kein zu starker Begriff. Mit jedem Schiff kommen neue schlechte Nachrichten.« Er deutete auf einen Stapel von Zeitungen auf einem Beistelltisch. »Labouchère, der Abgeordnete für Northampton, ist ein Feind der Uganda Railway und war von Anfang an gegen uns. Er behauptet sogar, die Beschlagnahmung von Massailand sei illegal. Massai! Können Sie sich das vorstellen? Nomadisierende Wilde!« Whitehouse erkannte, dass er für jemanden wie Preston zu politisch geworden war. »Jedenfalls, ich denke, die hundert oder vielleicht fünfzig Meilen, die uns die neue Route sparen würde, könnten kritisch für die Vollendung der Linie sein.«
Whitehouse konnte sehen, dass Preston kurz davor stand, seine üblichen Einwände zu erheben, also fuhr er schnell fort: »Ich weiß, ich weiß. Es gibt logistische Probleme. Wasser, Material. Vor allem, da ich gleichzeitig versuche, die Armee mit so großen Lieferungen wie möglich zufrieden zu stellen.« Er holte Luft. »Das weiß ich alles. Der Tsavo ist ein Engpass. Die Behelfsbrücke wird diesen Verkehr nicht tragen können.«
Es gab immer Probleme. Whitehouse hatte angenommen, mit mehr Arbeitern – und nachdem sie das schlimmste Wetter und die Wüste hinter sich hatten – würden ihre Sorgen geringer werden. Dann waren Tiere – Tiere! – zu seinen Feinden geworden. Dieser Tsavo hatte immer etwas Unheimliches an sich gehabt. Selbst im hellen Sonnenschein war es ein finsterer Ort. In der heißen, trockenen Luft hing der ätzende Gestank von Angst. Tief im Herzen wusste er, dass Männer, die sich ständig in Lebensgefahr befanden, keine gute Arbeit leisten konnten.

»Ich habe einen Plan. Ich werde ihn bei der nächsten Besprechung am Mittwoch vorlegen. Aber zuvor brauche ich Ihre Hilfe.« Dies war eine Taktik, die bei pflichtbewussten Angestellten niemals fehlschlug – ein persönlicher Appell an ihre Prinzipien. »Ich möchte, dass Sie mit dem Vormarsch nach Nakuru weitermachen. Erwähnen Sie diese neue Route nicht, bevor ich bestätigen kann, dass sie möglich ist, und« – er beugte sich erneut vor – »behalten Sie die Verstärkungsarbeiten rings um den Tsavo im Auge.«
Preston drückte die Asche mit einem tabakfleckigen Daumen in die Pfeife. Er hielt inne und sah Whitehouse misstrauisch an. »Das ist dieser Tage doch die Aufgabe des Colonels, oder?« Er zündete die Pfeife wieder an. Der Tabak begann zu brennen, Rauch stieg zur Decke auf.
»Ja. Aber der Colonel ist, äh, im Augenblick durch diese Löwen sehr abgelenkt. Er ist ein sehr pflichtbewusster Mann. Mitunter tut er des Guten ein wenig zu viel. Ich werde ihn von der vorübergehend geteilten Verantwortung unterrichten. Ich hoffe, Sie werden diesen Dingen während meiner Reise zum Grabenbruch Ihre übliche Aufmerksamkeit widmen.«
Preston blinzelte durch den aufsteigenden blauen Dunst. »Ich werde tun, was ich kann.«

Turk eilte die abschüssige Vasco da Gama Street hinauf und kam schwitzend und sonnenverbrannt vor seinem Haus an. Ihm blieben nur zwei Stunden, bis der Zug wieder beladen wurde und er zum Gleisende zurückeilen musste. Er hatte seine Karawane zu den Vermessern und Verlegern der Telegrafenleitung im Hinterland ohne Erlaubnis verlassen. Die Männer würden Hunger haben, wenn er sie erreichte,

und Whitehouse würde wütend sein, aber er musste seine Zwillinge einfach sehen – seine Jungen.
Er schlich in das abgedunkelte Zimmer und blieb einen Augenblick lang ehrfürchtig stehen. Sumitra lächelte ihn an. Die Babys schliefen neben ihr. Sie reichte sie ihm wie ein Geschenk.
Er hielt die Babys, betrachtete sie. Sie hatten Augen und Ohren und winzige Penisse, die er ebenfalls sofort sehen wollte. Sie zappelten wie Otterbabys auf einem sandigen Flussufer und brüllten angestrengt, und als er sie zurückgab, saugten sie laut an den vollen braunen Brüsten ihrer Mutter.
Er küsste Sumitra zum Abschied. Seine kleinen Jungen verzogen die Gesichter und drückten die winzigen Fäuste gegen die Wangen, die er mit seinen Bartstoppeln gestreift hatte.
Shutts Zug stampfte schon aus dem Rangierbahnhof, und Turk musste sich beeilen, um ihn noch zu erreichen. Shutt bedeutete ihm aufzuspringen, ohne die Geschwindigkeit zu verlangsamen.
Als sie Voi am folgenden Morgen verließen, peitschte der Regen auf Turks Gesicht, als er auf dem Gleisräumer stand, die pulsierende Kraft der Lokomotive in seinem Rücken. Er hob den Kopf und ließ den Wind den Regen aus seinem langen Haar reißen.
Turk fühlte sich belebt. Er hatte seine Söhne gesehen, hatte sie in seinen großen Händen gehalten wie zwei reife Melonen. Er lachte und johlte mit ungewohnter Freude. Shutt antwortete aus der Kabine, indem er die Dampfpfeife erklingen ließ.
Mombasa schien eine Ewigkeit entfernt.
Als Turk im Lager eintraf, hörte er, dass Whitehouse eine weitere Besprechung angesetzt hatte. Der Karawanenmeis-

ter fand diese Versammlungen ungemein langweilig, aber manchmal entschloss sich der Chefingenieur, den Geldbeutel der Eisenbahn zu öffnen und den Männern einen Whisky oder zwei zu spendieren. Also ging er zum Messezelt. Es war den Versuch wert.
Der Chefingenieur hatte sich unter seine Untergebenen gemischt, nickte wie immer mitfühlend zu den Berichten über Missgeschicke und spitzte die Ohren nach nützlichen Informationen.
Preston, schlank und braungebrannt, stand an einer Seite und unterhielt sich mit Billy Nesbitt. Er nickte Turk zu, als er ihn über die Menge hinweg erspähte. Er wirkte dieser Tage lässiger – die Spannung von vor etwa einem Monat, als er und Patterson um die beste Jagdtrophäe wetteiferten, war verschwunden.
Patterson war ebenfalls dort und stand ein wenig abseits. Turk hatte ihn einige Zeit nicht gesehen und war überrascht über sein Aussehen. Der Colonel war nicht mehr so makellos gepflegt wie früher. Seine Wangen hatten seit Tagen kein Rasiermesser mehr gesehen. Über den vor Anspannung starren Mund hing sein pomadisierter Schnurrbart schief und schlaff herunter, und die Strähne rötlichen Haars, mit der er für gewöhnlich seine kahle Stelle so sorgfältig zudeckte, war verrutscht. Die makellose Drillichjacke war aufgeknöpft und versengt von Patronen. Gewehröl hatte auf der Reithose Flecken hinterlassen. Die norwegischen Stiefel waren verkratzt.
Im Lauf der Jahre hatte Turk gelernt, die Stimmung eines Tieres an seiner Haltung, seinem Blick und den unzähligen anderen Ungreifbarkeiten zu bestimmen, die andere vielleicht eine Aura genannt hätten. Bis zu einem gewissen

Grad ließ sich das auch auf Männer anwenden. Nicht auf Frauen; die waren vollkommen anders, ein Rätsel. Aber Männer standen immer noch in Verbindung zu einer archaischen Vergangenheit, und manchmal konnte man ihre Instinkte lesen wie ein offenes Buch. Turk wusste, dass er hier einen Mann vor sich hatte, der von seiner Besessenheit getrieben wurde.

Die Ärzte waren erschienen, ebenso wie Spooner, Shutt, Nesbitt, Turner und ein paar anglo-indische Sanitäter. Es gab noch andere, die Turk vage bekannt vorkamen – wahrscheinlich Hafenleute, Vermesser oder Bauingenieure, die irgendwo entlang der Linie beschäftigt waren. Insgesamt waren etwa dreißig Personen anwesend.

Whitehouse stieß ein lautes Hüsteln aus. »Meine Herren!« Er hielt inne und wartete auf vollkommene Stille. Die Männer in seiner Nähe traten ein wenig beiseite.

»Meine Herren, ich danke Ihnen.«

Er lächelte wohlwollend.

»Ich danke Ihnen, dass Sie gekommen sind. Mir ist klar, dass Ihre Zeit knapp bemessen ist. Aber es ist, wie es jene unter Ihnen, die schon länger für mich arbeiten, sicher wissen, meine Gewohnheit, Sie hin und wieder zusammenzurufen, um Sie über Dinge zu informieren, die den Fortschritt und die Probleme beim Eisenbahnbau betreffen. Aber ich schweife ab!« Er griff in eine Tasche und holte ein Stück Papier heraus. »Lassen Sie uns als Erstes unseren neuen Mann für die Materialbeförderung begrüßen, Mr. Kevin Templeton.«

Whitehouse fuhr fort, über unwichtige Organisations- und Personalfragen zu sprechen, was aber eindeutig nur ein Vorspiel zum wahren Anlass seines Besuchs darstellte. Schließlich steckte er das Stück Papier wieder in die Tasche und sah sich unter den Versammelten um. »Meine Herren. Zu unserem Fortschritt.« Er runzelte besorgt die Stirn. »Er ist, um es in einem Wort zu sagen, bejammernswert.«

Wieder ließ er den Blick schweifen und kurz auf Patterson ruhen, dann sprach er weiter. »Wir sind in ernster Gefahr. Die Regierung ist nicht erfreut. Sie wird im Unterhaus durch den Spott unserer Feinde in Verlegenheit gebracht. Und wenn Regierungen in Verlegenheit gebracht werden, reagieren sie oft *sehr heftig*.« Die letzten beiden Wörter betonte er dramatisch.

»Ich bitte Sie daher alle um höchste Anstrengungen. Ich spreche alle Abteilungen an. Material, Hafen, Transport – Sie alle haben eine Rolle zu spielen.« Er sah sich um, als erwartete er Widerspruch, aber es blieb still. »Im Hinterland« – er zeigte nach Westen – »sind die Regenfälle ausgeblieben. Unsere Strecke verläuft durch ein Katastrophengebiet. Eine absolute Katastrophe. Wir können uns kaum selbst ernähren, während rings um uns her die Bevölkerung verhungert. Und Hunger lässt die Menschen verzweifelte Dinge tun.« Er schüttelte den Kopf. »Es wird schwieriger werden.«

Er hielt inne und holte Luft.

»Meine Herren, wenn das so weitergeht, werden die Politiker und ihre Beschwerden unsere letzte Sorge sein. Die Arbeiter haben genug von der Hitze und den Parasiten, von Durst und Entbehrungen. Und irgendwo da draußen lauern zwei Menschen fressende Löwen.« Wieder hob er den Finger und zeigte in die Nacht. »Unsere Männer sind vor Angst gelähmt. Aber kann ich zu Premierminister Salisbury sagen: ›Bitte, Sir, die Löwen halten uns auf?‹ Nein! Selbstverständlich nicht. Wir« – er spähte tief in die Schatten, die im

Messezelt von der schwächer werdenden Laterne geworfen wurden –, »wir müssen handeln.«
Er streckte einen Arm zu Patterson aus. »Unser tapferer Bauingenieur hier verbringt jede Nacht in den Bäumen und versucht, die Ungeheuer zu erlegen! Bei Tag verbraucht er seine letzte Unze Energie mit dem Bau der Brücke über den Tsavo.« Sein Blick ruhte erneut auf Patterson und registrierte die fleckige Khakijacke. »Er braucht Hilfe. Ich habe beschlossen, professionelle Jäger anzuwerben, die sich um diese Löwen kümmern werden. Zu diesem Zweck habe ich eine Belohnung von zweihundert Rupien für das Fell jedes Löwen ausgesetzt, der innerhalb einer Meile von den Schienen entfernt getötet wird.«
Turk war fasziniert von der Veränderung in Pattersons Haltung. Einen Augenblick zuvor hatte der Mann vor Erschöpfung oder vielleicht vor Langeweile halb gedöst. Nun war er aufmerksam. Turk sah, wie er Preston einen Blick zuwarf, dort zweifellos einen ebenso besorgten Ausdruck erwartete und keinen fand. Whitehouse fuhr fort. »Ein Dutzend unserer Männer wurde umgebracht. Und wer weiß, wie viel Afrikaner –«
»Nein«, erklang Pattersons Stimme durch die Stille.
Der Chefingenieur schloss abrupt den Mund. Er blinzelte. »Colonel Patterson?«
»Mr. Whitehouse, das ist doch sicher Sache der Eisenbahn. Eine Belohnung – nun, so etwas, äh, so etwas ist absurd! Es wird die schlimmsten Elemente anziehen. Geldgierige Abenteurer. Jeder menschliche Aasfresser mit einem Gewehr wird hier erscheinen. Weder Mensch noch Tier werden vor ihren Schüssen sicher sein. Sie werden jeden Löwen innerhalb von einem Tagesritt Entfernung umbringen.«

Turk war überrascht über die Emotion in Pattersons Stimme. Er spürte, dass ein Zusammenprall der Persönlichkeiten bevorstand.

»Ich mache mir mehr Sorgen darum, was gut für die Eisenbahn ist, als um die Auswirkung auf das Wild«, erwiderte Whitehouse.

»Aber es betrifft die Eisenbahn. Eisenbahnmänner müssen damit fertig werden.«

»Sie haben Recht, es ist Sache der Eisenbahn. Und die Reaktion der Eisenbahn besteht darin, diese Belohnung auszusetzen.«

»Nein!« Patterson schlug mit der Faust gegen seine Handfläche. »Diese Löwen gehören mir!« Seine Stimme war ein Kreischen, geprägt von schlaflosen Nächten und überreizten Nerven.

Whitehouse starrte ihn an. Einen Augenblick lang herrschte atemlose Stille im Zelt. Turk wusste, der Chefingenieur dachte, dass seine Autorität auf dem Spiel stand. Dann sagte Whitehouse wie zu einem Kind: »Ich weiß, wie sehr Sie sich bemühen, mit diesen Löwen fertig zu werden, Colonel. Aber im Augenblick ist es nicht mehr wichtig, wer eine Sporttrophäe nach Hause bringt oder nicht. Die Haut eines einzigen Kulis ist mir mehr wert als hundert Löwen. Die Belohnung wird morgen in Mombasa bekannt gemacht. Guten Abend, meine Herren.«

Kapitel 25

Meile 199

Wie Patterson befürchtet hatte, war keiner der Männer, die am Tsavo auftauchten, Berufsjäger. Gut ausgerüstete Berufsjäger waren auf Elfenbein aus, und wohlhabende Sportsmänner hatten für jene, die wegen einer Belohnung jagten, nichts als Verachtung übrig. Die Männer, die mit der Belohnungsankündigung des Chefingenieurs in der Hand am Tsavo erschienen, widerten den Colonel an. Sie waren ungewaschen und heruntergekommen, Männer, die vom Leben und von Afrika besiegt worden waren. Was immer der Kontinent ihnen an Fähigkeiten beigebracht hatte, sie prostituierten sich nun unter der Bezeichnung »Jäger«. Aber sie waren keine Jäger. Sie verdienten diese Bezeichnung nicht. Patterson hielt sie für Abschaum und versuchte, trotz seines Widerwillens und seiner Angst, dass einer dieser Geier seine Trophäe stehlen könnte, aus Sicherheitsgründen so viel wie möglich über sie herauszufinden.

Es gab viele, die er ebenso gut hätte ignorieren können. Deserteure von Karawanen aus dem Hinterland. Swahili, die ihre Küstenheimat verlassen hatten, um ihr Glück zu versuchen, Händler aus Sansibar, angelockt von der Belohnung. Viele verbrachten nur eine Nacht schwitzend vor Angst am Tsavo und kehrten mit dem nächsten Zug zur Küste zurück. Patterson erwartete, dass die anderen ihnen bald folgen würden, aber es gab einen Mann, der sich von diesen Leuten unterschied.

Paul Verschoren war ein Riese, der Afrika herausforderte, es mit ihm aufzunehmen. Er war fünfundsechzig Jahre alt. Die Pocken hatten ihre Spuren auf seinem Gesicht hinterlassen, und die Narben wurden zu kleinen weißen Rosetten, wenn der Zorn sein Blut in Wallung brachte, was häufig geschah. Konvois von Läusen zogen zwischen seinem verfilzten Bart und dem ergrauenden Haar hin und her. Ein alter Bruch bewirkte, dass seine Schulter herabhing, und der lose baumelnde Arm gab ihm etwas Affenartiges. Selbst in diesem Haufen des schlimmsten Mülls, den Afrika zu bieten hatte, war Verschoren etwas Besonderes.

Patterson war angewidert von ihnen allen. Er hasste sie dafür, wie sie seine noble Jagd besudelten. Also versuchte er, nicht mehr an sie zu denken, und verstärkte seine Anstrengungen, die Löwen zu erwischen.

Preston kehrte zum Tsavo zurück, wie Whitehouse verlangt hatte, und ließ Florence allein am Gleisende. Billy war in Samburu, wo er den Bahnhof errichtete, und die Ärzte hatten das Krankenhaus noch nicht vom Tsavo zum Gleisende verlegt. Er versprach zurückzukehren, sobald er die Arbeit organisiert hatte und die *Jemadars* ohne ihn weiterarbeiten konnten.

Er machte einen guten Anfang mit der Verstärkung der Strecke, bevor das schwindende Licht den Arbeitstag beendete, dann zogen er und Sharaf zu den Überresten des Europäerlagers weiter. »Können Sie uns für diese Nacht aufnehmen?«, fragte er Dr. Orman. Orman saß vor seinem Zelt, neben sich einen Kessel auf einem kleinen Spiritusbrenner.

»Oh, ich denke schon«, antwortete der Arzt und rieb sich das Kinn. »Was machen Sie hier?«

»Whitehouse' großartige Idee, um unser Vorankommen zu beschleunigen. Ich soll bei der Verbesserung der Strecke aushelfen, damit Patterson mehr Zeit für die Brücke hat.«

»Hab in letzter Zeit nicht viel von ihm gesehen.« Orman zeigte auf den Kessel. »Tee?«

»Danke. Wo steckt er?«

»Wahrscheinlich wieder auf Löwenjagd.«

»Was? Wer beaufsichtigt die Arbeiten an der Brücke?«

»Sei neuer so genannter Verwalter Rawson, nehme ich an.«

»Verflucht!«

»Bitte.« Orman reichte Preston und Sharaf ihren Tee und holte zwei Stühle aus seinem Zelt. Preston, kochend vor Zorn, setzte sich hin. Er war hier, damit Patterson die Brücke vollenden konnte, nicht, damit der Colonel auf Trophäenjagd ging.

»Wie geht das Geschäft?«, fragte Orman, der spürte, dass Preston verärgert war.

»Verdammte Eisenbahn«, erwiderte Preston.

Orman nickte.

»Als ob ich nicht genug zu tun hätte! Demnächst soll ein deutscher General das Gleisende besichtigen. Haben Sie schon davon gehört?«

»Ja. Wir sollen das Krankenhaus vorbereiten, falls er einen Blick darauf werfen will. Was wissen Sie über diesen Besuch?«

»Nur, dass die Deutschen ihre eigene Eisenbahnlinie von der Küste zum Tanganjikasee bauen. Whitehouse sagt, sie haben es wahrscheinlich auf Uganda abgesehen und wir sollen – wie hat er es ausgedrückt? – ›Seiner Exzellenz mit aller Höflichkeit begegnen, ihm aber deutlich zeigen, dass wir schnell und erfolgreich vorgehen‹, oder so etwas.«

»Warum?«
»Er sagt, aus geopolitischen Gründen.«
»Er mag dieses Wort.«
»Und wie sieht es hier aus?« Preston trank einen Schluck Tee.
»Viel zu tun«, sagte Orman. »Kulis! Sie glauben offenbar, dass Löwen nicht auf Bäume klettern können.«
»Und, können sie?«
»Das weiß ich nicht. Aber diese dummen Kulis können es ganz bestimmt nicht. Fallen jede Nacht runter wie reifes Obst. Gebrochene Schlüsselbeine, Beine und Arme.«
»Zumindest nichts Tödliches.«
Orman trank einen Schluck. »Noch nicht. Andere haben sich angewöhnt, in diesen leeren Wassertanks zu schlafen, die wir herumliegen haben.«
»Hm«, sagte Preston. »Keine schlechte Idee. Das Loch ist zu klein für einen Löwen.«
»Stimmt. Aber nicht für die Pfote eines Löwen. Jedenfalls hat einer dieser Teufel letzte Woche einen Mann herausgefischt, als wäre er eine eingelegte Zwiebel.«
Preston schüttelte den Kopf und trank einen Schluck Tee.
»Und ein anderer, ein *Askari,* hat seine Flinte im Tank abgeschossen. Hat den Löwen verfehlt, aber sich selbst das Trommelfell zerrissen. Wieder einer, der keinen Abschlussbonus bekommen wird.«
»Bwana! Bwana!« Ein Ruf erklang vom Rand des Lagers, und ein Swahili-*Askari* kam angerannt.
»Bwana. Simba ameingia!« Der Löwe ist da.
»Wapi?«, fragte Preston und sprang auf.
Der *Askari* rief etwas Unverständliches und zeigte zum Fluss.

»Komm mit!«, rief Preston Sharaf zu, der nach dem Rucksack mit Prestons Munitionsklipp und den Patronen griff. Preston schlang sich die Winchester über die Schulter, und sie folgten dem Askari in die Nacht. Dr. Orman war direkt hinter ihnen.

Der Askari führte sie zu einer Biegung des Flusses, wo er auf eine Leiche am sandigen Ufer zeigte. »Armer Kerl«, sagte Preston und beugte sich vor, um den Toten zu untersuchen. Die Kehle des Mannes war zerfetzt, er hatte einen Arm verloren und sein Körper war aufgerissen. »Abends allein am Fluss … Lernen diese Kulis denn nie dazu?«

Dr. Orman traf ein und untersuchte die Leiche sofort. »Seltsam.« Er betrachtete forschend den Armstumpf. Dann berührte er die Klauenspuren am Körper. »Hm.«

»Was?«, fragte Preston.

Der Arzt verzog nachdenklich sein trauriges Clownsgesicht, dann betrachtete er den Mann erneut.

»Was ist, Orman?«, wiederholte Preston.

»Die Klauenspuren. Tief. Blutet aber nicht viel. Und der Arm.« Er zeigte auf den Stumpf. »Es ist …«

»Nun?«

»Ich habe nicht viel Erfahrung mit Opfern von Großkatzen, aber der Arm, äh, sieht nicht aus, als wäre er abgerissen oder abgekaut worden. Finden Sie nicht?« Er schaute von Preston zu Sharaf. »Also für mich – und wie ich schon sagte, ich habe nicht viel Erfahrung – sieht es so aus, als wäre er abgehackt worden.«

Er runzelte die Stirn noch angestrengter. »Und diese Klauenspuren bluten kaum. Sie könnten ihm auch nach dem Tod zugefügt worden sein.«

Preston starrte einen Moment den Arzt an, dann betrachtete

er den Stumpf näher. Sharaf, der ins Gebüsch verschwunden war, tauchte wieder auf und brachte ihnen den Arm. Orman betrachtete das zerfetzte Ende. »Hm«, sagte er erneut.

Preston öffnete den Rucksack und suchte zwischen den Patronen. Er zog das zerbrochene Grabwerkzeug heraus, das er bei den Rodern gefunden hatte, und berührte damit die Klauenspuren an der Brust der Leiche. »Das hier war kein Löwe«, sagte er. Die Stahlspitzen passten perfekt. Er durchsuchte die Taschen im *Dhoti* des Mannes und seufzte. »Turk fand die Spuren an einigen Leichen ebenfalls seltsam. Er konnte sich nicht vorstellen, was ihnen zugestoßen war.«

»Wie meinen Sie das?«, fragte der Arzt.

Preston richtete sich auf. »Ich sage, Doktor, dass dies die Tat eines Menschen ist. Mord. Und *Jemadars* tragen mehr Geld bei sich als Kulis. Dieser hier hat überhaupt keines mehr.«

Nach dem Tod des *Jemadar* wurde Preston von Schuldgefühlen geplagt. Er hatte wegen seines von Turk bestätigten Verdachts, dass Ibrahim die Löwenangriffe nutzte, um seine eigenen Verbrechen zu vertuschen, nichts unternommen. Weder er noch Turk waren häufig genug am Tsavo, um die Beweise zu finden, die sie brauchten, aber er hätte mit den Autoritäten darüber sprechen sollen. Und das hatte er nur deshalb nicht getan, weil er so ungern mit Patterson zu tun hatte. Nun hatte dieses Versäumnis vielleicht einen Menschen das Leben gekostet.

Er suchte den Colonel an der Brücke. Wieder war Patterson nicht dort. Rawson zeigte ihm die Richtung, in die er am Morgen gegangen war, und Preston fand den Colonel, wie er durch das Dornengebüsch kroch.

»Preston! Was, zum Teufel, machen Sie hier? Und sich so anzuschleichen! Hätte beinahe auf Sie geschossen.«
»Ich muss mit Ihnen reden.«
»Habe zu tun. Habe Löwendung hier in der Nähe gefunden. Versuche, die Spur zu finden.« Patterson hockte auf allen vieren und war in dem Gebüsch beinahe nicht mehr zu sehen.
»Es ist wichtig. Und ich muss in einer Stunde zum Gleisende zurückkehren.«
Der Colonel murmelte etwas Unverständliches, und einen Augenblick später kam er wieder auf die Lichtung gekrochen. Seine Hose und die Jacke waren staubig und voller Zweige und Dornen. »Nun?« Er klatschte ungeduldig in die Hände.
»Es geht um diese Überfälle.«
»Die Löwen? Was ist mit ihnen?«
»Ich glaube nicht, dass es Löwen sind.«
»Pah! Sind Sie blind, Mann? Selbstverständlich sind es Löwen. Ich habe sie, verdammt noch mal, selbst gesehen.«
»Ich habe Beweise –«
»Wollen Sie etwa behaupten, dass es ein Leopard ist? Denn wenn Sie das vorhaben, werde ich –«
»Auch kein Leopard.« Preston hob die Hand, um Patterson davon abzuhalten, ihn dauernd zu unterbrechen. »Ich glaube, dass einige der Morde – vielleicht viele von ihnen – das Werk eines Menschen sind. Eines Diebs.«
Patterson starrte ihn an, dann wandte er sich wieder dem Gebüsch zu. Er betrachtete es intensiv, bevor er etwas sagte. »Sie glauben, Sie können sie mir wegnehmen, wie?«
»Was?«
»Hören Sie mit diesem Quatsch auf, Preston! Ich habe

Sie durchschaut. Sie glauben, Sie können die Löwen selbst schießen und die Belohnung einheimsen.«

»Machen Sie sich doch nicht lächerlich«, sagte Preston. »Sie haben es sogar selbst gesagt – Sie glaubten, Narain sei von den Thuggees umgebracht worden.«

»Unsinn«, fauchte Patterson. »Ich habe immer gesagt, es sind die Menschenfresser. Ich war es, der sie als Erster gesehen hat.« Er schaute Preston aus zusammengekniffenen Augen an. »Sie sind wie die anderen, diese so genannten Jäger, die versuchen, Anspruch auf meine Löwen zu erheben. Nun, Sie werden sie nicht bekommen. Die Löwen gehören mir.«

»Ich behaupte ja nicht, dass es hier keine Löwen gibt und dass sie keine Gefahr darstellen. Was ich wirklich sagen will, ist –«

»Ein paar Kuduhörner und ein glücklicher Schuss auf einen Elefanten machen Sie noch nicht zum Jäger. Ich habe den größten Teil meines Lebens gejagt. Auf vier Kontinenten. Ich weiß, wie Tiere denken. Und ich werde sie erwischen. O ja. Eines Tages, sehr, sehr bald, werde ich sie erwischen – alle beide.«

Preston hatte genug. »Wie Sie wollen, Patterson.« Er schüttelte ungläubig den Kopf und kehrte zum Zug zurück.

Kapitel 26

Meile 207

Florence war den ganzen Morgen damit beschäftigt, sich zu entscheiden, was sie anziehen sollte. Am Ende wählte sie ein Ensemble mit hoher Taille, das sie bisher noch nie hatte tragen können. Es bestand aus blauem und blaugrünem Taft und schwarzem Brokat mit einem Drillichsaum, damit es in der modischen Kegelform abstand. Weste und Jacke waren aus einem Stück und hatten dezente Knöpfe aus falschen Perlen. Die Bluse mit dem hohen Kragen war vollkommen weiß. Flache Kellerfalten sorgten dafür, dass die Ärmel voll wirkten.

Sie hatte seit Tagen Pläne für den Besuch von General Eduard von Liebert, Gouverneur von Deutsch-Ostafrika, geschmiedet. Nicht, dass Sie Mr. Whitehouse' Sorgen wegen Deutschlands Absichten in Afrika geteilt hätte; für sie zählte vor allem die Gelegenheit, zu demonstrieren, dass Engländer auch in den Kolonien die feine Lebensart nicht aufgaben.

Auch Ronald befand sich in einem Wirbel von Aktivitäten. Als Florence ihn fragte, was los sei, knurrte er, Mr. Whitehouse wolle eine gute Vorführung, was bedeutete, dass er besondere Vorkehrungen treffen müsse, als ob er nicht schon genug zu tun habe. Offenbar hatten die meisten Probleme beim Schienenlegen mit verrosteten Verbindungen zu tun, also ließ er sie alle ölen, bevor der General eintraf. Er hatte seinen Leuten einen halben freien Tag versprochen, wenn alles gut ging, aber das durfte Florence dem Chefingenieur gegenüber nicht erwähnen.

General von Liebert erschien in makelloser Uniform, Helm mit Goldspitze und ein Monokel mit Goldrand unter einer buschigen Braue. Nachdem Mr. Whitehouse sie einander vorgestellt hatte, nahm er höflich Florence' Ellbogen, um ihr auf dem kurzen Weg zum Gleisende und in den Waggon der *Uganda Queen* behilflich zu sein.
Herr Ohnesorge, General von Lieberts Adjutant, entschuldigte sich, weil der Gouverneur kein Englisch sprach.
Florence lächelte den General über ihren Fächer hinweg an. »Es ist uns eine Ehre, dass Seine Exzellenz einen so weiten Weg zurückgelegt hat, um die Arbeit meines Mannes zu sehen.«
Am Prellbock am Gleisende, der, wie Ronald Florence gegenüber zugegeben hatte, eine Viertelmeile verschoben worden war, um den Eindruck zu erwecken, dass an einem Tag eine größere Strecke geschafft wurde, stiegen sie auf Draisinen, die sie zu den Schienenlegern brachten.
Eine Stunde lang sahen sie den Männern zu. Die Schienenleger legten die Strecke vom Schwellenstapel zum Gleisende beinahe im Trab zurück. Die Schienen wurden mit militärischer Präzision verlegt, man hörte nicht einen einzigen Bolzen fallen, nicht einen einzigen Fehlschlag mit dem Hammer. Herr Ohnesorge schaute immer wieder auf die Uhr und schien Berechnungen anzustellen.
Florence begann, sich Sorgen zu machen, dass das Essen verderben würde, wenn der General nicht bald zurückkehrte.
Um zwei dampfte die *Uganda Queen* zurück zum Lager. Herr Ohnesorge und der General unterhielten sich leise auf einer Seite des Wagens, während Florence neben dem Chefingenieur saß. »Waren Sie heute mit Ronalds Arbeit zufrieden, Mr. Whitehouse?«, fragte sie.

Er warf einen Blick zu General von Liebert, bevor er flüsterte: »Sie haben die Schienen in einem Tempo von über eine Meile pro Tag verlegt. Die Deutschen werden sich sehr genau überlegen, ob sie ein Rennen mit uns wagen.«

Florence verstand den Zusammenhang nicht, aber sie war froh, dass er zufrieden war.

Als sie im Lager eintrafen und Florence aufstand, um auszusteigen, nahm der General Haltung an. »Wird der General nicht mit uns essen?«, fragte sie, als offensichtlich wurde, dass er sich von ihr verabschieden wollte.

Herr Ohnesorge schaute bedauernd drein. »Seine Exzellenz hat leider nur wenig Zeit. Er möchte noch kurz am Tsavo aussteigen. Selbst in Daressalam«, fügte er hinzu, »hat man von den berüchtigten Menschen fressenden Löwen gehört.«

Der General fügte etwas auf Deutsch hinzu. Herr Ohnesorge übersetzte für ihn. »Der Gouverneur hatte nicht erwartet, mitten in der afrikanischen Wildnis solch angenehme Gesellschaft zu finden. Er ist entzückt von Ihrer Großzügigkeit und Freundlichkeit.«

Um das noch zu betonen, nahm der General seinen Helm mit der Goldspitze ab, verbeugte sich tief und küsste Florence' Hand.

Sie errötete, knickste und überraschte sich selbst damit, dass sie noch wusste, wie man das machte.

Im Tsavo-Lager stand Patterson inmitten eines Meers neugieriger Gesichter. Vor ihm lag eine Löwin mit ihren drei Jungen, die nicht älter als ein paar Wochen sein konnten. Die Leichen waren unberührt, aber die Tiere waren in grotesken Posen erstarrt, und die Gesichter der Löwen sprachen von einem quälenden Tod. Aber es war nicht die Art ihres

Todes, die ihn so wütend machte, sondern die Tatsache, dass der Jäger, Paul Verschoren, tatsächlich achthundert Rupien verlangte.

Verschoren war vor Zorn rot angelaufen. Seine weißen Pockennarben zeichneten sich deutlich ab, und sein gewaltiger Bauch bebte vor Wut. Eine Wolke fliegender Insekten umgab ihn. »Zweihundert Rupien«, las er von einem zerfetzten Überrest des Belohnungsplakats. »Zweihundert! Hier, sehen Sie! Für jeden Löwen! *Jeden* Löwen!«

Er hielt Patterson das Papier vor die Nase. Es fiel dem Colonel schwer, den widerwärtigen Gestank zu ertragen, der von dem Jäger ausging.

Über Verschorens Schulter konnte Patterson die *Uganda Queen* sehen, die nahe der Brücke zum Stehen kam. Er stöhnte innerlich. Wie konnte er diese Farce beenden, bevor der Chefingenieur und seine Besucher eintrafen?

Verschoren deutete erneut auf seine Beute. »Sehen Sie! Eins, zwei, drei vier. Vier Löwen. Sie schulden mir achthundert Rupien.«

Patterson warf einen Blick zu Spooner, der die Geldkassette mit beiden Händen hielt. Es war bisher schon schlimm genug gewesen, das Geld der Eisenbahn für eine bunte Ansammlung von Löwen auszugeben, die wohl kaum die Menschenfresser waren. Aber er war felsenfest entschlossen, nicht länger zuzulassen, dass die Eisenbahnkasse für das übereilte Belohnungsangebot der Geschäftsführung bluten musste.

Pattersons Schweigen erzürnte Verschoren noch mehr. Er trat die Löwenjungen zu einem jämmerlichen Haufen zusammen.

An diesem Punkt erschien Whitehouse, kreidebleich und

gefolgt von seinen deutschen Besuchern. Verschoren nutzte die Gelegenheit. Er strich das Belohnungsplakat glatt und stapfte auf Whitehouse zu. Die rot-blau-goldenen deutschen Uniformen wichen einen halben Schritt zurück.

»Sie! Sie haben das geschrieben!« Er fuchtelte mit dem Papier vor Whitehouse' Gesicht herum. »Was steht da? Wie? Was steht da?« Er zeigte mit einem fettigen, schmutzigen Finger auf eine Zeile auf dem Plakat. »Da steht zweihundert für jeden Löwen. Oder?« Seine Stimme wurde zu einem Kreischen. »Oder?«

Die Deutschen sahen einander an. Whitehouse riss das Blatt aus Verschorens Faust, zerriss es und warf es auf den Boden.

Verschoren hob das Gewehr und gab einen Schuss ab.

Whitehouse starrte dem Kopfgeldjäger in die blutunterlaufenen Augen und fauchte: »Bezahlen Sie ihn!« Dann nahm er ein sauberes weißes Taschentuch aus der Brusttasche und wischte sich sorgfältig die Finger ab. »Vollständig.«

Er starrte Patterson an, dann nickte er dem Gouverneur zu und führte die Besucher zum Zug zurück. Herr Ohnesorge hob die Papierfetzen auf und reichte sie mit ein paar Worten General von Liebert. Sie lächelten.

Als Herr Ohnesorge an Patterson vorbeikam, reichte er ihm mit einem selbstzufriedenen Blick die Papierfetzen. »Der Gouverneur sagt, er würde diesen Idioten auspeitschen lassen.«

Ein stetiger Nieselregen, Überrest der kurzen Regenfälle, fiel, als Turk seine Runde am Rand des Lagers am Tsavo machte. Es war eine Stunde nach Sonnenuntergang, und im Licht der Laterne konnte der Karawanenmeister sehen, wie goldene Regentropfen von den Büschen in den weichen roten Schlamm fielen.

Der Pokot war irgendwo hinter ihm im Unterholz. Von vorn, vom Fluss her, erklang ein Geräusch. Turk nahm die Winchester von der Schulter und begann, schneller zu gehen. Auf dem spärlich bewachsenen Flussufer konnte er bald zwei Gestalten erkennen, die sich nur als Silhouetten abzeichneten und auf eine dritte Gestalt zubewegten. Ein Arm hob sich und sauste auf die dritte Gestalt nieder. Ein abrupter Schrei, jemand fiel, die anderen stürzten sich auf ihn.

Turk schob die Patrone in die Kammer und zielte. Die Gestalt am Fluss richtete sich bei dem metallischen Klacken der Winchester auf, und etwas Silbernes flog durch die Luft. Turk spürte einen brennenden Schmerz unter dem erhobenen rechten Arm. Im gleichen Augenblick drückte er ab.

Die Gestalt verschwand in der kurzen Blindheit nach dem Schuss.

Turk eilte zum Fluss. Am Ufer lag eine Leiche mit aufgerissener Kehle. Daneben lag der zweite Mann, derjenige, den Turk erschossen hatte. Es war nicht Ibrahim. Turk fluchte.

Ein unterdrücktes Ächzen, ein Laut der Überraschung und des Entsetzens, erklang ein Stück weiter den Fluss hinab. Turk eilte das Ufer entlang und wäre auf den kleinen Steinen beinahe ausgerutscht. Regen klatschte auf die schimmernde Flussoberfläche zu seiner Linken. Rechts von ihm war das Laub dichter und verringerte sein Blickfeld und reduzierte die Zeit, die er haben würde, falls er angegriffen würde. Er drängte sich durch das Gebüsch und fiel halb in eine Lichtung. Ein Schatten ragte vor ihm auf.

Turk hob die Waffe. Der Schatten war der Pokot; er drehte sich um, als Turk näher kam. Zu seinen Füßen lag eine Leiche, aus deren Brust der Zweieinhalb-Meter-Speer des Pokot ragte. Als er Turk sah, riss der Pokot den Speer mit beiden Händen heraus. Es gab ein widerwärtiges saugendes Geräusch, als die Waffe sich löste. Der Lippenpfropf aus Elfenbein tanzte, denn der Pokot lächelte. Ali der Stier war tot.

Preston lud die Leichen Ibrahims, seines Handlangers und des toten *Jemadar* auf den Zug, damit sie ins Leichenschauhaus von Kilindini gebracht werden konnten. Ein paar Tage später fuhr er ebenfalls zur Küste, um Whitehouse offiziell Bericht zu erstatten.

Der Chefingenieur lauschte schweigend, als Preston ihm sagte, dass Ibrahim schon seit einiger Zeit ähnlicher Morde verdächtigt worden war. Es bestand kein Zweifel, dass der Ober*jemadar*, bevor er nahe dem Tatort mit dem Speer getötet worden war, den anderen Mann umgebracht hatte, einen *Jemadar* namens Rani Patel. Nun fragte Preston sich, wie viele der angeblichen Löwenopfer tatsächlich ermordet worden waren.

»Wir brauchten einige Zeit, bis uns klar wurde, dass die seltsamen Spuren an den Leichen von einem Grabwerkzeug verursacht worden waren.«

»Und bei diesem letzten Mord? War das auch ein Grabwerkzeug?«

»Ja. Es hat Turk an der Seite verletzt.«

»Geht es ihm gut?«

»Der Mann ist unzerstörbar. Er wusste nicht einmal, dass er verwundet war, bis er mit dem Gewehr gegen das verdammte Ding stieß. Selbstverständlich hat sich die Wunde infiziert. Wenn er sich erholt hat, werde ich ihn nach Hause schicken, damit er sich ein wenig ausruhen kann.«

Whitehouse betrachtete das hagere Gesicht des Ingenieurs. »Vielleicht sollten Sie ebenfalls ein paar Tage in der Stadt bleiben.«

»Nein!« Preston erlitt einen Hustenanfall. »Nein. Ich muss zurück. Florence hat wieder ein wenig Fieber.«

»Sie ebenfalls, so wie Sie aussehen. Ruhen Sie sich lieber aus.« Whitehouse griff nach einem Stück Papier, das auf seinem Schreibtisch lag. »Wir haben immer noch ein Problem mit diesen Löwen, aber ich habe die Belohnung reduziert und deutlich gemacht, dass wir nur für erwachsene Löwen ab einer gewissen Größe zahlen. Die Plakate werden morgen verteilt.«

Kapitel 27

Meile 217

Nachdem Preston das Gleisbaulager nach Makindu verlegt hatte, wurde die Hälfte der Mannschaft wegen des Fiebers bettlägerig. Es war die schlimmste Krankenliste seit der Taru-Wüste. Die Schienen krochen bestenfalls voran.

Als Preston das Lager zum Fluss Kiboko verlegte, war er sicher, dass die weit ausladenden Äste der Aralien, die das Lager schützten, ihnen gegen die Hitze helfen würden. Aber in der ersten Nacht wurden sie von riesigen Moskitoschwärmen überfallen und die Rate der an Malaria erkrankten Männer lag bald bei beinahe hundert Prozent. Er musste eine neue Mannschaft aus Neuankömmlingen aus Indien zusammenstellen.

Die neuen Männer mussten im Schienenlegen erst ausgebildet werden. Es war keine Wissenschaft, aber um schnell voranzukommen, musste man die Tätigkeiten auf eine bestimmte Weise koordinieren. Die neuen Männer hatten keine Ahnung davon. Preston kümmerte sich um ihre Ausbildung, obwohl auch er immer wieder von Fieber erfasst wurde.

Florence war schon vor seinem letzten Besuch bei Whitehouse krank geworden. Als er zurückkehrte, ging es ihr schlechter. Preston wollte sie nach Kilindini schicken, aber davon wollte sie nichts hören. Innerhalb von Tagen wurde ihr Malariafieber sehr heftig. Preston überließ die Aufsicht über das Schienenlegen seinen *Jemadars*, die ihm zweimal täglich an Florence' Krankenbett Bericht erstatteten. Billy

Nesbitt war während dieser Zeit nie weit vom Zelt der Prestons entfernt. Während Preston aschgrau vor Angst am Bett seiner Frau saß, lief Billy draußen auf und ab.
In einem von Florence' klareren Augenblicken nahm Preston ihre Hand: »Mein Liebling, wir müssen dich zur Küste schicken.«
Sie überraschte ihn mit einem kraftvollen Druck ihrer Hand. »Ronald, wir haben diesen Weg gemeinsam begonnen. Ein bisschen Fieber wird mich nicht aufhalten.«
Als ihr Urin sich schwarz verfärbte, verspürte er die Angst eines Mannes, der zum Tode verurteilt war. Dann versank Florence in ein Delirium, in dem sie nur noch stöhnte und um sich schlug. Er kam zu dem Schluss, dass es Zeit war, sie zur Küste zu bringen.
Dr. Orman wollte nichts davon hören. Er legte die Hand auf Prestons Schulter. »Es ist zu spät, sie jetzt noch zu bewegen.«
»Aber ich fühle mich so nutzlos! Sehen Sie sie doch an, Orman. Sie ist ... sie ist –«
Erschöpfung ließ den Arzt gereizt klingen. »Im Krankenhaus in Kilindini gibt es nichts, was sie hier nicht ebenfalls hat!« Seufzend schüttelte er den Kopf. »Mein Junge, hören Sie mich an. Sie würde den Transport nicht überleben. Sie hat nicht die Kraft dazu.«
Preston ging zu Dr. Willem. Seine grauen Augen und das noch grauere Gesicht boten ihm nicht mehr Trost. »Sie sind im Augenblick der beste Pfleger, den sie haben könnte. Falls ... ich meine, *wenn* sie es überstanden hat, sollten Sie sie nach Mombasa schicken, damit sie sich ausruhen kann.«
Preston wusch Florence und wechselte ihre schweißnasse Bettwäsche. Er versuchte, ihr Wasser auf die ausgetrock-

neten Lippen zu träufeln. In seinem geschwächten Zustand wurde sein eigener Malariaanfall schlimmer. Immer wieder schlief er vor Erschöpfung ein, nur um kurz danach erschrocken wieder aufzuwachen. Einmal fuhr er hoch und sah, dass Billy Florence' Gesicht wusch. Er schob den jungen Mann grob beiseite und verflucht ihn für diese Dreistigkeit. »Das ist meine Sache! Glaubst du, ich kann mich nicht um meine eigene Frau kümmern?« Billy schlich, eine Entschuldigung murmelnd, davon.

Eines Nachts, tief in fiebrigem Schlaf, träumte Preston von einem Feuer, das über die Savanne tobte. Er trieb seine Männer an, die Strecke zu beenden, damit sie alle fliehen konnten, und konzentrierte sich so sehr darauf, die Eisenbahnlinie zu vollenden, dass er vergaß, Florence in Sicherheit zu bringen. Er hörte einen Schrei. Er sah sie brennen. Er schrie *Nein!* Und erwachte schwitzend.

Das Zelt war ins trübe gelbe Licht der Lampe gehüllt. Weiche graue Schatten flackerten über die Zeltwand. Preston griff mit zitternder Hand nach dem Wasserkrug. Überreste des Traums verharrten wie Geister. Er hatte ihn verstört und seine Schuldgefühle erneuert, weil er ein zartes englisches Mädchen an einen so ungastlichen Ort gebracht hatte. Er fragte sich, wie wichtig ihm die einzelnen Bereiche seines Lebens waren und wo seine Prioritäten lagen. Dabei goss er weiterhin Wasser ins Glas und bemerkte nicht, wie sich zu seinen Füßen eine Pfütze bildete.

»Bevor du es verschwendest …«

Die Stimme war brüchig und kaum zu verstehen. Preston warf einen Blick zu Florence' Bett. Er konnte ihre Augen nicht sehen. Hatte sie etwas gesagt?

»Kann ich … ein bisschen Wasser haben? Bitte?«

Er fiel neben dem Bett auf die Knie. Das Schluchzen kam von einem Ort, der sehr tief in ihm lag, und er erschrak über die Intensität seiner Gefühle. Dann wurde ihm klar, dass sie um Wasser gebeten hatte und er vor Selbstmitleid heulte, statt ihr etwas zu trinken zu geben.
Er lächelte sie durch Tränen an. »Meine Liebe ... meine Süße! Du kannst alles haben, was du willst. Alles.«

Fünf Tage später hatte sich Florence gut erholt. Preston hatte ebenfalls wieder ein wenig Kraft bekommen und konnte die Arbeit an den Schienen persönlich überwachen. Er ging zu Billy Nesbitt und entschuldigte sich für seinen Ausbruch. Billy sagte ihm, er solle sich keine Sorgen machen. Er habe gewusst, dass Preston an diesem Tag nicht ganz bei sich war.
Preston entdeckte, dass Florence, wenn er nicht da war, aufstand und zum Fluss ging, um Wasser zu holen. Er protestierte und sagte ihr, sie solle in seiner Abwesenheit einen der Lagerdiener darum bitten, oder er werde wieder an ihrem Bett wachen. Florence wies das als einen Versuch, sie übermäßig zu verwöhnen, ab. Sie tat die Malaria ebenso ab wie alle anderen mit Afrika zusammenhängenden Belastungen, als kurzfristige Abweichung in ihrem Leben, die früher oder später in Ordnung gebracht werden konnte, indem sie nach England zurückkehrten.
Preston war der Ansicht, seine Frau sollte sich inzwischen mehr an ihre Situation gewöhnt haben. Sie näherten sich dem Ende seines Zwei-Jahres-Vertrags, und Florence hatte geistig noch nicht einmal ausgepackt. Sie segelte durch ihr Leben, indem sie Afrika leugnete. Obwohl sie den Reichtum und die gelegentlichen Blicke auf wahre Schönheit, die das

Land ihnen gewährte, zu schätzen schien, waren das für sie vorübergehende Dinge – etwas, das man genoss, aber nicht ins Herz ließ. Sie sagte, sie sei damit zufrieden, ihm zu folgen wie eine Zigeunerin, und behauptete, kein anderes Heim als ein Zelt zu brauchen.

Preston war nicht wirklich verärgert über Florence' störrisches Festhalten an ihrer Heimat. In Zeiten wie den letzten paar Wochen, als sie krank, ja, todkrank gewesen war, hatte er Grund gehabt, für die Kraft dankbar zu sein, die sie aus dieser Haltung bezog. Aber er hatte gehofft, dass die Möglichkeiten, die dieses Land ihnen bot, sie ebenso begeistern würden wie ihn. Mit dieser weiten, ungezähmten Landschaft und den Chancen für alle, die mutig genug waren, sich an etwas Neuem zu versuchen, war es doch sicher ein idealer Ort, eine Familie zu gründen.

Als Siebenjähriger in Poona, in der Armut und Enge des Waisenhauses für heimatlose britische Kinder, hatte Preston von Orten wie denen geträumt, die er seit seiner Ankunft in Afrika immer wieder gesehen hatte – Landschaften mit grenzenlosem offenem Blick, Meilen von Grasland mit großen, Schatten spendenden Bäumen und tiefen Flüssen. Ein Mann konnte hier eine Heimat finden, vielleicht Vieh züchten oder Mais anbauen. Und nach dem, was er von anderen gehört hatte, gab es weiter landeinwärts sogar noch bessere Möglichkeiten.

Während seine Liebe zu diesem rauen Land wuchs, bekümmerte es ihn, dass das Herz seiner Frau in einem Heim eine halbe Welt jenseits von Mombasa verwurzelt blieb.

Im November 1898 traf Whitehouse bei der Rückkehr von seiner Safari zum See im Gleisbaulager ein. Er war beinahe zwei Monate weg gewesen und wollte unbedingt hören, wie es in seiner Abwesenheit weitergegangen war. Preston erzählte ihm von der Malariaepidemie und den Schwierigkeiten, die er bei der Ausbildung seiner neuen Arbeiter hatte. Sie kamen erheblich langsamer vorwärts als geplant.

Whitehouse selbst rang mit einem Problem, das er in einem Augenblick unkluger Eile geschaffen hatte, aber an diesem Abend am Lagerfeuer gab er sich erfreut.

»Ich habe Blacketts Alternativroute bestätigt«, sagte er ihnen. »Victoria Nyanza ist nun hundertvierzehn Meilen näher!«

Die Anwesenden – Preston, Nesbitt und die Ärzte – gratulierten ihm. Preston sagte: »Nach meiner Berechnung würde uns das ein halbes Jahr sparen.«

Die Männer tranken auf Whitehouse' Gesundheit.

Er wollte das nicht hören und erklärte, mit der Wahl der neuen Route nur die gute Arbeit anderer noch einmal bestätigt zu haben. Aber er teilte ihnen auch mit, dass er bereits die Eisenbahnkommission per Telegramm informiert hatte. Sie würden sicher bald die Erlaubnis erhalten, die Bahnlinie durch das Tal zu führen.

Preston fragte in die auf diese Worte folgende Stille: »Wie ist es dort?«

»Der Grabenbruch? Ich würde sagen … großartig.« Whitehouse nickte und trank einen Schluck Whisky. »Ich habe auf meinen Reisen schon viel gesehen, aber dies war bei Weitem der faszinierendste Anblick.«

»Ich würde es gerne selbst sehen, bevor wir dort Schienen verlegen, aber nachdem Frances krank war und –«

»Mrs. Preston war unwohl?«

»Schwarzwasserfieber.«

»Lieber Himmel!«

»Es geht ihr jetzt erheblich besser. Ich habe sie zu Freunden nach Mombasa geschickt, damit sie sich ausruhen kann.«

»Sehr vernünftig.« Whitehouse dachte einen Augenblick nach. »Sie sagten, ihre neuen Leute müssten alle noch weiter ausgebildet und zu Mannschaften zusammengestellt werden.«

Preston nickte.

»Nun, wir müssen sämtliche Holzschwellen durch Stahl ersetzen. Dazu braucht es nicht viel Ausbildung, und Sie können die Zeit nutzen, bis Ihre Männer sich von ihrem Fieber erholt haben.«

Preston dachte über den Vorschlag nach und nickte. »Gute Idee.«

»Sehr gut. Ich werde die Stahlschwellen schicken lassen, und Sie können sich die nächsten paar Abschnitte ansehen, solange die Strecke nicht weitergeführt wird. Aber entfernen Sie sich nicht zu weit. Es wird nicht lange dauern, und Sie werden ohnehin mitten im Tal sein.«

»Erwarten Sie, dass wir dort auf Probleme stoßen?«

»Nicht wirklich. Nicht für einen Mann Ihrer Erfahrung. Aber Sie werden zweifellos einige Zeit sehr viel zu tun haben. Eine gute Idee, jetzt eine Pause zu machen. Solange Sie es noch können.«

»Hm, danke. Das werde ich tun.«

»Nehmen Sie meinen Führer Rashedi mit. Er kennt die Strecke und darüber hinaus noch einen guten Teil mehr vom Protektorat. Kommen Sie morgen früh zu mir. Ich gebe Ihnen eine Kopie von Blacketts Karte.«

Whitehouse war erfreut über seine Idee, und kurz nachdem er sein Glas Whisky ausgetrunken hatte, erklärte er, er brauche Schlaf, und wünschte allen eine gute Nacht. In seinem Zelt sank er aufs Bett und zog einen Stiefel aus. Dann blieb er sitzen, starrte den Stiefel an und dachte an die Ereignisse, die zu seinem Dilemma geführt hatten.

Kurz nach seinem Aufbruch ins Hinterland hatte er erfahren, dass eine Sondersitzung des Unterhauses bevorstand. Die Eisenbahnkommission brauchte unbedingt Beweise greifbaren Fortschritts. Blacketts neue Strecke würde ihnen gewaltig helfen, die Angriffe der Opposition abzuschmettern.

In einem sumpfigen Massailand-Nest namens Nairobi hatte Whitehouse Blackett mit Whisky traktiert und angekündigt, man werde ihn zu seinen Neuigkeiten beglückwünschen. Strahlend hatte Blackett die Karten ausgerollt, um die neue Route in allen Einzelheiten vorzuführen. Die Karte war wunderbar gezeichnet, ein kartografisches Meisterstück. Sie war zart schattiert, um die subtilen topografischen Veränderungen von Nakuru bis zur Ugowe-Bucht zu zeigen – dem vorgeschlagenen neuen Endpunkt der Linie am See. Selbst die örtlichen Eingeborenenstämme waren genannt. Es war eine Bilderbuchlandkarte. Zweifellos war bei dieser Arbeit kein Felsen und kein Riss übersehen worden.

Whitehouse selbst hatte zu diesem Zeitpunkt noch keinen Blick auf den Ostafrikanischen Grabenbruch geworfen, durch den die Bahnlinie auf der neuen Route führen sollte. Aber Blacketts Arbeit war beeindruckend. Also hatte er ein Telegramm nach London geschickt, denn Zeit war für den Erfolg von extremer Wichtigkeit. Die neue Route war kürzer, die Eisenbahnkommission würde im Stande sein, den Druck auf das Budget zu verringern, und Salisbury würde im Oberhaus einen seiner seltenen Siege davontragen.

Am Ende hatte sich herausgestellt, dass Blackett ein besserer

Vermesser als ein Eisenbahnmann war. Whitehouse hatte in den Grabenbruch hinuntergeschaut und war bleich geworden.

Seitdem hatte er zwei Wochen mit seinem Gewissen gerungen. Die Moral verlangte, dass er zugab, in Eile, aber mit bester Absicht ein vollkommenes Fehlurteil getroffen zu haben. Aber wer würde ihm für diese Ehrlichkeit danken? Bestimmt nicht Premierminister Salisbury, der inzwischen die guten Nachrichten triumphierend an das Unterhaus weitergegeben haben würde.

Müde zog er den zweiten Stiefel aus und legte sich auf das Feldbett.

Er schlief schon beinahe, als ihm der gewaltige Steilhang, der sich tausend Meter bis zum ungastlichen Boden des Tals absenkte, plötzlich wieder lebhaft vor Augen stand. Er schauderte und versuchte, nicht mehr daran zu denken. Wenn die Strecke den Grabenbruch erreichte, würde sie entweder sterben oder weitergeführt werden bis zum See. Preston würde sich um die Einzelheiten kümmern müssen. Man konnte von einem Chefingenieur nicht erwarten, dass er alle Probleme vorhersah.

Er hoffte, dass Preston der Mann war, der er zu sein schien, denn die Steilwand des Grabenbruchs war kein Ort für Züge.

Kapitel 28

Meile 221

Das Lager am Tsavo wurde immer noch von den Löwen heimgesucht. Sie lauerten im Schatten und ignorierten den Lärm, den die Männer mit Trommeln und Kochtöpfen verursachten. Sie brachen durch Dornenbarrikaden oder übersprangen sie, um wahllos zu reißen und zu töten.

Eine Welle der Hysterie schlug über dem Lager zusammen. Die Teufel waren überall.

An einem Abend rannte ein bewaffneter Wachtposten aus dem Schutz seines Dornen-*Boma*. Er konnte es einfach nicht mehr aushalten – er war entschlossen, die Ungeheuer aufzuhalten. Er ließ sich auf ein Knie nieder und schoss in Bäume und ins Gebüsch, bis der Karabiner leer war. Die gelben Augen schienen ihn zu hypnotisieren. Er starb ohne einen Laut.

Ein Wakamba-Bote kletterte auf einen Baum und war schon beinahe in Sicherheit, als der Löwe hochsprang und ihm das Bein am Knie abriss. Der Löwe wartete, dass er herunterfiel, aber der Junge verblutete, an den Ast geklammert.

Am nächsten Tag legten die Männer die Arbeit nieder.

Der Colonel spürte, dass es Ärger geben würde. Er schickte Whitehouse ein Telegramm, in dem er um sofortige Hilfe bat.

Später an diesem Morgen erfuhr er, dass sich die Kulis am Fluss versammelten. Er hörte, wie die Stimmen lauter wurden, als er ein paar Anpassungen an der Brücke vornahm. Er maß ein letztes Mal und wies seinen Helfer an, den Theo-

dolit wieder einzupacken. Andere Stimmen, erhoben zu einem Donner der Leidenschaft, näherten sich aus der Gegenrichtung. Sie kamen auf Patterson zu, der nervös mit der Gerte gegen seine Reithose schlug.
Purshotam Purmar, einer der älteren *Jemadars*, trat vor und hob den Arm. Die Menge drängte sich um ihn und schwieg.
»Wir … diese Männer hier«, sagte er und machte eine Geste, die die Männer umfasste, »werden diesen Ort verlassen. Es ist ein Ort des Todes. Wir sind gekommen, um zu arbeiten, nicht um gefressen zu werden. Das hier ist ein Ort des Bösen.«
Patterson schaute über die wachsende Menschenmenge hinweg. Viele Kulis erschienen von beiden Seiten der Strecke und aus Außenlagern, ihr Bettzeug, Kochgeschirr und Werkzeuge auf den Schultern. Selbst die Kranken hatten die Krankenhauszelte verlassen.
»Ja, ihr werdet gehen. Und ich gehe mit euch. Seht doch.« Patterson zeigte auf die Steinpfeiler. Es gab drei von ihnen, die sich beinahe sechs Meter über das Wasser erhoben. Vier riesige Stahlträger lagen bereit, um jede Achtzehn-Meter-Lücke zu überbrücken. »Dort seht ihr euren Weg in die Sicherheit. Vollendet die Brücke, und wir werden diesen schrecklichen Ort verlassen. Gemeinsam.«
»Sehen Sie es denn nicht? Sind Sie denn blind?«, fragte Purshotam. »Achtundzwanzig unserer Freunde, unserer Brüder, sind nicht mehr unter uns. Sie sind gestorben, und sie waren nicht hergekommen, um zu sterben. Wir sind hier, um an dieser Eisenbahnlinie zu arbeiten, aber Sie und die anderen weißen Sahibs können uns nicht schützen. Sie halten sich nicht an Ihr Ehrenwort.«
»Ihr seid diejenigen, die sich nicht an ihr Wort halten, wenn

ihr die Arbeit jetzt abbrecht. Das hier« – er zeigte auf die Brücke – »ist eure Hinterlassenschaft an eure Nachkommen. Euer Denkmal. Noch lange nach eurem Tod wird diese Brücke von eurer ruhmreichen Arbeit künden.«

»An einem schrecklichen Tod ist nichts Ruhmreiches.«

Zustimmendes Gemurmel erklang von jenen, die nahe genug standen, um das Gespräch verfolgen zu können.

»Wir haben abgestimmt. Wenn der Materialzug kommt, werden wir nach Voi gehen, wo es sicherer ist.«

Patterson lief rot an. »Ihr könnt dem Zorn Ihrer Majestät nicht entfliehen. Wenn ihr geht, seid ihr … ihr seid Deserteure!«

»Deserteure?« Purshotam wandte sich ungläubig seinen Freunden zu, dann sah er Patterson wieder an, der den Blick zornig erwiderte, die schmalen Lippen fest zusammengepresst. »Sind wir denn Soldaten? Nein! Wir sind Arbeiter. Wir haben Arbeitsverträge.« Laute Stimmen erhoben sich. Er sprach noch lauter. »Und ein Recht auf Schutz!«

Weit im Westen ertönte ein Pfeifen. Die Rufe der Kulis verklangen. Es pfiff erneut. Eine schwarzblaue Rauchwolke stieg in den rotgoldenen Himmel. Die Männer jubelten.

Shutt stand im Führerstand und summte unmelodisch vor sich hin. Er liebte diese Tageszeit. Die Hitze ließ nach, und mit dem Wind im Gesicht konnte man den Abend beinahe genießen.

Die morgendliche Fahrt zum Gleisende war ihm am liebsten. Er traf am Vormittag ein, und wenn er Glück hatte, konnte er Tee trinken, bevor er nach Kilindini zurückkehrte. Keinen Eisenbahntee, nein, nicht diese zähflüssige, saure Brühe, die stets, ob man nun wollte oder nicht, mit gesüßter Kondensmilch versehen wurde, sondern Mrs. Prestons Tee, frisch und meist begleitet von Scones. Engländer, dachte er, konnten zwei Dinge wirklich gut – Tee zubereiten und Kulis dazu bringen, dass sie vernünftige Arbeit leisteten.

Er betätigte die Dampfpfeife erneut, eine Meile vor der Behelfsbrücke über den Tsavo. Er liebte dieses Geräusch.

Dann begann er zu bremsen. Er wurde vor der Brücke immer langsamer, weil die Kulis oft warteten, bis er ganz nahe war, um die Brücke zu überqueren, und es war schwieriger, sie zu sehen, wenn sich die Waggons vor der Lok befanden. Je schneller Preston in Makindu ein Dreieck baute, desto besser.

Um ganz sicher zu sein, pfiff er noch einmal, bevor er die lang gezogene Biegung erreichte, die zum Tsavo führte. Er drehte den Rücken in den Wind und zündete seine Pfeife wieder an. Heftig paffend wandte er die Aufmerksamkeit erneut den Gleisen vor sich zu.

Dann nahm er die Pfeife aus dem Mund. »Was soll das?«, murmelte er.

Auf der anderen Flussseite war ein graues Meer aus schmutzig weißen *Dhotis* zu sehen. Am Rand der Brücke stand ein weißer Mann – es sah aus, als sei es der Colonel selbst – und winkte mit einer grünen Signalflagge zu den Weichen. Die Botschaft war eindeutig: Colonel Patterson wollte, dass Shutt durchfuhr, aber wie konnte er das tun? Die Männer, die Kulis, waren überall auf dem Gleis. Ein paar hatten sich sogar auf die Schienen gelegt. Und warum hatten sie sich dort versammelt? Sie wollten doch sicher nicht alle mitfahren?

Shutt hielt den Zug neben Patterson an, der weiter hektisch mit seiner grünen Flagge fuchtelte. Aber trotz der wütenden

Tirade fuhr der Lokführer nicht weiter. Er war ein rücksichtsvoller Mann. Diese Leute mochten Kulis sein, aber er würde sie nicht überfahren. Und wenn der Colonel vor Zorn purpurn anlief, er würde sich nicht von der Stelle bewegen, bevor alle vierhundert Mann entweder den Weg freimachten oder einstiegen.
Als er zehn Minuten später die Pfeife erklingen ließ und weiterfuhr, beobachtete er verlegen, wie die Kulis, die sich an die Waggons klammerten, über die traurige Gestalt mit ihrer schlaffen grünen Flagge laut lachten.
Shutt schaute zurück zu Colonel Patterson. Die Sonne, die über dem Tsavo unterging, ließ sein Monokel aufblitzen.

Patterson baute sich einen Hochstand auf einem Gerüst mit vier Beinen. Entschlossen, den Löwen ein und für alle Mal den Garaus zu machen, hatte er befohlen, dass ein großer Ziegenbock als Köder angebunden werden sollte.
Am späten Nachmittag hielt Pattersons Gewehrträger Mahina die Leiter und sah zu, wie Patterson auf das *Machan* stieg. Mahina war zu Pattersons Gewehrträger geworden, weil es für diesen Posten keine Konkurrenz gegeben hatte. Er war nicht sicher, ob er besonders geeignet für die Position war, aber er brauchte das Geld, und man musste als Gewehrträger doch sicher einfach nur mutig sein. Mut besaß Mahina seiner eigenen Ansicht nach genug. Er war der Jüngste von zehn Brüdern, die ihn alle schikaniert hatten.
»Mahina, die Remington«, sagte der Colonel.
Mahina stieg vier Sprossen hoch und reichte Patterson das Gewehr.
»Jetzt die Holland.«

Er reichte ihm die zweite Waffe.
»Munition.«
Diesmal kletterte Mahina mit den beiden Munitionsschachteln beinahe ganz nach oben. Als er auf Augenhöhe mit dem Boden des Hochstands war, sah er sich um. Der Platz war nicht ideal. Zwischen dem Hochstand und dem Fluss befand sich ein wirres Dornengebüsch, und der Tsavo verschwand etwa eine halbe Meile entfernt hinter einem hohen Ufer. Eine Meile weiter vereinigte er sich in einem Duell der Strömungen mit dem Athi. Stromaufwärts verschwand der Fluss in den Hügeln, die von Felsen übersät und so trocken wie Talk waren.
»Komm schon, komm schon, Mahina. Die Schachteln.«
»Tut mir leid, Sahib.« Er reichte dem Colonel die Munition.
Der Ziegenbock unten meckerte nervös.
»Ist der Sahib Colonel sicher, dass sein *Machan* hoch genug ist?«, fragte Mahina. Die Plattform war nur drei Meter hoch.
Patterson ignorierte ihn.
»Denn ich denke, ich sollte vielleicht bei Sahib bleiben. Vier Augen sehen mehr als zwei. Und zwei Augen können wachen, während Sahibs zwei Augen denken *Es ist Zeit, zu schlafen*. Und wenn zwei Augen –«
»Mahina.«
»Sahib?«
»Halt den Mund. Und geh von der Leiter.«
»Wie der Sahib Colonel wünscht.« Er stieg nach unten. »Braucht der Sahib noch etwas?«
»Nein. Aber nimm die Leiter mit.«
Als Mahina den Boden erreichte, bemerkte er, dass der Zie-

genbock sich halb ins Dornengebüsch zurückgezogen hatte. Er hatte den Pflock zu weit vom *Machan* entfernt eingeschlagen. Ein Glück, dass er das vor dem Colonel bemerkt hatte. Er löste das Stahltau vom Pflock und schlang es mehrmals um einen der vier Pfosten. So konnte sich die Ziege nicht mehr im Gebüsch verstecken.
»Gute Nacht, Colonel!«, sagte er vergnügt.
Von oben erklangen ein Knacken und ein Klicken, als Patterson seine Waffen lud.

Patterson verfluchte die Wolken. Sie waren etwa eine Stunde nach Anbruch der Dunkelheit herangezogen und nun so dicht, dass sie den spärlichen Viertelmond vollkommen verdeckten. In seiner Phantasie sah er Topasaugen, die im Unterholz blitzten, hörte das Geräusch großer Tatzen, die durch das Dornengebüsch brachen, atmete den Geruch des Todes ein.
Der Ziegenbock drunten meckerte hin und wieder. Patterson war sehr zufrieden mit seiner Idee. Nichts wirkte so gut wie frisches Blut, und das erschrockene Meckern der Ziege würde ihn darauf aufmerksam machen, wenn sich der Löwe näherte. Bis dahin konnte er ruhen.
Eine Stunde verging. Zwei.
Wenn es hin und wieder ein Loch in der Wolkendecke gab, war die Ziege als trüber weißer Fleck zu erkennen, der an seinem Tau zog. Plötzlich meckerte das Tier laut.
Ein Geräusch erklang aus dem Dunkeln. Ein Seufzen.
Nun war die Ziege aufgeregt, schrie jämmerlich und stolperte an dem schweren Stahltau auf der Lichtung herum.
Der Mond hielt sich immer noch verborgen. Das Seufzen war von der anderen Seite der Lichtung gekommen. Oder

vielleicht waren es zwei Löwen? Die Geräusche begannen, Patterson zu umkreisen.
Er mochte nun selbst das Ziel der jagenden Löwen sein, aber diese Tiere faszinierten ihn. Sie hatten die Grenzen überschritten, die ihre Spezies ihnen setzte, und ihre Schlauheit gegen die Intelligenz des menschlichen Jägers gewandt. Niemand wusste, wie lange sie das schon getan hatten, aber seit mindestens acht Monaten lebten sie von Menschen.
Patterson hob die Waffe. Sein Zielauge begann zu zucken. Er blinzelte angestrengt, um das Zucken zu vertreiben, und bewegte den Lauf ein wenig zur Seite. Nichts regte sich.
Die Ziege riss nun vor Angst an ihrem Seil, an der Stelle, die wohl am weitesten von den Löwen entfernt war. Man hörte Atmen – ein leises Grollen aus dem Dunkeln. Patterson konnte spüren, wie sich das Gewicht auf den Pfoten verlagerte, wie Muskeln sich anspannten. Er hob die Waffe an die Schulter.
Er hörte ein Schnappen, als der angreifende Löwe die Ziege ansprang und seine Beute so weit mitzog, wie das Seil es zuließ. Die Plattform wackelte. Patterson musste sich an einem Pfosten festhalten, um nicht herunterzufallen. Erschrocken erkannte er, dass das Seil an einem der wackligen Beine der Plattform angebunden war.
Der Löwe versuchte, die Ziege ins Dornengebüsch zu zerren. Die Plattform schwankte, dann kippte sie und war kurz davor umzufallen.
Der Löwe knurrte und zog abermals. Patterson konnte nichts sehen. Er zielte in die Richtung, aus der das Knurren erklungen war.
Ein Schnaufen ertönte direkt unter ihm. Der zweite Löwe.

Die Plattform neigte sich ein wenig mehr, und ein Kratzen erklang, als würde die Rinde von einem der Pfosten gerissen. Das Tier erprobte seine Reichweite, stellte sich auf die Hinterbeine.

Patterson spähte in die Dunkelheit zwischen den Bodenbrettern. Topasaugen befanden sich keinen Meter unter ihm. Er schoss.

Eine Explosion von Splittern traf sein Gesicht, und ein gequältes Brüllen – eines der Überraschung und nicht der tödlichen Verwundung – erklang von unten.

Patterson schoss in die Richtung, wo sich die Ziege befunden hatte, und vernahm das beruhigende Klatschen eines Treffers. Diesmal war das Brüllen empört, gefolgt von einem schmerzerfüllten Stöhnen.

Dann wurde es still.

Er schoss die Remington in Richtung des letzten Stöhnens ab. Die Stille dauerte eine Minute. Zwei.

Im Lager erklangen Jubel, Pfiffe und Schläge auf Töpfe und Pfannen. Die Kulis griffen nach ihren Trommeln und kamen unter Hörnerklang und mit tanzenden Laternen vom Lager auf Pattersons *Machan* zu.

Patterson blieb auf seinem Hochsitz. Als sie nahe genug waren, schrie er: »Zurück! Zurück hinter eure *Bomas!*«

Die Feiernden wurden still, weil sie versuchten, seine Worte zu verstehen.

»Verschwindet! Sie sind vielleicht noch nicht tot!«

Die Kulis schnappten erschrocken nach Luft. Unter Schreckensschreien eilten sie davon und ließen Töpfe, Pfannen, Hörner und Trommeln zurück.

Es war eine lange Wache bis zum Morgenrauen. Als es schließlich heller wurde, zeichneten sich langsam Umrisse

ab. Patterson, immer noch in seinem hohen Nest, fand nur einen Löwen. Er lag tot neben der Ziege.
Nun würde er den zweiten verfolgen müssen – einen verwundeten, Menschen fressenden Löwen in seinem eigenen Revier, zu seinen eigenen Bedingungen.

Patterson fand die blutige Spur fünfzig Meter von seiner Plattform entfernt wieder. Er lud und spannte die Remington. Mahina folgte ihm auf dem Fuß, den Martini-Karabiner in der Hand.
Sie bewegten sich langsam. Patterson hatte einmal in Indien einen verwundeten Tiger verfolgt; er hatte nie etwas Gefährlicheres erlebt – bis zu diesem Tag. Das Gewehr lag schwer in seinen Händen. Sein Rücken und die Schultern schmerzten von der Anspannung, jeden Schatten und jeden Steinhaufen nach dem verwundeten Löwen absuchen zu müssen.
Etwa eine Vierteilmeile vom Beginn der Spur entfernt fanden sie Erbrochenes. Patterson spürte die Nähe des Tiers. Er bewegte sich noch vorsichtiger weiter, bis seine Bewegungen kaum mehr wahrzunehmen waren.
Hinter ein paar Aralien führte die Spur in ein Dickicht auf der anderen Seite einer kleinen Lichtung. Inzwischen konnte Patterson den Blick des Löwen beinahe spüren. Er trat auf die Lichtung, blieb stehen und spähte in das keine hundert Meter entfernte Dickicht.
Der Löwe griff an.
Patterson war sicher, dass er es schaffen würde. Das Tier sprang leicht hinkend aus dem Dickicht, und schwarzes Blut verklebte das Gold seiner Brust. Patterson zielte auf die gleiche Stelle. Sein erster Schuss ging daneben. Der zweite schleuderte den Löwen in einer roten Staubwolke zu Boden.

Die Muskeln und Sehnen seiner Vorderbeine zuckten, als er die Krallen in den Dreck schlug und sich wieder hochzog. Er griff erneut an, diesmal langsamer, aber nicht weniger entschlossen.

Der dritte Schuss brach ihm das Hinterbein, aber das Tier kam immer noch näher, fauchend und zitternd vor Wut. Patterson war jetzt nahe genug, um Blut und den Speichelschaum an den gefletschten Zähnen sehen zu können. Er warf die leere Remington weg und griff hinter sich, damit Mahina ihm den Martini-Karabiner reichen konnte, mit dem er dem Löwen ein Ende machen würde. Er hatte keine Angst. Tatsächlich befand er sich in einem Zustand unerklärlicher Gelassenheit, es war wie eine Trance, in der seine Sinne sich ausdehnten und die Zeit sich verlangsamte. Er schien jeden unter Schmerzen vollführten Sprung des Löwen zu spüren, jede Anspannung der gewaltigen Vorderbeinmuskeln, das Auftreffen der großen Pfoten auf dem Boden. Blut floss aus dem Maul des Tiers, als es sich nach vorn warf. Die Augen waren gelbgrün und so kalt wie die eines Reptils.

Patterson fragte sich, wieso Mahina ihm den Karabiner noch nicht in die Hand gegeben hatte. Er fand seine Antwort beim Anblick seines Gewehrträgers und des Karabiners auf halbem Weg eine Aralie hinauf. Angst riss Patterson aus seinem tranceartigen Zustand, und er drehte sich um und rannte selbst auf die Bäume zu, verfolgt von dem Menschen fressenden Löwen, der unter wütendem, schmerzerfülltem Fauchen angriff, stürzte und wieder auf die Beine kam.

Am Fuß von Mahinas Baum erreichte Patterson mit einem gewaltigen Sprung den niedrigsten Ast. Im gleichen Augenblick sprang der Löwe ebenfalls, aber sein gebrochenes Hinterbein verhinderte, dass er seinen Feind erreichte. Der

Schwung half Patterson, die Beine hochzuziehen, dann sackten sie wieder nach unten. Das Tier drehte sich so schnell um, wie sein gepeinigter Körper es erlaubte. Patterson zappelte und konnte die Beine schließlich wieder hochziehen. Mahina half ihm, auf den Ast zu klettern.
Der Colonel wusste, dass sie nicht hoch genug im Baum waren, um in Sicherheit zu sein. Er griff nach dem Karabiner, und einen atemlosen Moment befürchtete er, ihn fallen zu lassen. Der Löwe war nun wieder unter ihnen und setzte erneut zum Sprung an. Die Kugel traf das Tier in den Rücken. Das genügte. Der Löwe brach zusammen und kroch geschlagen auf das Gebüsch am Rand der Lichtung zu. Patterson schoss wieder und wieder, und beim letzten Schuss fiel er vom Baum und wirbelte eine Staubwolke auf. Schnell sprang er wieder auf, aber der Löwe regte sich nicht mehr.
Patterson seufzte und ging langsam zu dem Tier. Noch ein letztes Mal versuchte der Löwe vergeblich zuzuschlagen. Patterson schoss noch zweimal. Der Karabiner klickte. Der Löwe drehte den Kopf und schnappte nach einem abgebrochenen Ast, den er zermalmte, bevor er ein letztes Mal erbebte und schließlich starb.
Patterson starrte das Tier an. Er empfand keine Freude. Acht Monate seines Lebens waren von diesen teuflischen Tieren bestimmt worden. Man hatte ihn hierher geschickt, um eine Brücke zu bauen, aber das war bald zu einer Nebensache geworden. Die Menschen fressenden Löwen zu töten war zum wahren Sinn seines Lebens geworden. Nun verspürte er eine beunruhigende Leere.
Er hob den Blick zum Himmel, blinzelte die Tränen weg und sah den blauesten afrikanischen Himmel, den er je erblickt hatte. Dieses Blau konnte doch sicher nicht natürlich sein,

eine Gottheit musste das Firmament aus diesem Anlass Farbe verliehen haben. Er senkte den Blick zur Baumlinie und begann, über diese Schönheit zu staunen. Dann bemerkte er etwas Seltsames: Über dem Kyulu-Hügeln erhob sich eine einzelne weiße Rauchwolke.

Kapitel 29

Meile 224

Früh am Morgen brach Preston mit einer kleinen Karawane aus zehn Trägern, ihrem *Jemadar*, einer *Askari*-Wache und dem Führer Rashedi aus Kiboko auf. In der Dämmerung gingen sie über das Grasland mit seinen verkrüppelten Bäumen, die lange graue Schatten auf das trockene Land warfen.

Sobald sie den Karawanenweg erreicht hatten und das Hämmern der Schienenleger in der Ferne verklungen war, erkannte er, wie gut es ihm tat, aus dem Lager wegzukommen, um die geistige und körperliche Energie wiederzugewinnen, die er in den letzten Wochen von Florence' Kampf gegen das Fieber aufgebraucht hatte. In der Nacht, als sie von der Schwelle des Todes zurückgekehrt war, hatte er sich beinahe vollkommen verausgabt. Er fühlte sich zutiefst schuldig, weil er sie so weit von der Sicherheit ihres Zuhauses in England weggeholt hatte. Aber jetzt befand sie sich in Mombasa in der Obhut der Carters, und seine Versöhnung mit Afrika konnte beginnen.

Gegen Mittag des zweiten Tags stiegen sie auf die Mwia-Hügel. Vor ihnen lag eine weite Fläche unfruchtbarer Savanne, die sich vom Südwesten bis weit in den Nordwesten zog. Das waren die Kipete- und die Athi-Ebene, die sich zum Horizont erstreckten wie die seichte Dünung eines tropischen Meers. Normalerweise wuchs hier saftiges Gras, aber ohne den Regen wanderte der größte Teil einer Million Säugetiere auf der Suche nach dem Leben spendenden Regen und dem neuen Gras, das er bringen würde, umher.

Zwei ganze Tage zogen sie durch eine Landschaft voller Wildtiere, reich an Farben und von gewaltiger Ausdehnung. Preston konnte nicht alle Tiere benennen, die seinen Weg kreuzten, aber es gab Gnus, Zebras, Impalas und Gazellen zu Hunderttausenden, ein Dutzend andere Antilopenarten, Reihen sich wie Wellen bewegender Giraffen und Herden empörter Büffel. Die grasenden Tiere befanden sich ständig in Bewegung und trampelten die Grasstoppeln nieder, in Staubwolken gehüllt, die wie eine Erinnerung an Feuer über der Ebene hingen. Im Gegensatz zu den hungernden Herden und ihrer störrischen Suche nach Nahrung hatten Raubtiere bei so vielen geschwächten Geschöpfen die freie Auswahl. Es gab große Katzen wie Löwen und Leoparden und kleinere wie den anmutigen Geparden, den vorsichtigen Serval und andere wunderschöne Tiere mit verblüffender Zeichnung, gespitzten Ohren und wachsamem Blick. Und es gab Horden von Hyänen, umherhuschende Schakale, Adler und Geier. Rashedi, der Macdonald bei seiner Vermessungsexpedition 1892 geführt hatte, bevor er sich Whitehouse in den frühen Tagen des Eisenbahnbaus anschloss, kannte all ihre Namen, und einige Zeit war Preston sein begeisterter Schüler. Aber nach mehreren Stunden ermüdete Preston und beschränkte sich darauf, einfach nur den Anblick zu genießen, der sich ihm bot.

Macdonalds Vermessung war ein Zickzackgalopp über 4280 Meilen Ostafrikas gewesen. Er hatte alternative Routen geprüft und Theorien darüber aufgestellt, was er vorfand, bis die Ergebnisse 1893 dem Finanzministerium vorgelegt wurden. Seine dreihundertneunundachtzig Mann große Gruppe hatte kaum mehr geleistet, als ordentlich ergänzte Karten zu zeichnen. Die ausführlichen Vermessungen von Männern wie Blackett bestätigten dies und steckten die Strecken ab, die Macdonalds weite Sprünge durch das Gelände verbanden.

Aber es war der Gleisbauingenieur, der die Verantwortung für die Verlegung von Gleisen trug, über die eine Fünfzig-Tonnen-Lokomotive sich sicher bewegen konnte. Diskussionen unter Eingeweihten über Scheitelkreis und Winkel, über Längen- und Breitengrade umrissen höchstens das Kriegsgebiet. Die Schlachten von Stahl und Dampf würden unter Bedingungen ausgefochten werden, die Ronald Preston festlegte.

Am Nordrand der Athi-Ebene stiegen sie in einen dichten Wald auf. Preston sah die schönen Wacholderbäume und den Bambus mit den Augen eines Eisenbahningenieurs: alternative Brennstoffquellen, falls es nicht genug Kohle gab, und das Rohmaterial für Dämme, bis Pattersons Leute dauerhaftere Konstruktionen errichten würden.

Er studierte Steigungen und Bodenbeschaffenheit und sah sich nach Vorsprüngen und Gebirgsausläufern um, dem Material, das er brauchte, um die Konturen auszufüllen, wenn die Strecke sich aus dem Grasland in die Hügel wand.

Die dritte Nacht verbrachten sie in Fort Smith, einem alten britisch-ostafrikanischen Handelsposten. Preston erkannte aus seiner Atemlosigkeit, dass sie hoch aufgestiegen waren, aber er war dennoch überrascht, als er feststellte, dass sie sich in einer Höhe von über zweitausend Metern befanden. Der Sonnenuntergang hatte eher bläuliche und grünliche Töne als die des Feuers. Der Abendwind war beinahe kalt.

Ihr nächstes Ziel war der obere Rand des Kikuyu-Steilhangs.

Seit beinahe zwei Jahren hatte er sich immer wieder vorgestellt, wie diese Herausforderung seiner Ingenieurskunst wohl aussehen würde – sie war stets gegenwärtig, aber auch stets zeitlich und räumlich weit entfernt gewesen. Es war beinahe unwirklich geworden; ein Ort wie aus einem Märchen, und am nächsten Tag sollte er ihn zum ersten Mal sehen.

Am Morgen standen Preston und Rashedi in der Hügelschlucht. Preston stellte sich die Haarnadelkurven vor, die nötig wären, um die Gleise zu der Stelle zu bringen, wo sie zwischen den Bäumen verschwanden, nur um eine Meile später auf der anderen Seite der Klamm wieder herauszukommen. Er bebte bei der Vorstellung, der Erste zu sein, der diesen jungfräulichen Boden aufriss, um seinen Schienen Halt zu geben. Es würde schwierig werden, aber er konnte bereits seine tausend Roder sehen, wie sie mit gebeugtem Rücken Tonnen von Erde bewegten. Dann würden die Schienenleger folgen und vor einer Kulisse aus zwölf Meter hohem goldenem Bambus auf Stahlschwellen silberne Fäden verlegen.

Auf über 2100 Meter Höhe lichtete sich der Wald. Auf ferneren Hügeln bemerkte Preston den dunkelroten Boden der gepflügten Felder, wo die Kikuyu *Sukuma*, ein grünes Blattgemüse, und Reihen von Mais anbauten. Über seinem Kopf bewegten sich die Wipfel der höchsten Bäume in einem Wind, der am Boden nicht wahrzunehmen war.

Sie erreichten 2200 Meter Höhe und folgten der Karte direkt nach Norden. Es war, als hätte der Vermesser die unvermeidliche Richtung nach Westen und die Begegnung mit dem Ostafrikanischen Grabenbruch hinausgezögert.

Preston ließ die Karawane zurück und ging mit Rashedi zum Rand einer Anhöhe, die das Land im Westen verbarg. Als sie näher kamen, spürte er einen warmen Wind, der an seinem Hut zu zupfen begann, und erkannte aus der Erinnerung an die Karte direkt vor sich den kahlen Krater des erloschenen Suswa.

Am Rand des Steilhangs riss ihm der Wind den Hut vom Kopf, bevor er ihn festhalten konnte. Eine heiße Bö füllte seinen offenen Mund, und er musste angestrengt schlucken, um den Druck loszuwerden, bevor er weiteratmen konnte.

Was er unter sich sah, ließ ihn ein zweites Mal schlucken. Der Steilabbruch bestand aus einer Reihe zerklüfteter Vorsprünge und beinahe senkrecht abfallender Klippen. Dazwischen gab es Simse von mehreren hundert Meter Breite, die sich mit geringerem Gefälle abwärts zogen. Ganz unten – nach der Landkarte tausend Meter tiefer – breitete sich ein flaches, braunes Backblech vierzig Meilen weit aus, bis es beinahe ebenso steil wieder nach oben ging. Vor undenklich langer Zeit hatte sich hier die Erde aufgetan und die Savanne verschlungen.

Der Wind ließ seine Hosenbeine flattern. Preston entdeckte einen fußballgroßen Stein und stieß ihn mit dem Fuß an und sah zu, wie er den dünn bewaldeten Hang hinunterrollte. Über eine Minute lang hörte er ihn poltern, wobei das Geräusch mitunter bei einem längeren Sturz abbrach und nur noch das Pfeifen des Windes blieb, und irgendwann ertönte ein Krachen, als der Stein tief unten aufprallte. Schließlich war es still.

Preston sah Rashedi an: Das braune Gesicht war zu einem Lächeln verzogen. Rashedi war kein Ingenieur. Er war ein Mann, dessen Lebensunterhalt davon abhing, wie gut er sich die Merkmale einer Landschaft einprägte, sodass er sich auch ohne Landkarte oder Kompass orientieren konnte. Für ihn war der Kikuyu-Steilhang ein Freund, ein bedeutendes Wahrzeichen, das ihm jeden Zweifel nahm, wo er sich befand. Er brauchte nicht zu wissen, dass Züge es selten mit Steigungen von mehr als zweieinhalb Grad aufnahmen und dass der Kikuyu-Steilhang mindestens fünfundvierzig Grad hatte oder dass es dafür, einen Zug dort hinunterschicken zu wollen, die Art von zeitweiligem Wahnsinn brauchte, über die nur ein Gleisbauingenieur verfügte. Diese tausend Meter Höhenunterschied zu überwinden würde normalerweise zwanzig Meilen quälender krebsartiger Vorwärtsbewegungen voraussetzen, mit Serpentinen und Umkehrpunkten, aber es war möglich. Man war kein Gleisbauingenieur, wenn man nicht das scheinbar Unmögliche versuchte und dann durchführte. Aber Preston wusste, dass er keine Zeit für so etwas hatte. Whitehouse' Plan zur Befriedung der Eisenbahnkommission sah einen raschen Abstieg zum Talboden und dann einen noch schnelleren Vorstoß zur anderen Seite vor.

Der Kikuyu-Steilhang würde mit einem Frontalangriff genommen werden. Irgendwie musste Preston eine Möglichkeit schaffen, einen Zug mitsamt seiner Fracht sicher diesen wahnsinnigen Hang hinunter- und zum Talboden zu bringen.

An den folgenden zwei Tagen stieg Prestons Karawane weiter abwärts und folgte dabei der Route, die Blackett vorgeschlagen hatte. An einigen Stellen waren die Hänge dicht bewaldet und würden gerodet werden müssen. Das würde Brennstoffvorräte für den Weg über den kahlen Talboden liefern.

Nach dem ersten Schock beim Anblick des brutalen Steilabbruchs versuchte Preston, nicht mehr daran zu denken. Unter ihnen kam der Talboden jede Meile näher. Er war so flach und unbewaldet, wie Whitehouse berichtet hatte. Sie kamen an dem anderen erloschenen Vulkan des Tals, dem Longonot, vorbei. Er ragte über ihnen auf, als sie an diesem Nachmittag ein Lager am Ufer des kleinen Flusses Kedong aufschlugen.

Kurz vor Sonnenuntergang beschloss Preston, auf den Longonot zu steigen. Der Weg war einfach, bis er den Fuß des Kessels erreichte, wo er gezwungen war, sich auf allen vieren zum Rand vorzubewegen. Als er diesen erreichte, verblüffte ihn erneut das gewaltige Ausmaß des Grabenbruchs. Vom Rand des Steilhangs aus hatte er zwar eine Vorstellung von der Weite des Tals erhalten, aber bis zu diesem Augenblick war ihm nicht klar gewesen, wie atemberaubend gewaltig es wirklich war.

Im Norden schimmerte der Naivashasee, mehr als zehn Meilen breit, im Sonnenuntergang wie ein Ententeich in einem ländlichen Garten. Dahinter waren Hänge zu erkennen, die das äußerste Ende des Tals verbargen. Wenn man nach Süden schaute, nahm der aufgerissene Boden kein Ende, er erstreckte sich am Fuß von Festungsmauern von mehr als einer halben Meile Höhe und verschwand schließlich in dem blauvioletten Dunst, der um diese Tageszeit den Horizont verbarg.

Preston konnte sich nicht abwenden, bis die untergehende Sonne den Vorhang vor diesem Bild senkte. Selbst für afrikanische Verhältnisse war der Ostafrikanische Grabenbruch ein Anblick, bei dem ein Mensch sich sehr klein fühlte. Langsam kehrte der Ingenieur im Dunkeln wieder ins Lager zurück.

An diesem Abend lag er in seinem Zelt und dachte über Florence nach, über ihr gemeinsames Leben. Zum ersten Mal seit ihrer Heirat waren sie länger voneinander getrennt. Die geografische Entfernung störte ihn nicht sonderlich, aber er wusste, dass es zwischen ihm und seiner Frau nun einen Graben gab, der viel größer war, so als befände er sich in Afrika und sie in England. Das war der Grund, wieso viele Ehepaare nie versuchten, in diesem grenzenlosen Land zusammenzuleben. Ein Abstand von hundert Meilen Buschlandes entsprach tausend Meilen in der zivilisierten Welt. Aber selbst wenn er und Florence ein von Zelttuch umschlossenes Schlafzimmer teilten, konnten sie einander nicht wirklich nahe sein. Das Leben in einem Lager erlegte einem strengste Zurückhaltung auf. Er fragte sich, welche Beziehungen mehr litten: solche von Paaren, die durch Weltmeere voneinander getrennt waren, oder die jener Menschen, zwischen denen und der Welt sich nichts als Zeltplanen befanden?

Im Lager selbst dachte er selten daran, aber nun erkannte er, wie schwierig es für ihre Beziehung war, zu wachsen. Florence war eine gute Ehefrau. Er sollte diesen Mangel an Intimität nicht missbilligen; es war etwas, das sie nie gehabt hatten und demnach nichts, dessen Verschwinden er bedauern konnte. Aber er war sicher, dass die Monate unterdrückten körperlichen Ausdrucks der Kluft zwischen ihnen Vorschub geleistet hatten. Es war unmerklich geschehen, und so, wie sie lebten, würde es sehr schwierig sein, sich darüber hinwegzusetzen.

Preston wusste, dass er Florence sehr gern hatte. Als er sie beinahe ans Schwarzwasserfieber verloren hätte, war ihm klar geworden, wie sehr. Aber würde es je darüber hinausgehen?

»Du siehst ein wenig gedankenverloren aus, meine Liebe.«

»Ja?« Florence blickte von ihrem Platz auf der Veranda auf zu ihrer Gastgeberin. »Ich genieße einfach nur die Aussicht, Rose, und die Brise.«

Der Nordostwind, der *Kazkazi*, füllte die roten Lateinersegel einer Handelsdau, die träge in den Hafen einfuhr wie eine dicke Frau mit einem Bündel Wäsche. Ein Seemann mit Turban schlug hektisch seine große Trommel, um ihre Ankunft anzukündigen, damit der Weg für sie freigemacht wurde.

Tatsächlich hatte Florence an ihren Mann gedacht, hatte versucht, sich an sein Gesicht und an seine Eigenheiten zu erinnern. Es war seltsam und beunruhigend, dass ihr das schwer fiel. Sie überlegte, ob sie mit Rose darüber sprechen sollte, wie sie es bei vielen wichtigen Dingen tat, kam aber zu dem Schluss, dass sie noch mehr Zeit brauchte, um selbst darüber nachzudenken.

»Warum kommst du nicht mit mir zur Post?«, fragte Rose in einem Versuch, sie aus ihren Gedanken zu reißen. »Ich erwarte dieser Tage ein Päckchen mit Zeitungen.«

»Rose, wie lange seid ihr, du und William, schon hier in Mombasa? Acht Jahre? Neun?«

»Im nächsten Mai werden es elf Jahre sein.« Rose lächelte und setzte sich neben Florence auf die breite Veranda.

»Und du lässt dir immer noch die Zeitungen aus London schicken.«

»Aber selbstverständlich! Wie soll ich sonst erfahren, was zu Hause passiert?«

»Zu Hause.«

»Ja, zu Hause. Oh, du gehörst doch hoffentlich nicht zu den Frauen, die glauben, sie sollten sich von ihrer Heimat abwenden, weil sie für ein paar Jahre umgezogen sind, oder?«

»Ganz und gar nicht. Ich denke genau wie du. Aber ich nahm an, nach elf Jahren …«
»Nun, wenn ich gleich zu Beginn gewusst hätte, dass es elf Jahre sein würden, hätte ich sie mir wohl eher monatlich schicken lassen als wöchentlich.«
Florence lächelte. »Du weißt schon, was ich meine, Rose. Wird es denn nie einen Zeitpunkt geben, an dem du einfach sagst: *Ich bin hier. Das hier ist mein Zuhause?*«
»Niemals. Es ist nicht zu Hause, oder? Sieh es dir doch nur an.« Sie machte eine ausholende Bewegung zu dem glitzernden blauen Wasser hinter dem breiten Mangobaum in ihrem Garten. »Das da ist wohl kaum Knightsbridge.«
Auf der Straße wimmelte es von Menschen in exotischer Kleidung – bunte Swahili-*Kikois*, indische Saris aus schwerer Seide, Turbane in vielen Farben. Selbst die langen weißen Hemden der *Kanzus* und die erstickenden schwarzen *Buibuis* wirkten faszinierend.
»Aber du und William, ihr wirkt so, so …«
»Verwurzelt?«
»Ja. Nein, es ist mehr als das.« Sie verzog das Gesicht und suchte angestrengt nach der richtigen Formulierung, damit die Freundin sie verstand. »So … normal!«
Die ältere Frau lachte. »Danke, meine Liebe, ich nehme das als Kompliment.«
»Oh, bitte entschuldige, Rose. Ich drücke mich nicht besonders klar aus, wie?«
»Da gibt es nichts zu entschuldigen. Wolltest du damit sagen, wir wirken, als gehörten wir hierher?«
»Ganz und gar nicht. Im Gegenteil. Ihr seht aus, als könntet ihr aus Broad Oak in Shrewsbury stammen. Ihr könntet Nachbarn meiner Eltern sein. Ich bewundere das. Ihr habt

euren englischen Geist behalten, du und William. Afrika hat euch nicht so geprägt wie viele andere.«

»Ich war mir dessen nicht bewusst. Vielleicht hast du Recht.«

»Ich versuche ja, den Schein zu wahren, aber ich schaffe es einfach nicht.«

»Das ist in einem Zelt sicher auch schwieriger.«

»Ja, das stimmt. An unserem Leben im Eisenbahnlager ist nichts Normales. Ich kann es kaum erwarten, nach England zurückzukehren und mit unserem Leben als Ehepaar angemessen zu beginnen.«

Florence fragte sich, wann das wohl geschehen würde. Ronalds Zweijahresvertrag lief in etwa einem Monat ab, aber er hatte bereits eine Verlängerung um zwei Jahre akzeptiert. Sie versuchte, sich zu erinnern, wie es zu dieser Entscheidung gekommen war. Vor einiger Zeit hatte Ronald erwähnt, dass sein Vertrag bald ablaufen würde und er daran dachte, ihn zu erneuern. Offenbar hatte er aus ihrem Schweigen geschlossen, dass sie dem zustimmte. Vielleicht hatte sie das ja auch getan, denn sie wusste, wie viel ihm der Bau dieser Eisenbahnstrecke bedeutete.

Was würde passieren, wenn dieser neue Vertrag ablief? Sie hoffte, dass sie dann nach Hause gehen würden, um mit ihrem gemeinsamen Leben in England zu beginnen. Sie fürchtete, dass sie wie Rose enden würde – zu einem Leben in Ostafrika gedrängt, wo sie ihre Abreise ununterbrochen wegen des einen oder andern Projekts verschob. Sie war entschlossen, sich dem zu widersetzen. Zu Hause – das war England. Sie würde ihre Kinder in England aufziehen.

Kapitel 30

Meile 236

Preston fand den Naivashasee so idyllisch, dass er beschloss, dort ein paar Tage zu bleiben. Das Seeufer hatte sich fünfundzwanzig Meter weit zurückgezogen, aber man konnte immer noch sehen, wie die Flusspferde durch den Papyrus wateten oder im tieferen Wasser etwa hundert Meter weiter im See planschten. Am Abend kam eine Herde von ihnen aus dem Wasser, um das trockene Gras zu fressen.

Einen Tag später wurde er jedoch ruhelos und überlegte es sich anders. Er würde einen oder zwei Tage mit Erkundungsritten entlang der Vermessungslinie über den Talboden verbringen. Er belud das Maultier mit Vorräten für zwei Tage und fügte dann sicherheitshalber noch mehr Lebensmittel und einen zusätzlichen Wasserbehälter hinzu. Er benutzte einen leichten Sattel für sein Pony, ein kleines Tier mit sicherem Schritt, das bereits die Tsetsefliegen-Angriffe überlebt hatte, und folgte dem Seeufer nach Norden.

An der Nordspitze des Naivashasees kreuzte er die Route, der er eigentlich hatte folgen wollen, aber dann gab er einem Impuls nach und wandte das Pony nach Westen. Während der nächsten Meilen hatte er ein schlechtes Gewissen. Es gab keinen anderen Grund, dem Seeufer weiter zu folgen, als die Schönheit dieses Gewässers zu genießen, der er in einem Augenblick der Schwäche nicht hatte widerstehen können.

Er zügelte sein Reittier, stieg ab und inspizierte Sattel und Gepäck, prüfte Gurte und Schnallen. Selbstverständlich saß alles perfekt – er war schließlich erst eine Stunde unterwegs.

Er warf einen Blick zurück in die Richtung, in die ihn sein Pflichtbewusstsein zog. Die Hänge des Steilabbruchs zogen sich in monotoner Vorhersehbarkeit nach Norden. Er hatte sich die Vegetation bereits genau angesehen und den Boden an mehreren Orten geprüft und Proben eingepackt. Das genügte.

Die glitzernde Schönheit des Sees zog sich nach Nordwesten und fesselte seinen Blick. Es gab Unregelmäßigkeiten an der Grenze zwischen Wasser und bewaldetem Ufergelände, die kleine Buchten und Bachmündungen verbargen. In der Ferne, auf der anderen Seite einer weiten Bucht, konnte er etwas erkennen, das vielleicht ein Sandstrand war. Ein Ibisschwarm flog mit seltsam hupenden Rufen über ihn hinweg. Die Vögel zogen nach Südwesten. Preston stieg wieder auf sein Pony und lenkte es mit einem Tätscheln und einem Schnalzen in diese Richtung. Das Maultier trabte ohne Widerspruch hinterher.

Der Steilabbruch befand sich nun hinter ihm. Er ließ das Pony eine halbe Meile traben und lachte, ohne zu wissen, warum.

Während der nächsten Stunde ritt er durch Herden von Savannengrasern, die sich offenbar nicht an seiner Anwesenheit störten. Er nahm an, dass das vielleicht damit zu tun hatte, dass er zu Pferd war. Erst als er ihnen näher kam, um seine Theorie zu überprüfen, zogen sich die Tiere vorsichtig zurück, hoben die Köpfe, um zu wittern, und starrten ihn aus großen braunen Augen an.

Eine Elefantenherde war misstrauischer, trompetete erschrocken und bewegte sich schlurfend vom schlammigen Ufer weg, sobald er in Sicht kam. Es gab einige erwachsene Tiere mit Stoßzähnen und viele Junge in allen Größen, von einem oder zwei kniehohen großohrigen Babys aufwärts. Preston hatte vergessen, wie großartig diese Geschöpfe waren, und erinnerte sich bedrückt daran, wie er eines dieser Tiere getötet hatte.

Ein Stück weiter stieß er auf eine kleine Rinderherde und entdeckte einen Jungen, der im Schatten eines Baobabbaums stand. Der Junge schien weder ängstlich noch feindselig zu sein. Er war vielleicht acht Jahre alt, nackt und erschreckend dünn. In einer Hand hielt er einen Speer, der ihn weit überragte, in der anderen einen Hirtenstab. Preston wartete darauf, dass der Junge irgendwie reagierte. Als das nicht geschah, griff er in die Satteltasche und holte einen Streifen Biltong heraus, getrocknetes Impalafleisch, das er zusammen mit Reis, Trockenobst und Maismehl als Proviant mitgenommen hatte, und hielt es dem Jungen hin. Der Junge ließ sich nicht anmerken, ob er die Geste verstand, und rührte sich nicht, um das Geschenk anzunehmen oder abzulehnen.

Sie beobachteten einander noch mehrere Minuten, dann schüttelte Preston lächelnd den Kopf und lenkte sein Pferd weiter am Ufer entlang.

Ein wenig später fand er den Strand, den er zuvor entdeckt hatte. Er lag an der Mündung eines Bachs, der beinahe ausgetrocknet war und ein sandiges Bett hatte. Das Seeufer war dank früheren Hochwassers frei von Papyrus und anderen Pflanzen. Ein kleiner Teich hatte sich gebildet, bevor der Bach den eigentlichen See erreichte. Das schien ein geeigneter Ort zu sein, um ungefährdet das Wasser zu genießen.

Preston zog sich aus und warf seine Sachen in den Schatten eines Baums, wo sein angepflocktes Pferd und das Maultier zufrieden fraßen.

Das Wasser kam ihm zunächst kalt vor, aber sein Körper passte sich schnell an den Unterschied zwischen der vormittäglichen Hitze und der Temperatur des Sees an, und dann war es nur noch erfrischend. Er suhlte sich. Er planschte. Er tauchte unter, bog den Rücken durch und reckte das nackte Hinterteil aus dem Wasser. Nach einer Weile bekam er Hunger und watete an Land, wobei er sich das Wasser aus dem Gesicht und den Augen wischte.
Dann blieb er stehen, denn er bemerkte plötzlich eine dunkle Gestalt zwischen sich und seiner Kleidung. Auch sein Gewehr befand sich dort unter dem Baum.
Ein Mädchen, eine junge Frau, sah ihn schamlos abschätzend an. Sie hatte kurz geschnittenes Haar, das zum Teil von einer Mütze mit Perlenstickerei bedeckt war, und die Perlenschnüre ihres Halsschmucks hingen zwischen nackten runden Brüsten. Ihr Perlenrock trug nicht dazu bei, ihre langen Beine zu bedecken. Perlenschnüre, rot, gelb und blau, waren um ihren langen Hals geschlungen, und eine weitere Perlenschnur hing um ihre schlanke Taille. Perlenohrringe baumelten an vollendet geformten Ohren.
Sie betrachtete alles an ihm. Er war verärgert und wütend auf seine eigene Verlegenheit. Er machte einen Schritt auf seine Sachen zu, und die Frau erstarrte wie eine erschrockene Gazelle. Einen Augenblick lang starrten sie einander an. Preston, der sich unbedingt anziehen, die Frau aber auch nicht erschrecken wollte, ging in einem weiteren Bogen auf seine Kleidung zu.
Sie unterschied sich von den Eingeborenen, die er unterwegs gesehen hatte. Die Swahili-Frauen waren kleiner und rundlicher. Die Kamba hatten gröbere Gesichtszüge und waren schwerknochiger. Tatsächlich unterschied sie sich von allen

Frauen, die er je gesehen hatte. Sie war offensichtlich Afrikanerin, hatte aber die Gesichtszüge einer Südeuropäerin – eine kleine, ein wenig flache Nase und volle, aber nicht dicke Lippen. Ihre hohen Wangenknochen betonten ihre Augen, die ein wenig orientalisch wirkten. Er versuchte, sie abzuschätzen, wie er es bei einer weißen Frau tun würde, und stellte fest, dass das unmöglich war. Sie war zu fremd für solche Vergleiche. Nicht unattraktiv. Zweifellos exotisch.
Unter dem Baum warf er einen Blick zurück und bemerkte, dass sie den Mund hinter der Hand verbarg. Einen Moment glaubte er, in ihren Augen die Spur eines Lächelns zu erkennen. Er wandte ihr den Rücken zu und zog die Hose an. Als er zurückschaute, war ihre Miene wie zuvor – ein wenig neugierig, aber ansonsten gelassen.
Wieder holte er das Biltong heraus und machte ihr das gleiche Angebot wie zuvor dem Jungen. Zu seiner Überraschung ging das Mädchen einen Schritt auf ihn zu. Sie trafen sich auf halbem Weg.
»Da, meine kleine Gazelle«, sagte er leise. »Das bringt dir vielleicht ein bisschen Fleisch auf die Knochen.«
Sie kaute das Trockenfleisch, ohne ihn aus den Augen zu lassen.
»Gute lange Beine.« Er ließ den Blick weiter nach oben schweifen. »Die Hüften sind auch nett, aber ich wette, du hast in den letzten Monaten ein oder zwei Pfund abgenommen.« Ihre kleinen runden Brüste reckten sich stolz vor, und er fühlte sich angesichts des unnachgiebigen Blicks der jungen Frau ein wenig unbehaglich. »Ich frage mich, welche hübschen kleinen Gedanken du dir wohl gerade machst«, sagte er und tippte sich an die Stirn. »Vielleicht verstehst du Zeichensprache.«

Sie runzelte die Stirn und sah zu, wie er die Hände in einer Reihe bedeutungsloser Gesten bewegte.
Er lachte. »Du verstehst mich nicht, oder? Oh, ich wünschte, ich verstünde mehr Swahili. Oder was immer du sprichst. Sprichst du Swahili?«
Sie regte sich nicht.
»Wahrscheinlich nicht. Ich frage mich, wer du bist.« Er verschränkte die Arme und tippte sich mit einem Zeigefinger an die Lippen. »Vielleicht bist du eine von diesen blutrünstigen Massai.«
»Kikuyu.«
Er riss den Mund auf. Sie konnte sprechen! Er hatte bereits geglaubt, dass sie vielleicht stumm war, da sie keinen Laut von sich gegeben hatte, während er vor sich hinschwatzte. Und sie verstand ihn. »Mein Gott! Du sprichst Englisch.«
»Ein bisschen.«
»Aber das … das ist außergewöhnlich!«
Sie blinzelte und verzog das Gesicht, denn das verstand sie offenbar nicht.
»Englisch! Wie … wo hast du gelernt, Englisch zu sprechen?«
»In der schottischen Missionsstation.« Sie zeigte zum Steilabbruch und nach oben.
Er hatte das schottische Ehepaar kurz kennen gelernt, als sie nahe Fort Smith an der Mission vorbeigekommen waren. »Du bist also eine Kikuyu?«
»Habe ich das nicht gesagt?«
»Ja.« Er lachte und kam sich dumm vor. Sie hatte einen leichten schottischen Akzent, was er ausgesprochen verwirrend fand.

»Ja, das hast du, nicht wahr?« Er benahm sich, als betrachtete er eine Zirkusvorstellung. »Mr. und Mrs. Macgregor haben dir also Englisch beigebracht?«
Sie sah ihn an, als wäre er ein Schüler, der nur mit Mühe mitkam. »Selbstverständlich.«
»Tut mir leid, ich mache wohl einen sehr dummen Eindruck. Du lebst also bei den Macgregors, kleidest dich aber wie … wie eine Eingeborene?«
»Nein, jetzt wohne ich bei meinem Volk, den Kikuyu.«
»Aber die Macgregors haben dir Englisch beigebracht?«
Sie setzte dazu an, etwas zu sagen, dann lächelte sie einfach.
»Entschuldige. Das hast du mir ja schon gesagt.«
Ihr Lächeln war strahlend. Sie sagte: »Ich habe Englisch gelernt, als ich klein war.«
»Wie bist du zu den Macgregors gekommen?«
»Sie fanden mich nahe dem weißen Berg, wo ein Araber meine Mutter und meinen Vater mitgenommen hat.«
»Sklavenhändler? Das tut mir leid.«
Sie verzog das Gesicht. »Ich kann mich nicht an sie erinnern. Ich war zwei.«
»Zwei Jahre alt. Und dann? Nach den Macgregors?«
»Nach vier Jahren hat unser Häuptling mich heimgeholt.«
»Aha.« Aber er nahm an, dass es noch mehr gab. »Dein Englisch ist sehr gut.« Viel besser, dachte er, als bei jemandem, der die Sprache seit dem sechsten Lebensjahr vernachlässigt hatte.
»Der Häuptling wollte, dass ich mehr lerne. Ich spreche für ihn mit der Regierung der Engländer.«
»Du bist seine Übersetzerin!« Das erklärte alles. Der Häuptling ließ zu, dass sie weiter zu den Missionaren ging, damit sie mehr Englisch lernte. Er begann, sie mit anderen Augen

zu sehen. Er hatte sie zunächst für einfältig gehalten, aber nun, nachdem er entdeckt hatte, dass er sich mit ihr unterhalten konnte, fand er sie plötzlich interessant. Dabei hatte sie sich nicht verändert. Nur seine Wahrnehmung war jetzt anders. Er zog ein weiteres Stück Biltong aus der Tasche und bot es ihr an. Sie nahm es und aß hungrig.

»Ich habe vorher einen Jungen gesehen. Da drunten«. Er zeigte in die Richtung. »Stammt er aus deinem Dorf?«

»Ja, er sagte mir, dass du hier bist.«

»Ich habe versucht, ihm ebenfalls Fleisch zu geben.« Er nickte zu dem Stück in seiner Hand hin. »Aber er wollte es nicht nehmen.«

»Er hat dir nicht getraut. Ich bin gekommen, um nachzusehen, ob du ein böser Mann bist.«

»Und? Was denkst du jetzt?«

Sie lächelte. »Das Fleisch ist gut.«

»Deine Leute müssen Hunger haben.«

»Ja, viel Hunger. Der Mais ist tot. Wir haben wenig Vieh und kein Wasser. Wir kommen hierher« – sie nickte zum See hin –, »zu diesem Wasser.«

»Ich verstehe.« Er biss etwas von seinem Biltong ab und reichte ihr noch ein Stück. »Wie heißt du?«

»Rain.«

»Nein, ich meine deinen Namen. Wie ist dein Name?«

»Mein Name ist Rain.«

»Du meinst, dein Name in deiner Sprache bedeutet Regen?«

»Nein, mein Name ist Rain. In deiner Sprache.«

»Rain?«

»Ja.«

»Die Macgregors haben dich Rain genannt?«

»Nein. Ich nenne mich Rain. Mrs. Macgregor nennt mich Alice.«

Er war nicht sicher, ob er sie richtig verstanden hatte. »Du hast deinen Namen zu Rain geändert?«

»Ich ändere meinen Namen oft.«

»Warum?«

»Um zu sein, was ich will. Mein Volk braucht Regen.«

»Ich verstehe. Du veränderst deinen Namen, um etwas zu bringen, das ihr braucht.«

Sie nickte. »Heute bin ich Rain, weil mein Volk heute Regen braucht.«

Ihre Erklärung schien ihr selbst zu genügen. Also beließ er es dabei. »Wo wohnst du, Rain?«

»Dort.« Sie zeigte auf den Steilabbruch hinter ihnen. »Wohin gehst du?«

»Morgen ziehe ich weiter durchs Tal.« Er wies mit dem Kinn nach Westen. »Und dann den anderen Hang hinauf.«

In ihren Augen stand eine Frage, aber sie lächelte nur, drehte sich um und ging.

Preston sah ihr bedauernd nach. Er hätte gerne mehr über diese junge Frau erfahren, diese rätselhafte Mischung aus schottischem Akzent, afrikanischem Schmuck und wilder Schönheit. Sie war die interessanteste, die einzige Eingeborene, mit der zu sprechen er sich je Zeit genommen hatte. Es hatte so ausgesehen, als habe auch sie das Gespräch gerne fortgesetzt, aber wegen einer Verpflichtung nicht bleiben können. Es gab so vieles, was er über sie erfahren wollte, und er hätte ihr beinahe eine Frage nachgerufen, aber er konnte ihr nur nachstarren, als sie durch das seichte Wasser des Bachs watete, mit wiegenden Hüften und schwingendem Rock.

Rain warf noch einen Blick zu ihm zurück, die kaum wahrnehmbare Spur eines Lächelns auf den Lippen. Dann erreichte sie das andere Ufer und verschwand unter den Bäumen.

Prestons Frühstück bestand aus ein paar Stücken Trockenobst, die er mit einer Tasse Tee hinunterspülte. Die Sonne war hinter der Ostwand des Steilhangs aufgegangen, aber ihre Strahlen hatten die Dunkelheit noch nicht vom Talboden verscheuchen können. In diesem geisterhaften Licht hörte er das Knacken eines Zweigs und spürte, dass unsichtbare Augen ihn beobachteten. Er versuchte, diesen Gedanken wegzuschieben, achtete aber darauf, die Winchester in der Nähe zu behalten.

Er ritt nach Westen in die Morgenhitze. Als die Sonne sich ihrem Höchststand näherte, ließ er die Tiere beinahe eine Stunde gehen, dann ruhten sie sich alle im Schatten eines überhängenden Felsvorsprungs aus.

Hinter ihm, in Richtung Naivashasee, hatte die Hitze einen schimmernden Vorhang über seinen Weg gelegt. In den aufsteigenden Schlieren erschien ein Schatten, bog sich mit ihnen und verschwand dann wieder. Preston trank aus dem Wasserbehälter und behielt die Stelle im Auge, aber die Gestalt tauchte nicht wieder auf.

Der Talboden war heiß, aber die Feuchtigkeit so gering, dass sein Schweiß nicht einmal das Hemd feucht werden ließ. Er spritze Wasser auf seine Brust und fächelte sich mit dem Hut Luft zu. Das kühlte und beruhigte ihn. Er schob sich den Hut über die Augen und schlief ein.

Er erwachte abrupt, unsicher, wie lange er geschlafen hatte, und schaute zum Horizont. Die Gestalt war zurückgekehrt

und wirkte nun größer. Das Bild schien sich zu mehreren Kopien zu trennen, die alle einen Speer trugen. Als die Hitzeschleier sich bewegten, verschmolzen die Silhouetten wieder zu einer einzigen. Preston beschloss, vorsichtig zu sein und sich wieder auf den Weg zu machen.
Für den Rest des Tages sah er die Schatten nicht mehr. Am späten Nachmittag suchte er nach einem sicheren Lagerplatz und fand, was er suchte, in einer Wasserrinne am Rand des Steilabbruchs. Er hatte zuvor eine Gazelle geschossen, wog aber nun die Möglichkeit von mehr getrocknetem Biltong gegen die Gefahr ab, durch ein Feuer seinen Lagerplatz zu verraten. Am Ende siegte sein Hunger über die Vorsicht, und er briet die Gazelle am Spieß.
Es wurde schnell dunkel. Preston rollte das restliche Fleisch auf und steckte es ins Gepäck, bevor er erschöpft ins Zelt kroch. Der melancholische Ruf einer Eule konnte ihn nicht lange vom Schlafen abhalten.

Er schreckte auf und war plötzlich hellwach. Ohne sich zu bewegen, versuchte er zu erkennen, was ihn aus seinem traumlosen Schlaf gerissen hatte. Er sah sich um; durch die offene Zeltklappe warf der Viertelmond trübes Licht auf die verglühenden Reste seines Lagerfeuers. Er erinnerte sich daran, dass er die Zeltklappe geschlossen hatte, bevor er eingeschlafen war. Ein leises Rascheln erklang hinter seinem Kopf. Er drehte sich danach um, bis er einen Schatten auf der Zeltwand entdeckte. Der Schatten bewegte sich ebenfalls vorsichtig. Als das Rascheln erneut erklang, erkannte er, dass sich der Schatten im Zelt befand. Ein Arm näherte sich seinem Gepäck, unter dem das Gewehr lag. Preston packte den Arm, riss den Eindringling über sich hinweg und warf ihn auf den Zeltboden. Er hörte einen erschrockenen Schrei und spürte weiches, warmes Fleisch unter seiner Hand.

Der Eindringling quiekte. Im sanften Nachtlicht erkannte Preston das Kikuyu-Mädchen Rain.

»Was zum … was machst du hier?«

»Oh! Oh!«, stotterte sie, unfähig, zu atmen, weil er auf ihr saß.

Preston stand auf und zerrte sie aus dem Zelt.

»Nun?« Er kam sich sehr dumm vor, wie er da in der Unterwäsche im Mondlicht stand.

Sie wirkte reuig. »Ich habe nur nach Wasser gesucht. Ich habe solchen Durst.«

»Bist du verrückt?«

»Nicht verrückt. Durstig.«

Er starrte sie einen Moment an und versuchte, die Fassung zurückzugewinnen. Er nahm die Feldflasche aus dem Zelt. »Hier«, sagte er und hielt ihr die Flasche hin, »trink.«

Rain trank geräuschvoll. Als sie innehielt, um Luft zu holen, verlangte er: »Nun sag mir, was für ein Spiel du hier spielst.«

»Kein Spiel. Ich wollte diesen Ort ebenfalls sehen.«

»Wie lange warst du da draußen?«

»Seit dem Morgen.«

»Warum hast du dich nicht gezeigt?«

Sie starrte ihre Füße an. »Ich weiß nicht. Am Anfang dachte ich, du willst nicht, dass ich mitkomme. Und später, als ich versucht habe, dich zu erreichen, bist du weggelaufen.«

»Dann warst du es also, die mich den ganzen Tag verfolgt hat.« Er lächelte trotz seines Ärgers. Er hatte sich eine Gruppe von Massai-Kriegern vorgestellt, mit Speeren und Kriegsschilden.

Sie nickte und hob die Wasserflasche erneut an die Lippen. Sie trank gierig und holte zwischen den Schlucken keuchend Luft.

»Kein Wunder, dass du Durst hast.« Er sah ihr zu, bis sie genug getrunken hatte. »Ich nehme an, du hast auch Hunger.«

Wieder nickte sie.

Er zog sein Gepäck aus dem Zelt. »Komm«, sagte er und führte sie zum Feuer.

Sie setzte sich auf einen Stein und nahm ein Stück Fleisch entgegen. Er sah zu, wie sie Bissen davon abriss und mit Wasser hinunterspülte.

Am Osthimmel zeigte sich bereits eine Andeutung von Morgengrauen. Preston beschloss, früh aufzubrechen, aber er fragte sich, was er mit dem Mädchen anfangen sollte. Er konnte sie wohl kaum durch diese Hitze zurückschicken.

»Worüber lächelst du?«, fragte er gereizt, als er ihren Blick bemerkte. Das Aufblitzen weißer Zähne wurde deutlicher.

»Du trägst Kleidung, wenn du schläfst«, antwortete sie und starrte demonstrativ seine Unterwäsche an.

Kapitel 31

Meile 236

Nachdem Preston einen Umweg um den Naivashasee und durch das Tal gemacht hatte, wollte er irgendwo nördlich des Elmenteitasees wieder die Vermessungslinie kreuzen. Rain sagte, sie wisse von einem Weg, der dem Mau-Steilabbruch folgte, den Talboden aber mied.

»Ich kann dir den Weg zeigen«, sagte sie.

Sich von ihr führen zu lassen, würde verhindern, dass sie allein über den Talboden zurückkehren musste. »Aber du sagst, du kannst nicht reiten.«

»Ich werde laufen.«

»Es ist zu weit, um zu laufen.« Er zeigte auf das Maultier. »Du kannst das Maultier nehmen.«

Sie schaute das Maultier an. »Mag den Esel nicht. Ich werde laufen und dich führen.«

»Nein, ich werde vorangehen. Du wirst reiten.«

»Aber manchmal ist es schwierig, dem Weg zu folgen.«

Er gab nicht nach. »Ich habe eine Landkarte und einen Kompass.«

»Es ist besser, wenn ich vorgehe.« Sie lächelte.

Preston fand ihr Lächeln gönnerhaft. Bei ihrem ersten Gespräch am See hatte er das Gefühl gehabt, wie ein wichtigtuerischer Grünschnabel zu wirken. Sein Auftritt in der Flanellunterwäsche hatte vermutlich auch nicht geholfen. »Wenn ich eine Eisenbahnlinie durch eine Wildnis bauen kann«, sagte er mit angespanntem Lächeln, »kann ich sicher auch einem schlichten Weg durch den Busch folgen. Und

jetzt lass uns gehen.« Er schwang sich auf sein Pony und wartete darauf, dass Rain aufs Maultier stieg.
Wie versprochen zog sich der Weg über einen sanften Abhang, der durch hohe Bäume vor der Sonne geschützt wurde. Aber das Unterholz war dicht und der Weg schwer zu finden. Preston landete in einer Sackgasse. Rain stieg vom Maultier und führte sie schweigend wieder auf die richtige Spur. Danach war Preston vorsichtiger, aber eine Meile weiter führte er sie erneut in die Irre. Diesmal stieg Rain hinter ihm aufs Pony und zeigte ihm, wohin er sich wenden musste.
Preston war sich ihres Körpers so dicht an seinem intensiv bewusst. Ihre festen Brüste drücken gegen seinen Rücken, und wenn das Pony einen schwierigen Aufstieg bewältigte, schlang Rain die Arme um ihn. Nach ein paar Meilen erklärte er, das Pony brauche eine Rast und sie sollten eine Weile zu Fuß gehen.
»Bist du krank?«, fragte sie, als sie zu Boden glitt.
»Nein, es geht mir gut.« Er stieg ab, und sie gingen weiter. »Wie kommst du darauf?«
»Deine Stimme klingt wie die einer Löwin, die ihre Jungen ruft.«
Preston räusperte sich. »Vielleicht habe ich ein wenig Durst«, murmelte er und griff nach der Wasserflasche.

Eine Stunde vor Einbruch der Dunkelheit schlugen sie ihr Lager unter einem vorspringenden Sims auf, wo sich in einer Felsensenke ein Teich gebildet hatte, der vom Mau-Steilabbruch her Wasser erhielt. Eine Lücke zwischen den Bäumen gewährte einen Ausblick auf das Tal, das im Osten im Hitzedunst verschwand. Der Teich, klar und kalt, war einladend. Preston rollte die Hosenbeine hoch, zog das Hemd aus und watete hinein. Er schöpfte sich das kalte Wasser über den Oberkörper. Rain legte ihre Perlenschnüre, die Mütze und den Rock ab, bis sie nur noch ein kleines Stück Leder trug, das sie vorn bedeckte, und folgte ihm.

Preston versuchte, sie zu ignorieren, und spritzte rasch mehr Wasser über sich, aber sein Blick schweifte immer wieder dorthin, wo sie bis zu den Oberschenkeln im Wasser stand. Sie rieb ihren Körper mit einer Hand voll Blättern ab, die ihre Haut glänzen ließen, als benutzte sie Seife.

Sie sah, dass er sie betrachtete, und er konzentrierte sich wieder darauf, sich zu waschen. »Möchtest du etwas davon?«, fragte sie.

»Was? Oh«, sagte er, als ihm klar wurde, dass sie von den Blättern sprach. »Was ist das?«

»Wir nennen es Seifenkraut.« Sie watete mit ausgestreckter Hand auf ihn zu.

»Danke …«, murmelte er und versuchte, nicht die Seifenblasen anzustarren, die von ihren Brustwarzen tropften. Er fuhr sich mit den Blättern über Brust und Arme. Der dünne Schaum roch leicht nach Sandelholz.

Rain stieg aus dem Wasser.

Er spülte sich ab und verließ den Teich ebenfalls. Als er sein Hemd überzog, sah er, wie sie sich mit einer raschen Handbewegung das Wasser aus dem Haar drückte.

Er war fasziniert von ihrer Hautfarbe. Zuvor hatte er nicht darüber nachgedacht, aber angenommen, dass ihre dunkelbraune Haut auch hellere Stellen hatte, wie bei Inderinnen – dort, wo sie durch Kleidung von der Sonne geschützt wurde. Aber Rains glatte braune Haut schien sie von Kopf bis Fuß einzuhüllen.

Die Sonne war weit unter den Rand des Steilabbruchs gesunken, und es wurde schnell dunkler. Preston zog die nasse Streichholzschachtel aus der Hosentasche.

Rain kicherte. Sie hatte ihn beobachtet.

»Was ist so komisch?«, fragte er.

»Du selbst bist trockener als deine Feueranzünder.«

»Hmpf«, schnaubte er. »Ich habe noch andere.«

»Vielleicht hättest du die Hose ja ausziehen sollen.« Ihr Grinsen zeigte ihm, für wie dumm sie sein Verhalten hielt.

»Du, junge Dame, hast die bemerkenswerte Gabe, mir das Gefühl zu geben, dass ich ein vollkommener Tollpatsch bin.«

»Toll … Patsch.« Sie teilte das Wort in zwei Hälften. »Was bedeutet das?« Sie lächelte, runzelte aber auch fragend die Stirn.

»Es bedeutet, dass du mir das Gefühl gibst, unfähig zu sein.« Sie schien immer noch verwirrt. »Vielleicht geht die Bedeutung beim Übersetzen verloren.«

»Beim Übersetzen verloren … ich verstehe … Schlau.« Sie nickte. »Die Bedeutung geht beim Übersetzen verloren. Sehr schlau.« Sie sah ihn an, als hätte er gerade ein Zauberkunststück vorgeführt. »Du bist ein kluger Mann, Mister … wie heißt du eigentlich?«, fragte sie und setzte sich auf einen umgestürzten Baumstamm, während er in seinem Gepäck nach trockenen Streichhölzern suchte.

»Preston. Ronald Preston.«

Sie sprach seinen Namen leise aus, als wollte sie spüren, wie er klang. Dann nickte sie. »Ich werde dich Wanjira nennen.«

»Oh. Was gefällt dir denn an Ronald Preston nicht?«

»Wanjira ist ein guter Name für dich. Es bedeutet ›auf dem Weg geboren‹.«

Er fand die Streichhölzer. »Namen bedeuten dir offenbar nicht viel, wie, Rain?« Er lächelte.
Als sie nicht antwortete, warf er ihr einen kurzen Blick zu. Sie beobachtete, wie er das Feuer anzündete. Sie hob den Blick, und ihre schwarzen Augen wurden von den Flammen lebendig. Das Streichholz verbrannte ihm die Finger.

Die warme Luft, die vom Talboden aufstieg, gestattete ihnen, unter freiem Himmel zu schlafen. Gegen Mitternacht, als kühle Luft vom Steilabbruch kam, legte Preston eine der Decken über das schlafende Mädchen. Er beobachtete, wie sie sich hineinwickelte und zufrieden mit den Lippen schnalzte.
Er kehrte auf seine Seite des Feuers zurück, das nun nur noch ein Aschehaufen war, und nahm sich die andere Decke. Er schaute hinauf zu den Sternen und fühlte sich plötzlich sehr einsam. Florence schien eine ganze Welt entfernt zu sein. Es war schwer zu glauben, dass in Mombasa die gleichen Sterne am Himmel standen. Er versuchte, sich ihr Gesicht vorzustellen; das Bild, das ihm vor Augen trat, war das von Florence an Deck der *Nowshera,* die Wangen rosig von der Aufregung über das neue Abenteuer. Er versuchte, sich zu erinnern, wie sie ausgesehen hatte, als sie in Kiboko in den Zug stieg, aber er konnte es einfach nicht. Mit Gedanken an Florence schlief er ein.
Irgendwann in der Nacht wurde er wach. Ein Leopard kam, um am Teich zu trinken, und verschwand lautlos wieder. Preston schlief erneut ein. Diesmal träumte er von Rain.

Nach einem frugalen Frühstück aus Tee und Trockenobst stieg Preston auf sein Pony, und Rain stieg hinter ihm auf, bevor er etwas sagen konnte.

»Warum?«, fragte sie, als er vorschlug, sie solle das Maultier nehmen.

»Weil der Weg seit gestern deutlicher ist«, sagte er. »Ich glaube, ich kann ihn heute selbst finden.«

»Gehen wir nach oben?«, fragte sie und zeigte auf den Steilabbruch.

»Ja. Kennst du den Weg?«

»Ja … sehr schwierig. Siehst du«, sagte sie und zeigte auf einen Pfad, der sich von ihrem Lager aus nach oben schlängelte. »Ich sollte lieber hierbleiben.« Sie schlang die Arme um ihn. »Sonst verirrst du dich wieder.«

Der Weg zog sich über dicht bewaldete Höhenlinien langsam nach oben. Vögel kreischten über ihren Köpfen, Rascheln im Unterholz kündete von kleinen Waldbewohnern, die vor den unerwarteten Eindringlingen davonliefen. Manchmal mussten sie zu Fuß gehen, weil es so steil war, dass das Pony nicht zwei Personen tragen konnte. Preston hielt sein Gewehr bereit.

Als sie den Elmenteita-Fluss überquerten, wusste Preston, dass der Nakurusee nicht mehr weit sein konnte. Dann kamen, als sie um einen Felsvorsprung bogen, die rosa Ufer des Sees in Sicht. Prestons Landkarte bezeichnete den See als salzig, und zunächst hielt er die Farbe für das Ergebnis der Reflexion der Sonne auf einer Kruste von Sodaasche, aber dann sah er, wie die Masse sich bewegte, als würden die Blütenblätter einer Rose über das blaue Wasser von Nakuru geweht.

»Flamingos«, flüsterte er. Er drehte sich im Sattel um und zeigte mit dem Arm auf die Tiere. »Tausende von Flamingos!«, wiederholte er lächelnd.

Sie nickte und lächelte mit ihm.

Als sich die Sonne hinter die höheren Hänge des Mau verzogen hatte und der Nakurusee weit unter ihnen lag, wurde der Nachmittag kühl. Preston warf einen Blick auf Blacketts Landkarte. Der obere Rand des Steilabbruchs hatte eine Höhe von 2700 Metern. Da er nicht von der Dunkelheit gezwungen werden wollte, ein ungeschütztes Lager aufzuschlagen, beschloss er, schnell einen Platz zu suchen, aber es war beinahe dunkel, bis er einen fand.

Preston stellte das kleine Zelt auf, während Rain Holz sammelte und die Umgebung erkundete. Sie behauptete zu wissen, wo sie waren und dass der Rand des Hangs nicht weit sei.

Später an diesem Abend, als der tintenblaue Himmel sich zu Jettschwarz verdunkelte, saßen sie am Feuer, jeder eine Tasse heißen Tee in der Hand. Preston nahm an, dass Turks Mischung gegen die Kälte helfen würde, und holte ein kleines Fläschchen Whisky aus dem Gepäck.

Rain, die sich ihre Decke um die Schultern gelegt hatte, erzählte ihm von einer Kikuyu-Legende über den silbernen Horizont westlich des Mau-Steilabbruchs.

»Was macht ihn silbern?«, fragte er.

»Magische Lichter.«

»Und woher kommen diese Lichter?«, fragte er und trank einen Schluck von dem Whisky-Tee.

»Von Wasser weit in der Ferne.« Sie zeigte nach Westen.

»Wasser?«

»Sie sagen, es sei Wasser. Ich war noch nicht dort.«

»Sind andere je zum silbernen Wasser gegangen?«

»Niemand aus meinen Dorf, aber es heißt, vor vielen Jahren ist ein Krieger viele Tage nach Westen gereist. Er hat Wasser gesehen« – sie breitete die Arme aus, um eine weite Fläche anzudeuten – »so groß, dass er nicht alles davon sehen konnte.«

»Das kann nur Victoria Nyanza gewesen sein.« Er schüttelte den Kopf. »Aber der See liegt noch beinahe hundert Meilen von hier entfernt. Man kann ihn aus dieser Entfernung doch sicher noch nicht sehen.« Er rief sich die Karte vor Augen. Das Land zum See hin war leicht abschüssig, aber nicht wie der Abstieg von einem Berg, nur ein Gefälle von nicht einmal hundert Metern auf hundert Meilen.

»Ich kenne den englischen Namen nicht.« Sie dachte einen Moment nach. »Er ist beim Übersetzen verloren gegangen.« Ihr Lächeln wurde strahlender, als sie sah, wie er auf ihren Witz reagierte. »Aber ich habe den silbernen Horizont selbst gesehen, als ich klein war. Von dort aus.« Er folgte mit dem Blick ihrem ausgesteckten Arm zum Nachthimmel, an dem die Sterne glitzerten. Sie zeigte zum Rand des Steilhangs.

»Victoria Nyanza.« Sogar der Name klang seltsam entfernt. Er goss sich mehr Whisky in den Tee. Rain lächelte ihn an. Der Whisky hatte sein Blut gewärmt. Es fühlte sich an, als glühte sein Gesicht im Dunkeln.

Das Feuerholz verbrannte, und die Nacht wurde kälter. Eine Brise von oben leckte am Zelt, zupfte an den Schnüren. Preston schlug vor, Rain solle im Zelt schlafen, und ging den Weg entlang, um sich zu erleichtern.

Er kehrte zurück und legte mehr Holz auf. Die Flammen flackerten. Der Wind zupfte an seiner Decke und versuchte, sie von seinen Schultern zu ziehen. Er zog die Schnüre fester.

»Wanjira?« Rain öffnete die Zeltklappe.

»Ja?« Preston beugte sich vor. Die Dunkelheit im Zelt verbarg alles bis auf ihre Augen, die das Feuerlicht spiegelten. »Ja?«, wiederholte er, unsicher, was sie wollte. Sie streckte die Hand aus. Er ergriff sie, und sie zog ihn nach drinnen.

Sie lag nackt und warm neben ihm, und ihre Brust hob und senkte sich im gleichen Rhythmus wie die seine. Er strich mit dem Finger über ihren Arm. Er war glatt und vollkommen haarlos. »Du hast einen wunderschönen Körper.«

»Du bist auch schön, Wanjira.«

»Männer sollten nicht schön sein«, erwiderte er.

»Aber du bist es. Ja, das ist wahr. Ich habe dich im Wasser gesehen. Ohne Kleider. Deine Haut ist weiß und … und rosa. Und hier« – sie legte die Hand auf seine Genitalien, und er keuchte vor Überraschung und Erregung – »bist du auch sehr schön. Auch rosa und weiß.«

Er öffnete den Mund an ihrer Haut und küsste ihre Schulter. Sie schmeckte nach Sandelholz und der salzigen Luft des Tals.

»Siehst du, wie dein Speer in meiner Hand wächst?«

»Du …« Seine Stimme war rau vor Leidenschaft. »Rain, du …«

Sie zog ihn an sich. »Gib mir deinen Speer, Wanjira Preston.«

Als er in sie eindrang, fühlte er sich weit entfernt von seinem Körper, als schwebte er irgendwo da draußen über dem Großen Grabenbruch. Er schrie auf, und dann war es ganz plötzlich vorbei.

»Ah«, sagte er, als er sich wegrollte. Er begann einzudösen, aber Rain wandte sich ihm zu und fuhr mit den Fingerspitzen um seine Brustwarzen und über seine Brust. »Rosa und weiß«, flüsterte sie, dann nahm sie seine Hand und führte sie zwischen ihre Schenkel. »Da«, sagte sie und legte seine Hand auf das kurze, federnde Haar.

Preston spürte, wie feucht sie war, und begann sie sanft zu reiben.

Sie stöhnte, und einen Augenblick später griff sie nach seinen Fingern, um sie auf eine Art Knospe zu drücken, die unter seiner Berührung fester wurde. Er brauchte ein wenig, bis er dank ihrer geduldigen Belehrung die richtige Stelle und den richtigen Rhythmus fand, aber bald schon wand sie sich und hob die Hüften seiner Hand entgegen.

Sie keuchte und unterdrückte mit Mühe einen Aufschrei. Er spürte, wie sie sich zusammenzog, bevor ihre Muskeln erschlafften und ihr Atem weniger hektisch wurde. Sie zog ihn fest an ihre Brust. Die Intensität ihrer Reaktion überraschte ihn. Es war, als hätte sie einen Höhepunkt erlebt wie ein Mann. Er hatte nie eine solch intensive Reaktion, solch ungezügelte Sexualität erlebt. Es verstörte ihn.

»Du bist so ...« Er versuchte, ein Wort zu finden. Eine Erinnerung an seine erregendste sexuelle Erfahrung mit der dunkeläugigen Malaiin in Dharamshala fiel ihm wieder ein. Er war drei Tage mit dieser Frau zusammen gewesen. Sie hatte sich unter ihm gewunden und gestöhnt. Aber damals hatte er nicht verstanden, wo sich das Zentrum ihres Vergnügens befand, und sie war nie so zielstrebig gewesen wie Rain. »Du bist so ... frei.«

»Ich bin frei, weil du mich frei machst. Nicht wie mein Dorf.« Sie suchte in dem trüb beleuchteten Zelt nach seinen Augen. »Passiert das nicht, wenn du mit deiner Frau zusammen bist?« Er hatte seine Frau nicht erwähnt, und wenn sie nicht so intensiv in seine Seele geblickt hätte, hätte er vielleicht gelogen. »Nein.«

»Nein! Warum denn nicht?«
Er schwieg und überlegte, was er sagen sollte.
»Ist sie beschnitten?« In ihrer Frage lag Neugier.
»Beschnitten? Wie meinst du das?«
»Mr. Macgregor sagt, die Kikuyu dürfen die Frauen nicht beschneiden. Er sagt, es ist schlecht, dass wir das tun.« Sie wartete auf seine Reaktion, aber wieder schwieg er, also fuhr sie fort. »Nein.« Sie schüttelte den Kopf. »Englische Damen werden nicht beschnitten.« Sie verzog das Gesicht und versuchte, sein Schweigen zu deuten. »Verstehst du?«
Er verstand es nicht. Tatsächlich war er vollkommen verwirrt. Beschneidung war doch sicher ein Brauch nur für Männer.
»Du weißt schon, wo Frauen beschnitten werden? Es wird hier abgeschnitten.«
»Was wird abgeschnitten?«
»Der Teil für das schöne Gefühl.«
Bis vor ein paar Minuten hatte er nicht gewusst, dass es dort unten überhaupt etwas gab. »Ich … ich habe nie davon gehört.«
»Oh. Die Frauen sagen, wenn der Teil für das schöne Gefühl weg ist, verändert sich das Glücklichsein. Ja, so ist es.«
Preston fand schließlich seine Stimme wieder. »Aber … aber warum wird das gemacht?«
Sie riss überrascht die Augen auf. »Weil wir Kikuyu sind. Es ist unsere Art.«
»Aber das wird schrecklich für dich sein!«, sagte er entsetzt.
»Warum?«
»Nun ja, du sagst, es ist der Ort deines Glücklichseins.«
»Oh, aber danach wird es mehr. Viel mehr.«

Sie sah ihm wohl an, wie verwirrt er war.
»Wenn man nicht beschnitten ist, ist man keine Frau. Man bleibt ein Kind. Man darf keine Kinder bekommen. Kinder von Frauen, die nicht beschnitten sind, sind eine Schande vor Gott. Unserem Gott, nicht dem der schottischen Missionare. Der versteht es auch nicht.«
»Aber du … du bist nicht –«
»Nein, noch nicht. Wenn Mr. Macgregor die alte Beschneide-Frau sah, hat er sie immer weggejagt. Er war sehr wütend.« Sie lächelte und drückte die Wange an seine Brust. »Aber bald. Bevor ich heirate, schleiche ich mich davon und suche die Beschneide-Frau.« Sie setzte sich hin. »Aber jetzt musst du mir sagen … warum ist deine Frau nicht glücklich wie Rain?«
Er war in diesem Gespräch so weit gekommen, dass es nicht peinlich war, über solch intime Einzelheiten zu sprechen.
»Ich weiß es nicht.«
»O Wanjira, du musst es wissen! Es ist wichtig. Sehr wichtig.«
Er versuchte, sich vorzustellen, dass Florence sich unter ihm wand, wenn er sie streichelte. Er konnte es einfach nicht.
»Ich bin nicht sicher –«
»Hier.« Sie nahm wieder seine Hand. »Du machst es so. An der Stelle für das schöne Gefühl.« Sie bewegte sich unter seiner Hand. »Hmmm.«
Er spürte, wie die kleine Knospe wieder wuchs. Er rieb sie und wurde ebenfalls erregt. Als sie sich ihm entgegenhob, drang er in sie ein, und diesmal konnte er sich beherrschen, und ihre Körper steigerten sich gemeinsam, bis er spürte, dass sie nahe dem Crescendo der Leidenschaft war. Sie erreichten es gemeinsam. Er blieb schwer auf ihr liegen, während er wieder zu Kräften kam.

Er legte sich auf den Rücken und versuchte, seinen Atem zu beruhigen und die vielen Gefühle zu begreifen. Er fühlte sich mächtiger, als er sich je hätte vorstellen können. Ihm wurde klar, dass er die Mechanik weiblichen Vergnügens nie begriffen hatte. Waren diese Geheimnisse anderen Männern bekannt?

Rain bewegte sich ein wenig und schnalzte mit den Lippen. »Hmmm, Wanjira.« Und dann schlief sie ein. Preston lag noch lange wach, hin- und hergerissen zwischen Staunen und Schuldgefühlen.

Rain klammerte sich die ganze Nacht an ihn, und sie teilten ihre Körperwärme unter den beiden dünnen Decken miteinander. Im schwachen Licht der Dämmerung kletterten sie den steilen Hang hinauf und erreichten die Kuppe ein paar Minuten vor Sonnenaufgang. Der Aufstieg hatte sie gewärmt, aber die Luft war kalt und dünn. Ihr Atem bildete im ersten goldenen Dämmerungslicht weiße Wölkchen.

Rain hatte ihn zu einem Vorsprung geführt, wo das Gelände nach Westen abfiel und einen ungehinderten Blick zum Horizont gewährte. Aber als die Sonne hinter ihnen aufging, erhob sich eine Wand aus schwerem Bodennebel, der an ihnen vorbei- und den Steilabbruch hinunterglitt, als wollte er den Grabenbruch vollkommen ausfüllen. Es war unmöglich, weiter als hundert Meter zu sehen, von hundert Meilen nicht zu reden. Preston lächelte. Rain war so sicher gewesen, und er hatte so sehr glauben wollen, dass es möglich war, den See von hier zu erblicken, dass er seine Skepsis beiseite geschoben hatte.

Er hatte den Arm um ihre Taille gelegt, und nun zog er sie an

sich. In der Morgendämmerung waren ihre Augen bräunlich grün. Er lächelte sie an, und sie lächelte zurück.
»Wenn ich nur wissen würde, was du weißt.«
Es war ein Gedanke, den er ausgesprochen hatte, ohne nachzudenken. Aber nachdem er laut geworden war, führte er ihn weiter. Rain war ein Rätsel. Sie war unschuldig wie ein Kind, aber sie hatte sich ihm mit einer schamlosen Leidenschaft hingegeben, die er sowohl in ihrer Intensität als auch in ihrer Ehrlichkeit überwältigend und hinreißend fand. Sie hatte ihm einen Ausblick darauf gewährt, wie es sein könnte, wenn er den Mut hätte, mit Florence so ehrlich zu sein, wie Rain es mit ihm gewesen war. Ohne das waren er und seine Frau dazu verurteilt, dieses verstohlene, unbefriedigende Betasten fortzusetzen, das bisher ihr Sexualleben dargestellt hatte. Als die Morgensonne ihn zu wärmen begann und die Vision dieses sexuellen Ideals sich entwickelte, fühlte er sich in dem Gedanken bestärkt, seine Erkenntnisse mit zu Florence zu nehmen und sie in seine neuen Geheimnisse einzuweihen.
Dann schoben sich die Trübseligkeit des Gleisbaulagers und seine Frustration in den Vordergrund. Das Gefühl, etwas zum Besseren verändern zu können, ließ nach. Er füllte seine Lungen mit dem kalten Morgennebel. Liebe brauchte Raum und Luft, um atmen zu können. Sie brauchte Schönheit und Frieden. Er ließ den Blick über die atemberaubende Weite des Tals schweifen, als die Sonne es zum Leben erweckte. An einem so schönen Ort wie hier, frei von der bedrückenden Enge des Lagers, würde er doch sicher eine Möglichkeit finden, ihre Liebe um diese Ehrlichkeit zu bereichern.
Er erzählte Rain von Florence. Er sprach von ihrer Freundlichkeit, ihrer Empfindsamkeit, sagte, dass alle im Lager zu

ihr kamen, wenn sie eine mitfühlende Zuhörerin brauchten, und mit Tee und Kuchen bewirtet wurden. Er lächelte, als er sich an ihre Gärten erinnerte und wie bekümmert sie war, wenn sie sie zurücklassen musste. »Sie konnte nicht verstehen, wieso ich diese Arbeit am Gleisende wollte«, sagte er. »Ich habe versucht, es ihr zu erklären. Sie sagte nicht viel, aber ich wusste, dass sie unglücklich war.« Er schüttelte den Kopf bei der Erinnerung an ihre Entschlossenheit. »Aber sie hat sich geweigert zurückzubleiben.«

»Sie ist wie eine gute Kikuyu-Frau. Muss mit ihrem Mann gehen. Muss mit ihm zusammenarbeiten.«

»Aber sie ist nicht glücklich! Sie interessiert sich nicht für das Land, das wir durchqueren.« Er trat gegen einen Stein. »Sie würde es nie aussprechen, aber ich bin sicher, dass sie unser Leben nicht ausstehen kann.«

»Das zeigt nur noch mehr, dass sie dich liebt.«

»Was?«

»Sie muss dich noch mehr lieben, wenn sie mit dir geht, obwohl sie nicht glücklich ist. Sie liebt dich sehr.«

Das ließ Preston schweigen. Wie konnte Rain die Probleme seines Lebens verstehen – eines Lebens, das sich so sehr von ihrem unterschied? Aber er wusste bereits, dass es irgendwo im Kopf dieser Kindfrau Antworten auf Fragen gab, die er zuvor nicht einmal hatte formulieren können. Wenn die Zeit und die Umstände es zuließen, würde er sicher viel von ihr über Frauen lernen können. Ein Mann war ein schlichtes Geschöpf, aber wenn er eine Frau wie Florence verstehen könnte, würden sie ein viel erfüllteres Leben führen.

Was war der Schlüssel dazu? Seine eingeschränkten Erfahrungen aus Indien sagten ihm, dass die Unterschiede zwischen den Rassen nichts als Tünche darstellten. In tieferen Dingen, in den Angelegenheiten des Herzens und der Liebe, waren die Menschen gleich.

Die Sonne schob sich über den Horizont. Sie war eine riesige rote Kugel, eine Herausforderung für das Auge, als sie sich von Rot zu Orange verfärbte und dann zu hell wurde. Ihre warmen Strahlen schmolzen die Nachtkälte weg, und der Nebel begann sich ebenfalls aufzulösen.

»Da«, sagte Rain lächelnd.

Preston blickte in die Richtung ihres ausgestreckten Arms. Im Westen war unter einer Decke silberner Wolken ein Schimmern zu erkennen. Es schwebte irgendwo zwischen dem Himmel und der Erde, eher eine Aura als wie etwas wirklich Fassbares. Ein Leuchten, ein lebhaftes Energieband aus Licht, gedämpft von der Rundung der Erde. Irgendwie projizierte oder leitete die Atmosphäre die silberne Oberfläche des Sees über hundert Meilen von Buschland zu dieser einen Stelle am Rand des Grabenbruchs.

Preston fühlte sich, als wären er und Rain die einzigen Zeugen eines historischen Ereignisses. Ein paar Augenblicke später war es verschwunden. Er begann sich zu fragen, ob er sich alles nur eingebildet hatte. Aber Rain lächelte über seine Miene, und dann wusste er, dass es tatsächlich geschehen war.

Preston war kein religiöser Mann, aber die Vision des Sees hatte etwas Spirituelles. Er fühlte sich geläutert. In den nächsten Tagen würde er seine Frau aus Mombasa zurückholen. Er würde es zu einem neuen Anfang für sie beide machen.

Als sie in der Morgensonne in ihr Lager zurückkehrten, freute sich Preston schon auf diese Erneuerung. Seine Zeit als Wanjira war bereits zu Ende, aber seltsamerweise war er darüber nicht traurig.

Preston stieg am Rand des Kikuyu-Steilabbruchs nahe Rains Dorf vom Pferd. Sie glitt vom Maultier in seine Arme.
»Ich sehe dich, Wanjira«, sagte sie und schaute in seine Augen.
»Ich sehe dich, Rain«, antwortete er.

Kapitel 32

Meile 260

Das sanfte Schwanken des Waggons auf dem Weg nach Kilindini trug nicht dazu bei, die Spannung in Prestons Schultern zu lockern. Der euphorische Gedanke an einen neuen Anfang mit Florence war verschwunden. An seiner Stelle wuchs ein fester Knoten aus Schuldgefühlen. Er versuchte, alle Erinnerungen an die vergangenen Tage zu verbannen, aber der Gedanke an Rains aufregenden Körper suchte ihn wieder und wieder heim. Das nahm er sich übel. Wie war es möglich, dass er einen solch extravaganten Sprung vollzog: vom verheirateten Mann und Gleisbauingenieur – einem Mann, dessen Erfolg sich an der schlichten Anhäufung von Meilen verlegter Schienen messen ließ – zum Geliebten einer leidenschaftlichen Wilden? Es war einfach undenkbar.

Als der Abstand zwischen ihm und dem Grabenbruch immer größer wurde, zog sich seine Zeit als Wanjira weiter in die Unwirklichkeit zurück. Aber obwohl er versuchte, alle Gedanken an Rain zu unterdrücken, wollte er, dass ihre Lektionen in der Kunst des Liebens ihm klar in Erinnerung blieb. Das brachte ihn wieder zu seinem alten Dilemma. Konnte das, was er von dieser exotischen Frau gelernt hatte, eine Anleitung für sein Verhalten gegenüber Florence sein? Er wusste, dass ihre Beziehung Hilfe brauchte, aber war dies der richtige Weg?

Als der Zug in Kilindini eintraf, beschloss er, einen neuen Anfang zu machen. Er würde im Bett ehrlicher und abenteuerlicher sein; er würde mehr Leidenschaft in ihr Leben bringen. Aber als er das liebenswerte Lächeln seiner Frau sah und sie ihm zum Empfang einen keuschen Kuss auf die Wange drückte, wusste er, dass dies sehr schwierig werden würde.

Florence traf mit einem Flattern ihres langen dunklen Rocks im neuen Gleisbaulager Kima ein und machte sich sofort daran, einen neuen Garten anzulegen, diesmal mit einer Unzahl von Samen und ein paar Setzlingen aus Mombasa. Aber das Wetter war ihr nicht wohlgesinnt. Ihre Pflanzen überlebten mühsam mit Bechern stinkenden Wassers aus dem Bachbett. Die kurze Regenzeit des Jahres 1898, die normalerweise ins letzte Quartal fiel, fand nicht statt. Nach zwei vorangegangenen Jahren mit wenig Regen stellte das eine Katastrophe dar, und Kima, »der Ort des Gemetzels«, lag in ihrem Mittelpunkt.

Das Land litt unter einer Hungersnot. Viele Bauernstämme verhungerten langsam. Auf den braungelben Flussebenen war keine Maispflanze mehr am Leben. Die Hirten mussten zusehen, wie ihr Vieh starb, anfangs an der Rinderpest, die sich mit der Eisenbahn weiter nach Westen ausbreitete, und dann wegen der Trockenheit. Massen hungriger Dorfbewohner warteten hundert Meilen weit entlang der Schienen.

Florence musste etwas unternehmen. Sie begann, indem sie Personen, die regelmäßig ins Lager kamen – Händler, professionelle Jäger, Verwaltungsbeamte, kurz gesagt jeden, der ein wenig Geld übrig hatte –, bat, Lebensmittel von der Küste zu bringen. Selbst Obstschalen wurden aufgehoben und aus den Fenstern geworfen, wie man auf einem Bauernhof die Abfälle den Hühnern vorwirft. Aber die wilden Szenen, die das auslöste, entsetzten Florence. Und das Essen gelangte nicht immer zu denen, die es am nötigsten brauchten. Sie bedrängte Whitehouse um Personal, um die Verteilung zu überwachen.

Whitehouse zögerte tagelang und bestand darauf, dass die Speisung der Hungernden in die Verantwortung der Protektoratsverwaltung falle, nicht die der Eisenbahn. Schließlich ließ er sich doch erweichen und vergrößerte die unautorisierten Essensverteilungen. Säcke mit Reis, Mais und anderem Getreide, Obst und Gemüse wurden aus langsam fahrenden Zügen geworfen. Aber bis auch die weiter entfernten Dörfer davon erfuhren, waren viele Menschen dort schon zu schwach, um zu den Gleisen zu gelangen. Sie starben zu Hunderten, viele von ihnen weit entfernt von der Eisenbahn, aber es lagen auch Leichen direkt an jenen Teilen der Strecke, die durch das von der Trockenheit heimgesuchte Land führten.

Weihnachten fiel mitten in diese menschliche Tragödie, und Florence sah sich einem Dilemma gegenüber. Sie hielt es für ihre Pflicht, ein christliches Fest zu organisieren, obwohl es beim letzten Mal eindeutig eine Katastrophe gewesen war und die Männer nur verlegen schweigend dagestanden hatten, statt begeistert Weihnachtslieder zu singen, wie sie gehofft hatte. Aber sie fand es unangemessen, es nicht mehr zu versuchen. Männer, die viele hundert Meilen von ihren Frauen und Kindern entfernt waren, vielleicht sogar Tausende von Meilen wie im Fall von Billy Nesbitt, mussten an Weihnachten einfach aufgeheitert werden.

Angesichts der Trockenheit und der Hungersnot beschloss sie, kein großes Fest zu veranstalten. Aber sie würde den Feiertag auch nicht einfach ignorieren. Ganz gleich, welch drastische Dinge der heidnischen Bevölkerung, die sie umgab, zustießen, das Lager würde den Geburtstag des Herrn feierlich begehen.

Billy Nesbitt meldete sich freiwillig, bei den Dekorationen zu helfen. Er und Florence setzten sich in der Abenddämmerung vor die Tür des Zelts der Prestons und reihten silbrige Leleshwa-Blätter auf Angelschnüre. Es war die angenehmste Zeit des Tages, wenn das Zirpen der Insekten verklang und die Rufe der nächtlichen Raubtiere noch nicht begonnen hatten.

Billy sagte: »Gestern kam ein neuer Brief von Maggie.«

»Wunderbar. Wie geht es ihr?«

»Oh, es geht ihr gut.« Er schwieg einen Augenblick. »Sie möchte herkommen.«

Florence wusste, dass dieses Thema regelmäßig zwischen Billy und seiner Frau Margaret angeschnitten wurde. Billy hätte Margaret gerne bei sich gehabt, aber seine Angst um ihre Sicherheit hielt ihn davon ab, sie nach Afrika zu holen. Über die Kosten, die ebenfalls einen großen Stolperstein darstellten, sprachen sie nicht. »Wie werden Sie antworten?«

»Was kann ich denn schon sagen, P.? Ich bin hier nicht gern allein, aber ich kann doch meine kleine Maggie nicht in diese Wildnis bringen.« Erschrocken hielt er inne. »Oh, tut mir leid, P. Ich dachte nicht an Sie –«

»Machen Sie sich keine Gedanken, Billy.« Da die meisten bei der Eisenbahn Florence als Teil der Mannschaft betrachteten, übersahen sie häufig ihre besondere Situation als einzige Frau im Lager. Aber sie störte sich nicht daran. »Sie kennen Ihre Maggie. Wenn Sie glauben, dass Sie hier nicht froh sein wird, dann ist es besser, sie nicht herzuholen.«

»Ich wünschte, ich könnte sicher sein. Ich kann einfach das

Risiko nicht eingehen.« Er zupfte noch mehr Blätter ab, bevor er sie auffädelte. »Wie werden Sie so gut damit fertig?«

Es war nicht das erste Mal, dass er ihr diese Frage stellte. Wieder strengte sie sich an, eine Antwort zu finden, die sie selbst wirklich glaubte. Schließlich sagte sie: »Ich lasse nicht zu, dass Afrika in mein Leben mit Ronald eindringt. Ich versuche, alles so zu machen, wie es war … ich meine, wie es sein wird, wenn wir nach England zurückkehren.«

»Das ist wirklich wunderbar, P. Und Ihr kleiner Garten …« Er lächelte und schüttelte den Kopf in Anerkennung ihrer Entschlossenheit. »Es ist einfach prima.«

»Ich tue mein Bestes.«

»Das weiß ich. Ronald muss stolz auf Sie sein.«

Sie zögerte einen Augenblick, bevor sie antwortete: »Das ist er.«

Turk trug seinen Whisky-Tee zum Rand des Lagers und überließ es den anderen, das Fleisch aufzuessen, das er für das Weihnachtsessen besorgt hatte. Er fühlte sich seltsam leer. Er wäre am liebsten in den Zug gesprungen und nach Mombasa gefahren. Zu seiner Familie.

Familie war in Turks Welt nichts Vertrautes. Er hatte seine Mutter nie kennen gelernt, und der Mann, der sich als sein Vater bezeichnete, hatte den Namen nicht verdient. Familie, das war etwas, was mit Liebe und Zuneigung zu tun hatte.

Er erinnerte sich, dass sein Vater zu Weihnachten stets noch brutaler geworden war als sonst. Er schleppte seinen Sohn mit in die Bar. Das musste seine Art gewesen sein, den Feiertag mit seinem Sohn zu verbringen. Turk wurde mit der Aufforderung, »die Schnauze« zu halten, in eine Ecke gesetzt, während sein Vater »ein paar Gläser« mit seinen so genannten Freunden trank. Turk sah mit morbider Faszination zu, wie die Stimmung seines Vaters sich von Gutmütigkeit über Ernst, Nachdenklichkeit und Verdrießlichkeit zu Bosheit und Gehässigkeit wandelte. Zu diesem Zeitpunkt wurde sein Vater für gewöhnlich aus der Bar geworfen, weil er Schlägereien anfing. Zu Hause ließ er den aufgestauten Zorn dann an seinem Sohn aus, dem er all seine Fehler vorhielt und den er schlug, bis er müde wurde und zusammensackte.

Am vierzehnten Weihnachtsfest hatte der junge Turk schließlich zurückgeschlagen und seinen Vater beinahe umgebracht. In dieser Nacht lief er von zu Hause weg.

Familie, das waren jetzt Sumitra und seine Zwillingssöhne. Der Gedanke an sie wärmte ihm das Herz. Er hatte sie nur ein Mal gesehen, vor fünf Monaten. Sie waren sicher gewachsen, aber in seiner Erinnerung waren sie die warmen, zappelnden rosa Geschöpfe, die er im Juli in den Händen gehalten hatte.

Preston setzte sich zu ihm auf den Baumstamm und schaute hinunter zu dem Rinnsal, das im Bachbett zum Sumpf hin floss. Er hatte sein Whiskyglas in einer Hand und die Pfeife in der anderen. »Das Impala war köstlich«, sagte er.

»Schön, dass es Ihnen geschmeckt hat.«

»Haben Sie es hier in der Nähe erlegt?«

»Nein, oben auf den Kiu-Hügeln.«

»Hm.« Er rauchte eine Weile und stellte seinen Whiskybecher in den Dreck neben sich. »Es war ein langes Jahr.«

Turk reagierte nicht.

»Werden Sie ein paar Tage Urlaub nehmen?«

»Nein. Whitehouse redet dauernd von der Trockenheit. Ich muss weiterjagen.«

»Ich habe nachgedacht, Turk. Ich weiß überhaupt nichts über Sie. Haben Sie Familie?«

Auf eine so persönliche Frage reagierte Turk im Allgemeinen mit abweisendem Schweigen. Aber diesmal ärgerte es ihn nicht. »Ja. Zwei Jungen.«

»Erstaunlich!«

Turk sah ihn an.

»Tut mir leid, Turk, ich habe mir Sie nur nie mit Kindern vorgestellt. Zwei Jungen, wie? Wie alt sind sie?«

»Sechs Monate.«

»Sechs Monate, und der andere ...«

»Beide sind sechs Monate alt.«

»Zwillinge!«

Turk nickte und spürte, wie ein Lächeln versuchte, sich auf seine Lippen zu schleichen.

»Ich freue mich für Sie, Turk. Wirklich. Eines Tages werde ich das Gleiche tun.«

»Vater von Zwillingen werden?« Turk konnte sich nicht zurückhalten und ließ das bis dahin unterdrückte Lächeln zu.

»Verdammt, Turk!« Preston lachte. »Sie haben einen Scherz gemacht!«

Die Wochen zogen sich dahin, und noch immer regnete es nicht. Der Bach, der an Kima vorbeifloss, quälte sich aus den Kiu-Hügeln, dann verschwand er in einem Sumpf eine Meile hinter dem Lager. Das Wasser war als Trinkwasser unbrauchbar und das Ufer daher im Allgemeinen verlassen, aber Florence benutzte das Wasser für ihren Garten. Preston flehte sie an, nicht allein zum Bach zu gehen, aber er wusste, dass sie es manchmal doch tat.

Eines Morgens hatte er ein wenig Zeit und schlug vor, dass

sie zusammen gehen sollten, um ihren Eimer zu füllen. Am Bach war es einsam wie immer. Man hatte hier mehr Ruhe als im Durcheinander des Lagers. Er nahm seinen ganzen Mut zusammen und sprach das Thema an, das ihn seit einiger Zeit beschäftigte.

»Ich habe dich gar nicht nach den Carters gefragt«, begann er. »Wie geht es ihnen?«

»Habe ich dir nicht erzählt, dass sie noch ein Kind erwarten?«

»Doch, selbstverständlich. Das hast du.«

Er schwieg, und sie gingen weiter über die trockenen Steine. Seine Gedanken überschlugen sich, so angestrengt versuchte er, eine andere Möglichkeit zu finden, das Thema zur Sprache zu bringen. Er tauchte den Eimer in einen der übel riechenden Tümpel und sagte: »Es muss schön sein, die Annehmlichkeit eines Hauses in Mombasa zu haben.«

»Es scheint ihnen gut zu tun«, sagte sie.

»Und ein richtiges Bett.«

»Ja.«

»Ein Bett, das man teilt.« Er warf ihr einen Blick zu. »Florence, wünschst du dir manchmal, wir hätten ein richtiges Bett?«

»Wie meinst du das, ein richtiges Bett? Wir haben ein richtiges Bett. Tatsächlich sogar zwei.«

»Ich weiß, aber ich meine eins, in dem wir zusammen sein können. Auch zu anderen Zeiten und nicht nur wenn wir, du weißt schon …«

Sie warf ihm einen raschen Blick zu, sagte aber nichts.

»Florence, bist du glücklich mit mir?«

»Ronald, also wirklich! Selbstverständlich bin ich glücklich mit dir.«

»Tatsächlich? Du wünschst dir nicht vielleicht mehr von mir?«
»Was, um alles in der Welt, redest du da, Ronald?« Sie blieb stehen, um ihn fragend anzusehen.
»Ich meine im Bett.«
Sie lief rot an und begann weiterzugehen.
»Florence.« Er hielt sie auf, indem er ihren Arm berührte. »Florence, ich weiß, ich bin manchmal wirklich ungeschickt … und, na ja, ich weiß nicht, wie ich es ausdrücken soll, aber … mache ich dich glücklich – im Bett?«
»Ronald!« Sie riss den Mund auf.
Er preschte weiter vor, denn er befürchtete, den Mut zu verlieren. »Ich habe darüber nachgedacht. Wir haben keinen Ort, an dem wir wir selbst sein können. Wir haben keine Abgeschiedenheit, du und ich. Vielleicht wären die Dinge anders, wenn wir ein Haus hätten, oder zumindest einen abgeschiedenen Ort, um uns zu lieben.«
Sprachlos sah sich Florence um, weil sie befürchtete, jemand könnte sie hören.
»Weißt du … ich kenne mich mit diesen Dingen wirklich nicht aus. Ich weiß nicht, was ich tun soll, aber es stimmt, wir brauchen mehr Zeit allein. Und in einem Zelt können wir nicht allein sein. Jeder Atemzug könnte draußen gehört werden. Wir können nicht miteinander sprechen, wir können … nicht tun, was die meisten verheirateten Paare tun.«
Er zupfte sich nervös am Schnurrbart. »Ich möchte dich wirklich gerne glücklich machen, Florence. Ich brauche das einfach. Denn sonst ist unser Leben zusammen … es ist …«
Er suchte in ihren Augen nach Verständnis.
Florence schien unfähig zu sein, ein Wort herauszubringen.

Sie öffnete den Mund zweimal, bevor sie schließlich fragte: »Ronald, was, in Gottes Namen, ist denn nur in dich gefahren?«
»Lass uns einfach hier …« Er legte ihr den Arm um die Taille und begann, an den Knöpfen ihrer Bluse zu nesteln.
Sie schnappte nach Luft, schluckte und schob seine Hände weg. »Ronald!« Sie machte einen Schritt rückwärts und zupfte ihren bereits vollkommen gerade sitzenden Spitzenkragen zurecht, bevor sie ihre Stimme wiederfand. »Was ich möchte, Ronald, ist ein Ende dieser Dummheiten.« Sie nahm ihm den Wassereimer ab und eilte am Bachbett entlang zum Lager.
Er schaute ihr nach.
Oben am Bachufer bewegte sich eine Gestalt. Er konnte an dem kurzen Lederrock sehen, dass es sich um eine Kikuyu-Frau handelte, und bevor sie im Busch verschwand, glaubte er, sie zu erkennen. Aber dann war sie auch schon weg.

Kapitel 33

Meile 287

Das erste Ergebnis der erfolgreichen Jagd auf die Löwen vom Tsavo bestand darin, dass die Arbeiten an der Brücke sofort wieder begannen. Die Kulis kehrten verlegen aus Voi und anderen Lagern zurück und erwarteten, bestraft zu werden, aber Patterson begrüßte ihre Rückkehr wie ein wohlwollender Vater. Er mahnte, er tadelte, aber der Sieg war zu süß, um ihn mit Strafen zu verderben.

Die Brücke über den Tsavo wurde im Februar 1899 eingeweiht, acht Monate nachdem Patterson mit dem Bau begonnen hatte.

Der Colonel stand mit Whitehouse in der *Uganda Queen*, die aus diesem Anlass wieder in ihren alten Zustand versetzt worden war. Seine Baumannschaften befanden sich auf den Flachwagen dahinter, zweifellos erfreut, den Tsavo endlich hinter sich lassen zu können. Patterson selbst war zwar froh, dass die Brücke fertig war, aber er teilte die Begeisterung der Männer nicht. Er fühlte sich leer.

Er bedauerte die Leben, die sie am Tsavo verloren hatten. Achtundzwanzig Männer. Und er hatte eine Gedenkzeremonie für sie abgehalten, nachdem die Löwen tot waren. Die Eisenbahngesellschaft gab ihm nicht die Schuld am Tod der Männer, die Beileidsbezeugungen flossen, aber er betrachtete den Verlust so vieler Leben unter seiner Obhut als persönliches Versagen.

Es war allerdings nicht nur der Gedanke an die Toten, der ihn demoralisierte. Die neuen Aufgaben, die vor ihm lagen,

reizten ihn nicht. Die Strecke dauerhaft zu sichern, Viadukte und Durchstiche zu stärken, Schienen zu begradigen und Rangiergleise zu bauen, das alles war erschreckend banal.
Es würde Schwierigkeiten geben, wie es sie beim Bau einer Eisenbahnlinie immer gab. Der Ausbruch der Pocken war das neueste dieser Hindernisse, aber Patterson konnte sich nicht vorstellen, dass es eine stimulierendere oder nach ihrem Abschluss befriedigendere Aufgabe geben würde als den Bau der Tsavo-Brücke während der wilden Angriffe der Menschen fressenden Löwen.
Er hatte stets darauf bestanden, dass es *seine* Löwen gewesen waren. Niemand widersprach. Männer kamen von überall entlang der Bahnstrecke, um ihn kennen zu lernen. Sie kamen sogar aus Sansibar, um seine Geschichte zu hören. Es gab Gerede darüber, dass ein Journalist aus London auf dem Weg war, um einen Artikel für die *Times* zu verfassen. Vielleicht würde Patterson am Ende auch seine eigene Version der Ereignisse niederschreiben. Er würde das Buch *Die Menschen fressenden Löwen vom Tsavo* nennen.
Als Whitehouse der Menge zuwinkte, die hinter der Brücke an der Strecke stand, fragte sich der Colonel, ob es ihm wirklich möglich sein würde, seine Begeisterung für die Eisenbahnarbeit aufrechtzuerhalten. Es war eine solch ruhmreiche Zeit gewesen, diese Tage am Tsavo.

Im Mai 1899 hatte die Eisenbahn einen Ort erreicht, den die Massai-Stämme in der Gegend Nakusontelon nannten. Das bedeutete »Der Beginn aller Schönheit«. Aber wenn Preston es hätte benennen sollen, hätte er sich für die Bezeichnung »Der Beginn allen Gleisbaus« entschieden, denn nachdem sie in den 325 Meilen seit Kilindini in aller Ruhe eine Steigung von insgesamt 1600 Metern hinter sich gebracht hatten, würden sie es allein auf den nächsten 35 Meilen mit 670 Metern zu tun bekommen. Danach kam der Absturz zum Boden des Grabenbruchs in einer Reihe atemberaubender Sprünge.

Viele Jahre lang hatten Händler und Reisende, die durch Nakusontelon kamen, ihr Wasser aus dem kleinen Fluss geholt, der dort die Athi-Ebene durchquerte. Er wurde Uaso Nairobi genannt, und daher nannte man den Bereich bald Nairobi, statt den schwierigeren Maa-Namen zu verwenden.

Preston wusste, dass Whitehouse schon lange plante, seine logistischen Probleme zu verringern, indem er das Nachschubzentrum und den Hauptsitz von der Küste zu einem Punkt irgendwo in der Mitte zwischen der Küste und dem See verlegte. Der allzu dünne Nachschubfaden war schon zu oft gerissen, und es war Zeit, diese Situation zu verbessern. Whitehouse schlug Nairobi als den Ort vor, an dem die Eisenbahn Luft holen sollte, bevor sie sich der nächsten großen Herausforderung stellte.

Also wurde Nairobi zum Hauptsitz der Uganda Railway. Das lag nicht an seiner natürlichen Schönheit, denn wenn Nairobi tatsächlich der Anfang aller Schönheit sein sollte, dann hatte man an diesem Anfang noch einen weiten Weg vor sich. Es lag auch nicht daran, dass es genügend Wasser gab oder es dort besonders angenehm gewesen wäre – tatsächlich lag der kleine Ort in einem Sumpf. Nairobi wurde zum Hauptsitz, weil es über ein für einen Eisenbahningenieur wichtiges Kennzeichen verfügte: Hier veränderte sich das Gefälle.

Es war Ende Mai 1899. Preston saß zusammen mit Billy Nesbitt vor dem bescheidenen Gebäude, das nach seiner Fertigstellung einmal der Bahnhof von Nairobi werden sollte, und rauchte eine Pfeife. Sie warteten darauf, dass die letzten Männer den Nachschubzug bestiegen, um zu ihrem Lager auf der Ebene von Kapiti zurückzukehren. Eine Gruppe von etwa dreißig Massai-Kriegern beobachtete das Spektakel aus der Ferne. Sie hatten die *Askaris* seit Tagen nervös gemacht, aber nichts gegen die Bauarbeiten unternommen. Preston hatte seine Leute angewiesen, sie in Ruhe zu lassen.

»Whitehouse drängt mich, das Gleisbaulager hierher zu verlegen«, sagte Preston. »Er möchte, dass es ›mit größter Eile‹ geschieht.«

»Also nichts Neues«, erwiderte Billy. »Aber möchtest du nicht selbst gerne hierher ziehen? Eine kleine Hütte bauen?«

»Doch. Aber das werde ich den Chefingenieur nicht wissen lassen.«

»Aha.«

»Ich verstehe allerdings wirklich nicht, wieso Whitehouse es so eilig hat«, sagte Preston.

»Es heißt, Ainsworth sei ausgesprochen wütend über den Umzug nach Nairobi.«

»Warum?« Aus irgendeinem Grund wusste der Zimmermann immer, was in allen Teilen der Organisation geschah.

»Nairobi zum Hauptsitz zu machen wird Machakos, Mr. Ainsworth' Hauptstadt, die Bedeutung nehmen.«

»Was ist daran falsch?«

»Denk doch nach, Ronald. Im Augenblick gibt es hier nicht viel. Aber füge ein paar Hundert Leute aus dem Hauptsitz hinzu, und dann ist es etwas. Eines Tages wird es eine große Stadt sein.«

Preston sah sich um. Nach seiner Ansicht hatte Nairobi

nicht viel, wofür man sich begeistern konnte. Der gleichnamige Fluss trocknete während seines Wegs durch einen vom Papyrus gesäumten Morast nach Nordosten hin und wieder vollkommen aus. Nach Osten und Süden, in dem Gelände, das auf Macdonalds Karte von 1892 mit »Massai-Weideland« bezeichnet wurde, erstreckte sich eine nichtssagende Ebene etwa vierzig Meilen weit bis zu den Hügeln um Machakos. Die einzige Abwechslung zu der flachen Landschaft gab es im Norden und Westen, wo sich die Masse des Ol Donyo Lamuyu der Erhebung des Kikuyu-Steilabbruchs anschloss.

»Nicht einmal mich könntest du davon überzeugen, Billy. Es gibt keine Möglichkeit, das Gelände trockenzulegen. Keine brauchbaren Wasservorräte. Wie soll in diesem Sumpf die Kanalisation funktionieren?« Prestons Ingenieurshirn lief sich warm.

»Genau das hat Ainsworth auch gesagt. Keine Abflüsse. Kein Wasser. Tatsächlich kann er einfach den Gedanken, dass Whitehouse für irgendeine Art von Stadt zuständig ist, nicht ausstehen. Du kennst den Typ, Ronald. Nairobi war nicht seine eigene Idee, also hat er etwas dagegen.«

»Und diese Massai glauben wahrscheinlich, dass der Ort ihnen gehört.«

»Ich sage dir, Ronald, Ainsworth regt sich deshalb auf, weil er weiß, dass Nairobi wachsen wird.«

»Wir werden es sicher eines Tages herausfinden.«

»O Mann, bald schon werde ich meine kleine Maggie hierher holen. Dieses Nairobi wird ein schönes Heim abgeben. Du wirst schon sehen.«

Billys Begeisterung machte Preston nachdenklich. Selbst das Gleisbaulager mit ein paar tausend Männern zog seine eigene Subkultur von Händlern und dergleichen an. Eine

längerfristige Ansiedlung, gestützt durch Dienstleistungen für den Hauptsitz, würde sicher auf Interesse stoßen.
»Vielleicht hast du Recht, Billy.« Er tätschelte dem Zimmermann die Schulter. »Wir können es zumindest versuchen.«

»Wir haben beschlossen, Nairobi zu unserem neuen Hauptsitz zu machen«, berichtete Preston Florence, als sie am Athi entlangritten. Die Nachmittagssonne hatte etwas von ihrer Hitze verloren, und in zwei Stunden würde eine kurze Zeit des Zwielichts in einen weiteren angenehmen Abend auf der hoch gelegenen Athi-Ebene überleiten.
»Wo ist Nairobi?«, fragte sie. Sie ritt hinter ihm auf dem Maultier. Sie hatte viel Ermutigung gebraucht, um in den Sattel zu steigen. Das Maultier benötigte sogar noch mehr gutes Zureden, denn aus irgendeinem Grund wollte es sich von ihr nicht bewegen lassen. Preston musste das widerstrebende Geschöpf führen, und Florence wirkte, als fühlte sie sich auf dem Damensattel auf dem knochigen Rücken des Tiers überhaupt nicht wohl.
»Unser nächstes Lager. Danach beginnen wir mit dem Aufstieg zum Kikuyu-Steilabbruch und …« Eine flüchtige Erinnerung an Rain geriet ihm in den Weg.
Florence fragte: »Und was?«
»Äh, der Aufstieg zum Kikuyu-Steilabbruch. Ein paar schwierige Steigungen.« Er zügelte sein Pony. »Wir sollten die Tiere ein wenig ruhen lassen.«
Sie hatten seit seinen ungeschickten Versuchen am Bachufer in Kima nicht mehr über das Thema gemeinsam verbrachter Zeit gesprochen. Die Situation zwischen ihnen hatte sich nicht gebessert, ganz im Gegenteil. Florence war nach diesem Gespräch so aufgeregt gewesen, dass er seitdem nicht einmal

mehr gewagt hatte, ihr Bett aufzusuchen. Es war nicht so, als hätten sie sich gestritten. In einiger Hinsicht schienen sie einander sogar näher zu sein als zuvor, aber Preston nahm an, dass der Grund dafür eher diese kurzen Ausritte alle paar Tage waren. Das andere Problem kam einer Lösung nicht näher.

Er band die Tiere an einen Ast, wo sie die Mäuler ins Wasser am Flussrand stecken konnten und zufrieden schnaubten. Dann sagte er zu Florence: »Warum machen wir nicht einen kleinen Spaziergang?«

Sie schaute den Fluss entlang. In der Nähe gab es nur einen steinigen, baumlosen Bereich. »Ich würde lieber eine Weile hier sitzen bleiben.« Sie ließ sich vorsichtig auf einem sandigen Fleck unter dem Baum nieder und nahm den Hut ab. »Meine Schultern tun weh.«

»Dann hältst du die Zügel immer noch zu hoch. Lass die Hände auf dem Sattelknauf ruhen.«

Er setzte sich dicht hinter sie auf einen Baumstumpf und fing an, ihre Schultern zu massieren.

»Was wird es bedeuten«, wandte sie sich wieder dem vorherigen Thema zu, »diese Verlegung des Hauptsitzes?«

»Ach, nicht viel. Es wird bequemer sein. Ich werde nicht mehr bis nach Mombasa fahren müssen, um den Lagerverwalter anzuschreien.«

»Ronald … im Erst – was bedeutet es?«

»Eisenbahnleute könnten ein wenig Land erhalten.«

»Land? Du meinst, die Eisenbahn wird ihnen Land verkaufen?«

»Vielleicht. Vielleicht werden sich die Leute auch einfach auf einem Stück Land niederlassen und es dann später kaufen. Wenn sie das Geld haben.«

»Du meinst, so etwas wie Siedler werden?«

»Nun … ja.«
»Ich dachte, das gesamte Land gehört der Regierung.«
»Alles bis auf eine Meile zu beiden Seiten der Eisenbahnstrecke. Das gehört der Eisenbahn.«
Florence schien damit zufrieden zu sein und schwieg, während Preston weiter an ihren Schultern und ihrem Hals arbeitete.
»Weißt du, Florence«, sagte er und versuchte, beiläufig zu klingen, »wir könnten in Nairobi ebenfalls ein Stück Land erhalten.«
»Land?«
»Wenn wir wollten.« Er begann, ihre Arme zu reiben.
»Wozu?« Sie setzte sich ein wenig aufrechter hin.
Er strich über ihre Arme und Schultern. »Um unser eigenes Heim zu haben.«
Sie drehte sich um. »Du meinst, wir sollten uns ansiedeln?« In ihren Augen stand so etwas wie Panik.
»Nein … nicht unbedingt.«
»Was dann?«
»Wir könnten eine kleine Hütte haben.«
»Eine Hütte? Du meinst, ein kleines Haus, das wir selbst bauen könnten?«
Er konnte sehen, dass sie begann, sich für die Vorstellung zu erwärmen. »Und ein anständiges Stück Land für deinen Garten. Einen echten Garten.«
»Ein Garten … ich denke, das wäre für eine Weile schon in Ordnung …«
»Wir wären unter uns. Weg vom Lager.« Er ließ die Hände umherschweifen und streifte die Baumwollbluse, die ihre Brüste fest umspannte. »Selbst ein Zelt auf unserem eigenen Stück Land wäre gut für uns.«

»Wäre es denn nicht schwierig, zum Gleisende zu gelangen?«

»Es wird Monate dauern, bis wir den Steilabbruch erklettert haben und auf der anderen Seite wieder hinuntergestiegen sind. Ich könnte von Nairobi aus zum Gleisende reiten, bis wir im Grabenbruch sind.« Er rückte näher zu ihr. Sein Oberschenkel streifte ihren Arm. »Aber darüber können wir uns später Gedanken machen. Florence, wir werden unser eigenes kleines Haus haben. Wo wir wir selbst sein können.«

»Ich bin sicher, dass ich mit mir selbst, wie ich bin, recht glücklich bin.«

»Du weißt, was ich meine. Dort könnten wir zusammen allein sein. Die Abgeschiedenheit finden, die wir brauchen.«

Sie wandte sich ihm zu, und er küsste sie. Sie war überrascht.

»Ich möchte dich lieben können, ohne mir wegen der Männer im nächsten Zelt oder der Leute, die vorbeikommen, Gedanken machen zu müssen, Florence. Ich möchte dich lieben, wie ein Mann seine Frau lieben sollte.«

»Ronald, manchmal denke ich, ich kenne dich kein bisschen! Woher kommen diese Ideen nur?«

»Aus meinem Herzen, mein Schatz.« Er zog sie nach hinten, so dass sie auf dem Sand lag. Er beugte sich über sie, auf einen Ellbogen gestützt, und sah ihr tief in die Augen. »Lass mich dich lieben.« Er küsste sie erneut und begann dann, ihre Bluse aufzuknöpfen.

Sie setzte sich hin und schob seine Hände weg. »Ronald, es tut mir leid. Ich kann das einfach nicht.«

»Florence, hier gibt es meilenweit keine Menschenseele. Wir können …«

»Nein. Das hier ist …«

»… hier zusammen sein.«
»… einfach nicht richtig. Es gehört sich nicht.«
»Liebling, selbstverständlich gehört es sich! Wir sind verheiratet …«
»Verheiratet, ja. Aber es gehört sich nicht.«
»Aber warum?«
»Wir können uns nicht wie die Tiere im Dschungel benehmen!«
»Florence … das hier ist wohl kaum ein Dschungel!«
»Und es ist ganz bestimmt nicht abgeschieden, wie du es offenbar so dringend brauchst!«
»Doch! Sieh dich doch um!« Er deutete auf die Savanne. »Keine Menschenseele!«
»Nun, es ist … es … Oh!« Sie raffte die Röcke und stürmte in Richtung Lager davon.
Preston seufzte, nahm die Zügel von Pferd und Maultier und folgte ihr.

Es hatte wochenlange Überredung gekostet, aber Florence hatte schließlich der Hütte zugestimmt. Er hatte sie zu dem Platz gebracht und das bestmögliche Bild der Stadt gezeichnet, so, wie es aussehen würde, wenn die Bauarbeiten vollendet waren. Als das nicht genügte, erwähnte er, dass einige Frauen der Angestellten aus dem Hauptsitz sich ihren Männern in Nairobi anschließen würden. Das schien der wichtigste Punkt zu sein, und Florence hatte schließlich zugestimmt.
Dann verfasste Whitehouse ein offizielles Memorandum, dass die Uganda Railway in Nairobi keine Quartiere für Eheleute in Nairobi zur Verfügung stellen würde. Die Angestellten konnten zwischen den Zeilen lesen. Die Eisenbahn-

gesellschaft wollte niemanden ermutigen, sich anzusiedeln – besonders nicht die Eisenbahnleute, wenn noch so eine lange Strecke zu bauen war.

Es gab unzufriedenes Gemurmel, und Preston wurde zu dessen Mittelpunkt. Er berief eine Versammlung ein.

»Was haben wir zu verlieren?«, fragte er die Anwesenden. »Jetzt haben wir überhaupt nichts. Man kann uns doch sicher nicht bestrafen, wenn wir uns ausleihen, was den weißen Bauern freiwillig gegeben wird.« Damit bezog er sich auf die Anstrengungen der Protektoratsverwaltung, Zuwanderung zu ermutigen, indem sie große Bereiche von Land in den Aberdares an jeden gab, der bereit war, es zu bebauen. »Wie oft seht ihr Männer eure Frauen?« Er sah sich um. Es waren zähe, grobknochige Männer, die nicht daran gewöhnt waren, sich über das Leben in der afrikanischen Wildnis zu beschweren. Aber sie hörten auf den jungen Gleisbauingenieur. »Einmal alle paar Monate? Zweimal im Jahr?«

Die Männer nickten. Zustimmendes Gemurmel erklang.

»Je mehr von uns sich hier niederlassen, desto schwieriger wird es für die Eisenbahn, uns wieder zu vertreiben. Das dort« – er zeigte auf ein Zelt am Hang oberhalb des Papyrus – »ist die Stelle, die ich mir ausgesucht habe. Meine Frau und ich wohnen dort. Ihr könnt jeden Sonntag zu Besuch kommen, wenn ihr wollt!«

Verwitterte Gesichter verzogen sich zu einem Lächeln.

»Oder wartet noch ein wenig. In ein paar Tagen wird es Eckpfeiler geben und ein Wellblechdach!« Er strahlte vor Begeisterung. »Es ist nicht viel, aber es wird ein Anfang sein. Wer von euch wird nebenan wohnen?«

Wieder nickten ein paar, aber das hier waren keine Männer, die überstürzt solche Entscheidungen trafen. Preston wusste, dass sie Zeit brauchten. Er ließ sie gehen, um nachzudenken.

Die Frauen von der Eisenbahn, deren Männer im Hauptsitz arbeiteten oder in die Wildnis gezogen waren und sie in Mombasa zurückgelassen hatten, begannen in größerer Anzahl in Nairobi einzutreffen. Gegen Ende Juli war im Papyrus und auf dem Kamm des Nairobi-Hügels eine Unzahl von Zelten aufgebaut. Eine kleine Gemeinde entstand.

Florence war froh. Sie hatte mehr weibliche Gesellschaft als je, seit sie Mombasa verlassen hatten. Als die Behausung der Prestons nicht mehr aus Zelttuch, sondern aus grob behauenem Holz bestand, begann sie ernsthaft, ihr kleines Haus einzurichten. Der üppige schwarze Boden von Nairobi nährte ihren Garten, wie sie es nirgendwo zuvor erlebt hatte. Sie hatte Reihen von Mais und Zwiebeln, Chinakohl und Rote Bete, Bohnen und in einem ausgedehnten Feld in Richtung des sumpfigen unteren Teils ihres Grundstücks Süßkartoffeln angebaut. Ihre Pfingstrosen, Petunien und Ringelblumen bekamen die besten Plätze nahe der Hütte, deren Holz sie weiß strich.

Eines Freitagabends erschien Preston mit einem Wagen, drei Männern und einer sehr großen eisernen Badewanne mit Klauenfüßen. Sie mussten alle vier mit anpacken, um das Ding vom Wagen zu heben, und dann wollte es nicht durch die Tür passen. Preston und die anderen steckten die Köpfe zusammen. Innerhalb von ein paar Minuten hatten sie die Tür ausgebaut und einen Teil der Wand entfernt. Die wunderbare Badewanne wurde feierlich installiert.

Florence' einzige Sorge bestand darin, dass all diese häuslichen Dinge den Eindruck von Dauerhaftigkeit vermitteln könnten. So etwas wollte sie nicht ermutigen. Es war eine Sache, die Bequemlichkeit von festen Holzböden zu genießen, aber eine andere, es als den ersten Schritt zu einem dauerhaften Heim zu betrachten. Sie wollte nicht in der gleichen Situation sein wie damals, als Ronald seinen Vertrag verlängerte – wollte nicht, dass ihre Zustimmung vorausgesetzt wurde, nur weil sie ihre Ablehnung nicht laut äußerte. Ronald hatte nie offen ausgesprochen, dass er nach Beendigung seines Vertrags bleiben wollte, aber seine Bemerkungen über die Möglichkeiten, die sich nach der Eröffnung der Eisenbahnlinie auftun würden, und seine eindeutige Bewunderung für das Land, durch das sie zogen, ließ Florence befürchten, dass dies sein Wunsch war.

Viele Frauen stellten fest, dass Nairobi nicht ihren Ansprüchen entsprach. Von dem Schmutz und der Primitivität einmal abgesehen, gab es zahllose Gefahren für die Gesundheit.

Die einheimische Bevölkerung war störrisch und reizbar. Ihr Land starrte vor Trockenheit. Ernten blieben aus, Vieh starb, wenn nicht direkt an der Trockenheit, dann an der Rinderpest – einer Katastrophe, die mit den ersten Siedlern eingetroffen war. Dass man ihnen ihr Land so anmaßend abgenommen hatte, machte die Dinge nicht besser.

Die Einheimischen reagierten, indem sie sich nahmen, was sie zum Überleben brauchten. Ein Schaf oder eine Ziege schienen ein vernünftiger Beginn der Entschädigung für ihr Unglück zu sein. Aber obwohl die Weißen sie verscheuchten, auf sie schossen und viele töteten, zogen die Stämme sich nicht schweigend zurück, sie reagierten mit Gegengewalt, besonders die Ndorobo, die aus ihren Waldverstecken kamen und Giftpfeile auf jeden weißen Eindringling abschossen,

der dumm genug war, sich unbewaffnet auf ihr Territorium zu wagen.
Die weißen Frauen, viele von ihnen so zäh wie Mahagoni, widerstanden den Giftpfeilen der Ndorobos. Sie schützten ihre Kinder vor wilden Tieren, räuberischen Insekten und Parasiten. Aber als die Pocken zur Athi-Ebene kamen, flohen die meisten.
Florence blieb.

Kapitel 34

Meile 325

In der Öffentlichkeit stritt Whitehouse ab, dass es bei der Einrichtung seines neuen Hauptsitzes in Nairobi Probleme gab, aber in vertraulichem Kreis gab er zu, dass er jemanden brauche, der sich allein der Entwicklung der Siedlung widmete, eine starke Persönlichkeit, die es mit dem zähen John Ainsworth aufnehmen konnte. Preston war am Gleisende zu wichtig, und außerdem wusste Whitehouse sehr genau, dass es Preston gewesen war, der den verheirateten Männern geholfen hatte, sich auf Eisenbahnland niederzulassen. Er hatte diese Angelegenheit schon in der vertraulichen Personalakte des Gleisbauingenieurs vermerkt.

Colonel Patterson andererseits war ideal für eine solche Position.

Lieutenant Colonel J.H. Patterson saß auf seiner braunen Stute oben auf dem Nairobi-Hügel und betrachtete angewidert seinen neuen Zuständigkeitsbereich. Nairobi war eine Katastrophe. Ein Fehler. Es war ein Sumpf, bewohnt von Pöbel. Fünftausend Arbeiter waren innerhalb von ein paar Wochen eingetroffen und nun in einer Ansammlung von Hütten rings um den Bahnhof untergebracht, der beinahe genau unter ihm am Rand des Papyrus stand. Zwischen den Reihen schiefer Hütten hindurchzugehen war, als bewegte man sich auf einer Matratze – die Kruste aus getrocknetem Schlamm, die den Sumpfboden überzog, konnte kaum das Gewicht eines Mannes tragen.

Etwas weiter nördlich gab es den indischen Basar: das gelbe und blaurote, faulige Handelszentrum der kleinen Stadt. Patterson staunte immer wieder über die wirre Ansammlung von Dingen, die man dort erwerben konnte. Einen Elefantenstoßzahn, Flusspferdzähne, ein Messer, ein Gewehr, ein Ballen Baumwollstoff. Es gab Gazellenhörner und Musikinstrumente – ein Cello stand in bizarrem Stolz zwischen den Nashornhörnern. Die bevorzugte Handelsmethode bestand für Händler und Käufer darin, einander Beleidigungen an den Kopf zu werfen, bis am Ende entweder eine Schlägerei oder ein Kauf zustande kam.

Er und Rawson hatten eines Abends einen Erkundungsgang unternommen und festgestellt, dass der Basar um diese Tageszeit noch schlimmer war. Bettler schlichen sich aus Eingängen und hielten ihnen ihre aussätzigen Finger vor die Nase. Alle Arten körperlicher Deformierung wurden vorgezeigt, um eine mitleidige Reaktion auszulösen. Ein kleiner Schwarm beinloser menschlicher Schaben näherte sich auf stockdünnen Armen, um an den Hosenbeinen der beiden Männer zu zupfen, andere präsentierten riesige, von Elephantiasis verformte Körperteile, an denen man sehen konnte, wie sich die Würmer unter der Haut bewegten. Die Blinden, die Verrückten, die jämmerlich Ausgemergelten, alle verlangten lauthals Aufmerksamkeit.

Frauen stellten sich schamlos zur Schau, während ihre Zuhälter um die weißen Männer herumtänzelten, mit lauter Stimme die Fähigkeiten der Huren aufzählten und versprachen, dass der Preis für solche Ekstase mehr als vernünftig sein würde.

Der Colonel hatte genug. Er versetzte seinem Reitstiefel einen Schlag mit der Gerte und drohte, diesen menschlichen

Hyänen eine Lektion zu erteilen. Als er dies sah, hob ein jettschwarzer nubischer Junge sein kurzes gelbes Hemd, zeigte zwei feste runde Pobacken und rief: »Bitte, Sahib, lass mich der Erste sein!« Patterson, rot vor Verlegenheit und Zorn, fühlte sich versucht, tatsächlich zuzuschlagen, bremste sich dann aber. Er und Rawson hatten schnell und würdelos den Rückzug angetreten. Selbst jetzt errötete der Colonel noch bei der Erinnerung. Dieser Ort war ein Sündenpfuhl. Er würde so etwas nicht zulassen. Er, der zuständige Ingenieur, würde sich darum kümmern.

Von seinem Aussichtspunkt aus konnte er nun auch das Woods Hotel erkennen, das sich inmitten einer Gruppe bescheidener Holzgebäude erhob: die erste respektable Unterkunft für Europäer. Ansonsten war die Stadt vollkommen unzivilisiert. Die fernen Geräusche von Löwen und Elefanten drangen zusammen mit dem Nebel und den abendlichen Gerüchen bis zu ihm. Dreck füllte die notdürftigen Abflusskanäle, bis er hin und wieder vom Regen in große offene Gruben geschwemmt wurde.

Auf der anderen Flussseite wurden Straßen in die bewaldeten Hügel geschnitten, die sich über dem Sumpf erhoben. Hier wohnten die Siedler, und es gab ein gewisses Maß an Sauberkeit. Aber auch dort war es offenbar immer noch akzeptabel, alles Abwasser, allen Dreck durch offene Gräben in den Fluss zu leiten – die Hauptwasserquelle der Siedlung. Dr. Orman erklärte Nairobi zu einer Gefahr für die Gesundheit und prophezeite den Ausbruch von Seuchen. Patterson hatte nichts für diese illegalen Siedler übrig und noch weniger für die Händler des Basars. Er würde es ihnen schon zeigen.

Die Ansiedlung am Hügel war nichts weiter als ein Gleisbaulager mit Horden von Kulis, Trägern und Maultieren,

Karawanenmeistern und einheimischen Führern. Sie hatten an einem Ort, der als Hauptsitz der Verwaltung dienen sollte, nichts zu suchen. Er hatte sich bereits mehrfach an Whitehouse gewandt, damit dieser Preston befahl, das Gleisbaulager weiterzubewegen. Schließlich hatte Whitehouse zugestimmt.
Was den Basar anging, so gab seine neue Position Patterson eine Möglichkeit, zu zeigen, was er konnte, und sich auszeichnen. In Nairobi war er das Gesetz.
Wie immer würde er bedächtig beobachten und dann schnell handeln.

Florence warf einen letzten Blick zu der Hütte, die Preston für sie am Hang über der sumpfigen Ebene von Nairobi errichtet hatte. Sie war ein wenig schief, und die Balken bestanden aus grob behauenem Akazienholz, das von der Athi-Ebene hergebracht worden war, aber diese Hütte war das erste und bisher einzige nicht aus Zelttuch bestehende Heim für sie und Ronald gewesen.
Sie war überrascht, dass es ihr so leid tat, dieses kleine Haus zurückzulassen. War es, weil Holzbalken und ein Wellblechdach ihr mehr das Gefühl vermittelt hatten, hierher zu gehören? Oder war die Zeit der wichtigere Aspekt? Sie hatten beinahe fünf Monate in dieser Hütte gewohnt. In Nairobi hatte sie ihren bisher besten Garten angelegt. Aber nein, auch damit hatte es nichts zu tun.
Als sie auf dem Maultier in den Wald auf dem Hügel, auf das neue Gleisbaulager und den Grabenbruch zuritt, erkannte Florence, dass diese Hütte, wenn auch nur kurz, für sie ein wirkliches Heim gewesen war.

Als im Gassengewirr des Basars ein Fall von Pest auftauchte, verlangte Patterson eine Gesundheitsinspektion, die er persönlich zusammen mit den Ärzten Willem und Orman durchführte. Unter den Bodendielen der Hütte, in der der unglückliche Mann gestorben war, entdeckten sie ein Rattennest.

Spät an diesem Nachmittag sammelte Patterson ein Dutzend seiner Leute. Er bewaffnete sie mit Baumwollfetzen und Paraffin, schickte sie zur Windseite des Basars und befahl ihnen, alles niederzubrennen. Dann zog er sich in sein offizielles Quartier auf dem Hügel zurück, wo er auf der Veranda sitzen und das Ergebnis betrachten konnte.

Drunten loderten saubere gelbe Flammen in den Himmel. Sie leckten über die Wellblechdächer der überdachten Gassen und erhitzten alles, bis Holz und Metall glühten und brachen wie Waffeln. Er hörte Stimmen, die Allah anriefen. Schreie. Zorn und Empörung. Hilferufe.

Patterson stellte sich vor, wie Tausende von Ratten, Millionen von ihnen, brannten. Der aufgehäufte Dreck dieses Pöbels würde geläutert werden. Kein pestverseuchter Floh würde am Leben bleiben. Er war ausgesprochen zufrieden mit sich.

Zwei Tage nachdem er den Basar hatte niederbrennen lassen, lief Pattersons Vertrag mit der Uganda Railway ab, und er verließ Nairobi. Es war das Ende einer langen, befriedigenden Verbindung mit der Eisenbahngesellschaft. Patterson ließ schwelende Ruinen und eine Population von Ratten – Flöhe eingeschlossen – zurück, die nun in die Siedlungen der Umgebung zog.

In den Tagen nach dem Feuer überschütteten die indischen Händler Whitehouse mit Entschädigungsforderungen. Die

Menge von Waren, die angeblich verbrannt waren, hätte einen Berg von der Größe des Kilimandscharo abgegeben. Ihm blieb dennoch nichts anderes übrig, als zu zahlen.
Als Patterson an Bord des Dampfers ging, der in die alte Heimat fuhr, war der Basar bereits erneut in Betrieb. Die Ratten, ihre Flöhe und ihre Brut hatten ihre angenehm renovierten Quartiere schon wieder bezogen.

Als die Gleise weiter die Hügel hinauf in Richtung Limuri geführt wurden, hingen die schweren Wolken der langen Regenzeit über den Arbeiten. Sie wurden jeden Tag vom *Kazkazi*-Wind herangetragen, türmten sich zu massiven grauschwarzen Festungen am Osthimmel, fett vom Versprechen guten Regens, und grollten und donnerten tagelang. Kulis hielten inne, wenn sie die Geräusche hörten, griffen nach den Enden ihrer Tücher und wischten sich den Schweiß von Stirn und Hals. In den Hügeln rings umher beobachteten die Wakikuyu die Wolken ebenfalls. Weiter entfernt standen die Wakamba und die Wateita neben ihren unfruchtbaren Feldern und beteten zu ihren jeweiligen Göttern, dass der Regen sie dieses Mal nicht enttäuschen möge. Das Land hielt erwartungsvoll den Atem an.
Preston ließ das neue Lager auf halbem Weg zwischen dem Steilhang und dem kleinen Dorf Limuru errichten. Der Lagerbau war stets eine Aktivität, an der er sich aufmerksam beteiligte. Jedes Lager stand für einen weiteren winzigen Schritt auf den See zu. Aber dieser Schritt war schmerzhaft gewesen. Er und Florence hatten Nairobi beinahe zu ihrem Heim gemacht, die Hütte hatte ihrem Leben dort Substanz verliehen, aber nun mussten sie das vergessen und sich an eine weitere Zeltstadt gewöhnen.

Auch der nächste Streckenabschnitt machte ihn nervöser als sonst – der Abstieg in den Ostafrikanischen Grabenbruch. Während der Geschäftigkeit des Lageraufbaus konnte er diese Gedanken für gewöhnlich wegschieben. Aber nachts wälzte er sich auf seinem Feldbett und versuchte, in Gedanken einen Weg zum Talboden zu finden. Wenn die Zeit es gestattete, schlüpfte er aus dem Lager und ging zum Steilabbruch. Hundert Meter vom Rand entfernt bemerkte man noch nichts Ungewöhnliches. Er hätte überall sein können, an jedem Ort mit dürrem, zähem Gebüsch. Die Baumdecke war weniger dicht als im Wald hinter ihm, aber auch das war nichts Besonderes.

Fünfzig Meter weiter, und die wenigen Bäume wirkten geduckt und verdeckten einen Anblick, der einfach zu schrecklich war.

Zehn Meter von der Kante entfernt bemerkte man den Wind zum ersten Mal. Aber es war nicht nur Wind, es war ein warmes Ausatmen, ein endloser, gewaltiger bedauernder Seufzer. Es war, als trauerte der gesamte Kontinent, als äußerte er hier seine Qual am deutlichsten. Afrika war den Tränen nahe. Wenn es die letzten aufgestauten Gefühle in einem heißen, bitteren Atemzug verströmt hätte, würde es zweifellos zu schluchzen beginnen.

An der Kante blickte Preston den Hang entlang, der hier sachte begann, sich aber bald schon steiler zum Talboden hinabzog. Seine Haut kribbelte. Hier oben zu stehen, das war, als stünde man am Rand allmächtigen Wissens, das sich einem eröffnen würde, wenn man diesen Gedanken, dieses Gefühl nur einen einzigen Augenblick länger aufrechterhalten könnte. Dann war es verschwunden, und in seinem Kielwasser folgte die Realität.

Preston konnte nicht lange an diesem grausamen Rand bleiben – es nahm ihm die Energie. Er musste sich abwenden oder kapitulieren. Wenn er länger bliebe, würde sein analytischer Verstand darauf bestehen, dass man hier keine Eisenbahnschienen verlegen konnte. Bevor er sich umdrehte, beschwor er jedoch noch einmal seinen Trotz herauf und zwang sich, ohne Blinzeln nach unten zu schauen. Er musste sich an einen Ort hinter dem Grabenbruch versetzen, sich vorstellen, wie es dort sein könnte. Er benutzte die Erinnerung an den flüchtigen Blick auf den See, den er zusammen mit Rain erlebt hatte, um Kraft daraus zu beziehen.
Die Landkarten sagten, dass es auf der anderen Seite des Grabenbruchs einfacher sein würde: Es ging leicht abschüssig weiter zum Binnenmeer. In solchen Augenblicken konnte er sich den Luxus leisten, an diese Zukunft zu denken. Er konnte sehen, wie die Eisenbahn wie ein Pfeil bis zum Viktoriasee eilte.
Sein eigenes Leben war nicht so berechenbar.
Er wollte unbedingt glauben, dass seine Ehe mit Florence draußen hinter dem Grabenbruch die Richtung finden würde, die sie brauchte. Würde es mit Jubel weitergehen oder mit leisem Klagen? Würde es erfüllend oder mit dem ewigen Jucken der Unzufriedenheit behaftet sein? Nun lagen nur noch etwa zweihundert Meilen Strecke vor ihnen, und wenn die Schienen Victoria Nyanza erreichten, würde er wissen müssen, welche Richtung sein Leben nahm.

Kapitel 35

Meile 341

Preston kam zu dem Schluss, dass er die praktischen Aspekte der Arbeit am Hang prüfen müsse. Er musste herausfinden, wie die Männer die Arbeit mit dem Material bewältigen konnten, also ließ er die Buschroder den Weg bahnen.

Als er die Schienenleger zum Rand des Vierhundertfünfzig-Meter-Hangs führte, verklang ihr übliches Schwatzen schnell. Nur noch Flüstern war zu hören, als sie ehrfürchtig den Steilhang hinunterstarrten.

»Wir gehen nach unten«, sagte Preston zu Sharaf Din.

Der alte Mann zog die weißen Brauen bis zu seinem schwarzen Turban hoch. »Dort hinunter, Sahib?«

»Ja, alter Mann, dort hinunter. Ich habe genug davon, hier zu stehen wie eine Taube, die Angst hat, den Schlag zu verlassen.« Dann wandte er sich seinem *Jemadar* zu und sagte: »Nadir, wähle zwölf Männer aus« – er zeigte auf ein Stück Schiene – »und bringt diese Schiene nach unten.«

Die Männer setzten sich nur widerstrebend in Bewegung.

»Macht schon!«, fauchte Preston.

Die Männer hoben sich die fünfhundert Pfund Stahl auf die Schultern und begannen zögernd, den ersten Hang hinunterzusteigen. Fünfzehn Minuten später waren sie eine Linie schwarzer und weißer Flecke auf dem Dreißig-Meter-Sims hundertfünfzig Meter weiter unten. Preston kannte das Sims. Er war vor drei Tagen dort hinuntergestiegen, um herauszufinden, ob sein Instinkt ihm die Wahrheit sagte.

Berechnungen und Anmerkungen von Vermessern konnten den Bauch eines Ingenieurs nicht ersetzen, wenn es um Aufgaben ging, die sich den Grenzen physikalischer Machbarkeit näherten. Auf dem Sims war er stehen geblieben, um die Dinge aus dieser neuen Perspektive zu betrachten. Über ihm befand sich ein Gefälle von zwanzig Prozent – das war mit der in Gebirgen üblichen Technik zu bewältigen. Es war der nächste Hang, der ihn zittern ließ.

Als er nun hundertfünfzig Meter oberhalb seiner Leute stand, wusste er, was sie dachten. Die Männer vorn an der Schiene begannen zurückzuweichen. Der Hang, der vor ihnen lag, hatte ein Gefälle von fünfzig Prozent, bis er zweihundert Meter weiter unten ein weiteres flaches Sims erreichte.

Der Rest der Gruppe oben am Rand begann laut zu spotten, als sie sahen, wie das Dutzend drunten zögerte. Sie wurden lauter, als die Männer begannen, im Geröll zu rutschen.

Dann ertönten Schreie von unten.

Die Männer oben heulten entsetzt auf.

Einer aus dem Dutzend verlor das Gleichgewicht und rutschte ein Stück auf dem Hinterteil die Steigung hinab. Die anderen schrien ihn an, denn sie wussten, dass alle zwölf Männer gebraucht wurden, um die Schiene zu tragen.

Dann rutschte ein zweiter Mann, und es wurde noch schwieriger, als er zwei weitere Männer umriss. Panische Schreie erklangen. Der *Jemadar* brüllte hektisch Anweisungen. Die Schiene fiel klirrend auf den felsigen Boden. Schmerzens- und Angstschreie ertönten. Das silbern glitzernde Eisenstück rutschte den Hang hinab und verursachte dabei das Geräusch eines guten Stahlmessers, das über einen Wetzstein gezogen wird. Die Schiene wurde schneller und hüpfte von Fels zu Fels. Sie ließ einen größeren Stein in zwei Teile brechen, sprang wie eine Antilope und verschwand über einem Sims. Einen Augenblick später erschien sie wieder, dreißig Meter weiter und nun beinahe unsichtbar. Ein letztes Klirren wie von einer fernen Kirchenglocke verkündete das Ende des Sturzes zum Talboden.

Der Wind seufzte zwischen den Männern, die bei Preston standen. Ihr Lächeln war verschwunden. Minutenlang herrschte nur Schweigen.

»Ihr dort! Und du!« Preston zeigte auf vier Männer. »Geht nach unten und helft den Verletzten.«

»Das Problem ist Folgendes«, sagte Preston zu der Gruppe, die nach dem Abendessen ums Lagerfeuer saß. »Wir haben es mit zwei Stufen zu tun. Zwei großen Stufen.«

Er nahm einen Stock und kratzte eine Treppe mit zwei schrägen Steigungen in den Dreck. Seine Zuschauer waren Shutt, Billy Nesbitt, Turner und ein Bauingenieur namens Harry Button. Button gehörte eigentlich zur Brückenbauabteilung, war aber zum Gleisbau ausgeliehen worden, um bei dem Abstieg ins Tal zu helfen. Er war etwa fünfzig Jahre alt, rau von der Arbeit des Streckenbaus in bergigem Gelände und so zäh wie eine Rolle Hanfseil.

»Die ersten hundertfünfzig Meter haben ein zwanzigprozentiges Gefälle.« Er schaute in den Halbkreis von Gesichtern.

»Aber das ist Wahnsinn!« Das war Shutt, der Lokführer. »Kein Zug kann über zwanzigprozentiges Gefälle fahren.«

»Sie haben Recht, Mr. Shutt. Aber lassen Sie mich zu Ende kommen, und dann werden Sie sehen.«

Shutt sog aufgeregt an seiner Pfeife.

»Am Ende dieses ersten Hangs gibt es eine Art Sims. Hier.« Er zeigte zu der flachen Linie am Ende der ersten Stufe.

»Welches Gefälle herrscht dort?«, fragte Harry Button.

»Das weiß ich nicht genau. Ein paar Prozent ... Nichts Beunruhigendes. Aber hier« – er zeigte auf die zweite Stufe – »bekommen wir es mit fünfzig Prozent zu tun.«

Button schaute von dem Diagramm zu Preston und wieder zurück.

»Fünfzig Prozent!«, murmelte Billy. Preston sah, dass er verstand. Als Zimmermann wusste er, wie schwierig es war, auch nur ein Dach mit diesem Winkel hinaufzugelangen.

»Es gibt ein paar Felsvorsprünge, die sogar noch steiler sind. Die werden wir meiden.« Er tippte noch einmal auf die zweite Schräge. »Das Ganze zieht sich über zweihundert Meter hin.«

»Wie ist die Oberfläche? Die Brüchigkeit?«, fragte Button stirnrunzelnd.

»Als ich vor ein paar Monaten zum ersten Mal vorbeikam, war alles noch von Gebüsch überzogen. Sah nicht allzu schlimm aus. Nun, da es geräumt ist, ist das anders. Es gibt viel loses Geröll. Wir brauchen Anker. Es gibt Felsen, die wir benutzen können.«

»Und was ist das da?« Button wies auf das Ende der letzten Stufe. Prestons Zeichnung zeigte, dass das Gelände nicht flach war.

»Nicht so schlimm. Etwa zehn Prozent Gefälle über hundert Meter.«

»Hm«, sagte Button und hockte sich neben Preston vor die Zeichnung. »Wir haben also hundertfünfzig Meter mit zwanzig Prozent, dann ein Sims von was, fünfundzwanzig, dreißig Metern?«

Preston nickte.

»Dann zweihundert Meter reine Hölle, gefolgt von hundert Metern bis zum Boden.«

»Genau.«

»Über vierhundertfünfzig Meter bis zum Boden ...«

Sie saßen schweigend da und starrten die Zeichnung an. Button nickte nachdenklich. Turner tippte sich mit der Fingerspitze gegen die Lippe. Billy Nesbitt schüttelte den Kopf. Shutt nahm die Pfeife aus dem Mund. Er konnte sich nicht mehr zurückhalten. »Was ist mit dem verdammten Zug?«

»Ah, der Zug«, sagte Preston. »Da bin ich nicht sicher.« Er schwieg und dachte einen Augenblick nach. »Ich habe so etwas wie eine Idee ... aber es gibt ein paar Probleme.«

»Da sagen Sie mir nichts Neues!« Shutt steckte sich die Pfeife wieder in den Mund und schmauchte hektisch.

»Waggons mit Gegengewichten auf zwei Gleisen?« Button blickte auf zu Preston.

»Ja, das könnte auf den Hängen oben und unten funktionieren ... aber diese zweite Schräge ... zweihundert Meter ...«

»Zu steil«, stimmte Button ihm zu. »Dafür würde man eine große Dampfmaschine brauchen.«

Preston berührte die Enden der Stufen mit dem Stock. »Aber dann gibt es die Gefälleveränderung hier und hier ...«

»Ja, das ist immer noch ein Problem.« Button stand auf und streckte ächzend die Beine. »Meine Knie sind zu steif, um lange so zu hocken. Moment mal! Wir hatten mit so was in den Anden zu tun.« Er hockte sich wieder hin, nahm Preston den Stock ab und zeichnete zwei Kreise auf die Zweihundert-Meter-Schräge. »Hier sind die Räder eines Trägers, auf extrabreiten Spuren. Etwa zwei Meter.«

»Hm ... ja. Weiter.«

Über den Kreisen malte er einen schmalen horizontalen Kasten. Ein Ende lag auf dem Kreis auf dem hohen Ende der Schräge. Von dem anderen Ende des Trägers zeichnete er eine senkrechte Linie zu dem Rad weiter unten am Hügel. Er zeigte darauf. »Streben vom Träger zu den vorderen Rädern.«

Preston nickte und begann zu verstehen, worauf Button hinauswollte.

»Sie bauen diese Streben passend zum Hang«, sagte er und fuhr mit dem Stock unter dem Träger entlang, »so dass ihre Waggons horizontal bleiben.«

»Genau«, sagte Preston. »Und oben auf dem Träger haben wir unsere übliche Spurbreite. Wir bringen einfach Schienen an und rollen die Waggons darauf.«

»Ja. Und hier und hier, wo das Gefälle sich ändert« – er zeigte auf den Überhang des Zweihundert-Meter-Hangs zu den weniger steilen Hängen darüber und darunter –, »schneiden Sie tiefe Gräben hinein. Ihr Träger fährt in den Graben, und Sie richten Ihr Meter-Spur-Gleis auf das Gleis oben auf dem Träger aus.«

»Brillant!«, sagte Preston und tätschelte dem Mann den Rücken. »Harry, mein Junge, Sie sind ein Genie!«

»Man kann nicht sein ganzes Leben lang bauen, ohne dabei das eine oder andere zu lernen.« Button gab sich bescheiden, aber es war klar, dass die ganze Sache ihn faszinierte.

»Worüber, zum Teufel, redet ihr beiden?« Shutt war immer noch verwirrt.

»Sehen Sie, Mr. Shutt, wir machen es so.« Preston griff wieder nach dem Stock. »Hier sind Sie in Ihrem Zug oben vor dem Steilhang.« Shutt starrte mürrisch den neuen Kasten an, den Preston auf den flachen Bereich oberhalb des Steilabbruchs zeichnete. »In diesem Bereich gibt es zwei Schienensysteme. Wir bringen Ihren Zug auf ein Gleis, einen Waggon nach dem anderen. Drunten am Ende dieses ersten Hangs befindet sich ein zweiter Wagen auf dem zweiten Gleis. Wir binden ihn an ein gutes Schleppkabel, fest und kräftig, und ziehen dieses Kabel über eine Bremstrommel zu Ihrem Waggon. Ihr Wagen wird nach unten gelassen, der leere Wagen kommt nach oben – ein Gegengewicht. Wenn Ihr Waggon hier unten ist« – er zeigte auf den Beginn des steilsten Gefälles – »rollen wir ihn auf so etwas wie einen Kinderwagen, große breite Räder, auf schwerem Gleis – achtzig Pfund.«

Wieder schaute er Shutt an. Der Lokführer war noch nicht überzeugt.

»Wir benutzen eine Dampfmaschine, um Ihren Waggon bis hierher herunterzulassen« – er zeigte auf den Anfang der untersten Schräge –, »wo wir ihn dann von dem Kinderwagen herabrollen und wieder mit Gegengewichten arbeiten wie hier oben.«

Während er weitersprach, wurde Shutts Kinn schlaff, bis sein Mund weit offen stand und die Pfeife vergessen war.

Preston konnte sehen, wie der Lokführer im Geist die Fünfhundert-Meter-Schlittenfahrt zum Tal nachvollzog. Der Schreck stand ihm ins Gesicht geschrieben. »Verdammt noch mal«, flüsterte er.

Während Preston auf das Material für seine Konstruktion wartete, ließ er die Schienenleger schon mit dem Behelfsgleis über den Talboden beginnen.

Whitehouse hatte ihn informiert, dass die Eisenbahnkommission – oder genauer, die britische Regierung – nicht

warten konnte, bis dauerhafte Gleise gebaut waren, um die neue Linie zu eröffnen. Es würde Monate dauern, bis das System am Steilabbruch in einer dauerhaften Form errichtet war. Also erwartete der Chefingenieur, dass Prestons Leute zu diesem Zeitpunkt bereits die Schienen zum Hafen am Viktoriasee verlegt hatten.
Preston und Florence nutzten die Gelegenheit, ihre neue Umgebung zu erforschen. Florence und das Maultier hatten eine Übereinkunft getroffen. Es war unklar, wer von beiden nachgegeben hatte, aber als Ergebnis kam Florence nun ohne weitere Hilfe von Preston mit dem Tier zurecht.
Es war auf einem solchen Ausflug, an einem Morgen, an dem die kalte Luft jeden Atemzug in einer winzigen Wolke einfing, dass sie westlich von Limuru auf ein Kikuyu-Dorf stießen. Die Sonne war dabei, den schweren Nebel wegzubrennen. Wenn dieser Morgen so verlaufen würde wie üblich, würde der Nebel, sobald die Sonne durch die Baumwipfel brach, nach oben schweben, um eine Decke aus hohen, weißen, regenlosen Wolken zu bilden.
Das hier war ein Teil des Landes, den Preston noch nicht besucht hatte, aber sobald er das Dorf sah, wusste er, dass es sich um Rains Dorf handelte. Er erkannte es von ihrer Beschreibung wieder: die Hütten auf der Anhöhe über einem Gemüsegarten. Der Felsvorsprung darüber, der an ein Nashorn erinnerte.
»Sieh nur, Ronald, sieht dieser große Felsen dort oben nicht aus wie ein Nashornkopf?«
»Ja«, antwortete er, »das tut er.« Er sah sich nach einem Anzeichen von Aktivität um. Eine Hand voll Menschen waren zwischen den Hütten unterwegs. Der Garten lag brach.
Sie folgten dem Hügelkamm um das flache Tal herum. Es

fiel Preston schwer, sich auf den Weg zu konzentrieren. Seine Gefühle waren in Aufruhr. Er hatte geglaubt, Rain in die Vergangenheit verbannt zu haben. Vielleicht war sie inzwischen verheiratet und hatte ein Kind. Er wollte ihre Liebesaffäre nicht wieder beginnen, hätte sich aber gerne davon überzeugt, dass es ihr gut ging und sie glücklich war.

»Florence, das hier ist ein Dorf, das wir noch nicht kennen. Warum wartest du hier nicht einen Moment? Ich gehe runter und erkundige mich, wer der Häuptling ist und ob sie Lebensmittel brauchen.«

»Soll ich mitkommen?«

»Lieber nicht. Eine weiße Frau ruft immer Unruhe hervor. Ich bin bald wieder da.«

»Also gut«, sagte sie, aber er hatte sein Pony bereits hügelabwärts gelenkt. Er wirbelte trockene Blätter auf, als er durch die Überreste des Gartens auf zwei Frauen zuritt, die an der Tür einer Hütte standen. Sie schienen zu müde zu sein, um sich an einem Fremden zu stören. Ronald fiel ein, dass er wohl kaum nach Rain fragen konnte, denn sie hatte ihm nie ihren Stammesnamen gesagt. Aber wenn sie im Dorf war, würde man sie als Übersetzerin rufen.

Ein Mann kam aus einer Hütte. Er trat zu den Frauen, als Preston abstieg. Alle drei starrten ihn teilnahmslos an.

»Guten Morgen«, begann er. »Ich muss mit jemandem sprechen, der Englisch kann.« Er sprach es ganz besonders deutlich aus. »Englisch.«

Die Augen blickten ihn müde an.

»Englisch. Verstehen?« Er legte die Hand auf seine Brust, dann machte er eine Geste, die das Dorf umfasste. Ihre Mienen änderten sich nicht.

Er spähte zum Hügelkamm, wo ein schwacher Nebel Florence umhüllte, die immer noch auf dem Maultier saß. Sie wirkte sehr weit entfernt und allein. Er wandte sich den drei verlorenen Geschöpfen mit den toten Augen und den ausdruckslosen Mienen zu und sagte beinahe zu sich selbst: »Ich werde jemanden mit Lebensmitteln schicken.« Er hob die Hand an den Mund, als äße er. »Essen.« Immer noch keine Reaktion. Er seufzte und zog sein Pferd wieder auf den Hügel und seine Frau zu.
»Wanjira.« Die Stimme war kaum hörbar.
Er riss das Pferd herum. Rain klammerte sich mit einer Hand an den Türrahmen einer Hütte, die andere hatte sie in ein Stück Mericani-Tuch gekrallt, das von ihren mageren Schultern hing.
»Rain.«
»Ich sehe dich, Wanjira.« Sie versuchte zu lächeln. Er stieg ab und ging zu ihr. Sie hob die Hand. »Nein! Bleib stehen!« Die Anstrengung schien sie vollkommen zu erschöpfen.
Er hielt inne, nun nahe genug, um zu sehen, dass sie mit eiternden Wunden bedeckt war. Ihre Augen waren gelblich und blutunterlaufen. Selbst in der kühlen Morgenluft schwitzte sie.
»Rain … du bist … du bist krank!«
»Ja.« Sie wischte sich die Stirn mit dem Handrücken ab.
Er ging einen Schritt auf sie zu. »Wanjira, nein!«, keuchte sie. »Bleib dort! Du darfst nicht näher kommen.« Sie versuchte zu lächeln. »Und wenn ich es mir noch so sehr wünsche!« Tränen traten ihr in die Augen. »Das war ein Scherz. Du bist hier, aber jetzt kann ich dich … nicht berühren.«
»Komm, ich bringe dich in unser Krankenhaus.«
Sie schüttelte den Kopf und lächelte bedauernd. »Die Ki-

kuyu sagen, der weiße Mann hat zwei sehr gute Geschenke gebracht: die Eisenbahn, die die Pocken brachte, und Krankenhäuser, wo wir sterben können.«
Preston wollte ihr unbedingt helfen, aber sie hatte Recht: Ohne natürliche Widerstandskraft gegen Pocken waren ganze Dörfer dem Untergang geweiht. Man musste ihm angesehen haben, wie erschüttert er darüber war, ein Komplize dieses Verbrechens zu sein.
»Nur ein Scherz, Wanjira.«
Er lächelte. »Selbstverständlich.«
»Vielleicht ist er beim Übersetzen verloren gegangen.«
»Verloren«, sagte er unwillkürlich, aber sie hatte es nicht gehört.
»Ich habe so oft um diesen Tag gebetet, um dich noch einmal zu sehen, Wanjira. Aber jetzt … bin ich sehr müde. Es tut mir leid. Ich muss schlafen«, sagte sie und klammerte sich an den Türrahmen. »Geh mit *Ngai*, Wanjira.« Sie wandte sich ab, dann drehte sie noch einmal um. »Deine Frau … geht es ihr gut?«
»Ja.« Er nickte zu der Stelle, wo Florence wartete. »Sie ist dort auf dem Hügel.«
Rain blinzelte mit umwölkten Augen. »Ah ja. Sie ist sehr schön.«
Er lächelte. »Das ist sie.« Rain hatte in die falsche Richtung geschaut.
Sie nickte. »Ja, so ist es.« Ihre Augen trübten sich noch mehr, und Preston fragte sich, wie viel sie von ihm sah.
»Gute Reise, Wanjira.«
»Gute Reise, Rain.«
Sie wurde eins mit dem dunklen Hütteninneren.
Preston führte sein Pferd aus dem Dorf. Am Rand des tro-

ckenen Gartens stieg er wieder auf, warf einen letzten Blick auf den leeren Eingang zu Rains Hütte und ritt den Hügel hinauf.

Florence stand aufrecht in den Steigbügeln und schaute nach links und rechts. »Sieh nur, Ronald!«, sagte sie und zeigte nach Norden. »Und dort ebenfalls!« Nun zeigte sie nach Süden. Der Morgen war erheblich klarer geworden, und nun konnten sie ihre Umgebung deutlich sehen. »Zwei Berge! Mit Schnee!« Sie strahlte vor Aufregung.

Preston sah die zerklüfteten Zähne des Mount Kenya, die über die Hügel im Norden ragten. Im Süden war die Kuppel des Kilimandscharo zu erkennen.«

»Wunderschön«, sagte er, aber er schaute nicht die Berge an. Florence strahlte vor Freude über ihre Entdeckung. Er hatte seine Frau nie so reizvoll gesehen. Ihre Wangen mit den Grübchen waren rosig von der kalten Morgenluft, und ihre blaugrünen Augen glitzerten. Ihre rosige Gesundheit machte den Kontrast zwischen ihr und Rain noch deutlicher. Zu seinem Bedauern über die Schuld des weißen Mannes, die Epidemie ins Kikuyuland gebracht zu haben, traten nun noch die Schuldgefühle wegen seiner Untreue. »Wirklich schön.«

»Ronald! Lieber Himmel … du bist genau wie ich.«

Preston runzelte die Stirn.

»Ich lasse mich manchmal auch ein wenig von echter Schönheit überwältigen.«

Er rieb sich die Augen mit dem Handrücken. »Nein … nein, mir ist unterwegs nur etwas ins Auge geflogen.«

»Hier, nimm mein Tuch. Wie sieht es im Dorf aus?«

»Pocken. Es sind nur noch wenige am Leben.«

»O nein, nicht noch eins! Du musst ihnen Essen schicken.«

»Das werde ich tun.«

Drunten im Dorf bewegte sich nichts.

Er wandte sich wieder den Bergen zu. Sie waren verschwunden, verschluckt von den grauen Wolken.

Kapitel 36

Meile 362

Fünfhundert Meter Achtzig-Pfund-Schienen. Mehr will ich nicht.« Preston war im Telegrafenbüro, wo Turner seine Botschaft an den Hauptsitz durchgab. »Jämmerliche fünfhundert Meter.« Er wandte sich an Turner, aber seine Stimme war laut genug, dass ihn beinahe jeder im Gleisbaulager Limuru hören konnte. »Das ist doch nicht zu viel verlangt! Es sei denn, man hat es mit einem Haufen inkompetenter Schwachköpfe zu tun.«

Turner ließ den Telegrafen noch einen Moment rattern, dann hielt er abrupt inne. »Da, Ronald.« Er reichte Preston das telegrafische Bestellformular der Uganda Railway mitsamt der Kopie zurück. »Für deine Akten.«

»Danke«, sagte der Ingenieur, knäulte das Papier zusammen und warf es in den Papierkorb. »Wahrscheinlich war das für uns beide nichts als Zeitverschwendung. Sechs Wochen warte ich jetzt auf meine Schienen. Sechs Wochen! Und Whitehouse will, dass ich bis November den Talboden erreiche!« Er trat den Papierkorb quer über den Boden.

»Nun …« Turner versuchte, sich ein Grinsen zu verkneifen. »Ich denke, du hast deinen Standpunkt in dem Telegramm sehr deutlich gemacht. Wessen Arsch möchtest du denn am liebsten auf einem Massai-Speer aufspießen?«

»Ah! Wenn ich es mir aussuchen kann, dann alle.«

»Ich sage Bescheid, wenn die Antwort eingeht. Oder willst du gleich darauf warten?«

»Eine Antwort!« Er sah, dass Turner ihn erneut neckte. »Sei

lieber vorsichtig, junger Mann, oder ich werde mich auch noch nach einem Massai-Speer für deinen Arsch umsehen.«

Das Gerät begann zu klappern, weil eine Nachricht einging.

»Das könnte es sein.« Turner gab ein Antwortsignal und zog den Stuhl näher, um die eingehende Botschaft zu notieren.

»Ach, von wegen!«, fuhr Preston fort. »Dieser Haufen verblödeter Narren könnte eine –«

»Mein Gott!«, rief Turner.

»Was ist denn?«, fragte Preston, aber Turner war immer noch damit beschäftigt, die Nachricht aufzunehmen.

Am Ende sendete er das Bestätigungssignal, dann drehte er den Stuhl um. »Hör dir das an! *An alle Außenposten Uganda Railway. Stopp. Krieg erklärt. Stopp. Ultimatum neunter Oktober von Präsident Kruger der Burenrepublik von Transvaal und dem Oranje-Freistaat vom Gouverneur der Kapkolonie in Südafrika abgewiesen. Stopp. Seine Exzellenz Alfred Milne informiert, dass sich Großbritannien und die Burenrepubliken seit dem elften Oktober 1899 im Kriegszustand befinden.«* Er blickte von dem Papier auf. »Krieg! Was bedeutet das für uns?«

Preston rieb sich das Kinn. »Das weiß ich auch nicht –« Er ging auf die Tür zu. »Aber man kann wohl davon ausgehen, dass es deinen Eisenbahnbau nicht einfacher machen wird.«

Der Krieg sollte sich nachhaltig auf den Bau der Uganda Railway auswirken, denn alle Schiffe wurden umgeleitet, um Truppen und militärische Güter zum Kap zu bringen. Prestons Materialbestellungen wurden für unbestimmte Zeit zurückgestellt.

Beinahe die gesamte Stahlproduktion wurde dem Krieg zugeführt. Whitehouse war, ebenso wie die meisten Angehörigen der britischen Presse, der Ansicht, der Krieg werde nicht länger als ein paar Monate dauern. Aber er hatte nicht vor, den Bau der Strecke bis zum Steilabbruch und darüber hinaus aufzuhalten, bis der Stahl, den sie brauchten, eintraf. Er ließ sie in Holz weiterbauen, und er stimmte Preston zu, dass Billy Nesbitt der richtige Mann dafür war.

Als Preston den Zimmermann zu seinem Zelt rief, um ihm das mitzuteilen, konnte Billy es nicht glauben. »Brückenbauingenieur! Brückenbauingenieur!«

»Genau, mein Junge«, sagte Preston und schlug ihn auf den Rücken. »Das sollten wir feiern.«

»Ronald, es ist gerade erst drei Uhr«, wandte Florence nicht sonderlich überzeugend ein.

»Unsinn, meine Liebe. Wir haben Grund zum Feiern.«

Er überredete sie mitzumachen.

»Ich freue mich wirklich, Billy«, sagte Florence und hob ihr Glas. »Warten Sie, bis Maggie es hört. Sie wird stolz auf Sie sein!«

»Ganz bestimmt. Ich bin selbst ein bisschen stolz.«

»Natürlich bist du das. Und warum auch nicht?« Preston schenkte ihnen nach, und Florence protestierte gegen die Menge, die er in ihr Glas goss. »Vom Zimmermann zum Brückenbauer.«

»Brückenbauingenieur«, verbesserte Billy.

»Genau. Brückenbauingenieur. Solange du es nicht der Berufsgenossenschaft verrätst.«

»Es gibt eine Berufsgenossenschaft? Ach, wen interessiert das schon? Ich lasse all meine Zeichnungen von einem echten Ingenieur anfertigen.«

»Bist du das, Ronald?«, fragte Florence. »Entwirfst du die Brücken?«
»Ja. Whitehouse will es so. Aber sie sind alle von der gleichen Art. Ein paar größer, die anderen kleiner. Und Billy kennt sich gut genug aus, um zu wissen, was was ist.«
»Ganz sicher. Ich trinke auf Billy Nesbitt, den Brückenbauingenieur!«
Sie stießen miteinander an.

Der November 1899 ging vorüber. Der Burenkrieg verlief nicht gut für die Briten. Die störrischen Bauern des Transvaal schienen zäher zu sein, als alle angenommen hatten. Die Regierung versuchte, die Erwartungen zurückzuschrauben, und gab zu, dass der Krieg wohl kaum vor Weihnachten ein Ende finden würde.
Preston starrte in den Grabenbruch. Es nagte an ihm, dass sein Angriff auf die Hänge immer mehr verzögert wurde.
Um ihre Laune zu verbessern, beschloss Florence, eine Feier zu organisieren. Sie hatte schließlich begriffen, dass das Gleisbaulager nicht für eine Weihnachtsfeier geeignet war. Zu Weihnachten gehörte die Familie: Kinder, die sich freuten, und Frauen, die die Männer dazu anfeuerten mitzumachen. Und Schnee. Stattdessen plante sie, ein Fest zu Silvester zu veranstalten, oder zu Hogmanay, wie Billy es nannte, um das neue Jahrtausend zu feiern. Sie beschaffte sich ein paar Leckereien aus den Läden in Nairobi, darunter auch einen großen Plumpudding und eine Gans, die Weihnachten irgendwie überstanden hatten.
Am Abend des einunddreißigsten Dezember war das Lager mit Bananenblättern in Form der Ziffern 1900 geschmückt. Sharaf hatte die Stühle und den langen Esstisch aus dem

Messezelt an den Rand des Steilabbruchs bringen lassen. Florence hatte Platzdecken mit den Namen der acht teilnehmenden Europäer und denen der zehn anglo-indischen Arzthelfer bestickt, die schwieriger zu buchstabieren als zu sticken waren. Selbstgemachte Kerzen in Kokosnussschalen hingen an Stangen rings um den Tisch und flackerten in der sachten Abendluft.

Preston freute sich, dass Florence sich diese Mühe gemacht hatte. Es war schön, das Ende eines weiteren Jahres unter Freunden verbringen zu können.

Turk war gerade von einer Nachschublieferung ins Hinterland zurückgekehrt. Preston wusste nicht so recht, ob er den Karawanenmeister zu seinen Freunden zählen wollte oder nicht. Am Anfang hatte Turk sich so angestrengt zurückgehalten, dass es schwierig gewesen war, ihn näher kennen zu lernen, aber in der letzten Zeit, seit der Geburt seiner Zwillinge, schien er ein wenig aus sich herauszugehen. Preston erreichte schließlich, dass Turk sich der Gruppe zum Essen anschloss.

Shutt hatte seinen Fahrplan so zurechtgestutzt, dass er den Abend im Gleisbaulager verbringen konnte, und zwei Flaschen guten schottischen Whisky mitgebracht, den er in Mombasa von einem Materialverwalter gewonnen hatte.

Selbst Sharaf Din schloss sich ihnen bei Tisch an. Er war für alle einschließlich Preston ein Rätsel. Da er sich ununterbrochen an Prestons Seite aufhielt, war dieser der Ansicht, dass der Kuli auch bei den Mahlzeiten dabei sein sollte. In dieser einen Sache jedoch widersetzte der alte Mann sich Prestons Wünschen und schien sich am Rand des Lagerfeuers wohler zu fühlen, wo er für gewöhnlich darauf wartete, dass Preston sich zurückzog, bevor er das Gleiche tat. Auch zum Neu-

jahrsessen war er nur zögernd erschienen, aber schon bald strahlte er über das ganze Gesicht.
Das Festessen begann in bester Laune. Die Gänsebraten-Portionen waren klein, aber zusammen mit Gazellenfleisch genügten sie. Als Preston den Plumpudding aufschnitt, stellte er fest, dass er außen sehr trocken war. Innen war er feucht und hatte eine Spur von Currygeschmack. Preston witzelte über Florence' Enttäuschung. »Morgen beginnt ein neues Jahr! Und wir sind alle hier, um zu feiern. Wen interessiert es schon, ob der Pudding nach Curry schmeckt?« Die Männer trösteten sich mit einer beeindruckenden Attacke auf Shutts Scotch.
Florence schlug vor, sie sollten singen. Auf diese Idee folgte zunächst Schweigen, bis Dr. Willem sich bereit erklärte, den »Chor« zu organisieren, der, wie sich schnell herausstellte, aus seinen Helfern bestand. Nachdem er sich kurz mit ihnen besprochen hatte, begannen sie ein den anderen unbekanntes Lied, das in der anglo-indischen Gemeinde von Bombay offenbar sehr beliebt war. Die Zuhörer applaudierten begeistert, was zu einem Soloauftritt von Raj Bagri, einem jungen Mann mit der Stimme eines Kastraten, führte.
Dr. Orman holte seine Geige heraus und spielte eine Reihe lebhafter Balladen, nur hier und da gestört von einem Misston. Billy Nesbitt nötigte Turner zu einem kleinen Tanz rund ums Feuer und brachte auch Preston dazu, sich ihnen anzuschließen. Gestärkt von einem oder zwei Whiskys fand Preston den Mut, Florence um einen Tanz zu bitten. Die anderen klatschten den Rhythmus.
Ein paar Lieder später war das Feuer bis auf ein Häuflein glühende Holzkohle heruntergebrannt. Preston legte auf

dem Weg in den Busch, wo er sich erleichtern wollte, ein neues Scheit auf.

Fern von dem Licht von Kerzen und Laternen hatte er das Gefühl, die Sterne beinahe greifen zu können. Die Welt trat ins zwanzigste Jahrhundert ein, und sie saßen hier mitten in einer Wildnis, wo es für sie nichts außer der Eisenbahn gab. Sie waren gefangen in einer fremden Welt, manchmal Himmel, manchmal Hölle.

Eine Eule unterbrach seine Gedanken, als sie leise über ihn hinwegflog. Preston schaute auf die Uhr. Das alte Jahrhundert war ebenso leise vergangen. Es war zehn Minuten nach Mitternacht.

Der Neujahrstag war feucht und knisterte von der elektrisch aufgeladenen Atmosphäre von Regen. In den letzten Wochen hatte der Himmel mehrmals so viel versprechend ausgesehen, aber die Wolken waren wieder verschwunden, ohne dass sich für das dürstende Land etwas verändert hätte.

Preston ritt mit seiner Stute ins Tal unter dem Granitnashorn. In dem Garten am Rand des Dorfs gab es nur noch ein paar vertrocknete gelbe Maispflanzen. Der Ziegenpferch war leer.

Er schaute in Rains Hütte und in andere in der Nähe, aber er wusste schon, dass er nichts finden würde.

Er bastelte eine Fackel, indem er ein paar Maispflanzen zusammenflocht, und ging mit ihr von einer Hütte zur anderen wie mit dem flammenden Schwert eines rächenden Engels. Als alles brannte, zündete er eine weitere Fackel an und verbrannte auch die Überreste der Ernte. Die Flammen flackerten, und weiße Rauchwolken stiegen auf.

Ein großer Regentropfen klatschte auf seine Stirn, ein ande-

rer auf seinen Arm. Der brennende Mais zischte und fauchte trotzig, aber der Regen drosch auf ihn ein, bis er schwieg.
Wie heißt du?
Ich heiße Rain.
Rain?
Ja.
Die Macgregors haben dich Rain genannt?
Nein, ich nenne mich Rain. Die Macgregors nennen mich Alice.
Warum Rain?
Heute heiße ich Rain, weil mein Volk heute Regen braucht.
Als Preston den Hügelkamm oberhalb des Dorfes erreichte, war er klatschnass. Die Hütten hinter ihm sahen aus wie ein Kreis schwarzer Baumstümpfe, die in einem sich ausbreitenden Regenwassersee schwelten.

Kapitel 37

Meile 372

Während er auf die schweren Schienen wartete, beschäftigte sich Preston damit, die Behelfsstrecke vom Ende des Steilhangs nach Naivasha zu bauen. Das führte dazu, dass er tagsüber selten ins Lager zurückkehrte, also begann Florence, manchmal morgens mit ihm zum Gleisende zu gehen. Es gab eine Art Pfad am Steilabbruch, auf dem Packtiere die Ausrüstung zu den Arbeitern trugen. Florence ritt auf ihrem Maultier dort hinunter, damit sie ihren Mann bei den Ausflügen ins Tal begleiten konnte.

Preston wollte, dass Florence den Naivashasee sah, der ihn auf seinem Ritt durch das Tal vor mehr als einem Jahr so begeistert hatte. Der Anblick des Sees durch den Papyrus war ihm in guter Erinnerung geblieben, und obwohl er versucht hatte, Florence diese Magie zu schildern, wusste er, dass er dem See nicht gerecht geworden war. Er wollte ihn ihr zeigen, bevor das Klirren von Hämmern und der Lärm von mehr als einem Tausend Kulis in diese makellose Stille eindrangen.

Das Beste an der Arbeit auf dem Talboden war ihre Vorhersehbarkeit. Die Strecke war gut abgesteckt. Er musste nur dafür sorgen, dass das Material sich am Morgen an Ort und Stelle befand, dann konnten die *Jemadars* den Rest erledigen.

Der Morgen war perfekt. Ein wolkenloser Himmel versprach, dass der See sich im besten Licht zeigen würde. Als sie ihre Reittiere auf das Gewässer zulenkten, fragte Preston: »Florence, hast du je einen so blauen Himmel gesehen?«

Sie hielt mit einer Hand ihren Strohhut fest und spähte nach oben. »Nein. Ist er nicht wunderbar? Als wir in Mombasa waren, dachte ich, der Himmel sei zu blau, um wahr zu sein. Auf dem Weg hierher, am Tsavo, in Nairobi, schien er noch blauer zu werden, aber hier …« Sie schüttelte den Kopf. »Hier ist es noch besser.«
»Es heißt, die Tiefe des Grabenbruchs bewirke diese Farbe. Es ist wie in einem Brunnenschacht, aus dem man auch mittags die Sterne sehen kann.«
»Sterne am Mittag! Ronald, was redest du denn da? So etwas habe ich noch nie gehört.«
»Ich bin nicht sicher, ob ich es selbst glaube. Aber ich habe in Indien einmal mit einem Schotten zusammengearbeitet, der früher Bergmann war. Er sagte, wenn man aus einem Schacht nach oben schaut, kann man auch mittags die Sterne sehen.«
»Klingt für mich nach zu viel schottischem Whisky.«
»Aber vielleicht ist das wirklich der Grund. Da der Grabenbruch so tief ist, fängt er die Farben ein, und sie werden intensiver.«
»O Ronald, du hast so viel Fantasie!«
»Florence, du weißt genau, dass alle behaupten, Ingenieure hätten keine Fantasie.« Er drehte sich um, um sie anzulächeln. Sie trug ihren hellgelben Rock, eine dunkelblaue Bluse und den Strohhut mit einem breiten blauen Band. Sie ritt im Damensattel, und ihre Stiefel lugten unter weiten Petticoats hervor. »Du siehst heute sehr hübsch aus. Ich denke, das afrikanische Klima tut dir gut.«
»Schon wieder diese Fantasie.« Sie erwiderte sein Lächeln.
»Nein, da irrst du dich. Alle sagen, dass du dieser Tage sehr gut aussiehst.«

»Tatsächlich? Und wenn du mit diesen Experten über das Aussehen von Frauen sprichst, verraten sie dir auch, wie ich diese Farbe wieder loswerden kann, wenn wir nach Hause kommen? Ich bin sicher, die Tropensonne tut meiner Haut schreckliche Dinge an.«

»Das meine ich ja. Sie lässt dich strahlen. Du siehst reizend aus.«

»Reizend? Es wird mir peinlich sein, nach England zurückzukehren und auszusehen wie eine Waschfrau – rote Wangen und Sommersprossen.«

»Was stimmt denn nicht mit roten Wangen und Sommersprossen? Ich finde das sehr attraktiv.«

»Es ist nett von dir, das zu sagen, denn ich versuche nicht einmal mehr, dafür zu sorgen, dass meine Haut weiß bleibt. Sieh mich doch an – eine Beere!«

»Ja, köstlich!«

»Ronald, du bist einfach nur albern.« Aber in ihrer Stimme schwang Lachen mit.

»Das hier ist die Stelle, nach der ich gesucht habe.« Sie kamen durch eine Gruppe von Bäumen und erreichten eine Lichtung mit einem kleinen grasbewachsenen Hügel direkt vor ihnen.

»Was gibt es denn hier?«

»Von diesem Hügel aus kannst du den Naivashasee sehen. Lassen wir die Tiere hier und gehen zu Fuß dorthin. Es ist nicht weit.« Als sie sich der Kuppe näherten, sagte er: »Schließ die Augen.«

Sie lächelte über dieses Spiel. »Wirst du auch aufpassen, dass ich nicht in den See falle?«

»Ja, das werde ich. Nimm meine Hand.« Er führte sie weiter den Hügel hinauf.

»Würden Sie so freundlich sein, mir zu sagen, warum wir das hier tun, Mr. Preston?«
»Ich möchte, dass du den See so siehst, wie ich ihn beim ersten Mal gesehen habe.«
Sie hatten die Kuppe erreicht. Es war genauso, wie er es in Erinnerung hatte. Unter ihnen lag der glitzernde blaue See, umgeben von grünem Gras. In der Ferne ließ die Sonne, die sich auf seiner Oberfläche spiegelte, ihn wie gehämmertes Silber aussehen. Über den nickenden goldenen Papyrusköpfen verlief die grünblaue Linie der Baumwipfel.
»Du kannst jetzt hinsehen.« Er legte den Arm um ihre Taille und nahm ihre Finger von den Augen.
Sie blinzelte, um sich an die Helligkeit zu gewöhnen. Dann öffnete sie den Mund zu lautlosem Staunen. »O Ronald!«, sagte sie schließlich lächelnd, »o Ronald.« Tränen standen in ihren Augen. »Was für ein wunderbarer Anblick! Der wunderbarste … Sieh nur! Was ist denn das? Ein Flusspferd?«
»Ja«, sagte er, erfreut, dass die Schönheit des Sees sie ebenso begeisterte wie ihn. »Und da drüben« – er brachte sein Gesicht dicht an ihres und zeigte mit dem Arm –, »was siehst du dort?«
»Elefanten! Und … und Büffel!« Sie schwieg, ein wenig verlegen über ihre Freude. Dann drehte sie sich zu ihm um und küsste ihn.
Preston war überrascht.
»Danke«, sagte sie.
»Wofür?« Er spürte immer noch die Wärme, wo ihre Lippen seine berührt hatten.
»Dass du mir dieses … dieses Paradies gezeigt hast.«
»Das hier ist nur ein Teil davon. Wenn du mich lässt, werde ich dir noch viel, viel mehr zeigen. Dann wirst du sehen, was

ich sehe.« Er nahm ihre Hände. »Du wirst diesen Ort mehr lieben, als du dir vorstellen kannst.«

Ihr Lächeln verging. »Aber ich will ihn nicht lieben. Ich kann mir nicht leisten, ihn zu lieben. Ebenso wenig wie du, Ronald. Das hier ist nicht das, was wir wollen.« Sie lächelte, um ihren Worten die Schärfe zu nehmen. »Oder? Man kann einen Welpen nicht umarmen, wenn man ihn zurückgeben muss. Oder?«

In diesem Augenblick konnte er sich nicht dazu überwinden, ihr zu widersprechen.

Endlich trafen die Schienen für die Rampe ein. Sie wogen pro Stück zusätzliche dreihundert Pfund, was Änderungen an der Routine erforderte, der die Schienenleger nun drei Jahre lang gefolgt waren. Aber diese Änderungen waren von größter Wichtigkeit. Auf den gefährlichen Hängen des Steilabbruchs konnte das zusätzliche Gewicht sich als tödlich erweisen.

Preston unterbrach die Verlegung der Behelfsstrecke durch das Tal, denn er wollte unbedingt mit der Arbeit an den Hängen beginnen. Dass im Augenblick noch eine gewaltige Lücke zwischen zwei brauchbaren Streckenabschnitten – über und unterhalb des Steilabbruchs – bestand, störte ihn, und er wollte sich unbedingt der einzigartigen Herausforderung stellen. Es würde, was die Ingenieursarbeit anging, die Krönung des gesamten Bauprojekts darstellen. Etwas, dessen er sich rühmen konnte. Nichts zuvor in der ofenheißen Taru oder bei dem Aufstieg zum Mau-Steilhang nach vierzig Meilen Tal war so furchterregend wie dieses wahnsinnige Gefälle. Es erregte und verängstigte ihn.

Er erklärte Florence, was er vorhatte. Sie machte sich Sorgen

um seine Sicherheit, also schlug er vor, dass sie den Transport der Waggons selbst miterleben sollte, wenn der Tag kam.
Einer der riesigen Träger wurde auf den bereits verlegten Schienen von Hang zwei zusammengebaut und auf einen Graben zugeschoben, der in den Rand des Steilabbruchs geschlagen worden war. Es waren viele Versuche nötig gewesen, die Tiefe dieses Grabens richtig zu berechnen, so dass die Schienen oben auf dem Träger sich angemessen mit denen verbinden ließen, die sich über das weite Sims zogen, das die beiden steilen Hänge miteinander verband.
Preston stand auf dem Träger in Graben. Auf dem Steckenabschnitt auf dem Sims über ihm ließen die Männer langsam die Trosse weiterlaufen und den Testwaggon auf ihn zurollen. Er bedeutete ihnen, ihn bis zu dem Punkt rollen zu lassen, wo die Schienen auf die diejenigen oben auf dem Träger trafen.
Preston spähte an der Seite des Waggons vorbei, als dieser sich der Lücke zwischen Schienen und Träger näherte. Sharaf deutet seine Handzeichen und gab den Männern an der Handwinde die entsprechenden Anweisungen. Der Waggon schauderte, blieb stehen und bewegte sich dann entsprechend Prestons Zeichen langsam vorwärts. Prestons Kopf verschwand in der Lücke zwischen dem Waggon und dem Träger. Ein lautes *Klank* erklang, als die Räder auf die Trägerschienen rollten. Der Träger ächzte unter dem Gewicht.
Preston trat mit breitem Grinsen zurück und gab weitere Zeichen. Der Waggon rollte zum Ende des Trägers und stieß dort sachte gegen die Puffer.
Die Kulis brüllten begeistert. Preston strahlte und hob den Hut. Jubel erklang überall am Hang, als die Leute von dem erfolgreichen Versuch hörten.

Florence beobachtete das alles von einer Hügelflanke aus und war dort vor Entsetzen erstarrt, beide Hände vor den Mund geschlagen.
Preston winkte ihr zu. »Florence«, rief er, »lächle!«
Sie tat es.

Der Nachmittag war heiß, und ein leichter, trockener Wind überzog alles mit dem feinen roten Staub des Tals. Florence fuhr sich mit der Hand über die Wange; sie fühlte sich ein wenig rau an. Sie nahm eines ihrer bestickten Tücher heraus und wischte sich den Staub von Gesicht und Kleidung.
Sie und Ronald hatten sich angewöhnt, eine kurze Strecke am Naivashasee entlangzureiten, bevor sie am Ende eines Arbeitstags nach Hause zurückkehrten. Sie folgten keinem bestimmten Weg, aber meistens machten sie irgendwo Halt, wo Ronald im See baden konnte. Florence war anspruchsvoller, was ihr Bad anging, und zog es vor, in der Abgeschiedenheit ihres Zelts hinter einem Wandschirm die Wanne zu benutzen.
In einer sandigen Bucht, die durch einen Papyrus- und Palmenhain vor der heißen Sonne geschützt wurde, stiegen sie ab. Der See hatte wieder eine andere Blauschattierung angenommen. Es kam Florence so vor, als veränderte er seine Stimmung ständig; einmal hatte er die Farbe des seichten Wassers am Hafen von Kilindini – perlig und beinahe meergrün –, ein andermal, als Gewitterwolken am Himmel standen, war er türkisblau. Heute spiegelte er das Blau des wolkenlosen Himmels.
»Zeit für ein Bad«, sagte Preston.
»Also gut, mein Lieber. Sei vorsichtig. Ich passe von hier aus auf dich auf.«

»Ich habe hier noch nie ein Krokodil gesehen. Oder sie halten mich vielleicht für zu zäh.«
»Mag sein. Es würde mich freuen, wenn sie bei dieser Ansicht blieben.«
Er lachte und verschwand hinter einem dichten Gebüsch.
Florence war nicht ganz einverstanden damit, dass er draußen nackt badete. Nach ihrer Ansicht passte ein solches Verhalten eher für Schuljungen. Aber zumindest war er so höflich, sich außer Sichtweite zu begeben. Sie hörte, wie er heftig nach Luft schnappte, als er ins kalte Wasser sprang.
»Verdammt kalt«, stotterte er.
Sie lächelte. Dann bemerkte sie eine Bewegung aus dem Augenwinkel und hielt die Luft an. Zunächst dachte sie, es wäre ein Krokodil, aber dann erkannte sie, dass es sich um einen Waran handelte, von der Nase bis zum Schwanz vielleicht zwei Meter lang. Das Reptil lief ein Stück weiter über den sandigen Strand entlang. Florence sprang auf und wich in Richtung der Büsche zurück. Sie beobachtete, wie die Zunge des Reptils über den heißen Sand zuckte, und musste sich zusammennehmen, um nicht nach Ronald zu schreien. Nach einem letzten kalten Blick bewegte das Reptil sich langsam und lautlos ins Wasser und schwamm aus ihrem Blickfeld.
Florence hatte eine Hand auf die Brust gedrückt. Sie schluckte und holte tief Luft. Nein, sie würde sich nie an diesen Kontinent mit seiner Verteidigungsarmee aus unangenehmen Wächtern gewöhnen!
Auf der anderen Seite des Gebüschs planschte Ronald herum, ohne zu ahnen, wie sie sich fühlte. Sie konnte durch das Laub sehen, wie er Wasser schöpfte und es sich über Gesicht und Haar laufen ließ. Er benahm sich tatsächlich wie ein kleiner Junge, der am Strand spielt.

Er watete an Land. Sie begann sich abzuwenden, aber eine seltsame Laune ließ sie bleiben, wo sie war.
Seine breiten Schultern glitzerten nass und weiß in der Sonne. Aus dem schwarzen Haar auf seiner Brust und dem Bauch liefen Rinnsale in die Locken zwischen seinen Beinen. Das faszinierte Florence. Das Haar dort war drahtig und stand beinahe stolz rings um sein Glied ab. Ihr eigens Schamhaar war weicher und glatter und lag flach an. Sie wusste, sie hätte sich abwenden sollen, aber der Anblick faszinierte sie. Sie errötete vor Scham, weil sie ihren Mann betrachtete. Was hatte sie nur auf diese Idee gebracht? Sie sollte gehen, bevor er es bemerkte. Wieder starrte sie sein Glied an, das zwischen seinen Beinen schwang. Wie hielt er es im gleichen Rhythmus wie seine Schritte? Tat es nicht weh, wenn es so wackelte? Sie zog sich aus ihrem Versteck zurück, verlegen über Gefühle, die sie nicht einmal annähernd benennen konnte.
Als Ronald abgetrocknet und anzogen war, hatte sie ihre Fassung beinahe wiedergewonnen, saß da und malte Muster in den Sand.
Aber für den Rest dieses Tages, während ihres langsamen, schweigenden Aufstiegs zum Rand des Steilabbruchs, ging ihr der Anblick ihres nackten Mannes nicht aus dem Kopf.

Der Gleisbau durch das Tal wurde mit großer Eile weitergeführt. Es gab ein paar Tage, an denen Ronald seinen Traum von einer Meile am Tag beinahe erreichte. Aber nicht ganz. Von den vielen kleinen Problemen, die sich beim Verlegen der Schienen einstellen konnten, schienen sich immer eines oder mehrere mit dem Schicksal zusammenzutun, um ihm vor den letzten hundert Metern einen Streich zu spielen.

Aber die Anzahl der Meilen wuchs, und Mr. Whitehouse lächelte.

Der allgemeine Optimismus nahm zu und schien den ganzen Grabenbruch zu erfüllen. Im Lager hieß es, sie könnten den Viktoriasee noch vor Weihnachten erreichen – in kaum mehr als sechs Monaten. Florence war überrascht und ein wenig erschrocken. Sie hatte vor, in den letzten Monaten von Ronalds Vertrag schwanger zu werden, damit sie sicher sein konnte, dass er sie nach Ablauf der Arbeiten nach Hause brachte. Die Empfängnisverhütung hatte bisher hervorragend funktioniert. Nun musste sie dafür sorgen, dass sie schwanger wurde.

Aber Ronald war damit beschäftigt, die Strecke den Steilabbruch hinunterzubauen und das Verlegen der Schienen auf dem Talboden zu überwachen. Er war so erschöpft, dass er ständig dunkle Schatten unter den Augen hatte.

Florence sah ihn in den letzten Monaten seltener als früher. Manchmal wurde er am Talboden von der Dunkelheit überrascht und schlug dort sein Lager auf. Zu Hause verbrachte er die meiste Zeit am Feuer, um mit den anderen die Pläne für den nächsten Tag zu diskutieren. Florence vergaß nie, ihm zu sagen, dass es Zeit war, schlafen zu gehen, wenn sie sich selbst zurückzog, aber es dauerte oft noch eine Stunde oder länger, bevor er ihr folgte, und dann saß er noch eine weitere Stunde an seinem Schreibtisch und arbeitete. Wenn er schließlich ins Bett kam, schief er schnell ein.

Sie sagte ihm, dass ihr die kleinen Ausflüge mit ihm zum Talboden und zum See fehlten. Seine Antwort bestand in dem Vorschlag, sie solle für ein paar Tage Rose und deren neues Baby in Mombasa besuchen. Ein wenig verärgert – was ihr Mann nicht einmal bemerkte – stimmte Florence zu.

»Er fehlt mir, und er ist dieser Tage immer so müde«, sagte sie am Ende ihrer Litanei von Beschwerden zu Rose Carter.
»Ah …«, sagte Rose kopfschüttelnd. »War das früher schon ein Problem?« Sie ging zum Körbchen des Babys und überprüfte die Spitze, die als Schutz gegen Insekten diente.
»Nein.« Sie erwähnte nicht, dass sie Ronald in einem anderen Licht betrachtete, seit sie ihn am See nackt gesehen hatte. »Es ist nur … es ist Zeit, dass ich ein Baby bekomme.«
Rose setzte sich wieder hin. »Ich dachte, du wolltest zunächst keines.«
»So war es am Anfang auch. Aber wenn wir jetzt keinen guten Grund haben, Afrika am Ende seines Vertrags zu verlassen, fühlt er sich vielleicht versucht zu bleiben. Und wie soll ich dann je nach Hause kommen?«
»Ich verstehe. Dann wirst du verführerischer werden müssen, meine Liebe.«
Florence lief rot an. »Ich habe keine Ahnung, wie …«
»Das ist schon in Ordnung. Wir leben in modernen Zeiten. Eine Frau muss diese Dinge manchmal selbst in die Hand nehmen.«
»Also wirklich, Rose …«
»Du darfst nicht so subtil sein.«
»Du … du meinst, ich sollte etwas zu ihm sagen?« Sie biss sich auf die Lippe. Sie erinnerte sich daran, wie Ronald gefragt hatte, ob sie mit ihm glücklich sei, wie er sie gebeten hatte, ihm zu sagen, was sie wollte. Damals hatte sie das schockiert.
»Nicht unbedingt etwas sagen.« Rose reichte ihr eine Tasse Tee. Florence bedankte sich. »Ich würde das nicht so ausdrücken. Nein.« Sie dachte einen Augenblick nach. »William

wird manchmal auch unaufmerksam. Aber ich lasse ihn wissen, wenn mir ein wenig romantisch zu Mute ist, indem ich ihm zum Beispiel die Hand aufs Knie lege oder seinen Nacken massiere. Ihn einfach berühre. Es sind nur kleine Dinge.«

»Oh.«

»Er scheint zu verstehen, was ich damit meine.«

»Tatsächlich?«

»Immerhin ist es uns gelungen, drei Kinder zu bekommen.« Sie zwinkerte Florence zu, die erneut errötete.

Kapitel 38

Meile 376

Die *Uganda Queen* mit ihrem leuchtenden Anstrich in Gelb, Grün und Rot dampfte stoisch nach Westen. Der Chefingenieur, der gerade von einer kurzen Besprechung mit dem Gouverneur zurückgekehrt war, befand sich auf dem Weg zum Gleisende. Der Anlass war die offizielle Eröffnung der Rampe am Steilabbruch. Es war das Jahr 1900. Die Eröffnung im Mai erfolgte fünf Monate verspätet, und Whitehouse war zwar nicht erfreut, aber zumindest erleichtert.

Er hatte Mr. Brendan Fogarty bei sich, den offiziellen Fotografen der Bahnlinie. Die Eisenbahnkommission in London stand kurz davor, sich erneut mit der Bitte um mehr Geld ans Parlament zu wenden, und sie brauchten Beweise dafür, dass die Arbeit gut weiterging. Die letzte wirklich nachrichtenwürdige Meldung war vor über zwölf Monaten die erfolgreiche Jagd auf die Menschen fressenden Löwen am Tsavo gewesen. Eine heldenhafte Leistung wie die Bewältigung eines der gewaltigsten geografischen Herausforderungen Afrikas stellte eine ideale neue Gelegenheit dar, und Whitehouse hatte vor, sie nach Kräften zu nutzen.

Der Zug machte in Nairobi Halt, um Wasser und Brennstoff aufzunehmen. Als er zum Kikuyu-Steilabbruch hinaufdampfte, fragte sich Whitehouse erneut, wieso jemand in diesem Sumpf um Land kämpfte. Die Streitigkeiten zwischen der Eisenbahngesellschaft und ihren europäischen Angestellten um die Eigentumsrechte an Grundstücken erstaunten ihn immer noch. Sein Gleisbauingenieur hatte bei diesem Scharmützel an vorderster Front gestanden, und Whitehouse neigte nicht dazu, so etwas schnell zu vergessen.

Er hatte viele Gründe, um Preston zu bewundern. Es bestand kein Zweifel daran, dass der Mann hervorragende Ingenieursarbeit geleistet hatte. Er war schon lange nicht mehr der zögerliche Hafeningenieur, den Whitehouse in seinem Büro angesprochen und überredet hatte, die Aufgabe am Gleisende zu übernehmen. Whitehouse war stolz auf seine Menschenkenntnis, und Preston war der richtige Mann für die Aufgabe gewesen. Er hatte sich jeder Situation als würdig erwiesen, die seinen Fähigkeiten als Ingenieur gestellt wurde.

Aber ein guter Eisenbahnmann musste sich neutral verhalten. Eines der Probleme mit Preston bestand darin, dass es ihm an Perspektive fehlte. Deshalb hatte Whitehouse ihn zugunsten von Patterson übergangen. Preston war zu idealistisch, um ein guter Eisenbahnverwalter zu sein. Das letzte Beispiel war die Sache mit dieser Rampe, die Monate zu spät fertig war. Zugegeben, es hatte Verspätungen bei der Materiallieferung gegeben, aber als er Preston zu größerem Tempo drängte, hatte dieser nur erwidert, dass seine Männer so schnell arbeiteten, wie es ihnen möglich war, ohne sich in Gefahr zu bringen. *Seine Männer … seine Männer.* Das war das wirklich Ärgerliche an Preston: Ihm waren Menschen, Individuen, wichtiger als die Gesellschaft. Whitehouse hatte diesen Makel in Prestons Akte notiert. Künftige leitende Angestellte sollten wissen, wo die Schwächen des Mannes lagen. Preston war ein guter Ingenieur, aber er würde nie einen *echten* Eisenbahnmann abgeben.

Whitehouse hatte eine Weile darüber nachgedacht, welche

Art von Foto er brauchen würde, um bei den Mitgliedern der Eisenbahnkommission die gewünschte Reaktion hervorzurufen. Er musste die geografische Herausforderung und die Lösung des Ingenieurs in einem einzelnen Bild festhalten. Die Kommission durfte keinen Zweifel daran haben, dass man sich einem gewaltigen Hindernis gestellt und es bewältigt hatte. Es galt, die Fähigkeit des Gleisbauingenieurs zu illustrieren und Lösungen zu finden, wo man sie eigentlich für unmöglich hielt. Die Männer der Kommission mussten verstehen, dass man mit Eisenbahnlinien keinen Erfolg haben konnte, wenn man nicht über diesen heldenhaften Glauben an das Projekt verfügte.

Es schien keine Möglichkeit zu geben, all das in einem einzigen Foto auszudrücken, bis Whitehouse die Träger auf Hang zwei sah. Hier wurde ein Meisterstück des Ingenieurshandwerks anschaulich! Ein Foto, das außerdem noch das Gefälle des Hangs, die Unbeständigkeit der Oberfläche, die Reste des Pflanzenbewuchs als Hinweis auf die Probleme bei der Rodung und das Panorama des Tals im Hintergrund zeigte, würde all seinen Anforderungen genügen.

Er befahl, beide Träger mit beladenen Flachwagen auf den Hang zu bringen.

Aber der Fotograf musste auch den Geist des Unternehmens erfassen – die Antriebskraft, die Inspiration. Die menschliche Seite. Es war daher angemessen, dass er, der Chefingenieur, ebenfalls auf dieser historischen Aufnahme zu sehen war.

Der Fotograf bereitete seine Ausrüstung vor und begann, Entfernungen und Winkel zu vermessen. Als alles bereit war, stieg Whitehouse auf den Träger und stellte sich vor den Waggon, der als Gewicht diente. Er hielt sich am Geländer des schmalen Zugangsstegs fest. Dahinter ragte der zweite

Träger mit seiner Ladung auf, und vor ihm zogen sich die Schienen weiter abwärts ins Tal.

Er war in einer erstaunlichen Position. Die Plattform des Trägers war horizontal, aber vorn, wo Whitehouse stand, befand er sich beinahe fünf Meter oberhalb der Schienen. Er fand das ausgezeichnet. Er war auch sehr zufrieden mit der Kulisse. Hier hatte er das Symbol einer Meisterleistung der Ingenieursarbeit gefunden, das er brauchte.

Aber es fehlte dem Bild immer noch etwas. Es musste auch den Führungsaufgaben eines Chefingenieurs Ausdruck verleihen.

»Preston!« Er winkte dem Gleisbauingenieur. »Würden Sie sich bitte zu mir stellen?«

Preston wartete mit seinem Assistenten und einem der *Jemadars* am Rand der Szene.

»Kommen Sie schon, Mann!«, forderte Whitehouse. »Seien Sie nicht so schüchtern.«

Preston stellte sich ans untere Ende des Trägers.

»Ich brauche jemanden, der mit mir abgebildet wird.«

»Also gut.« Preston winkte seinen Männern. »Sharaf! Komm hier herauf! Abdul! Du ebenfalls!«

Whitehouse wollte protestieren. Wieder einmal hatte Preston nicht verstanden, um was es ging. Aber dann hielt er sich zurück. »Wir sind bereit, Mr. Fogarty!«, sagte er zu dem Fotografen, der zu einer letzten Überprüfung unter seinem Tuch verschwand.

Whitehouse rückte seinen Tropenhelm zurecht, schob die Brust vor und starrte hinunter ins Tal. Im letzten Augenblick bewegte er den linken Fuß zu einem symbolischen halben Schritt auf den Grabenbruch und nach Westen zu, zum Viktoriasee.

Der Fotograf rief: »Nicht bewegen!«, und mit einem Klacken des Verschlusses und der Explosion des Blitzlichtpulvers wurde die Szene für die Nachwelt festgehalten.

Als Florence zum Gleisende zurückkehrte, war sie entschlossen, ihre Chancen auf eine Schwangerschaft zu verbessern. Sie hatte in den beiden Tagen auf dem Rückweg zum Lager genügend Zeit gehabt, über Roses Ratschläge nachzudenken. In der langen Nacht, in der sie sich im Gästehaus der Eisenbahngesellschaft in Voi in ihrem Bett herumwälzte, erkannte sie, dass ihr Plan, jetzt schwanger zu werden, nur einer der Gründe war. Sie stellte fest, dass sie oft wie zufällig ihre Brüste berührte oder sich Ronald nackt vorstellte, wenn sie über solche Dinge nachdachte. Es war wirklich zu seltsam. Sie lebte seit drei Jahren mit ihm zusammen, hatte neben ihm geschlafen und ihn auf intime Weise kennen gelernt. Es war unmöglich, dass ihr etwas so Wichtiges an ihm entgangen sein sollte. Selbst jetzt wusste sie noch nicht genau, um was es sich eigentlich handelte. Aber sie war inzwischen wie besessen von der Erinnerung an seinen nackten Körper.

Ihr Zug traf in der Abenddämmerung ein. Sie war eine Woche weg gewesen, und das Lager stand kurz davor, ins Tal verlegt zu werden. Ronald war beim Abendessen lange mit den letzten Anweisungen für den Umzug beschäftigt. Florence überredete ihn schließlich, dass sie sich früh zurückziehen sollten, und behauptete, nach der langen Reise müde zu sein.

Als sie vor ihrem Toilettentisch saß und ihr Haar bürstete, lachte Ronald leise über etwas, was Mr. Turk ihm vor ein paar Tagen erzählt hatte. Er begann es ihr zu erklären, während er Karten und Vermessungsnotizen für den nächsten Tag einpackte.

»Ich nehme an, du bist müde, und es ist spät«, sagte er, als sie schwieg.

»Es tut mir leid, mein Lieber«, sagte sie. »Ich war abgelenkt. Es ging um einen Löwen und … und …«

»Es ist wahrscheinlich nur komisch, wenn man wirklich dabei war.«

»O bitte, erzähl es mir. Ich verspreche aufzupassen.« Sie richtete ihre Bemerkungen an sein Bild im Spiegel.

»Nun, vor ein paar Tagen lag der Bahnhofsvorsteher von Kima im Bett und schlief, als dieser schreckliche Lärm auf seinem Dach ihn weckte.« Ronald zog seine Jacke aus und hängte sie sorgfältig über die Stuhllehne. »Wir sollten eigentlich nicht lachen, aber der arme Mann erstarrte vor Schreck. Er lag reglos im Bett und starrte an die Decke, während der Löwe begann, das Wellblech wegzureißen …«

Er öffnete die obersten Hemdknöpfe. Als er das Kleidungsstück auszog, wölbten sich seine Muskeln golden im Laternenlicht. Er ließ das Hemd über die Jacke auf den Stuhl fallen. »Und dann greift der Löwe die Deckenverkleidung an, und sie fällt auf den Mann herunter. Billy sagt, sie bestand aus Sperrholz, also wird sie heruntergerieselt sein wie … wie dieses Zeug, das sie dieser Tage bei Hochzeiten werfen …« Er zog gerade das Unterhemd aus, und seine Stimme war gedämpft. »Wie heißt es noch?«

Sie betrachtete seinen Körper im Spiegel, überzeugt, dass er nichts von ihrem Interesse bemerkte. Das dunkle Haar auf Brust und Bauch war noch dichter, als sie es in Erinnerung hatte.

Sie fand ihre Stimme wieder. »Kin-, Konfetti?«

»Ja, genau! Wie Konfetti. Und dann – stell dir das nur vor – erscheinen die Klauen, Vorderbein und Schulter des Löwen in dem Loch!«

Er knöpfte die Hose auf. Sie hatte ihn nie während des Auskleidens gesehen, weil sie normalerweise den Blick abwandte, bis er im Bett war.

»Also liegt er da auf dem Rücken im Bett, und der Löwe hat schon den Kopf und eine Schulter durch das Loch geschoben, aber die Dachbalken sind zu dicht beieinander. Der Löwe schlägt nach ihm und verfehlt den Mann nur um ein paar Zoll … ist alles in Ordnung, meine Liebe?« Er hatte die Hose schon halb heruntergezogen, hielt nun aber inne.

»Was?« Sie hatte aufgehört, ihre Haare zu bürsten, die Hand über den Kopf erhoben. »Ja. Aber das ist einfach, äh, verblüffend.«

»Ich hätte es dir nicht erzählen sollen. Jetzt wirst du dich fürchten. Es war albern von –«

»Nein«, keuchte sie, »erzähle weiter. Bitte.«

»Er liegt also auf dem Rücken, die Klauen direkt über ihm, und was glaubst du, tut der Mann?«

»Äh, ich weiß es nicht.«

»Springt er aus dem Bett? Greift er nach seinem Gewehr? Nein. Er zieht seine Bahnhofsvorsteherpfeife heraus und pfeift!« Die Hose fiel auf den Boden.

»Oh!«

»Ist das nicht hinreißend?« Wieder lachte er und drehte sich um, um die Hose über die Stuhllehne zu hängen. »Denkst du nicht auch?«

»Ja … ja.« Es gelang ihr, mit ruhiger Stimme zu sprechen. »Sehr spaßig.«

»Oh, es tut mir leid«, sagte er reuig. »Ich habe dich mit

meiner albernen Geschichte davon abgehalten, dich um dein Haar zu kümmern.« Er schlug die Decke zurück und legte sich ins Bett.

Im Laternenlicht sah er zu, wie sie sich auszog. Florence drehte ihm immer den Rücken zu und zog ein Kleidungsstück an, bevor sie ein anderes auszog. Es war wie ein Zaubertrick: eine Enthüllung, die nichts enthüllte. Nicht, dass er ihre Züchtigkeit ärgerlich gefunden hätte. Ganz im Gegenteil. Es war ein Teil von Florence, etwas, was sie jeden Abend machte. So war es seit Beginn ihrer Ehe gewesen. Er fragte sich, ob andere Ehepaare das auch taten.

Manchmal verließ sie den Kreis am Lagerfeuer Augenblicke vor ihm, und wenn er im Zelt eintraf, trug sie bereits das lange Nachthemd und Pantoffeln. Dann bearbeitete sie ihr Haar mit hundert Bürstenstrichen, bevor sie sich hinlegte. Als er sie nun beobachtete, während sie sich weiter auszog und die Bürste und Haarnadeln weglegte, erkannte er, dass es gerade die Art war, wie sie ihren Körper verbarg, die ihn noch mehr danach brennen ließ, sie zu berühren.

Florence lag still und schweigend im Dunkeln. Sie erkannte an Ronalds Atem, dass er wach war. Vor ihrem Zelt erklang Afrikas nächtlicher Chor: Heulen, seelenvolle Rufe, hin und wieder ein Schreckens- oder Schmerzensschrei.

Er räusperte sich leise. Das war der übliche Beginn. Das Schweigen dehnte sich weiter aus, schließlich flüsterte er: »Florence … bist du wach?«

»Ja.«

»Kann ich …«

»Ja.« Ihr Herz schlug heftig.

Es gab ein Rascheln, als er die Unterwäsche auszog, und dann kniete er sich vor ihr Feldbett und zog im Dunkeln die Decke weg. Er küsste sie auf die Wange, nun bereits schwer atmend.

Sie hob die Hüften, als er ihr Nachthemd hochschob, und abermals, als er ihre Unterwäsche herunterzog.

Diesmal genoss sie es, als er ihren Körper liebkoste. Irgendwie war es anders als zuvor. Sie spürte, wie die Wärme von ihren Lenden zu ihren Brüsten aufstieg, und als sie die Wärme in den Brustwarzen fühlen konnte, hörte er auf. Sie wusste, dass sie kurz vor einer Erkenntnis gestanden hatte, die sich ihr nun wieder entzog. Sie wollte ihr folgen, aber nun lag er auf dem Bett und auf ihr. Sie legte zögernd eine Hand auf seine Schultern. Normalerweise berührte sie ihn in diesen Momenten nicht, aber sie erinnerte sich vom See her an seine Schultern, und sie fühlten sich an, wie sie gehofft hatte – wie von der Sonne gewärmte Steine. Die Muskeln bewegten sich, und sie ließ die Hand auf das Haar auf seiner Brust gleiten. Es war hinreißend.

»Ah!«, keuchte sie, als er in sie eindrang.

»Tut mir leid«, flüsterte er und begann erneut.

Aber nicht Schmerzen hatten sie zu dem Keuchen veranlasst, sondern die Wärme, die sie zuvor bei seinem Streicheln gespürt hatte.

Nun wagte sie, ihm über den Rücken zu streichen und wahrzunehmen, wie er sich auf ihr bewegte. Sie sah wieder, wie er aus dem Naivashasee stieg und das Wasser seinen Körper dort liebkoste, wo nun ihre Hände lagen. Sie sah wieder, wie sein Glied aus seinen schwarzen Haaren hervorragte. Vor ihrem geistigen Auge wuchs es unter ihrem Blick, bis es stark und hart wurde.

Sie stellte sich vor, wie er am See auf ihr lag, die grünen Augen voller Liebe und Leidenschaft, und über ihm füllte der blaueste aller Himmel den Rest des Universums aus.
Er atmete schneller und keuchender. Sie wusste, das bedeutete, dass er bald fertig sein würde. Aber sie wollte nicht, dass es zu Ende ging. Der See, der Himmel, der Mann auf ihr. Wenn es nur ein wenig länger so sein könnte …
»Oh«, keuchte er.
Sie spürte, wie seine Rückenmuskeln sich entspannten. Eine Weile später beruhigte sich sein Atem wieder. Sie versuchte, das Gefühl noch einmal zu empfinden oder zumindest zu identifizieren, damit sie es wiedererkennen würde, wenn sie es erneut empfand. Aber es war verschwunden
Ein Stück des Himmels war ihr entgangen.

Nachdem die Rampe im Mai eröffnet worden war, lag die Verantwortung für ihren Betrieb bei der Verkehrsabteilung. Die Schienenleger bewegten sich ohne weitere Vorfälle über den heißen, trockenen Boden des Grabenbruchs vorwärts, und Florence bemerkte, dass ihr Mann sich ein wenig entspannte. Wieder verbrachten sie hier und da einen Tag am Naivashasee.
An einem glitzernden Tag im Oktober benutzten sie die Draisine, um ihr Picknick bis zu einem kleinen Nachschublager nahe dem See zu bringen, das Preston unter einem Vorwand weiterhin bestehen ließ. Sein eigentlicher Zweck war es, einen Platz zu haben, wo ihre Reittiere nahe am See untergebracht werden konnten. Florence packte ein wenig Brot, Biltong und Bananen ein, und Ronald bediente selbst die Pumpe der Draisine. Bald schon zog er sein Hemd aus, und als sie die letzten paar hundert Meter auf dem Neben-

gleis fuhren, war er von einer dünnen Schweißschicht bedeckt.
Er half ihr vom Wagen. »Puh!«, sagte er und wischte sich das Gesicht mit einem Tuch ab.
»Ronald, du bis vollkommen erhitzt! Warum lassen wir die Arbeit nicht von den Jungen erledigen?«
»Und verderben damit unseren Tag allein? Nein. Außerdem tut mir die Übung gut.« Er schlug mit der flachen Hand auf seine festen Bauchmuskeln. »Sieh dir das an! Ich brauche keine weiteren Polster mehr.«
Florence lächelte und nahm den Essenskorb vom Wagen. »Wo sind die Tiere?«
»Wir brauchen sie heute nicht.« Als er sah, wie verwirrt sie war, fügte er hinzu: »Ich habe eine kleine Überraschung.«
Florence liebte Überraschungen, hatte aber nie die Geduld, auf ihre Enthüllung zu warten. Sie bettelte den ganzen Weg bis zum See, aber er blieb standhaft und sagte: »Es ist eine Überraschung, und jetzt ist es nicht mehr weit.«
»Was ist das denn?«, fragte sie, als er ihr das kleine Boot zeigte, das an die Büsche am Seeufer gebunden war.
»Wie meinst du das – was ist das? Es ist selbstverständlich ein Segelboot.«
»Tatsächlich?« Sie lächelte.
»Nun ja, es war einmal eine Art Fischerkanu. Aber ich habe einen kleinen Kiel angebaut. Und, wie du sehen kannst, einen Mast. Jetzt ist es ein Segelboot.« Er grinste sie an.
»O nein! Wir fahren doch nicht damit auf den See, oder?«
»Florence, du hast keinen Grund, dich zu fürchten. Es ist vollkommen sicher, und ich habe es bereits ausprobiert. Alles funktioniert hervorragend.«

»Aber ich habe gerade erst gelernt, mit diesem störrischen Maultier zurechtzukommen …«

»Auf unserer Jacht brauchst du mit gar nichts zurechtkommen. Ich bin der Kapitän, und du bist Passagier erster Klasse.«

Wieder schaute sie das Boot an.

»Fangen wir mit einer Umsegelung dieser Insel dort draußen an. Es ist nicht weit. Und ich verspreche, wenn es dir nicht gefällt, bringe ich dich sofort wieder zurück.«

Er war so aufgeregt und darauf versessen, ihr sein Boot vorzuführen, dass sie sich einfach nicht weigern konnte. »Also gut. Aber nicht zu weit hinaus. Nicht dorthin, wo das Wasser tief ist.«

Als das Boot die Insel umrundet hatte, hatte Florence ihre Angst beinahe vergessen. Einen Steinwurf entfernt suhlte sich eine Herde von Flusspferden. Der Anblick der Babys, deren winzige Augen und wackelnde Ohren aus dem Wasser ragten, entzückte sie. Auf der Insel gab es Schwärme langbeiniger Vögel, graue und weiße, und bei einigen glitzerte das Gefieder im Sonnenlicht grün. Es gab Hunderte von Enten und Kormoranen, die tauchten, silbrige Fische aus dem See holten und sie in die Luft warfen, bevor sie sie verschlangen.

Florence lag im Boot und genoss die Sonne, das glitzernde Wasser und ihren halbnackten Mann, der strahlte wie ein Junge, der seinen selbstgebauten Drachen zum Fliegen bringt. Ihr Ronald hatte sich verändert. Er hatte nichts von der Intensität verloren, die ihn angetrieben hatte, seine Eisenbahn zu bauen, aber er hatte in den drei Jahren auch Toleranz entwickelt. Er war imstande, seinen aufbrausenden Zorn besser zu beherrschen. Wenn ihn jetzt ein Mann oder

ein Gegenstand ärgerten, konnte er auf ein ganzes Reservoir von Kraft zurückgreifen und das Problem entsprechend seinen Wünschen lösen.
Er war selbstsicherer, aber nicht rüpelhaft geworden. Er hatte immer gute Manieren gehabt und war höflich gewesen, manchmal sogar zu höflich. Sie erinnerte sich, wie verlegen er immer geworden war, wenn er in ihrer Gegenwart seine Erziehung vergaß. Nun verhielt er sich ihr gegenüber entspannter. Er benahm sich zwar immer noch wie ein Gentleman, aber er wusste auch, wann er die Kontrolle übernehmen musste.
Etwas von dieser Männlichkeit hatte sich auch in ihr Schlafzimmer eingeschlichen. Er wurde mutiger. Florence war jedoch immer noch nicht in der Lage, ähnliche Kühnheit zu zeigen. Sie wusste, dass er versuchte, ihr Freude zu bereiten. Das hatte er ihr sogar gesagt. Was hielt sie also zurück?
»Florence?«
Sie war in Gedanken versunken gewesen. »Entschuldige, mein Lieber, was sagtest du?«
»Ich dachte, wir könnten uns vielleicht die Beine ein wenig vertreten. Da drüben gibt es eine kleine Bucht. Möchtest du an Land gehen?«
»Ja, das wäre schön.«
Ein dichtes Dornengebüsch umgab den Landeplatz, und es war unwahrscheinlich, dass jemand zu Fuß hierhergelangen konnte. Es sah friedlich aus, mit Sand und gutem Schatten. Ronald zog das Boot in einen seichten Bereich und half Florence heraus. Sie ließ ihre Schuhe im Boot und spürte seine festen Schultern unter ihren Händen, bevor er sie im knietiefen Wasser absetzte. Sie raffte die Röcke, damit sie trocken blieben.

Er zog das Boot noch weiter aus dem Wasser und brachte das Essen an Land.

»Möchtest du jetzt essen?«, fragte sie.

»Ich habe einen Wolfshunger«, sagte er. »Aber ich muss mich erst ein wenig abkühlen. Diese Draisine hat mich ordentlich ins Schwitzen gebracht.« Er sah sich am Ufer um. »Ich gehe ein Stück dort hinunter, um mich zu waschen. Es wird nicht lange dauern.« Er gab ihr einen kleinen Kuss. »Segeln tut dir gut, meine Liebe. Du strahlst geradezu.«

Sie lächelte, als er durch das seichte Wasser watete und hinter einem Steinhaufen verschwand, der ihre Bucht von der nächsten trennte.

Sie wünschte sich, sie könnte sich ebenfalls ins Wasser stürzen. Es war warm, zu warm für ihre zugeknöpfte Bluse und den langen Rock. Sie öffnete die obersten Knöpfe, und die leichte Brise fühlte sich auf der Haut sehr angenehm an. Sie öffnete mehr Knöpfe und zog die Schöße aus dem Rock. Nachdem sie sich noch einmal an dem verlassenen Strand umgesehen hatte, zog sie den Rock aus, knäulte ihn fest zusammen und legte ihn auf eine Baumwurzel.

Es fühlte sich unanständig an, am hellen Tag nur in Unterrock, Bluse und Strohhut hier zu stehen. Aber es war auch erregend. Sie warf den Hut auf den Strand, schüttelte ihr Haare aus und steckte eine Zehe ins Wasser. Sie trat kleine Wellen an den trockenen Sand, und dann begann sie, mit der großen Zehe ihren Namen in den nassen Sand zu schreiben.

F … l … o …

»Gefällt es dir hier?«

Seine Stimme ließ sie aufschrecken. »Oh! Ronald! Du bist schon zurück! Ich … ich dachte, du würdest …« Sie spürte, wie sie rot wurde.

Er betrachtete den Sand zu ihren Füßen. »Flo«, sagte er. »Ich hole schnell meinen Rock … das hier ist … es ist so …«

»Natürlich?«

Sie blickte auf und sah seine Augen.

»Flo … du brauchst dich wegen mir nicht anzuziehen.« Er nahm sie in die Arme.

Als er sie berührte, erstarrte sie ein wenig, aber er blieb ruhig stehen, und sie entspannte sich wieder. Sie spürte seine kühle Haut an ihrer Wange und ließ ihre Hände über seinen starken, breiten Rücken wandern. Sie hatte eine Vision von ihm, wie er im Bett auf ihr lag, wie sich seine Haut unter ihren Händen anfühlte.

Dann küsste er sie, und sie versank in einer unwirklichen Welt aus intensiver werdendem Wohlgefühl und ungewöhnlich hellem Licht. Die Sonne war warm auf ihrem Gesicht, rot hinter geschlossenen Lidern. Ronalds Lippen fühlten sich ebenfalls anders an. Er ließ die Zunge über ihre Lippen spielen. Sie öffnete ihm die Lippen und dachte an nichts anderes als an das, was sie empfand, köstlich und warm und erhebend. Sie ließ nicht zu, dass ein Gedanke an Sündhaftigkeit dieses wunderbare Spiel unterbrach, bei dem die Berührung seiner sanften Hände sie immer mehr erregte.

Sie spürte seine Härte, die sich gegen ihren Unterrock presste, und legte schamlos die Hand darauf. Sein Seufzen sagte ihr, wie er empfand, aber sie wagte nicht, auch nur einen Laut von sich zu geben, damit sie den Augenblick nicht zerstörte. Sie hatte ihn dort nie zuvor berührt. Es gab ihr ein Gefühl der Macht, das ihr vollkommen neu war.

Er löste ihren Unterrock und begann, ihn über ihre Schenkel nach unten zu schieben. Ein Augenblick der Panik drohte, den Bann zu brechen, aber Ronald bemerkte es und nahm sie wieder in die Arme. Er zog sie auf das weiche, sandige Ufer unter dem Baum. Aus irgendeinem Grund fühlte sie sich dort sicherer, obwohl es nichts als den Schatten gab, um sie zu bedecken.

Als sie auf dem Sand lag, öffnete sie die Augen ein wenig. Sie wollte den Tag nicht eindringen lassen, aber sie musste sein Gesicht sehen. Er lächelte auf diese liebevolle Art, die sie so sehr mochte. Auf diese Weise lächelte er auch immer, wenn er sie mit einem Geschenk erfreuen wollte, mit einem Blumenstrauß oder einer Pflanze für ihren Garten. Sie vertraute diesem Lächeln, und sie zog ihn an sich, vergaß das helle Tageslicht, vergaß ihre Schüchternheit. Sah nur noch Ronald.

»Mein Liebling«, sagte er, »ich musste dich unbedingt so lieben.« Er küsste sie.

»Ich weiß. Ich habe es gespürt und wollte es ebenfalls. Aber es fiel mir so schwer, es dir zu sagen.«

»Sag es mir jetzt.« Er schob die Hand in ihr Mieder, dann zog er sie wieder heraus und öffnete alle Knöpfe, bis ihre runden weißen Brüste zu sehen waren. Sein Blick war so voller Verlangen, dass es sie noch mehr erregte. Sie bewegte die Hüften, damit er ihren Unterrock besser ausziehen konnte.

»Lass mich dir Freude machen«, sagte er zwischen Küssen.

Selbst jetzt fiel es ihr noch schwer, in Worte – unvertraute Worte – zu fassen, was sie wollte. Sie zog sein Gesicht zu sich und küsste ihn. »Du hast mir so viel Freude gemacht, dass es nichts weiter zu tun gibt als …«

Er lächelte, um sie zu ermutigen. »Als was?« Seine Hände setzten die köstlichen Liebkosungen fort.

»Als nicht mehr leise zu sein, denn das ist hier nicht nötig, und uns nicht so sehr zu beeilen.« Sie streichelte seine starken Schultern. »Wir haben all diesen Platz und genügend Zeit, es zu genießen.«

Der Nachschubzug rollte kurz vor der Abenddämmerung ins Lager. Er erregte mehr als das übliche Interesse der Europäer, die sich zu einem Whisky vor dem Abendessen versammelt hatten. Der Zug hatte nur einen Waggon, einen Flachwagen. Und darauf stand einsam und auffällig ein großes Bett. Ein großes Doppelbett.

Die Männer nippten an ihren Getränken und sahen zu, wie Preston aus dem Führerstand zum Flachwagen ging. Er wich ihren Blicken aus.

Sharaf Din und vier Kulis hoben das Bett vom Wagen und folgten Preston damit zu seinem Zelt.

Kapitel 39

Meile 485

Die Pocken waren für alle, die für die Eisenbahn arbeiteten, allgegenwärtig. Es hatte seit dem Ausbruch der Krankheit in Indien immer wieder hier und da einen Fall gegeben, obwohl die Rekrutierung von Arbeitern eingestellt wurde, bis angemessene Quarantänemaßnahmen eingeleitet waren. Ärzte und Sanitäter reisten an der Strecke entlang und nutzten Lymphflüssigkeit für die neuartigen Impfungen.

Nach einem plötzlichen, kurzen Regen kam es zu einem heftigen Ausbruch. Bevor die Ärzte auch nur aufmerksam wurden, fegte die Epidemie wie ein Wildfeuer über die Kapiti- und Athi-Ebene. Whitehouse verhängte Quarantäne über alle Männer am Gleisende.

Turk war wütend. »Was soll dieser Unsinn?« Er las die Anweisung, die an den Türrahmen der Messe genagelt war.

Auch Preston las. »Quarantäne. Angestellte, die in Kontakt mit infizierten Personen und/oder infizierten Dörfern im Wakamba- und Kikuyu-Land standen, dürfen einen Umkreis von fünfzig Meilen um das Gleisende nicht verlassen.« Er lachte. »Ha! Wer braucht schon Quarantäne? Die Gleisbauarbeit ist für mich gleichbedeutend damit.«

»Er kann mich nicht zwingen, hierzubleiben«, knurrte Turk. »Die Eisenbahn schuldet mir noch Urlaub. Und es ist beinahe Weihnachten.«

»Das meinen Sie doch nicht ernst, Turk.« Prestons Lächeln verschwand. »Sie haben doch nicht vor, nach Mombasa zu gehen?«

»Ich will verdammt sein, wenn ich hier sitzen bleibe.«
»Aber die Pocken –«
»Das hier ist eine Eisenbahngesellschaft und nicht die verdammte Armee! Für wen hält der Kerl sich?«
»Warten Sie eine Weile. Es dauert vielleicht nur ein paar Wochen, und –«
»Wenn Whitehouse sich einbildet, das er mich hier festhalten kann, soll er zum Teufel gehen!« Turk wandte sich ab. »Ich fahre nach Hause.«

Auf der Fahrt nach Voi saß Turk in einem Waggon. Normalerweise zog er die Freiheit des Gleisräumers vor, aber an diesem Tag war ihm nicht nach Spaß zumute. Er hatte genug vom Eisenbahnleben.
In Voi holte er sich ein Stück Brot aus der Bahnhofsküche, statt sich mit Shutt und den anderen zum Essen zu treffen. Allein ging er zum Ufer des Rinnsals, das in besseren Jahren der Voi-Fluss gewesen war. Er sehnte sich nach einem Ort, an dem sein Herz heilen konnte. Er hatte in diesen letzten Wochen zu viel Tod gesehen. Zu oft war es der Tod Unschuldiger – Kinder verhungerten mit großen Augen, in denen die Frage *Warum?* stand. Turk kannte Afrika gut genug, um sich nicht an die Beantwortung dieser Frage zu wagen. Er wollte einfach nur weg. Aber jedes Mal, wenn er Whitehouse um Urlaub bat, hieß es: »Kann Sie jetzt nicht entbehren … demnächst.«
Plötzlich wollte er unbedingt seine Zwillinge sehen. Sie waren jetzt beinahe anderthalb Jahre alt und sie fehlten ihm. Die Monate zwischen den Besuchen zogen sich endlos hin. Aber es verging nicht ein einziger Tag, an dem er nicht an sie dachte.

Und seine Sumitra fehlte ihm ebenfalls. Ein Mann brauchte den Trost einer guten Frau, um seine schlechten Erinnerungen vergessen zu können. Der Gedanke an ihre warmen, liebevollen Arme besserten seine Stimmung.
Als der Zug am nächsten Morgen aus Voi hinausfuhr, stand Turk wieder an der üblichen Stelle mit dem Rücken an die Rauchkammertür gelehnt. Der Wind blies all seine schlechten Vorahnungen davon.

Whitehouse unterzog sich erneut der gefährlichen Fahrt über die Rampe. Diesmal war er erfreut, danach noch weitere vierzig Meilen durch das Great Rift Valley zurücklegen zu können, bis zu der Stelle, wo seine Leute mit dem Angriff auf die nächste geografische Herausforderung begannen: den Mau-Steilabbruch.
Der Aufstieg war das letzte große Hindernis. Die Strecke über den relativ flachen schwarzen Boden unterhalb der Nandi-Hügel zur Ugowe-Bucht würde sicher nicht länger als vier oder fünf Monate in Anspruch nehmen. Sie würden den See spätestens Mitte 1901 erreichen.
Whitehouse' Reise diente nur Repräsentationszwecken. Er würde der Mannschaft im Gleisbaulager, das sich am oberen Rand des Mau-Steilhangs befand, ein frohes neues Jahr wünschen und dann so bald wie möglich nach Nairobi zurückkehren.
Der Chefingenieur wusste, dass es ein wichtiger Teil seiner Arbeit war, für die Aufrechterhaltung der Moral bei den Baumannschaften zu sorgen. Manchmal jedoch fragte er sich, ob das bei den Leuten am Gleisende nicht überflüssig war. Offenbar gelang es ihnen trotz allem, was sie durchgemacht hatten, ihre gute Stimmung zu wahren.

Widerstrebend gab er zu, dass Preston daran einen großen Anteil hatte. Er hatte sich den Respekt jedes Einzelnen der beinahe dreitausend Kulis errungen. Anders als anderen gelang es ihm, auch ohne Brutalität Ergebnisse zu erreichen. Und diese Ergebnisse waren, wie Whitehouse zumindest sich selbst gegenüber zugab, unter den gegebenen Umständen erstaunlich. Es war allerdings nicht notwendig, dies auch noch öffentlich anzuerkennen, und es verringerte seinen Ärger darüber, dass Preston jedes Mal bei einem Fehler der Logistiker im Hauptsitz Theater machte, kein bisschen. Der Mann sollte lieber die Ruhe bewahren wie ein guter Mitarbeiter und weiterhin versuchen, eine Meile am Tag zu erreichen, statt eine Ausrede nach der anderen zu erfinden. Für Whitehouse war jeder Angriff gegen die Zentrale ein persönlicher Angriff gegen seine Fähigkeiten als Vorgesetzter.

Vermutlich machte genau diese Dreistigkeit Prestons ihn bei den anderen Männern am Gleisende so beliebt – sie waren alle aufsässig. Diese Gruppe stellte vermutlich den unwahrscheinlichsten Haufen dar, der jemals bei einem solchen Unternehmen Verantwortung getragen hatte. Aber irgendwie hatten sie erreicht, was viele nicht hätten erreichen können.

Am Rand von Prestons buntem Haufen stand seine Frau Florence – ein typisches Beispiel für jene Frauen, die geholfen hatten, das Weltreich zu errichten. Ohne dass es auffiel, war sie die Hauptstütze ihres Mannes, und vielleicht stellte sie auch den Katalysator für Prestons unerklärlichen Erfolg dar. Wie man es von einer guten Ehefrau erwartete, schien sie jedes seiner Bedürfnisse wahrzunehmen. Stets war sie mit Flicken, Nähen oder Häkeln beschäftigt. Sie kannte ihren Platz und mischte sich selten in ernsthafte Gespräche ein. Frauen, die ihren Männern in einem so unnachgiebigen Land zur Seite stehen wollten, konnten sich an Florence Preston ein Beispiel nehmen.

Whitehouse hatte nun schon seit einiger Zeit darüber nachgedacht, wie man den Endbahnhof am Viktoriasee nennen sollte. Bei seiner Vermessung 1892 hatte Macdonald die Endstation selbstverständlich Victoria genannt. Aber diese Route hatte man nun zugunsten einer kürzeren mit einer anderen Endstation aufgegeben, und die würde ebenfalls einen Namen brauchen. »Port Whitehouse« hatte der Chefingenieur schon früh verworfen – das wäre ein wenig anmaßend gewesen. Er war alle Politikernamen durchgegangen, aber zu dem Schluss gekommen, dass die Wahl eines Einzelnen die anderen beleidigen würde. Auf der Liste der Angestellten, die man auf diese Weise ehren könnte, stellte Patterson einen beinahe idealen Kandidaten dar. Er hatte sich gut geschlagen, genoss im Augenblick beträchtliche Aufmerksamkeit von der Presse und hatte zu Hause gute Beziehungen. Whitehouse hatte nur einen Vorbehalt: diese unangenehme Sache mit dem Basar. Acht Menschen, darunter das Kind eines Händlers, waren bei dem Brand umgekommen. Wenn die Presse erfuhr, dass der Brand auf Veranlassung des Colonels gelegt worden war, würde es einen Skandal geben.

Der Endbahnhof sollte einen Namen erhalten, der für außerordentliches Pflichtbewusstsein stand. Whitehouse wusste, wenn überhaupt jemand in der Uganda Railway auf diese Weise geehrt werden sollte, wäre der Gleisbauingenieur eigentlich die logische Wahl – der Mann an der vordersten Baufront. Aber Prestons Ruf war durch seine Insubordination und seine anderen Vergehen besudelt. Whitehouse

konnte ihn nicht einen Tag loben und am nächsten Tag bestrafen, und Letzteres hatte er immer noch vor.
Nein, er konnte den Endbahnhof auf keinen Fall nach Preston benennen. Aber Prestons Frau … das war eine andere Sache.

Kapitel 40

Meile 547

Turk gab das Zeichen, aber der Pokot weigerte sich zu gehen. In seinen Augen stand glühender Trotz, und mehr als das. Es war ein Ausdruck, der Turk nicht vertraut war und den er noch nie zuvor bei dem Pokot gesehen hatte.

Er musste allein sein, aber dieser kleine braune Schatten wollte ihn nicht verlassen. Er konnte sehen, dass der Pokot befürchtete, Turk könnte etwas Leichtsinniges tun. Aber das war unmöglich, weil Turk selbst nicht wusste, was er tun wollte. Er wollte nur fliehen. Wie weit musste er noch in den Dschungel vorstoßen, bevor er die Worte des Telegramms vergessen konnte? Wie viele Meilen waren nötig, um die Erinnerung an eine eigensinnige, fahrlässige Tat zu vergessen?

Der Pokot starrte ihn an. Er war so angespannt wie eine Feder; jede Sehne zuckte in Vorbereitung auf das, was geschehen würde. Diese Haltung nahm er stets ein, wenn eine Krise bevorstand, wenn ein Löwe angriff oder ein Feind sich näherte. Turk konnte die Anspannung der kleinen Gestalt beinahe spüren. Die Stirn seines Begleiters war auf eine ungewohnte Art verzogen. Der Pokot runzelte sonst nie die Stirn.

Wieder bedeutete Turk ihm zu verschwinden. Sein stechender Blick hatte die härtesten Männer zum Blinzeln gebracht, aber der Pokot blinzelte nicht und erwiderte Turks Blick mit einer Miene, die dieser immer noch nicht ergründen konnte. Und er weigerte sich immer noch, zu gehen.

So packend dieser Kampf der Willenskraft geworden war, er

konnte Turks Aufmerksamkeit nicht lange von dem Telegramm in seiner Tasche ablenken. Er brauchte es nicht noch einmal zu lesen. Die schlichte Botschaft war für immer in seinem Hirn eingebrannt: *Melde mit Bedauern, Zwillinge an Pocken verstorben.* Die Worte waren so seltsam wie die Botschaft schrecklich. Das war nicht Sumitras Stimme. Selbst wenn sie genügend Englisch spräche, würde sie nicht *mit Bedauern melden.* Sie würde eine angemessenere goanische Formulierung verwenden, Worte voller Leidenschaft.

Es konnte keine unpersönlichere Kommunikation geben als die per Telegramm. Aber falls es irgendwie möglich sein sollte, Wut in die Worte zu legen, hätte seine Frau alles Recht gehabt, das zu tun. Sie hätte ihm vorwerfen können, dass er es war, der die Pocken aus dem Wakamba-Dorf in das Haus an der Vasco da Gama Street gebracht hatte. Er war schuld, dass erst einer, dann der andere der Zwillinge wegen der Hitze des Fiebers zu weinen begann. Und als sie in ihrer Angst und Verwirrung die Gefahr erkannte und einen Boten schickte – ein Bote passte schon eher zu ihrer goanischen Art –, war es bereits zu spät. Der Bote und das Telegramm waren gleichzeitig eingetroffen.

Sie hätte ihm in dem Telegramm vorwerfen können, wie starrsinnig er war und dass deshalb eine Anweisung wie die von Whitehouse, sich in Quarantäne zu begeben, automatisch zu einer Trotzreaktion geführt hatte. Robert Turk, hätte sie sagen können, konnte einfach keine Anweisung entgegennehmen, besonders dann nicht, wenn er wütend war.

Vielleicht war es nicht möglich, ein solches von Wut über ihren Schmerz erfülltes Telegramm über einen Kupferdraht zu leiten. Oder der Übersetzer hatte zur Vorsicht geraten; immerhin wusste er nichts von Turks Anteil an der Tragödie.

Oder vielleicht hatte dem Mann im Telegrafenamt die Person am anderen Ende der Leitung leid getan, und er hatte sich geweigert, solch glühenden Hass zu übermitteln. Wie auch immer es geschehen war, die schlichten Worte *Melde mit Bedauern, Zwillinge an Pocken verstorben* verfolgten ihn weiter, und er spürte, er musste jetzt allein sein oder er würde den Verstand verlieren.

Wieder drehte er sich zu dem Pokot um und hob die Winchester. Er zielte auf die Stelle zwischen Koroks dunklen Augen. Die Anspannung in dem kompakten kleinen Körper ließ nach, und so etwas wie Traurigkeit trat an die Stelle des Trotzes. Einen Augenblick zeigte sich der Pokot angesichts der Gefahr gleichgültig, dann drehte er sich, ohne mit der Wimper zu zucken, langsam um und ging davon.

Turk richtete das Gewehr weiterhin auf Koroks Rücken, bis dieser nicht mehr zu sehen war. Nicht weil er befürchtete, dass der Mann es sich anders überlegen und zurückkehren würde, sondern weil er den Ausdruck auf seinem Gesicht plötzlich erkannt hatte. In all den Jahren, in denen sie zusammen unterwegs gewesen waren, hatte er nie erlebt, dass sich auf dem runden, faltigen Gesicht Zuneigung abzeichnete. Und das verblüffte ihn.

Aber zumindest war er jetzt weg.

Turk seufzte erleichtert. Er war endlich allein.

Die langen, gebogenen Hörner, die über die gewaltigen Schultern hinwegragten, waren unmissverständlich. Turk hätte das Tier auch ohne die Hilfe des Monds erkannt. Sogar aus der Ferne hätte er es an seinem Geruch erkennen können – diesem schimmligen Duft nach Savannengras, der vom Wiederkäuen des Büffels kam.

Das große Tier war überrascht, aber nicht beunruhigt, als Turk aus dem Dunkeln trat. Es hob den Kopf, vielleicht amüsiert über diesen Menschen, und es erwartete wohl, dass der Zweibeiner bald seinen schrecklichen Fehler erkennen und sich erschrocken und eilig zurückziehen würde.
Aber Turk rührte sich nicht. Nun wandte der Büffel ihm seine volle Aufmerksamkeit zu. Das Wiederkäuen hörte auf. Das Tier hob den riesigen Kopf, und feuchte schwarze Nüstern nahmen witternd den Geruch des Störenfrieds auf. Der Büffel grunzte warnend.
Turk biss trotzig die Zähne zusammen und ließ das Gewehr durch die Finger gleiten, bis der Kolben auf dem feuchten, weichen Gras zu seinen Füßen auftraf. Der Lauf rutschte an seinem Bein entlang zu Boden und schlug mit einem dumpfen Geräusch auf. Er und der Büffel starrten einander an.
Der Büffel schüttelte den Kopf und machte ein lautes, flappendes Geräusch mit den Ohren. Er schnaubte, und der Mond fing einen silbrigen Speichelfaden ein, der auf den Boden tropfte. Das Geschöpf schien immer noch überrascht, dass ein so jämmerliches Wesen es wagte, unangemeldet auf seine Weide vorzudringen.
Turk wusste genau, wie dumm es war, das Tier auf diese Weise zu provozieren. Büffel waren mit Abstand die gefährlichsten Tiere in Afrika, die großen Katzen eingeschlossen. Und obwohl er zufällig auf ihn gestoßen war, verhinderte ein innerer Dämon, dass er Maßnahmen zu seiner Verteidigung ergriff. Man würde schon sehen, wer siegen würde – er oder der Büffel.
Das Tier gab ein weiteres tiefes, warnendes Grollen von sich, das direkt aus dieser breiten Brust kam.
Turk begann langsam auf den Büffel zuzugehen.

Der Büffel hob den Kopf, starrte an seiner Schnauze entlang den Eindringling an und kniff die Augen zusammen.
Turk ging weiter auf ihn zu.
Nun schien das Tier verärgert. Der Wulst über seinen Augen wirkte wie ein gewaltiges missbilligendes Stirnrunzeln. Es schwang die immensen Hörner in einem großen Bogen. Mit den Vorderhufen riss es Erdbrocken aus dem Boden.
Turk war nur noch fünf Schritte entfernt.
Dann war es kaum mehr als ein einziger Schritt.
Er spuckte den Büffel an, traf ihn ins Auge.
Der Büffel brüllte. Turk drosch seine Faust auf die dicken schwarzen Nüstern.
Das riesige Tier machte einen Schritt zurück. Es schnaubte schmerzerfüllt, drehte sich um und floh.

Im März 1901 begannen die Nandi mit ihren Angriffen. Sie waren hochgewachsen, gut aussehend und laut Turk ausgesprochen kriegerisch. Whitehouse hatte sie nicht in die Verhandlungen eingeschlossen, die er mit ihren Massai-Vettern geführt oder diesen, genauer gesagt, aufgezwungen hatte.
Preston konnte seine Buschroder nicht mehr ohne schwer bewaffnete Eskorte losschicken. Auch Vorräte und Material musste er von *Askaris* bewachen lassen, denn die Nandi stahlen alles, was man sich vorstellen konnte. Häufig mussten die Arbeiten eingestellt werden, bis Männer, Material und bewaffnete Wachen koordiniert waren.
Preston verlegte das Lager nach Fort Ternan, einem der ältesten Außenposten der Imperial British East Africa Company. Hier hoffte er, mehr Sicherheit zu finden, und hier überholten die Schienenleger auch die Telegrafenlinie. Turners Leute waren durch Malaria dezimiert. Das Fieber und die

Probleme mit den Nandi, die die Leitungen stahlen, verhinderten, dass er weiterkam. Als Prestons Leute die Schwellen verlegten, die die Gleise vor die Telegrafenlinie brachten, jubelten die Schienenleger begeistert.
Für die Nandi stellte das Eintreffen der Eisenbahn nur eine Möglichkeit dar, sich weiteres Metall zu beschaffen. Jede Nacht verschwanden ein paar Stück Schiene. So etwas konnte am Gleisende geschehen, aber auch anderswo. Preston setzte Inspektionsdraisinen, ebenfalls mit bewaffneten Eskorten, ein, damit die Strecke nicht unterbrochen wurde.
Aber Turners Verspätung mit der Telegrafenlinie stellte ein größeres Problem dar. Ohne Telegraf konnte Preston nichts über die Bewegungen der Züge erfahren, die Fracht oder Passagiere transportierten, und auch nichts über die Nachschubzüge, die sein Baumaterial brachten. Er brauchte eine Möglichkeit, dafür zu sorgen, dass sich niemals mehr als ein einziger Zug auf diesem nichtüberwachten Teil der Strecke befand, also richtete er ein System ein, bei dem ein Zug ein Ende des unregulierten Sektors nicht verlassen konnte, ohne den Schlüssel des zweiten Zugs erhalten zu haben. Er prüfte das System, bis er davon überzeugt war, denn er konnte die Katastrophe am Teesta nie vollkommen vergessen.
Als sie im Juni das flache Land erreichten, das zum See führte, riss der Himmel zu einem furchterregenden Schauspiel auf. Der Regen ergoss sich in Strömen auf das trockene, tote Gras. Wo immer es einen Graben oder eine Senke gab, waren sie bald mit Wasser gefüllt. Die unzähligen umherwandernden Tiere der Ebene tranken aus wassergefüllten Hufabdrücken und jeder anderen flachen Senke. Leere Wasserlöcher füllten sich. Bäche liefen über die trockene Erde und ergossenen einen Strom von Schlamm in Risse, Gräben und Flüs-

se, die nun tosten und rauschten, verstopft von Kadavern, abgebrochenen Ästen und sogar ausgewachsenen Bäumen. Das Gleisbaulager befand sich in Muhoroni, und seine Bewohner betrachteten ehrfürchtig den Regen. Nach Jahren der Trockenheit hatten sie angefangen zu glauben, dass dies der hier übliche Zustand war.

Florence rettete die Teppiche, indem sie sie auf Ronalds Schreibtisch zerrte. Draußen ertranken ihre Pfingstrosen in einem schwarzen Meer.

Der Regen störte auch die Bauarbeiten. Die zwanzig Meilen bis nach Muhoroni waren nichts, worauf Preston stolz gewesen wäre. Jeder Zug, der sich näherte, schwankte wie ein betrunkener Matrose. Schwarzer Schlamm spritzte unter den Schwellen hervor, als schösse eine Artillerietruppe Salut. Preston konnte nichts dagegen tun, dass der weiche, lehmige Boden von dem Dauerregen weggewaschen wurde. Es kam häufig zu Entgleisungen, manchmal zu mehreren an einem Tag.

Es gab Zeiten, an denen Preston kein Material zu seinen Leuten bringen konnten. Die dampfbetriebenen Traktoren, die vor einiger Zeit geliefert worden waren, um die Arbeit zu beschleunigen, waren nutzlos und versanken tief im Schlamm. Die tägliche Streckenleistung wurde immer geringer.

Aber es war ein Ende in Sicht. Weder Regen noch Schlamm noch die diebischen Nandi konnten die Männer abschrecken. Bei weniger als vierzig Meilen bis zum See nutzte Preston alles, um die Arbeiten weiter voranzubringen.

Mit dem morgendlichen Nachschubzug traf ein Schreiben vom Hauptsitz ein. Preston las es und kratzte sich am Kopf.

Er las es noch einmal, bevor er es zum Zelt brachte, um es seiner Frau zu zeigen.
»Glückwunsch, meine Liebe«, sagte er lächelnd. »Man will dich offenbar ehren.«
Florence las das Telegramm:

An den Gleisbauingenieur
(z. Hd. Mr. R. O Preston)
Betr. Benennung des Endbahnhofs am Viktoriasee
Hiermit teilen wir Ihnen mit, dass die Geschäftsführung der Uganda Railway Sie bittet, in Anerkennung zahlreicher Anlässe, bei denen sie dieser Gesellschaft ihre Unterstützung gewährte, freundlicherweise die Erlaubnis Ihrer Gattin einzuholen, die letzte Station der Strecke, den Endbahnhof am Viktoriasee, nach ihr zu benennen.
Sollte sie so freundlich sein zuzustimmen, ersuchen wir ebenfalls höflich um Ihrer beider Anwesenheit bei der offiziellen Eröffnungszeremonie und Taufe des Bahnhofs (Port Florence) zum gegebenen Zeitpunkt.
Ich möchte Sie bitten, diese Angelegenheit vertraulich zu behandeln, bis eine offizielle Ankündigung erfolgt.
G. Whitehouse
Chefingenieur

Florence wusste nicht so recht, was sie von dieser Ehre halten sollte. Zum einen war sie überzeugt, dass sie es nicht verdiente. Sie hatte zum Bau der Strecke nichts beigetragen. Der einzige Grund für ihre Anwesenheit bestand darin, dass ihr Mann für den Gleisbau verantwortlich war. Sie sagte Ronald, wenn überhaupt jemandem diese Ehre zuteil werden sollte, dann dem Gleisbauingenieur. Er lachte nur. Zweitens fand sie es irgendwie ironisch, dass ein Teil dieses Landes, an dem sie so wenig Interesse gezeigt hatte, ausgerechnet ihren Namen tragen sollte. Danach würde es beinahe illoyal wirken, wenn sie sich nicht hier niederließen.

In Muhoroni befand sich das Gleisbaulager nur noch vierunddreißig Meilen vom See entfernt. Die Entfernung bedrückte Florence. Warum dieser Meilenstein ihr mehr als jeder andere in den letzten Monaten, den letzten hundert Meilen, solches Unbehagen verursachte, war ihr selbst ein Rätsel. Vielleicht, weil vierunddreißig Meilen eine Entfernung war, die sie kannte. Es war die Entfernung vom Haus ihrer Eltern zu dem ihrer Verwandten in der nächsten Stadt. Im Einspänner ihres Vaters konnten sie sie an einem Morgen zurücklegen.

Aber sie hatte kein Bedürfnis, von Muhoroni zum Viktoriasee zu reisen. Den anderen schien es ähnlich zu gehen. Die letzten vierunddreißig Meilen waren das letzte Stück eines Puzzlespiels, das nicht falsch zusammengesetzt werden durfte. Die letzten Teile mussten an Ort und Stelle fallen wie der Schlussstein eines Torbogens und die gesamte 581-Meilen-Strecke zu einem unzerstörbaren Ganzen verbinden.

Wenn eine Reise von tausend Meilen mit einem einzelnen Schritt begann, wie der Philosoph sagte, dann endete sie auch mit einem. Jetzt, da dieser letzte Schritt nahe war, konnte Florence es wagen, sich die gesamte Chronik vor Augen zu rufen, angefangen von Mombasa bis zu dem Ort, an dem sie sich nun aufhielt. So etwas zu einem früheren Zeitpunkt zu tun hätte sie wahrscheinlich den Mut verlieren lassen. Sie begann die Reise als etwas zu betrachten, das sowohl in Zeit als auch in Entfernung gemessen werden konnte. In Muhoroni blickte sie auf eine Odyssee von fünf Jahren zurück.

Fünf Jahre. Die Eisenbahn hatte ihr gesamtes Leben als verheiratete Frau bestimmt. Sie erinnerte sich, wie naiv sie gewesen war, und auch an die gegenseitig missverstandenen Signale zwischen ihr und Ronald. Sie bedauerte die überhasteten Liebesakte ihrer frühen Monate und Jahre. Sie hatten kostbare Zeit verschwendet. Inzwischen waren sie besser aufeinander abgestimmt; das Leben im Zelt schien ihnen seine Einschränkungen nicht mehr unbedingt aufzuzwingen. Sie brauchte nicht mehr darüber nachzudenken, was dieser Tage in ihrem Leben fehlte. Vielleicht mit Ausnahme von Kindern.

Fünf Jahre lang hatte sie die Entstehung einer Eisenbahnlinie verfolgt, vielleicht sogar die einer Nation. Innerhalb von Wochen, höchstens von zwei oder drei Monaten, je nach Wetter, würde die Arbeit vollendet sein. Florence fragte sich, wie lange es dauern würde, bis auch ihre eigenen Bemühungen Früchte trugen.

Zwischen den einzelnen Arbeitsmannschaften und den größeren Nachschubstationen gab es Depots, die strategisch platziert waren, damit ein Trupp dem anderen nicht in den Weg geriet. Sharaf Din fuhr seine Draisine zwischen ihnen hin und her und überbrachte die vielen kleinen, aber wichtigen Materialien für die Unzahl von Arbeiten, die notwendig waren, um die Strecke über die letzten Meilen zu führen.

»Eine Besprechung im Lager in Muhoroni morgen Abend«, sagte er bei seiner Runde.

»Weshalb?«, fragten die Kulis. Es war schon tagsüber schwierig genug, sich auf dem schwarzen, schlammigen Boden zu bewegen. Bei Nacht konnte man in ein Wasserloch fallen.

»Es ist wichtig. Schickt einen Flüsterer.«

Die Kulis verließen sich bei der Verbreitung von Informatio-

nen auf Gerüchte und auf ein inoffizielles Netz so genannter Flüsterer. Jedes Lager von etwa fünfzig Männern wählte einen, dessen Aufgabe darin bestand, mit anderen Flüsterern Informationen auszutauschen. Sobald er gerufen wurde, war es die Pflicht des Flüsterers, an der Besprechung teilzunehmen und die Nachrichten an sein Lager weiterzugeben. Dieses Netz hatte sich als ausgesprochen wirkungsvoll erwiesen. Mitunter wussten die Kulis von neuen Bestimmungen aus dem Hauptsitz, noch bevor es ihre Vorgesetzten erfuhren.
Es gab dieser Tage viele Flüsterer. Die Gesellschaft ließ mehr als siebentausend Kulis westlich von Fort Ternan an dem letzten Angriff auf die Ebene arbeiten. Tausend von ihnen waren dafür zuständig, Schotter zu verteilen, der aus Fort Ternan gebracht wurde – so etwas war auf anderen Teilen der Strecke selten notwendig gewesen, nun aber unbedingt erforderlich, damit die Schienen nicht im Sumpf der Kavirondo-Ebene verschwanden. Andere Trupps waren mit Roden und Schienenlegen beschäftigt, um die Vorhersage des Chefingenieurs, die Strecke könne bis Weihnachten fertig gestellt werden, realistischer zu machen.
Die Flüsterer versammelten sich am nächsten Abend eine Stunde nach der Abenddämmerung am Ufer des rauschenden Nyando. Sharaf Din wartete, bis alle da waren. Das Grollen ihrer Gespräche erhob sich über das Geräusch des Regens auf dem Wasser – dem Wasser im Fluss und dem in den Pfützen von zweihundert Fußabdrücken.
»Sharaf Din!«, rief einer schließlich. »Fang endlich an. Warum sind wir hier?«
Sharaf sah sich um. Auf vielen Gesichtern stand die gleiche Frage. Ein anderer wollte wissen: »Was ist so wichtig, dass du uns an einem solchen Abend hierherrufst?«

Er trat auf den höchsten Punkt des Ufers, so dass alle ihn sehen konnten. Mit seinen alten Wolfaugen betrachtete er die Versammelten. Er kannte die meisten Flüsterer: Einige hatten diese Position seit der Taru inne, während andere Männer ersetzten, die gestorben oder aus Krankheitsgründen zurückgeschickt worden waren. Er war selbst ein Flüsterer und vertrat eines der Lager am Gleisende. Die anderen kannten ihn als nützliche Informationsquelle, was selbstverständlich mit seiner Position als Prestons Assistent zusammenhing. Er würde jedoch niemals etwas Vertrauliches verraten, dazu war seine Loyalität gegenüber Preston zu groß. Dennoch wurden seine Beiträge zum Kommunikationsnetzwerk hoch geschätzt. Ansonsten hätte er so etwas wie an diesem Abend nie gewagt.

Die Männer waren schlecht gelaunt. Sie hatten eilig gegessen und waren bis zu zehn Meilen im Regen unterwegs gewesen, um hier sein zu können. Er hätte sich einen besseren Tag für diese Besprechung gewünscht, aber ihm blieb nicht viel Zeit.

Als die leisen Gespräche verklangen und alle Blicke auf ihn gerichtet waren, begann er. »Ich danke euch, dass ihr gekommen seid. Die Nacht ist gegen uns, also will ich mich kurz fassen.« Er rollte die Ärmel seines *Kanzu* zurück. Es war eine Geste, die viele von ihnen kannten. Sie bedeutete, dass Sharaf Din etwas Wichtiges zu sagen hatte. »Wir nähern uns dem Ende dieser verfluchten Strecke.«

Ein Stöhnen erklang aus der Menge. »Mehr hast du nicht zu sagen, alter Mann?«, fragte jemand mit einem Lachen in der Stimme. Viele grinsten trotz ihrer schlechten Laune.

»Möge Er dafür gepriesen sein«, fügte Sharaf hinzu. Überall gab es nun zustimmendes Nicken. Diese Männer hatten unterschiedliche Götter, und um des Friedens willen wurde bei Treffen der Flüsterer kein Gott beim Namen genannt. Sharaf fuhr fort: »Aber ich möchte über Sahib Preston sprechen. Ihr kennt ihn. Ihr wisst, dass er ein harter Mann ist. Aber er ist nicht ungerecht. Wie viele von euch hatte er geschlagen? Keinen. Wie viele von euch hat er gegenüber anderen Sahibs verteidigt? Und wie oft ist er zu einem von uns freundlich gewesen? Ja, freundlich.« Wieder schob er die Ärmel hoch. »Also, fragt ihr euch, wieso habe ich euch hierher gerufen? Ich möchte euch bitten, etwas zu geben für ein Geschenk, das euch gegeben wurde.«

Nun sprach er eilig weiter, denn er bemerkte, wie die Männer Blicke wechselten. »Eine Meile am Tag. Wir haben alle gehört, wie der Sahib uns um diese Leistung anflehte, und stets vergeblich. Also bin ich hier, um euch zu bitten, das für den Sahib zu tun. Eine Meile am Tag.«

Die Männer explodierten. Empörte Stimmen erklangen. Fäuste wurden drohend gehoben. Jemand schrie: »Was bildest du dir ein, so etwas zu fordern? Bist du jetzt auch einer von den weißen Sahibs?« Ein anderer fügte hinzu: »Glaubst du, du kannst uns Befehle erteilen, weil du sein Assistent bist?«

Sharaf hob die Hände und bat darum, weitersprechen zu dürfen. Die Männer erlaubten es nicht. Er hob die Stimme, bis sie vor Anstrengung bebte. »Was ist mit dir, Heera Singh? Hat Sahib Preston nicht deine erbärmliche Haut gerettet, als er dich zum Lager trug, nachdem eine Hyäne dir zwei Finger abgebissen hatte? Und hat er dir nicht Sonderaufgaben gegeben, als du danach keinen Hammer mehr schwingen konntest? Und du, Purshotam Purmar – hat Sahib Preston sich nicht für dich eingesetzt, als Sahib Patterson dich auspeitschen lassen wollte?«

Die Stimmen verklangen, als er weitersprach. Er sah sich um, suchte nach einem anderen von der Liste jener, die Preston einen Gefallen schuldeten, konnte aber in dem schlechten Licht niemanden mehr erkennen. »Ich bitte euch nicht um euer Blut. Eine Meile am Tag. Das ist nur eine Kleinigkeit. Wir können es schaffen.«

Wieder begann das Gemurmel. Schließlich erklang eine Stimme aus dem Hintergrund. »Für dich ist das alles schön und gut, Sharaf Din. Du arbeitest nicht mit uns zusammen, kämpfst nicht gegen den Schlamm und vergeudest nicht vom Morgen bis zum Abend auch noch deine letzte Kraft.«

»Aber wir sind jetzt viele«, sagte Sharaf.

»Ja, wir sind viele.« Das war eine andere Stimme. »Und viele andere werden wir nie wiedersehen. Wer spricht für sie? Wo waren die Sahibs, als unsere Freunde gefressen wurden? Wie viele sind an Fieber, den Pocken, der Ruhr gestorben?«

Das zustimmende Gemurmel wurde lauter.

»Verschwinde, alter Mann! Du solltest dich schämen, mit der Zunge eines Engländers zu sprechen. Geh in dein Lager und rufe uns nicht wieder für solchen Unsinn zusammen.«

Sie stapften durch den knöcheltiefen Schlamm davon.

Turk musste sich Schritt um Schritt durch den schwarzen Schlamm zum Viktoriasee schleppen. Es war ein guter Schmerz, er betäubte seinen Geist, der seit dem Telegramm zu seinem Feind geworden war.

Es regnete nun seit neun Tagen; der Regen war so heftig, dass er sicher war, jedes Lebewesen auf der weiten Ebene von Kavirondo müsse in diesem lilaschwarzen Zeug versunken sein. Aber der Regen war auch gut; er brachte ihm die Einsamkeit, nach der er sich sehnte.

Gesellschaft war nie ein wichtiger Teil von Robert Turks Leben gewesen, aber in den letzten Monaten hatte er sie beinahe unerträglich gefunden.

Selbst der Pokot störte ihn. Turk hatte ihm den Vorfall an dem Abend, an dem das Telegramm eingetroffen war, nicht verziehen. Er hatte sich nach Einsamkeit gesehnt, und er hatte sein Gewehr einsetzen müssen, um den Pokot endlich zu verscheuchen. Aber Korok hatte sich zurückgeschlichen und dem Büffel einen Pfeil in den Schwanz geschossen, im gleichen Augenblick, als Turk ihm seinen besten Schlag versetzte. Er hätte ihn erschießen sollen!

Turk hatte nie Zeit damit verschwendet, über die Qualität seines Lebens nachzudenken. Ihm war entweder warm oder kalt, er war trocken oder nass, hatte Hunger oder war satt. Aber in den Monaten seit Sumitras Telegramm drängten sich ihm immer wieder Gefühle auf, die er nicht haben wollte. Er füllte seine Tage, indem er auf der Savanne jagte. In der Nacht suchte er in den berauschenden Tiefen seines Teebechers nach Antworten.

Ihre Briefe hatten dabei nicht geholfen. Der erste war im April gekommen, einen Monat nach dem Tod der Zwillinge, der zweite im vergangenen Monat. Er versuchte, zwischen den Zeilen des gequälten Englischs zu lesen. Sagte sie ihm, dass sie ihm verzieh? Wahrscheinlich täuschte sein Herz da nur seinen Kopf. Die Briefe waren wohl eher dazu gedacht, ihn zu quälen, nicht um ihn zu trösten.

Er konnte nicht nach Mombasa gehen. Er hatte Angst. Angst, dem Zorn und der Trauer seiner Sumitra gegenüberzustehen. Und weil er nicht ertragen konnte, dass jemand Zeuge dieser Feigheit wurde, waren seine einzigen Gefährten außer dem allgegenwärtigen Pokot die Zeit und der Whisky-Tee.

Vielleicht würde sie ihm irgendwann verzeihen. Bis dahin würde der Whisky-Tee den Teil von ihm betäuben, in dem die Erinnerungen lebten.
Turk führte eine kleine Nachschubkarawane zu den Vermessern an der Ugowe-Bucht am Viktoriasee. Dort sollte der Endbahnhof der Strecke gebaut werden, und der Hafen, in dem größere Schiffe anlegen konnten, um Waren aus Uganda und von anderen Orten am See zu bringen. Er hatte im Lager gehört, dass diese Waren für den Bau der Eisenbahn zahlen würden.
Turk war zum ersten Mal an der Ugowe-Bucht, die ihn bisher nicht beeindruckt hatte. Die letzten einundzwanzig Meilen waren die schlimmsten gewesen, und wahrscheinlich roch es selbst in der Trockenzeit hier brackig. Die dicken rauen Grasbüschel und anderen Sumpfgewächse machten das deutlich. Er war kein Eisenbahnmann, aber Preston würde Glück brauchen, wenn er seine Schienen durch diesen Morast verlegen wollte.
Seine Träger waren in einem miserablen Zustand, aber sie beschwerten sich nicht über den langen Marsch, den sie an diesem Tag zurücklegen mussten. Ebenso wie er wollten sie das steinige Ufer des Sees erreichen und den Schlamm hinter sich lassen, der das Leben aus ihnen heraussaugte.
Offenbar war mit der Farbe des Landes das Gleiche geschehen. Grauer Nebel verbarg einen Himmel, an dem schwere Regenwolken hingen. Das schüttere Laub an Bäumen und Büschen war matt und olivgrün. Graue Felsen säumten ihren Weg.
Durch den Nebel sah Turk, wie einer der Felsen zum Leben erwachte und von dem papyrusbewachsenen Ufer ins silbrig graue Wasser stieg. Das Flusspferd verschwand in

dem etwa zwanzig Meter vom Ufer entfernten dichten Nebel.
Die Männer jubelten nicht, als sie den See sahen, sondern stießen eher erleichterte Seufzer aus und gingen aufs Wasser zu. Turk winkte den ersten Träger zu sich. »Bashir! Pass auf, Mann. Ja, lass sie trinken. Aber wir brechen in fünfzehn Minuten wieder auf. Wir wollen vor Einbruch der Dunkelheit im Vermesserlager sein.« Bashir übersetzte das ins Swahili. Die Träger reagierten nicht, sie tranken nur weiter Wasser, das sie aus dem See geschöpft hatten, oder rieben sich den getrockneten Schlamm von den Beinen.
Turk rauchte seine Pfeife und betrachtete die Bucht. Sie unterschied sich nicht sonderlich von dem Seeufer im Norden, das er vor ein paar Jahren besucht hatte. Granitfelsen. Papyrus. Normalerweise war das Wetter nicht so schlecht, aber im Augenblick konnte er im Westen nur das Flusspferd sehen, das immer noch durch das seichte Wasser auf die nun weiter zurückweichende Nebelbank zustapfte.
Er versuchte sich vorzustellen, wie der Bahnhof diese Szenerie verändern würde. Gebäude, keuchende Lokomotiven, Lagerhäuser. Ein Hafen. Dampfschiffe.
Dann wäre ihm die Pfeife beinahe aus dem Mund gefallen. Er packte sie am Kopf und fuhr sich mit dem Stiel über die stoppelige Wange. Das Flusspferd hatte die inzwischen hundert Meter entfernte Nebelbank beinahe erreicht, schwamm aber immer noch nicht.
Turk steckte sich die Pfeife wieder in den Mund und fragte sich, ob Preston wohl wusste, dass er seine Eisenbahn auf einen Hafen zuführte, den man auf dem Wasserweg bestenfalls mit einem Kavirondo-Kanu erreichen konnte.

Kapitel 41

Meile 560

Der Regen und die schlechte Entwässerung machten das Gleisbaulager Kibigori zu einer Brutstätte für Krankheiten. Die Latrinen flossen über, und die Krankenhausbetten füllten sich mit sich windenden Ruhrpatienten. Moskitos breiteten sich explosionsartig aus, und Malariafieber raste durch das Lager wie die lange vergessenen Grasbrände der Trockenzeit.

Turks Karawane traf in stetigem Regen in Kibigori ein. Er schickte die Träger weg und reichte einem der Sanitäter die Krankenliste. Es war die übliche Mischung: Tropengeschwüre, ein Mann hatte eine Zehe an Turks Klinge verloren, weil eine Puffotter daran geknabbert hatte, und ein neuer Träger, den Turk für einen Drückeberger hielt, weil er sich über Bauchschmerzen beschwerte, sollte nach Ansicht des Karawanenmeisters einen oder zwei Tage im Krankenhaus verbringen, damit er sah, was echte Ruhr einem Mann antat.

Turk wandte sich schnell wieder ab, denn der Gestank im Krankenhauszelt war selbst für seinen abgehärteten Magen zu viel. Er eilte zur Messe auf der Suche nach Tee. Als er an Prestons Zelt vorbeikam, sah er den Ingenieur unter dem Vordach sitzen. Seine Frau schien sich um ihn zu sorgen. Er hörte sie sagen: »Liebster, du hast wieder Fieber. Du solltest in diesem Regen nicht unterwegs sein.«

»Ein bisschen Temperatur wird mich nicht aufhalten, Flo. Ich habe dort draußen siebentausend Männer über dreißig Meilen verstreut.«

»Sieh dir deine Hose an. Sie ist klatschnass! Komm jetzt –«

»Ah, Turk«, sagte Preston, als er den Karawanenmeister entdeckte, »kommen Sie aus dem Regen und erzählen Sie uns von Ihrer Safari.«

Er trat zu ihnen unter das Vordach. »Morgen«, murmelte er und tippte zum Gruß an den Hut.

»Also, wie war es?«, wiederholte Preston.

Turk sah ihn ausdruckslos an.

»Der See, um Himmels willen, Mann. Wie war der Viktoriasee?«

»Wie meinen Sie das?«

Preston seufzte gereizt.

Seine Frau schien sich verpflichtet zu fühlen, an seiner Stelle weiterzufragen. »Er meint, Mr. Turk, ob Sie uns etwas über den Viktoriasee erzählen können.« Ihr Lächeln war immer gleich. Sehr gesund und sehr englisch. »Es klingt so aufregend. Wir würden gerne mehr darüber wissen.«

»Nun ja …« Turk dachte über ihre Worte nach. »Hm.«

»Was ist mit dem Gelände? Wann kommen wir aus diesem verdammten Morast raus?«

»Nicht, bevor Sie in Sichtweite des Sees sind.«

»Verflucht!«

Florence tätschelte den Arm ihres Mannes. »Bitte, Mr. Turk! Es waren beinahe fünf Jahre, und keiner von uns hat diesen See gesehen.« Wieder bedachte sie ihn mit diesem Lächeln. Vielleicht konnte man es als »herzlich« beschreiben. »Wollen Sie uns nicht mit einigen Ihrer Impressionen verlocken?«

»Impressionen?«

»Ja, verraten Sie uns Ihren Eindruck. Wir haben gehört, dass es ein sehr großer und schöner See ist. Aber was sagen Sie dazu?«

»Na ja, ich konnte nicht viel sehen. Zu feucht. Neblig.« Es fiel ihm schwer, ihrem enttäuschten Blick zu begegnen. Verdammt, sie konnte einen Mann wirklich zum Reden bringen. »Aber als ich letztes Mal dort war«, fuhr er fort, »draußen auf der Berkeley-Bucht-Seite, nahe Nzoia … ja, er ist groß. Es gibt sogar fünfzehn Zentimeter oder so Gezeitenunterschied. Das Wasser ist bewegt, wie wenn auf der dem Land zugewandten Seite von Sansibar der *Kuzi* weht.« Er hielt abrupt inne, denn er hatte das Gefühl, geschnattert zu haben wie eine Marktfrau.

Sie lächelte. »Danke, Mr. Turk, das ist sehr interessant. Sie haben uns ein reizendes Bild gezeichnet.«

Turk brummte und klappte den Kragen hoch, weil er zum Messezelt weitergehen wollte.

Aber Preston sagte: »Berkeley-Bucht? Hatte unserer Freund Macdonald sie nicht für den ursprünglichen Hafen vorgeschlagen?«

Turk nickte. »Ich war sein Karawanenmeister.«

Preston zog die Brauen hoch. »Sie waren bei den ursprünglichen Vermessungen im Jahr 92 dabei? Das haben Sie mir nie erzählt.«

»Sie haben nicht gefragt.« Jetzt wurde er wirklich nervös. Zu viele Worte. Er brauchte Whisky-Tee.

»Wie ist es dort in der Berkeley-Bucht?«

»Tief.«

Preston lachte. »Tief! Welcher Teil des Sees ist das denn nicht?«

»Zum Beispiel Ugowe«, fauchte Turk, der sich ärgerte, wie ein Idiot dazustehen.

»Wie meinen Sie das?«

»Ugowe ist so seicht wie ein Kinderbad.«

»Was?«
»Sie haben es gehört. Ich sah, wie ein Flusspferd hundert Meter weit reinspazierte.«
Preston starrte ihn mit den roten Augen eines Mannes am Rande des Fiebers an. »Whitehouse! Dieser verdammte Narr!«

Es war Monate her, seit Preston zum letzten Mal im Bahnhof von Nairobi gewesen war. Es wirkte alles sehr geschäftig und wichtig, als Wagen, Karren und alle Arten von kleinen Transportmitteln sich drängten, um Waren aus Mombasa entgegenzunehmen oder Lieferungen dorthin zum Zug zu bringen.
Preston ging durch dieses Gewimmel zu Whitehouse' Büro, das sich im Gebäude des Eisenbahninstituts am Ostende des Bahnsteigs befand. Er stürmte vorbei an Reihen verblüffter indischer Büroangestellter und riss die Tür mit der Beschriftung *Mr. G. Whitehouse, Chefingenieur, Uganda Railway* auf.
Whitehouse hob den Blick von seinem Schreibtisch. In seinen Augen stand der Ausdruck von Überraschung.
Auf dem ganzen Weg von Kibigori hierher – 235 Meilen, zwei Tage und eine schlaflose Nacht – hatte Preston jede Einzelheit seiner Ansprache eingeübt. Aber als er nun vor Whitehouse' Schreibtisch stand, fehlten ihm plötzlich die Worte. Schweiß lief ihm in Strömen übers Gesicht, er war nicht sicher, ob vom Fieber oder von der Anstrengung. Schließlich stotterte er: »Verdammte Ugowe-Bucht!«
Whitehouse setzte die Brille ab, legte sie vorsichtig auf den Mahagonischreibtisch und blickte zu Preston auf. Er zog die hellen Brauen hoch, sagte aber kein Wort.

»In die verdammte Ugowe-Bucht kann kein einziger elender Dampfer einfahren!«
Das anhaltende Schweigen des Chefingenieurs machte ihn noch wütender.
»Hören Sie das, Mann? Diese verdammte Bucht ist zu verdammt seicht, als dass man dort auch nur eine Ratte ersäufen könnte! Sie haben uns eine Eisenbahnlinie über einen selbstmörderischen Steilabbruch und durch einen Sumpf bauen lassen, um lausige hundert Meilen zu sparen. Und Sie werden damit keinen Penny Profit machen können!«
»Setzen Sie sich, Preston.« Whitehouse wirkte gefasst. »Versuchen Sie, sich zu beruhigen.«
»Beruhigen! Das ist wirklich zu viel, Whitehouse. Zu viel. Seit Jahren treibe ich meine Männer wegen Ihrer verdammten Meile pro Tag an. Und wo landen wir schließlich? Sie und Ihr kostbares Budget und Ihre kostbaren Ziele! Woher werden Sie ohne Hafen Ihre Waren bekommen? Von einer Hand voll schmuddeliger Buren im Hochland? Ich kann einfach nicht glauben, dass Sie die Route geändert haben, ohne sich den Endpunkt näher anzusehen. Was für eine Art von Ingenieur sind Sie eigentlich?« Schweiß lief ihm über die Stirn. »Ich habe es Ihnen schon einmal gesagt, Whitehouse, Sie sind ein Narr! Und jetzt weiß ich, dass Sie ein inkompetenter Narr sind!«
Whitehouse schlug mit der flachen Hand auf den Schreibtisch. Die Vibration hallte in dem riesigen Raum wider. »Das reicht jetzt!« Er stand auf und starrte Preston wütend an, der seinerseits die Zähne zusammenbiss. »Was für eine Unverschämtheit, mich als inkompetent zu bezeichnen! Ich habe mehr Eisenbahnlinien gebaut, als Sie gute Anzüge gekauft haben. Ich habe Schienen in Mexiko, in Südafrika, über die

Anden und im Hindukusch verlegt. Ich habe Schluchten überbrückt, die ihre Anstrengungen am Mau-Steilabbruch aussehen lassen wie einen Spaziergang im Hyde Park.« Er richtete sich auf. »Wie können Sie behaupten, dass ich nicht weiß, was ich tue?«
»Warum wussten Sie dann nicht über die Ugowe-Bucht Bescheid?«, fauchte Preston.
»Selbstverständlich wusste ich es.«
»Was?«
»Blackett hat sich Ugowe angesehen, einen Monat bevor Sie den Kikuyu-Steilabbruch auch nur erreichten.«
Preston riss den Kopf hoch. »Hat Blackett sich also geirrt?«
»Sie sind wirklich ausgesprochen naiv, Mr. Preston.« Nun hatte Whitehouse ein überlegenes Lächeln aufgesetzt.
»Behaupten Sie etwa, dass Sie wussten, wie seicht die Ugowe-Bucht ist?«
»Selbstverständlich wusste ich das. Selbst hundert Meter vom Ufer entfernt weniger als ein Faden tief.«
Preston fuhr sich über die Stirn. »Also werden Sie mehr Mittel verlangen?« Whitehouse wusste doch sicher, wie teuer es sein würde, Ugowe zu vertiefen.
»Seien Sie doch nicht dumm, Preston.«
»Dann was?«
»Dann nichts«, antwortete Whitehouse. »Sie bauen die Strecke bis zum Victoria Nyanza und werden Ihren Vertrag erfüllen. Das sollte Ihre einzige Sorge sein.«
»Aber was ist mit der Eisenbahnkommission?«
»Das geht Sie nichts an. Aber wenn Sie es unbedingt wissen müssen, in London werden die Glocken läuten, wenn wir den See erreichen. Man wird uns bejubeln, und dann wird die Uganda Railway nichts Neues mehr sein. Eine Eisen-

bahnlinie zu bauen ist aufregend. Eine Aufgabe für Helden, für Leute wie Sie, Preston. Mutige Seelen, die ihr Leben für ihren Vertrag aufs Spiel setzen. Eine Eisenbahnlinie zu betreiben ist jedoch langweilig. Eisenbahnbetrieb ist eine Aufgabe für Verwalter und Finanzfachleute. Es wird niemanden mehr interessieren, ob die Logistik am Viktoriasee optimal ist oder nicht. Wir haben ja noch nicht einmal einen Tiefwasserhafen in Kilindini.«

»Aber am Ende wird jemand zahlen müssen.«

»Das ist ein zukünftiger Posten. Vertiefung oder eine Verbindung zur Berkeley-Bucht. Na und? Ich werde nicht mehr hier sein. Und Sie, Preston, sind lange vergessen. Noch mehr als das, es wird so sein, als hätte es Sie niemals gegeben.«

Preston schüttelte den Kopf. »Sie verblüffen mich, Whitehouse. Und ich dachte, Ihr Herz gehöre der Eisenbahngesellschaft. Sie sind nicht besser als die Männer in der Kommission, wenn sie mit dieser Strecke ihre politischen Spielchen spielen.«

»Wie ich schon sagte, Preston … ausgesprochen naiv. Deshalb werden Sie auch nie eine wirklich leitende Position erreichen. Sie haben nicht den Kopf dafür.«

»Und nicht das Herz«, sagte Preston und fuhr sich mit der Hand über die Augen.

»Im Gegenteil. Sie haben zu viel davon. Ihr Herz ist zu weich. Das ist bei der Eisenbahnverwaltung nicht hilfreich. Budgets, Politik – darum geht es, wenn man eine Eisenbahnlinie betreiben will. Nicht nur um die Fähigkeit, störrische Kulis dazu zu bringen, Nägel in Schwellen zu hämmern.«

Preston fühlte sich plötzlich schwach. Sein Zorn war versickert, das Fieber schwebte in heißen Wolken hinter seinen Augen. An die Stelle seiner Entschlossenheit war Leere getreten. Whitehouse' Kritik hallte in ihm nach. Wenn er ehrlich mit sich war, musste er zugeben, dass er tatsächlich ein wenig idealistisch war, aber Whitehouse' gnadenlose Beschreibung seiner selbst traf ihn dennoch heftig. Sie hatte den Klang einer Prophezeiung.

Whitehouse schob einen Stapel Papiere ordentlich zusammen und setzte sich wieder an den Schreibtisch. »Wenn Sie mich jetzt bitte entschuldigen würden.«

Preston verließ auf unsicheren Beinen das Büro und ließ die Tür angelehnt. Er ging an den Schreibern entlang. Einer oder zwei warfen ihm unter grünen Augenschirmen einen Blick zu. Er stieß gegen einen Schreibtisch, und eine Teetasse klirrte auf der Untertasse.

Draußen stach ihn das Tageslicht von Nairobi in die Augen wie ein Spritzer Lauge.

Whitehouse ging zu seiner Bürotür. »Sehen Sie zu, dass die Leute wieder an die Arbeit gehen, Omar«, sagte er zu seinem Bürovorsteher und schloss die Tür.

Wieder an seinem Schreibtisch, öffnete er die oberste Schublade und holte eine Akte heraus, auf der »R. O. Preston« stand. Er öffnete den goldenen Füllfederhalter und nahm ein Blatt Uganda-Railway-Briefpapier von dem Stapel neben seinem Schreibtischset. Er dachte einen Moment nach, dann machte er in seiner ordentlichen Handschrift ein paar Notizen.

Falls Preston sich je in Nairobi niederließ, wie es offenbar seine Absicht war, würde der Inhalt seiner Personalakte dafür sorgen, dass er niemals eine Stellung bei der Regierung erhielt. Das geschah ihm recht, dachte Whitehouse. Männer wie Preston waren unersetzlich, wenn es darum ging, Eisenbahnen in Afrika zu bauen, aber in der Verwaltung hatten sie nichts zu suchen. Seine Vertrautheit mit der Unterklasse, den Arbeitern, war unangemessen, und seine Respektlosigkeit gegenüber Autoritäten in einer solch abgelegenen Ecke des Weltreichs ungesund. Also sollte man ihn nicht auch noch ermutigen, Teil der aufstrebenden neuen Kolonie von Britisch-Ostafrika zu werden.

Whitehouse schlug auf die Klingel auf seinem Schreibtisch. Sein Bürovorsteher Omar Din erschien in der Tür.

»Sir?«

Whitehouse reichte ihm die Akte. »Schicken Sie das zur Aufbewahrung ins zentrale Regierungsarchiv.«

Kapitel 42

Meile 560

Preston kehrte mit heftigem Malariafieber nach Kibigori zurück. Er sah Shutts Gesicht in seinen Träumen auftauchen und murmelte: *Ich brauche einen Arzt. Einen Arzt.* Später erblickte er das sommersprossige Gesicht wieder, diesmal zur Karikatur verzerrt. Das rote Haar ging in Flammen auf, und der Lokführer schrie vor Schmerzen. Preston erwachte erschrocken. Die Dampfpfeife schrillte.

Das rhythmische Klacken der Weichen wurde zu einer unwiderstehlichen Präsenz. Er begann zu zählen und schloss aus geringen Veränderungen der Geräusche, um welchen Weichentyp es sich handelte, und aus ihrer Anzahl, wo er sich befand. Er hatte die Baupläne vollständig im Kopf. Er ging die Strecke Stück für Stück durch, bis ihm klar wurde, dass er sich auf die Teesta-Strecke bezog, nicht auf die Uganda Railway.

Dann sprang die Schwellenkonfiguration kurz vor der Teesta-Schlucht aus dem metallischen Trommelwirbel, der ihm durch den Kopf zuckte. Diese Klangsignatur war tief in seinem Hirn eingraviert. Auf magische Weise war er zu seiner indischen Eisenbahn-Nemesis zurückgeführt worden. Er setzte sich auf und schrie: »Bremsen, verdammt noch mal, Shutt! Bremsen!« Entsetzt sackte er wieder zurück, biss die Zähne zusammen und wartete. Er erwartete das Kreischen von Metall, den Protest der verzogenen Achse, den Ruck, wenn der Waggon von den Schienen sprang, die Stille des Sturzes. Die Angst dauerte Minuten. Er klammerte sich an

die Bettkante, bis seine Finger schmerzten. Aber das rauschende Flussbett kam nicht näher.
Dann ergab er sich der Erschöpfung und verlor das Bewusstsein. Drei Tage lang kämpfte er sich immer wieder aus den Tiefen des Fiebers in das grüne Licht seines mit Zelttuch umhüllten Krankenzimmers. Florence war da, wusch und beruhigte ihn. Manchmal erschien das Gesicht des alten weißen Wolfs, Sharaf Dins, mit besorgt gerunzelter Stirn. Zu anderen Zeiten nahm er einen säuerlichen Schweißgeruch und Whiskyatem wahr, und als er erwachte, sah er Turks verwüstete Züge über sich. Das verfilzte Haar des Karawanenmeisters schwang hin und her wie die Lianenranken im Urwald der Aberdares.
Die heißen Kohlen in seinem Kopf erloschen schließlich, er erhob sich langsam aus dem Fegefeuer und bemerkte seine Frau, die mit ihrer Näharbeit an seinem Bett saß. Ein kühles, weiches Tuch lag auf seiner Stirn. Es gab kein Eisenbahnrattern, nur das vertraute Geräusch von Regen auf dem Zeltdach. Er ließ sich wieder zurücksinken und versuchte, sich zu erinnern, wo er war. Er wusste, es musste das Gleisbaulager sein. Aber wo befand sich das Gleisende? Wie weit waren sie gekommen? Er erinnerte sich an frühere Lager in Nakuru, Njoro, Molo, oben auf dem Mau-Steilhang – die Namen rollten in einer auswendig gelernten Reihe aus seinem Mund wie bei einem Kind, das Multiplikationen lernt. Dann gab es Londiani und Fort Ternan, wo zweitausend Männer mit Schaufeln den Schotter in den stinkenden Schlamm der Kavirondo-Ebene schaufelten. Und dann … und dann … Er hatte die Station zwischen Kibigori und Fort Ternan vergessen …
Er schlief wieder ein, erwachte aber kurz darauf und flüsterte

das Wort: Muhoroni, die Station vor dem Gleisbaulager. Das war wichtig. Er versuchte sich zu erinnern, weshalb. Es war wichtig … weil … weil er in Muhoroni etwas tun musste, was er an keinem andern Ort hatte tun müssen.
Dann erinnerte er sich. Die Nandi und das Wetter hatten sich verschworen, und die Folge war, dass es keine Telegrafenlinie gab und er seine beiden Nachschubzüge auf den siebzehn Meilen zwischen Muhoroni und dem Gleisende nicht koordinieren konnte. Aber das war in Ordnung, weil sein System einen Zusammenstoß verhindern würde.
Der Morgenzug aus Muhoroni würde zum Gleisende fahren und abgeladen werden. Dort würde er auf die Ankunft des zweiten Zugs warten, der für gewöhnlich am Nachmittag kam. Es war dem Führer des Morgenzugs verboten, nach Muhoroni zurückzukehren, ehe er nicht im Besitz eines hölzernen Schlüssels war, der mit dem Nachmittagszug geschickt wurde. Der Schlüssel garantierte exklusiven Zugang zu den Schienen.
Preston war zufrieden mit seinem Schlüsselsystem. Es war einfach und untadelig. Er fiel wieder in unruhigen Schlaf.
Als er aufwachte, hatte er großen Durst. Zeit war vergangen, vielleicht Stunden. Er versuchte zu sprechen, konnte aber nur krächzen. Florence hörte ihn und kam sofort zu seiner Seite des großen Betts.
»Liebling«, sagte sie und hob das feuchte Tuch, um ihm die Wangen abzutupfen, »geht es dir besser?«
Er schluckte erneut. Seine trockenen Lippen rissen, als er zu lächeln versuchte.
»Wasser?«, fragte sie und hielt ihm die kleine Flasche an den Mund. Er trank zu viel und verschluckte sich. Sie half ihm, sich vorzubeugen, damit er husten konnte.

»Danke … danke.« Seine Lippen waren feucht von Speichel. Sie wischte sie ab.

»Du hast vorhin geschrien. Ein Albtraum. Etwas über Teesta.«

Er verzog das Gesicht, als er sich an seinen Traum erinnerte.

»Wer war Teesta, Ronald? Du hast mich neugierig gemacht.« Sie lächelte, neckte ihn. »Vielleicht auch ein bisschen eifersüchtig.«

Er versuchte zu antworten, aber die Müdigkeit überwältigte ihn, und er sank wieder in tiefen Schlaf, in dem sich sein Schlüsselsystem und die Weichen vor der Teesta-Schlucht in Indien vermischten und durcheinandergerieten.

Am Morgen des dritten Tags hatten der Regen und sein Fieber nachgelassen. Er beschwichtigte die besorgte Florence mit dem Versprechen, bald zurückzukommen, und eilte zum Gleisende. Sharaf half ihm auf die Draisine und hätte ihn beinahe auf seinen Platz getragen.

»Dass Sie wieder auf Ihrem Platz sitzen, macht diesen alten Mann sehr glücklich.«

»Nicht so glücklich, als wenn ich den anderen Pumpengriff bedienen würde, du alter Faulpelz.«

Sharaf lachte. »Oje, der Gleisbauingenieur fühlt sich offenbar besser.« Er brachte ihn die drei Meilen zu der Stelle, wo Billy Nesbitt das Schienenlegen überwachte.

Als Preston abstieg, fühlten sich seine Beine an, als könnte er sie nicht beherrschen. Billy kam ihm entgegen. »Ronnie, was, zum Teufel, machst du hier?«

»Eine Überraschungsinspektion«, sagte er und schüttelte Nesbitt die Hand, »um mich zu überzeugen, dass du dich nicht vor der Arbeit drückst, während ich krank bin.« Preston bemerkte, dass die Schienen mit dem gleichen unaufhaltsamen Rhythmus ausgelegt wurden: heben, tragen, ablegen und hämmern.

»Mich drücken! Mann! Ich stecke bis zum Arsch im Schlamm. Es ist schlimm genug, darin herumlaufen zu müssen, vom Arbeiten nicht zu reden. Aber was sagst du zu meinen Neuigkeiten?«

»Neuigkeiten? Welche Neuigkeiten?«

»Meine Maggie kommt! Wenn wir mit diesen neunzehn Meilen fertig sind, wird sie schon in Nairobi sein.«

»Achtzehn«, verbesserte Preston instinktiv, dann wurde ihm klar, was Nesbitt gesagt hatte. »Sie kommt hierher?«

»Ja!«

»Aus Schottland?«

»Hat P. es dir nicht erzählt?«

»Wer weiß? Ich war die letzten zwei Tage nicht ganz anwesend.«

»Drei«, verbesserte Nesbitt.

»Stimmt.« Preston nickte bedauernd. Er legte Nesbitt die Hand auf die Schulter. »Billy, das sind wirklich gute Nachrichten. Ich freue mich darauf, sie kennen zu lernen.«

»Es wird wunderbar werden. Sobald wir am See fertig sind, fahre ich zu ihr nach Mombasa.«

»Bedeutet das, ihr wollt euch hier niederlassen?«

»Ja, wir werden es versuchen. Ich denke, es gibt in Nairobi genug Arbeit für einen Zimmermann. Hast du es gesehen, Ronnie? Es wächst wie wild.« Er grinste wie ein Schuljunge. »Und was ist mit euch? Es gibt hier doch sicher Arbeit für einen gebildeten Mann wie dich. Habt ihr beiden schon überlegt, was ihr machen werdet?«

Preston bekam ein schlechtes Gewissen. Er hatte versucht, dieses Thema Florence gegenüber anzusprechen, aber diese Gespräche dauerten für gewöhnlich nicht lange, bevor sie anfing, erschrocken dreinzuschauen. »Noch nicht.«
»Nun, ich will mich nicht einmischen, aber sie redet immer darüber, nach England zurückzukehren. Du solltest dich lieber beeilen. Wir sind mit dieser Eisenbahn beinahe fertig. Vielleicht schon zu Weihnachten.«
Preston war nicht in der Verfassung, mit Florence darüber zu sprechen, sich in Britisch-Ostafrika niederzulassen. Ihm wurde schon schwindlig, wenn er nur daran dachte. Er schob den Gedanken weg und kehrte zur Draisine zurück. »Sogar früher, wenn es nach mir geht«, sagte er über die Schulter. »Ich werde morgen früh wieder hier sein, um dafür zu sorgen.«

Als Preston zum Lager zurückkehrte, hörte er, dass der morgendliche Nachschubzug aus Muhoroni noch nicht eingetroffen war. Ein Reiter meldete, dass die Nandi wieder einmal zugeschlagen hatten. Diesmal hatten die Krieger gleich an mehreren Teilen der Strecke jenseits von Fort Ternan einen Teil der Schienen gestohlen. Preston schickte Sharaf zurück zu Nesbitt mit der Anweisung, mit genügend Flachwagen für fünfhundert Männer nach Fort Ternan zu fahren, um die zerstörten Gleise zu reparieren.
Er war klatschnass, als er sein Zelt erreichte. Florence war besorgt und schimpfte mit ihm, weil er so unvorsichtig gewesen war, sein Regencape nicht mitzunehmen. Er ergab sich demütig ihrer Pflege und gestattete ihr, ihm beim Ablegen der nassen Kleidung zu helfen. »Ich bin nur ein bisschen müde, Flo. Mach dir keine Gedanken.«

Aber am Abend war er wieder schweißgebadet und fiel mit dem Gewicht eiserner Schienen auf seinen Schultern aufs Bett.

Das Geräusch einer Dampfpfeife riss ihn aus dem Schlaf. Einen Augenblick wusste er nicht, ob er geträumt hatte. Er hatte eine vage Ahnung der Tageszeit. Es würde der Morgenzug nach Muhoroni sein, der ihn geweckt hatte. Er würde Billy nach Fort Ternan bringen. Dann geriet er durcheinander. Nein, es musste der Abendzug sein. Der Morgenzug war nicht eingetroffen, weil Schienen entfernt worden waren.

Das Problem aus seinen früheren Fieberträumen um Muhoroni und das Schlüsselsystem beschäftigte ihn immer noch. Er versuchte herauszufinden, wie das System unter diesen Umständen funktionieren würde, aber sein fiebriger Kopf kam nicht damit zurecht.

Shutt öffnete langsam das Ventil und ließ die F-Klasse durch den Nachtregen brausen. Er hatte in diesen letzten Tagen wenig geschlafen, denn er hatte für einen anderen Lokführer einspringen müssen, der die Ruhr hatte, aber als Billy Nesbitt von dem Notfall berichtet und gesagt hatte, er brauche einen Zug, um seine Männer in Fort Ternan zu sammeln, hatte Shutt sich nicht weigern können.

Er hatte noch mehr Passagiere an Bord genommen, bevor sie das Gleisbaulager verließen. Bryan Turner erklärte, er werde sich Billy anschließen, »um ein bisschen frische Luft zu schnappen«. Und Sharaf Din hatte gesehen, dass Preston wieder im Bett lag, und nutzte die Gelegenheit, der stinkenden Luft des Sumpfs zu entgehen. Auf dem Weg zum Zug stießen sie auf Turk, der etwas davon murmelte, dass jemand

sie vor den Nandi beschützen müsse, und die Winchester aus dem Zelt holte.
So schnell durch Regen und Dunkelheit zu rasen entsprach nicht unbedingt Shutts Vorstellung von sicherer Fahrweise. Tatsächlich war es in diesem Fall jedoch sicherer, als sich zu langsam zu bewegen. Der Boden auf der Ebene war so weich, dass ein voll beladener Zug sinken und sogar von den Schienen kippen konnte. Wenn man schnell genug fuhr, hielt die weiche Erde besser, und obwohl der Zug wackelte wie eine Badewanne auf hoher See, hatte er größere Chancen durchzukommen.
Shutt ließ die Pfeife schrillen. Der Fahrtwind brachte die Spitze seiner Zigarre zum Glühen und blies die schlechte Sumpfluft von ihm weg. Er liebte seinen Beruf.

Turk spürte die Regentropfen in seinem Gesicht. Hinter ihm schickten die riesigen Kolben ihre vertraute rhythmische Kraft durch seinen Körper. Die Lampe über ihm warf einen gelben Lichtstrahl durch den Regen und verlieh den parallelen Schienen einen goldenen Schimmer, bevor sie etwa fünfzig Meter weiter im Dunkeln verschwanden.
Der tosende Wind, das Rattern der Räder und das durchdringende Geräusch der Dampfpfeife betäubten sein Hirn. Er schloss die Augen und stellte sich vor, zu einer anderen Welt zu fliegen, wo er von vorn anfangen konnte, diesmal ohne den Makel seiner unaussprechlichen Sünde.
Er wusste, dass das Leben weitergehen musste. Er hatte Stunden und Tage über Sumitras Briefen gebrütet und war nach Mombasa gegangen, unsicher, was er tun sollte. Sein einziger Antrieb war das Gefühl, dass sie ihn vielleicht brauchte, um ihre Trauer zu begraben.

Er versteckte sich tagelang in der Nähe des Hauses, sah ihre schwarz gekleidete Gestalt kommen und gehen. Er folgte ihr zu dem Friedhof hinter der portugiesischen Missionskirche, sah, wie sie auf die Knie sank und eine Stunde weinte. Er sehnte sich danach, zu ihr zu eilen und sie von diesem Ort wegzuholen, wo zwei winzige Särge begraben waren. Es brach ihm das Herz, sie leiden zu sehen. Aber er hatte Angst.

Er konnte nicht an ihre Tür klopfen. Wie würde sie ihn empfangen? Wenn sie sich mit Hass und Vorwürfen in ihren grünen Augen gegen ihn wendete, würde ihn das vernichten.

Stattdessen stieg er in die Rabai-Hügel, wo er und der Pokot drei Tage jagten, bevor sie zum Gleisende zurückkehrten.

Shutt bediente die Dampfpfeife noch einmal. Früher einmal hatte Turk geglaubt, dass es einen Grund für dieses Pfeifen gab, aber nun wusste er, dass Shutt es einfach tat, weil es ihm gefiel. Er hörte ein anderes Geräusch, ein leises Pochen in der Ferne. Es war so unklar, dass es auch der Wind hätte sein können. Er drehte den Kopf, aber das Rauschen von Luft und Regen machte es unmöglich, etwas zu hören. Er legte die Hand an beide Ohren. Es schien aus dem Regen zu kommen – vielleicht ein Echo von einem unsichtbaren Hügelausläufer.

Er hörte es erneut und stellte sich vor, dass Shutts Pfeife von den Hügeln widerhallte, aber das war dumm. Sie befanden sich auf der Kavirondo-Ebene, im Sumpfland. Die Nandi-Hügel lagen vierzig Meilen entfernt. Er strengte sich an, in die nasse Dunkelheit zu starren, die auf ihn zuraste, aber sein Blick war von Tränen und Regen verschleiert.

Plötzlich erschien ein gelber Punkt vor ihnen, ein paar Grad nach links. Es hätte ein Lagerfeuer sein können. Turk spürte

eine Veränderung der Zentrifugalkraft, als die Lok die lang gezogene Biegung erreichte, die sie auf das Licht zuführte. Der Punkt tauchte erneut auf. Direkt vor ihm.
»Shutt! Shutt!«, schrie Turk über die Schulter zum Führerhaus. Das gelbe Licht wurde heller. »Shutt! Du rothaariger Klotzkopf!« Aber der Wind riss ihm die Worte vom Mund und warf sie in das Tosen der Maschine.
Turk warf noch einen Blick in den Regen, um seine Befürchtungen zu bestätigen: Das kleine Licht war ein wenig größer geworden. Er stieg auf den schmalen Flansch, der an der Seite des Langkessels entlanglief. Er konnte kaum Halt finden, so glatt war alles vom Regen.
»Shutt! Nesbitt! Ihr verdammten Idioten! Passt auf!«
Das gelbe Licht war von seiner Position auf halbem Weg zur Kabine deutlich zu sehen.
»Sharaf! Sharaf!«
Der graue Bart erschien in der Kabinentür. Turk fuchtelte mit dem Arm. Der alte Mann winkte zurück. Turk deutete über seine Schulter. »Da, du Idiot! Ein Zug! Ein Zug vor uns!« Auf dem alten Gesicht zeichnete sich eine Spur von Begreifen ab. Turner oder Nesbitt – er konnte es nicht genau erkennen – trat zu Din in die Tür. Turk schwang den Arm.
»Raus mit euch! Raus!«
Er verlor den Halt und fiel, stürzte in den Schlamm und rollte weiter. Das Letzte, was er sah, waren weiß glühende Funken, die von den Gleisen sprühten, als Shutt bremste. Das Kreischen metallener Räder fand ein Ende in dem Übelkeit erregenden Knirschen von Eisen auf Eisen. Ein Feuerball stieg in die Luft. Waggons bäumten sich auf, drehten sich und schleuderten Menschen in den Regen.

Kapitel 43

Meile 570

Preston schreckte aus dem Schlaf.

Florence, erschrocken über die plötzliche Bewegung, streckte die Hand nach ihm aus. »Was ist denn?«

»Hast du das gehört?« Er drehte den Kopf, versuchte, Antworten an den geheimen dunklen Orten zu finden, die das Lampenlicht nicht erreichte. »Hast du dieses Geräusch gehört?«

»Was für ein Geräusch, Ronald?«

Es war nur das gedämpfte Trommeln des nicht enden wollenden Regens zu hören, und in einer Zeltecke fielen Tropfen durch ein Loch im Zelttuch in eine Blechschale.

»Tut mir leid, Liebes, etwas hat mich geweckt.«

»Was ist mit dem Fieber?«, flüsterte sie.

»Es ist ein bisschen gesunken, glaube ich.«

»Gut. Schlaf weiter. Dein Körper braucht Ruhe.«

Aber er war unruhig, und es dauerte eine Weile, bis er wieder einschlief. Wieder hatte er einen Albtraum. Turk rief nach ihm. Er versuchte, die Stimme zu ignorieren.

»Preston! Wachen Sie auf, Mann.«

Florence tätschelte seine Schulter. »Ronald, ich glaube, Mr. Turk ist draußen.«

»Sind Sie da, Preston?«

»Was? Turk … einen Moment.«

Er fiel aus dem Bett und taumelte in der Unterwäsche zur Tür. »Was, zum Teufel, ist los, dass Sie einen Mann mitten in –«

»Ein Zusammenstoß.«
Preston wusste sofort, dass es etwas Ernstes war. Er erinnerte sich, Nesbitt früher am Abend nach Fort Ternan geschickt zu haben. »Billy? Und Shutt?«
»Ja. Und Turner und Din. Ich weiß nicht, wo sie sind.«
»Was soll das heißen, Sie wissen nicht, wo sie sind? Wo war die Entgleisung?«
»Keine Entgleisung. Ein Zusammenstoß.«
Florence brachte eine Lampe zur Zeltklappe.
Preston starrte Turk an. Das Gesicht des Karawanenmeisters war gelblich und geisterhaft, sein Haar mit Schlamm und Blut verklebt. Ein Riss über einem Auge hatte schon begonnen zuzuschwellen. Preston brauchte einen Moment, um zu begreifen, was er gehört hatte. »Ein Zusammenstoß?«
»Ich habe nach ihnen gesucht, aber … überall Waggons.«
Preston fühlte sich, als wäre er in einen seiner Malaria-Albträume zurückgesunken. Aber Turk war echt. Er sah Florence an, die vor Angst blass geworden war. »Flo, geh zu Orman und Willem. Sag ihnen, sie sollen einen Fahrer finden und uns mit der Rangierlok folgen.« Dann wieder an Turk gewandt: »Können Sie mit einer Draisine umgehen?«
Turk nickte.
»Gehen wir.«

Preston versuchte, Turk zum Reden zu bringen, als sie die Draisine in den Sonnenaufgang fuhren, aber er reagierte nicht. »Sie werden schon sehen«, war alles, was er sagte.
Es hätte genügen sollen, um Preston vorzubereiten, aber was er bei Meile 553 sah, hatte zur Folge, dass ihm übel wurde.
Als die Lokomotiven zusammenstießen, hatte der Schub der Waggons sie grotesk verbogen. Die Loks schienen auf-

einandergeprallt und verendet zu sein. Eine Dampfspirale, die ins Morgenlicht aufstieg, kündete von ihren gebrochenen Seelen.

Shutts F-Klasse stand aufrecht, aber alle Waggons waren umgekippt und lagen auf den Seiten, nur einer stand noch auf dem schmalen Ende – ein Denkmal der Katastrophe.

Aus dem Tender an Shutts Lok war der Brennstoff in den Führerstand gerutscht. Preston holte tief Luft. Er nahm an, dass seine Freunde vorn bei Shutt gewesen waren. Wenn nichts sie vor dem Zusammenstoß gewarnt hatte, würden sie unter den Trümmern und dem Holz begraben sein.

Der Lokführer des anderen Zugs, von seinem Sprung von der Lok mit Schlamm bedeckt, aber ansonsten unverletzt, wandte sich von Shutts Lok ab, als Turk und Preston näher kamen. »Jemand ist im Führerstand«, rief er. »Ich habe ihn vor einer Weile gehört. Aber ich kann ihn nicht erreichen. Er steckt unter den Stämmen fest.«

Die drei Männer begannen den Holzhaufen abzuräumen, der die Kabine füllte. Ein Teil des Verschlussbretts des Tenders hatte eine Barriere gegen den schweren Brennstoffhaufen gebildet. Darunter fanden Sie Billy Nesbitt. Preston dachte, dass er nicht allzu schlimm aussah. Er hatte ein paar blutende Risse an Hals und Schultern, schien aber ansonsten in Ordnung zu sein.

»Billy!«, sagte Preston und streckte die Hand durch die gesplitterten Trümmer nach der des Zimmermanns aus.

Nesbitt öffnete die Augen. Sie waren trüb.

»Billy, wir sind hier. Wir holen dich sofort raus.«

Nesbitt lächelte. »Ach, Ronnie …«

»Schon gut, Billy, du wirst gleich frei sein.« Er drückte ihm die Hand.

Turk hatte die Last weiter von dem Abschlussbrett weggeräumt. Als er begann, es hochzuheben, schnappte Billy nach Luft und packte Prestons Hand.
»Wir werden dich jetzt befreien, Billy. Wir holen dich sofort raus. Wie geht es dir, mein Junge?«
»Ich bin nicht sicher, Ronnie.« Er blinzelte angestrengt. Er schien sich nicht konzentrieren zu können. »Ein bisschen taub. Oh, aber bevor ihr gekommen seid ... im Dunkeln ... das war schrecklich.«
Preston bemerkte, wie Turk leicht mit dem Kinn auf Nesbitts Mitte wies. Eine schwarze Masse hatte das Hemd durchtränkt. Dann sah er die Blutlache unter dem jungen Schotten.
»O Billy ...« Das rutschte ihm heraus, bevor er sich bremsen konnte. »Warte ... die Draisine ist unterwegs. Ich werde dich wieder ins Lager bringen, und dann ...«
Preston begann ihn hochzuheben, aber der junge Schotte stieß einen lauten Schmerzensschrei aus. Er hustete, und Blut lief ihm aus dem Mund.
»Tut mir leid ... tut mir leid, Billy.« Preston biss sich fest auf die Lippe. Er konnte nicht klar denken. Wie hatte das passieren können? Er war so vorsichtig gewesen! Ein Zusammenstoß war unmöglich. Und wie sollte er Billy retten, wenn er ihn nicht bewegen konnte? Er sah Turk Hilfe suchend an. Die Miene des Karawanenmeisters war finster. Er schüttelte den Kopf.
Preston wollte sich nicht geschlagen geben.
»Billy«, sagte er, »bleib ganz still liegen. Ich hole dich hier raus, mein Junge. Das verspreche ich dir hoch und heilig. Du kannst dich auf mich verlassen.«
»Das weiß ich. Ich mache mir keine Sorgen.«

»Gut, Billy.« Er sah dem jungen Mann in die Augen und versuchte, selbstsicher zu wirken. »Ich hole dich raus.«
Billys Blick schweifte durch den Führerstand, als sähe er ihn zum ersten Mal. »Ronnie, sieh doch nur, was ich getan habe.« Er schien über das, was er sah, schockiert zu sein. »Ich habe deine Eisenbahn kaputt gemacht.« Seine Hand wurde schlaff.
Preston sah dem jungen Mann in die Augen, aber das Blau war wie gefroren. Mit zitternder Hand schloss er die Augen seines Freundes.

Turk saß auf einem Felsen und sah zu, wie der Kran Shutts zerstörten Zug wieder auf die Schienen hob. Preston überwachte die Arbeiten mit vom Regen triefender Kleidung und tieftrauriger Miene.
Turk versuchte nicht, zu helfen. Der Anblick der Züge machte ihn krank. Wie alles in seinem Leben hatte auch die Eisenbahn ihre Verwundbarkeit gerade in dem Augenblick bewiesen, als sie am meisten gebraucht wurde. Er sah zu, wie Männer an Seilen zogen oder Hebel benutzten, um die Flachwagen aus dem Schlamm zu heben.
Der Kran bewegte sich wie ein verwundeter Elefant. Er war schwerfällig und ruckte hin und wieder, wenn er mit der Last rang, als hätte er Schmerzen. Schließlich war die Lok wieder aufgestellt, und die beiden Waggons, die nicht irreparabel beschädigt waren, wurden wieder angehängt und wie nach einer Niederlage abtransportiert.
Viel später kehrte Turk zum Gleisbaulager zurück, an den Schienen entlang, über die der Nachschubzug das überfällige Material brachte. Als Turk eintraf, war es später Nachmittag, und ein Lagerdiener reichte ihm einen Brief aus

Mombasa, der in Sumitras Handschrift an ihn adressiert war.

Er starrte den Umschlag lange an, dann steckte er ihn in die Tasche.

In den Tagen nach dem Zusammenstoß war Florence hin- und hergerissen zwischen dem Bedürfnis, um ihre Freunde zu trauen, und der Notwendigkeit, sich um Ronald zu kümmern, da er wieder stark fieberte. Am Ende war es die Sorge um ihren Mann, die verhinderte, dass sie in Verzweiflung versank.

Am zweiten Tag erwachte Ronald aus delirierendem Schlaf, die Augen entsetzt weit aufgerissen. Er suchte in ihrem Gesicht nach einem Zeichen, dass die Katastrophe ein Produkt seiner fiebrigen Fantasie war, aber ihre Miene bestätigte seine schlimmsten Ängste.

In seiner Qual sprach er immer wieder über die Tragödie in der Teesta-Schlucht in Indien und dass er die Männer enttäuscht hatte – für ihn eine unverzeihliche Sünde. Florence ermutigte ihn, sich ihr anzuvertrauen, und widerstrebend ging er die Ereignisse noch einmal durch. Sie verstand nicht, was er über die technischen Einzelheiten oder seine Rolle an diesem Tag sagte, aber sie unterbrach ihn nicht und war zufrieden damit, dass er über diese schmerzhaften Erinnerungen sprach, denn sie hoffte, dies würde zu seiner Heilung beitragen. Sie hatte genug über Eisenbahnen gelernt, um zu wissen, dass Teesta typisch war für die Unfälle, die passieren konnten. Ronald jedoch wollte sich nicht trösten lassen. Seine Schuldgefühle wegen Teesta waren ein privater Dämon, gegen den er die letzten sechs Jahre angekämpft hatte. Der Schmerz dieses Kampfes stand ihm ins Gesicht geschrieben.

Er fraß an ihm, bis er barmherzigerweise wieder das Bewusstsein verlor.
Als er am nächsten Morgen aufwachte, war sein Fieber verschwunden. Er streckte die Arme nach Florence aus, und sie schmiegte sich an ihn.
Sie weinte, während er ihr übers Haar strich.

Ronald schlief, als Turk an der Zelttür erschien. Florence schlüpfte durch die Klappe und flüsterte: »Vielleicht sollten Sie ein bisschen später noch einmal vorbeikommen, Mr. Turk.«
»Ich wollte eigentlich mit Ihnen sprechen«, murmelte er.
Flo wusste nicht, was sie sagen sollte. »Oh, selbstverständlich«, brachte sie schließlich heraus. »Bitte setzen Sie sich.« Sie zeigte auf einen der Stühle unter dem Zeltvordach. »Ich hatte angenommen –«
»Es geht um einen Brief«, sagte er ohne weitere Einleitung. »Ich verstehe ihn nicht, und ich dachte, dass Sie, als … als Frau … ich meine … ich habe diesen Brief, und …«
Er reichte ihr den Brief, ohne noch etwas dazu zu sagen.
Der Brief war schlicht, beinahe kindlich, eine Mischung aus wirrem Englisch und einer anderen Sprache. Die Person, die ihn verfasst hatte – er war mit »Sumitra« unterzeichnet –, flehte jemanden, den sie »Geliebter« nannte, an zurückzukehren. Die Schreiberin wiederholte immer wieder die portugiesischen Wörter *adorar, perda* und *perdoar.* Florence kannte sich mit der Grammatik nicht aus, aber »Liebe«, »Trauer« und »Verzeihen« machten die Absicht der Schreiberin recht deutlich. Florence spürte eine große Leidenschaft, die gegen die Fesseln der Sprache ankämpfte.
»An wen ist dieser Brief gerichtet, Mr. Turk?«

»An mich.«
»An Sie!« Sie hob die Hand an den Mund, aber es war zu spät, sie hatte es schon ausgesprochen. Es tat ihr sofort leid. Selbstverständlich war der Brief an Turk. Woher würde er ihn sonst haben? Aber der Gedanke, dass dieser Mann jemandes »Geliebter« sein sollte, war so unwahrscheinlich, so *außergewöhnlich,* dass sie nie daran gedacht hatte.
»Ja, an mich«, sagte er mit deutlicher Verlegenheit. »Warum? Was steht darin?«
Sie hatte keine Ahnung, wie sie ihre Taktlosigkeit wieder gutmachen sollte. Turk musste verzweifelt sein, ihre Hilfe zu suchen, und sie hatte es noch schlimmer gemacht. »Oh, es ist ein sehr schöner Brief. Es ist eine Mischung aus Portugiesisch – ich spreche ein wenig Spanisch, und die Sprachen ähneln einander – und ein wenig Englisch, wie Sie selbstverständlich wissen.« Sie versuchte, Zeit zu schinden, versuchte, ihre Verlegenheit zu verbergen, und fragte sich, wie sie übersetzen sollte, was so intimer, persönlicher Natur war.
»Äh … die Schreiberin ist sehr traurig über einen Verlust, den sie vor kurzem erlitten hat. Sie sagt nicht, um was es geht. Aber dann ist etwas anderes geschehen. Ein weiterer Verlust. Es hat mit der Abwesenheit von jemandem zu tun, den sie … den sie … äh … ›Geliebter‹ nennt.«
Sie warf Turk einen verstohlenen Blick zu. Seine Miene war steinern.
»Noch etwas?«, fragte er.
»Ja. Die Schreiberin möchte, dass diese andere Person … der, den sie, äh, Geliebter nennt, nach Hause kommt.«
»Das sagt sie?« Turk riss die Augen auf.
»Ja.«
»Sind Sie sicher?«

»Vollkommen sicher.«

Turk sprang auf und ging abrupt davon. Er verschwand um die Ecke des Ärztezelts, und einen Augenblick später kam er noch einmal zurück. »Danke«, sagte er, dann war er weg.

Kapitel 44

Meile 572

Vier gemeißelte Steinplatten im schwarzen Sirup der Kavirondo-Ebene kennzeichneten die Gräber von Nesbitt, Turner, Shutt und Din. Die Särge waren mit Schotter beschwert, und Schotter füllte auch jedes Grab, um zu verhindern, dass die Särge wieder auftauchten.

Florence stand tief verschleiert unter einem schwarzen Schirm und weinte leise in ein schwarzes Spitzentaschentuch. Preston war an ihrer Seite und sah so entsetzlich schlecht aus, wie er sich fühlte. Gefühlsäußerungen machten ihn immer verlegen, und er wusste nicht, wie er seine Frau trösten sollte. Er legte die Hand unter ihren Ellbogen.

»Wie viele Leben hat diese Eisenbahn schon gekostet, Ronald?«

Preston drückte ihren Ellbogen. »Sechs« antwortete er.

»Ich meine, wie viele insgesamt?«

Er dachte einen Augenblick nach. »Ich weiß nicht genau, wie viele. Mehr als zweitausend. Gott allein weiß, wie viele Afrikaner umgekommen sind.«

Sie betupfte sich die Augen und wandte sich ihm zu.

»Ronald … ist es das wert?«

Preston zögerte. Er wusste, dass Eisenbahnen teuer waren, sowohl was Menschenleben als auch was Kapital anging. Jedes Mal, wenn er einen Mann verloren hatte, hatte er sich die gleiche Frage gestellt. Wenn die Antwort jemals »Nein« gelautet hätte, hätte er nicht weiter in diesem Beruf arbeiten können. »Wer weiß das schon?«, antwortete er, aber ihm war klar, dass das die Antwort eines Feiglings war. Wenn *er* nicht sagen konnte, ob die Eisenbahn es wert war, wer dann?

Preston erinnerte sich an Turks Frage vor ein paar Jahren. *Warum bauen Sie diese Eisenbahn?* Sie hatten einander kaum gekannt, und Preston hatte den Eindruck gehabt, dass der Karawanenmeister nicht ganz richtig im Kopf war. Es erklärte sich doch sicher von selbst. Menschen bauten Dinge. Eisenbahnlinien waren ein wesentlicher Teil eines Landes. Aber Turks Frage hatte ihn überrascht. Seine Antwort – dass Eisenbahnen für den Forschritt notwendig seien – hatte hohl geklungen. Fünf Jahre später war das immer noch so, besonders nun, da er vier weitere gute Männer verloren hatte. Es war ein erschreckend hoher Preis für eine Eisenbahnlinie nach Nirgendwo.

Er wusste, was sein Vater geantwortet hätte. James Preston hatte mehrmals erlebt, wie der Tod jemanden holte, der bei der Eisenbahn arbeitete, bevor er auch ihn zu sich rief. Preston konnte sich gut an eine Situation aus seiner Kindheit erinnern, als sein Vater eine ähnliche Frage seiner Großmutter beantwortete, die vor ihrem Tod für kurze Zeit mit ihnen zusammengelebt hatte. Ein Eisenbahnmann war bei der Arbeit umgekommen. Es musste ein Freund der Familie gewesen sein, denn er erinnerte sich, dass seine Großmutter geweint hatte. Sein Vater sagte: »Wenn ich die Eisenbahn aufgeben würde, weil sie gefährlich ist, würde das andere davon abhalten, meine Arbeit zu machen? Nein. Männer sterben aus allen möglichen Gründen. Wenn ich sterbe, während ich eine Arbeit tue, die ich liebe, sterbe ich als glücklicher Mann.«

Zwei Wochen nach der Beerdigung trat eine Ermittlungskommission zusammen, um den Zusammenstoß zu untersuchen. Preston musste als Verantwortlicher für die Verkehrskontrolle des Bereichs teilnehmen.

Florence erklärte, sie wolle mit ihm nach Nairobi fahren. Er sagte, das sei nicht notwendig. »Ich weiß, dass es nicht notwendig ist, Ronald«, erwiderte sie. »Aber bin der Ansicht, dass mein Platz in dieser Sache an deiner Seite ist.«

»Es ist nur eine Formsache. Ich stehe nicht vor Gericht.«

»Das mag sein, aber ich möchte einfach dabei sein. Darf ich?«

Er zuckte lächelnd die Schultern. »Selbstverständlich.«

Florence hatte das Gefühl, dass er sich freute, obwohl er das sicher nie zugegeben hätte.

Whitehouse war der Vorsitzende der Kommission, die sich im Gebäude der Eisenbahngesellschaft traf. Weitere Mitglieder waren Mr. Rawson, der nun stellvertretender Chefingenieur war, Mr. Cruickshank, der Verkehrsdirektor, und Mr. Goldney, der stellvertretende Polizeichef. Über dem Tisch vorn im Raum, an dem diese Herren saßen, hing ein Porträt von Königin Victoria mit strenger Miene.

Es war voll in dem kleinen Versammlungsraum. Mehrere europäische Angestellte waren erschienen, aber irgendwie war es auch ein paar Kulis gelungen, an diesem Tag zu kommen. Florence saß neben Ronald in der ersten Reihe, weiter hinten erspähte sie Robert Turk.

Als Whitehouse die Versammlung zur Ordnung rief, stellte er der Form halber fest, dass es sich um eine interne Anhörung handelte, beschränkt auf Eisenbahnpersonal, und dass die Öffentlichkeit nicht zugelassen war. Er sah Florence an. »Mrs. Preston, ich muss Sie leider bitten zu gehen.«

Alle Augen wandten sich Florence zu. Sie errötete. Preston tätschelte ihre Hand und nickte anerkennend, weil sie ihn hatte unterstützen wollen.
Florence ließ ihren bestickten Fächer flattern und stand auf, um zu gehen. Als sie das tat, warf sie einen Blick zum Haupttisch und erkannte, dass sie mit Ausnahme von Whitehouse kaum je eines der anderen Kommissionsmitglieder im Gleisbaulager gesehen hatte. Sie blieb stehen.
Whitehouse blickte von seinen Papieren auf und war überrascht, dass sie immer noch da war. »Mrs. Preston?«, sagte er freundlich.
»Ja, Mr. Whitehouse?«
Er zog die Brauen hoch. »Ich hatte Sie gebeten zu gehen.«
»Ja, Mr. Whitehouse, das haben Sie.«
»Und …«
»Und ich werde bleiben.«
Leises Gemurmel erklang. Sie spürte, wie Ronald sich ihr zuwandte.
»Bitte?«, sagte Whitehouse mit verblüffter Miene.
»Die Angehörigen der Kommission könnten mir vielleicht erklären, wieso ich nicht hierhergehöre. Wieso man mich als Außenseiterin betrachtet.« Sie stand aufrecht da, die Finger fest vor sich verschränkt. »Diese Eisenbahn war mein Zuhause, solange ich verheiratet bin. Fünf Jahre habe ich neben den Gleisen geschlafen und gegessen. Ich habe die Taru-Wüste durchquert, die Athi-Ebene, den Ostafrikanischen Grabenbruch und den Mau-Steilhang. Ich wäre beinahe am Fieber gestorben. Ich war manchmal wochenlang mir selbst überlassen, wenn die Eisenbahn die Anwesenheit meines Mannes verlangte, und er hat mich häufig spät in der Nacht in unserem Zelt allein gelassen, weil die Pflicht ihn rief. Ich

habe Männer sterben sehen … viele Männer.« Ihre Stimme wurde rau. »Wenn einer von Ihnen, meine Herren, das Gleiche von sich behaupten kann, stimme ich gerne zu, dass ich eine Außenseiterin bin.«
Die Angehörigen der Kommission wechselten Blicke. Keiner konnte ihr in die Augen sehen, als sie sie forschend betrachtete. Preston verbarg sein Lächeln hinter der Hand. Schweigen hing in der schalen Luft des Gebäudes.
»Ahem«, hüstelte Whitehouse höflich hinter vorgehaltener Hand. »Also gut, Mrs. Preston, Sie dürfen bleiben, aber würden Sie sich bitte zur Angestelltengalerie zurückziehen?« Er zeigte auf die hinteren Sitzreihen.
Florence war erleichtert. Sie hatte sich nie zuvor gegen die Entscheidung einer Autoritätsperson gewehrt, und sie fand Whitehouse ein wenig einschüchternd. Er war ein Mann, der seine Autorität wie eine Uniform trug und eindeutig daran gewöhnt war, sich durchzusetzen. Unter diesen Umständen hatte sie also wirklich einen Sieg erkämpft und konnte es sich leisten, großzügig zu sein. Aber sie war an diesem Morgen nicht in der Stimmung für Kompromisse. Die Kommission begann, bei ihrem Zögern unruhig zu werden.
»Ich würde lieber hierbleiben, Mr. Whitehouse.«
Flüstern erklang überall.
»Mrs. Preston –«
»Mr. Whitehouse«, sagte sie und unterbrach ihn. Er klappte abrupt den Mund zu. »Ich hoffe, Sie nehmen es mir nicht übel, aber ich bin heute nicht hergekommen, um in einem Vorraum zu sitzen. Ich bin hier, um meinem Mann zur Seite zu stehen. Wenn ich seine Arbeit auf die Weise unterstützen würde, die Sie vorschlagen, dann wäre ich noch in Mom-

basa. Oder sogar in Shrewsbury.« Sie wartete, bis das leise Lachen verklungen war, bevor sie fortfuhr. »Ich wäre daher sehr erfreut, wenn Sie mir gestatten würden, neben ihm zu sitzen.«

Whitehouse besprach sich nicht mit seinen Kollegen. Er seufzte nur und sagte mit resignierter Miene: »Also gut, Mrs. Preston. Bitte setzen Sie sich wieder. Und wenn es Sie nicht stört, möchte ich Sie bitten, für den Rest dieser Anhörung zu schweigen.«

Florence dachte, das zumindest könnte sie tun, und ließ Whitehouse seinen kleinen Sieg. Sie raffte ihren Rock und setzte sich wieder hin.

Nachdem er sich einen Augenblick gesammelt hatte, bat Whitehouse Rawson, den offiziellen Bericht über den Vorfall zu verlesen. Dann befragte er Preston ausführlich über sein Schlüsselsystem. »Sie nahmen also an, dass nie mehr als zwei Züge den Streckenabschnitt zwischen Muhoroni und dem Gleisende befahren würden. Wieso das?«

»Weil wir am Gleisende nur zwei Züge haben.«

An einigen Stellen war unterdrücktes Lachen zu hören.

»Sie wären nicht auf die Idee gekommen, dass man einem anderen Zug gestatten würde, den Streckenabschnitt zu befahren?«

»Es gibt Regeln, die das verbieten. Für ihre Einhaltung ist der Bahnhofsvorsteher von Muhoroni zuständig.«

»Ich verstehe. Sie verließen sich also vollkommen auf seine Fähigkeit, die Regeln zu befolgen.«

»Mir bleibt nichts anders übrig, als anzunehmen, dass er dazu in der Lage ist. Meine Aufgabe besteht darin, die Strecke zu bauen. Es ist die Verantwortung von anderen Leuten, letztlich auch die Ihre als Chefingenieur, dafür zu sorgen, dass alle bei dieser Eisenbahn ihre Aufgabe erfüllen. Wenn ich jeden Mitarbeiter überprüfen müsste, bliebe mir keine Zeit mehr, das verdammte Ding zu bauen.«

Polizeichef Goldney bat darum, während der Anhörung das Fluchen zu unterlassen.

»Das werde ich gerne tun, sobald Sie aufhören, diese verdammten Idiotenfragen zu stellen.«

Ein weiteres Lachen erklang von den Zuschauern. Die Kommissionsmitglieder verzogen die Gesichter und machten sich Notizen.

Die Sitzung ging bald zu Ende, nachdem der Bahnhofsvorsteher von Muhoroni ausgesagt hatte, dass in der Nacht des ersten Dezember 1901 seine Untergebenen im Dienst gewesen waren und eine Fehlentscheidung getroffen hatten. Als Strafe hatte er ihnen einen Tag Lohn abgezogen.

Rawsons offizielles Protokoll hielt fest, dass das Schlüsselsystem des Gleisbauingenieurs sich darauf verließ, dass der Bahnhofsvorsteher in Muhoroni sich an die Regeln hielt. Er (der Gleisbauingenieur) zog nicht in Betracht, dass das Bahnhofspersonal aus Unachtsamkeit gegen o.g. Regeln verstoßen könnte.

Florence legte ihre Hand leicht auf Ronalds Arm, als sie vom Gebäude der Eisenbahngesellschaft zum Bahnhof von Nairobi gingen. Der Himmel wies das Blau der Trockenzeit auf. Der Schlamm von vor einer Woche war bereits aufgerissen und zu wilden Mustern getrocknet, die bald unter den Füßen von Hunderten von Passagieren zu Staub zermahlen und vom Wind davongetragen werden würden.

Sie spürte Ronalds Anspannung. Er hatte offenbar die Zähne zusammengebissen, weil er befürchtete, sobald er den Mund öffnete, würden sein Zorn und seine Enttäuschung sich in einem heftigen Ausbruch entladen.

Am Bahnhof blieben sie im Schatten des Vordachs vor dem Warteraum stehen. »Soll ich dir eine Tasse Tee holen, bevor der Zug kommt?«, fragte sie.

»Nein. Nein danke.« Er versuchte zu lächeln. »Was ich wirklich brauche, ist ein großer Whisky.«

Ihr Zug nach Kibigori fuhr ein und kam ruckend zum Stehen. Die Lok stieß eine Dampfwolke aus, die um sie herumwirbelte und sich in der Mittagssonne auflöste.

Florence tätschelte die Hand ihres Mannes. »Versuch, nicht mehr daran zu denken, Ronald.«

Er sah sie an. »Wie könnte ich das?«

»Ich weiß. Aber es ist nicht gut für dich.«

»Flo, ich konnte solche Narren noch nie ausstehen. Festzustellen, dass ich die letzten fünf Jahre für eine ganze Herde von ihnen gearbeitet habe, macht mich ... es macht mich wütend!«

Passagiere aus Mombasa stiegen aus und wurden von Freunden und von Trägern in Empfang genommen, die unbedingt eine oder zwei Rupien verdienen wollten, indem sie das Gepäck zu den diversen Fahrzeugen brachten, die hinter dem Bahnhofstor warteten.

Florence' Schweigen hatte Ronald offenbar ernüchtert, denn als er sie wieder ansah, lächelte er reuig. »Tut mir leid, Flo.« Er griff nach ihren Händen. »Ich weiß, du meinst es nur gut, und ich bin froh, dass du mitgekommen bist.« Sein Lächeln wurde ausgeprägter. »Du hast es ihnen wirklich gezeigt.«

Nun war es an ihr, reuig dreinzuschauen. »Oje, ich weiß nicht, was über mich gekommen ist. Was für eine Szene!«

»Es war dein gutes Recht, verärgert zu sein.«

»Das Gleiche gilt für dich. Es war so ungerecht!« Sie schnippte mit dem Fächer. »Du weißt, dass du es richtig gemacht hast.«

»Ja, das weiß ich. Und du weißt es ebenfalls. Aber die Aufzeichnungen werden der Nachwelt mitteilen, dass R.O. Preston, Gleisbauingenieur, ›nicht in Betracht zog, dass das Bahnhofspersonal aus Unachtsamkeit gegen o.g. Regeln verstoßen könnte‹.«

Ein Inder in einer dunkelblauen Nadelstreifenjacke und brauner Hose kam auf sie zu. Er schien Angst zu haben, sie anzusprechen. Ronald wartete einen Moment, dann sagte er barsch: »Nun?«

Der Mann machte einen halben Schritt rückwärts. »Mr. Preston, Sir«, begann er und sah sich dabei nervös um. »Könnte ich kurz mit Ihnen sprechen?«

»Ich kenne Sie, nicht wahr?«, fragte Ronald.

»Durchaus möglich, Sir. Ich bin Mr. Whitehouse' Bürovorsteher.«

»Und?«, fragte Ronald. Er war nicht in der Verfassung, sich mit jemandem abzugeben, der etwas mit dem Büro des Chefingenieurs zu tun hatte.

»Was können wir für Sie tun?«, fragte Florence lächelnd und nahm den Arm ihres Mannes. Der Sekretär tat ihr leid. Whitehouse war der Schuldige – dieser unglückliche Mann hatte Ronalds Feindseligkeit nicht verdient.

»Es ist nur eine geringfügige Eisenbahnangelegenheit, Memsahib. Ich wollte Sie nicht belästigen.«

»Dann schicken Sie mir eine verdammte Aktennotiz«, forderte Ronald. »Das macht ihr in der Zentrale doch immer so.« Er zog die Uhr heraus. »Ich denke, ich werde mir jetzt tatsächlich einen Tee holen. Soll ich dir einen mitbringen, Flo?«

»Nein danke.«
»Ich komme sofort zurück.« Er drängte sich durch die Menge.
Florence wandte sich dem Bürovorsteher zu. »Es tut mir leid. Mr. Preston hatte einen schwierigen Morgen.«
»Ich weiß, Memsahib. Ich war bei der Anhörung, und ich teile die Haltung der Kommission nicht.«
Florence nickte, überrascht über seine Offenheit.
»Ich bin Omar Din, Memsahib.«
Sie sah die Ähnlichkeit sofort und erinnerte sich daran, dass Sharaf einen Bruder erwähnt hatte, der im Hauptsitz arbeitete. Der Mann hatte Sharafs Wolfsgesicht. »Tut mir leid«, sagte sie. »Mein herzliches Beileid.«
»Danke.« Er nickte, um das zu betonen. »Memsahib. Ich wollte mit Ihrem Mann sprechen. Es gibt ein paar Dinge, die er wissen sollte.« Er hielt einen Moment inne, um nachzudenken, und sah sich auf dem Bahnsteig um. Die Menge löste sich auf. Die wenigen Passagiere, die ins Hinterland fuhren, begannen, sich an den Wagentüren zu drängen. »Aber jetzt haben wir nicht mehr viel Zeit. Vielleicht kann ich es ja Ihnen sagen.«
»Mir was sagen?«, fragte sie.
»Es geht um das hier.« Er zog eine Akte unter der Jacke vor. Sie sah aus wie eine der Eisenbahnakten, die sie schon oft auf Ronalds Schreibtisch gesehen hatte. Dann sah sie den Umschlag: *Ronald O. Preston – Personalakte.* Darunter stand in großen roten Buchstaben: *Vertraulich. Ausschließlich im Hauptsitz zu benutzen.*
Din reichte Florence die Akte, und sie nahm sie ohne ein Wort. Die Akte war dick. Florence blätterte sie durch. Es waren überwiegend Berichte von Ronalds Verstößen, oder

zumindest von Dingen, die Whitehouse für Verstöße hielt, denn die meisten Einträge hatte der Chefingenieur persönlich unterzeichnet. Sie erinnerte sich an einige der aufgelisteten Vorfälle, zum Beispiel an einen, der mit »Missachtung der Anweisung, Arbeiten während des Regens fortzusetzen« überschrieben war: Ronald hatte sich geweigert, die Kulis zur Arbeit zu zwingen, nachdem einige bei Stürzen schwer verletzt worden waren. Außerdem gab es Zusätze zu Notizen, die Lieutenant-Colonel J.H. Patterson eingereicht hatte. Bald schon wurde das Muster deutlich. Die meisten Einträge hatten eine kurze Zusammenfassung mit Schlussfolgerungen wie »Disziplinierung aus Praktikabilitätsgründen aufgeschoben« und »Nicht zur Beförderung oder weiteren Einstellung geeignet«. Sie blätterte weiter und sah sich nur noch diese Zusammenfassungen an. Sie waren alle vernichtend.

»Mein Bruder hat den Gleisbauingenieur sehr bewundert«, sagte Din, als Florence ihm die Akte zurückreichte.

Florence erkannte, dass es für den Bürovorsteher nicht ungefährlich gewesen war, ihr die Akte zu zeigen. »Was wird daraus werden?« Sie dachte einen Augenblick daran, sie mitzunehmen, aber dann würde man Din verantwortlich machen.

»Sie wandert ins Archiv der Regierung. Man wird diese Akte einsehen, wann immer Mr. Preston sich um eine Position bei der Regierung bewirbt.« Dins Miene ließ keinen Zweifel daran, welche Schlüsse mögliche Arbeitgeber ziehen würden.

»Ich verstehe.«

Das Schrillen der Dampfpfeife zeigte an, dass die Abfahrt des Zugs kurz bevorstand.

Din sagte leise: »Nun ist es an mir, zu erklären, wie leid es mir tut.«

Florence nickte. »Ich danke Ihnen.«
Als Ronald zurückkehrte, war der Bürovorsteher schon weg. Sie eilten zum Zug.
»Oje«, sagte Florence als der Zug ruckelnd anfuhr und sie sich hinsetzten. »Ich fürchtete schon, wir würden es nicht mehr schaffen!«
Sie saßen schweigend da, als der Zug über die Ngong-Brücke und die sanften, bewaldeten Hänge hinauf auf Kikuyu zufuhr. Florence fragte sich, wie sie Ronald von dieser Akte erzählen sollte. Sie kannte sich gut genug mit der Regierungsbürokratie aus, um zu wissen, was für ein Problem diese Einträge für ihren Mann werden könnten. Wenn er nach Fertigstellung der Strecke im ostafrikanischen Protektorat bliebe, wie er es sich offenbar sehnlichst wünschte, würde er Arbeit außerhalb der Eisenbahn finden müssen, die er so liebte. Aber er würde von anderen Dienststellen abgelehnt werden, und die Regierung war der größte, vielleicht der einzige Arbeitgeber für Ingenieure. Diese Akte würde verhindern, dass er gute Arbeit fand.
Sie hatte immer gehofft, ein Baby würde auch für Ronald ein zwingender Grund sein, nach England zurückzukehren, aber selbstverständlich bestand immer das Risiko, dass er sie zwar zur Geburt des Kindes nach Hause brachte, danach aber mit seiner Familie nach Afrika zurückkehren wollte. Die Akte lieferte ihr einen nicht zu leugnenden Vorteil. Sie wusste, dass Ronald sein Kind nicht in der Art von Armut aufwachsen lassen wollte, die er nach dem Tod seiner Eltern erlebt hatte. Ohne eine sichere berufliche Zukunft würde er nicht in Afrika bleiben wollen.
Aber sie war auch wütend über die Falschheit seiner Vorgesetzten. Ja, es hatte mitunter Auseinandersetzungen zwi-

schen Ronald und Whitehouse oder Patterson gegeben, aber das waren überwiegen Debatten gewesen – ein gesunder Dialog, wie er es nannte –, um zur richtigen Entscheidung zu gelangen. So etwas als Verstöße zu dokumentieren war ungerecht. Es insgeheim aufzuzeichnen und dabei nach außen hin so zu tun, als unterstützte man ihn, war moralisch verwerflich. Wenn Ronald dies wüsste, würde er sicher nie wieder etwas mit dem Protektorat zu tun haben wollen. Sie wusste, oder zumindest hoffte sie insgeheim, dass sie in England zusammen glücklich werden würden.

Wieder und wieder dachte sie über diese Argumentation nach und versuchte, einen Fehler daran zu finden, aber es war perfekt. Es garantierte ihr ihre Rückkehr, ihrer beider Rückkehr nach England.

Plötzlich fragte Ronald: »Was wollte der Bursche eigentlich?«

Sie versuchte, Zeit zu gewinnen. »Welcher Bursche, mein Lieber?«

»Whitehouse' Sekretär.«

»Ach, es ging um eine Verwaltungsangelegenheit. Er wird eine Notiz schicken.«

Er murmelte etwas über Bürokraten, dann versank er wieder in Schweigen, während der Zug sich durch den Regenwald zum Kikuyu-Steilhang wand.

Kapitel 45

Meile 580

Ich gehe«, sagte Turk. Er hatte einen kleinen Beutel über der Schulter und das Gewehr über der anderen.

Preston blickte von dem kleinen Brett auf, an das er seine täglichen Arbeitspapiere klemmte. »Oh, hallo, Turk.« Er tippte auf ein Blatt, das ganz oben lag. Es war eine Materialliste. »Es ist nicht zu glauben. Ich drehte ihnen fünf Minuten den Rücken zu, und ein paar Meilen Material verschwinden ohne meine Erlaubnis!« Er schüttelte ungläubig den Kopf.

Turk zeigte kein Interesse. Nach einem Moment drehte er sich um.

»Sagten Sie, Sie gehen?«, fragte Preston.

»Ja.«

»Wohin? Bringen Sie Material zu den Mannschaften am See?«

»Nein. Ich führe keine Karawanen mehr. Ich gehe.«

»Sie gehen?« Preston verstand nicht. »Wie meinen Sie das?«

»Ich gehe nach Hause. Ich bin hier fertig.«

Preston hielt inne und versuchte einzuschätzen, ob der Karawanenmeister einen seiner seltenen Scherze machte. Aber Turk sah so zufrieden aus, dass Preston ihm glauben musste. »Ich will verdammt sein!« Lächelnd schlug er ihm auf den Rücken. »Ich will verdammt sein!«

Turk sah aus, als stünde er kurz vor einem Lächeln. Er rieb sich das Kinn, um es zu verbergen, und war wieder ernst wie zuvor.

»Sie brechen jetzt gleich auf?« Es war undenkbar, dass einer von ihnen ohne einen angemessenen Abschied einfach ging.
»Ja. Ich bin nur wegen der Beerdigung und Ihrer Anhörung geblieben.« Turk schüttelte Prestons Hand. »Leben Sie wohl.«
»Nein, nein, Turk, so geht das nicht. Wir müssen etwas trinken – wir brauchen eine Abschiedsfeier.«
Turk schüttelte den Kopf. »Ich gehe. Jetzt.«
Preston fing an zu lachen. »Lieber Himmel, Turk ... Wie konnte ich annehmen, dass es anders sein würde?« Er lachte noch mehr, als Turk fragend die Brauen hochzog. »Sagen Sie mir wenigstens, wohin Sie gehen.«
»Nach Hause. Nach Mombasa.«
Prestons Lächeln verschwand. Er begriff, dass etwas sehr Stabiles ein Ende fand. »Sie werden uns fehlen.«
Turk verzog den Mund. Es war beinahe ein Lächeln. Dann drehte er sich um und begann, an den Schienen entlang nach Osten zu gehen. Nach ein paar Schritten schaute er noch einmal zurück. »Sagen Sie Ihrer Frau Lebewohl von mir.«

Korok, der Pokot, sah Turk am Gleis entlang näher kommen. Selbst wenn er nur seine Spuren gesehen hätte, wären ihm die langen, entschlossenen Schritte aufgefallen – die Absätze wären ein wenig tiefer eingegraben als sonst, das Gewicht bei den rhythmischen Bewegungen gleichmäßig verteilt, und es hätte aufgewirbelten Sand oder Erde um die Zehen gegeben, die auf beschleunigtes Tempo hinwiesen. Turk hatte an diesem Morgen ein Ziel, eines, wie er es in all den Jahren, in denen Korok mit ihm unterwegs gewesen war, nie gehabt hatte.

Der Pokot hob den Speer und setzte ihn neben seinen kleinen schwarzen Füßen ab. Die Waffe überragte ihn um beinahe einen Meter. Er sah Turk in die Augen. Auch dort erkannte er Entschlossenheit und Zielbewusstsein. Koroks Lippenpflock wackelte, als er grinste.
Turk blieb einen Moment stehen. Er schaute hinab auf Korok, Hüter der Wasserscheide, Hersteller hölzerner Werkzeuge, Bearbeiter von Leder, und nickte.
Korok erwiderte das Nicken.
Er sah zu, wie der große weiße Mann der eisernen Schlange folgte und aus seinem Blickfeld verschwand.

Florence nahm zuerst die gelbe Bluse, dann die graue aus dem kleinen Schrank hinten in ihrem Zelt. Die graue war eindeutig zu streng für den dunkelblauen Rock, und der hellere blaue Rock, der besser zu dem Grau gepasst hätte, war zu eng, da sie ein wenig runder geworden war.
Unwillkürlich bewegte sie die Hände zu ihrem Bauch. Bald würde selbst Ronald es bemerken, aber sie war entschlossen, ihr Geheimnis zu wahren, bis sie über die Zukunft gesprochen hatten. Sie konnten es nicht mehr lange hinausschieben, nicht länger als ein paar Tage.
Ronald machte häufig Andeutungen auf die guten Zukunftsaussichten im Ostafrikanischen Protektorat. Er sagte, er sei sicher, dass das Protektorat bald zur Kolonie Britisch-Ostafrika werden würde, und das würde Wohlstand ins Land bringen. Siedler würden ermutigt werden, das leere Land zu füllen, und die Eisenbahnen würden ein gewaltiger Erfolg sein. Er sagte, ein Mann mit seinen Fähigkeiten als Ingenieur und Eisenbahnbauer könnte es dann sehr weit bringen.
Theoretisch musste Florence ihm selbstverständlich zustim-

men. Es war nur logisch. Und Ronald hatte noch nicht direkt angesprochen, dass er selbst der Mann sein könnte, solche Gelegenheiten zu ergreifen. Sobald er konkreter wurde, würde das zu der Diskussion führen, die sie seit Monaten erwartete. Sie war bereit.

Die offiziellen Arbeitsanweisungen bei der Eisenbahn sahen vor, dass das Verlegen der Schienen unter Aufsicht der *Jemadars* begann, sobald der Zug die Kulis am Gleisende absetzte. In der Praxis geschah nichts, bevor Preston eintraf.

Hin und wieder unternahmen die *Jemadars* nach einer scharfen Maßregelung der Form halber den Versuch, pünktlich anzufangen, aber im Allgemeinen hielten sie das nicht lange durch. Daher war Preston ausgesprochen überrascht, als er am Morgen des 19. Dezember bei seiner Ankunft feststellte, dass es am Gleisende vor Aktivitäten nur so wimmelte. Die Schaufler verteilten den Schotter bereits so weit vor den Schienenlegern, dass sie nicht mehr zu sehen waren, und die Schienenleger arbeiteten, als hinge ihr Leben davon ab. Preston lächelte bei dem Gedanken. Zumindest ihr Lebens*unterhalt* hing tatsächlich davon ab, aber bisher hatte das die Kulis selten beeindruckt.

Er blieb auf seiner Draisine sitzen und betrachtete die Aktivitäten in schweigendem Staunen.

»Ronald! Beinahe zwei Meilen!«, sagte Florence.

»Dreitausendeinhundertsechzig Meter, um genau zu sein«, erwiderte Preston und prostete ihr mit dem Whiskybecher über das Feuer hinweg zu.

Die Freude über diesen neuen Rekord war ihm deutlich anzusehen und führte an diesem Abend am Lagerfeuer zu einem lebhaften Gespräch – eine Seltenheit an den Tagen nach dem Tod ihrer Freunde. Florence nahm an, dass vier Personen für eine Gruppe am Lagerfeuer einfach nicht genügten, und ganz bestimmt nicht, wenn die eher mürrischen Ärzte dazugehörten. Ohne Billys Humor und die kompetente Unterstützung durch seinen Doppelgänger Turner schien es kaum wert zu sein, diese abendliche Sitte aufrechtzuerhalten, aber niemand wagte so recht, ihr Ende vorzuschlagen. Es wäre ein Zeichen von Respektlosigkeit gegenüber ihren Freunden gewesen.

»Sie hätten noch weitergearbeitet, aber ich musste ein wenig Arbeit für die offizielle Zeremonie aufheben«, fuhr Preston fort. »Das Einzige, was sie aufhielt, war der See!«

»Aber was haben Sie anders gemacht?« Dr. Willem half dem verebbenden Gespräch wieder auf die Beine. Er zog die grauen Brauen hoch und gab sich interessiert.

»Nichts. Überhaupt nichts.«

»Was ist also in diese Kulis gefahren?«

Preston wurde ein wenig ernster. »Eine gute Frage. Warum jetzt? Ich habe darüber nachgedacht, während ich sie beobachtete.«

»Hm«, fügte Orman hinzu.

»Ich habe heute früh auf Sharafs Draisine ein kleines Stück Papier gefunden«, fuhr Preston fort. »Mein Hindi ist nicht gut, aber es sah aus wie eine Art von Gebet.«

»Ein Gebet?«, fragte Florence. »Vielleicht wollten die Kulis etwas Besonders tun, um Sharaf zu ehren.«

Das machte dem Thema ein Ende, und alle nippten schweigend an ihren Getränken.

»Was denken Sie, wo Turk inzwischen angelangt ist?«, fragte Orman nach einiger Zeit.

Florence musste wieder an Turks Brief von Sumitra denken. Es war eine Erleuchtung gewesen. Dieser raue, abgebrühte, scheinbar unsensible Mann gab das Einzige auf, was er kannte, um bei der Frau zu sein, die er liebte. Es war eine Lektion in Selbstaufopferung, die Ronald sich bei der bevorstehenden Entscheidung zu Herzen nehmen sollte. Ganz plötzlich wurde ihr allerdings klar, dass solche Selbstaufopferung ebenso von ihr verlangt werden könnte. Warum sollte sie ihren Wunsch, zu gehen, nicht zugunsten von Ronalds Wunsch, zu bleiben, aufgeben?

»Wer weiß«, sagte Dr. Willem. »Schon seltsam, dass er so kurz vor dem Ende gegangen ist.«

Florence versuchte, sich Ronald als Ingenieur in einer der großen grauen Fabriken von Manchester vorzustellen. Würde er ohne die Leidenschaft, die ihn quer durch Ostafrika getrieben hatte, der gleiche Mann sein? Würde sie einen solchen Mann lieben können?

Sie schaute ins Feuer und dann zum Gleisende. Sie waren nun nur noch einen Spaziergang von dem großen See entfernt. Selbst sie hatte begonnen, ihn Victoria Nyanza zu nennen, bei seinem afrikanischen Namen. So fing es an, dachte sie, man begann, in afrikanischen Begriffen zu denken, und ehe man sich versah, wurde Afrika zur Heimat.

Sie konnte Ronalds Besessenheit – man konnte es nicht anders bezeichnen – sogar verstehen. Sie musste zugeben, dass das Land über unwiderstehliche Anziehungskraft verfügte, die eher mit seiner Majestät als mit seiner Schönheit zu tun hatte. Und es war tatsächlich ein Land voller Versprechen, als hielte der gesamte Kontinent den Atem an, bis jemand das Zeichen gab, vorwärts zu stürmen. Es war lebendig und gefährlich. Selbst sie, die der Vorstellung eines gefährlichen

Alltags nichts abgewinnen konnte, fand das mitunter berauschend. Ihr Mann liebte alles, was dieses Land zu bieten hatte. Es waren nicht nur die beruflichen Möglichkeiten, es war Afrika in seiner Gänze.

Diesmal setzte sich das Schweigen durch. Die Ärzte entschuldigten sich schließlich und ließen sie und Ronald am Feuer allein.

»Die wirkliche Frage ist«, begann er, »was werden wir alle tun, wenn wir hier fertig sind?«

Sie wusste, dass sich Ronald auf die unvermeidliche Debatte zubewegte. Morgen würden die letzten Schienen verlegt werden, und sie hatten noch keine Entscheidung getroffen. Sie hatte diesen Augenblick lange gefürchtet. Ihr Mann hatte alle logischen Gründe auf seiner Seite gehabt, wieso sie in Ostafrika bleiben sollten. Florence hatte dem bisher nur Wünsche und Emotionen entgegensetzen können.

Das war nun anders. Ronald wusste nicht, dass die Debatte so schnell vorüber sein würde, wie sie begonnen hatte. Es war eine Last, die sie nicht länger tragen konnte. Sie ging um das Feuer herum auf ihn zu. Er zog einen Stuhl neben sich. »Was möchtest du tun, Ronald?«, fragte sie und setzte sich.

»Was ich tun möchte?«, wiederholte er. »Vor fünf Jahren hätte ich das nicht sagen können. Nicht, weil ich die Antwort nicht wusste – die wusste ich gut genug –, sondern weil ich dich nicht kannte, dir damals nicht … nicht so nahe war.« Er griff nach ihrer Hand. »Nun, nachdem wir so viel miteinander erlebt haben, kann ich dir alles sagen.« Er schob mit der Zehenspitze ein Scheit Holz ins Feuer und sah zu, wie es zu brennen begann.

»Menschen können nicht miteinander leben, wie wir in den

letzten fünf Jahren gelebt haben, ohne einander kennen zu lernen«, sagte sie.

»Du warst überall, wo ich war.« Er wandte sich vom Feuer ab und sah sie an. »Du hast die Luft geatmet, die ich geatmet habe.« Er drückte ihre Hand. »Was hast du vor fünf Jahren gedacht?«

Sie lächelte. »Ich kann mich nicht erinnern. Ich war vollkommen mit Mombasa beschäftigt. Wenn du mich gefragt hättest, was jenseits von Mombasa liegt, hätte ich dir das nicht sagen können. Es war ein Rätsel. Genauso eines, wie du es warst.«

»Ein Rätsel? Das klingt, als wäre ich undurchschaubar gewesen.«

»Das warst du vielleicht auch. Aber du hast *meine* Frage nicht beantwortet: Wenn du mir hättest sagen können, was du tun wolltest, was hättest du gesagt?«

Er lächelte. »Ich hätte dir gesagt, dass ich mehr als alles andere auf der Welt diese Eisenbahn bauen wollte. Ich hätte sagen können, dass es meine Chance war, zu beweisen, dass dieser schreckliche Tag in der Teesta-Schlucht in Indien nur ein tragischer Unfall war. Und manchmal geschehen solche Unfälle einfach.« Er hielt inne und versuchte, sich zu fassen. »Und dass ich manchmal intensiv das Bedürfnis verspürte, die Anerkennung meines Vaters zu gewinnen … so sehr, dass ich es sogar lange nach seinem Tod versuchen würde.« Er sah sie forschend an. »Hältst du das für dumm?«

»Nein. Und hast du all das erreicht?«

»Ja.«

»Also, was möchtest du jetzt tun?« Sie hielt den Atem an und sah zu, wie glühend rote Asche in den Nachthimmel aufstieg.

»Ich hoffe, wir können bald Kinder bekommen, Flo.« Er fuhr ihr mit seiner rauen Handfläche über den Handrücken. »Das ist es, was ich jetzt möchte.«

Das war ihr Moment. »Ich ebenfalls«, sagte sie, aber ihre Neuigkeiten wollte sie jetzt noch nicht bekannt geben. Sie wollte diese Vertraulichkeit zwischen ihnen noch ein wenig länger genießen. Die Nachricht von dem Baby würde unweigerlich dazu führen, dass sie ihm auch den anderen Grund verraten müsste, wieso es in ihrer *beider* Interesse war, nach England zurückzukehren.

»Ich möchte, dass unsere Kinder ein besseres Leben haben, als ich es hatte. Ich will, dass sie sich aufgrund ihrer eigenen Verdienste durch die Welt bewegen können. In England haben Leute wie wir zwischen all diesen Pattersons und Whitehouses kaum eine Chance, das zu tun. Und Indien ist ganz ähnlich.«

Er stemmte sich aus dem Stuhl und ging zum Feuerholzstapel. Er nahm sich einen Augenblick Zeit, ein Scheit auszuwählen, ging zurück zum Feuer und ließ es auf die glühenden Kohlen fallen. Funken flogen in die Nacht.

»Flo, ich weiß, wie einem Mann zumute ist, der sich angestrengt hat, etwas aus sich zu machen, und dann doch mitansehen muss, dass ein geringerer Mann, der in eine höhere Position geboren wurde, ihm diese Möglichkeit nimmt. Ich will nicht, dass unser Kinder ebenfalls so etwas erleben müssen.« Er setzte sich wieder neben sie. »Die oberen Klassen werden das hier in Afrika nicht tun können. Dieses Land ist zu groß für solche Dinge. Afrika wird es nicht zulassen.«

Er wandte sich ihr zu und packte ihre Hände so fest, dass sie von dem Schmerz beinahe zusammengezuckt wäre. »Flo, ich will unsere Kinder hier in Afrika großziehen.«

Kapitel 46

Meile 581

Mr. Ainsworth, der Eisenbahnbeauftragte, saß gegenüber von Chefingenieur Whitehouse in der *Uganda Queen*, die für die Eröffnung des letzten Bahnhofs poliert und geschmückt worden war. Er wiederholte seine Frage. »Kommen Sie schon, George, die Frage ist nicht schwer. Warum haben wir diese Strecke gebaut?«

»Das wissen Sie ebenso gut wie ich, Ainsworth. Es gibt viele gute Gründe.«

»Ich glaube, zuvor lautete die Antwort ›künftige Vorteile‹. Tatsächlich ist nichts davon eingetreten.«

Whitehouse starrte weiter aus dem Fenster. Sie befanden sich auf dem Weg zum Endbahnhof am See. Der Chefingenieur war bereits aus vielerlei Gründen verärgert, vor allem, weil Preston in einem Telegramm mitgeteilt hatte, die Strecke sei vorzeitig zur offiziellen Eröffnung fertig geworden und seine Männer hätten ihr Geld gerne noch vor Weihnachten. Wie immer waren es bei Preston *die Männer*. Whitehouse hatte zugestimmt, die Zeremonie vorzuverlegen, aber das bedeutete, den größten Teil des Rahmenprogramms abzusagen, auch das Orchester. Es würde eine sehr bescheidene Angelegenheit werden, nicht gerade das, was er sich als Höhepunkt einer bemerkenswerten, ja, einer der bemerkenswertesten Bauleistungen in der Geschichte Großbritanniens vorgestellt hatte.

Ainsworth köderte ihn weiter. »Falls es jemals einen guten Grund gab, diese Strecke zu bauen, müssen Sie inzwischen doch sicher zugeben, dass es ein Irrtum war.«

»Es ist im Nachhinein immer einfach, Geschichte zu schreiben.«
Aber Ainsworth ließ sich nicht ablenken. »Ich erwähne hier nichts, das nicht schon vorher gesagt wurde. Die Sklaverei ist in Uganda bereits tot. Die geopolitische Frage ist beantwortet. Kitchener hat den Nil vor drei Jahren gesichert, als er den Sudan zurückeroberte, und der Vorstoß der Franzosen fand bei Fashoda ein Ende. Waren das nicht die Argumente, die ins Feld geführt wurden?«
»Wir haben dem Handel einen gewaltigen Kontinent eröffnet.«
»Sie haben eine Elefantenhaut mit einer Nadelspitze berührt. Zentralafrika ist so abgelegen und unerreichbar wie eh und je. Was den Handel angeht – eine Hand voll ungebildeter Buren und eine Horde fauler Wilder werden Ihnen Ihre fünfeinhalb Millionen nicht zurückzahlen.«
Whitehouse wusste, dass er eine hoffnungslose Sache verteidigte. Im Parlament waren in den letzten Jahren bessere Redner als er damit kläglich gescheitert.
Ainsworth zog fragend die Brauen hoch.
»Sie mögen Recht haben, wenn Sie sagen, dass der Nil sicher ist. Und, ja, der Sklavenhandel scheint stark eingeschränkt worden zu sein. Ich frage mich allerdings, wie viel davon wir dem Umstand zu verdanken haben, dass die Sklavenhändler ein Ende ihrer Tätigkeit durch unsere Präsenz vorhersahen. Und der Handel? Der wird kommen.«
Er wandte sich vom Fenster ab und sah Ainsworth aus seinen wässrig blauen Augen durchdringend an. »Sie haben vollkommen Recht, es war teuer. Selbstverständlich war es das. Viele Dinge von Wert sind teuer.«
»Ich frage einfach nur, George, selbst im Nachhinein, wofür

war es gut?« Ainsworth machte eine Geste, die die gesamte Eisenbahnlinie umfassen sollte.

Whitehouse bedachte ihn mit einem mörderischen Blick. »Für das Weltreich, John.« Er ließ ein dünnes Lächeln um seine Lippen spielen. »Für das Britische Weltreich.«

Epilog

11. Dezember 1950

Die Hände, die das schwere Album vom Regal nahmen, waren schmal und knochig. Das Alter hatte die Haut beinahe durchsichtig werden lassen. Feine blaue Äderchen und dünne Sehnen bildeten Muster zwischen den Altersflecken.

Ronald Preston ging vorsichtig über den abgetretenen Wohnzimmerteppich in die Küche. Er bemerkte, dass er sich wieder ziemlich gebeugt hielt, und richtete sich auf.

Die Küche war warm und hell, denn selbst die halb heruntergezogene Jalousie konnte die tropische Nachmittagssonne nicht ganz fernhalten. Neben dem Spülbecken standen nur ein einzelner Teller und eine Tasse auf dem Abtropfbrett.

Er legte das Album vorsichtig auf den Küchentisch, der ihm auch als Schreibtisch diente, und zog den Bugholzstuhl näher. Beim Hinsetzen musste er sich schwer auf den Tisch stützen, und danach rieb er einige Zeit seine arthritischen Knie, um die Durchblutung zu fördern.

Es war ein Tag für Erinnerungen, dieser elfte Dezember. Vor genau fünf Jahren hatte die Kenya and Uganda Railway ihr fünfzigjähriges Jubiläum gefeiert. Sie hatten einen Historiker namens M.F. Hill beauftragt, die Geschichte der Eisenbahn zu erzählen, und ein Jahr später war sie veröffentlicht worden. Hill hatte kein Wort mit Preston gesprochen, hatte ihn nie aufgesucht, um ihn nach dem Projekt zu befragen. Preston hatte das damals seltsam gefunden, das Buch aber trotzdem gekauft, sobald es erschienen war. Es war immer noch irgendwo im Haus, wahrscheinlich in dem Schrank unter seinem Bücherregal. Mit sechshundert Seiten war es ein dicker Band.

Der Name R.O. Preston tauchte ein einziges Mal auf diesen sechshundert Seiten auf: In einer Zeile wurde über seine Anwesenheit bei der Jubiläumsfeier berichtet.

Er war zumindest erwähnt worden. Turk nicht, ebenso wenig wie Nesbitt oder Turner. Rawson wurde viermal genannt, Whitehouse selbstverständlich erheblich öfter, und 1902 hatte man ihm sogar den Bath-Orden verliehen.

Preston erinnerte sich, dass es in Hills Buch viele Fotos gab, viele aus der Bauphase der Bahnstrecke. Er erinnerte sich an ein Foto des Präsidenten der Vereinigten Staaten, Theodore Roosevelt, und an eines des Prinzen von Wales. Und es gab Porträts aller Chefingenieure und Verwalter über die Jahre. Aber keines zeigte den Gleisbauingenieur oder seine Frau, die einzige weiße Frau, die dieses bemerkenswerte Abenteuer miterlebt hatte. Wirklich sehr merkwürdig.

Er schlug das Album auf. Auf der Innenseite des Einbands stand in roter Tinte: *Uganda Railway 1895–1901.* Seine Hand war damals ruhiger gewesen.

Auf der nächsten Seite schimmerten zwei Fotos wie Geisterbilder durch das dünne Zeichenpapier, das er benutzte, damit die Seiten nicht aneinanderklebten. Er brauchte den Schleier nicht zu heben, um zu wissen, dass das erste Foto ihn und Florence vor ihrem Zelt am Tsavo sitzend zeigte.

Das zweite war bei der offiziellen Zeremonie zur Verlegung der letzten Schienensektion nach Port Florence entstanden. Damals hatte es nur Schwarzweißfotos gegeben, deshalb war es nicht möglich, aus der Abbildung ein Gefühl für die Farbe dieses Tages zu entwickeln. Das Foto war verblasst und sah nun grau und schal aus. Tatsächlich war der Tag sehr klar gewesen. Die Sonne hatte den Schlamm so fest wie Granit gebacken und den See wie geschmolzenes Kupfer glänzen lassen.

Die Ansprachen, die vor einer kleinen Versammlung höherer Eisenbahnangestellter gehalten wurden, waren erwartungsgemäß wenig anregend ausgefallen. Turk war der einzige wichtige Mann, der fehlte. Preston erinnerte sich an den Tag, an dem der Karawanenmeister gegangen war – das war ein eigenartiges Gespräch gewesen. Er konnte sich an kein Gespräch mit Turk erinnern, das nicht so gewesen wäre. Turk und sein eingeborener Begleiter hatten sich an den Schienen getroffen und waren seltsamerweise getrennte Wege gegangen. Der Karawanenmeister hatte sich noch einmal umgedreht, bevor die Schienen hinter ein paar Hütten verschwanden. Preston hatte nicht erkennen können, ob er in seine Richtung schaute. Er hatte trotzdem gewinkt. Turk hatte nicht reagiert. Sie waren einander nie wieder begegnet. Die Eisenbahn hatte Turk den Lebensunterhalt genommen. Im neuen Kenya ersetzten Bahnhofsvorsteher die Karawanenmeister. Irgendwo hatte er von Turks Tod gehört, aber erst mehr als zehn Jahre nach ihrem Abschied. Jemand hatte ihm erzählt, er habe zwei Kinder, einen Jungen und ein Mädchen.

Das nächste Foto war vom oberen Rand von Hang zwei aus am Steilhang des Grabenbruchs aufgenommen. Aber die Perspektive stimmte nicht, was ihn schon immer geärgert hatte. Man erhielt keinen angemessenen Eindruck des verrückten Sprungs den Steilhang hinunter. Es war nicht so, als stünde man dort am Rand, wo einem der heiße Wind aus dem Tal schreckliche Prophezeiungen ins Ohr flüsterte, mit

dem sicheren Wissen, dass jeder Stein, der sich löste, und jeder gebrochene Bolzen einen Sturz in den Tod bedeuten konnten.
Darunter befand sich eine Aufnahme von Billy Nesbitt neben Shutts Bauzug. Wie eine Flut kehrte die Erinnerung an das ansteckende Lachen des jungen Schotten zu ihm zurück. Shutt schaute ernst drein und spähte durch eine Wolke aus Zigarrenrauch aus dem Führerhaus.
Preston blätterte zu dem Foto von Florence zurück, die den letzten Bolzen einschlug. Seltsam, dass Mr. Hill dieses Foto nicht in sein Buch aufgenommen hatte. Wieder einmal fragte sich Preston, was es mit der Namensgebung auf sich gehabt hatte. Vor ein paar Jahren hatte ihm jemand – er konnte sich nicht erinnern, wer – erzählt, es sei alles ein Scherz gewesen. Die Eisenbahngesellschaft ließ Preston glauben, dass sie mit dem Namen Port Florence seine Frau ehrte, aber tatsächlich war die Station nach Lady Florence Whitehouse benannt worden, einer Verwandten des Chefingenieurs, vielleicht seiner Frau – nicht dass Preston wusste, ob eine solche Person existierte. Aber Florence würde diesen Teil der Geschichte nie erfahren, und die Station war ohnehin ein paar Jahre später in Kisumu umbenannt worden.
Der Fotograf hatte offenbar sein Publikum mit dem Panorama des berühmten Sees beeindrucken wollen, denn die sechs Personen auf dem dunklen Schotter zeichneten sich deutlich vor dem silbrigen Wasser ab. Dort am Ufer standen Whitehouse, sein Speichellecker Rawson, zwei andere Männer, deren Namen und Gesichter Preston vergessen hatte, und ein Hund, der ihm damals nicht einmal aufgefallen war. Er selbst stützte sich gegen ein langes Stemmeisen und hielt

die Schiene, während seine Frau versuchte, den Bolzen einzuschlagen.
Er seufzte und drückte vorsichtig die Ecken fest, in die das Foto gesteckt war. Ganz gleich, wie es ausgegangen war, für ihn zählten seine Jahre bei der Uganda Railway zu den besten seines Lebens. Er hatte nur nie verstanden, wieso es ihm einfach nicht gelungen war, eine Dauerstellung zu erhalten. Er hatte es nicht versucht, solange Whitehouse Chefingenieur war, hatte andere Arbeit angenommen, wann immer er konnte. Und als Rawson 1903 den Posten des in den Ruhestand gegangenen Whitehouse übernahm, hatte er auch nicht für die Eisenbahn arbeiten wollen.
Aber selbst Bauingenieurspositionen anderswo in der Verwaltung blieben ihm versagt. Er verstand es einfach nicht. Vielleicht lag das daran, dass seine Erfahrung sich auf den Bau von Eisenbahnstrecken beschränkte. Nach einiger Zeit war er auf ein Stück Land gezogen, um sein Glück mit dem Ackerbau zu versuchen. Aber er hatte festgestellt, dass er kein Bauer war, und war nach Nairobi und zu allen möglichen Tätigkeiten zurückgekehrt.
Er erinnerte sich, wie hübsch Flo an diesem Tag am See ausgesehen hatte. Sie hatte immer wieder Kleidung hervorgezaubert, die ihm nicht vertraut war, was nicht unbedingt bedeutete, dass er sie zuvor nie gesehen hatte. Dieses Kleid hatte sie für ein besonderes Ereignis aufbewahrt. Es war rosa gewesen, mit engen Abnähern am Mieder und einem hohen, engen Kragen. Kein Wunder, dass es ihr schwer gefallen war, den Hammer zu schwingen. Und ihr Strohhut war rings um die breite, gebogene Krempe mit Rosen in der gleichen Farbe geschmückt gewesen.
Er lächelte. Der zweite Grund, wieso es ihr schwerfiel, den

Hammer zu schwingen, und der Grund für sein Grinsen an diesem Tag war ihr Zustand. Erst am Abend zuvor hatte sie ihm gesagt, dass sie ein Kind bekommen würde.

Sie war an diesem Tag im Jahr 1901 mehr Frau gewesen als auf dem ersten Foto am Tsavo. Mehr Frau äußerlich – ihr Gesicht hatte viel von seiner Rundlichkeit verloren, die es beim Abschied aus dem Heim ihrer Eltern in Shrewsbury gehabt hatte – und mehr Frau in ihrer Entschlossenheit, das zu tun, was sie wollte.

Preston klappte das Album zu, stand mühsam vom Tisch auf und schlurfte zur Hintertür. Die Sonne ging hinter Nairobi Hill unter. Ihr Schatten schlich sich über den Golfplatz und erkletterte schließlich das Türmchen des Bahnhofsgebäudes bis zur Uhr.

Er schaute auf die Armbanduhr. Flo war spät dran. Die Enkel hatten sie wohl wieder nicht weglassen wollen.

Anmerkung des Autors

In *Jenseits von Mombasa* habe ich mich historischer Personen und Ereignisse bedient, um die Bühne für meine Geschichte vorzubereiten. Dabei habe ich mir viele Freiheiten bei der Beschreibung ihrer Charaktere und der Interpretation der Ereignisse in ihrem Leben genommen, um eine dramatische Wirkung zu erzeugen.

Um ein hoffentlich einigermaßen genaues Bild von Britisch-Ostafrika am Ende des neunzehnten Jahrhunderts und des Essenbahnbaus in dieser Zeit zu zeichnen, habe ich eine große Anzahl unterschiedlicher Quellen benutzt.

Besonderen Dank schulde ich den Nachkommen von Ronald Preston, die mir erlaubten, Einsicht in Familiendokumente und Fotos zu nehmen, und den Bibliotheksangestellten im Oxford University Museum of Natural History für ihre Hilfe.

Ich habe diesem Roman keine Bibliografie hinzugefügt. Das zu tun würde bedeuten, vorzugeben, dass *Jenseits von Mombasa* mehr ist als ein Roman, zum Beispiel eine Geschichte der Uganda Railway. Es wäre allerdings ungerecht, zwei bemerkenswerte Werke nicht zu nennen, die mich beim Schreiben dieser Geschichte angeregt und angeleitet haben. Es handelt sich um *The Lunatic Express* von Charles Miller (Westlands Sundries Ltd., Nairobi 1897) und *The Iron Snake* von Ronald Hardz (G.P. Putnam's Sons, New York 1965).

Frank Coates

Jenseits von Mombasa

Roman

Im Jahre 1897 wird der Brite Ronald Preston damit beauftragt, das schier Unmögliche zu wagen: Er soll eine Eisenbahnlinie bauen von Mombasa an der Ostküste Afrikas bis zum Viktoriasee mitten in der Wildnis. Seine junge Braut Florence besteht darauf, ihn zu begleiten – und kann sich zunächst nur schwer an das raue Leben gewöhnen. Doch allmählich kann auch sie sich dem Zauber des Schwarzen Kontinents nicht mehr entziehen – genauso wenig wie ihr Mann, der diesem Land bereits mit Haut und Haaren verfallen ist …

Knaur Taschenbuchverlag